COLLECTION
L'IMAGINAIRE

Pierre Guyotat

Tombeau pour cinq cent mille soldats

SEPT CHANTS

Gallimard

© *Éditions Gallimard, 1967.*

Pierre Guyotat est né le 9 janvier 1940 à Bourg-Argental (Loire). Appelé en Algérie en 1960, il est arrêté début 1962, en Grande Kabylie, par la Sécurité militaire et inculpé d'atteinte au moral de l'armée, de complicité de désertion et de possession de textes interdits. Il subit dix jours d'interrogatoire et trois mois de cachot au secret avant d'être muté disciplinairement dans l'Est algérien. Entre 1963 et 1965, il écrit *Tombeau pour cinq cent mille soldats*. En 1970, il publie *Éden, Éden, Éden*, aussitôt frappé d'interdiction, puis *Prostitution* en 1975. Après *Le Livre* et *Vivre*, 1984, il travaille beaucoup pour la scène, notamment dans le cadre du Festival d'Automne (*Bivouac*, 1987). En mars 2000 paraissent *Progénitures* et *Explications*, en 2005 *Carnets de bord 1*, et en 2006 *Coma* (prix Décembre). *Formation* paraît en 2007, *Arrière-fond* en 2010 et *Leçons sur la langue française* en 2011.

*« À Hubert,
benjamin de ma mère morte,
né en 1920 à Czeladz, Haute-Silésie,
mort en 1943 au camp de la mort
d'Oranienburg-Sachsenhausen,
Brandebourg. »*

AVERTISSEMENT

Cet ouvrage a été écrit entre 1963 et 1965.
Le manuscrit original se présentait sous la forme d'une masse sans alinéa. Pour les besoins d'une meilleure lisibilité éditoriale il parut nécessaire d'en « aérer » la présentation, et liberté fut laissée à une dactylographe de faire dans cette masse le découpage de son choix. L'auteur souhaite néanmoins que soit vu et lu par chaque lecteur, comme il l'a écrit et vu, ce livre, sans alinéa.

PREMIER CHANT

En ce temps-là, la guerre couvrait Ecbatane. Beaucoup d'esclaves s'échappaient, s'accrochaient aux vainqueurs mais quand ceux-ci voulaient les faire parler sur la résistance des occupés, les esclaves refusaient de livrer le nom de leurs anciens maîtres, ils retombaient alors dans une plus grande servitude. Ecbatane était encore la plus vaste capitale de l'Occident : elle avait été bâtie sur quinze kilomètres de côtes. Chaque jour, les plages en contrebas du boulevard du front de mer, se couvraient de cadavres de jeunes résistants débarqués la nuit et fusillés par les sentinelles de mer. Les vainqueurs avaient vaincu sans peine : ils avaient pris une ville qui se débarrassait de ses dieux. Ecbatane retournait au Septentrion, d'où ces vainqueurs, bottés, casqués, blindés, tenaient la neige de leurs semelles et la glace de leurs cils. Depuis cent ans, la terre se refroidissait : les savants d'Ecbatane travaillaient secrètement une arme capable de la réchauffer mais les vainqueurs la leur volèrent. Un avion fut construit où l'on mit l'arme et les savants qui furent envoyés dans le Septentrion. Les vainqueurs persécutèrent ceux que la capitale rejetait hors de ses mers : aventuriers, saltimbanques, soldats. Quelques familles, dans le cœur de la capitale, ne voulurent point se soumettre aux ordres de délation et de cruauté : leurs enfants, la nuit, s'enfuyaient dans les terres, d'autres s'embarquaient dans les criques souterraines de la côte sud, tous ralliaient l'archipel de Buxtehude encore inviolé mais recouvert jour et nuit des ombres des bombardiers ennemis.

Un jeune officier d'Ecbatane, longtemps méprisé par l'état-major parce qu'il voulait précipiter la modernisation de l'armée, avait fui, le jour de la capitulation, dans l'archipel de Buxtehude, à la faveur d'une mission diplomatique auprès de ce pays allié. Ecbatane avait aussitôt condamné la rébellion de son ambassadeur extraordinaire, lequel s'employait à convaincre le gouvernement de l'archipel de la nécessité et de la grandeur de sa résistance. Buxtehude lui donna une chambre d'hôtel balnéaire où il accrocha les portraits de sa femme et de ses enfants restés en Ecbatane, puis un petit studio à la radio nationale d'où il envoyait ses appels vers Ecbatane, l'exhortant à la résistance, au renouvellement, à la limpidité politique ; puis, enfin, des caisses d'armes et les bâtiments délabrés d'une petite caserne désaffectée. Bientôt, tout le Septentrion, tout l'Occident, une partie de l'Orient, s'enflammèrent. Le conquérant n'avait jamais assez de ces incendies pour éclairer les ténèbres secrètes de son âme, de sang pour y mêler ses larmes. Dans Ecbatane humiliée, il vint à l'aube du jour de capitulation, s'assit dans la galerie d'un arc de triomphe et regarda la ville endormie ; sa botte raclait le ciment, un rat courait sous la balustrade, il lui prit la tête sous sa botte et l'écrasa, le sang séchait au vent vif, un garde se baissa, essuya avec son mouchoir le sang sur la botte, prit le rat et l'enveloppa dans le mouchoir. Le conquérant frappa le genou du garde qui se relevait :

— Fais porter ce rat aux cuisines, nous le ferons manger après la signature, à ces chiens.

Les vieillards, les prêtres, les patriotes s'étaient donné un chef qui plaisait au conquérant. Ce chef avait naguère gagné une grande bataille en goûtant la soupe de ses soldats. Ecbatane tremblait encore du plaisir de ses fêtes. Ses poètes, ses musiciens moururent sous le fouet, dans les forêts du Septentrion. Les yeux profonds des femmes se durcirent.

Ecbatane souffrit que son vieux chef lui parlât de tradition et de fierté nationale : naguère elle avait réinventé la conscience universelle. De ce temps date le surgissement d'une vertu nouvelle appelée bon sens, forme affaiblie de la coutume sauvage. Des poètes chantèrent les outils : râteaux, fourches, les bestiaux, les gens ; on couronna des bœufs pour ce qu'ils avaient bien mérité de la patrie, on attacha des rubans nationaux aux plus lourds épis de blé ; des enfants qui avaient sauvé de la noyade ou du feu frère ou mère-grand, le vieux chef les voulait voir et récompenser : on poussait l'enfant dans l'antichambre, il serrait contre sa poitrine un petit drapeau de papier dont il lui faudrait dire au chef qu'il le gardait jour et nuit sous sa chemise, le vieillard alors apparaissait, il embrassait le front de l'enfant, en se baissant jusqu'à lui ; puis, sur un signe de sa main, l'aide de camp ouvrait une boîte de carton, sortait un bâtonnet gros comme un sucre d'orge et peint aux couleurs nationales :

— Prends cet emblème de mon autorité, et qu'il grandisse en même temps que ton courage.

Un enfant, fils d'esclave, mais libéré par un prêtre qui abusait de lui, pour salaire de sa générosité, fut poussé un jour par celui-ci devant le chef, il dit tout haut que le vieillard sentait l'urine : le chef était sourd, il caressa la joue de l'enfant ; on donna à celui-ci le bâtonnet, il le mit aussitôt entre ses jambes :

— Le mien grandira vite, monsieur Votre Excellence, le vôtre diminue de longueur et de pouvoir.

Comme il voyait que l'enfant prenait du plaisir à lui parler, le chef lui fit donner deux grosses billes en agate que l'enfant serra de chaque côté du bâtonnet qu'il gardait entre les jambes. Le chef, qu'un rayon éblouissait, se retourna, prit le bras de son aide de camp et disparut dans un essaim de veuves. La nuit, couché sur l'enfant, le prêtre lui prenait la gorge et lui frappait les tempes avec ses poings ; l'enfant les mordit, cracha sur les yeux du prêtre ; celui-ci, assis au bord du lit, le menaçait de le revendre comme esclave ; l'enfant dit qu'il avait faim, le prêtre le prit dans ses bras, le descendit dans la cuisine ; un jeune garçon traversa le jardinet, frappa à la porte vitrée :

— Ouvrez, ouvrez, je suis poursuivi.

L'enfant toucha la clef, le prêtre le tira vers lui ; coup de feu, le jeune garçon s'écroule contre la vitre illuminée ; la patrouille emplit la cuisine ; le sang, autour de la tête du jeune garçon, brille sous la lune, le prêtre verse à boire, un soldat voyant l'anneau sur les lèvres de l'enfant :

— Celui-là aussi en est ? Buvez avec nous, prêtre. Toi, verse.

Et dans le même temps il saisit l'enfant par la taille, l'attire contre lui, pique le torse nu de l'enfant avec la pointe de son poignard et lui pince et lui tord ses tétons entre le pouce et l'index ; l'enfant se débat, il roule contre la porte ouverte, ses cheveux trempent dans le sang ; le prêtre caresse les insignes des soldats, se fait expliquer la signification des symboles, sa main tremble sur le métal glacé ; la nuque et les joues des soldats sentent le vent et la glace.

L'enfant, relevé, se tient debout derrière le prêtre, la poitrine griffée, le pichet de vin glacé au bout du bras, les boucles ensanglantées sur les tempes.

— Prêtre, vends-moi ton marmot.

— Il est libre, il n'est plus à vendre.

— Il sert tes sacrifices nocturnes.

— Je n'ai pas encore descellé son anneau. Mais je vais vous montrer l'acte de libération.

— Donne-moi ton marmot, prêtre, ou je crie que tu caches des résistants et tu meurs gelé dans le Septentrion.

Le prêtre se lève, il étend les bras, recule, l'enfant pose le pichet sur le carrelage; le prêtre le serre contre le mur.
— Livre-moi ce marmot, je le veux.
— Vous me passerez plutôt sur le corps.
— Et ce ne serait pas pour te déplaire.
— Tuez-moi.
— L'héroïsme ne vous convient guère, à vous, prêtres renégats. Allons, baisse les bras, découvre ton amant, et trouve une subtile excuse doctrinale à ta lâcheté, comme vous faites tous depuis la mort de votre dieu.

Le prêtre baisse les bras, il se penche sur l'enfant:
— Aïssa, tu es libre, choisis.

L'enfant, ses mains accrochées aux hanches du prêtre, son pied nu touchant le pichet glacé, tremble, ses yeux roulent, brillent, l'officier le prend à l'épaule, il l'attire contre lui, retrousse les lèvres de l'enfant avec son pouce, écrase l'anneau contre les gencives puis il serre la gorge, soulève l'enfant comme un poisson par les ouïes:
— Qu'est-ce que tu sais faire, marmot?

L'enfant, étranglé, suffoque.
— Aïssa joue du violon comme tous ceux de sa race.

Les soldats soulèvent le corps du jeune garçon lequel respire encore.
— Va prendre ton violon. Je t'achète. Prêtre, je te donne l'assurance de ta sécurité.

Le prêtre monte dans la chambre, avec l'enfant; accroupis devant la commode, ils tirent les vêtements d'Aïssa, le prêtre les serre dans une petite valise, ils redescendent; l'officier prend la main de l'enfant:
— As-tu pris ton violon? si nous retournons au Septentrion, j'aurai besoin de toi pour chasser ma mélancolie.

Le prêtre se penche sur l'enfant, mais un soldat lève son arme.

Le résistant râle; trois tanks sont arrêtés devant le

jardinet : les soldats casqués jouent de l'harmonica sous la lune, l'officier monte dans la tourelle, l'enfant, resté en bas, s'appuie aux chenilles du tank, l'officier, du haut de la tourelle, lui tend le bras, l'enfant le saisit, monte, l'officier le serre contre sa jambe, les tanks démarrent, ils roulent sur le boulevard du front de mer, l'officier regarde les étoiles reflétées dans l'eau tumultueuse :

— Où as-tu mis ton violon ?

et il presse le cuir de la valise, l'enfant l'ouvre, le violon brille un instant sous la lune, l'officier le touche, le caresse, pince les cordes ; une chienne, couchée sur le flanc, allaite ses chiots, le tank roule et l'écrase, le sang éclabousse les phares du tank ; dans l'escalier, Aïssa s'écroule sur les marches, une écume rose jaillit à la commissure des lèvres ; un soldat qui monte, écrase avec sa botte la main de l'enfant évanoui qui s'ouvre sur le bois trempé de neige.

À l'aube l'officier se lève, nu, rejette les draps traversés d'une lueur rose ; l'enfant dort devant la porte, entortillé dans une couverture kaki, la tête roulée sur la valise ; l'officier marche vers la fenêtre, crache son chewing-gum, caresse les tuiles attiédies, allume une cigarette : deux femmes sous ombrelle bleue, passent ; l'officier siffle, une femme lève la tête, elle voit le jeune homme nu assis sur le bord de la fenêtre, l'ombre de la fumée sur son front, la pénombre faite par le mur d'en face, comme un filet sur le ventre et les cuisses, l'officier sourit, sort sa cigarette, frotte sa lèvre avec son pouce ; les deux femmes montent en un jardinet sur la terrasse, s'assoient sur les chaises mouillées de rosée, l'une d'elles frappe dans ses mains : une petite fille apparaît, jambes nues sous une sorte de tunique courte pailletée d'or, le haut de la tunique est humide, la femme touche :

— Qui t'a battue et mise en sang ? Et puis, tais-toi, apporte le café et les toasts.

La petite fille s'échappe : du sang tout frais sur sa gorge.

« Un petit cuisinier l'aura battue parce qu'elle se refusait à lui. J'encourage ces accouplements serviles. »

Elle lève de nouveau les yeux vers le jeune homme nu dont la fesse touche presque les tuiles fraîches, il sourit, voit la gorge à demi découverte de la plus jeune femme, les gouttes de rosée brillantes sur la peau nacrée, durcie comme une peau de bête, le duvet léger au-dessus de la lèvre supérieure, il cherche, du pied, ses sandales de cuir d'âne, il penche un peu la tête, la fumée bleutée par les rayons de sa cigarette s'emmêle dans ses cils, pique ses yeux ; elle voit le sexe monter et dépasser la ligne des cuisses du jeune homme, elle tourne la tête, gratte avec son ongle la trace d'une fiente d'oiseau sur la table verte, l'ombrelle se déploie et roule le long de sa jambe qu'elle découvre jusqu'au genou avec le pouce, elle lève les yeux vers le jeune officier :

— L'aube s'est levée ce matin plus tôt et plus à gauche du quartier des occupants. Aimes-tu toujours autant le lieutenant Iérissos ? On dit que les occupants le soupçonnent d'avoir fait sauter le train d'Ouranopolis.

Mais le chef le défend ; jadis, avant la guerre, le chef le vit enfant costumé dans un goûter de lauréats, il l'attira dans le jardin, le fit asseoir sur un banc de pierre au bord du bassin, lui prit les pieds, les embrassa, ses lèvres remontent jusqu'aux genoux de l'enfant qui rougit derrière sa collerette : « Tu es orphelin ? Ton père est mort dans la bataille que je commandais, ta mère dans l'usine d'armement. Tu seras soldat, je le veux. Je te donnerai un esclave écuyer. Viens dans mon château. Tu auras une arme sous ton matelas. »

Une jeep prend l'enfant avec son bagage, elle saute sur les pavés de la cour intérieure, les anciens soldats du chef, accroupis sous les portes-fenêtres, se redressent, l'enfant met une jambe hors de la jeep, le mouvement découvre le duvet du sexe sous le short entrouvert, le chef est debout, il voit, sa gorge se serre ; à côté de lui, un garçon dont la lèvre est annelée courbe contre le pavé un javelot de frêne :

— Voici ton écuyer, Aravik, il te servira jour et nuit, couchera contre ta porte, voici le fouet pour le battre, et la clef de la prison.

Le garçon lève les yeux vers Iérissos, ses cils se prennent dans une cicatrice qui traverse son front et la ligne des sourcils, il ouvre les bras, tend le javelot à Iérissos, ses pieds, nus, sont couverts de fumier, de sang de cheval.

Le chef prend Iérissos à l'épaule, le garçon jette le bagage de Iérissos sur son épaule, il marche sur les pavés mouillés — depuis la guerre il pleut toute l'année. Le chef entraîne Iérissos dans la galerie centrale du château ; sur le dallage, sous les fenêtres, des leviers, des petits canons dressés :

— Ceci pour protéger la Reine de la Nuit. Ses anciens amants assiègent chaque nuit le château.

Une jeune femme conduit Iérissos dans la chambre préparée ; elle se penche sur le tiroir où Iérissos jette ses sous-vêtements ; Iérissos voit le haut des seins de la jeune femme, ses mains s'ouvrent, se recourbent, la jeune femme lève les yeux, sourit :

— Viens les caresser, si tu le veux, je suis une esclave.

Iérissos s'accroupit, son short de flanelle grise se déchire, la jeune femme jette sa main vers la déchirure, entre les cuisses de Iérissos, l'enfant avance sa main vers les seins dorés par le soleil levant, il les touche, ses doigts pressent les tétons, une goutte de lait jaillit sur ses doigts, il la boit ; la jeune femme, sa tête renversée en arrière, prend le bras de Iérissos, le repousse.

Iérissos baise cette main, baise les seins, les rayons chauffent ses lèvres, les cils de Iérissos battent sur le haut des seins, sur les tétons, la jeune femme recourbe la tête sur la tempe de Iérissos, baise les cheveux, l'oreille, Iérissos sent l'anneau courir dans les replis de son oreille, il relève brusquement la tête, prend les lèvres de l'esclave, mordille l'anneau, sa petite langue fouaille le palais bouillonnant, roule sur les dents, celles, brisées par le fouet ou la main ; son poing descend entre les seins, sous la robe ; la main de Bactriane prend le linge et le fait glisser dans le tiroir, puis revient sur les épaules de Iérissos, tire le col de la chemise, couvre les anneaux roulants du cou ; un nuage voile le soleil, Bactriane et Iérissos s'abandonnent ; la porte est grande ouverte sur le vestibule, Aravik paraît, chaussé de galoches de bois et de cuir d'âne, il se tient debout, les bras tendus chargés de bûches et d'écorces ; Iérissos, couché sur le lit, les genoux levés, regarde le nuage rosé, Bactriane accroupie, range le linge, elle se relève, va vers Aravik, prend le bois sur le marbre ; sur les écorces, le sang des doigts d'Aravik, lequel, toujours debout, sur le seuil, les frotte sur sa hanche ; Iérissos pousse un petit cri, Bactriane se relève, court vers le lit, couvre avec sa main la bouche de Iérissos :

— Tu as des flammes dans les yeux, des nuages passent, se mêlent aux fumées ; des couteaux-disques d'or tournent sur l'iris...

Les genoux, le ventre de Iérissos se contractent, Aravik détale ; le chef des gardes le saisit dans l'escalier, lui force la tête contre la boule de bronze et la main sur la rampe, la bouche du garde est enduite de jus de mûres, son haleine, sur le visage d'Aravik a le parfum de la rosée, de la boue suspendue ; puis il libère la tête et la main d'Aravik, montre du doigt sa braguette déboutonnée, avance son pied dont le soulier est délacé, Aravik s'accroupit.

— J'ai vu aux cuisines, une femme qui te ressemble, je l'ai prise sur la natte de l'alcôve de boucherie.

Aravik, le soulier relacé, se relève, ses doigts touchent les boutons de la braguette, ses ongles s'accrochent à l'ourlet passementé.

— Vraiment, elle te ressemblait.

Les doigts d'Aravik tremblent dans la tiédeur des cuisses du garde.

— Je l'ai blessée en tombant, avec un couteau. Boutonne.

Les doigts d'Aravik prennent les boutonnières où sont pris des filaments de sperme.

— Viens, avec moi.

Le garde pousse Aravik vers les cuisines en sous-sol ; au milieu de la façade est, une fenêtre voilée de damas écarlate.

— Le chef a dormi chez la Reine de la Nuit.

Dans la cour intérieure, un camion d'engrais fumants ralentit, le garde grimpe sur le marchepied, une fille, le front ceint d'une visière de mica, tient le volant, le garde lui prend la tête, lui baise la bouche, ses doigts s'enfoncent dans la chevelure poudreuse de l'esclave, descendent sous la robe, dans le dos, Aravik appuie son ventre contre la roue du camion ; aux quatre coins de la benne, assis sur la ridelle, quatre garçons, les mains croisées sur des pelles, regardent le ciel, le portail recouvert de mousse et d'herbes-pièges où des pourpres se débattent, guettés par les gardes ensommeillés, accroupis sous les portes-fenêtres ; le garde renverse sous lui la fille, tout au long de la banquette ; le moteur tourne, vibre, précipite l'orgasme, le garde se relève de l'esclave, la main de celle-ci se rétracte dans le gant, sa tête roule sur les ressorts, le garde descend du camion ; l'esclave, un instant, reste étendue, sa robe retroussée jusqu'au nombril ; les garçons penchés sur les ridelles, regardent à travers les vitres de la cabine, la fille reprend le volant, démarre, le camion traverse la cour, deux gardes montent sur le marchepied, guident l'esclave jusqu'au verger ; le camion s'arrête le long d'un dépôt d'ordures enflammées ; les gardes crient aux garçons de descendre, les garçons sautent avec leurs pelles :

— Mettez l'engrais ici. D'abord, éteignez le feu. Il n'y a pas d'eau.

L'esclave descend avec les garçons dans le dépôt, les garçons frappent le feu avec le plat des pelles, piétinent les braises avec leurs tennis; les gardes, assis sur le marchepied du camion, boivent de l'alcool au goulot, le sexe gonflé sous la toile du treillis, ensommeillés, l'œil rivé à la taille, aux seins, au ventre de l'esclave, la chute solitaire des pommes brisant par instant leur rêverie séminale; les garçons piétinent le feu, leurs jambes nues noircissent, les braises volent, trouent la toile légère du short, contractent les doigts sur le manche des pelles; un garçon, soudain, s'accroupit, une bague étincelle, roule sur le plat de la pelle, il la prend, un garde l'a vu, il se précipite, il frappe le garçon avec la crosse de son arme, il le renverse sur les braises gluantes, pose son pied sur le ventre du garçon, frappe de nouveau la gorge, se baisse, saisit la bague, l'enfonce dans la poche de son treillis, sur la poitrine, puis il lève son arme, caresse la gâchette, tourne l'arme vers les garçons;

— Vous n'avez rien vu, même sous la torture...

L'autre garde surgit, ouvre la main du garde, fouille la poche:

— C'est la bague de la Reine de la Nuit, je l'ai vue à son doigt, hier soir, alors qu'elle et le chef tâtaient les pommes dans le verger, sous la lune.

Les deux gardes reviennent s'asseoir sur le marchepied. Le chef des gardes pousse Aravik dans la cuisine; dans les alcôves, des femmes, des garçons préparent les viandes, les poissons, les fruits, les pâtisseries; le garde s'avance, une femme, dans l'alcôve de boucherie, surprise, lâche son couteau; le garde vient, s'arrête au seuil de l'alcôve, Aravik s'élance, plonge sa tête dans le ventre de la femme, laquelle caresse la tête, la chevelure du garçon. Aravik l'étreint, ses bras joints dans le dos de la femme; la lampe, éclaboussée de sang et de lambeaux, balancée, fait remonter l'ombre sur les jambes et sur les reins d'Aravik courbé, son dos secoué par les sanglots; le garde s'avance, il arrache le garçon, il le pousse et le fait rouler dans le fond de l'alcôve, il prend la femme par le cou, appuie; la femme s'agenouille; Aravik remue dans la rigole de sang, ses jambes glissent sur la flaque, ses reins meurtris jaillissent hors du short, il tient son ventre à deux mains; le garde sort son sexe et le promène sur les lèvres de la femme, ses boules sécrétives apparaissent, répandues sur la boutonnière de la braguette; le garde renverse d'un coup de genou la femme, sur la natte où s'accrochent les doigts d'Aravik; puis, il s'accroupit, retrousse la robe ensanglantée, et se couche sur la femme; après l'accouplement, il se relève, secoue son sexe dans le treillis, la femme retourne à son étal, saisit, écrase la viande avec ses mains mouillées de sueur et de semence, ses doigts où sont enroulées des boucles brunes; le garde relève d'une main Aravik et le tire vers le seuil; la femme, posant son couteau, caresse la chevelure ensanglantée du garçon; le garde prend sur l'étal un tranchant, il saisit, penchée sur le fourneau, une fille dont le visage et la gorge découverte sont baignés de vapeur et de sang rose :

— Mets-toi nue.

La fille déboutonne le haut de sa robe jusque sous les seins, tire, enjambe, piétine la robe souillée, froissée dans les multiples étreintes des gardes; la fille est nue, les reins appuyés à la balustrade des fourneaux, le garde déboucle son ceinturon, il le fait passer dans les anses du tranchant puis il le boucle autour de la taille de l'esclave; le tranchant étincelle entre ses cuisses, une touffe de toison sort par-dessus, le garde remue le couperet, il le soulève, il enfonce son poing contre le sexe de l'esclave, ressort son poing ruisselant et le frotte entre les seins puis au visage; Aravik étreint le ventre de la femme, la viande qu'elle écrase, coupe et déchire, met dans les yeux du garçon des lueurs rouges, des lambeaux jaillissent, s'accrochent aux lèvres du garçon ; le garde balance le tranchant sur les cuisses de l'esclave :

— Je veux que tu travailles tout le jour, nue, les cuisses meurtries par ce couperet.

Le garde prend Aravik par l'épaule ; dans l'escalier, un garde, jeune, est assis.

— Si la fille ôte son couperet, frappe-la.

Le jeune garde, dressé, le sexe durci sous la toile, salue, une écume rose sèche à la commissure de ses lèvres, ses mains tremblent sur la crosse de la mitraillette, du sable coule derrière ses oreilles, le chef se penche sur la nuque du garde, respire le parfum de sel, d'algues :

— Tu as vu se baigner la Reine de la Nuit ?

— Non, elle ne veut point paraître dévêtue devant le chef. On dit qu'il a pris le petit Iérissos pour l'aimer, en consolation de ce refus. Il est maintenant dans sa chambre, l'enfant se débat sur le lit, cloué comme un papillon.

Au soir, Iérissos, meurtri, le sexe brûlé, erre dans le verger ; les arbres voilés par les fumées sorties du dépôt d'ordures et d'engrais, grincent sous le poids des fruits. Un pas, il se retourne, une femme, grande, lumineuse — il voit ses yeux tristes de loin — s'avance vers Iérissos ; il veut se cacher dans un massif, une main parfumée touche son épaule et la prend aussitôt, il s'abandonne contre le ventre de la femme et ses lèvres suivent, pressent les pulsations de ce ventre ; ils vont dans l'orangerie, s'étendent sur une litière de paille tiède, s'étreignent, boivent leurs larmes, mêlent leur salive ; la nuit monte sur les vitrages de la serre, un souffle salé, venu de la mer, enveloppe la serre et le verger, deux gardes s'éveillent : l'un d'eux se redresse sur sa jambe de bois, son dos, ses reins frottent la porte-fenêtre, une sueur froide mouille son front comme un crachat ; une cicatrice où le sang sourd le soir, au réveil de la rêverie, traverse sa chevelure blonde, ses lèvres grosses et rouges se décollent, du sang baigne ses gencives ; il se traîne sur le dallage, traverse la cour, pousse la porte du réfectoire, s'assoit sur le banc souillé de sang où sont collées des touffes de coton ; au mur blanchi à la chaux, une grande photographie du chef ; le jeune garde écoute les bruits de la cuisine, les cris, les rires, les pleurs des esclaves, il courbe sa tête contre ses poignets, sa jambe de bois heurte le pied de table, le sang coule dans sa chevelure, mord son front ; d'autres gardes poussent la porte, s'assoient, se relèvent, vont dans les cuisines, caressent les esclaves, retroussent leurs robes ou déboutonnent leurs shorts, se frottent aux hanches, aux reins, tordent les bras des esclaves, les brûlent avec l'eau bouillante, les frappent, les tirent avec les louches et les rouleaux à pâtisserie ; dans le réfectoire, le garde blond tient sa tête dans ses poings, une esclave venue de la cuisine, au travers des gardes, lui apporte une assiettée de viande et de choux, sa main s'attarde sur le bois de la table ; le garde la prend, il la caresse, ses yeux se lèvent sur le visage de l'esclave :

— Ma jambe me fait mal ce soir. Je veux mourir.

Elle découvre le haut de sa robe, une entaille sanglante troue son épaule, l'esclave retient le pan de la robe et regarde le soldat.

— Qui t'a blessée ?

Il se dresse.

— Je ne sais pas, il m'a prise par-derrière, il retroussait ma robe sur mes reins, son sexe durcissait sur ma hanche, je me débattais, il a sorti son couteau, il l'a plongé dans mon épaule. L'infirmière ne veut pas me soigner parce que je me suis refusée à elle cette nuit.

Le garde prend l'épaule de l'esclave, pose ses lèvres sur la blessure et aspire le sang, puis il entraîne l'esclave dans le couloir, sort son mouchoir, ouvre le robinet, trempe le mouchoir et le noue autour de la plaie ; l'esclave étreint le garde, pleure sur sa poitrine :

— Achète-moi, achète-moi ou je mourrai déchirée, hier ils m'ont prise et cousue dans le crin d'une paillasse, trouant la toile à l'endroit de mes cuisses et tous s'accouplaient ainsi avec moi qui étouffe dans le crin, les yeux piqués par la sueur, et la toile, autour du trou, noircit et colle à mon ventre ; je ne les vois pas, je les reconnais seulement à leur sexe. Délivre-moi, je te ferai vivre.

Le garde caresse la chevelure, les tempes, le front de l'esclave, caresse, apaise le front agité, le cou palpitant, son ventre touche le ventre toujours mouillé, sa main, le sexe toujours entrouvert, la tache sur la robe appelée « tache d'esclave », sa jambe de bois écrase le pied de l'esclave qui se tait, immobile et frémissante contre le garde.

Dans l'orangerie, sous les vitrages qui pétillent comme la glace, la Reine de la Nuit, agenouillée, ses mains accrochées aux genoux de Iérissos :

— Tue-moi, tue les esclaves de ce château, délivre-moi, délivre-les, petit esclave sans anneau, aux lèvres nues. Il m'a prise dans l'Opéra où je chantais, ses soldats buvaient et violaient dans la neige ensanglantée, illuminés par les lumières de l'Opéra, ils jettent des lambeaux de viande crue sur les hautes persiennes, il prend ma main ; les soldats se partagent les petites danseuses et les aides-machinistes ; toute la ville flambe, les soldats jettent le cadavre du roi par la fenêtre ; le prince, en pyjama, ils l'écrasent dans son lit, l'étranglent avec les barreaux de bois rose, l'écartèlent aux quatre coins de la nursery. Depuis deux années je me refuse à lui, je ne puis sortir le jour ; la nuit je vais, pieds nus, sur les cailloux brillants, il se jette sur moi, il m'étreint, mes yeux étincellent, alors il me lâche, il court dans les chambrées, réveille d'un coup de talon une esclave endormie, il l'entraîne, dans sa chambre, il se couche sur elle, il l'étrangle avec ses doigts, il ouvre la fenêtre sur le vent glacé, il jette ses mains dans l'ombre tumultueuse : « Vois ces mains, tu es morte, étranglée. »

Le vent enveloppe le cadavre de l'esclave sur le lit dévasté ; je marche dans le verger, mes lèvres scintillant sous la lune, joyeuse d'avoir délivré un corps et un cœur. Lui, appelle ses gardes, fait jeter le cadavre aux ordures et se couche ; déesse je suis pour laquelle un homme sacrifie, blessant, tuant la victime comme il voudrait tuer le dieu ; à moi, comme au dieu ce sacrifice plaît puisqu'il délivre une compagne à ma solitude. Tue-moi, tue, avec tes mains, avec ton pied, ou tes dents. Au milieu de la nuit, il se lève, il rôde le long de ma porte ; les femmes fuient ; alors il se précipite dans la cour, la boucle de son ceinturon délacé étincelle sur sa hanche, sa chemise ouverte est soulevée par le vent, il descend aux cuisines, s'empêtre dans les rideaux des alcôves, avance, courbé, dans l'ombre, tâtonne, touche les paillasses où dorment, nus ou entortillés dans les tabliers, les marmitons, les jeunes cuisiniers ; sa main saisit un pied, la jambe, remonte sur la cuisse, empoigne le sexe, le garçon se réveille, il se dresse sur son séant, il recule vers le haut de la paillasse, mais le chef lui tire le sexe, retient le garçon assis au milieu de la paillasse :

— Viens, sors, viens, que je te voie.

Il lâche le sexe du garçon, il ouvre et referme sa main mouillée de sueur, il l'enfonce dans sa poche, le garçon se lève, marche sur la paillasse, un rayon de lune traverse le rideau, éclaire le ventre du garçon, fait tourner l'ombre du nombril ; le garçon soulève le rideau, il s'avance dans la cuisine, le chef le prend par les épaules, il le pousse vers le soupirail, le garçon appuie son dos au mur, le salpêtre coule le long des vertèbres jusqu'au haut des fesses; sa tête renversée, yeux mi-clos, sur l'épaule, le chef la relève, il caresse les muscles tendus de la gorge et du cou, ses yeux s'abaissent vers le ventre, le sexe froissé, les cuisses, la lueur des genoux; il prend la main du garçon, il l'entraîne hors des sous-sols, dans la cour, le vent empoigne le garçon ensommeillé, sa tête roule en arrière, en avant, ses yeux grands ouverts débordent de lune; dans la chambre du chef, de nouveau le sommeil le prend, le ramollit, attendrit la peau de son corps cuivré; toute la nuit, jusqu'à l'aube, le chef, pleurant, criant, soulève, retourne, entrouvre, soutient, écrase ce corps endormi dont un seul soupir, au moment de l'orgasme, s'élève dans la pénombre et le désordre des draps.

Iérissos repousse la Reine de la Nuit, elle lui prend les poignets, les serre contre sa gorge, il se détache d'elle, avec le mouvement saccadé d'un gros insecte, un jet de sable griffe le vitrage, son ombre traverse la gorge découverte de la Reine de la Nuit. Iérissos lève les yeux, elle lui prend les poignets, les serre contre son cou, jusqu'à la mort, Iérissos se débat; le corps inanimé sous les voiles et les baignant d'une sueur froide, s'écroule à ses pieds; Iérissos s'enfuit vers la porte, il l'ouvre, un gros oiseau noir immobile sur le seuil, la tête levée, regarde Iérissos; l'enfant avance, l'oiseau se jette contre la jambe nue, Iérissos s'élance, l'oiseau s'accroche à son genou, le pique avec son bec, creuse la plaie, l'écarte et la déchire avec ses griffes, Iérissos remonte le verger, le sang coule le long de sa jambe, trempe sa chaussette. Iérissos court jusqu'au portail, il réveille le garde blond endormi contre la borne, le soldat se dresse sur sa jambe de bois, il charge sa mitraillette, l'oiseau dresse la tête au bruit de la culasse, le garde le frappe avec la crosse, l'oiseau se contracte, ses griffes rentrent dans la chair du genou, sous l'os, Iérissos gémit, le garde frappe, frappe, l'oiseau, sa tête meurtrie,

ses yeux aveuglés par le sang, par les coups, se détache du genou de Iérissos lequel secoue sa jambe, l'oiseau tombe sur la dalle, le garde le piétine avec ses bottes, Iérissos essuie sa plaie avec le plat de sa main, le garde s'accroupit, arrache le bec et les pattes de l'oiseau, lui déchire la poitrine, avec ses ongles, crève le gésier, une bague roule dans ses doigts, étincelle parmi le sang, les plumes et les débris de bec; le garde la prend, il la fait rouler entre deux doigts, dans un rayon de lune:
— La bague de la Reine de la Nuit.
Le garde prend la main de Iérissos, ils vont aux cuisines, soulèvent le rideau de l'alcôve, le garde réveille l'esclave; dans la lingerie, où Bactriane dort, que Iérissos réveille; le garde blond sort une jeep, lui et Iérissos soulèvent le corps de la Reine de la Nuit; le garde défonce une petite porte au bas du verger, la jeep s'élance puis ralentit, à l'aube, sur le sable; sur le siège arrière, Bactriane et l'esclave essuient le visage de la Reine de la Nuit; Iérissos court vers le ressac, trempe son mouchoir dans l'écume rosée, Bactriane le prend, le pose sur le front de la Reine de la Nuit; le garde blond dort, la tête courbée sur le volant; une bande d'enfants, demi-nus, dorment contre la barrière de goémons; à la cime du promontoire, des coups de feu: d'anciens soldats d'Ecbatane continuaient, deux années après la fin de la guerre, le combat, mais cette fois, contre ceux qui gouvernaient alors Ecbatane et que la guerre n'avait pas éloignés du pouvoir: ces soldats avaient pensé détruire l'ennemi intérieur en détruisant celui de l'extérieur; la plupart étaient d'anciens esclaves ou fils d'esclaves, l'actuel gouvernement d'Ecbatane n'avait point voulu abolir l'esclavage.

Ces soldats vivaient sur le promontoire de Leuctres; l'armée, ni le gouvernement, ni les civils n'osaient les y assiéger: souvent ils descendaient dans Ecbatane, défilaient dans la ville, armés, décorés, la police s'écartait, les civils applaudissaient, les femmes frémissaient, les enfants suivaient avec des cris ou silencieux. Iérissos, les deux esclaves et le garde blond montent jusqu'à Leuctres : les enfants des soldats jettent des fleurs sur le capot de la jeep.

Plusieurs fois, le chef vient voir Iérissos à Leuctres, Iérissos porte à son doigt la bague de la Reine de la Nuit. Jeune homme, Iérissos descend dans Ecbatane, le chef le fait lieutenant. Tous les esclaves du chef sont morts quand Iérissos pénètre à nouveau dans le château ; des squelettes accroupis, couchés, accoudés aux bornes, le fouet enroulé autour de l'os du cou, le poignard fiché dans la mâchoire. Iérissos marche dans le verger, pousse la porte de l'orangerie, s'accroupit, ses lèvres se posent à l'endroit de la terre battue où la Reine de la Nuit s'est écroulée, le sable recouvre les vitrages ; à chaque respiration de la mer, la porte poussée par le vent, s'ouvre ou se ferme ; le chef attend dans la cour intérieure, foule au pied les squelettes. Iérissos, assis sur le banc de pierre, la tête sous les palmes poudreuses, tourne la bague sur son doigt ; une pomme, qu'il déchire, a le goût du sang, il caresse le duvet au-dessus de sa lèvre supérieure ; il fredonne un air à chanter sur l'eau que Bactriane apprit de la Reine de la Nuit, une nuit que Bactriane poursuivie par les gardes s'était réfugiée dans la chambre de celle-ci. Le chef s'avance, il soulève les branchages, ses bottes écrasent les pommes pourries. Leuctres, désert, les enfants y jouent à la guerre ; un temps, Leuctres s'ouvrait aux esclaves fugitifs, aux orphelins abusés et se refermait sur eux, Ecbatane s'était adoucie. Ceux de Leuctres mangeaient en commun, l'été sur la place au bout du promontoire, l'hiver dans une ancienne église désaffectée, sous la charpente de bateau ; tous venaient à la table, même les nouveau-nés. Des reporters étrangers montaient à Leuctres pour photographier la horde ; le garde blond vivait avec l'esclave dans une maison de bois ; toute la nuit, il se tordait et gémissait sur le lit, le jour il montait dans la jeep, il l'arrêtait au bord du promontoire et regardait la mer, caressant distraitement les enfants qui s'approchaient et touchaient sa jambe de bois ; la rumeur de la ville, si le vent l'apportait à ses oreilles, faisait jaillir l'écume sur ses lèvres, il portait alors la main partout sur son corps, comme si une main, un fouet, le frappait.

Un après-midi, il lança la jeep dans les rochers en contrebas, mourut la tête broyée sous une roue et le bras arraché pris dans le volant. Tous les accouplements se faisaient debout, contre les portes et les palissades.

Le chef s'assoit près de Iérissos :

— Une seule petite esclave m'est restée fidèle. Ecbatane m'a oublié. Encore un peu de temps et vous me rappellerez ; ceux du Septentrion sortent leurs armes de la glace, les enfants, les femmes trempent des balles, mouillent l'acier incandescent des canons. Ici, les femmes font traîner leurs robes sur le marchepied des limousines, au champ de courses d'Ecbatane, achètent des petits esclaves pour leurs fils désœuvrés. En ce moment, les marchés se tiennent sur les berges de l'estuaire, beaucoup d'Asiates achetés par des marchands du Septentrion et revendus dans les villes frontière d'Ecbatane ; ils sont enchaînés et couchés dans les baraquements et les hangars de l'aviation construits vers la fin de la guerre ; les marchands les vendent à bas prix, par familles : une famille complète pour les latrines municipales ; la femme tient la caisse, l'homme aidé de ses garçons, nettoie les fosses, et les filles, les céramiques ; une famille complète pour le sculpteur d'État ; une autre pour l'école, les maîtres enivrent toute la famille devant les écoliers pour les dégoûter à jamais du vin et de l'ivresse ; une autre dans un collège où le directeur, influencé par une doctrine septentrionale, fait donner à ses élèves des cours d'éducation sexuelle : on pousse alors sur l'estrade l'une de ces familles, on force le père à s'accoupler avec sa femme, le père avec sa fille, la fille avec son frère; puis, pour faire apparaître la laideur des accouplements contre nature, le père avec ses garçons, ces mêmes garçons entre eux puis avec leur mère, enfin, celle-ci avec ses filles et ces mêmes filles entre elles; le maître touche les corps accouplés, suants, tendus, avec sa règle, explique les mouvements, met en garde; recueille sur l'extrémité de cette règle une goutte de semence ou de sperme et fait circuler la règle dans les rangées.

Au retour, dans Ecbatane agitée, ville bondée d'esclaves, où des familles entières se préparent à fuir, le chef est applaudi le long des grandes avenues centrales; sa voiture avance lentement, il tient le poignet d'Iérissos; le capot luit, fauve et bleu dans la lumière crépusculaire; les journaux jetés, brandis, tendus par les petits esclaves sont couverts de menaces inquiètes; l'afflux d'esclaves asiates laissait prévoir une poussée des armées septentrionales en étoile. Ecbatane liée par de multiples alliances aux pays guettés par le maître du Septentrion, s'apprête mollement à une guerre qu'elle croit imaginaire, étant trop prévisible et qu'elle repousse dans un avenir obscur; le temps de paix avait pris la réalité d'un rêve, Ecbatane, forte de ses milliers d'esclaves, endormie par leurs soins, amollie par l'usage excessif qu'elle faisait sur eux de ses désirs et de ses cruautés, rassurée et abêtie par leurs flatteries et leur dangereuse fidélité, Ecbatane regarde ces journaux et passe et s'éloigne dans la brume d'automne, les genoux soudain traversés par leur peur, parmi la foule de ses esclaves innocents.

À l'aube, tandis que l'État se livre au chef, Iérissos marchant sous le porche du palais gouvernemental, entre les sentinelles ensommeillées, lève les yeux vers la fenêtre du second étage, encore allumée; le chef apparaît, voit Iérissos, sourit, Iérissos baise ses doigts. Après les délibérations, le chef entraîne le gouvernement défunt vers la cantine de l'hôpital adjacent au ministère ; une esclave les sert, Iérissos surgit, l'esclave lui tend un verre de café brûlant, Iérissos le prend entre ses doigts, la vapeur baigne son visage, il secoue son autre main, porte le verre à ses lèvres ; au travers de la vapeur, il voit le visage de la jeune esclave, le haut de sa blouse mouillé d'éclaboussures de café et de confitures, l'anneau d'argent scellé dans la lèvre supérieure, Bactriane vient derrière lui, caresse ses épaules ; dans l'ombre de la porte, de jeunes soldats, la tête bandée, le pyjama entrouvert, sortent de leur lit, se traînent jusqu'au vestibule, s'appuient au mur, appellent Bactriane, leurs avant-bras rejetant les bandages et les pansements ensanglantés, poussant de petits gémissements tendres, l'écume aux lèvres et les joues couvertes de croûtes nocturnes : bave, larmes, morve ; Bactriane retourne dans le couloir, elle prend un à un les jeunes soldats et les ramène au lit ; Iérissos, buvant le verre de café, regarde la jeune esclave, laquelle essuie les verres, ses yeux baissés se relevant, noirs, quand la ligne du verre cache les yeux d'Iérissos ; Iérissos rend le verre, la jeune esclave secoue le linge, prend le verre, ses doigts effleurent la trace sur le verre de ceux d'Iérissos ; au-dessus de la table, une grande photographie du chef ; Iérissos regarde la jeune esclave ; elle place le verre, non essuyé, dans la poche ventrale de son tablier, Iérissos, tourné vers le chef, écoute menaces, regrets, peurs, décisions d'armistices et de défensive ; la jeune esclave continue de servir, Iérissos revient vers l'endroit où il a bu, il se penche vers l'esclave, ses doigts tremblent sur la nappe glacée où les points de tissage brillent comme des cristaux :

— Comment t'appelles-tu ?
— Mantinée.
— Depuis quand es-tu esclave ?
— Depuis toujours, ma mère chantait à l'Opéra, quand vos soldats ont pris notre ville. Je suis née esclave.

— Mes parents sont morts dans cette guerre menée contre vous, nous sommes frère et sœur.

Il prend le bras de l'esclave, il le caresse jusqu'à la manche de la blouse.

— Ne me touchez pas ; demain je suis vendue à la veuve de votre ancien prince ; elle a quatre cents esclaves dans ses maisons et sur ses terres, huit cents dans ses usines et ses mines ; il en meurt dix par jour, ils sont aussitôt remplacés. On dit qu'elle est ogresse. Elle m'achète pour me dévorer.

La lumière diffuse de l'aurore noie celle du néon suspendu au plafond. Les visages sont pâles, les yeux scellés, le sang court dans les veines des mains ; Bactriane, dans le couloir, se débat dans les bras d'un blessé, elle le détache du mur, il lui tient les épaules, tire la blouse avec ses doigts bandés, avance ses lèvres vers celles de Bactriane ; les autres blessés, couchés, assis dans la pénombre ensanglantée de la chambre, gémissent, font craquer leurs poignets, déchirent leurs pansements, rient, ouvrent leur pyjama, se prennent le sexe et rient, les yeux fixés sur le blessé qui étreint Bactriane ; Iérissos enlève sa main du bras de Mantinée, se précipite dans le couloir, dégage Bactriane, frappe le soldat au visage ; les lèvres du blessé se déchirent, le sang éclabousse le poignet d'Iérissos, le blessé pleure :

— Mon lieutenant, vous frappez les blessés.

— Tu ne peux pas te retenir, vous êtes tous comme des petits chiens. Va te coucher.

Le soldat, tête baissée, le pyjama descendu sur le milieu des fesses, retourne dans la chambrée, sa main couvrant ses lèvres ; Iérissos essuie le sang à son mouchoir, il s'accoude un moment à la fenêtre ; l'aube grise monte sur les dômes et les tours et les oriflammes des palais, des prêtres marchent sur les terrasses, leurs sandales en cuir d'âne baignent dans l'eau glacée des flaques ; les feuilles de leurs livres s'ouvrent au vent, se décollent ; en contrebas, arrêtés, immobiles dans les escaliers en spirale, leurs petits esclaves attendent la fin des oraisons, le manipule au poignet, la toile du short et de la chemise frissonnant au vent ; des sections surgissent aux angles des rues, les pèlerines soulevées claquent dans l'air vif comme un feu d'essence ; des groupes d'esclaves fugitifs ou plaignants se pressent aux portes du palais, les sections repoussent, mitraillent, piétinent, assomment, les esclaves se dispersent, courent le long des murs, les rafales les couchent sur les trottoirs ou les jettent contre les murs ; les camions municipaux arrosent les rues ; les cadavres, lavés, cheveux partagés par le jet, scintillent ; une eau ensanglantée court entre les pavés, meurt en écume contre les trottoirs ; les boueux chargent les cadavres et les enfoncent dans la gueule des camions, parmi la cendre tiède et les excréments.

Les prêtres descendent, appuient leurs mains aux épaules des petits esclaves, essuient leurs fronts mouillés de sueur froide avec les manipules. L'agonie est achevée ; leurs mains libres glissent sur la rampe de l'escalier ; des colombes planent sur les balustrades, sur les tremplins, sur les toits de fonte ruisselant de pluie et de rosée et de fiente ; des corneilles ensommeillées cherchent leurs trous, heurtent les mâchoires des dragons, les seins des vierges, les antennes, les oriflammes ; la pluie colle le short et la chemise des petits esclaves sur leur torse et sur leurs cuisses ; Iérissos revient dans la salle de la cantine, Mantinée tressaille, Iérissos lui touche l'épaule, Mantinée renverse sa tête sur le côté, sa joue, ses paupières effleurent la paume d'Iérissos lequel relève ses doigts sur les lèvres de Mantinée ; mais le regard du chef, un coup de vent sous les portes les saisit, Mantinée baisse ses yeux, reprend son linge sur la nappe, appuie son ventre, pris dans la blouse, contre le bord de la table, Iérissos ramène sa main contre sa poitrine, sur les veines de son cou ; il rejoint le chef qui marche vers la porte, les ministres s'écartent, certains regardent Iérissos du haut jusques au bas :

Dans la voiture, à côté du chef endormi, le chapeau noir relevé sur le front, Iérissos, le col relevé sur les joues et sur le lobe des oreilles ; un petit esclave, un lambeau de toile de sac noué sur les cuisses, est accroupi dans le ruisseau de cendre et de sang ; ses mains fouillent la bouche d'égout ; il les retire ensanglantées jusqu'à l'articulation du coude, il les élève au-dessus de sa tête et regarde Iérissos avec ses yeux pâles piqués de sang ; Iérissos met son poignet dans l'accoudoir, l'enfant court derrière l'auto, ses mains jointes sur son crâne ras ; la main du chef touche la cuisse d'Iérissos :

— Et pourtant, cet ennemi, je l'ai battu.

Iérissos tourne la tête, essuie la buée de la vitre arrière ; l'enfant court, danse, le sang ruisselle sur sa poitrine, recouvre le nombril ; le chauffeur le voit dans le rétroviseur ; le chef se rendort, Iérissos regarde la nuque brillante du chauffeur, une croix y est tracée, l'écharpe la cache à moitié ; la voiture ralentit, l'enfant la dépasse, sa main ensanglantée traîne sur la vitre ; le chauffeur ouvre sa portière, la fait claquer, l'enfant saute sur le trottoir ; le chauffeur accélère, il voit la croix de sang sur la vitre d'Iérissos, il lance la voiture sur l'enfant, lequel s'écroule, la jambe happée, la roue avant droite lui broie la tête, patine sur le macadam ; le chef réveillé tient à deux mains le dossier du siège avant, un peu d'écume mouille son menton ; Iérissos ouvre sa portière, il s'élance, il s'accroupit auprès de l'enfant, dégage la tête, les os des épaules se retirent et se rassemblent dans le haut du cou ; la voiture recule, le chauffeur, la tête enfouie dans les manches de son manteau, l'écharpe dénouée suspendue au volant, tremble : Iérissos prend le corps dans ses bras et s'enfuit.

Au soir :

— Maître, on a vu le lieutenant Iérissos dans les ruines de Leuctres. Faut-il le faire arrêter ?

— Non ; après chacune de ses fuites, il me revient plus docile, plus affamé de tradition, de tendresse et sa joue et son épaule ont le goût du vent. Laisse-le courir et la sueur couvrir son front, et le gel durcir ses lèvres, ses doigts et son sexe, puis le printemps ramollir sa peau.

L'ennemi rentre dans Ecbatane. Iérissos descendu de Leuctres dans le faubourg des esclaves, s'arrête un soir en face d'une cabane et entend l'appel de cet officier enfui dans Buxtehude : la voix appelle à la résistance ceux-là mêmes que Leuctres, naguère, faisait vivre enfin derrière ses palissades :

— Ce combat mené contre un ennemi capable d'asservir vos maîtres, gagnez-le avec moi. Ainsi vous délivrerez vos enfants d'une plus profonde servitude, et vos maîtres libérés par vous, je les forcerai alors à vous affranchir tous.

Iérissos entre, il voit les esclaves attablés autour du transistor. Un coup de soleil illumine le haut de Leuctres, les pointes des palissades, la cendre des pieux incendiés ; des cavaliers ennemis galopent sur la grève, les sabots des chevaux foulent, piétinent les corps des jeunes résistants fusillés dans la nuit, les recouvrent de sable ; ils remontent sur la dune, traversent au galop les ruelles du faubourg, piétinent les enfants accroupis dans le sable et jouant aux osselets ; le casque d'un cavalier roule dans le sable ensanglanté ; le cavalier saute, le cheval emporté continue dans la mêlée ; le cavalier, son casque à la main, court derrière la section, laquelle disparaît sous les portes d'Ecbatane, dans un voile de sable rouge et d'excréments soulevés ; les esclaves sortent des cabanes, tirent leurs enfants, caressent leurs membres broyés ; l'un d'eux embrasse la mâchoire de son enfant, élargie d'un coup de sabot, l'enfant gémit, ses doigts de pieds retournés ; Iérissos, son uniforme en lambeaux, poursuit un enfant, qui, l'oreille arrachée, et les dents brisées dans la bouche, s'enfuit, escalade la colline de Leuctres ; Iérissos le saisit aux épaules, il le ramène dans sa cabane ; il sort dans le jardinet, un drap suspendu coule sur son visage, le savon pique ses yeux ; deux tanks patrouillent sur la grève, ils montent sur la dune, les chenilles arrachent les genêts, les souches ; la tourelle tourne, la mitraille crible le ressac puis le haut de Leuctres où la toile d'un parachute se déchire à la palissade : le résistant court dans les ruines, sa main tourne sur les pieux en cendre ; Iérissos revient dans la cabane ; deux esclaves du chef frappent sur la porte : la mère cache ses enfants martelés dans l'alcôve, Iérissos ouvre la porte :

— Le chef veut savoir si tu es en bonne santé.

— Dites-lui que je suis seul, que le poids du pouvoir me remplit de crainte, que le palais regorge d'assassins.

Et l'esclave empoigne le sexe d'Iérissos, lequel recule, arrache la main de l'esclave accrochée à la toile de son uniforme.

Les deux esclaves sortent. Ils rentrent à Ecbatane, celui qui a touché Iérissos ouvre sa main sous les lèvres du chef.

Iérissos, dans l'après-midi, jusqu'à la nuit, lève une armée secrète d'esclaves : l'un d'eux gagne Buxtehude à la nage, il revient, traverse la mitraille, s'écroule, ruisselant, sur la paillasse d'Iérissos ; dans sa main fermée, un papier froissé couvert d'ordres et de promesses d'armes.

Peu à peu les esclaves s'organisent en sections : des tanks sont incendiés, des armureries explosent, les jeunes résistants libres éprouvent, au début, quelque répugnance à combattre aux côtés des esclaves, se plaignent, la nuit, couchés dans les cantonnements provisoires, de l'odeur, de la maladresse, de la turbulence de ces esclaves d'origine obscure et lointaine.

Iérissos paraît un soir dans la chambre du chef, un valet est penché sur le chef assis devant sa table illuminée, le poignet recouvert de papiers d'État; Iérissos s'avance, le chef se retourne à demi sur son siège, chasse le valet d'un coup de poing sur la cuisse, se redresse; Iérissos s'avance encore, le chef lui prend la cuisse:

— Je sais que tu commandes une armée d'enfants et d'esclaves. Conduis-moi, une nuit, dans tes cantonnements, que je les voie endormis, l'arme entre les jambes, la gorge palpitante et le nombril découvert, les lèvres et les joues enduites de graisse et de vin; la poitrine inquiète et le sexe soulevé par les figures et les voix des rêveries du demi-sommeil. Toi ici, le capitaine à Buxtehude, les deux artères de mon cœur crépusculaire. Je couvre vos actions parallèles, et sitôt la guerre achevée, partout au monde, et vaincu le Septentrion, et dévasté, vous me condamnerez. Tu me quittes chaque fois pour arracher quelques esclaves à la mort lente. Maintenant je m'abandonne à toi. Tu vis pour moi, dans la lumière et le tumulte où je ne puis tremper mes mains. À peine me permets-tu de boire sur tes joues et sur tes mains la sueur de tes actions. J'étais né pour libérer, non pour fausser les listes d'otages, jour après jour. Ils m'imposent des valets septentrionaux; ils retournent mes chaussettes, leurs espions rient derrière les portes quand je m'accroupis sur mon bassin. Tu sens l'esclave. Est-ce qu'ils t'obéissent? Ce matin j'en ai vu un qui travaillait sur le toit du palais, il tirait avec ses doigts un chéneau de fonte, le sang ruisselait de ses mains sur la fonte déchirée; en se relevant, il a regardé une fumée qui sortait de la cheminée sur laquelle il appuyait son dos et se noyait dans la lumière; il a vu mon regard, il a baissé ses yeux; le vent vif gonflait sa chemise; il relève ses yeux, ils baignent dans le sang, dans la rosée; je me retenais de le pousser dans le vide, comme un caillou. Restes-tu ici toute la nuit?

Il ferme ses mains sur l'oreille d'Iérissos:

— Mes jambes faiblissent, je n'ai plus la force de les raidir contre le lavabo.

Le valet prépare la table de chevet : les fioles, les sachets, les seringues, les boîtes de coton. Iérissos s'assied sur le canapé, le chef lui tient la cuisse :

— Moi tout seul je sais résister à l'ennemi, mais mon gouvernement la nuit ou à l'heure de ma sieste, signe des traités provisoires que je suis obligé de couvrir. Cette chambre, où je refais mes batailles, aucun de ceux-ci, ennemis de l'intérieur, ennemis de l'extérieur, n'y pénètre. J'ai un chien, offert par des paysans, dont j'ai béni les troupeaux et les outils, je colle des petits messages sous son ventre ; un jour, je le lâcherai, les ordres seront distribués, moi aussi j'aurai fait sauter des trains et des ponts. Vois ce chien, ces paysans voulaient me donner une chienne, j'ai dit que je voulais un mâle. Chto. La nuit je le réveille, il saute sur mon lit, je prends, couché, son museau dans mes poings, ses yeux brillent, son ventre que je presse garde mon secret, sa langue attendrit mon poignet, mes lèvres. C'est Ecbatane qui me regarde et qui palpite sous ma main, impatiente de liberté.

Il s'assied auprès d'Iérissos, il l'attire contre lui, vers ses genoux ; une patrouille, dans la rue, passe avec un bruit de galets remués par le ressac. Iérissos caresse la joue du vieillard, à ses doigts s'enroulent les boucles blanches au travers desquelles le sang affleure sous les lèvres, ses ongles s'arrêtent aux paupières où luit, descellé, le regard bleu à l'iris double. La main du chef s'enfonce entre les cuisses d'Iérissos lequel, attendri par le feu, le parfum et la lueur des flacons, s'assoupit, la tête roulant sur le dossier ; la main du chef, enfoncée jusqu'au poignet, pétrit la jeune chair endormie, les doigts déboutonnent, tirent le maillot, le retiennent ouvert, glissent sur les boucles de la toison ; l'autre main serre une enveloppe, la roule et la dépose contre le sexe d'Iérissos. Au réveil, le vieillard grogne dans son lit, ses cheveux étalés sur l'oreiller, le valet penché sur lui, ouvre ses deux mains sur son cou ; Iérissos bondit, renverse le valet sur le dos, le chef grogne et roule sur le côté. Iérissos piétine la gorge du valet étendu sur la descente de lit, puis, il sort de la chambre, il saute dans l'escalier, la pluie, sous le portail, fouette son front et ses mains ; il marche dans Ecbatane, heurte les pancartes ennemies, les poubelles vides où s'accouplent les chats, descend vers l'estuaire ; sur le toit des péniches du Secours fluvial, des grands chats bondissent le poil mouillé de semence et de pluie, frottent leurs dos aux bâches goudronnées, aux jambes nues des mariniers ; il remonte vers le quartier général ennemi, s'arrête contre le mur qui soutient la terrasse de la veuve du prince d'Ecbatane, écoute les cris des esclaves et les souffles des fourneaux, sous ses pieds à travers le soupirail des cuisines ; en face, dans l'enchevêtrement des terrasses, plates-formes, cheminées, pignons, tourettes, des fenêtres, des lucarnes, des vasistas entrouverts, embués, tendus, encombrés d'uniformes, de chemises, de maillots, de mouchoirs, de chaussettes mises à sécher, cachent le sommeil lourd et inquiet des soldats et des officiers ennemis.

Deux femmes remontent lentement du bas de la rue où le fiel et le sang des poissons ruissellent entre les pavés ; une ombrelle bleue, foncée et tendue par la pluie ; elles passent devant Iérissos :

— Toi ? Viens au Palais, nous déjeunerons ensemble. Toi ?

— Oui, Altesse.

Les deux femmes voilées précèdent Iérissos dans le petit escalier ; les doigts sur la rampe, s'entrelacent aux roses ; l'une des femmes tourne la tête, une rose s'accroche à sa chevelure sur la tempe ; la main de la princesse tient celle de la jeune femme, serre les phalanges, recourbe les ongles, tend la peau, pince les veines ; Iérissos touche la hanche de la jeune femme au-dessus de lui ; au haut de l'escalier, deux esclaves appuyés aux bornes ruisselantes, ferment leurs chemises; la pluie coule le long des muscles de leur cou : « Coucher, maintenant », piquant leur poitrine avec la pointe de l'ombrelle repliée; les esclaves bougent, les deux femmes entrent dans une véranda haute de quinze mètres; les montants sont de bronze, les vitrages peints à mi-hauteur; deux sapins plantés dans deux bacs de pierre montent jusqu'au dôme surmonté de carillons; dans les branches entrelacées, Iérissos voit des jouets cassés, des lambeaux de shorts et de chemises, des lanières, des chargeurs de pistolets mitrailleurs, des colliers de dents; aussitôt, une multitude d'esclaves, hommes et femmes, garçons et filles, jaillissent dans la véranda, les bras chargés de fleurs, de fruits, de viandes froides :

— Aujourd'hui je reçois à déjeuner les grands officiers princes de l'Armée d'occupation. Je veux leur montrer les richesses d'Ecbatane. Le chef n'a point accepté de se mêler au festin, il préfère son ragoût et son eau minérale. Restes-tu ici tout le jour, Iérissos ? Tous ces esclaves m'importunent avec leur odeur. Ces sapins, le Prince me les rapportait d'une forêt du Septentrion, avec leurs oiseaux et leurs écureuils attrapés au filet. Tu naissais. La guerre était faite par des rats. Une bulle de boue, un mort. Le Prince se jeta dans mes bras, sur ses sourcils couraient les insectes de la nuit, sur son front je caresse la marque de la visière automobile. Tous les esclaves sont morts à la guerre; puis, l'hiver achevant les blessés et les fous rentrés dans leurs maisons, les portes des palais et des villas s'entrouvrent. Toutes les nuits je danse, et le jour, au téléphone, joyeuse sous les fourrures de mon lit, je fais souffrir mes amants. Le Prince cloue ses papillons. Nous vivons en paix avec la république. Assieds-toi. Je reviens.

Elle sort, la jeune femme s'assoit, tout habillée, sur un sofa, la tête appuyée contre un vase rempli d'eau pourrissante :

— Mantinée, je la connais, es-tu malheureuse ? Elle avait mille amants des quatre coins du monde, se noircissait le corps pour le nègre, libérait ses seins...

— La nuit, ses bijoux heurtent mes dents. Tous les esclaves me jalousent, leurs yeux s'animent quand je passe, leurs muscles, leurs os reprennent leur place, leur sang bout. Ils mettent des clous entre les lattes des parquets. Ignorée des hommes libres, haïe par les esclaves, dans chaque chambre une sonnerie peut m'appeler à son chevet ; contre chaque arbre, au grillage des bassins. Alors, les esclaves sortent leur tête, crachent à mes pieds ; au vent, le crachat rejaillit sur leurs joues ; ils grattent la terre, se frottent le sexe, jettent à mes pieds des couronnes de papier. Penchée sur elle je m'efforce de retenir ma tristesse, mais elle voit la peau trembler sous mes yeux, elle se dresse sur son coude, elle prend mon menton dans sa main, l'aiguille de son chignon s'accroche à l'oreiller ; sa main remonte jusqu'à mes yeux, je les ferme, je veux l'aimer, je caresse son poignet contre ma joue, elle sourit, sa main descend sur ma gorge, je la repousse doucement.

— T'aimerais-je libre ?

— Alors vous m'aimeriez morte.

Je m'étends à ses côtés sur le lit, mes yeux fixent les étoiles d'or du baldaquin, sa main déboutonne le haut de ma blouse, couvre mon sein droit, sous la toile tendue, déboutonne jusqu'à la taille, remonte le long de l'échancrure, sur les boutons ; la poussière coule dans les plis des rideaux ; une esclave traverse la chambre, sur la pointe des pieds, prend un drap au pied du lit, accroupie ; la couture de son épaule se déchire, la princesse voit la chair libérée, elle se redresse :

— Prends-la, Mantinée, prends-la.

L'esclave se tient immobile, le drap déplié sur ses bras, je me lève, je la prends par la taille, je l'entraîne vers le haut du lit, je la pousse, je courbe sa tête sur le visage de la princesse, les mains de l'esclave s'ouvrent, sa nuque se raidit sous ma main, le drap coule sur le parquet, la princesse saisit le cou de l'esclave, le tire :

— Tourne-la, tords son bras.

Je tourne le bras de l'esclave, la princesse prend la déchirure avec ses dents, mordille la chair, l'esclave, assise sur le bord du lit, la robe enfoncée entre les cuisses, les mains jointes sur le nombril, le cou serré dans le poignet de la princesse, me regarde ; l'écume de la princesse mouille l'épaule, la toile de la robe dans le dos et sur le haut de la gorge ; puis les dents mordent, l'esclave ramène son épaule contre sa joue, sa chevelure déployée sur le drap, le sang gicle sur les gencives de la princesse ; le ventre de l'esclave, contracté, se creuse, les mains de celle-ci s'ouvrent, remontent le long de la poitrine ; la princesse renverse le haut du corps de l'esclave sur ses seins, toujours mordant l'épaule, ses dents serrées sous le muscle et le tirant comme une corde d'arc, l'esclave se mord les lèvres, sa tête se renverse en arrière découvrant la gorge baignée de sueur et de sang rose ; elle crie, ses mains se jettent en avant puis se recourbent sur son ventre, les genoux découverts, brillent, mouillés de sueur, laquelle coule sur les jambes, jusqu'aux pieds ; la robe colle au corps, se gonfle aux endroits restés secs ; je caresse le front de la princesse, ses sourcils éclaboussés de sang, ses paupières, la princesse desserre ses dents, elle lâche le cou de l'esclave, elle renverse la tête sur l'oreiller, la sueur rose mouille l'oreiller contre ses joues et ses cheveux ; l'esclave reste assise au bord du lit, je la prends à la tête, la soulève, mes mains glissent sur sa robe trempée, gluante, l'esclave couvre sa blessure avec sa main, se redresse, je la pousse vers la porte ; elle appuie son dos au mur, son épaule au-dessus d'un vase plein d'eau verte et de filaments de fleurs pourries ; je reviens vers le lit, je ramasse le drap, je le plie, je l'apporte à l'esclave, le sang de la blessure ruisselle sur les bords du vase, descend, touche l'eau, la voile d'écarlate ; je pose le drap sur le bras valide de l'esclave, j'ouvre la porte, j'entraîne l'esclave dans le couloir puis je l'abandonne ; au moment où je repasse la porte, elle se jette sur moi, mord mon bras, le tient serré entre ses dents cassées ; je couvre ma bouche, les pleurs jaillissent sur mon poignet, roulent sur mes narines ; l'esclave desserre les dents, crache mon sang et s'enfuit, le drap déroulé traînant sur le tapis.

Quand je me penche de nouveau sur la princesse, elle sent, elle voit le sang sur mon bras, elle prend mon poignet, elle le tire, elle pose ses lèvres sur la plaie, aspire le sang en écartant la blessure avec sa langue et ses dents ; je m'étends près d'elle, elle continue de sucer la blessure, le sang séché de l'esclave s'effrite sur ses paupières, ses yeux sont clos, sa tête renversée sur l'oreiller ; mon sang coule dans sa poitrine, se mélange au sien ; je veux le lui reprendre ; elle aime ce sang d'esclave ; les hommes aussi, le sang et la semence des esclaves ; esclaves, la perte de notre sang et de notre semence nous dépossède, nous arrache pour un temps, à notre état d'esclave ; ils fécondent, ils raniment un corps libre, pour nous, l'inconnu. Vous, hommes libres, vous aimez boire le sang, et recevoir la semence des esclaves ; alors, pénétrés jusqu'au fond de l'âme, par un feu ancien : la liberté par soumission aux forces du ciel, frissonnants, glacés par votre solitude, à ces esclaves couchés contre vous insensibles aux forces de la terre, dans leur flanc, vous injectez votre semence empoisonnée ; ou bien, par jeu, et vous nous faites mourir, nous qui sommes déjà morts.

La princesse revient, s'assoit près d'Iérissos ; les esclaves courent ; certains, la chevelure, les épaules et les genoux ruisselants, debout, appuyés au mur, débouchent les bouteilles serrées entre leurs cuisses, le short éclaboussé de vin et de cire ; les femmes dressent le couvert, leurs enfants accrochés à leurs blouses ; un jeune esclave, les bras chargés de bouteilles et de flacons d'hydromel, pousse du pied la porte de la véranda donnant sur la cour du cellier, ses genoux au-dessus desquels la culotte est retroussée, saignent, la pluie voile le sang ; la princesse, dont la main repose sur la cuisse d'Iérissos et la chevelure touche celle du jeune homme, voit les genoux ensanglantés, elle frémit, raidit son doigt vers le sol, l'esclave s'avance ; la princesse lui saisit la jambe, il perd l'équilibre, les bouteilles se brisent sur le carrelage, les éclats blessent les jambes nues des petits enfants ; l'esclave debout, les mains ouvertes sur les hanches, baisse la tête, la princesse tire la jambe par-derrière le genou, l'esclave avance encore, la princesse jette sa bouche sur la blessure, mordille l'os, lèche le sang sur la jambe, élève le pied jusqu'à ses lèvres, lèche le sang accumulé sur l'orteil ; l'esclave, debout sur une seule jambe, se retient au dossier du sofa ; les mains de la princesse enveloppent son pied.

Iérissos se tait, incliné vers Mantinée et lui caressant les cheveux. Les esclaves ramassent les bouteilles brisées, se blessent la main et le pied ; le vin coule jusqu'au sofa, la princesse lève ses pieds, une esclave jette sur le carrelage une grande serpillière ; des mouettes arrêtées sous les carillons du dôme, secouent leurs ailes sur la verrière ; la princesse lâche le pied de l'esclave, lequel, sa jambe lavée, la plaie de son genou adoucie par la salive de la princesse, recule vers les tables ; la princesse tourne vers Iérissos son visage ensanglanté, ouvre à demi sa bouche baignée de sang, une salive rose mousse sur les gencives :

— Tu le vois, le sang même le plus vil, étouffe ma mélancolie. Quand leur sang ne jaillit plus, quand ils vont, dans le Palais, dans les jardins, leurs corps intacts, de nouveau elle me serre, elle brise mes os, je me lève, je suis les esclaves, je trouble leurs travaux pour qu'ils se blessent ; je donne un petit couteau à un enfant accroupi, une aiguille ou des ciseaux à une fillette assise à mes pieds. Le sang des bêtes me fait horreur.

À l'aube je me lève, je réveille Mantinée ; nous sortons dans Ecbatane ; dans les rues je penche mon corps froissé par la nuit, sur les ruisseaux de sang : esclaves ou résistants tués dans la nuit je prends du sang dans mes mains ouvertes et je le bois, Mantinée frissonnante au bord du trottoir et détournant la tête ; le jet des camions trempe ma robe, glace mon front et dessous, la fièvre qui le bombe.

Rentrée au palais, je me couche et je ferme ma bouche sur le sang bu, jusqu'au soir.

À midi, la princesse étant couchée dans sa chambre, et Iérissos et Mantinée se poursuivant dans les combles du palais, les grands officiers descendent de leurs voitures particulières, se pressent dans le petit escalier de la terrasse, leurs chauffeurs se vautrent sur le siège avant, allument des cigarettes, sortent des bouteilles et des fruits de leurs poches, se décoiffent, allument le poste de radio, sifflent les filles, libres ou esclaves, se mettent debout sur le siège et se déboutonnent quand elles passent.

Iérissos, le front voilé de toiles d'araignées, les mains jetées en avant, tombe sur Mantinée enfouie dans une corbeille de vieux châles ; il s'étend sur elle, déchire les châles qui la recouvrent, prend sa bouche, appesantit son ventre sur ses cuisses ; leur salive mouille les lambeaux de châles, les boucles des châles se prennent entre leurs dents ; Iérissos appuie ses lèvres et, dessous, sa mâchoire où deux dents sont brisées — une chute, jadis sur les pierres, enfant, devant le chef qui le voulait saisir — sur la gorge de Mantinée ; avec les dents, il déboutonne le haut de la robe, mordille les seins, jusqu'au téton sur lequel il crachouille et secoue sa chevelure poudreuse ; puis, reculant et s'accroupissant, il retrousse la robe, ses deux mains couvrant le ventre et le nombril, et descend son visage vers le sexe qu'il lèche, ses lèvres tremblant sur le haut de la toison, les genoux de Mantinée serrant les épaules de Iérissos, ses bras dépliés le long de son corps, ses mains ouvertes où la sueur scintille, en étoile, dans les plis.

Au milieu du festin, un grand officier, par maladresse, renverse une saucière sur la tête d'un petit esclave accroupi à ses pieds et tenant la robe de sa mère; celle-ci, serrant la saucière dans son poing, s'accroupit, essuie la sauce sur le crâne de l'enfant avec un pan de sa blouse, l'enfant, couché sur le dos, halète, ses paupières brûlées, les yeux couverts de sauce, la bouche fermée, suffoque; ses genoux soulevés se rétractent, ses mains s'ouvrent contre ses hanches, l'esclave, silencieuse, mais les joues baignées de pleurs, soulève son enfant dans ses bras, jette la saucière sur la table, et s'enfuit dans le vestibule; la princesse, affaiblie, le front incandescent, regarde les sapins:

— Cet enfant va mourir; son père, né d'une putain, le prince le sortit tout enfant du bordel où il vivait, nu tout le jour, le sang et les os injectés de fiel, les membres ramollis à force de torsions et d'assoupissements forcés; au palais, malgré ses maladies, il fascine toutes les filles et toutes les femmes; son réduit, dans le chenil, retentit jusqu'à l'aube de leurs cris et de leurs rires; c'est un bon reproducteur.

Un esclave, venu des cuisines, se penche et parle à l'oreille de la princesse:

— Eh bien, apporte ses dépouilles et jette-les dans le sapin.

L'esclave sort puis il revient, il tient dans ses bras la barboteuse du petit esclave et ses jouets: un bateau en écorce et une toupie; la princesse caresse ces dépouilles:

— Cela sent le lait. Horreur pour moi, buveuse de sang.

Et l'esclave les jette dans le sapin.

Mantinée, debout derrière la princesse, regarde Iérissos dont les doigts tremblent sur une tête de caille à demi mangée; Iérissos lève les yeux, sourit, ses dents broient la tête, les orbites, le crâne, les joues; la princesse voit le sourire d'Iérissos à Mantinée, elle continue de parler au grand officier qui lui fait face, mais le soir, quand Iérissos est reparti pour Leuctres, elle se jette sur Mantinée, elle la frappe à coups de poing et la piétine sur le carrelage; puis, la voyant blessée, martelée, évanouie, elle boit le sang partout où il jaillit et couvre le corps de ses mains, de ses pleurs, de ses cheveux.

À l'aube, seule elle va boire le sang, le long des trottoirs; elle rôde autour des abattoirs, non pour voir le sang des bêtes, mais seulement si ceux qui les tuent se blessent avec leurs couteaux; alors, elle traverse les cours pavées, sa robe traîne dans le sang, gonfle autour de ses reins, au vent vif, accroche un tas de têtes coupées : moutons, porcs, veaux, chevaux, les têtes s'écroulent, des rats en sortent, le poil ensanglanté; la princesse dont les genoux faiblissent, tire sa robe, se prend le pied dans un rail; des jeunes hommes, appuyés contre un wagonnet, coupent, contre leur poitrine, des galettes de maïs; la princesse regarde le couteau traverser le pain et s'arrêter sur le pouce; elle entre dans le bâtiment central, les cris des bêtes font trembler les verrières; la princesse avance entre les wagonnets; les apprentis marchent dans les flaques de sang, caressent leurs chevelures ensanglantées; l'un d'eux porte sur la joue la marque d'un pied de chevreau; sur le carrelage l'eau jaillit de sous les cloisons des alcôves, charrie des lambeaux et des excréments; deux apprentis se battent sous les crocs, lesquels, secoués, tintent; la princesse soulève les rideaux des alcôves où des apprentis, commandés par le maître boucher, torse nu, le tablier glissant sur les cuisses, maintiennent les bêtes et les égorgent, leurs chevelures secouées sous le néon et les cornes des bêtes accrochées au nombril. La princesse, son front mouillé de sueur rose, retient le rideau soulevé; les muscles des apprentis jaillissent; jambes de garçons contre jambes de cheval; apprenti maîtrise cheval mal égorgé, la langue du cheval s'enroule au poignet de l'apprenti; le cheval appuie le sabot de sa jambe avant sur la cuisse de l'apprenti, le sabot retrousse et tend le short jusqu'au bas du ventre, découvrant une partie de la toison et du sexe de l'apprenti, lequel, penché sur le cheval, tourne le couteau dans sa gorge, l'autre main accrochée aux naseaux fumants. Puis il sort le couteau de la gorge du cheval; une ruade du cheval pousse le couteau serré dans le poing contre la cuisse; la lame glisse jusqu'à la naissance du sexe découvert par le sabot du cheval, fait une entaille sous la toison; le sang jaillit sur les boucles noires; l'apprenti, sa main tenant toujours le couteau, caresse avec son pouce la toison ensanglantée; la princesse s'est élancée, bouscule les apprentis et le maître boucher, s'accroupit contre la jambe de l'apprenti, la prend, ses mains remontent jusqu'à la cuisse, ses lèvres se posent sur l'ourlet du short, ses dents heurtent le sabot du cheval, sa langue fouille l'amas de poils et de sang, à la naissance du sexe, sa gorge bat contre le sabot, ses lèvres retroussées, mangées, scintillent; l'apprenti, immobile, les yeux vagues, le couteau serré au-dessus de la chevelure de la princesse, remue ses lèvres, ses narines tremblent, la sueur voile ses yeux, colle ses sourcils; les muscles de sa jambe et de sa cuisse saillent; la princesse aspire le sang, les boucles de l'apprenti rentrent sous ses narines, son œil droit est fermé sur le short, l'autre œil regarde l'œil voilé du cheval mourant.

Le maître boucher, appuyé à la cloison de l'alcôve, ses apprentis font cercle autour de lui, leurs couteaux plaqués aux hanches; l'apprenti que la princesse tient au genou et à la fesse, laisse reposer son couteau sur la chevelure de la princesse, qu'il se met à caresser aux tempes puis aux épaules, il prend la chevelure dans sa main, la fait rouler sur son poignet, ses ongles griffent les tempes découvertes de la princesse, laquelle, ses cuisses s'écartant sous la robe, et les lèvres de son sexe se couvrant de semence, serre plus fort la fesse et le genou de l'apprenti, et mordille la naissance de son sexe, sa langue couvrant la petite plaie où le sang ne vient plus; le sexe de l'apprenti durcit, se tend, se relève contre les narines de la princesse, mais recourbant sa langue dans sa bouche gonflée de sang, elle se redresse, ses mains glissant le long des hanches de l'apprenti; elle essuie ses lèvres avec la paume de sa main, jette un regard aux apprentis et s'échappe hors de l'alcôve; l'apprenti serre son couteau dans ses poings, il se penche sur le cheval dont les jambes remuent sur le carrelage, il lui relève la tête d'un coup de poing, enfonce le couteau dans la gorge à côté de la première blessure, le cheval secoue la tête, ses reins tremblent sous le pied nu de l'apprenti; un jet de sang gicle dans les yeux de l'apprenti, ruisselle sur ses joues, sur sa gorge, sur son ventre, sous le short, jusqu'aux genoux. Deux apprentis accroupis maintiennent les jambes du cheval; le maître boucher prend une masse de plomb dans un angle de l'alcôve, la soulève; l'apprenti s'écarte, la masse de plomb tombe sur le crâne du cheval; ses jambes secouées dans les poings des apprentis, il râle, ses yeux se ferment, ses naseaux fument sur les plaies de sa gorge; sa bouche s'entrouvre, du sang mêlé d'écume sort d'entre les dents, rentre dans les naseaux.

La princesse, sa robe tachée, court le long des murailles, les bergeronnettes jaillissent des trous duvetés, secouent leurs ailes contre sa chevelure ou sa joue; les sentinelles courbées sur le bord des murailles, la poitrine appuyée au granit, le rayent avec la pointe de leurs couteaux. La princesse lève les yeux. Une sentinelle dort, le casque tirant sa tête sur le granit, sa bouche gonflée par le sommeil, soufflant la poussière de quartz; la princesse enjambe un tas de goémons d'où sort un petit bras piqué des vers; la robe entraîne le goémon, découvrant à demi un corps d'enfant, nu et marqué d'empreintes de chenilles de tank. Un rat, sorti de sous le corps, s'accroche au bas de la robe, mordant l'ourlet ; un autre roule dans une boîte de conserve, puis il saute sur le ventre de l'enfant, trotte jusqu'à la gorge, laissant sur la poitrine blanche une traînée de rouille.

Une vieille femme — la peau des lèvres a recouvert son anneau — accroupie contre la muraille, jette des bois dans un petit feu, entre ses jambes :

— Mangez, buvez, petits, enfoncez-vous dans sa douce chair, que ses os et ses muscles vous retiennent prisonniers.

Elle guette les rats : ils courent sur le corps, le déchirent, s'enfoncent dans les plaies, le museau soulevant la peau ; dans la bouche, sous les aisselles, entre les fesses et le ventre et le tour du sexe, vibrent ; quand tous se sont enfoncés, la vieille femme se redresse, se penche sur le cadavre, couvre les orifices avec des morceaux de bâche goudronnée ; les rats se retournent dans la plaie, prennent appui sur les muscles, mais la vieille femme leur enserre la tête entre ses doigts et les jette tout vifs, et criant, dans le brasier. Ceux qui déchirent le corps en dedans, et cherchent un trou pour sortir, elle jette ses mains sur le corps et ils vibrent sous ses doigts ; elle les pousse vers les articulations, vers les cavités du ventre et de la gorge, elle les y écrase, son poing creusant la peau, laquelle, éclaboussée de sang par-dessous, se refroidit.

Un rat fouaille la mâchoire et les joues, les yeux se soulèvent, les oreilles bougent ; la vieille femme presse les tempes entre ses mains ouvertes ; les gencives de l'enfant, déchirés sa langue et les parois de la bouche et le fond du palais, trou de sang fermé par les dents ; le rat se retourne dans ce bain de sang et d'émail ; la vieille femme enfonce le morceau de bâche dans la bouche, le rat, enfoncé dans la gorge jusqu'aux reins, mord et tire la bâche ; puis il se retourne de nouveau, traverse la gorge, creuse entre les poumons; la vieille femme, redressée, ramasse un bâton dans la boue, auquel est enroulé un barbelé : elle en frappe la poitrine de l'enfant, le rat s'enfonce sous les poumons, il les soulève ; les chairs déchirées crissent; le ventre gonflé par la pluie, le rat s'y assoit. La vieille femme frappe le ventre, le barbelé déchire le nombril, pique le rat à la bouche, la vieille femme frappe, le rat crie, remue ses pattes dans le sang, il se cache sous les os du bas-ventre, le bâton barbelé les brise ; la vieille femme tire le rat à travers la plaie et le jette dans le feu ; puis, accroupie, elle mange les rats grillés ; s'endort jusqu'à midi, le dos au mur ; réveillée, les rats de nouveau couvrent le cadavre ; la vieille femme les étrangle et les assomme, le sang, illuminé par le soleil du soir, retombe en pluie d'or sur ses poignets. Quand le cadavre est déchiré et ne peut plus servir d'appât, elle le traîne dans le brasier et le fait rôtir à petit feu ; puis, l'ayant mangé, ses mains tirant et tenant les jambes et les écartant, et ses dents recouvertes de cendre tiède, elle se renverse sur les os et dort ainsi, la bouche ouverte à la pluie nocturne, jusqu'à l'aube, où, se relevant, elle s'en va le long des murailles, et descend aux dépôts d'ordures ; et quand elle a vu, jeté sur les ordures ou replié dessous, un petit cadavre aux lèvres nues, son cœur bat sous sa poitrine, ses mains tremblent dans la pluie quand elle les approche du corps, que les rats retiennent par les cheveux et les poils du sexe et des aisselles ; elle prend l'enfant dans ses bras, ou, s'il est trop lourd, le prend et le tire par les pieds, jusqu'au pied des murailles ; un petit esclave vient au dépôt avec un seau d'excréments ; l'anse coupe sa main, ses pieds nus s'enfoncent dans la neige souillée.

La vieille femme voit l'enfant, elle sort de sa poitrine un porte-plume de faux ivoire, elle le tourne dans le soleil, l'enfant s'approche ; ses jambes nues sont mouillées d'urine — son maître, un vieillard libre mais pauvre, et dont il est le seul esclave, lui a pissé sur les jambes en se levant du lit — la vieille femme lui prend l'épaule ; la princesse court sous les murailles ; la vieille femme, dont l'enfant touche le poignet, avance le porte-plume :

— Regarde dedans, on y voit l'île d'Inaménas, que ceux d'Ecbatane ont prise à tes ancêtres.

L'enfant ouvre ses yeux, la vieille femme tient le porte-plume contre les yeux de l'enfant, qui lui serre le poignet ; la vieille femme, alors, retourne la plume sur les lèvres de l'enfant, et la plonge dans sa bouche ; l'enfant hurle, crache, mord le porte-plume, griffe le poignet de la vieille femme ; la plume déchire le fond de la bouche, le sang mêlé d'écume coule sur le menton et sur la poitrine de l'enfant ; la princesse s'est retournée, elle revient sur ses pas ; la vieille femme pousse l'enfant par la bouche vers une petite cabane, où sont les outils des boueux ; l'enfant, en reculant, met le pied dans le seau d'excréments, lesquels couvrent sa jambe et éclaboussent son short ; la vieille femme renverse l'enfant dans les outils, ferme la porte.

La princesse, dont les lèvres remuent, baignées d'écume rosée, fait le tour de la cabane, appuie et frotte son épaule à la porte ; la vieille femme arrache le porte-plume de la bouche de l'enfant et le remet dans sa poitrine, la plume en est recourbée ; l'enfant râle, de sa bouche sort un bruit de galets, sa main s'accroche aux dents d'une fourche, la vieille femme prend la fourche et perce la main, les jambes de l'enfant se replient sur son ventre. La princesse, son épaule déchirée par le bois hérissé de clous, gémit, piaule, mordille le loquet de la porte ; jusqu'à midi, excitée par l'odeur du sang répandu sur la terre battue, derrière la porte, elle se tord dans le soleil, le sang de l'apprenti séchant sur ses lèvres, et sur ses joues. La vieille femme, accroupie sur l'enfant, boit son sang, avale les lambeaux ramollis ; l'enfant élève sa main libre, caresse la chevelure de la vieille femme ; mais elle, sa bouche couvrant celle de l'enfant, lui lèche les lèvres et les gencives et tire avec ses dents les lambeaux lacérés par la plume ; l'enfant, sa tête soulevée, vomit un sang noir que la vieille femme boit aussitôt.

Une trompette sonne au haut des murailles, dans le vent rose et mouillé ; l'enfant lâche le poignet de la vieille femme, sa main transpercée repousse la bouche de la vieille femme qui la mord et la lèche à l'endroit de la plaie ; puis, poussant la porte, la vieille femme, un pied sur le ventre de l'enfant, jette sa tête hors de la cabane : elle tire le corps, elle le traîne sur la boue, tout autour des ordures ; mais la princesse s'élance, s'accroupit, retient la tête qui saute sur les boîtes et les outils brisés et sa bouche grande ouverte tremble au-dessus de celle, rouge, de l'enfant.

La vieille femme se retourne, ramasse un morceau de fer, le lance dans les reins de la princesse dont le visage s'abat sur celui de l'enfant, et sa bouche couvre celle de l'enfant, et mange les pierres du sang ; ses mains accrochées à la gorge, au menton et aux joues, griffent la peau blême et ramollie par la pluie et la vapeur de graisse ; la vieille femme tire le corps sur un lit de fer dont les barreaux sont tordus ; elle soulève une latte du sommier et la bande sur le ventre de l'enfant, lequel suffoque. La princesse boit le sang rejeté par cette suffocation ; deux esclaves forts la recherchent, aux abattoirs, les apprentis leur jettent des couteaux dans les jambes ; sous les murailles, les sentinelles les arrosent de terre et leur pissent dessus ; ils la voient penchée sur la bouche de l'enfant agonisant, sa chevelure dénouée et prise dans les lattes du sommier, la vieille femme battant les ordures, et réveillant les rats ; les deux esclaves s'avancent, ils caressent le ventre de l'enfant, le sexe, la toison où s'enroulent des petites limaces, la cuisse, les genoux recouverts par le short déboutonné et sanglant :

— Altesse, le sang tourne, l'enfant meurt.

Elle lève les yeux, ses lèvres se décollent de celles de l'enfant, sa main qui serrait la gorge pour retenir et rejeter le sang dans la bouche, se desserre, s'élève, s'ouvre ; sur les joues, sur le front de la princesse, la trace des lèvres et des dents de l'enfant ; la princesse tend ses bras aux esclaves, ils la soutiennent, ses mains s'accrochent à leurs épaules, et les rougit de sang ; la vieille, accroupie sur sa caisse, se lève, va vers le lit, tire l'enfant de sous la latte, et le couche sur les ordures ; les rats, aussitôt, sautent sur le corps, remuent la tête, les poignets et le sexe ; l'un d'eux, fourrant sa tête dans la bouche de l'enfant, lui mordille les dents ; l'enfant râle, le rat sursaute et ressort de la bouche, ses griffes enfoncées dans les narines ; quand la vieille femme a tué et mangé tous les rats, elle traîne le corps dans le feu, la tête renversée sur le côté, tirant les braises ; l'enfant, dont le menton et la gorge brûlent, ses genoux se soulèvent, puis son râle siffle à travers ses dents, un jet de sang sort de sa bouche, aussitôt grillé par la flamme et la tête roule sur la braise violette ; la vieille femme retourne le corps, ramasse la braise avec un morceau de pelle et la jette sur le corps ; cuit, elle tire les pieds, écarte les jambes et, son souffle soulevant la cendre sur les cuisses, elle happe le sexe et le dévore, ses bras levés.

La princesse, couchée sur son lit, son front frappé par les rayons qui filtrent à travers les volets clos, fait claquer ses lèvres ; Mantinée, accroupie à son chevet, ferme ses narines au parfum de sang et de mort répandu sur le lit ; elle tient la main de la princesse jusqu'au réveil de celle-ci.

L'officier septentrional, nu, caresse les tuiles du toit avec la paume de sa main, ramène celle-ci, tiède, contre sa cuisse, il se lève, traverse la chambre, foule du pied la tête d'Aïssa couché le long de la porte, le garçon s'éveille, étire ses bras :

— Viens t'asseoir sur la fenêtre.

Le garçon se lève, la couverture glisse sur ses épaules, l'officier le pousse vers la fenêtre où il s'assoit, et tirant le garçon au short et à la chemise, froissée entre ses cuisses nues, il le caresse sur la nuque et regarde la princesse assise dans le jardin, sa bouche ensanglantée et sa main posée sur la chaise où Mantinée vient s'asseoir.

Quand la jeune fille paraît, le sexe de l'officier se dresse et bat sur les reins du garçon ; elle s'assoit, la princesse retire sa main, penche son visage sur celui de Mantinée, laquelle repousse du bout des doigts cette bouche où le sang fume.

Un navire de guerre entre dans le port, ses tourelles avancent derrière les cheminées et les drapeaux d'Ecbatane ; les petits esclaves se baignent nus dans l'estuaire, sous le promontoire de Leuctres, des sentinelles ennemies, le soleil coulant sur leurs épaules meurtries par le lourd manteau et la bretelle du fusil, posent le canon sur le granit ou le bois, et tirent dans ces petits corps blancs marqués d'ongles et de dents ; les balles ricochent, fument sur l'eau ensoleillée, transpercent les corps, le sang éclabousse, les chevelures s'enfoncent, se déroulent sous l'eau, s'enroulent autour des jambes, autour du cou et du bras, se mélangent aux toisons des sexes, le sang pèse, couvre les visages des mourants, leur sexe où ils mettent le poing ; les sentinelles rient, frappent le granit et le bois avec les crosses.

Des femmes, les mains aux cheveux, courent le long de l'estuaire, crient, se heurtent le front aux arbres déchirés, tombent dans la vase, se relèvent, entrent dans l'eau jusqu'à mi-corps, suffoquent ; l'une d'elles tient une cuiller enduite de bouillie d'orge dans sa main. Elles plongent la tête sous l'eau, tirent leurs enfants vers la surface, et les chargent sur les épaules. Sur le rivage, elles les couchent, parmi les feuilles mortes, sur les monticules de terre sèche. Les sentinelles tirent encore, les balles soulèvent la poussière, sous les feuilles, brisent les genoux des enfants morts et les mains qui les pressent.

Les détonations font trembler la main de la princesse sur une petite entaille que Mantinée s'est faite sur la joue en se levant du lit. La princesse avance sa bouche, lèche la plaie avec sa langue ; Mantinée, ses mains ouvertes, recourbées sur sa poitrine, penche un peu la tête sur son épaule, le sang de la princesse coule sur sa joue, un sang mêlé de salive, que la princesse elle-même lèche jusque sur le cou de Mantinée.

Le jeune officier, serrant Aïssa contre son ventre, tressaille, le garçon s'endort dans la sueur du soldat, la main de celui-ci enfoncée sous le short d'Aïssa joue avec son sexe. La gorge de Mantinée est tendue sous le soleil cruel, le sang brûle dans la bouche de la princesse, des larmes roulent sur les narines de Mantinée, la princesse les cueille et les boit. Aux vitres de la véranda, la foule des esclaves frémissants, l'œil encroûté, la commissure des lèvres, regardent la princesse aux ombres de sang. Leurs enfants dorment à leurs pieds, leur souffle embue les vitres, leurs lèvres entrouvertes y sont collées.

Mantinée cherche la princesse avec deux esclaves forts ; au bord de l'estuaire, gardé par une escouade, assis sur le marchepied d'un half-track, le jeune officier ennemi écoute Aïssa jouer de son violon ; le garçon est debout, appuyé au garde-boue ; des petits rats courent dans les chenilles, leur queue traînant dans la boue.

Les soldats voient les esclaves et derrière eux, Mantinée ; ils s'élancent, ils les saisissent aux poignets, ils les poussent devant l'officier :

— Qui cherchez-vous ?
— La princesse.

L'aube glace le sang dans les veines et au bord des blessures.

— Viens, toi.

Il touche la hanche de Mantinée, les soldats maintiennent les esclaves appuyés contre le capot du half-track. Mantinée s'assoit sur les genoux de l'officier. Aïssa pose son violon sur le garde-boue :

— Continue à jouer.

L'officier regarde Mantinée dans le blanc des yeux, ses joues se recouvrent d'argent :

— Réchauffe-moi. Femmes, je vous hais. Je suis glacé. Mon sang noircit dans mes veines, aime-moi, transperce-moi, ouvre-moi, fais jaillir mon sang avec ma semence. La nuit je pleure et le matin, mais mes larmes ne sont pas mêlées de sang.

Il plonge sa tête dans les seins de Mantinée, il mordille le haut de sa robe, le vent soulève la poussière et le sable sous le half-track et les jette contre les jambes nues d'Aïssa. L'officier relève la tête :

— Portez-la dans la cabine.

Les soldats prennent Mantinée par la tête et par les pieds ; ils la soulèvent, ils la jettent sur la banquette, la tête heurte le volant ; l'officier monte sur le marchepied, un soldat laisse aller sa main froide sur le ventre découvert de Mantinée — la robe retroussée est accrochée au levier des vitesses ; l'officier frappe le soldat au front, il se couche sur Mantinée, il écarte ses cuisses serrées par le gel, il prend la bouche de l'esclave, sa salive scintille dans les oreilles de celle-ci et sur ses cheveux collés aux tempes. Quand il se relève, la semence ensoleillée ruisselant sur le ventre de Mantinée, une poudre noire tombe et voile ses yeux et son front. Il serre son poing, il renverse sa tête en arrière, ses larmes rentrent dans ses yeux, coulent sur son front vers ses cheveux, les soldats tirent leurs poignards et les plongent dans les jambes des esclaves, le sang jaillit, ruisselle sur la rosée ; leurs jarrets coupés, les esclaves tombent sur les genoux.

Aïssa tient son violon, l'archet tremble sur la corde ; ses

genoux ploient ; les esclaves gémissent, leur front pâlit, puis le sang rougit le crâne sous les cheveux. L'officier dégaine son pistolet, il frappe la tempe des esclaves avec la crosse. Mantinée, dans la cabine, se relève, ramène sa robe sur ses jambes. Détonations sur le haut d'Ecbatane : cent prisonniers, mâchoires et genoux brisés, cœur éclaté, s'écroulent dans la boue de la prison centrale.

— Tuez-les tous, tuez-les tous, que leur sang se déploie vers la plus haute mer.

Il ne s'est pas reboutonné, son sexe pend sur la toile du treillis, le cri le secoue, libère les dernières gouttes de sperme ; elles éclaboussent la jambe d'Aïssa. L'officier prend la main de Mantinée, il entraîne la jeune fille vers le ressac, il la fait asseoir dans l'écume, il s'y accroupit, prend de l'eau dans sa main, la répand sur le front et sur la bouche de Mantinée, puis montre son sexe nu ; la jeune fille joint ses mains ouvertes, les remplit d'eau, l'officier y trempe son sexe gluant.

En face, sur la rive de Leuctres, une maison brûle, des soldats courent autour, le feu prend aux arbres, il rampe sous les herbes, éclate, déchire la neige au flanc du promontoire ; les oiseaux, surpris par le feu, jaillissent et tombent dans la neige vierge, étouffés, le ventre raide et les pattes en l'air ; l'officier appuie sa cuisse contre la joue de Mantinée ; le violon chante dans l'air glacé ; le sang des esclaves ruisselle dans les crevasses de la terre gelée.

Iérissos, au soir, sur la route d'Ouranopolis, surprend les sections de l'officier ennemi ; l'embuscade tinte dans la nuit, les blessés se traînent dans les sapins et se cachent derrière les troncs ; l'officier, Iérissos le poursuit dans les hautes herbes givrées ; il tombe sur un petit étang gelé, Iérissos lui plonge son poignard dans la poitrine, la lame perce la glace, l'officier gémit, le sang jaillit de sa bouche ; sur son corps blessé, Iérissos reconnaît le parfum de Mantinée ; la glace cède, elle s'étoile sous la tête de l'officier ; Iérissos se relève, il vise la gorge, il tire, le corps saute sur les glaçons et s'enfonce dans l'eau sombre, le sang éclaboussant la glace transparente ; dans le half-track, esclaves et soldats, couteaux levés, corps à corps. Le crin des coussins vole autour de leurs jambes ; les blessés mordent l'écorce ensanglantée des sapins ; un soldat et un esclave, encerclés à la taille dans la tourelle, se prennent à la gorge ; l'esclave frappe le ventre du soldat avec son genou, le soldat lui crache au visage, la salive coule sur l'anneau, l'esclave boit ; le soldat se dégage avec son poignard qu'il plonge dans le ventre de l'esclave, puis il assomme l'esclave avec la crosse de son fusil, il passe une main sur sa gorge meurtrie, il retourne le poignard dans le ventre de l'esclave, le retire, essuie la lame ensanglantée aux cheveux de l'esclave écroulé ; il saute hors du half-track ; Iérissos le voit, il le fusille, mais son pied glisse sur la neige, Iérissos tombe sur les reins ; deux soldats ennemis, cachés derrière le garde-boue s'élancent ; Iérissos, d'une main se redresse, il mitraille les soldats qui s'effondrent, la tête dans les traces des chenilles, leur souffle d'agonie fondant la neige sous leur bouche.

Aïssa court vers l'étang, son violon tombe sur la glace, il glisse dans un rayon de lune ; autour de l'archet des libellules, jaillies de la pénombre des roseaux, tremblent ; Aïssa marche sur l'étang, ses narines ouvertes au parfum de glace et de sang ; il ramasse le violon que le vent pousse doucement sur la glace ; à travers la carapace grinçante, il voit le cadavre de l'officier retenu sous la glace, la bouche collée au glaçon et des scintillements à la place des yeux.

Les prisonniers faits par Iérissos s'échappent avant l'aube, emportant Aïssa ; comme la bataille les a gonflés de désir, ils vont au bordel poussant Aïssa devant eux, et n'ayant plus d'argent, ils vendent le garçon, en échange d'une putain pour chacun d'eux, tous les soirs jusqu'à leur prochaine mutation sur le front septentrional.

Le garçonnier pousse Aïssa dans une petite alcôve fermée par un rideau de tôle ondulée :
— Tu aimeras les hommes et les femmes qui soulèveront le rideau et viendront s'asseoir sur le lit près de toi ; tu joueras du violon pendant qu'ils te déshabillent.

Sur le front septentrional, l'ennemi serré dans le fer et dans le drap, ses veines et ses lèvres éclatent au gel ; le sperme et l'urine gèlent aussitôt jaillis ; les tôles déchirées coupent la hanche et la main ; le canon du fusil, gelé, aimante la peau et l'écorche vive ; le pied des pendus bat le front des soldats ; des peuples pourrissent sur le crin, mordant le fer et le bois des châssis éclaboussés de leurs excréments. L'ennemi vaincu, glacé, meurt sur les entrailles chaudes de ses victimes ; le gel et les cordes cassent les branches ; la main du maître de la guerre tremble et sa lèvre ; au printemps, le long d'un mur écroulé de sa capitale embrasée, il caresse les joues et les yeux des enfants fatigués qu'il renvoie sur le front ; il caresse les cheveux qui sortent du casque ou de la casquette à visière de mica bleu.
Dans Ecbatane délivrée, le capitaine, jailli de Buxtehude, rétablit la République ; mais, au-delà de la mer, les peuples soumis à Ecbatane, l'ayant libérée, espèrent que la métropole va les affranchir ; Iérissos, dans la capitale, arrache les esclaves de son armée aux revendeurs ; le vieux chef, jugé, condamné à mort, puis gracié, Iérissos le revoit, secrètement dans l'île où il est enfermé ; Ecbatane rit, s'accouple avec des barbares ; dans des caves, des garçons dansent, nus, mouillés de sueur et d'alcool, le ventre serré dans les drapeaux ennemis marqués du sang de patriotes massacrés, des filles passent entre les tables, le sein et le sexe recouverts de croix gammées — symboles de l'ancien maître de la guerre — et de photos d'enfants affamés ; un jeune garçon

du Septentrion, arraché à la famine, au travers de la fumée et de la vapeur, mime sur une scène le bombardement de son quartier; l'officier qui le possède le vend contre un bol de caviar.

Le capitaine et Iérissos bâtissent des villages fortifiés pour les esclaves désarmés et refusés comme libres par Ecbatane: des sentinelles armées gardent les portes: les adolescents, fils des anciens maîtres de ces esclaves, viennent crier et rire devant les portes, ils jettent avec des frondes des petits cailloux au front des sentinelles; le capitaine rachète plus de deux cents esclaves et il les place dans ces villages.

Ecbatane, souillée, déchirée par l'épuration, affaiblie, réduite au rang de nation satellite regarde ses patriotes retour des camps septentrionaux, le visage de la mort et ses instruments précis et révolutionnaires; un art naît d'où l'homme est absent, par sûreté. Le savon dont se lavent les filles, l'air ensoleillé brisant les vitres de la salle de bains, a un parfum et une mollesse de cadavre.

Dieu qui agonise depuis trois siècles, meurt. Ses prêtres, vainement, dépouillent le rituel de son adoration, blanchissent les murs de ses temples. Dieu cachait le cœur profond de l'homme, l'homme voit son cœur bestial, ses yeux se descellent, l'odeur de la bête l'étouffe, Dieu meurt au moment de la plus grande solitude de l'homme.

Iérissos, une nuit, marche aux côtés du capitaine dans Ecbatane endormie sous la pluie; l'écume sableuse de l'estuaire frappe les flancs des navires illuminés où les marins déboutonnés, jouent aux cartes, rient et caressent les seins des filles aux lèvres souillées de sperme et de vin.

Le long du quai, des magasins éclairés regorgent de fruits, de métaux, de grains; un petit magasin en retrait, accessible par un escalier peuplé de rats, Iérissos et le capitaine y montent; derrière les vitres embuées et souillées d'éclaboussures d'excréments et de crachats, un couloir étroit, coupé à mi-chemin par un comptoir tournant et bordé de cages à glissières ; dans les cages et sur un carrelage recouvert de sciure et de lambeaux de couvertures, des petites filles en haillons, trois par cage, les cheveux défaits sous la lumière crue du néon, accroupies, s'épouillent, se lèchent les lèvres et les mains ; sur les barreaux, des pancartes : prix, origine. À travers la vitre, Iérissos entend la rumeur de leurs lèvres, de leur salive et de leurs muscles.

Ecbatane maîtrise, étouffe les révoltes de ses colonies. Le capitaine est rejeté hors de l'État. Autrefois tactique, la force armée devient policière. L'État est aux mains de résistants qui, dans la libération d'Ecbatane ne voyaient que le rejet et le meurtre de l'occupant extérieur ; ceux qui espéraient une libération de l'occupant intérieur, déçus, désarmés, suspects dans leurs familles, se retirent dans l'action éducatrice et sportive. Peu à peu, les moins purs d'entre eux acceptent de retourner dans l'État ; les voici aussitôt compromis dans les répressions coloniales ou dans les alliances d'urgence.

Mais, leur présence, même inquiète, dans l'État, provoque une surenchère de conscience sociale ; les esclaves sont affranchis ou seulement réservés pour le plaisir et pour la guerre. Des lois nouvelles protègent leur travail, le loisir et l'instruction de leurs enfants ; des cités sont construites pour eux seuls ; ils ne peuvent plus se révolter ; beaucoup, parmi leurs anciens maîtres, les jalousent, ruinés par la chute du régime patriarcal de collaboration avec l'occupant et l'apport en Ecbatane d'un matériel industriel trop coûteux, et de méthodes d'investissement trop audacieuses.

Iérissos marche dans Leuctres désert, Mantinée assise sur un banc de bois ; il caresse du poing les palissades et les chaumes écroulés ; dans le fond des cabanes défoncées, son pied heurte, écrase des jouets cassés en celluloïd ;

sur le plâtre, inscrit : « Rabia est un amour » ; la gorge d'Iérissos se serre : Mantinée, son écharpe flottant sur ses épaules, regarde la mer et l'étoile du berger qui s'y reflète. Iérissos vient, il caresse la chevelure de Mantinée ; sous ses ongles, le sang séché de l'embuscade d'Ouranopolis :

— J'entre dans l'incroyance avec un tremblement de joie. Mon front, je le veux écrasé et serré par l'arceau d'une litière, et mes épaules souillées par les vomissures. Ô doute, seule éternité.

Puis, ayant dormi jusqu'à l'aube entre les bras et les seins mouillés de Mantinée, il se lève, il descend, il s'assoit dans la forge, ses bras et ses jambes nus contre le feu et fait cercler sa lèvre inférieure ; alors, le forgeron le pousse dans la petite cour au-dessus de l'estuaire :

— Reste debout dans le vent, laisse refroidir l'argent.

Ses lèvres gonflent ; sur une cage à lapins, le forgeron pose une boîte à outils remplie d'anneaux ternis :

— Ceux que j'ai arrachés aux lèvres des affranchis, hommes, femmes, enfants ; après, le sang coulait sur leur gorge, leur main tremblait. Regarde ce petit anneau, je l'ai enlevé à un garçon, il mordait ma main, il s'évanouissait, je lui ai fait boire un verre d'alcool, je l'ai soutenu, il marchait à mon bras autour de la courette, son sang éclaboussait sa chemise et son short jusqu'à l'ourlet de la cuisse ; un de mes lapins s'est échappé de sa cage, tout blanc, et s'est roulé dans le sang. Souvent, j'arrachais en un jour plus de vingt anneaux ; mon poignet, ma poitrine, quand je me couchais, étaient couverts d'écume, de sang et de larmes.

Au soir, dans Ecbatane, les journaux se déchirent de main en main : Inaménas, dans la nuit, s'est soulevée, en dix points stratégiques de son territoire : des colons sont massacrés, leurs enfants tués à coups de hache ou jetés dans les puits. Le Gouvernement décrète l'envoi de renforts dans l'île.

Un paquebot sort d'Ecbatane, les soldats crient sur le pont, vomissent sur les cordages. Iérissos, Mantinée reprise par la princesse, le soir, au milieu de la mer, apporte les baquets de soupe aux soldats; ceux-ci ivres, la poitrine et le col enduits de vomissures, le renversent et lui plongent la tête dans un baquet de soupe brûlante, jusqu'à la mort.

DEUXIÈME CHANT

Une ville surgissait des marécages, bordée à l'est par la mer, à l'ouest par l'estuaire du fleuve, Sebaou. Le quartier ancien et populaire s'enfonce dans le marécage, vers le fleuve où des baraquements de bambou et de tôle vibrent jour et nuit, sur pilotis. Le quartier neuf, résidentiel, est bâti sur une éminence artificielle et protégé des taudis par un rideau de tilleuls, d'amandiers et d'eucalyptus où se prennent les cerfs-volants des enfants d'officiers et de hauts fonctionnaires. Les soldats de l'armée d'occupation et de maintien de l'ordre stationnés à Inaménas et ceux du profond de l'île qui viennent s'y reposer de mois en mois, vivent sous ces arbres, en contrebas des villas et des palais, dans des baraquements de béton et d'aluminium vert. La nuit, ils se penchent sur les toits du vieux quartier, ils crient, ils chantent, ils vomissent dans le clair de lune et le tremblement des feuilles, et l'odeur de pourriture descend sur les taudis silencieux. Là, vivent des familles décimées par la conscription et la trahison, pressées par la faim, le désir et la peur. La nuit, des groupes d'enfants haillonneux, les cheveux collés au crâne par un sang inconnu, se poursuivent dans les ruelles boueuses, tombent dans les immondices, se chevauchent dans l'herbe souillée, les genoux enfoncés dans la couche d'excréments humains et animaux. Les femmes, cheveux collés aux lèvres par le rouge, dans la lumière des portes entrouvertes, appellent en remontant leurs bas sous la robe. Des cris jaillissent alors des tas de bois, des angles des rues, des buissons, des latrines abandonnées. Des hommes fument devant les maisons, assis en rond sur la boue. Un coup de feu déchire la nuit, un sanglot sourd d'une baraque. Les enfants, bousculant les femmes occupées à agrafer leurs jarretelles, se jettent sur la soupe, les chats griffent les tôles du toit.

Au loin, des ornières de la nuit, bondissent des bêtes affamées, elles déchirent les cigognes blessées et les enfants égarés. Des cris humains et animaux s'élèvent alors de la terre et les hommes regardent avec indifférence la nuit mutilée. Les bêtes, lourdes, s'enfuient, leurs griffes repliées, vers le sommet des collines, sautent par-dessus les ravins, avec, entre leurs crocs, des proies battantes. Des sources naissent dans l'obscurité.

Au matin, les jeunes mendiants couchés au sol ainsi que des dépouilles, dorment, le sexe durci écrasé entre le ventre et la pierre mouillée. Des enfants, tôt levés, les piétinent avec des cris rauques. L'herbe est glacée, ils s'y roulent demi-nus, sous les yeux des sentinelles du troisième tour de la nuit. Celles-ci, frissonnant dans leurs capes trempées, rejoignent le centre du camp. Les femmes, clouées sur leurs paillasses, espèrent des retours, des libérations. Les mendiants éveillés agitent leurs haillons et se traînent vers les clairières embaumées où fume le soleil. Une femme adultère pleure au fond du village son amant et ses enfants perdus. L'amant court dans les bruyères, perdant son sang. Des soldats, jeunes, à la nuque rasée, autour d'un camion, se frappent la poitrine avec les poings. Dans la cabine, l'un d'eux se réveille, ses yeux mi-clos voient l'homme incliné vers la terre, comme un arbrisseau ; le soldat crie. Tous épaulent leur fusil et tirent. L'homme saute en l'air, les bras en croix et s'abat, sur les coudes, sur les genoux, se relève, et tente de fuir. Les soldats s'élancent, ils le rattrapent, ils le renversent tête contre terre. L'un d'eux appuie ses deux mains sur la nuque de l'homme, deux autres s'agenouillent sur son dos et sur ses jambes. L'homme s'est tu, sa peau, ses muscles attendris. Un quatrième soldat sort un poignard de sa veste de treillis et, rapide, tranche la gorge de l'homme ; le sang jaillit, éclabousse la boue et les genoux des soldats. Celui qui appuyait la nuque retire sa main :

— Tu l'as coupée avec. Putain d'armée. Putain d'armée.

Et il se jette sur l'égorgeur et lui serre la gorge avec des doigts ensanglantés ; les soldats, redressés, foulent la tête sanglante et mobile avec leurs souliers durcis par le gel. L'herbe est pleine d'enroulements et de fuites sous l'aveuglante clarté du ciel.

Ainsi s'éveille la ville basse. De l'autre côté du rideau d'arbres, sur la colline artificielle, chocolat et thé tremblent dans les tasses fines ; habillements provisoires, départs furtifs d'amants ensommeillés, angoisse, attente des serviteurs, relève des sentinelles, reprise de commandements, toilettes enfantines.

En contrebas, des soldats torse nu, un linge autour du cou, plongent la tête dans le bassin. Les sous-officiers, l'épaulette de travers, piquent leurs épaules et leurs coudes avec des brins de jonc. Les prisonniers sortent des caves, des sentinelles aux fusils chargés les poussent vers les lieux d'aisances. Au bassin, les joues barrées de mousse ensanglantée, les soldats se regardent dans les triangles de verre.

Le bas quartier est peuplé de familles incomplètes, criardes, sales, les enfants y pullulent : beaucoup ne peuvent plus reconnaître leurs parents naturels et vivent dans plusieurs maisons à la fois ; les autorités négligent l'état civil des enfants. Il n'y a plus d'hommes faits, seulement des vieillards ou des infirmes, et des fous retour des interrogatoires. Les garçons ont disparu, les filles disparaissent, leurs robes déchirées aux chardons et au lierre. Souvent, dans leurs jeux, les enfants découvrent des cadavres défigurés au fond des mares solitaires, des têtes pourries sous les casques.

La campagne et le ciel sont clairs. Au soir, des chevaux égarés, libres, galopent dans les chemins creux, frottent leur croupe contre les haies. Des jeunes gens sortent en riant des villas du bord de mer, des enfants court vêtus de flanelle claire enjambent les ronciers, barrent les rivières avec des galets, pleurent dans les robes de toile écrue des servantes. Défense de jouer près de la ville basse où des enfants sales et pleins de vices inouïs tendent leurs bras tatoués, offrent des oiseaux à demi étranglés. Si deux enfants, dans les jours de dégel ou de plein été, osent s'aimer et se cachent pour jouer et s'attoucher, découverts ils sont frappés, souvent à mort. Par les soldats, celui ou celle de la ville basse ; par le chef de bande, celui ou celle du bord de mer et de la ville haute.

Un chef de bande s'appelle Kment. Sa mère naturelle est en prison. Ses frères, ses sœurs sont issus de trois amants de celle-ci. Leur père adoptif meurt à petit feu, dans le baraquement. Le seul enfant qu'il a de sa femme, celle-ci le tue. Enceinte, elle écrase son ventre contre les murs, elle le rougit aux flammes du gaz ; mais l'enfant, sa gorge balafrée par la fourchette de l'avorteuse, crie, et le père le prend et le garde gluant et glacé sous sa couverture. La mère aiguise ses couteaux devant les yeux de l'enfant, elle rit, elle le coiffe avec les casseroles, elle le laisse dormir dans ses excréments et le jour, les chiens le suivent et fouillent sous sa barboteuse. Garçon, la nuit, elle salit ses vêtements, et le bat au matin ; ou bien, glisse un peu de monnaie dans ses poches et lui fait honte. Elle l'attache nu, sur une chaise, le ventre au dossier, jette une pelote de laine à ses autres enfants et ceux-ci lui bandent les genoux, la poitrine, le sexe et le cou et lui tirent les dents. Kment arrête ces jeux, il renverse sa mère accroupie sur le réchaud, il lui tord le bras, il fait bouillir l'eau, il y plonge la tête de sa mère et lui lave ses cheveux où sèchent le sperme du père et celui des amants ; puis il l'assoit devant le miroir suspendu à la cloison, et ses mains cherchent, sous les linges souillés : bas, soutien-gorge, serviette et gant, le flacon de parfum ; il l'ouvre et le renverse et le répand dans la chevelure ; il mord la chevelure parfumée et ses larmes y roulent, sans la mouiller ; ses mains couvrent les seins découverts et la mère, tournant son visage, lui baise la poitrine et le bord de l'aisselle, sous les haillons. Un soir, Kment courant la campagne avec sa bande, l'enfant rentre des jeux, sa blouse salie de boue. La mère le saisit par les cheveux, le met nu, le plonge dans une bassine d'eau glacée, maintient sa tête au-dessous de la surface. Sa colère apaisée, elle le retire de l'eau. L'enfant ne bouge plus, sa tête retombe, ses lèvres sont blanches. La mère, avec des battements dans sa gorge, l'étend sur le lit, couvre son corps inanimé de sel de mer et le frotte avec un linge de toile écrue, si fort que sur le cou et autour du nombril, la peau se retourne. Les autres enfants regardent, l'écume aux lèvres, accroupis dans l'ombre, au pied du lit des parents dont les draps maculés retombent, de chaque côté sur la terre battue. L'enfant, ranimé, sourit à sa mère, lui tend ses mains fermées, mais celle-ci, jalouse de le voir ainsi bouger et aimer de nouveau, mordant les mains jointes de l'enfant et les serrant entre ses dents, le frappe aux tempes avec ses poings ; l'enfant s'accroche à ses bras, crie. Enfin, elle l'abandonne, pantelant, meurtri ; elle sort dans la nuit embaumée, sa main essuyant la sueur de son front ; l'enfant se tord sur le lit ; l'aînée des filles — ses seins naissants déchirant le haut de sa robe — vient vers le lit :

— Prends-moi dans tes bras, j'ai trop mal, j'ai trop mal. Porte-moi vers la lune.

Elle le prend dans ses bras et le berce, ses mains caressant les tempes martelées et noircies de l'enfant, s'assoit au-dehors, devant la lune dont les rayons rafraîchissent le ventre écorché. La mère, relevée du tas de paille et l'amant couché lui tirant la jambe, défroisse sa robe ; elle enjambe le tas de paille, traverse en courant la place embrumée, appuie son front contre la porte : l'enfant est mort, vomissant la laine qui l'étouffait. Dans la nuit, un orage vient de la mer, la boue pèse contre la porte. La mère, jusqu'à l'aube agrippée au berceau, défend le cadavre de l'enfant, les rats s'accrochent aux couvertures. Au matin, Kment, ivre, la bouche ensanglantée, défonce la porte avec ses genoux, se jette sur une paillasse, replie sous ses fesses ses jambes boueuses et s'endort ; sous lui une forme gémit : le plus petit de ses frères vivants. La mère se lève, allume une bougie ; Kment, la face contre terre, détend ses jambes ; son grand corps scie la poitrine de l'enfant : celui-ci essaie de se dégager, remue bras et jambes ; peu à peu, la peau de son visage se violaçant, ses lèvres se détachent l'une de l'autre, comme la bouche d'un petit poisson tiré hors de l'eau ; la langue vibre au fond de la bouche. La mère soulève le corps de Kment, le fait rouler sur la terre, contre la porte ; l'enfant étouffe, les rats tirent ses cheveux ; accroupie, la mère ne bouge plus. Dans le fond, des rats font trembler les plis de la couverture du berceau. Quand Kment se réveille à midi, ils courent sur le corps nu de l'enfant au berceau, mordillant les cils et les lèvres.

Après le départ de leur mère en prison, les enfants s'élèvent seuls, volant, se louant à la journée dans les bordels mixtes de la ville basse. Leur baraquement sent le terrier de renard. Ils viennent y dormir quelquefois ; les rats ont fait leur nid dans le berceau de l'enfant mort, sous les couvertures lacérées. La nuit, le berceau se balance dans l'ombre et les rats ont des petits cris de bébé.

Kment tient ses assemblées au pied d'une maison en ruine où un vieillard couché sur ses excréments, meurt. Il gratte sa lèpre sur sa poitrine. La nuit, il crie et son urine fume et siffle dans le clair de lune ; les enfants lui lancent des pierres et des papiers enflammés. Quand une maison est désertée, ou qu'un homme y meurt de maladie ou des suites de la torture, Kment et sa bande l'assiègent ; ils jettent l'homme demi-mort par la fenêtre, ils pillent la maison et, s'ils y trouvent du vin, s'enivrent jusqu'à l'épuisement de la réserve. Ils tirent les robes des armoires, ils les enfilent et se poursuivent ainsi au travers de la nuit, avec des cris de femmes, heurtant les murs, les étagères, les torchis de paille et se tirant le sexe sous les robes. Le cadavre est piétiné jusqu'à l'aube. Les pillards percent les sacs de blé que l'armée distribue chaque semaine aux plus pauvres, ils se roulent dans les grains et s'en gavent. Ils se mordent entre eux, leurs dents s'entrechoquent sous les grains ; ils plongent la tête dans le tas et dévorent les grains, avec des grognements. Les plus sages tirent les jarres d'huile et les brisent sur le dos de ceux qui dorment à demi ensevelis sous les grains. Les rats courent le long des cloisons, puis, quand tous se sont endormis, s'avancent, se débattent dans l'huile, s'ébouriffent sur les îlots d'épis, escaladent les corps, traînent leur ventre souillé d'huile et de grains sur la peau des pillards, sur le cou, sur la main, sur les tempes, mangent les grains jusque sur leurs lèvres entrouvertes et que la respiration fait vibrer, dans la bouche même. Parfois, le dormeur qui rêve, fait un geste léger de la main ou remue les lèvres ; le rat surpris, mord la lèvre ou la main, le dormeur crie, gémit, ne se réveille pas. Les rats courent, s'agitent sur les corps, au creux des joues, sous le menton, au creux des bras, au creux des cuisses. Dehors, les chacals tirent le cadavre vers les buissons. Les premiers vents annonciateurs de l'aube font tomber au travers des branches mouillées de rosée et de fientes, les oiseaux endormis, gonflent les linges suspendus et les bâches des autos mitrailleuses, glacent la sueur sur le corps des putains, éveillent les enfants et les sentinelles assoupies, endorment les bourreaux.

Les rebelles tiennent les montagnes, les forêts où ils se nourrissent de fruits sauvages et mangent les singes rescapés des bombardements au napalm. Au début de la guerre, les soldats de l'armée d'occupation poursuivent les singes dans le cœur des forêts ; là des rebelles à l'affût, maîtrisent ces soldats secoués par le rire et les tuent ; leurs cadavres mutilés et pourrissants sont retrouvés dans les futaies. L'état-major interdit alors aux soldats de chasser les singes.

L'état-major est établi au bord de la mer dans un groupe de villas entourées de barbelés. Des sentinelles harnachées et armées sous le soleil, protègent le bain des grands officiers. Ceux-ci pincent l'oreille de leurs hommes, ils goûtent leur soupe, ils font venir pour eux des films usés de Métropole. Ils déplacent les populations et :

— Quand nos meubles arriveront-ils ?

Chaque jour, chaque nuit, des jeunes gens d'Ecbatane, à peine sortis de l'enfance, meurent, mutilés, châtrés, égorgés, crucifiés, hachés, pour conserver à leurs chefs civils et militaires, en les justifiant par la violence de leur sacrifice, richesse et dignité politique, honneur. Des reporters étrangers filment ces restes tout vibrants de mouches. Les commandos brûlent le village le plus proche de l'embuscade.

Kment voit les rebelles, mais aussi des chefs : officiers et sous-officiers de l'armée d'occupation. Dans une chambre secrète, à la limite des deux villes, par eux déshabillé, son ventre nu aux flammes du gaz, il regarde bouillir l'eau du thé et le sperme bout dans le sexe des soldats pressés autour de lui et respirant sur ses épaules. Il leur vole des plans. Les caresses qu'ils lui font les rendent bavards ; au matin, la peur les prend, ils menacent Kment, mais, au soir, ils le cherchent dans les barbelés, ils le supplient. Sitôt qu'ils le touchent, ils oublient leurs menaces et leurs soupçons. Leurs hommes savent toutes ces choses ; ils donnent à leurs chefs des surnoms appropriés ; certains, même, envoient aux épouses délaissées des lettres anonymes racontant dans le détail les occupations crépusculaires de leurs maris. Plusieurs épouses, par dépit, s'abandonnent aux auteurs révélés de ces lettres. Les jours d'opération, ceux-ci : fourriers, secrétaires, armuriers, se pressent aux portes des villas : les enfants sortent, ils vont jeter des pierres aux petits indigènes.

Ces soldats sont toujours habillés de neuf, mangent la part des autres, volent, pour les revendre en ville aux adolescents réactionnaires, des balles et des explosifs, pommadent les pustules de leur sexe et de leurs joues, se caressent sous les moustiquaires et ne se battent jamais. Ils répugnent au combat mais vivent de la guerre. Souvent, les commandos, retour d'opération, les saisissent et les plongent tout habillés dans le bassin. Ils font payer des amendes aux soldats des sections qui perdent des balles ou égarent un passant de ceinturon ; après ils mettent l'argent dans une boîte et déshabillent dans leur chambrée les plus belles et les plus jeunes putains de la ville basse. Secrétaires, aides de camp ont de l'influence sur leurs chefs ; en effet, ils connaissent leur vie privée. Ils pressent ces hommes fatigués, flattent leur goût du sacrifice à l'État qui les abandonne. Les chefs aiment ces gens habiles, ces maquereaux.

L'état-major a ses pistes d'atterrissage. Des soldats les ont creusées, au commencement de la guerre. Les femmes et les maîtresses des chefs passent devant le chantier, cartes à jouer et verres en main, les enfants s'aspergent, sous le couvert des tamaris, avec de l'orangeade coupée d'eau. Les soldats peuvent acheter des boissons, un verre d'orangeade contre la solde de quinze jours. Souvent, le serviteur attaché au service de l'une de ces femmes, prend un soldat par l'épaulette et le pousse dans la villa : meubles à déplacer, rideaux à suspendre, vomissures, excréments de chiens et de chats luxueux... Dans le fond de la pièce obscure, sous les volets clos, les genoux striés par les rayons du soleil, un garçon ou une fille en short léger, écarte les cuisses en souriant au soldat courbé sur le carrelage ou juché sur l'escabeau. La jeune servante frôle le soldat, ses seins débordent sur le haut du corsage, le soldat délace la cordelette du tablier, sur les reins, sa main couvre le ventre humide de la servante, à l'endroit où la toison du sexe, hérissée, gonfle la laine. Puis, il est relâché, il retourne ébloui à son travail, sous le soleil, dans l'insécurité de l'esclavage. Kment voit les dos ruisselants de ces soldats et leurs nuques rases, quand il va visiter sa mère naturelle à la prison et ses frères et ses sœurs le suivent, lavés et peignés, abandonnée la compagnie languissante ou brutale des soldats, dans les chambres secrètes.

Au soir, les soldats qui travaillent sur ces chantiers, rentrent au camp, entassés dans les camions, aux bâches brûlantes, abrutis de fatigue et de soleil, terreux, mâchant la rouille. Le long des rues de la ville basse, les camions roulent à vive allure, écrasant les chiens, frôlant les vieillards et les femmes, les recouvrant de poussière et de graisse. Les soldats, ballottés, jetés les uns contre les autres, excités par ces contacts violents et par la vue des femmes, crient, crachent, se dressent contre les ridelles, lèvent les poings, se déboutonnent, arrachent, suspendues entre les baraquements, les guirlandes séchées d'une fête ancienne et les nouent autour des cuisses. Quand la poussière est retombée sur les crachats, sur les flaques de sang et les corps palpitants des chiens, les hommes sortent des maisons, tirent ces dépouilles fumantes vers les jardinets et les fosses. Plus tard, les cadavres oubliés pourrissent sur place et se mélangent au sable. Les chats, les chiens, les enfants affamés flairent ces plaques de charogne, ils les déterrent et les dévorent à l'écart.

Les enfants se cachent pour torturer des bêtes. Ils capturent des oiseaux, ils les attachent vivants sur le dos d'un chat ou les brûlent à petit feu à la flamme d'une bougie ou bien les mordent vivants à la gorge. Les chats, qui meurent lentement, fuient les enfants, ne se laissent point caresser par eux. Le chat captif amuse les enfants trois jours au bout desquels il meurt, ses membres épars sur la cendre. L'animal est écorché vif ou empalé, ou coupé en petits morceaux, que les enfants frottent à leur sexe, puis mangent crus ou cuits. Souvent, dans la fièvre de ces mutilations un enfant se coupe ; beaucoup, les plaies s'étant infectées, meurent.

Ainsi vivent bêtes et gens. Dans la terreur, dans la lâcheté. Les rebelles ne sont points mêlés à ce désordre. Ils trouvent leur dignité dans la résistance ; ils vont au-devant de leur châtiment, au-devant du mépris de l'armée : ainsi peuvent-ils vivre et mourir la tête haute. Très vite, ils méprisent ceux dont ils défendent les droits. Le couteau frappe les indécis, mutile les enfants, pour l'exemple. Les rebelles vivent de la servitude dans laquelle ils tiennent leurs frères. Ils ont cette chance d'être combattus et d'aller à cheval.

Le gouverneur a son palais au sommet de la colline. Le gouvernement métropolitain l'a nommé dans Inaménas, afin qu'il apaise la fièvre réactionnaire des officiers et l'intransigeance des rebelles. Le peuple l'aime : au matin son antichambre est remplie de femmes et d'enfants ; les soldats qui les gardent, se lavent à grand bruit les mains, après la faction. Au début de la guerre, les rebelles ne veulent point l'assassiner ; puis ils voient que le combat, même meurtrier, sert leur cause ; en effet, ceux des métropolitains qui dénoncent l'inutilité et la sauvagerie de la guerre ont besoin de massacres pour s'indigner et retourner l'opinion publique. Alors les rebelles convoitent un ennemi plus cruel et plus maladroit, ils décident de tuer le gouverneur. Mais lui, droit et rêveur dans sa jeep, le pelage de son bras nu sur le pare-brise couché par le vent, roule à travers l'île dévastée, caressant les croûtes sur la tête des enfants, se retient de baiser leurs yeux débordants de mouches, leurs oreilles purulentes ; il traverse impunément les forêts et les défilés. Dans les défilés, il fait ralentir la jeep et son regard s'attarde sur les rochers, sur les falaises criblées de trous bleus, d'où s'échappent les colombes cendrées. Les soldats de l'escorte les tuent, comme ils tuent les cigognes au bord des lacs, — et pour cela, la section les met en quarantaine ; les colombes blessées tournoient, s'effondrent sur des galets surchauffés, au bord du torrent où s'entremêlent, dans le courant boueux, les faisceaux de bambous et de lianes. Les cris des soldats et les détonations résonnent tout au long de la gorge et la sonorité change de l'ombre à la lumière... Le gouverneur n'ose punir :

— Du calme, mes boys, du calme ; éveillés en sursaut, les fels nous déchireraient en tressaillant.

Les soldats s'apaisent, ouvrent les cuisses et les referment sur le canon brûlant du fusil ; ils s'assoupissent, tête contre épaule. Les camions roulent sous les falaises ruisselantes, la route est boueuse, la boue éclabousse les fesses des soldats, alourdies sur les ridelles. Les soldats s'éveillent, frissonnent, l'eau frappe la bâche des camions. Plus loin, c'est le plein soleil : le métal, les tôles, les rétroviseurs étincellent et brûlent les doigts.

Les soldats caressent les médailles et les chaînettes de baptême sur leur poitrine découverte, les portent à leurs lèvres ; la fraîcheur de l'or et de l'argent secoue leur corps. La sueur coule sur les cils... La jeune femme du gouverneur, Émilienne, se baigne dans la mer, avec son beau-fils, Serge, les plis du maillot ruisselant scintillent quand elle sort de l'eau ; l'après-midi, en été, elle rôde à travers les couloirs, les vérandas et les serres, ses seins découverts un peu et les palmes les effleurent... Les soldats rêvent, ébauchent des baisers, des caresses, remuent, avancent les lèvres, les mains, remontent, serrent la crosse du fusil entre les cuisses. Au soir, dans le bordel, ils saccagent les chambres, et martèlent les putains demi-mortes sur le crin, la bouche gonflée de sperme, la gorge étranglée ; puis ils rentrent au camp, ivres, le ventre et les reins en feu. La nuit, tout au long de l'embuscade, ils vomissent dans le noir, sur les cactus, sur les fleurs blanches ouvertes la nuit au bord des rivières rapides ; les taillis sont pleins de bruits de vomissements et de crosses heurtant les galets, d'écoulements de vomissures. Mais, plus loin, dans la zone opérationnelle, tous ces bruits et ces rejets cessent, les tailles s'assouplissent, les hanches ne sont plus émues au contact rapide, au frôlement des feuilles fraîches, à la caresse lente, incendiée, des hautes herbes, sur la toile du treillis.

Le gouverneur a, de sa première femme, deux enfants : Serge et Fabienne ; leur mère naturelle, après une longue maladie, meurt, sa main prise dans la broderie du drap. Fabienne joue avec sa poupée sous les tamaris. Serge, son front balafré par le coup de bec d'un cormoran, se relève du lit, remet son sexe dans son short, se lave les mains, lisse et mouille sa chevelure froissée dans l'oreiller. Il descend du grenier, il court dans le parc, jusqu'aux rochers, soulève les branches. Fabienne, assise, les jambes écartées, la robe retroussée sur les cuisses, la poupée renversée sur son genou, pétrit ses petits seins avec ses doigts. Serge rit aux éclats :

— Toi aussi tu as une tache sur ton short.

Le gouverneur, sa tête plongée dans les fourrures du lit, maîtrise le tremblement de son corps tout entier ; il se

redresse, il s'élance, ses espadrilles de corde glissent sur le marbre du perron ; les deux enfants retiennent leur respiration :
— Sortez, maman est morte.

Ils bondissent hors des tamaris, ils se pressent contre les hanches du gouverneur. La nuit, Serge monte dans le lit de Fabienne, il se couche sous elle, le sang affleure à la balafre de son front :
— Aime-moi, ma petite mère. Aime-moi. La lune regarde mon ventre, le lait bouillonne dans ta poitrine.

Puis, le gouverneur se remarie et Fabienne n'aime pas la jeune femme. Elle tremble quand elle voit Émilienne appuyer sa tête sur l'épaule du gouverneur. La nuit des noces, avec Serge, elle suit le couple jusqu'au seuil de la chambre :
— Maintenant, laissez-nous, allez vous coucher.

Et la jeune femme les embrasse sur le front. La porte est refermée, et la sentinelle se place devant, jambes écartées. Longtemps, les deux enfants restent, serrés l'un contre l'autre, le garçon relevant, brusque, la tête pour arrêter les larmes, la petite fille l'étreignant et pleurant sous le regard chaud du soldat. Des femmes viennent, qui les entraînent, douces, vers leur chambre, vers le bain. Peu à peu Serge accepte d'embrasser la jeune femme ; puis il commence à rechercher sa compagnie, Fabienne le lui reproche, seuls, mais le garçon :
— Laisse-moi, petit lait.

Au-dehors, le ciel s'assombrit, les feuillages et les massifs sont agités par une brise froide, les oiseaux s'écroulent, crient dans les arbres, se poursuivent entre les colonnes, heurtent les pilastres de grès. Émilienne et Serge sont assis sur le lit du garçon :
— C'est à toi que je pense quand j'écris et dessine tout, quand j'enfonce ma main sous le short. Je te veux, je te veux.

Mais voyant qu'elle reste immobile et le regard fixé sur la persienne mi-close, un léger tremblement aux mains :
— Pardon, nous le dirons à mon père.
Et il caresse ces mains dont il ne sait point encore qu'elles tremblent à cause de lui. Il peut maintenant la regarder droit dans les yeux, l'aimer déjà moins secrètement, il ne songe même pas à la renverser sur le lit. La proximité du plaisir l'apaise, le désarme. La pluie bat les vitres, creuse la terre, ramène les baigneurs dans la mer.
— Ô Serge, moi aussi je te veux. Le soir, quand ta main fouette l'eau du bain, je tremble, assise dans le salon, je vois l'eau ruisseler sur ton ventre, recouvrir tes cuisses et le canard en celluloïd flotter autour de ton sexe.
Il la suit dans le corridor, puis dans la galerie ; il sent sur ses jambes la fraîcheur de la pluie qui tombe près d'eux. Émilienne marche devant lui sans se retourner. Dans une salle de jeux, près de la véranda, des soldats jouent au ping-pong ; le bruit des balles, les cris des joueurs, les lueurs de leurs genoux et de leurs poings traversent la pluie, arrivent à Serge, purifiés, les cris surtout dans leur sonorité primitive — la pluie les change en cris d'enfants. Serge se voit condamné à vivre sans l'amour des femmes. Émilienne appuie sa hanche et ses seins gonflés sur le grès mouillé d'un pilastre, Serge caresse sa poitrine, ses tétons lui démangent comme sous le froid ; la toile de la robe d'Émilienne se tend entre les cuisses et se relâche entre les seins. Serge avance une main ; un soldat arrête le jeu, garde la balle entre son poignet et sa raquette, regarde Émilienne : sur sa cuisse, la toile du short palpite et se gonfle :
— Elle ressemble à ma fiancée d'Ecbatane. Ses frères me la gardent vierge.
L'autre joueur frappe la table avec son poing :
— Moi, seules les putains me font bander. Hors de leurs bras, mon sang se glace.

Alors tête nue et sa main étouffant un cri, Serge s'élance dans la pluie.

Kment, devant sa mère, se tait; il la regarde à travers les barreaux, il se retient de respirer trop souvent; les autres enfants baissent la tête, celle qui a tenu le petit mourant dans ses bras et l'a bercé sous la lune appuie sur le bois du guichet son front bombé et brillant où tombent des cheveux mal soignés. Elle mordille le haut de sa robe avec ses lèvres peintes. Le premier jour, le gardien les fait sortir tous, il frappe les barreaux avec son arme: la mère, suspendue aux barreaux et l'arme brisant ses doigts:
— Bâtards. Bâtards.
Les soldats poussent les enfants dehors. Du milieu de la cour que les soldats traversent en courant à cause du soleil, les enfants entendent les cris de leur mère et ceux des gardes qui la frappent dans la cage, le claquement des lanières et le bruit des crosses. Ils tressaillent, les soldats les retiennent aux épaules; les dents de Kment grincent sous l'écume. Peu à peu, la mère accepte de les voir; mais un jour, Kment ayant avancé la tête entre les barreaux, elle la prend et la caresse, d'abord l'effleurant à peine, puis enfonçant ses doigts au travers des cheveux, puis l'attirant à elle et sa main descendant, glissant le long des joues, vers la nuque. Kment prend peur, il se débat, déjà un garde saisit son arme. La mère relâche son étreinte; Kment recule. Elle pleure, la tête dans ses mains: un groupe de soldats surgit dans le couloir de la prison: ils injurient les prisonniers, se tranchent le bras au coude, pressent et secouent leur braguette, bousculent les enfants; ils ont chacun une serviette de toilette sur l'épaule, un savon mouillé dans le short; l'un d'eux, au passage, caresse les hanches de la sœur aînée de Kment, elle se serre contre Kment, mais le soldat l'attire contre son ventre, ses doigts

glissant vers la cuisse et s'y accrochant. Kment retient la fillette par les épaules, il frappe le soldat au ventre, le soldat lâche prise, la fillette s'échappe, court vers la sentinelle ; le soldat saisit Kment à la gorge, il lui déchire sa chemise, il le frappe du poing au bas du ventre, il le renverse sur le carrelage et le piétine ; les autres soldats s'écartent ; le soldat hurle, écume, arc-bouté sur le garçon ; Kment lèche sur ses lèvres l'écume du soldat ; la sentinelle accourt, appuie le canon de son arme sur la tempe du soldat ; celui-ci, au contact du métal, s'apaise, il desserre ses dents et ses poings, lâche l'oreille de Kment qu'il tournait, empourprée entre ses doigts, il se relève, il foule au pied la tête du garçon assommé, essuie l'écume de son menton, soulève du bout de ses pataugas le linge épars sur le ventre de Kment.

La sentinelle prend Kment dans ses bras, il le transporte dans le poste de police, il l'étend sur un banc, il réveille un soldat qui se repose entre deux factions ; le soldat descend du lit superposé, va dans le fond de la cour remplir un seau d'eau. Kment remue les lèvres, les mouches vibrent sur ses yeux, sur les plaies, sur les bleus ; un petit chien saute du lit superposé où il dormait le long des hanches lourdes du soldat. Il court vers la porte, mais la violence du soleil le fait reculer ; il bute contre la main de Kment qui pend au-dessus de la terre battue et la lèche. Le soldat, revenu, son bras mouillé jusqu'à l'épaule, lave les plaies. Il a des cheveux blonds, un maillot de corps blanc sous le treillis, et la peau enflée sous les oreilles ; autour de la taille, au lieu de ceinture, une ficelle nouée ; sur sa veste de treillis, il y a des traces de sang ; une fourchette dépasse de la poche supérieure du treillis. Les gestes du soldat sont maladroits, le petit chien se garde des éclaboussures. Les soldats repassent après la douche, l'un d'eux saisit le seau de café sur la table, le renverse au-dessus de sa bouche et boit, la gorge palpitante ; le café ruisselle le long des artères du cou ; puis voyant le petit soldat blond courbé sur Kment :

— Oh ! Batelier, quand ils t'auront coupé le sexe, tu les aimeras un peu moins, chéri ; et les femmes, avant de t'aimer, elles froisseront avec dégoût ta braguette dégonflée.

Il s'éloigne. Kment respire l'odeur de savon et de sueur, l'odeur des soldats, l'odeur des viols, l'odeur du mépris. Les paysans, les misérables, les enfants, les femmes redoutent cette odeur ; elle fond sur eux, le jour, la nuit, surtout : elle envahit les maisons, les rues, elle se mêle aux parfums de la nuit, des arbres, de l'eau, elle prend les femmes à la gorge, elle peut les attendrir.

Inaménas, colonisée depuis cent ans par Ecbatane, veut se libérer. La moitié de ses bâtiments, de ses maisons, de ses lieux de culte servent de prisons. Toute la population est suspecte. Le gouverneur est maintenant condamné par les rebelles et contrecarré par les militaires. Il prie, il reçoit les aumôniers : ceux-ci se soucient peu des soldats, ils plaignent les officiers, célèbrent la messe au milieu d'eux, dans le mess aux bouteilles rutilantes et les serveurs sont enfermés dans les cuisines ; ils tremblent dans les défilés, jettent des bonbons aux soldats d'escorte. Ils font venir d'Ecbatane des journaux d'actualité pour les officiers, des illustrés et des romans-films pour les soldats, mais ceux-ci ont emporté d'Ecbatane leurs magazines de nus et les Cent Vingt Positions ; les aumôniers boivent des sodas à la paille, ils s'arrêtent devant les chambrées et les cuisines pour entendre les soldats parler des femmes et claquer l'écume dans leur bouche. Jamais, dans la montagne, jamais au combat. Ils achèvent à Inaménas leur carrière active ; de chaudes retraites, des religieuses attentives les attendent en métropole. Ici, l'hostie matinale déclenche la colique paludéenne.

Après cinq années de guerre, les grandes forêts d'Inaménas sont aux trois quarts brûlées, les terres incultes, les familles décimées. Dans les ports, les dockers ne déchargent plus que des armes ; dans les entrepôts au lieu de sacs de blé, des sacs de munitions. Au milieu du jour, au moment où le soleil est le plus fort et les parfums de la terre et des gens, les plus violents, des vols de vautours et de buses s'abattent dans les ravins, alors les enfants courent et crient vers ces ravins ; les oiseaux déjà, y déchirent les cadavres, les traînent vers les trous, les soulèvent avec leurs griffes, percent la mâchoire et le tronc à coups de bec ; les enfants crient, accroupis au bord des ravins ; les rapaces crient, jettent le sang autour de leur tête ; un vautour jaillit de la curée, remonte, sur son ventre lourd, le talus, et pique un enfant à la main et au genou. La nuit, les chacals font fuir ces oiseaux dont le bec est souillé de sang et de chair. Parmi les cadavres, les pelles mécaniques soulèvent des nouveau-nés au crâne tailladé ; ils proviennent d'accouplements forcés. D'autres nouveau-nés sont pris dans les maisons par les soldats des pelotons cynophiles et jetés vivants aux chiens dans les grillages.

À l'entrée de l'hiver, l'état-major envoie une vingtaine de soldats dans la neige, au col de Tifrit. Ils déblaient en permanence la route du col. Celui-ci perce le massif central de l'île à une altitude de deux mille mètres. Les soldats bivouaquent sous la tente, se chauffent avec des braseros. Ils travaillent à la pelle, au pic, au bulldozer. Un sous-officier les commande et trois caporaux. La première année de la guerre, la section est entièrement massacrée par les rebelles. Les soldats surpris en plein travail sont fusillés, égorgés, bouche ouverte sur la neige, mutilés à coups de pelle et de pic, les tentes et le matériel volés ou incendiés avec les braseros. L'hélicoptère qui apporte le courrier se pose au milieu des cendres ; les cadavres sont déjà entamés par les renards. Le lendemain, une section fraîche arrive par la route, monte des tentes neuves et rallume les braseros. Une opération est montée dans le massif à laquelle se joint la section isolée. Les soldats, fusiliers marins, artilleurs, commandos de grottes, le poignard glacé battant leur hanche, sautent hors des hélicoptères ; les hélices soufflent la neige gelée ; les poignets saignent sur le roc découvert ; les cheveux, mouillés, gonflent la casquette camouflée qui les serre. Les soldats, rassemblés, s'éloignent ; les hélicoptères s'élèvent au-dessus de la neige foulée et plongent dans la brume rose ; les soldats marchent sur le versant obscurci ; ils passent leurs doigts entre les boutons du treillis et secouent leur sexe collé au slip par les sécrétions de la nuit. Sous les cèdres calcinés, ils ralentissent, ils tirent leurs gourdes et boivent de l'eau-de-vie. La cendre mêlée de neige coule sur leur front et sur leur gorge ; les corbeaux planent, boivent dans les trous de neige foulée ; la marche des soldats fait un bruit de cœur battant ; ils écrasent les poumons de la neige, la morve sèche en picotant leurs lèvres gercées ; les corbeaux jaillissent aux versants silencieux jonchés de douilles et de branchages calcinés. Doucen, le miroir ébréché qu'il serre contre son maillot de corps, fait saigner son téton droit ; il enlève sa casquette ; ses cheveux blonds, libérés, il les secoue et les frotte avec ses doigts où l'eau-de-vie sèche : les punaises tombent dans son cou, roulent sur ses omoplates ; il se tord dans son treillis.

— Hé, Doucen, cette nuit, t'as parlé...
— Quoi ?.. J'ai dit quoi... ?
— Tu embrassais la joue de Dieu et tu labourais ton champ avec ton sexe durci...
— Chez moi, le gel et la neige recouvrent mon champ inculte... Mon père, ivre, la nuit, arrache les draps troués sous lesquels nous veillons, serrés, les plaies de nos hanches et de nos joues collées l'une à l'autre ; il se jette sur nos corps découverts et secoués par le froid, il écrase

ses poings sur ma gorge, il déchire le drap sur mon ventre, il crache sur les lambeaux, ses dents tintent sur mes ongles; il recouvre mon visage et ma gorge d'écume, il hurle et rejette sa chevelure en arrière, ses cheveux roux brûlent à l'ampoule enduite de vapeur de soupe; j'arrache doucement la croûte de sang qui retient ma joue à celle de ma petite sœur Smaeh, je me lève, je resserre mon slip mouillé d'écume, un rayon de lune réchauffe mon genou, je marche sur la pointe des pieds vers l'étagère, j'élève mon bras vers l'étagère supérieure, le sel effleure mon aisselle, je prends le flacon d'élixir, je lèche le goulot; mon père, penché sur Smaeh, caresse avec son poing rougi par le vin du bordel la cuisse découverte de Smaeh; Smaeh, les bras serrés le long du corps, remonte doucement vers le haut du lit; l'écume rougie tombe de la bouche de mon père sur la poitrine de Smaeh; j'élève le flacon vers les lèvres de mon père, son écume mouille mon poignet; je tiens mes poings dressés, Smaeh croise les siens sur son ventre; les yeux de mon père s'éclaircissent; j'appuie le goulot sur ses lèvres, je renverse le flacon, l'élixir gonfle la bouche de mon père; son dos, soudain, se renverse sur mon bras libre; quand mon père est endormi, j'ôte avec mes doigts les toiles d'araignées accrochées à sa chevelure rousse; Smaeh tremble sur le lit.

— Regarde... vois s'il connaît des femmes...

Je le déboutonne, ma main s'enfonce sous le slip en loques, tremble dans la chaleur, prend le sexe, le soulève; sur le prépuce encore enduit de semence, mon doigt touche la marque d'un rouge à lèvres:

— Quand il l'a choisie, il l'entraîne au plus profond du bordel pour l'aimer sur un sac, ses pieds nus seuls raclant la terre battue; la sueur de ses cheveux attirant la poussière de charbon...

Smaeh, assise sur la borne kilométrique de la nationale pleure, sa poitrine nue secouée dans le brouillard, ses lèvres rouges font dans le brouillard une marque dorée ; le brouillard coule sur mes épaules nues ; Smaeh enfonce sa tête entre mes cuisses ; l'aurore découvre et fait tourner les tourelles des chars...

— Hé, Doucen, si t'es buté, tu me donnes ton ventilo... ?

— Une nuit, je l'ai peut-être tenue dans mes bras, à Ecbatane dans le bordel du port où nous embarquions ; les lèvres de la putain avaient un goût d'élixir, je la pressais dans mes bras contre le lavabo ; elle, sa chevelure couverte de la chaux des plâtriers, me déboutonnait, et d'un coup saisit dans sa main mon sexe et mes boules de sécrétion ; la semence éclaboussait les rameaux de buis serrés au-dessus du lit dans le tuyau de plomb chargé de filaments et de bouclettes ; je la couvre, immobile et silencieux puis je me dresse et je bouge mes bras et mes hanches comme un aigle, appesanti sur une proie et l'étranglant, salue la mort de celle-ci par un battement d'ailes...

Les soldats descendent vers le lac Goulmine ; les rebelles sont couchés sur la glace des rocs ; un nuage rose passe dans le lac gelé ; les corbeaux mangent la cendre des cèdres brûlés ; les soldats encerclent les abords du lac ; au pied du massif les routes partent en étoile vers la mer ; les soldats mordillent leur plaque d'immatriculation ; le soleil caresse leur dos ; l'ombre, le vent saisissent leur visage, leur poitrine, leur sexe et leurs genoux ; les fusils sont tournés vers l'ombre circonscrite ; au sifflement, ils resserrent le cercle autour du lac ; les rebelles, pris à revers, bondissent hors des rochers ; Doucen, une dernière fois, se retourne, le soleil frappe son visage et son sexe, il regarde la vallée noyée dans une brume ensoleillée, les champs, les maisons, les arbres, les oiseaux du soleil : alouettes, rouges-gorges, mouettes ; mais se retournant de nouveau, il voit un rebelle sur le lac qui, le fixant de ses yeux clairs sous un bandeau ensanglanté, prépare ses armes, ses poings. Au premier choc, les corbeaux crient, tournoient au-dessus du couple s'étreignant ; le parfum de la poudre et du sang qui affleure aux veines caressées par les lames réchauffe l'air glacé. Doucen s'élance, il bondit par-dessus les corps entremêlés, il tient son poignard contre son ventre ; les grenades éclatent, la glace éclabousse le visage de Doucen et l'aveugle un instant, le rebelle se jette sur lui et le renverse sur la glace, écrasant avec son poing la gorge de Doucen et crachant sur ses yeux ; les cris, les râles montent dans l'air acéré ; la glace rougie se fend sous le poids des corps, le sang baigne l'eau noire ; les poignards rayent la glace, les fusils glissent entre les corps blessés ; un soldat et un rebelle s'étreignent contre un roc ; un corbeau les contemple, juché sur le branchage calciné d'un cèdre ; le sang avance sur la paroi, entre les jambes du soldat serré contre le roc par le rebelle ; le soldat déchire le visage du rebelle avec le couvercle dentelé d'une boîte de conserve kaki ; le rebelle écrase avec son ventre le ventre du soldat, peu à peu, et frappant, creusant le bas-ventre avec son genou, il étouffe le soldat désarmé. Doucen, étranglé, râle ; le rebelle le désarme ; un soldat blessé à la gorge, prend la main de Doucen, tourne la tête de son côté, ses lèvres tremblent, le sang roule dans sa bouche, un sang doré bouillonne à la déchirure de sa gorge, il est désarmé, nu : le rebelle l'a déshabillé en hâte et ses membres déjà glacés sont recouverts de lambeaux que le vent soulève ; Doucen serre cette main. Tout autour, rebelles et soldats entremêlés, tous couchés ou arc-boutés sur la glace, gémissent, crachent, crient. Aux premières heures de la matinée, le soleil précipite les brumes, les corbeaux remuent leurs ailes lustrées. Les rebelles s'enfuient en emportant leurs morts ; les soldats agonisants sont seuls, couchés, la joue, le front sur la glace ; leur râle bleuit la glace ; leurs genoux, soudain, tremblent, leurs mains s'ouvrent, les ombres des corbeaux et des nuages se déroulent sur les corps dévêtus par les doigts gourds des rebelles; des boutons, des dents, des lambeaux d'élastiques jonchent la glace rougie; Doucen se soulève sur son coude ensanglanté, il rampe jusqu'au bord du lac et il meurt, sa tête enfouie dans la brume ensoleillée et gorgée et parfumée de cris d'oiseaux, d'enfants, de fumées d'alambics et d'ambre solaire; les soldats agonisants le voient s'élever au-dessus de la glace, ses jambes traînent sur le roc, ses cartouchières suspendues sur ses cuisses et son ceinturon serrant son ventre nu, la boucle pressant le nombril, la glace pilée, rougie, coule le long de ses hanches, son visage est renversé face au ciel; les yeux des soldats se voilent, leurs doigts essaient d'arracher la membrane vitreuse qui recouvre l'iris, leur gorge roucoule; des rochers s'effondrent dans les hautes vallées de l'Akouker; une femme, la maquerelle du Foyer d'outremer d'Ecbatane escalade les rocs; puis sa botte noire enduite de vomissures, foule, retourne la tête des morts; ceux des soldats vers lesquels elle marche, son sac d'intendance serré dans le poing, tendent les bras, geignent, rampent sur le dos, vers l'arrière; mais elle, sa bouche ouverte sur ses dents étincelantes ornées de confetti et de fils de la Vierge, prend leurs mains ouvertes et, s'accroupissant, soulève leurs pieds, leurs jambes et les enfonce dans le sac; puis soulève le corps raidi et, le soldat entourant de ses bras sa nuque et sa poitrine, fait glisser le reste du corps dans le sac; la tête du soldat tombe sur son genou; la femme traîne le sac sur la glace; les soldats vivants rampent vers le bord du lac, étreignent les rocs et les troncs des cèdres calcinés; mais la femme détache leurs mains de la cendre et du roc; quand le dernier soldat vivant sent ses genoux et son ventre se raidir et durcir, Doucen et tous les autres soldats sont couchés sur la glace au lieu et dans la position où le poing, le poignard des rebelles les ont jetés et maintenus, avant l'évanouissement. Une lueur rose baigne les corps nus dont les plaies sont reflétées dans la glace reformée.

En bas, les chefs exigent des représailles, le gouverneur lève les bras, signe une exécution capitale, lave ses mains dans l'alcôve, frappe son front avec ses poings, les officiers se retirent, baisent l'ordre d'exécution. Dans les assemblées, il prend plaisir à les étonner, il parle de droit à ces gens de force. Dans les couloirs, s'il entend un bruit de bottes, il revient sur ses pas, il se cache dans un cagibi de balais et de brosses. Depuis le début de la guerre, il n'est jamais sorti de l'île. Aux jours de fêtes nationales et religieuses, les militaires se répandent dans les bordels et les sacristies d'Inaménas ; le gouverneur s'enferme dans son palais. Émilienne met des gâteaux dans la bouche des sentinelles : enivrées, écœurées, les joues, la poitrine, les cils enduits de crème et de sucre, elles soulèvent les tapis, vomissent et piétinent leurs vomissures. Le gouverneur, accroupi sur le tapis, Serge et Fabienne enlaçant son cou avec leurs bras, ouvre les herbiers ; Émilienne assise sur le bord du canapé, écrit à ses anciennes amies de l'orphelinat ; sous la feuille, ses genoux luisent, Serge les voit, ses lèvres se mouillent sur l'épaule du gouverneur ; la sentinelle pèse contre la porte. Fabienne, derrière la tête du gouverneur, regarde les yeux et l'écume sur les lèvres de Serge ; alors, elle jette sa bouche sur la nuque du gouverneur, baise l'artère de la gorge ; le gouverneur repousse le visage avec sa main ; Serge, ses yeux fixant le ventre froissé d'Émilienne, caresse les fleurs fanées et les tiges de l'herbier : le sexe des rebelles, tiges et fleurs asséchées. Émilienne ne relève pas les yeux. Serge tombe évanoui, le sang se retire de ses joues, de ses poignets, de ses genoux ; sa tête porte sur le talon du gouverneur. Au soir, Émilienne, ses yeux toujours baissés, nourrit Serge de sa main :

— Tant que tu ne m'auras pas aimé, je recommencerai à m'évanouir.

Il lèche la main qui serre les fruits, les cerises, les amandes; les phalanges d'Émilienne heurtent ses dents. Sur la terrasse, le gouverneur est allongé dans un transat, Fabienne s'assoit sur ses genoux; sa main appuyée sur le sexe de son père, son bras, son autre main caressant l'oreille et la joue du gouverneur:

— Pourquoi ne veux-tu pas m'aimer comme tu aimais maman ? Serge a Émilienne...

Serge mordille le poignet d'Émilienne, sa main sort du drap, couvre la hanche d'Émilienne, remonte vers le ventre; ses dents percent les cerises:

— Si je croque tes yeux, ils ont le même goût amer que les noyaux. Viens dans le lit. J'y suis nu, ce n'est pas moi qui t'obligerai à me déshabiller. Viens, monte.

Il tire la robe à l'endroit du sexe. Émilienne s'assoit sur le bord du lit, caresse les genoux du garçon à travers le drap, Serge les croise, son sexe roule sur la cuisse. Serge prend la main d'Émilienne et la pousse sur le drap jusqu'au sexe; la gorge d'Émilienne palpite, ses yeux voient la nuit.

— Est-ce que tu pourrais faire la putain toute une journée ? Et moi, le visage bandé, je passe et tu m'étreins et tu me chatouilles et tu mords mon rire et tu ne m'as pas reconnu. Tu secoues et tu laves mon sexe dans le lavabo, tu vaporises du parfum sur la toison. Tu me rhabilles, tu boucles ma ceinture. Sur le trottoir, j'arrache le bandeau, les dockers te saisissent à la taille et aux épaules, tu fumes leurs cigarettes, ils crachent le vin dans tes oreilles. À l'aube, revenue au Palais et couchée contre le flanc du gouverneur, tu reprends ton souffle. Au petit déjeuner, je respire tes épaules, et dans la vapeur du thé, à ton oreille, je jette un cri du bordel, je fais claquer mes lèvres et ton sexe s'ouvre et scintille sous la soie transparente et froissée...

L'écume de Fabienne mouille la joue du gouverneur:

une danse s'allume sous les barbelés, les bébés se roulent sur la paille, le sperme et la semence des danseurs accouplés et dansant déboutonnés retombent sur leur dos et sur leur crâne ras, se mélangent à la terre fraîche que leurs doigts creusent entre les pieds des couples.

Serge et Fabienne marchent pieds nus dans le palais et dans le parc ; ils ont au pied une corne dure. Dans les chambres, ils vivent le plus souvent nus ; l'hiver, sans chauffage, le torse serré dans un seul pull-over. Ils n'ont pas d'argent de poche, ils réparent eux-mêmes leurs vieux jouets. Leurs cheveux sont coupés ras. Serge élève des couleuvres dans sa chambre, il les laisse s'enrouler autour de ses jambes, se lover sous son sexe ; des lézards mordent ses cahiers, des scarabées roulent dans les plis de ses draps. Serge, avant de se coucher, s'enferme dans le cabinet de toilette, il sort sa tête et son genou d'entre les rideaux, il lance des appels de bordel, il fait mousser sa salive sur ses lèvres, il fouille sa braguette déboutonnée ; puis d'un bond, il est au milieu de la chambre et il marche, les poings aux poches, les cheveux emmêlés sur le front, le ventre en avant, les épaules roulées, froisse deux doigts de sa main, regarde le rideau de haut en bas, alors sa taille frémit, ondule, ses lèvres s'ouvrent, sa tête s'incline sur l'épaule. Et toute la nuit, dans le brouillard de sueur, nu, il lutte avec l'oreiller entre ses cuisses et sous sa poitrine et sous ses dents. Aux premiers cris des coqs, il s'endort, arc-bouté, au bas du lit, le sexe allégé sous l'ombre du ventre. La fraîcheur renverse son corps sur le dos, ouvre ses jambes, sèche le sperme sur ses cuisses et dans ses poings desserrés. L'hiver, au plus fort des nuits glacées, la fenêtre est ouverte et le vent gonfle le drap et soulève les mèches du front de Serge. La sentinelle frôle le mur. Serge s'éveille avant l'aube, il va, nu, à la fenêtre, se penche, siffle, la sentinelle voit le torse nu de l'enfant :

— Les étoiles s'y reflètent, tellement il est poli et transparent.

— Des poux courent dans ta chevelure. Quand m'emmèneras-tu chez tes putains, Nano ?

— Je leur ai parlé de toi. Je leur ai dit la couleur de tes yeux, le timbre de ton torse, le tressaillement de ton ventre. Elles ont cloué ta photo au mur de leur salon d'attente.

— Nano, leurs bébés naissent-ils sur le carrelage souillé ?

— Ils y vivent aussi.

— Nano, quand tu es sale...

— La putain lèche ma crasse, n'importe où sur mon corps. Elle croque mes genoux et mes coudes.

— Cette nuit, ta femme, en Ecbatane, se lève et recouvre tes enfants déshabillés par le cauchemar. Elle les prend dans son lit, sous ses aisselles...

— Ici, tous les enfants sont sales, morveux, le cul crotté, infirmes, souillés... Penche-toi.

Serge tremble, il penche sa tête vers le soldat, celui-ci change son fusil d'épaule, il lève le bras, avance la main vers le visage du garçon, caresse ses joues, son front, enfonce sa main dans le pyjama, le long des fesses, attire la tête du garçon vers sa poitrine et l'embrasse sur le coin des lèvres. Le soldat a les joues et le bord des lèvres durcis par le gel ; sous le casque léger, sa chevelure, fraîchement savonnée et rincée, ruisselle ; Serge entrouvre ses lèvres et sa langue touche les lèvres du soldat ; dans les narines, les poils sont collés par le café noir et trop sucré. Les yeux du soldat brillent et des larmes roulent sur sa lèvre supérieure ; Serge les boit.

Souvent, les soldats privés de leurs enfants ou de leurs frères, embrassent les enfants sur le bord des routes, dans les maisons qu'ils pillent. S'ils trouvent au fond de ces maisons des draps de lit, ils les enroulent autour de leur corps, les caressent, ils y plongent la tête et le sexe. Les sentinelles du palais, dans les appartements, laissent traîner la main sur les couverts de porcelaine et d'argent, sur le revers des draps, sur les manteaux d'Émilienne, sur ses robes. Mais, le premier jour de la troisième année de guerre, les soldats du poste de Takintout, au retour d'une patrouille dans les égouts d'Inaménas révoltée, la nuit venue, se jettent, deminus, leurs corps frémissant sous les lambeaux de treillis souillé, dans la cour du poste et se laissent tomber, tous entremêlés sur les toiles de tentes déroulées sur la neige par les sentinelles de nuit pour que le vent et l'eau de la neige purifient leur fibre. Réveillés au même instant par le même étouffement, ils se ruent, bouche fermée, yeux clos, mains tâtonnantes, dans l'escalier du poste, et, leur dos touchant la toile mouillée, crient, pleurent, se caressent leurs épaules et leurs genoux. Le lieutenant, barricadé dans sa chambre, la bougie éteinte, appuie son front et son oreille contre la porte et charge son pistolet automatique. Les supplétifs indigènes brisent la porte des cuisines et, debout, arc-boutés, accroupis, plantent leurs crocs pourrissants dans les quartiers de viande fraîche, déchirant les lambeaux et les enfouissant dans leur chemise ; certains, la poitrine gorgée de viande, boivent au goulot les bouteilles d'huile, essuyant leurs mains avec le vinaigre ; d'autres, déjà repus, la bouche gorgée de vinaigre, s'assoupissent, vautrés sur les déchets de nerfs et de graisse entassés sous le quartier suspendu ; peu à peu, les vomissures s'accumulant dans leur gorge et leur sexe se durcissant, ils s'animent, leurs jambes roulent, leur ventre se dénude, leurs lèvres s'ouvrent, la sueur brille dans les lignes de leurs mains, dans les anneaux de leur sexe dressé sur la boucle dégrafée du ceinturon; les casseroles, les louches, les quarts s'effondrent sur les étagères renversées; un rayon de lune éclaire au creux de l'oreille d'un jeune supplétif dont la tête est prise entre les cuisses d'un camarade qui, la tête posée sur le bord d'un baquet d'eau de vaisselle mordille une touffe de cresson et de l'autre main se branle négligemment, une perle au reflet bleuté : caillot de sperme ou morceau d'ail craché... le jeune supplétif dégage sa tête et rampe sur le corps du camarade, leurs sexes s'enroulent l'un à l'autre, le jeune supplétif prend les épaules de son camarade il se hisse, il avance sa poitrine sur celle nue et huilée du mâcheur de cresson, il baise la gorge enduite de jus de cresson, il baise sur celle-ci les nerfs et les muscles engrenés sous la peau balafrée par la mastication irrégulière, souvent précipitée par l'orgasme puis ralentie, la bouche restant ouverte et les cuisses s'ouvrant sur le sexe ramolli... Les sentinelles se rassemblent dans le mirador attenant à la galerie; serrées les unes contre les autres, elles joignent leurs bouches pour gémir, crier, gémir, tandis que l'une d'elles, portant les bidons de café dans ses poings, court dans la galerie; le café tiède et lourdement sucré éclabousse la claie de palmes et de chaux; le café répandu coule sous la porte de la chambre du lieutenant, avance vers le lit, noyant les cafards serrés dans la claie; puis, se ruant contre les camarades entassés, fusils dressés dépassant de leurs épaules demi-nues, la sentinelle verse le café dans leurs jambes et, levant ses deux bras chargés de bidons, asperge les chevelures et les casques; alors, tous, se tordant au contact du café qui s'égoutte sur leurs omoplates et sur leurs reins, s'étreignent; la sentinelle jette ses bidons hors du mirador, ils tintent dans les rocs souillés d'ordures; elle s'accroupit, écarte avec ses poings les jambes d'un camarade et se faufile et se redresse entre les membres serrés. Takintout village et regroupement, veille dans le faisceau du projecteur : les rats trottent au bas des murs de l'abattoir dans la neige rougie ; le jaillissement du coude d'une sentinelle hors du groupe frémissant dont peu à peu les vêtements et les armes se dégrafent, fait basculer le projecteur vers le ciel : Takintout, dans le bruissement des eucalyptus, retourne à l'obscurité nocturne d'avant la rébellion ; les enfants couchés nus, leurs excréments collés aux nattes et leur salive nocturne séchant sur les doigts de leurs mères accroupies, geignent ; les femmes se redressent, tendent leurs bras vers la fraîcheur déversée par la fenêtre obstruée par la neige ; les adolescents, ensommeillés tirent leur turban de sous leurs fesses et le nouent sur leurs tempes aux veines gonflées par le gel ; les femmes prennent les galettes sur les braises du foyer et, leurs bijoux tintant sur les dalles, soufflent la farine, ouvrent les sacs mouillés de neige suspendus au-dessus de la natte des adolescents et qui embaument le genévrier frôlé, ployé, taillé par eux, la nuit, dans le maquis. Dressés, le haut du corps courbé sous le toit de toub, ils embrassent leurs mères, le parfum de leurs seins recouverts de farine attiédie enveloppe leur gorge et leurs joues duvetées ; les enfants, éveillés, rampent sur leur natte et se blottissent autour des braises dont la faible lumière éclaire leur nombril, leurs seins et leurs yeux ouverts sous les croûtes...

— Tes petits frères qui arrachaient des racines sous les ordures ont vu ton père renversé sur le parapet, son sang coulait sur la chaux, les Françaouia frappent son torse nu avec leurs crosses ; tes frères, serrés au bas du mur, boivent, lèchent le sang ; les Françaouia, penchés sur le parapet, vautrés sur ton père évanoui, crachent sur leurs têtes rasées, leurs crachats se mêlent au sang sur les lèvres de tes frères... Regarde... vois... ils ne peuvent s'endormir, le faisceau du projecteur éclaire leur naissance, fouaille leurs excréments, leurs plaies, leurs pustules, il éclaire ton départ nocturne et ton retour, ma main qui remue les braises et pétrit les galettes secouées contre tes reins dans l'embuscade...

— Cette nuit, le faisceau éclaire le ciel, ô étoiles, jugement des nations, astres libertaires, ô mère... entends les pas de leur faune étonnée ; les pancartes de l'utopie bruissent au vent stellaire ; des nations d'hommes blessés arrivés dans la nuit, y reposent, ignorant le décor de fleurs et de sources où le flamboiement de l'aurore les réveille ; la terre se couvre alors d'instruments neufs ; dans chaque terrain de couleur et de niveau différent, une charrue, dressée, attend d'être prise et mes mains empoignent le bois couvert de rosée...

La neige fraîche recouvre les corps entassés dans la cour ; les portes des chiottes battent et le vent soufflant par-dessous les pilotis, pousse au-dehors les excréments gelés lesquels, soulevés, roulent sur les corps des soldats, assaillent leurs reins, touchent leurs lèvres. L'un d'eux, dont la tête nue appuie contre un affleurement du roc, hors de la toile de tente, crie, ses mains prises sous les cuisses d'un camarade et le groupe des sentinelles, visage contre visage, à chacun de ses cris, geint, piaule, les reins et le dos chauffés par le projecteur renversé...

— À mort les croques ! Ô ma chiotte, serre-moi plus fort. Je te donne ma femme. Jette mes bébés dans le feu, au fumier, écrase-les sous le pied du lit conjugal alourdi par vos deux corps entremêlés. Elle caresse, elle baise tes muscles inquiets. Déchire avec tes dents pourries par la viande noire et le vin bromuré, déchire avec ton sexe tanné les linges suspendus dans la toilette, les linges qui embaument le talc et la vomissure de nouveau-né. Saccage mes meubles. La chambre exhale, toi dressé nu et chaussé de laine jusqu'aux genoux, un parfum de neige et de suint. Étrangle, assomme dans leur lit mon père et ma mère. Égorge sur ses cahiers mon frère assoupi à la table. Les morsures des putains indigènes se rouvrent au bas de ton ventre sous la toison. Creuse avec ton poignard, coupeur d'oreilles, le parquet ciré et libère la source qui chante pour moi enfant dans les fondations. Couche-toi dans son eau et les copeaux et la terre et la poudre de ciment recouvrant ta mâchoire, baise à mort ma femme et, te relevant, écrase sa tête dans le ruisseau obstrué par le sperme. Et léger, le fusil suspendu à l'épaule et la moustiquaire nouée autour de tes reins, pousse la porte et, la lisière atteinte, jette-toi entre nos bras chargés de gibier agonisant. Ô Coupeur d'oreilles, hisse-toi avec nous dans le creux des branches réchauffé par nos excréments. L'odeur du sang des hommes mariés enveloppe la ville. Nous lui préférons le parfum des punaises gorgées de notre sang.

— Ô Coupeur de doigts je te donne ma femme.

— Tête à viol, abreuve ta soif à l'eau du robinet rouillé et remonte sur le lit, les ongles recourbés de tes doigts de pieds déchirant les draps et les dentelles du couvre-lit. Accroupi sur le bord du lit je souffle sur tes talons glacés, je les caresse avec ma chevelure en sueur. Ô ma femme, je mordille tes petits flacons répandus dans un pli du drap. Je peigne ma chevelure avec le peigne du bébé. J'enroule tes bigoudis aux boucles de mon sexe. Ton alliance jetée dans le feu fond avec les jouets en celluloïd; mes camarades en treillis accoudés au bord du lit t'emprisonnent dans le parfum du vent; leurs doigts cueillent les cerises répandues sur ton ventre nu; les cerises tremblent à leurs oreilles, à leurs lèvres; la lampe de chevet éclaire la crasse de leur cou serré dans la laine, les abcès collant leurs cheveux par touffes. Puis le sommeil les couche tout autour du lit sur les dentelles du couvre-lit piétiné; mais le plus silencieux, le plus jeune d'entre eux s'est endormi sur le lit, la cellophane du pot de confiture collée sur le front. Alors la lune éperonnant mon flanc, je peux te foutre jusqu'à l'aube et laver toutes les retraites de ton corps abandonnées et asséchées depuis mon exil.

— Ô Scout Sanglant, je te donne ma femme. Auprès d'elle le désir comme le soleil ne s'endort jamais...

La porte des cuisines cède : trois supplétifs enlacés roulent sur les dalles recouvertes de glace ; leurs bouches jointes sont gorgées de viande fraîche que le baiser écrase sur les dents ; leurs mains étreignent leurs reins dénudés : «... la fête des hommes libres s'achève ; ils vomissent les gâteaux de miel et les sodas contre la porte de la soue ; les enfants, la gorge lacée par les confetti, la teinture du drapeau fondant sur leur poitrine en sueur sous la chemise, courbés sur le champ qui jouxte l'abattoir, arrachent l'herbe sèche ; les femmes tirent les lessiveuses sur le sable. Ô mes frères, ils égorgent les supplétifs sur les tables du vote, les enfants shootent avec les têtes décapitées dans le sable ; une femme enfonce une louche, une assiette, un couvert dans le cou décapité d'un supplétif ; un vol de grues s'enfuit vers la frontière ; le soleil irradie l'antenne de la radio ; puis l'obscurité couvre le piton, les vomissures bues et mangées par les rats, s'effacent ; au milieu de la nuit, une fleur naît sur le bord du fumier ; tous nous nous accroupissons autour d'elle, Mouloud lui donne le nom de sa mère, Mansour celui de sa fiancée, Saïd celui de son enfant ; penchés sur elle, ils la caressent ; les porcs se heurtent à nos hanches. Pour vaincre la peur et assouplir nos muscles figés par l'humiliation, déboutonnés, nous nous aimons, arc-boutés, mains et pieds raclant la boue et jusqu'à l'aube nous nous entrelaçons, forçant nos articulations, tirant la peau, juxtaposant nos veines, mêlant nos boucles et nos plaies. Au matin c'est un seul homme qui monte sur le parvis de bois de l'abattoir et qui fouetté par les genêts des maquisards, plonge sa jambe dans l'eau bouillante parfumée d'herbes et tous ses muscles depuis le jarret jusqu'au crâne sont saisis ; les cloques éclatent sur sa peau encore sèche ; mais la force de la chaleur casse ses reins ; le haut de son corps, brisé, s'effondre : la tête se fend sur le bord de la lessiveuse ; les femmes viennent tourner les chairs bouillies, elles les sortent de l'eau sur des bâtons de palme, elles les jettent sur leurs enfants ; ils s'échappent mais les femmes les forcent à dévorer ces chairs bouillies ; le soleil, à son zénith, frappe l'eau immobile où baignent les chairs ; enfants, femmes, bourreaux, écroulés dans les herbes, sur le parvis de bois, au bas des pilotis, dorment ; le sang bout contre leurs dents ; les oiseaux plongent dans l'eau, ils retirent les chairs, ils les portent au creux des branches dans les vergers ; le soir, réveillés, femmes, enfants, maquisards, supplétifs seulement blessés, otages aux dents brisées errent sous les pêchers et les abricotiers, mâchant leurs fleurs, enduisant les armes et les fouets de pollen... »

La neige recouvre les corps entrelacés ; les bouches, gorgées de neige, se taisent. Les adolescents bondissent par-dessus les genêts, ils se heurtent en plein front, ils rient, ils se battent dans la neige foulée ; le faisceau du projecteur renversé éclaire la plus haute neige. Le lieutenant, à l'aurore, pousse la porte de sa chambre, il serre un savon dans son poing ; il avance dans la galerie ; le groupe des sentinelles dort, entassé dans le mirador ; le lieutenant s'accroupit, appuie le savon sur les lèvres des sentinelles et trace une croix sur leur poitrine ; puis, tandis que les sentinelles se relèvent et crachent le savon, il descend dans la cour, enduit les lèvres des soldats et trace une croix sur leur poitrine ; puis s'accroupissant, il enduit la bouche ouverte des supplétifs où le sperme colle aux dents et trace une croix sur leur poitrine huilée ; au matin, il fait apporter et dresser sur la toile de tente un châssis de bois sur lequel deux soldats déposent une bassine d'eau chaude ; il commande aux soldats rangés de se dévêtir et, leurs treillis jetés dans une lessiveuse tenue par deux supplétifs, d'entrer dans l'eau et de s'y accroupir, l'un après l'autre, l'eau se refermant sur leurs épaules :

« ... Que la même eau, souillée par le premier d'entre vous, ô mes frères de lait, apaise vos muscles. Que les sécrétions de votre colère s'accumulent aux bords de la bassine. Et moi dont la main n'a pas touché le sexe et essuyé la colère sur les lèvres, je maîtrise le cri que mon sang emporte vers ma gorge. Ô vous esprit et chair mêlés ! Ô chair baisant l'esprit ! Mes animaux, mes mains. Un parfum de foutre baigne vos chevelures vos mains votre voix ; l'embuscade embaume le foutre ; une espèce d'oiseaux nouvelle en ces lieux, s'installe dans ce parfum que vous abandonnez dans les vallées et les forêts, niche dans les touffes et dans les anfractuosités où vous avez respiré, dans les traces de vos pas et les ruines faites par vos mains. Elle vous précède dans les embuscades, s'accroche à votre sexe quand vous vous accroupissez, à vos lèvres quand vous injuriez les femmes. Dans les villages, les enfants orphelins par vos poings étreignent vos hanches et fouillent vos poches gorgées de pain de guerre et de sachets de café et les filles injectées de votre venin ne s'enfuient pas quand vous approchez, le soleil irradiant la sueur noire de vos reins. Ô mes frères de lait ! J'ai sucé le lait de vos mères. Puis couché le long des jeunes filles dans les parcs, j'ai sucé leurs lèvres et leurs seins. Puis dans l'été où meurt ma mère de sang mes lèvres se dessèchent et seuls désormais mes doigts pétrissent mon sexe pour l'apaiser. Ô mon buste courbe-toi sur les seins d'une fille ou d'une sentinelle, qu'importe. Ô ma bouche, libère mon cri d'amour ! Ô mes larmes, jaillissez, éclaboussez le ventre où j'appuie ma joue. Ô mes cuisses, ô mes genoux, serrez ! Tes joues et tes lèvres sourient quand le parfum de mon foutre, libéré, nous enveloppe. Tu caches tes yeux sous mon aisselle. Ton ventre se retire de sous le mien. Tu caresses mes boules de sécrétion réduites et durcies ; et mon sexe dégainé, te couchant en sens inverse de moi sous moi, tu souffles une haleine fraîche sur son tranchant. Une goutte de sperme tremble et dans un éclair bleuté roule sur tes lèvres et les dernières gouttes qui perlent encore, tu les laisses tomber sur tes yeux grands ouverts ; et, tes paupières closes sur celles-ci, tu t'endors, la tête sous mes reins arc-boutés. Je caresse, m'étant allongé et accoudé le long de toi, ton sexe refermé où travaille mon foutre sauvage. Je le hume. Je le baise. Je le contemple jusqu'au milieu de la nuit. Ma main caresse, épouse, contourne les seins, le ventre. Je penche mon visage vers tes seins et je les regarde respirer. Mon foutre sèche sur tes lèvres, entre tes paupières. Ô mes frères de lait ! Vous dont le geste réalise immédiatement l'idée, tirez au sort celui de vous qui refermant la porte de ma chambre sur vous tous occupés aux corvées d'armement et de casernement, un instant ébloui par l'obscurité, marche vers mon lit et sur mon ordre s'y étend le long de moi. Puis quand lassé de la couchée et son ventre ronronnant de faim, il se lève et se rhabille, je descends dans le village et les enfants sourient au parfum du foutre répandu et les chiens et les chats s'enroulent à mes jarrets... »

Les adolescents, accroupis dans le fond de la caverne sur les claies de palmes, mangent les galettes ; la neige recouvre les rocs de l'ouverture ; les armes sont jetées en tas entre leurs pieds nus ; leurs espadrilles sèchent sur le sable ; deux corbeaux, attachés au fond de la caverne, s'accouplent ; les adolescents rient, tête renversée ; le guetteur juché dans un cèdre planté sur la voûte de la caverne, réchauffe ses doigts dans la toison de son sexe ; une escadrille étincelle un instant dans le ciel éblouissant ; le guetteur siffle ; les adolescents saisissent leurs armes, chaussent leurs espadrilles mouillées et se jettent sur le roc où les deux corbeaux s'accouplent. Mais l'escadrille plonge sur la mer dont la paupière bat contre la plaine enneigée. Alors les adolescents sortent de l'ombre, ils délacent leurs espadrilles, ils se couchent tête contre tête sur le sable au-dessous d'un feu d'herbes que la sentinelle dresse sur un affleurement du roc : « ... les Françaouia brûlent les palmiers, le napalm siffle sur l'oued ; l'eau charrie les pierres des maisons bombardées ; un enfant crie au fond d'un berceau emporté ; un barrage de palmes et d'osiers arrête le berceau : un soldat, déboutonné et le sexe battant le treillis, s'élance, il bondit sur le barrage que le torrent d'eau cendreuse refoule, il saisit le berceau, il serre le bébé sur sa poitrine et, revenu sur la rive, agenouillé dans les cendres, il rugit et il baise les reins du bébé. Ô mes frères à la bouche enduite de bouillie de genévrier, la nuit de l'Indépendance, nous nous couchons le long des canalisations éventrées, nous buvons l'eau entre les quartiers de béton... Deux petites filles, en aval de nos lèvres, trempent des linges ensanglantés, lambeaux de chemise et de chèche de leurs pères et de leurs frères tués et torturés... Un adolescent nu, la tête bandée, dévore un ver de terre à même le sol, sa mère et ses sœurs le retiennent par les hanches et cachent avec leurs robes déployées le haut de son corps appesanti sur la boue. Les corps des traîtres supplétifs, suspendus par la gorge aux crocs rouillés de l'abattoir, tournent dans le clair de lune. Une vieille femme essuie son visage aux herbes rougies qui recouvrent l'égout de l'abattoir. Un enfant accroupi sous l'un des corps suspendus, tète le pied baigné de sang frais... »

Giauhare, petite affranchie d'Ecbatane, recoud les boutons des soldat et les déchirures de leurs treillis ; sa chair est douce, ses yeux bridés, ses lèvres blanches ; l'officier supérieur qui la possédait, lui a acheté une blanchisserie creusée dans le mur extérieur du Palais ; elle y vit avec sa mère, et les soldats la respectent : l'odeur du linge frais, de la lessive, le soir, traverse la rue, monte jusqu'aux fenêtres des chambrées ; les soldats se retournent sur leurs paillasses, excités et alanguis à la fois ; les soldats aiment la boutique, ils plongent leurs bras dans les corbeilles de linge frais et respirent leurs mains. Giauhare va de l'une à l'autre corbeille, sa robe effleure les genoux des soldats assis dans la pénombre ; elle prépare du thé pour sa mère, redresse un col, recoud un bouton de treillis, sa main frôlant le menton ou le cou du soldat, le dé à coudre heurtant la gorge découverte et glissant sur la peau en sueur ; le soldat s'abandonne à ces mains transparentes, il voit briller au travers de l'ombre fraîche et vaporeuse, les lèvres de Giauhare et l'aiguille entre celles-ci, il écoute craquer le fil et ronronner les hanches de la jeune fille accroupie devant lui. Les plus violents parmi les soldats n'osent la toucher ; les soldats ont peur des vierges. Souvent, en Ecbatane, l'officier supérieur, la nuit, soulevait le rideau de l'alcôve, où, esclave, elle dort. Il se penche sur elle, réveillée et la poitrine haletante, il écarte le haut de la blouse, ses ongles effleurent la pointe de ses seins, son autre main retrousse la blouse, déboutonne son pyjama noir, mais elle, les larmes scintillant dans ses yeux, entoure le cou de l'officier avec ses petits bras. Il les prend, les détache, il les joint aux poignets, il les baise, sa chaînette d'or, coule sur les seins de Giauhare ; son souffle sent le vin : à la commissure de ses lèvres, brille une écume rosée ; elle l'essuie avec ses doigts.

Serge, enfant, dans le Petit Collège d'Ouranopolis, a faim ; ses camarades, la nuit, volent du pain dans la cuisine. Un soir, alors qu'il court sur le trottoir du préau, un garçon de race étrangère avance son pied : Serge tombe le front contre la pierre. Il délire toute la nuit. Les prêtres qui l'aiment, veulent lui faire avouer le nom du garçon. Serge gonfle sa bouche et ils se retirent. Il est couché dans une chambre noire. La nuit, quand il délire, la bouche ouverte sur l'oreiller, ses dents croquent une boule de naphtaline, il crache, il crie. La pluie frappe les vitres, les écureuils roulent dans les branchages baignés de lune et tordus par la tempête. Un petit esclave, vagabond, chemise et short déboutonnés, chevauche une borne mouillée, devant la statue de la *Virgo*. Des vers grouillent sous ses paupières, la pluie creuse et lave les plaies de ses genoux. Serge roule sur le côté gauche du lit, il ouvre la fenêtre, la lune éblouit ses yeux, la pluie mouille les draps :

— Viens dormir près de moi, caresse le chien de garde entre les yeux, fais-lui lécher ton sexe. Monte vite, Petites Mains.

Le vent étouffe son cri, le petit esclave bondit dans l'escalier, ouvre la porte de l'infirmerie. Serge, appuyé aux barreaux du lit, tient une serviette dans sa main, le petit esclave s'approche, Serge lui ôte ses haillons, il les pose sur le radiateur, il frotte le petit esclave nu ; pris de vertige, il ôte très vite son pyjama, il le tend au petit esclave, il se jette sur le lit défait, respire à grands traits, roule sa tête sur l'oreiller. Le petit esclave enfile le pyjama, il se tient debout, pieds nus sur le linoléum déchiré :

— Il y a un sac de millet dans l'armoire. Dénoue le lacet et mange.

Le petit esclave plonge ses mains dans le sac, puis sa tête, les grains sautent dans sa chevelure. Il monte dans le lit.

— Serre-toi contre moi, Petites Mains ; couvre mon front avec tes mains pour le rafraîchir.

— J'ai mangé du grain dans toutes les fermes, aujourd'hui.

Au matin, les prêtres tirent la couverture : Serge dort, apaisé, avec sur son front noir, les petites mains du vagabond ; lui, d'entre ses fesses découvertes, sort une coulée d'excréments mêlés de grains, sa bouche est ouverte sur l'oreiller, son ventre creusé, durci, ses mains froides. Le petit esclave enterré dans le pyjama, Serge, la nuit, marche dans la chambre et dans les couloirs cirés, longtemps après, vêtu de ses haillons. Une bergeronnette chante dans le lierre, sous les persiennes. Au mur, la lune caresse les fleuves, les sommets, les lacs de la carte en relief d'Inaménas. Comme son père est ambassadeur, les prêtres le saluent et l'appellent Monseigneur. Le garçon de race étrangère a voulu se venger d'un affront fait à son pays par la diplomatie d'Ecbatane. Maman, retour des mers tropicales, au premier jour du printemps, embrasse le front encore ombré et douloureux de Serge.

— Mon chéri fleure le sapin et le lait.

— Mais maman, nous ne buvons jamais de lait, la ferme est de l'autre côté de la cour... et nous ne buvons jamais de lait.

— Je t'ai apporté des noix de coco, Papa a pris des films sur les poissons volants.

Et elle peigne le garçon en lui pinçant le menton. Devant la porte du Supérieur, elle se baisse encore vers lui, lèche le bout de son index, et le passe autour des lèvres du garçon, elle frotte avec la paume mouillée de ses mains, les genoux éraflés du garçon :

— Comment fais-tu pour être toujours sale, mon pauvre garçon.

Elle tend la culotte de velours bleu par l'ourlet de la cuisse et gratte les taches.

— Maman, pourquoi ne m'avez-vous pas abandonné ?

Les rebelles vivent dans les grottes. La nuit, ils descendent vers les villages, les portes s'ouvrent, les chiens jappent. Au milieu du village, sur un piton artificiel, le poste d'infanterie dresse ses quatre murs de bambous et d'argile. La sentinelle marche dans la galerie, tressaille aux appels, écoute les portes et les chiens, le bruissement des arbres fruitiers, lutte contre le sommeil, caresse la crosse de son fusil ; la bretelle pèse sur l'épaule. Le visage, le treillis du soldat ont encore le parfum des zones traversées dans l'embuscade de nuit; des ronces, des plaques de boue mêlées de débris de moustiques et de fleurs des marais, accrochées au bas du treillis, couvrent l'intervalle entre le pataugas et la toile. En automne, les soldats se gavent de raisins sauvages; les lèvres, les joues des sentinelles sont violettes, leurs poches gonflées de figues et de grappes, le jus transperce la toile et coule sur la poitrine et sur les cuisses, forme autour de la ceinture un anneau de sucre et de crasse qui fond dans la sueur des étreintes. Les soldats qui montent leur première garde s'étonnent de ne point voir d'autre lumière que celle de la lune. Inaménas, la nuit, ferme ses routes et ses portes. Les sentinelles veillent sur une terre déserte: pas de lumières mouvantes entre les arbres, disparaissant, apparaissant plus lointaines ou plus proches cette fois, lumières frêles, obstinées comme la petite flamme qui coule du tourniquet de l'artificier, entre les feux et les gerbes. Seulement quelques traînées de brumes précoces, quelques fumées s'élevant des villages incendiés, quelques traînées de lune. Les chacals piaulent dans les vallées, sur le versant des collines, parmi les tas d'ordures; ils déterrent les charniers oubliés, mettent à l'air des cadavres de toute espèce et les abandonnent au petit jour dans les chemins, le long des maisons, cadavres, amas de chair et de terre que les oiseaux secouent et qui vibrent dans la rosée. Quand les chacals, la nuit, se taisent, c'est que des rebelles marchent. Et les soldats ne peuvent s'endormir; dans le demi-sommeil, certains couvrent leur sexe. Ils se pressent dans la galerie, entourent la sentinelle rassurée, mettent la main sur son épaule, se chamaillent, s'injurient à voix basse. Au fond de la galerie, les appels du radio, les pépiements de l'appareil, les petites lumières de la carcasse et la main grasse du radio éclairée par celles-ci et démêlant les fils et tournant les boutons usés. Sur la table, une flaque de café noir attire les moustiques, un morceau de pain sèche, mangé par les vers et souillé par les mouches ; la poudre des ailes des papillons de nuit tombe sur les épaules nues du radio, sur ses bras contractés par la manipulation du morse. Au mur, des photos de femmes nues que les mains et les bras et les genoux ont noircies et les soldats dressés sur leurs lipicos y frottent leur sexe. Sur le lit du radio, un petit chien noir et jaune, dort, la patte secouée. Des cafards courent sur la terre battue, frôlant les pieds nus du radio. Lui, lâche le microphone et le crayon, les écouteurs glissent sur sa gorge ; il remonte et place ses jambes sous ses cuisses, il prend le message, il pivote sur le tabouret, le short, tendu, se déchire sous les cuisses :

— Les gars, une opé pour demain... Bébé, ton transistor est arrivé au P. C., le vago te l'apportera après-demain, mais il veut garder l'emballage.

L'aube vient, les oiseaux s'échappent des arbres, sèment la lumière de leurs cris. La sentinelle, respire, seule, contre le mur suintant de l'aurore.

Les jeunes rebelles, rassasiés, apaisés, le sexe ramolli, remontent vers les sommets, vers les hautes vallées ; ils sautent de brouillard en brouillard, suivent les voies d'ombre et de pénombre. Ils regagnent les cavernes ou bien traversent les montagnes pour se placer sur d'autres terrains d'opération. Ils peuvent marcher soixante kilomètres par jour. Ils se cachent dans les maisons abandonnées, dans les puits asséchés, dans les arbres, parmi le bétail. Les soldats les enfument dans les grottes et braquent leurs fusils vers l'intérieur du trou, la tête inclinée sur l'épaule, immobile, un sourire creusant leurs joues couvertes de cendre. Puis, au milieu du jour, tout à coup, ils sifflent, halètent, crient, sabrent les cactus à coups de crosse et de poignards plantent leurs poignards dans les agaves, poussent des pierres dans le trou. Au-dessus d'eux, la montagne s'effrite, des pans de rocher se détachent et s'écroulent sur les pentes. Les nuages tournent autour des pics. Les oiseaux, les cigales ne crient plus.

— Mangez.

Ils s'accroupissent sur l'herbe rase. Deux sentinelles demeurent au bord du trou. Les soldats sortent les boîtes de poisson et les pains de guerre. Dans la jeep, le radio augmente le volume du poste et s'assoit au milieu des soldats. Aussitôt Crazy Horse s'accroupit à ses pieds. Le soleil chauffe ses cheveux blonds découverts et la tache de vin sur sa gorge. Crazy Horse tire son crapahuteur collé dans la poche du treillis, ouvre une boîte, il pique le poisson congelé avec un bâtonnet taillé en fourchette, il le pose sur le biscuit de guerre, le radio le prend, et l'avale tout entier. Crazy Horse prend la boîte, il renverse la tête en arrière, il boit l'huile, ses lèvres appuyées à la déchirure du fer-blanc, l'huile coule sur son menton, sur sa gorge, colle sa chemise sur sa poitrine ; l'air bleu frise les mèches sur son front et celles qui recouvrent le haut de ses oreilles. Le chef de la section, petit homme roux à tête de dénicheur de nids, taille un javelot de bambou, il le ploie sur la nuque de Crazy Horse lequel s'étrangle, crache l'huile sur ses genoux. Le chef chatouille ainsi d'autres soldats, sous les aisselles, sous la ceinture, sous les oreilles, entre les cuisses, sous les pieds. Crazy Horse, le ventre lourd, couché, jambes ouvertes, sur la caillasse, pense de toutes ses forces aux femmes, son sexe chauffé par le soleil, ses genoux alanguis par la bière ; alors le sperme jaillit, se répand sur ses cuisses et dessous, ses genoux tremblent, le radio pose sa main sur la cuisse de Crazy Horse, à l'endroit où le sperme colle la toile léopard à la peau ; les genoux de Crazy Horse tressautent puis s'apaisent ; les soldats rient, Crazy Horse roule sur le ventre, mais la terre recouvre ses fesses mouillées et le chef les pique avec son bambou. Crazy Horse, le visage enfoui dans les cailloux, rougit. La sueur brille au bout de ses cheveux, le radio lui caresse les épaules. Déjà le soleil fume sur la toile mouillée. Les soldats plantent leurs poignards dans la terre, essuient leur bouche huileuse, s'assoupissent, la tête appuyée aux pneus chauffés du command-car; les cerclages des caisses de dynamite, coupés, étincellent. Le chef, renversé sur le volant de la jeep, dort, le bambou suspendu entre les doigts. Deux oiseaux bleu et or, s'effondrent sur le capot surchauffé, le mâle poursuit la femelle et la serre contre le pare-brise, il la couvre; leur semence éclabousse la vitre. Les sentinelles, éblouies, voient des lueurs, des lampes suspendues dans la pénombre du trou; au-dessus d'elles, planent de grands papillons blancs et violets. La poudre de leurs ailes tombe sur les lèvres sèches des sentinelles.

... Crazy Horse, enfant, court pieds nus sur les éboulis granitiques; la rosée et la bruine trempent la peau de mouton jetée sur ses épaules. Il court, il saute, son troupeau soulève les branchages des sapins, piétine les aiguilles, encorne les troncs et les souches; dans la vallée, le torrent inonde la clairière, emporte, la nuit, des couvées de martins-pêcheurs. Roïon, frère de Crazy Horse, enjambe les barbelés, ses cheveux sont parsemés de pétales de violette, ses mains et ses genoux ensanglantés par les rosiers. Leur père creuse la terre mouillée, dans la clairière électrifiée, plus haut, sur le flanc sud du Parnasse. Roïon tombe sur Crazy Horse, il le renverse, dans les hautes herbes. Ils se battent, leurs bras, leurs jambes jaillissent, brisant les digitales; ils se battent dans le parfum du poison. Roïon, avec ses bottes, maintient les pieds nus de Crazy Horse contre terre, mais le pipeau de Crazy Horse dans la poche de son short sur la fesse, un mouvement de reins l'écrase et le broie. Crazy Horse crie, roule sur le côté, jette ses doigts autour du cou de Roïon. Les deux garçons roulent enlacés jusqu'aux éboulis, Crazy Horse griffant les joues et les oreilles de Roïon. Puis Roïon baise la bouche de Crazy Horse lequel écume, pleure et rit à la fois ; les deux garçons mêlent leur salive, Roïon avance son genou entre les cuisses de Crazy Horse. Le soir, Roïon, levé de table, sa bouche éclaboussée de soupe, va dans la grange ; Crazy Horse lui fait la courte échelle contre l'armoire ; Roïon, dressé, avance sa main par-dessus la galerie, touche la boîte de plombs ; sa gorge bat contre le bord acéré de la galerie, ses pieds nus roulent sur les épaules de Crazy Horse. Alors, l'armoire cède, elle se renverse en avant sur les deux garçons, la galerie tranche la gorge de Roïon ; les tiroirs vidés retiennent l'armoire inclinée : Crazy Horse, son front transpercé par les couteaux et les serpes, gémit, ses genoux pris sous l'étagère ; sa tête libre dans l'armoire est recouverte de clous, comme d'un essaim de guêpes ; les frères soulèvent l'armoire, tirent le corps de Roïon, leurs bras nus secoués dans la poussière de blé : Crazy Horse se traîne sur le plancher, les frères repoussent la mère, à la porte : la poussière de blé retombe sur la gorge tranchée et sur les traces de soupe aux lèvres de Roïon, le sang gonfle sa bouche ; la mère crie ; Crazy Horse rampe sur le ventre, il lui prend les pieds, les mordille, il les mouille de ses larmes. Le père sort de la ferme, il court dans les rochers baignés de lune où le gel scintille, il tombe dans les branchages, son menton creusant l'argile. Au village, des écoliers en pèlerine s'échappent dans ses jambes. Le médecin assoit son garçon dans la cuisine de la ferme, il monte dans la chambre où Roïon agonise. La mère est couchée sur lui, elle lui prend sa bouche, une écume rouge sort d'entre les dents du garçon, la mère la boit, le garçon râle et roule sa tête sur l'oreiller, la mère embrasse ses cheveux poudrés de poussière de blé, elle le recouvre tout entier ; le père la soulève par les épaules, elle s'accroche aux cheveux de Roïon, les frères la détachent, ils l'assoient dans l'alcôve, le médecin se penche sur Roïon, le garçon, un flot de sang jaillissant sur l'oreiller, meurt. Dans la cuisine, Crazy Horse, la grand-mère, ses lèvres serrées, l'emmitoufle dans la pèlerine de ses frères, elle lui fait boire une tisane ; le front, les mains, les genoux, le ventre de Crazy Horse sont ensanglantés, noircis, les larmes ont séché dans ses yeux et sur ses joues, il tremble, ses dents vibrent contre la tasse. La mère, en haut, jette un long cri et s'écroule sur le plancher de l'alcôve ; les frères, le père gémissent, agenouillés autour du lit, Crazy Horse sursaute, il lâche la tasse, il plonge sa tête sous la pèlerine ; le garçon du médecin baisse la tête, ses mains appuyées aux genoux, la grand-mère le fait lever, elle tire une chaise vers le fourneau, le garçon se rassoit, son écharpe dénouée entre les cuisses, la lueur du four baigne le velours bleu de son short. Les sanglots sont arrêtés au plafond. Le médecin redescend, son front est blême et mouillé de sueur ; il caresse les épaules de Crazy Horse, le garçon sort ses bras de la pèlerine, il prend le poignet du médecin, il le baise avec ses lèvres ruisselantes. Le médecin, assis à la table, écrit. Le père descend, il se tient derrière le médecin. Crazy Horse, levé, recule vers la charbonnière, le médecin sort avec son garçon, le père les éclaire avec sa lanterne. Penché sur la vitre de l'auto, il éclate en sanglots, le médecin lui presse le poignet. Dans le chemin, les genêts griffent la carrosserie :

— Tous je les ai mis au monde. Quand ta mère m'accompagnait, tous lui apportaient des brassées de fleurs, au retour, elles jaillissaient d'entre nos bouches.

La tête de Roïon roule sur le bras du père, la grand-mère lave le sang sur les lèvres et sur la gorge de Roïon.

Dans Ecbatane occupée, la mère suspend le linge lessivé dans la poussière du charbon. Les frères de Crazy Horse travaillent, mêlés aux esclaves, dans les mines de charbon et d'or. Les os et les muscles de leurs bras et de leur poitrine, secoués par le marteau-piqueur, transpercent leur peau. Le père s'enivre et montre son sexe dans les tripots de l'estuaire. Crazy Horse, l'après-midi, sa tête alourdie par le vin, se lève de la paillasse, la mère bat le linge sur le seuil de la cave ; les tuyaux des fosses d'aisances de l'immeuble éclatent l'hiver dans leur pièce, cave creusée dans le charbon ; Crazy Horse, dressé sur ses doigts de pieds, regarde à travers le soupirail : des femmes marchent sur le trottoir, il voit leurs jambes, leurs pieds plissés, un tube de rouge à lèvres tinte et brille sur le trottoir. Crazy Horse avance sa main, prend le tube, une main de femme couvre alors sa main ; la putain, accroupie, baisse la tête, caresse la main moite de Crazy Horse, elle rit, elle chantonne, Crazy Horse touche son bras, la putain, accroupie, retrousse sa robe lamée jusqu'au ventre, elle prend la main de Crazy Horse et la pose entre ses cuisses, sur les linges froissés. Crazy Horse tourne la tête vers le seuil où la mère bat le linge, un petit roucoulement gonfle sa gorge ; la mère lève les yeux, brandit le battoir, la putain se redresse et s'éloigne ; Crazy Horse porte à ses narines, et à ses lèvres sa main humide et parfumée. Tout l'après-midi, Crazy Horse frotte son ventre aux murs, aux jambes et aux hanches de sa mère. Le soir, il s'assoit sur le seuil, ses cuisses écartées, le sexe gonflant la toile bleu pâle du short, le front et les genoux mouillés de sueur. Il ouvre et referme ses cuisses, il serre son sexe entre ses paumes. Un homme ennemi, à l'arrière d'une limousine noire, frappe l'épaule du chauffeur ; la voiture ralentit, l'ennemi ouvre la portière, il appelle Crazy Horse, le garçon se lève, il avance vers l'auto, l'homme sort un automate de sa chemise : un petit berger qui joue du pipeau ; l'ennemi prend la main libre de Crazy Horse, lequel tient l'automate contre sa poitrine découverte, il entraîne le garçon dans les ruines et déjà, dans les hautes orties, lui caresse les reins, la toile charbonneuse du short sur les fesses, et les soulevant; Crazy Horse crache alors sur l'ennemi, il s'échappe, ses frères marchent dans la rue, il se place au milieu d'eux, il prend la main du plus fort, l'automate siffle contre sa poitrine.

Les excréments jaillissent par la déchirure du tuyau, les frères bandent le plomb éclaté avec des serpillières; la nuit, la coulée d'excréments touche la joue de Crazy Horse endormi; au matin, le garçon lave l'automate souillé, il le pose sur le seuil, il penche son oreille, il écoute le pipeau du berger. La bande de Crazy Horse court dans la rue, les garçons se serrent la main, ils accompagnent Crazy Horse assis sur son vieux vélo, ils volent des fruits, des peignes et des tubes de gomina aux étalages: dans les ruines, ils fument, ils font des concours de crachats et de pisse, ils peignent, ils laquent leurs chevelures et frottent leurs mains enduites de gomina à leurs hanches ou dans leurs poches trouées. Dans l'escalier de l'immeuble, vers le haut, les portes sont ouvertes, sur les paliers, et les garçons regardent les accouplements furieux des amants et des femmes adultères sur les lits défaits, salivent, lèchent leurs lèvres, halètent en chœur; ils arrêtent Novarina, garçon du Petit Collège d'Ecbatane: il porte du riz et du sucre à une vieille femme, les garçons saisissent les paquets, fouillent les poches de Novarina et s'enfuient avec l'argent de l'Entraide; à midi, ils l'arrêtent de nouveau sur le palier; la vieille femme qui se peint encore les lèvres, enivrée, l'a serré contre la porte puis renversé sur le lit encombré de chats et embrassé sur la bouche, au creux de l'édredon qui se dégonfle; il porte deux seaux d'excréments, il a un pied dans les latrines ouvertes sur le palier, le vent sort du trou et frise la toile de son short sur la cuisse, et ses cheveux sur son front; les garçons l'empoignent, Crazy Horse ramasse des papiers souillés, il les froisse sur les lèvres de Novarina et dans ses cheveux noirs. Le garçon se débat, Crazy Horse lui bâillonne la bouche avec les papiers ; alors Crazy Horse soulève les couvercles des seaux, les garçons plongent la tête de Novarina dans le premier seau et la maintiennent sous les excréments, Crazy Horse prend les pieds du garçon, il les plonge dans le second seau ; Novarina suffoque, les excréments recouvrent sa chevelure, les garçons appuient sur sa nuque, Crazy Horse frappe les fesses et le dos de Novarina avec le balai de branches et de genêts, il l'enfonce sous le short du garçon ; les garçons, le devant du corps éclaboussé, rient. Le dos du garçon se creuse, sa nuque palpite, son cri étranglé soulève les excréments dans le seau ; tout son corps est souillé ; Crazy Horse, avec le balai, lui peint ses jambes nues. Quand les garçons le relâchent, le corps s'affaisse entre les deux seaux ; Crazy Horse frappe, alors le sperme jaillit de son sexe durci et mouille ses cuisses, l'écume baigne son menton ; le sperme fonce la toile bleue du short et ruisselle sur ses genoux ; les garçons le voient, ils s'écartent, ils s'enfuient ; Crazy Horse de nouveau, frappe la nuque de Novarina : de nouveau, le sperme éclabousse ses cuisses, les larmes ruissellent jusque sur le col de sa chemise. Il jette le balai dans les latrines, il soulève les épaules de Novarina, la tête sort du seau, la bouche, blême, est ouverte, les excréments coulent sur les yeux, sur les oreilles, hors de la bouche ; Crazy Horse soulève la tête par les cheveux, avec son autre main, il essuie les paupières de Novarina, il caresse les yeux du bout des doigts ; le cœur battant, il prend le corps sous la taille, il le soulève entre ses bras, il le couche dans les latrines, il ramasse le balai, il le suspend au mur souillé ; sur le bord du soupirail, des vers annelés se chauffent au soleil ; Crazy Horse porte les seaux dans les latrines, il décroche la targette ; il s'accroupit, il sort son sexe de son short, il le secoue, le sperme éclabousse ses jambes et les marchepieds. Le corps du garçon couché en travers du trou, le ventre sous les fesses de Crazy Horse, est baigné de soleil. Crazy Horse se redresse, il boutonne son short, il se penche sur le corps souillé de Novarina, il souffle sur les yeux, sur les lèvres, il dégrafe la ceinture, déboutonne le short et la chemise du garçon, il couvre la poitrine et le ventre avec sa main : le cœur, la gorge, partout il écarte les excréments, décolle les vêtements. Il pose ses lèvres sur celles souillées du garçon, il souffle dans sa bouche, sa langue touche celle du garçon. Puis, ses mains appuyées à la faïence et ses paumes effleurant le tas d'excréments et de papiers, il lui mord la tête ; mais le garçon est mort, et dans le ciel d'Ecbatane, les bombardiers jettent l'ombre sous leurs carlingues étincelantes. Aux cris des sirènes, les femmes, les enfants sautent dans les escaliers : poings d'enfants contre la porte des latrines. Crazy Horse bouche ses oreilles avec ses poings, il appuie son dos au mur ; l'immeuble tremble sous l'averse, il s'écroule ; au soir, dans les décombres, les narines ouvertes aux parfums de bois brisé, un jeune soldat en casque léger, découvre les corps enlacés de Crazy Horse et de Novarina.

Crazy Horse, assommé, la mâchoire fracassée de Novarina prise dans sa bouche, remue le genou. Tout autour, sur les marches des escaliers fracassés, les corps mutilés des enfants et des femmes surpris dans leur fuite. Le soldat prend Crazy Horse dans ses bras, il le porte sous la tente kaki. À travers les trous de la toile, Crazy Horse réveillé voit mourir les fusées dans le sillage des étoiles, les bombardiers, les avions de chasse, s'enflamment, explosent, s'effondrent dans l'estuaire d'Ecbatane, les carlingues incandescentes rebondissent sur les quais, brûlent les enfants fugitifs, tranchent les pieds nus des esclaves liés aux pieux, basculent sur les baraquements de la Traite. Sur la paillasse, la mère vient se coucher, elle serre Crazy Horse contre sa poitrine ; les soldats plongent leur tête noircie dans les trous d'eau, ouvrent leur bouche aux déchirures des tuyaux, l'eau ruisselle sous leur treillis ; les frères, décapités par le chéneau de l'immeuble, la chemise retroussée jusqu'aux épaules, les chenilles des tanks les écrasent ; la mère tremble. Crazy Horse s'endort, la bouche ouverte dans sa lourde chevelure trempée. Les bombes au phosphore sifflent sur l'estuaire ; les orphelins, incandescents, se jettent contre les murs de briques écroulées, hurlent quand un souffle nocturne effleure leurs mains ou leurs lèvres.

Crazy Horse change les draps après chaque étreinte. La mère bat le linge aux lavoirs municipaux. Crazy Horse, ivre, le soir, la frappe avec ses battoirs. Le jour, il trotte sur le carrelage du bordel, l'écume aux lèvres, et le sperme retenu, les bras chargés de draps frais et d'éponges ; la putain joue du pianola sur le corps nu de Crazy Horse, la poussière de la lampe tombe sur les narines du garçon ; la putain soulève son sexe, elle l'enduit de rouge à lèvres. La mère, la nuit, déshabille Crazy Horse, lave le sexe rougi : le garçon nu, les pieds dans l'eau du baquet, les bras levés, mange une brioche, les miettes tombent sur la chevelure dépeignée de la mère agenouillée contre le baquet. Au bordel, les hommes et les putains l'enivrent, une putain monte sur la table et se déhanche, les reins projetés en arrière ; elle prend dans sa main sa robe et ses linges secrets, elle les frappe avec son autre main ; Crazy Horse rit aux éclats, il saute des genoux des hommes, il court derrière le comptoir : dans le tiroir-caisse, il prend le rasoir-sabre, celui avec lequel la maquerelle rase la toison de ses filles, les joues trop dures des vagabonds et des dockers de nuit, et souvent celles boutonneuses d'un jeune client qui s'attarde, une rose à l'oreille, dans le lit de la putain : il ramasse son cartable sous le comptoir et il court, le vent glaçant ses joues rafraîchies, vers le lycée reconstruit. Crazy Horse serre la planche du rasoir dans son poing, il se déshabille, il jette son short sur la table et il frappe avec la planche; dans le mouvement, son sexe seulement soutenu dans le maillot de laine incolore, est secoué : la putain, descendue, s'accroupit aux pieds de Crazy Horse et le baise à travers la laine; Crazy Horse frappe le short, des larmes scintillent sous ses yeux pâles : alors le sperme jaillit, transperce la laine, ruisselle sur l'ourlet : la putain couvre le sexe tout entier avec sa bouche ouverte et sa langue lèche le sperme sur la laine; ses mains serrent les cuisses de Crazy Horse; les hommes assis ou appuyés au mur et au comptoir, halètent, rient, les putains frappent des mains, elles inclinent la tête sur leur poitrine et sur les épaules des hommes, mordillent leurs oreilles. L'orage souffle sous la porte une poussière verte, jette aux vitres des ombres et des lueurs écarlates, la poussière remonte le long des jambes nues de Crazy Horse, s'accroche au sperme répandu sur ses cuisses; la putain baise le nombril du garçon, lui, tirant avec ses dents la peau de son menton, retient ses larmes sous ses paupières; la putain le chatouille sous l'aisselle : il rit aux éclats, il brandit le rasoir, il racle la sueur sur sa gorge et sur son cou tendu :

— Ma mère, la nuit, rampe vers mon lit, le rasoir posé sur son dos nu : elle veut couper les poils partout sur mon corps et me garder enfant. Souvent, je repousse sa main de mon sexe et son mufle de mes vêtements jetés à terre. Elle tressaille derrière la porte des latrines quand les excréments éclatent entre mes fesses, elle passe sa langue sur ses lèvres. Elle mange les poils qu'elle a coupés sur moi endormi, elle sort par la fenêtre, elle retrousse sa robe sur ses genoux et la lune baigne son sexe endormi, elle trotte dans les chemins de Leuctres, les chiens verts sautant autour d'elle : elle leur donne à manger les peaux et les plis morts de son sexe. Quand elle revient, je l'attends au pied de la fenêtre et je la frappe avec ses battoirs, jusqu'à l'aube et le sperme ruisselle sur mes jambes...

La putain coiffe le short de Crazy Horse et grogne dessous, le garçon lui caresse les seins avec sa chevelure ; la maquerelle, sortie de la buanderie, le front et les joues mouillées de vapeur, saisit Crazy Horse par les oreilles, elle arrache le short de la tête de la putain, elle entraîne le garçon : contre le mur ruisselant de la buanderie, Crazy Horse reboutonne son short, il passe ses doigts dans sa chevelure, il prend les draps tièdes dans ses bras, il mordille l'ourlet et les initiales de la maquerelle : au palier, il se regarde dans l'armoire à glace, il cambre les reins. Dans la chambre obscure, il y a un bruit d'ailes d'alouette et de milan.

La veille de l'embarquement, Crazy Horse et deux autres soldats s'échappent du District de Transit, ils courent le long de l'Océan, sur les quais déserts, leurs espadrilles frappant les ombres des mâts et des tourelles des cuirassés ; deux hommes les arrêtent sur les galets de la crique ; ils s'assoient dans la barque, Crazy Horse regarde les lumières sous-marines et les lanières prises sous les galets : le bercement de la barque le fait bander ; les deux hommes ont les yeux et les lèvres peints : Crazy Horse escalade l'échelle de corde, sur le flanc du cotre bleu, sous lui un des hommes peints fourre et remue sa chevelure contre ses fesses ; Crazy Horse, la gorge serrée, saute sur le pont, il renverse la tête en arrière, la lune éblouit ses yeux et coule sur sa gorge ; les haubans, les agrès, les mâts vibrent : un jeune homme, en vêtements blancs, vient vers les soldats : les deux hommes peints se couchent à l'avant dans les cordages, un chien noir dort dans les voiles repliées ; des lits de camp, des transats, des couvertures, sont disposés au centre du pont : le jeune homme y fait s'étendre les soldats : alors, il s'accroupit, il rampe sous les transats, sous les lits, soulève avec sa mâchoire, avec son dos, leurs reins pesant sur la toile, il ronronne, il se couche sous eux et, dressé sur ses coudes, il frotte son ventre et son sexe durci à la toile ; les soldats sortent des cigarettes de leur chemise, ils fument, la main libre traînant sur le pont. Le jeune homme sort, se redresse d'entre leurs jambes ; sa main rapide et légère caresse leur sexe durci sous la toile du treillis ; une fille alors soulève la trappe, au pied du mât : Crazy Horse voit sa main, ses ongles peints effleurent les ferrures de la trappe ; elle s'appuie au mât central, son corps est serré, nu dessous, dans une blouse grise d'écolier avec des lisérés rouges ; le jeune homme alourdit sa main sur le sexe de Crazy Horse :

— Celui qui m'aime cette nuit aura deux fois plus d'argent ; la fille, les deux autres soldats peuvent l'aimer pour la somme convenue. Je choisis le garçon. Toi. Toi. Lève-toi.

Le jeune homme prend Crazy Horse par le cou, ses doigts remontent dans la chevelure du garçon, sous le béret, il entraîne le garçon contre le bastingage :

— J'aime les garçons faits debout. Toi, ils t'ont fait, appuyés contre la porte des latrines et l'orgasme interrompu par le passage des locataires sur le palier. Et c'est ta mère qui t'a appris l'amour. Vois les autres soldats : le cou trop long, mais toi...

Et il presse entre ses doigts la gorge de Crazy Horse suffoquant :

— le ventre mou, et toi, tu l'as dur comme un galet.

Et il pétrit le ventre de Crazy Horse à travers la toile du treillis :

— ... un sexe trop court et trop coupant mais toi...

Il enfonce sa main sous le ceinturon, soulève le sexe, ramène contre lui les boules sécrétives :

— il te pend entre les jambes, jusqu'aux genoux, et il se dévore...

Le jeune homme emporte Crazy Horse dans sa cabine, il le serre contre la cloison ; sur la table, des fruits brillent ; le jeune homme dégrafe le ceinturon de Crazy Horse, il prend sur son lit une tête-de-loup en cuir, il la coiffe, il la frotte à la poitrine de Crazy Horse et ses mains tirent le treillis sur les hanches et pétrissent les fesses ainsi moulées. Puis, d'un coup, il fait glisser le treillis jusqu'aux genoux et ses mains s'enfoncent sous le maillot ; Crazy Horse, les bras levés, le dos appuyé à la cloison, la cire et le vernis recouvrant celle-ci colle à sa chemise mouillée de sueur ; il respire et la tête-de-loup se redresse, ferme sa bouche.

Le jeune homme, sa tête-de-loup jetée à terre, renverse Crazy Horse sur le lit, foulant et mordant la gorge du soldat ; Crazy Horse, le front chauffé par l'alcool bu au district, s'abandonne aux mains, aux ongles et aux lèvres du jeune homme, lequel, avec ses mains moites et furieuses comme des mouches, ramène contre le corps demi-nu du garçon les dentelles et les broderies du couvre-lit. Leur sperme jaillit, éclabousse, étincelle dans le clair de lune, miroite, répandu sur le ventre de Crazy Horse. Le jeune homme rampe, se tord, halète sur le garçon nu, il lui écarte les cuisses avec son genou, il tient en même temps, dans son poing, le sexe du garçon et le sien ; le pied de Crazy Horse, serré, en sueur dans l'espadrille, effleure les fruits de la coupe et la sueur du talon se mêle au jus sécrété par les déchirures des fruits. Le cotre tangue, Crazy Horse, la langue brûlante du jeune homme fouillant son front et ses yeux, dégage sa main prise sous le poing du jeune homme, il en couvre sa bouche, mais le jeune homme mord cette main, il crache dedans, il la referme, la salive sort entre les doigts du garçon, le jeune homme rouvre la main, il la frotte à sa poitrine découverte, puis à son sexe.

Le hublot est ouvert sur la nuit, les oiseaux de mer traversent la lumière de la lune : Crazy Horse, la bouche gonflée de vomissures, soulève ses reins hors des plis du couvre-lit : la sueur coule entre ses fesses ; sur le pont, les soldats couchés le long de la fille, la prennent à tour de rôle, sans changer de litière : leur sperme scintille sur le sexe entrouvert de la fille. Le jeune homme ouvre sa main sur le ventre de Crazy Horse, il se soulève un peu sur le poing, il étend le sperme sur la poitrine du garçon, jusqu'à la gorge, colle et peigne le duvet et la toison du torse, des aisselles ; puis, il retourne le garçon sur le ventre, il ramasse la tête-de-loup, il la coiffe, il s'agenouille, ses cuisses serrant les reins du garçon. Crazy Horse, sa tête enfouie dans la dentelle, vomit, suffoque, le jeune homme caresse les tressaillements de ses épaules, le sexe du jeune homme bat contre le haut des fesses du garçon ; les vomissures avancent sous la gorge, sous la poitrine de Crazy Horse.

À l'aube, l'argent coule dans sa main ; les étoiles se sont éteintes ; Crazy Horse, douché, parfumé, enjambe les corps endormis des deux autres soldats, le vent glace le sperme dans leurs poings ; il redescend, pousse la porte de la cabine.

— Va-t'en. Va-t'en. Le vent me brûle.

Le jeune homme recouvre son visage avec le drap, l'argent tinte sur le plancher, Crazy Horse s'accroupit ; le jeune homme jette sa main dressée hors du drap : une pièce frappe le front du garçon, il rit aux éclats, il a une goutte de sperme derrière l'oreille, au bout d'une mèche de sa chevelure blonde. Crazy Horse, aux cuisines, s'assoit devant le bol de lait fumant ; la fille lui caresse l'épaule, le lait brûle les lèvres du garçon, la crème mousse sous ses narines. Le haut de la blouse de la fille est déboutonné ; Crazy Horse y pose sa main chauffée au contact du bol, la fille tressaille, sa lèvre est annelée :

— Il m'a achetée contre un garçon dont il voulait se débarrasser, lui ayant mordu et blessé le bout du sexe une nuit. Ainsi, par moi, il attire des soldats au district sur le cotre et pendant qu'il t'aime, les soldats me retournent et me déchirent. Il ne peut supporter de faire l'amour seul, dans le secret et contre nature. Souvent la honte le serre, il fait appareiller vers la haute mer. La troisième nuit, il sonne : agenouillée à ses pieds, lui appuyé au lit et raidissant ses jambes, je lui presse le sexe et je le branle, ses mains tirent mes cheveux. Au matin, il ordonne au marin de retourner à Ecbatane, il se frotte à lui. Les deux hommes peints le suivent partout, ils se plaquent, jambes écartées, aux portières, avant qu'il ne les ouvre ; ils s'endorment, l'après-midi, dans les cordages, enlacés et leur sexe rosé sortant de leurs blue-jeans, mais il ne les touche pas ; jusqu'au soir il fixe la terre, les cuisses fermées sur un hauban qui vibre. À peine le marin a-t-il jeté l'ancre devant la crique, les deux hommes peints sautent dans la barque : les Tcherkesses, sur le rivage, battent leurs haillons trempés sur les galets : un petit Tcherkesse court au district, le chef de poste accoste les soldats désœuvrés sur les escaliers des baraquements, ceux qui sortent des foyers, leur argent bu et joué. Mon maître ne veut aimer que des soldats ; avant de les aimer, il ne les fait point passer sous la douche, il préfère lécher sur leur corps le sang des punaises écrasées, sur leurs lèvres, les traces de la soupe bue. Il les prend sur leur départ pour Inaménas, alors ils sortent de leurs classes, durs, les joues écorchées, les mains percées d'ampoules, les muscles saillants, battus, inquiets.

La main de Crazy Horse s'enfonce sous la blouse entrouverte, couvre les seins ; de l'autre main le garçon soulève le bol, boit le lait attiédi ; puis, le reposant sur la table, il enlace la taille de la fille, baise son ventre, collé à la blouse par le sperme des soldats, ses mains pétrissant les fesses sous l'échancrure de la blouse ; la fille caresse la chevelure mouillée de Crazy Horse et dans le même temps que le sperme jaillit sur la cuisse du garçon, une goutte de lait, tout à coup, brille sur son sein.

Crazy Horse est le favori du chef de la section : il lui boit toute sa solde. Ivres, ils se battent, ils se mordent la mâchoire. Le chef s'assoit sur la paillasse où Crazy Horse, couché, torse nu, le ceinturon roulé sous la nuque, lit des romans-films, empoigne le sexe de Crazy Horse à travers la couverture. Autour, les soldats se peignent, s'épouillent. Crazy Horse lève son regard blanc au-dessus du roman-film ; de sa poitrine sort un vagissement ; le chef serre plus fort le sexe en son bout, pince la couverture ; puis, il secoue de nouveau le roman-film et son doigt appuie sur la gorge de Crazy Horse, l'ongle raclant la sueur et pressant le muscle. Alors, Crazy Horse soupire, gémit, éclate en sanglots, enfouit sa tête et son torse sous la couverture. Le chef retire sa main, caresse les épaules qui tressaillent sous la couverture grossière.

Un soldat, les yeux mi-clos, lève sa jambe et, de son pied nu et mouillé de sueur, touche la photographie en technicolor d'une femme nue, une corde passant entre ses seins et ses cuisses et remontant le long du dos jusqu'à la gorge, à laquelle elle s'enroule.

Crazy Horse, les jours de repos à Inaménas, accroche son miroir au bambou de sa moustiquaire, il trempe son peigne, son rasoir et ses mains dans son casque lourd, rempli d'eau tiède, il se lisse les cheveux, il lave ses oreilles, il rase sa gorge et ses joues, tamponne les écorchures avec la paume de sa main. Un soldat, près de lui, pétrit son linge à bouillir dans son casque lourd, il le retourne avec un bambou. Crazy Horse se parfume la chevelure et la gorge, il enfile son treillis retaillé, il le serre sur les reins, il boucle le ceinturon, enfonce ses doigts dans sa chevelure, coiffe son béret, accroche sa Mat à son épaule. Le soldat pile son linge lourd et fumant :

— T'es beau comme un camion, Crazy Horse.

Dans la rue, Crazy Horse, ses yeux éblouis, ses dents découvertes, fait claquer la culasse de sa Mat. Une femme, veuve, l'a vu dans un défilé ; il lui rappelait son mari et son fils morts dans la grande guerre d'Ectabane, elle a fait appeler Crazy Horse au poste de police.

Tout l'après-midi, elle le bourre de gâteaux et de fruits, il la suit au lavoir, ils s'assoient sur le ciment ; les autres blanchisseuses rient sur l'eau ; elles frémissent au regard blanc du soldat, les remous de l'eau savonneuse mouillent ses fesses roulées sur le ciment. Le bruit des battoirs le fait pâlir, l'écume scintille au coin de ses lèvres ; le canon de sa Mat trempe dans la mousse : la femme en sort ses bras ; Crazy Horse soulève la corbeille, il la porte sur son ventre ; dans la buanderie, chez la femme, il s'assoit sur le tabouret, ses joues luisent, ses lèvres se desserrent ; mais quand la femme de nouveau frappe le linge, il se lève d'un coup, il se jette sur elle, il arrache les battoirs de ses mains, il les lance au plafond, il crache au visage de la femme, il lui plonge la tête dans la mousse ; elle se débat, ses doigts pincent les cuisses de Crazy. Lui, s'affaiblit, ses genoux, ses poignets tremblent ; elle sort la tête de la mousse, elle pousse le soldat dans sa chambre, elle le renverse sur le lit, elle caresse son visage blême et glacé, ses lèvres qui vibrent, ses cuisses où la toile du treillis est gonflée et mouillée, le sperme ayant jailli dans la colère ; avec sa langue, elle lui desserre les dents :

— Mon bébé, ma boue... mon suçon...

Quand le radio, en opération, envoie ses messages, Crazy Horse vient se frotter à lui, à son dos courbé par la manipulation, il caresse les écouteurs plaqués aux oreilles du radio, la main qui saute sur le manipulateur ; il se recouche sur son lipico, il lève une jambe vers le toit brûlant et lourd de la tente, il siffle, la poussière de la bâche coule le long de sa jambe, jusqu'à son sexe. Le radio s'étend sur son lipico, ouvre son sac, sort un livre, croise ses jambes nues. Crazy Horse s'assoupit un moment, quand il se réveille, sa langue alourdie, le radio, assis sur son lipico, recoud un bouton de son treillis; Crazy Horse se lève, il s'étend sur le lipico du radio, sa hanche touchant les reins nus du radio; la bobine de fil roule sur les cuisses découvertes du radio, Crazy Horse avance la main, et la prend :

— Crazy Horse, je suis pas ta femme.

Crazy Horse retire sa main; le radio, son treillis recousu, se renverse sur son lipico, ramène un pan de la couverture sur ses jambes nues; Crazy Horse ouvre ses lèvres, il mordille l'oreille du radio, lèche, sur le lobe, la trace des écouteurs; le radio reprend le livre; Crazy Horse un instant lit, sa tête appuyée à la joue du radio; puis, il geint, il se retourne sur le ventre, il hennit.

— Tu as du rouge à lèvres sur le nombril, Crazy Horse. Ta femme ne te lave pas après l'amour ?

— Elle me lave, elle me frictionne. Mais je garde son rouge partout sur mon corps. Regarde.

Il déboutonne sa chemise, une tache rougit le téton droit. Crazy Horse roule sur le côté, il déboutonne son treillis, sort son sexe du maillot, et caresse la trace rouge sur le bord des lèvres du sexe; il les appuie sur la hanche du radio; celui-ci repousse la main et le sexe de Crazy Horse. Les commandos dorment sur leurs lipicos, la peau mouillée de sueur, alanguie dans la toile camouflée vert et marron; la bouche ouverte et ronronnante sur le bord de la couverture poussiéreuse, la casquette froissée sous la joue, la main entre les cuisses et les jambes repliées sous les fesses; le couteau soulevé par la respiration, sur la hanche :

— C'est moi qui te délivre et te défends des Panthères. Avec Roïon, je jouais : je l'embrassais sur la bouche après qu'il avait séduit et embrassé les filles de ferme. Bois sur mes lèvres la salive de la femme, et nous serons frères.

Mais le radio, son dos trempé de sueur, a perdu connaissance et la sueur se glace entre sa lèvre supérieure et ses narines...

Au milieu de l'après-midi, les soldats sont réveillés à coups de bambou par le chef de section. Deux rebelles, un jeune homme et son garçon, sortent du trou ; aussitôt les commandos les renversent à terre, ils les fouillent, ils leur brisent la mâchoire à coups de crosse ; le garçon se serre contre son père lequel protège l'enfant avec son bras. Le jeune homme refuse de livrer le nom de ses camarades rebelles, un soldat lui prend la main, il la piétine sur le rocher ; un autre soldat prend et piétine l'autre main ; l'enfant est relevé, bousculé, lapidé sur la caillasse puis attaché avec une corde et du barbelé sous la gorge, à la roue du command-car. Le jeune homme, ses mains déchiquetées, hurle. Le chef chatouille les plaies avec son bambou :

— Parle et nous te laissons vivre toi et ton môme. Parle.

Les soldats se pressent autour du corps ; deux d'entre eux s'accroupissent, ils sortent leurs poignards, ils les plongent dans le ventre du jeune homme, ils le déchirent ; les autres soldats détournent la tête et se retiennent de vomir. Les lames des poignards brillent sous la peau, la déchirure sécrète du sang et de l'eau, comme une feuille d'agave transpercée :

— Tuez-le, il ne parlera pas.

Les deux soldats ramassent des cailloux, ils les enfoncent dans le ventre déchiré ; le sang et les entrailles, refoulés, débordent ; les soldats piétinent le ventre gonflé de caillasse ; les mains lacérées du jeune homme s'abattent, convulsives, couvertes de mouches furieuses, sur ses joues et sur ses paupières ; deux soldats, les souliers ruisselants, l'écume aux lèvres, la mâchoire saillante, les dents serrées. Un soldat foule la tête au pied, le soulier clouté déchire l'oreille. Le garçon, aux râles de son père éventré, geint, l'écume gonfle et éclate sur ses lèvres ; Crazy Horse s'avance, il prend le garçon par les cheveux, il sort son poignard, il coupe d'un coup de lame le bord des lèvres et les gencives du garçon, la lame raie les dents ; le garçon, ses poignets liés, suffoque, il tombe, le front sur la caillasse ; la corde vibre entre son dos et la roue du command-car. Crazy Horse lève son poignard, il relève la tête du garçon, il la roule sur l'épaule, il abaisse son poignard serré dans le poing ; mais le radio, d'un bond, enjambe le siège avant, retient le bras de Crazy Horse ; ses yeux fixés sur le soldat étincellent : Crazy Horse baisse les siens :

— ... les oreilles seulement, dis, radio ?...

Le garçon, sa chevelure tirée dans le poing du soldat, tremble, la morve ruisselle sur ses lèvres déchirées et sur son menton ; sa langue boit le sang de ses gencives. Le soldat essuie la lame ensanglantée entre ses doigts, il rengaine le poignard ; le radio détourne la tête, les vomissures jaillissent de sa bouche, éclaboussent le garde-boue ; Crazy Horse lui caresse ses épaules secouées ; un soldat s'élance, coupe les liens aux poignets du garçon, renverse la tête sur le capot surchauffé, le sang et les vomissures sur le dos du garçon sifflent, fument ; le soldat appuie son poing sur la poitrine du garçon ; les jambes de l'enfant frappent le radiateur couvert de papillons et d'oiseaux brûlés ; le soldat tire son poignard, il le plonge dans la gorge de l'enfant, avant que celui-ci ait rabaissé son menton sur sa gorge ; le sang gicle, éclabousse la chevelure du radio penché sur le garde-boue, et vomissant par saccades. Le radio se redresse, il empoigne le soldat à la gorge ; Crazy Horse, fixe, de son regard blanc, la plaie bouillonnante où le soleil dore le sang frais. Il rit, des larmes scintillent sous ses paupières et les brûlent. Le radio, aidé de Crazy Horse, creuse une fosse, ils y descendent les deux corps, jettent la terre et la piétinent. Les soldats, silencieux, sont assis dans le command-car. Le radio creuse la terre autour des taches de sang et les recouvre. Les boîtes de poisson, déchirées, entrouvertes comme des coquillages, étincellent sur la terre rouge. Le radio remonte dans le command-car, coiffe ses écouteurs. Crazy Horse fume ; les pataugas et le bas des treillis et les mains des commandos scintillent, le sang s'égoutte et rougit la poussière sur la tôle ; le radio essuie avec le chiffon de graissage ses lèvres et son menton souillés de vomissures :

— Garçon égorgé et toi, son père éventré, devenez cendre ou nourriture des bêtes solitaires et obstinées, alors je serai en paix...

La pluie noire renverse les coqs dans la boue, alourdit la capote du command-car, courbe les genêts éclatants ; les commandos mettant la bouche au-dehors, boivent la pluie. Ils s'arrêtent au monastère de Thilissi, sous Tifrit ; sur le flanc des montagnes, dans la pluie sombre, des chacals courent sur les plaques de neige. Les sœurs installent les soldats au réfectoire, font bouillir le thé. Les commandos sortent le pain de guerre et les rations, beaucoup s'endorment sur la table. Au-dehors, dans la nuit glacée, les petits pourpres se roulent dans les flaques illuminées par les phares du command-car. Le radio, en chandail, se lave les mains aux lavabos, dans le vestibule, du réfectoire, sa tête vibre, ses lèvres tremblent :

— Cadavres, autrefois corps aimés, je défends aux hommes vivants de vous regarder. J'appelle toutes les bêtes carnivores...

Une jeune sœur apporte la marmite de thé bouillant ; les commandos tendent, entrechoquent leurs quarts cabossés. Le radio plonge sa chevelure dans l'eau, la jeune sœur rapporte la marmite, sa robe effleure les reins du radio, la vapeur du thé fait tressaillir son dos mouillé ; la jeune sœur dépose la marmite sur le four, elle se tient à la porte de la cuisine, le radio relève la tête, il presse ses cheveux, il arrache son chandail, il frotte sa chevelure avec les manches ; la jeune sœur prend un linge sur le fil tendu au-dessus du four, elle vient près du radio, elle pose le linge attiédi sur son épaule nue ; le radio se retourne, elle abaisse son visage de jeune lionne sous la coiffe ; le radio secoue son chandail, il le tord, il l'enfile sur son dos ; la jeune sœur s'avance, jette sa bouche sur le chandail, à l'épaule : ses lèvres touchent le sang sur la laine kaki, sa langue le lèche, ses yeux se ferment ; le radio incline sa tête vers le front de la jeune sœur ; elle, détachant ses lèvres de l'épaule, s'enfuit dans le vestibule, sa bouche ensanglantée ; le radio la poursuit, il la serre contre une fenêtre, il mordille la coiffe ; la tête de la jeune sœur est plaquée, clouée à la vitre comme un papillon de nuit ; il l'embrasse sur les yeux, sur la bouche, ses ongles rayent la vitre ; la jeune sœur se débat, crucifiée au ventre du soldat ; contre sa poitrine, l'humidité du chandail ; contre ses yeux, le souffle du soldat ; contre sa nuque et ses épaules, le froid de la vitre éclaboussée de pluie ; le petit chien du radio saute des genoux de Crazy Horse endormi, il court dans le vestibule, il lèche les jambes du radio, se met debout, mordille le treillis à l'endroit où le sexe, durci, le tend ; un coup de genou le renverse sur le carrelage ; le radio s'écarte, la sœur libérée s'échappe, s'enferme dans l'alcôve de la cuisine ; le radio, poussant devant lui son petit chien, va au réfectoire, il frissonne, tous les commandos dorment, le front sur le linoléum de la table ; le radio prend son quart de thé contre la chevelure de Crazy Horse, il ramasse ses rations, il appuie son quart chauffé sur sa poitrine, il traverse la cuisine, l'atelier de poterie où les sœurs travaillent sous le néon, la poitrine et les bras enduits de glaise, il entre dans la chapelle obscure, il s'agenouille, il monte jusqu'à l'autel seulement éclairé par le néon de l'atelier, il dépose le quart et les rations sur la nappe, il s'assoit sur le bord de l'autel, il trace une croix sur le pain de guerre, il se penche, il se couche sur le côté, son coude tend la nappe ; il mange le pain de guerre, le poisson, avale le thé attiédi comme un sang léger et le sang du garçon égorgé qu'il a pris sur les lèvres de la jeune sœur se dissout dans le thé.

Au camp, jusqu'à l'aube, Crazy Horse et le chef de section, le ventre gonflé de thé, de bière et de vin, entremêlés sur les tables du mess, balaient de la main les rangées de bouteilles vides ; un prisonnier réveillé par les soldats et sorti, ramasse les éclats de verre sur le carrelage. Les autres prisonniers remuent dans la soue, entre les cochons criards. Un jeune officier dont la tête est serrée dans un bandage ensanglanté bondit sur les dalles de la cour entre les flaques, il éclaire avec sa lampe de poche le visage de la sentinelle appuyée à la portière de la soue que heurtent les prisonniers dépoitraillés et les porcs noirs. Le soldat ferme ses yeux, un sourire meurt sur ses joues, la lampe fouaille les cils encroûtés ; des vomissures sèchent sur le col de sa chemise :

— Tu te branlais ?... Écoute leurs voix, et ils veulent se gouverner eux-mêmes...

Il frappe la portière avec son soulier, les porcs se taisent, leurs excréments éclaboussent les mains des prisonniers.

Au fond du village, sous le poste d'infanterie, des soldats ivres, sortis en pyjama de leurs chambrées, le pistolet battant les hanches, occupent une maison : les enfants réveillés pleurent puis se rendorment, les narines retroussées contre la cloison de bambou ; les femmes, déjà, retroussent leurs robes et se couchent sur la paillasse commune, les cuisses écartées ; les soldats poussent à coups de genou un jeune chien policier vers le lit, il mordille les jambes nues des femmes ; les soldats tirent une vieille femme d'entre les veaux de l'étable, ils la traînent par les épaules sur le fumier, leurs pieds nus enfoncent dans la paille souillée ; ils forcent le jeune chien à monter la vieille femme évanouie entre leurs bras. Le projecteur du mirador illumine un instant l'étable : la semence du chien, brûlante, ruisselle sur leurs jambes serrées dans le pyjama et leurs mains se décollent de son pelage ardent.

Kment vole le jour et la nuit ; ses doigts glissent, légers, sur les vêtements portés ou pliés ou suspendus, sur les coutures et dans les poches ; souvent le rire secoue ses mains, sa gorge bat dans la pénombre, sa main passe au-dessus du torse du dormeur traversé par les raies du store : le dormeur roule sur le côté, il ronronne. Kment retient son rire. La respiration anime le tatouage sur le ventre du dormeur. Derrière la cloison, fourchettes, cuillers, couteaux s'entrechoquent, le sucre scintille sur les groseilles. Sur la table de chevet, sous l'aisselle de Kment, une pastille siffle dans le verre. Kment courbé sur le jeune dormeur, fouille ses vêtements suspendus à la chaise ; le souffle du malade enveloppe sa gorge ; le lacet du pyjama baigne dans la sueur, délacé sur le nombril. Les rêves bondent le front piqué du dormeur ; la main de Kment tire l'argent, le briquet, le stylo, le canif ; le dormeur roule de nouveau sur le côté, sa tête sous les cuisses de Kment...

Une fille nue rampe vers lui dormeur dans le ressac, il s'éveille et la fille prend sa bouche, il écoute dans sa bouche comme dans un coquillage ; une charrette chargée de pâtisserie, roule, légère, derrière le rideau de palmiers, un esclave la tire ; la crème et le sucre débordent des paniers, éclaboussent le dos et les reins nus de l'esclave ; la fille traîne, par la mâchoire, un dauphin sur le sable ; le jeune homme recule, il court vers la charrette, il monte, il enfonce ses jambes dans les paniers, il se roule dans le miel : un essaim d'abeilles sauvages tombe des palmiers, enveloppe l'esclave, le transperce, l'égorge, l'agenouille, le renverse, le décapite, le piétine ; le jeune homme saute hors de la charrette, l'essaim remonte vers les palmes, il les déchire, les débris de palmes recouvrent le cadavre de l'esclave. La fille, agenouillée, dépèce le dauphin. Le jeune homme, couché dans le sable, sa chevelure enduite de miel, ses jambes éclaboussées de la graisse du dauphin, laisse le soleil éblouir ses yeux : la fille coupe un morceau de nageoire, elle le tend au bout du couteau au jeune homme assoupi, elle le réveille d'un coup de lame sur la joue ; un chacal tire le corps de l'esclave sur la plage, il lèche sur le corps le sucre et la crème ; la fille enfonce la nageoire dans la bouche du jeune homme : lui, regarde le dauphin mutilé et l'esclave auquel le chacal arrache sa tête ; il recrache la nageoire sur ses genoux, mais l'essaim gonfle sa bouche et sa gorge...

Kment tressaille au sursaut et au cri du dormeur, il recule vers l'armoire, il l'ouvre, il s'accroupit derrière les vêtements de sport : une jeune femme s'assoit sur le lit — sur ses lèvres, une trace de crème fouettée — elle caresse le ventre et la poitrine du garçon : lui, ses cheveux collés au front par la sueur, prend la tête de la jeune femme, il la ploie vers sa bouche ; la salive de la jeune femme descend, étincelle entre ses dents et celles du garçon ; Kment, le nez dans le jupon de tennis, retient son souffle. La jeune femme, une alliance cerclant son doigt, roule sur le garçon, elle boit son haleine de malade, elle frotte son ventre au ventre découvert du garçon lequel, ses mains traînant de chaque côté du lit, écarte ses jambes sous le drap et ses doigts de pieds collés par la sueur :

— Ma mère, aime-moi plus doucement : la cicatrice éclate. Ma mère, apporte-moi du dessert.

Mais elle, gémissante, mord les lèvres blêmes du garçon, la salive coule sur ses joues, mouille l'oreiller. Un feu brûle des vêtements militaires, sous la fenêtre, en contrebas du verger en terrasse, la fumée obscurcit la vitre, sous le store. Les genoux du garçon se soulèvent sous le drap ; la jeune femme se redresse, sa main tremble sur le bas du ventre du garçon, sur la toison brune du sexe :

— Ma mère, ne touche pas. Mon père, en m'auscultant, devinerait la trace de tes doigts. Déjà, il reconnaît ton parfum sur ma poitrine et dans mes cheveux.

Le dormeur rendormi, Kment s'enfuit : les vêtements, dans l'armoire, reprennent leur immobilité, les tennis, piétinés par Kment, se redressent : la salive et la morve de Kment sèchent sur le jupon.

Kment enfouit ses vols sous les draps pourris du lit maternel. Le père fouille les draps, Kment surgit, il frappe le père au front, il lui crache dans les yeux, il le renverse sur la terre battue, il le piétine. Kment et ses frères, assis contre la cloison, lui jettent des morceaux de viande, il se traîne sur la terre battue, avance sa main ; Kment, avec son bâton, repousse le morceau ; le père écume, rampe, il ne retient pas son vêtement sur ses reins. La viande brûle sur le brasero, Kment et ses frères la déchirent, ils s'y brûlent les doigts — lèvres et lambeaux rouges dans la pénombre.

Les sœurs — le haut de leur robe ensanglanté — peignent leurs chevelures devant le miroir brisé, fardent leurs lèvres ; la plus petite se met du rouge partout, jusque dans ses cheveux : le père rampe vers elle, il lui prend la jambe, il pose sa bouche mouillée sur le genou crotté de la fillette : elle, vive, se retourne, elle serre la lime à ongles dans son poing ; elle pique le front du père, le sang gicle, éclabousse le poignet. Kment, un lambeau de viande suspendu à ses dents, rit aux éclats ; sa main, fermée, pique son genou ; ses frères arrachent un quartier de viande, ils le dévorent ensemble, ils se mordent aux lèvres ; la porte bat dans la poussière ; les filles, fardées sous leur chevelure empoussiérée, passent leurs mains entre leurs seins, sous le haut de la robe, défroissent le tissu ensanglanté ; la main couvre le sein, le tire hors de la robe, la salive jaillit de la bouche sur le bout des doigts, la main frotte le bout du sein, la peau, douce et rouge sous la crasse du téton ; la crasse glisse en poudre sur le sein ; la main soutient le sein marqué d'empreintes, de coups d'ongle, de dents, d'insignes, de boucles militaires.

Kment se lève, il crache le lambeau de viande, il étreint sa sœur, ses mains couvrent celle de la fille sous ses seins ; Kment, sa chevelure coulant sur l'épaule de sa sœur, ouvre sa bouche, avance ses lèvres vers les seins, la fille renverse la tête en arrière, sa bouche lèche l'oreille de Kment, le miel qui scintille au fond :

— Ma petite mère, creuse mon oreille, perce-la et je pourrai écouter le bruit du lait dans ta poitrine, le lait qui vient, réveillé par ma langue et mon sexe levé contre ta hanche.

La bouche enduite de graisse et de sang, effleure le sein de la fille, la langue creuse le téton, la salive ruisselle dans la nervure de la langue :

— Si l'un de tes amants me ressemble, serre-le plus fort dans tes bras, lèche-le partout où ta langue, habituellement, n'ose toucher. Presse-le, aspire le sang de ses veines, qu'il roule sous ton poing et ta mâchoire, blême et le sang et le sperme demeurant frais sur sa peau amollie et lui ne pouvant plus que sourire, secoué, soulevé, retourné. Ma petite mère, brise-moi le sexe...

La fille replace ses seins sous le haut de sa robe ; Kment les caresse avec ses deux mains, ils gonflent, ils mouillent le tissu déjà souillé, mordu, lacéré, recousu, agrafé. Kment plonge sa bouche dans la chevelure de sa sœur ; ses narines sentent le parfum des soldats : sueur, rouille et cambouis de leurs mains, salives sucrées, violacées, morve, sperme, excréments lâchés dans l'orgasme. Kment mord la chevelure, il lèche les souillures ; la fille, assise devant le miroir, ses bras alanguis, recourbés sur les épaules de Kment, ferme ses yeux, laisse ses seins remonter et rejaillir hors de la robe et peser sur l'ourlet, et Kment les pétrir et les pincer, la salive bouillir dans sa bouche et mouiller le bord de ses lèvres, ses cuisses s'ouvrir et la sueur ruisseler d'entre elles sur la paille de la chaise, un tressaillement réveiller et glacer la sueur sur tout son corps. La petite fille essuie la lime à ongles ensanglantée au linge suspendu le long du miroir; le père, son front et le haut du nez déchiquetés, rampe vers le lit, il tire un pan du drap, il essuie son front; la petite fille retrousse sa robe jusqu'au ventre, elle vient s'accroupir en face des frères assis contre la cloison et assoupis, le ventre gonflé de viande ardente; elle touche leurs genoux : ils se réveillent; leurs yeux, un instant, battent sous les cheveux collés aux joues par le sang et la graisse; la fillette se couche sur la terre battue, les frères se redressent, ils s'agenouillent, ils courbent leur tête vers le ventre de la fillette, ils embrassent son sexe meurtri; puis, eux, se renversant sur les coudes, écartent leurs jambes : la fillette relevée, sa robe défroissée, s'agenouille et prend appui sur ses poings; avec ses dents, elle découvre le ventre de ses frères, et baise leur sexe entre les haillons.

Redressés, ils plongent dans le soleil, ils gardent leurs yeux baissés vers le sol. Les soldats et les femmes de passage les touchent et les choisissent sur les escaliers des bordels.

Kment, au soir, visite les bordels et les chambres secrètes, il rassemble ses frères; il les rhabille, il arrache l'argent à la maquerelle, il repousse les clients ivres, il leur vole leur ceinture; les frères lui montrent leurs amants de l'après-midi. Souvent, un frère, enivré, s'accroche aux draps du lit; le client, la cliente enjambe le lit; le frère se love dans les draps souillés. Kment tire son bras; le client, la cliente lave son sexe et ses cuisses au baquet, presse l'éponge sur son visage; Kment, sa main glisse sur les traces de sperme au bois du lit; les pieds du client, de la cliente, baignent dans les flaques savonneuses prises entre les déchirures du linoléum; le frère s'entortille dans le drap qui se tend sur ses reins, sur son crâne: le sperme et la salive collent le drap à son ventre, à sa gorge, à ses lèvres; tout à coup les vomissures jaillissent hors de la bouche du frère, gonflent, rougissent le drap; les épaules tressautent, les vomissures ruissellent sur la gorge, sur la poitrine, sous l'aisselle de l'enfant emprisonné. Le client, la cliente jette l'éponge dans le baquet où des filaments de sperme se dissolvent dans la mousse. Kment écarte le drap souillé: l'enfant fixe le drap transparent tendu au-dessus de lui: le soleil et la fraîcheur du soir baignent le drap; sur le traversin, la main de Kment effleure les mèches entremêlées du client, de la cliente et de l'enfant, le pli mouillé formé par leurs lèvres jointes et, plus bas, sur le drap, la tache de la semence parsemée de bouclettes brunes.

Kment dégage l'enfant; le client, la cliente, nu, frappe la hanche de Kment:

— Toi dont les mains ne sont pas souillées de vomissures, rhabille mon corps. C'est convenu dans le prix de la couchée. D'abord, caresse mes reins et mon ventre et mon sexe avec le plat du poignet.

Puis, le rhabillage achevé, le client, la cliente, tend la ceinture:

— Boucle, d'abord sur le sexe, puis remonte et vérifie les boutons.

Un petit oiseau, un pourpre boiteux, marche sur le bord extérieur de la fenêtre grillagée:

— Lève-toi. Nous sommes seuls. Tu manges tes vomissures?

Kment étreint le petit corps rieur à travers le drap. Un garçon entre, les bras chargés de draps frais; il les pose sur le bois du lit; il s'accroupit, presse l'éponge au-dessus du baquet, il soulève le baquet, il le transporte dans le couloir, il le remplit d'eau rouge et sablonneuse — un vent de sable recouvre Inaménas — il le rapporte, il le pose sur le linoléum, son doigt tire un filament de sperme collé au bord du baquet ; le garçon le frotte à son blue-jean, sur le genou ; il se redresse, il tape sur le bois du lit, Kment tire le bras du frère hors du drap, le garçon tire l'autre bras : la tête apparaît, la gorge baignée de vomissures de vin, les lèvres mordues jusqu'au sang : Kment penche la tête :

— Amour, tu as chaud ?... Tu couves tes petits œufs ?... La maquerelle monte pour les ramasser sous toi. Sors du lit, vite.

L'enfant lève sa jambe, il se redresse sur les coudes, il repousse le drap, il se met debout, le pied sur ses vomissures ; Kment le prend et le soulève par la taille, il le pousse dans le couloir, il lui plonge la tête et le cou dans le lavabo ; le garçon arrache les draps, il les jette en tas sur le linoléum, il nettoie avec l'éponge la tache sur le matelas, il déplie les draps frais, il refait le lit ; le frère, sa bouche au-dessus de l'eau, tient avec ses poings, le bord du lavabo :

— Le pourpre, Kment, il vient et il chante sur le bord de la fenêtre quand l'ombre du client, de la cliente recouvre mon ventre. Kment, est-ce que les clientes peuvent avoir des bébés avec moi ? La maquerelle dit qu'elle les jette au fumier. Je veux garder le mien. Tous, aujourd'hui, clients, clientes, voulaient des bébés, tous pleuraient sur l'oreiller, imploraient les putains. La maquerelle dit que c'est à cause du printemps qui attendrit la peau du sexe et la peau du cœur. Kment, un client est venu ce matin, il a déposé son instrument sur le lit : j'étais nu sur le lit ; il ne me touchait pas ; il sortait des fleurs et des feuillages de sa chemise, il crachait dessus, il les secouait ; ses yeux et sa bouche sont peints comme ceux d'un clown ; il approche les feuillages et les fleurs au-dessus de mon ventre : « Ranime ces fleurs et ces feuillages morts, toi, enfant. » Je me lève, j'appuie mon poing au bois du lit, je me raidis, je me branle, le client appuie son oreille sur ma petite poitrine haletante, l'haleine de mon sexe durcissant baigne son visage : le sperme jaillit, éclabousse les fleurs et les feuillages morts : « Amour, je te remercie, je les emporte, rafraîchis par ta rosée. » Il prend alors mon sexe gluant dont ma main en tremblant, se détache, il y pose ses lèvres, il boit les gouttes de sperme refoulé ; mon autre main en sueur marque le vernis du bois. Sur ses lèvres, il y a du sang et le bout de mon sexe en est rougi.

La nuit, ses frères et ses sœurs serrés contre lui, Kment est à cheval, aux côtés de son père naturel : ses jambes nues pressent les flancs ardents du cheval ; le genou du père naturel heurte celui de Kment. Ils galopent vers la mer : les mûres empoussiérées trempent dans l'eau tumultueuse. La mère, accroupie, souffle sur le feu, lave les couteaux et les barboteuses dans le ruisseau qui traverse la plage : les poissons pris dans les rapides, sautent sur les cailloux emportés, étincellent au travers des touffes des chardons. Une armoire à trois glaces sort du sable, les cintres secoués par le vent du soir heurtent les glaces. Au matin, sur les draps bordés dans le sable doré, les enfants jouent, chatouillent les parents endormis. Kment, nu, saisit une vipère dans le courant, il l'étrangle dans son poing, il cingle l'eau, il noue la vipère autour de son front. Le père naturel prend ses éperons dans le bas de l'armoire, il a des insignes d'officier peints sur sa poitrine, sur ses épaules et sur ses poignets. Il emporte Kment sur son cheval, ils entrent dans la ville éclatante et pourrissante et le père égorge et foule aux sabots de son cheval les militaires amants de Kment. Beaucoup sont épargnés, ils creusent un fossé autour du bordel, ils se branlent, ils piétinent le sperme dans la terre remuée ; le père naturel les pousse et les enchaîne dans le cercle, aux lits et aux banquettes d'attouchement du bordel ; le cercle s'enflamme :

— Mon père naturel, sauve les draps du feu !

Les fourchettes, les cuillers, les couteaux tintent dans le brasier ; les verres, les vases, les pots de chambre éclatent sous la cendre ; les éponges, les étrilles planent, soulevées, au cœur des flammes. Sur la plage, la mère attire, caresse les mouettes : elles se renversent sur le dos contre les pierres du foyer ; elle touche, elle saigne leur ventre chaud comme celui des petites putains. Le père naturel lave la voile à grande eau, il la frappe avec les battoirs, il la martèle comme une peau ; les frères se roulent nus, dans la flaque rose au fond de la barque. Sur la falaise, dans les bosquets de mûres et de grenades, les singes dévorent les bêtes refoulées par le feu mis à la ville.

Kment déchire le cœur d'une mouette, les ailes battent contre ses joues. La mère saisit l'oiseau, elle le plonge dans l'eau bouillante. Le père naturel et les frères, nus, frissonnent dans l'orage vert : l'orage éteint la flamme du foyer, crible le sable, boit les larmes de la solitude originelle sur les joues du père naturel courbé sur la voile. Kment s'enferme dans l'armoire à glace, une mouette, jetée par le vent, heurte la glace et l'éclabousse de sa fiente rose et violette. Une pierre sort du cœur bouilli de la mouette. L'orage enfante une pierre longue et mouillée où se reflètent les lueurs des éclairs, puis le soleil, et Kment, les frères, la mère et le père naturel roulent vers l'Océan, couchés, arc-boutés sur la pierre. Un cortège passe dans le chemin des dunes, des enfants portent le cercueil d'un garçon mort de maladie : aucun fer ne l'a déchiré, il s'est éteint, il s'est endormi : en lui était le mal et la pourriture bouillonnait, la nuit, à petit bruit ; les larmes sont pures qui le pleurent, son corps est blanc, sa gorge intacte, les enfants portent le cercueil découvert sous les feuillages : la poussière du jour tombe sur le front, sur les lèvres de l'enfant mort ; l'eau prise dans les feuilles effleurées mouille le linceul qui le couvre, de la poitrine aux pieds.

Mais la vipère, sur le front de Kment, se dénoue, coule sur la poitrine, sur le sexe de Kment, vrille le sable ; rapide et brillante, fend les herbes sèches, mord le pied d'un enfant porteur : le sang gonfle la joue de l'enfant appuyée au bois du cercueil ; l'enfant s'agenouille sur le sable, le venin brûle sa jambe, le cercueil verse, le cadavre glisse à terre, le front se déchire aux pierres armées, le bord du cercueil tombe sur le genou de l'enfant mort et le brise. Le cortège se disperse, les enfants ont fui, le serpent se tord sous l'aisselle du garçon mordu, le père naturel s'avance, lève son éperon, écrase la tête du serpent. Le père naturel s'enfonce dans les flots, Kment le poursuit : la mère étreint un homme du cortège, ses mains brillent, pétrissent les hanches de l'homme, les genoux de l'homme s'écartent, se resserrent et la mère rit aux éclats, hurle dans l'air orageux — la paille glisse entre leurs jambes. Sur la falaise, les militaires, déboutonnés, attendent, appellent Kment, assis sur les banquettes d'attouchement. Les eaux du songe heurtent les genoux de Kment.

À l'aurore, les pourpres plongent par la fenêtre, vers les corps endormis dans les rayons, vibrent, se posent sur un bras, sur une main, sur une cuisse, effleurant de leur plumage tiède et parfumé les joues, les oreilles, les cheveux que la respiration régulière des dormeurs à l'aurore fait vivre, apaisée, libérée des songes tumultueux de la nuit. Les rayons chauffent les linges, les toiles, les bois, les fers de la chambre, allument les boules dorées du lit abandonné. Kment ouvre l'œil : un pourpre pique le nœud de la ficelle qui sert de ceinture à son short, Kment jette sa main, attrape le pourpre, le serre dans ses doigts et lui déchire le cœur, il boit le sang frais, le bec palpite sur ses narines ; Kment jette l'oiseau et se rendort.

Plus tard, un mouvement brusque et alangui de Kment se réveillant, disperse les oiseaux : ils s'envolent vers les barreaux du lit dont le battement des ailes souffle la poussière ; la fiente coule, semence d'aurore, étincelante, au long des barreaux. Amour, couché sur le dos, les jambes écartées, protège son sexe avec sa main : ses narines, ses lèvres, ses paupières dures et violacées tremblent. Kment se lève, enjambe les corps, ouvre la porte et sort, tout le devant du corps saisi par le soleil. Le bruit de la porte réveille un mendiant : il s'agite, il grogne, il ramène autour de lui ses haillons que le vent de la nuit et les secousses du songe ont éparpillés sur la terre marécageuse.

Kment marche vers les herbes, le soleil vibre et crache au travers des arbres. Kment secoue ses vêtements, essuie sur ses lèvres et sur ses joues la salive du sommeil ; à ses pieds nus, la rosée brille, écume de la nuit.

Serge descend vers la mer aux côtés d'Émilienne : deux sentinelles les accompagnent. Aux pieds de Serge, le sable chaud mêlé d'épines de chardons et d'os de seiche, puis l'écume de la mer.

Émilienne sort du chocolat et des sodas du sac de toile suspendu à l'épaule de Serge et les dépose devant les soldats :

— Buvez et mangez pendant que nous nous baignons.

Les soldats s'assoient, enfoncent la crosse de leurs fusils dans le sable. Serge et Émilienne s'élancent vers la mer, plongent dans l'eau brutale, s'éloignent, traversent le golfe, les épaules et les hanches heurtés par les hors-bord immobiles, entrent dans la haute mer. Les soldats rient, mangent sur la plage ; ils remplissent de sable les bouteilles vides, ils délacent leurs pataugas. Des jeunes gens font du kart au bord de la falaise : souvent l'un d'eux se plaque au grillage : son short immaculé, les voitures de sport, les murs du club, les filles accroupies au bord de la piste, la gorge et les seins roulants, l'or des joues, des mains, des genoux et des oreilles ; les soldats, la bouche sucrée, les pieds meurtris, bandent; renversés sur le dos, ils rampent vers le grillage, ils le mordent; les drapeaux des clubs et des camps claquent dans le vent, l'asphalte des pistes et des routes, la pierre et le marbre des terrasses et des perrons, le fer et les bois des balustrades, luisent sous le ciel marin, reflet des terres anciennes.

Serge et Émilienne surgissent de la mer, courent, se poursuivent sur le sable qui s'écroule, contournent les rochers — en s'y appuyant — et les flaques :

— Allez vous baigner, nous gardons vos armes.

Ruisselante, les cheveux plaqués aux tempes... Ô belle, belle... les genoux couverts de sable, elle s'agenouille aux pieds des soldats redressés. Serge détourne la tête, puis il prend Émilienne aux épaules, il la relève le long de lui, il joint les mains sous ses seins, pince le lacet du maillot :

— Ils vont être vus par les officiers.

Les soldats s'éloignent, se déshabillent derrière les rochers, courent vers la mer, leurs corps marqués de traces blanches au cou et aux reins, de piqûres : les mèches de leur nuque, baignent dans le pus des furoncles. Serge caresse la crosse des fusils :

— Je pourrais te tuer.

Elle frissonne, elle s'assoit sur le sable, pose ses bras et sa tête sur ses genoux. Un garçon est plaqué au grillage, une bouteille d'orangeade sort de la poche arrière de son short blanc, l'épaule jaillit, nue, d'un chandail noir en fil, il regarde Émilienne, il mordille ses phalanges appuyées au grillage, il resserre ses cuisses, il roule sa tête, il geint. Une fille, appuyée au mur du club, furtive, regarde le garçon, puis Émilienne. Le garçon se retourne, il saisit la fille par le bras, il la pousse dans une cabine du vestiaire, il la renverse sur les shorts entremêlés, et ses pieds nus raclant le ciment tiède des parois, il couvre la fille, il lui fait manger ses cheveux blonds; les articulations de ses os brûlent; une colique d'amour bouillonne dans son ventre :

— Je te le donne à goûter, à boire, comme un alcool à la mode. Tiens, tiens. Mais c'est elle que j'aime. Émilienne. Toutes les filles rêvent de tenir mon sexe entre leurs lèvres. Mais c'est elle que j'aime, et je tuerai Serge. Je veux voir l'intérieur de son front.

Émilienne enterre ses jambes, Serge caresse ses seins sous le maillot, il mord la chevelure salée ; Émilienne recule entre les cuisses de Serge, elle pose ses coudes sur les genoux du garçon ; contre son dos, durcit le sexe de Serge ; elle bouge l'os de ses genoux, rêveuse.

... Émilienne tient le rôle de la Vierge ; mais dans le dernier tableau, elle est démon et le gouverneur la reconnaît. Il pleut sur la verrière. Il vient dans la serre, Émilienne enlève son costume d'enfer, l'eau coule sur les vitres. Émilienne donne sa main. La sœur lui caresse ses joues enduites de graisse et de charbon. Au fond de la serre deux filles se caressent en ôtant leur costume, derrière les palmiers :

— Ne vous démaquillez pas.

La sœur dit :

— Les enfants sont sauvages...

— Sa beauté apaisera leur sang.

À l'automne, il prête à l'orphelinat le matériel de cinéma du palais. Émilienne, accompagnée de la sœur, vient le prendre ; un soldat, l'arme à l'épaule, se baisse avec Émilienne pour ramasser l'appareil, le canon du fusil heurte la tempe d'Émilienne, si fort qu'elle s'évanouit. Le soldat la soulève dans ses bras, il l'étend sur un banc ; comme la sœur parle dans le vestibule à une esclave, ancienne cuisinière de l'orphelinat, le soldat retrousse la robe d'Émilienne, il lui couvre le ventre avec la paume de sa main. Le gouverneur, quittant un officier sur le perron, surprend le soldat déjà arc-bouté, il l'écarte, il souffle sur le visage d'Émilienne. La sœur trempe son mouchoir dans le lavabo ; le gouverneur caresse le front glacé de la jeune fille, il enfonce ses doigts entre ses lèvres scellées; la sœur pose le mouchoir mouillé sur le front d'Émilienne. Le gouverneur emporte la jeune fille dans l'infirmerie, le soldat s'assoit dans la première salle, sur le lit d'un camarade blessé; la sœur tient le mouchoir mouillé sur le front. Le gouverneur couche Émilienne sur le lit de sangle, l'infirmière accourt le long d'un rayon de soleil pâle, elle sort des bras d'un soldat blessé à la tête : la nuit, elle couche dans le lit des convalescents. Émilienne se réveille. Un cri. L'infirmière court aux latrines : un soldat, le sexe pansé sortant du pyjama, appuie son front au mur : le pansement est ensanglanté ; l'infirmière caresse les épaules froides du soldat : dans la cuvette de fer, un filament de sperme rougi se déploie :

— Pourquoi n'as-tu pas attendu, Rico ? Je l'aurais fait plus délicatement...

Le soldat enlace la jeune infirmière nue sous sa blouse :

— Tu ne venais plus... Tu préfères Rancho et sa noble blessure...

Au soir, dans le dortoir de l'orphelinat, les filles, la chemise de nuit ouverte sur leurs seins gonflés, se pressent autour du lit d'Émilienne :

— Il t'a prise dans ses bras ?
— Il t'a embrassée sur la bouche ?
— Est-ce vrai qu'à ce moment les salives se mélangent ?
— Est-ce qu'il te touchait les reins ?
— Est-ce que la sueur coulait sur sa poitrine ?

À l'aube, les ouvriers dragueurs soulèvent les branchages d'eucalyptus, sur les fosses où ils jettent les armes anciennes ramassées dans la vase du fleuve Sebaou; ils tirent les armes de leurs ancêtres libres : épées, poignards, lances, maillets, pistolets; ils les nettoient avec leurs chiffons : lambeaux de robes de suicidées, treillis de soldats égorgés et noyés, maillots de putains assassinées mortellement serrées. Ils transportent ces armes dans le bas quartier de la ville; les putains glissent les armes sous les paillasses. Tout le jour, les ouvriers dragueurs rassemblés dans les caves du bordel, boivent, croquent des amandes, se blessent les lèvres aux figues offertes par la maquerelle; le tuyau d'égout éclate au-dessus du charbon: les filaments de sperme, les débris d'éponges, les caillots de sperme et de sang dégorgés par le plomb, coulent entre les boulets. À la nuit, les putains tirent les armes de sous les paillasses, elles embrassent les ouvriers dragueurs; ceux-ci, enivrés, frissonnant dans la fraîcheur, tournent dans leurs poings les épées rouillées, les maillets incrustés de sable, les poignards au tranchant incrusté de coquillages; les projecteurs du palais les éblouissent, ils s'assoient sous les faisceaux le long des murs, les roses s'accrochent à leurs fronts, ils geignent; ils se relèvent, ils descendent vers le fleuve. Les lumières de l'orphelinat s'éteignent: les veilleuses des dortoirs éclairent les canaux où les murs de brique rouge baignent et les cygnes nagent entre les écluses sous la lune; l'eau s'engouffre dans les soupiraux des caves: les cygnes harponnent les petits poissons et les rats pris dans les tourbillons.

Les sentinelles marchent sur la chaussée; les ouvriers dragueurs les transpercent et les poussent dans le canal: le sang bouillonne dans le dos et se mélange à l'eau noire. Les rebelles grimpent dans l'escalier de secours, ils se répandent dans les dortoirs, ils assomment les sœurs surveillantes dans les tentures des alcôves; ils s'appesantissent sur les orphelines, vomissent sur l'oreiller, égorgent; les lames rongées, ébréchées, incrustées font des plaies capricieuses sur la gorge, sur le ventre des orphelines; serrées à la gorge, scalpées; elles crient: leurs bouches, leurs narines crachent, leurs ongles percent les poignets des rebelles: l'un d'eux entortille une surveillante dans un rideau de son alcôve et il l'assomme avec le crucifix du dortoir, puis, arrachant la tête du Christ, il l'enfonce dans le sexe de la surveillante: la couronne d'épines déchire les lèvres du sexe ; le bras du rebelle s'emmêle dans les jupons de la surveillante.

Émilienne, couverte par le chef alangui des ouvriers dragueurs, lui prend la tête par les oreilles et la tire entre les barreaux du lit ; elle ramasse l'épée tombée sur le parquet, elle la soulève, elle la fait glisser sur le dos du rebelle, elle pousse, elle jette la pointe sur la nuque du rebelle : la pointe déchire, partage la chevelure, transperce le crâne ; la bouche du rebelle s'ouvre, un flot de sang éclabousse les barreaux où sa tête est prise ; ses mains écrasent les seins d'Émilienne, ses doigts pincent les tétons ; Émilienne maintient la lame plongée ; les veilleuses se balancent, éclaboussées de sang et de sperme — les rebelles, debout, demi-nus, sur les corps blessés ou morts, empoignent les ampoules dans leurs mains souillées. Une section de commandos, à l'aube, ceinture les rebelles endormis sur les mortes ; du haut de l'escalier de secours, ils jettent les cadavres des rebelles dans le canal embrumé :

— Draguez-vous vous-mêmes, maintenant.

Mais, — les rebelles prisonniers, enfermés dans les latrines, — les commandos abusent des orphelines blessées ou rendues folles ; l'étreinte achève les agonisantes...

Les vagues ont creusé une falaise au bas de la plage, elles se brisent à cette muraille mouvante et l'écume court tout au long. La mer sablonneuse est la seule surface pure que les yeux peuvent contempler ici : le ciel est couvert de fumées d'incendies, strié de vols funèbres : oiseaux de proie, hélicoptères. La mer, les jeunes gens du karting et des tennis, viennent s'y laver de leur noble sueur ; les bandits, les rebelles, les enfants perdus, de leur saleté, de leur souillure, de leur sang répandu. Sur la mer, des bateaux portent du blé, des armes et des soldats : du blé pour apaiser, rassurer, des armes et des soldats pour tuer, effrayer, décourager.

Ceux-ci gisent au fond des cales dans leurs vomissures, le ventre soulevé par la rage, la peur, la soif : ils roulent sur le plancher souillé, sur les bouteilles vides, la tête heurtant la cloison et les colonnettes ; certains dorment, le béret à plat sur le visage, les lèvres blanches, le tour des lèvres couvert de vomissures, les mouches bourdonnent sous le béret ; les cuisses agitées d'un tremblement qui froisse la toile du treillis et fait saillir le genou.

Sur le pont, officiers et touristes connaissent l'allégresse du voyage et du commandement ; des enfants court et clair vêtus se poursuivent dans les écoutilles, s'arrêtent devant les officiers, rêvent de batailles, s'étonnent du parfum exhalé par ces nuques brillantes, des ombrelles s'ouvrent au-dessus du bastingage, des oiseaux suivent le sillage du navire.

À la nuit, sur le pont supérieur, un écran de cinéma est tendu entre les vergues et des chevaux alors piétinent leurs cavaliers désarçonnés ; les enfants auxquels se mêlent des soldats montés en fraude, s'assoient sur les écoutilles et regardent, la tête entre leurs genoux : des embruns jaillissent, arrosent l'écran avec un petit bruit d'averse ; les enfants : filles et garçons, se serrent, leurs chevelures se mêlent au gré du roulis et du vent. Les soldats émus par le parfum du velours qui monte des corps des enfants, renversent la tête sous le ciel, offrent leur visage aux picotements, aux attouchements du ciel nocturne, aux dangereuses averses de la lune… Les enfants se poussent et leur font de la place, s'étonnent de les voir sans armes, caressent leurs insignes. Le navire est plein de bruits d'écluses. Les officiers chassent les soldats, ceux-ci redescendent dans la cale, enjambent les corps des dormeurs, glissent sur les vomissures et la fatigue les couche sur les caisses et sur les sacs ; au matin, ils s'éveillent, écrasés, le visage fripé, le ventre coupé par les corps d'autres soldats, la main prise sous les caisses ; les marins traînent les cordages souillés sur la poitrine, les épaules, les cuisses des soldats à demi éveillés, la tête heurtée par les pieds nus des marins.

L'aube glace des corps lourds, la rosée de mer coule sur les bois et sur les fers ; les pourritures, les vomissures fument au soleil. L'humide poussière du soleil tombe sur les lèvres des dormeurs, sur la paume de leurs mains ouvertes, sur leurs cils. Le paquebot entre dans la rade d'Inaménas. Tous les soldats sont aux portes, dans la cale, courbés sous le poids des sacs et des armes. Les plus malades sont soutenus par les camarades obscènes, gais, mâcheurs de chewing-gum ; les marins repoussent les soldats. Choc. Les marins ouvrent les portes, la lumière frappe les soldats ; les soldats sautent sur le quai des marchandises — l'état-major importe dans le plus grand secret. Des vieillards sont assis sur les caisses et fument un tabac aigre et filandreux ; les soldats, à peine sortis du bateau, les insultent : les vieillards ferment les yeux, l'odeur de poivre et de cannelle endort ; des oiseaux sautent sur les murs, des chats s'enfuient, lambeaux de chair aux dents ; des femmes en haillons sortent des entrepôts au bras de marins et de dockers ivres ; des amas d'enfants abandonnés remuent à l'ombre des portes, de ces tas s'échappent des ruisseaux noirs et des mouches. Au-dessus, le long du boulevard de front de mer, des sentinelles, le fusil braqué vers la mer, immobiles, silencieuses, suivent du regard la marche des soldats vers la gare, essuient avec la main la rosée de leur front, sueur d'angoisse de la nuit — et, pris de désir à la vue des femmes haillonneuses et criardes, plaquent le ventre et les cuisses contre le mur de pierre ; les soldats marchent en six colonnes, vers les trains dont les tôles scintillent au travers de la fumée ; les sous-officiers frappent ceux qui s'écartent du rang pour acheter les boissons et les brioches. Les officiers pivotent. Les jeeps aux antennes vibrantes roulent à toute vitesse sur le boulevard du front de mer, le long de murs couverts d'inscriptions et de sigles funèbres.

Dans la capitale, sur les places, aux carrefours, sous les arbres, des automitrailleuses sont tournées vers la rue : des soldats s'y tiennent, ensommeillés, rouges, les lèvres et les paupières gonflées, debout et assis, la main entre les cuisses, la sueur mouillant le treillis aux aisselles et à la taille : le soldat, au matin, a peur de son arme quand, éveillé ou surpris par les rayons, il la touche contre sa hanche. La ville surgit de l'ombre, les feuillages verdissent dans la lumière diffuse, les oiseaux jaillissent dans le ciel de chaux, les fenêtres s'entrouvrent sur des chambres obscures et des lits défaits, les raies, filtrées par le store, caressent les couples nus enlacés au bord des lavabos.

Les trains partent vers la montagne, vers les petits déserts du Sud. Dans les montagnes, le train passe le long des camps et sous les postes isolés ; là, des soldats demi-nus, hirsutes, à la peau rouge tachetée de blanc, s'accrochent aux barbelés, lèvent les bras, hurlent des cris inconnus, froissent dans leurs poings des photos de femmes nues.

Dans chaque poste, un mirador : une sentinelle y tourne en rond, la gorge battant sous la jugulaire du casque léger. Les soldats, dans le train, ne dorment pas ; hautes fleurs jaunes aux tiges serrées et brûlées dans les tas de pierres, prés de cendre autour des forêts, villages détruits ; aux premiers dromadaires, les soldats se redressent, rient aux éclats, se frappent le dos rond. Arrivés au camp, ils traversent la gare avec ses carreaux frais et bariolés, ils foulent la terre rouge du chemin, regardent les enfants, les chiens, les boutiques sombres où des fruits éclatent ; objets, sujets de la répression ; les soldats s'étonnent de voir encore des enfants vivants à la gorge lisse, des jeunes gens alanguis dont le sexe ou les seins gonflent les haillons. Au camp, depuis trois jours, les anciens préparent la tente des nouveaux.

Ils se traînent vers la barrière, vers les barbelés :
— Vous avez des boîtes de poisson ?
— Il fait beau, à Ecbatane ?
— Demande la première section, celle des crapahuteurs, on est libres.
— Camerone, le capitaine ? Un fou. Si un chien a pissé contre une tente, il nous force tous à nous déboutonner et il choisit un coupable pour sa nuit. On est sa seule famille : sa femme baise avec l'armurier divisionnaire. Alors, les soirs où ça le démange trop fort, il vient s'asseoir sur nos lipicos.
— Des femmes ? T'as pas vu les raclures au village ? On n'aurait pas de quoi les laver.
— Hier, on a buté dix fels, sans compter les cartons.
— ... dans les villages, on s'amuse bien.
— Bébé, dis voir un peu ce que t'as fait à Zaknoune. Bébé, les femmes ne lui résistent pas, même mortes. Bébé, le bourreau des mortes.
— Pour quand le cessez-le-feu ?
— Bébé, ça ne l'intéresse pas tellement, la négo, il maque toutes les femmes du secteur.
— Ça c'est Papa, le radio, il cherche ses bouts d'antenne. Un instruit. Il fait peur aux croques. Ils donnent des sucres à son petit chien.
— Membre, le branleur de chiens, il monte aussi les ânesses.
— Doudou Artistic, orphelin, beau gosse, mascotte de la compagnie : il dessine avec le sang.

L'île compte trois villes et un millier de villages. Au sud, des petits déserts où vivent des nomades insensibles à la rébellion. Ailleurs, les colons envahisseurs quittent peu à peu leurs terres menacées : ils brûlent leurs maisons, leurs récoltes, leurs couvertures, les sacs de blé et de maïs, sous les yeux des valets, ouvriers, esclaves non vendus, rassemblés et contenus par le fouet.

Les marchands d'esclaves, les entremetteurs guettent derrière les eucalyptus : sitôt les maîtres partis, lèvres serrées, dans leurs limousines noires, soldats armés sur le marchepied, ils se jettent sur les esclaves, ils les ceinturent, ils les entravent. Les soldats, au retour, pillent les ruines, saisissent dans les maisons des paysans les objets et les bestiaux que ceux-ci ont déjà pris et cachés, brisent les vases d'huile et de grains, tirent, soulèvent les robes des femmes, les jupons glissant sur leur casque, et, la tête sous le jupon, arrachent, ouvrent leurs bijoux ; poursuivent les enfants et leur volent ce que ceux-ci ont tiré des ruines : des chiens, enflammés, hurlent dans le village, s'arrêtent, tournoient, puis s'écroulent sur le sable, le poil fumant et noirci ; les chats, les volailles flambent dans les ruines, se contorsionnent, les soldats sont secoués et mouillés par le rire ; les rats s'enfuient de sous les planches et les pierres, se jettent dans les trous d'eau et leur plongée siffle sur l'eau ; les volailles rebondissent sur les tuiles dans un tourbillon de plumes enflammées, leurs yeux étincellent au travers de la fumée. Les soldats courent, bras nus, se heurtent en plein front, crient, écartent à coups de crosse les enfants qui se glissent entre leurs jambes vers le feu et tirent les dépouilles : les entremetteurs, aidés par quelques soldats auxquels ils promettent chambre ouverte au bordel, maîtrisent ces enfants, lient leur taille avec des cordes ; les enfants, maîtrisés, enfoncent des tisons enflammés entre les cuisses des soldats, précipitent les entremetteurs dans le brasier. Au fond des camionnettes, esclaves et enfants, cheveux brûlés, soufflent la cendre de leurs lèvres ; leurs liens calcinés s'effritent ; un entremetteur et deux soldats tamponnent leurs bouches avec du chloroforme.

Le brasier s'éteint dans la nuit ; à l'aube, des traînées de fumée et de cendre, soulevées par le vent vif, montent dans le ciel clair. Les jeeps étincelantes de rosée roulent sur l'asphalte miroitant ; les soldats, le visage fouetté par le vent, s'y tiennent assis ou accroupis, la rosée des feuillages sous lesquels les jeeps roulent depuis le matin, coule sur leurs épaules et sur leurs tempes rases ; le vent gonfle la toile du treillis, glace la peau, gerce le tour des lèvres, balaie les yeux ; des brouillards remontent les vallées ; les bergers surgissent de l'ombre dans le soleil, les femmes, les bras chargés de linge et de brosses, descendent en chantant vers les rivières ; celles, violées la nuit par les soldats, n'osent se regarder dans l'eau ; les enfants grimpent aux arbres, leurs épaules, leur dos nus griffés par les feuillages et les épines. Les rayons du soleil percent le dos et les tempes des soldats comme des seringues et le soleil se répand dans leur corps, noyant haine et désir. Les soldats tressaillent, rêvent sans se voir. Un oiseau solitaire traverse le feuillage ; malgré le bruit du moteur, et le vent, les soldats entendent son cri et le froissement clair du feuillage, le chauffeur lève ses yeux vers la voûte mouvante des arbres où scintille le soleil. Les jeeps roulent entre les eucalyptus, au bord d'un torrent, la fraîcheur éveille les soldats. Des singes sautent, ploient les branches, jacassent au fracas du torrent : bourdonnements des moustiques au-dessus des eaux. Les singes se balancent au-dessus des jeeps, relèvent leur queue, montrent leurs fesses rouges, se tirent les oreilles et les poils, se fouillent le sexe enfoui dans le pelage, boxent, fendent les feuillages, sifflent, entament les écorces, les jettent par-dessus l'épaule, grognent, tremblent, simulent la guerre : l'un d'eux s'écroule dans le creux d'une branche, la main au cœur comme un fusillé. Sur les branches supérieures, d'autres singes éclatent de rire : ils lancent des écorces et des feuillages sur les soldats, ceux-ci tendent le poing, jouent les furieux, braquent leurs armes ; les singes se cachent dans les feuillages supérieurs, se lamentent, soupirent, mais leurs yeux étincellent entre les feuilles : un jeune soldat, demi-couché dans la jeep sur les pieds d'un camarade, se déboutonne et bouge son sexe tendu dans un rayon : les singes, peu à peu, écartent les feuillages et suivent de la tête le mouvement du sexe remué.

À l'entrée des défilés de Thilissi, les jeeps accélèrent, le froid est vif, les sourires se figent, les mains touchent les armes ; le bruit des moteurs fait sortir les colombes et les pigeons de leurs trous dans la falaise.

Coups de feu.

Des soldats tombent foudroyés, leurs corps pendent le long des jeeps, agités de sursauts violents, la tête heurtant la roue. Les autres soldats sautent sur la route, s'accroupissent derrière les jeeps et tirent sans viser ; les balles sifflent, transpercent les tôles et les fronts, fracassent le poste radio : lampes et cristal, creusent la terre comme des gouttes de pluie ; les colombes et les pigeons, affolés par les détonations, volent en désordre, tombent sur les corps crispés, leurs ailes déployées couvrant et battant les visages blêmes, les yeux révulsés, les lèvres qui tremblent encore, les narines transparentes comme de la nacre où courent déjà les petites mouches de la mort. Les vitres éclatent, les éclats de verre glissent sur les casques, les blessés râlent, rampent sur le talus, roulent dans les cactus, arc-boutés, le fusil traînant sur la terre comme une aile brisée. Les rebelles, cachés derrière les cactus, lancent les grenades sur la jeep ; les soldats tombent, bras en croix au travers de la fumée, se brisent la colonne vertébrale sur l'asphalte, hurlent ; les casques roulent, les corps s'abattent parmi les débris de cactus, les mains s'agrippent aux touffes d'alfa, griffent la terre, se referment sur les cactus. Les rebelles tombent sur les survivants, ils les désarment, ils les fouillent, ils les couchent sur l'asphalte, ils les piétinent, ils les égorgent, ils les mutilent sans même les déboutonner et s'enfuient avec les armes...

Un survivant rampe vers le torrent, il a une plaie béante noire entre les cuisses et le treillis est déchiré : il se laisse glisser sur la rive, son corps roule dans l'eau, laquelle arrête les tressaillements. Les couleuvres suivent au fond de l'eau, sur les pierres cuivrées, les rayons du soleil et les traînées du sang.

Amyclée lave les cadavres amoncelés dans son baraquement. L'eau savonneuse éclabousse les vitres cassées des deux fenêtres. À l'aurore, Amyclée fouille les tas d'ordures et les roseaux du bord du fleuve; elle tire les petits corps de sous la paille, les boîtes acérées et les châssis désarticulés; les rebelles égorgés, éventrés, noyés, d'entre les lianes boueuses et les fagots pourris où se mordent poissons et rats. Elle charge les corps sur sa charrette, elle soulève les corps, elle les dépose sur des tréteaux, sous les fenêtres de son baraquement, elle arrache leurs haillons, elle les lave, elle les tord, elle les recoud; elle savonne les corps nus, elle sème sur eux des fleurs à peine écloses et laisse leurs sucs pénétrer la chair morte. Le sang, coupé d'eau, ruisselle des corps fraîchement tués, mouille la terre battue sous les tréteaux: Amyclée soulève le sexe, savonne les boules sécrétives; la mousse du savon pique ses yeux; l'os du genou roule sous la paume de sa main; les boucles du sexe savonnées, s'emmêlent à ses doigts, le morceau de savon glisse sur les lattes du tréteau jusque sous les fesses du cadavre.

Amyclée rase le duvet sur les joues des jeunes rebelles. L'après-midi, elle s'assoupit, la tête appuyée aux tréteaux, la chevelure déroulée sur la hanche d'une jeune putain trop violemment dépucelée et jetée aux ordures avec les excréments du matin. À la tombée de la nuit, elle charge de nouveau les cadavres peignés, vêtus, refermés, elle pousse la charrette jusqu'au bord du fleuve, elle creuse une fosse; les mouches, les oiseaux enveloppent les corps glissant sur le timon penché, les plaies se rouvrent, les haillons rougissent; la vase s'effondre dans la fosse fraîche; Amyclée coupe les roseaux secs et les jette au fond sur la vase, puis, elle tire les corps, un par un, elle les soulève entre ses bras et les descend dans la fosse ; la tête du cadavre roule sur son bras ; elle dépose le cadavre sur la litière de roseaux, elle essuie sur le front pâle une fiente d'oiseau, elle embrasse les paupières et la pierre des yeux. Les pourpres picorent la terre foulée.

Au retour, Amyclée lave la charrette dans le fleuve : les poissons frôlent le timon, se jouent dans les essieux et dans les barreaux des roues. Amyclée attache la charrette au loquet du baraquement. La nuit, couchée parmi les cadavres nus, le goutte-à-goutte du sang tombant des tréteaux, l'endort. Kment, la main appuyée au timon levé, regarde les seins d'Amyclée ; ils respirent dans le clair de lune et la chevelure est baignée de sang rose. Kment heurte son doigt à la vitre, il siffle. Amyclée ouvre ses yeux :

— Je veux boire du lait.

Il entre, il se jette dans les bras d'Amyclée, sa bouche est gonflée de vin et de bière, il les vomit sur l'épaule et le dos d'Amyclée, elle le couche sur le lipico, elle soulève un broc de lait, elle le verse dans son bol. Kment se redresse sur le coude, il pose ses lèvres sur le bord du bol, il boit : un caillot de sang perce la surface et se colle à ses lèvres ; Kment crache, jette le bol contre le mur, crache, serre sa gorge ;

— Du sang, du sang, partout du sang. Tes cheveux sortent du sang. Tu changes le sang en lait. Tu bois le sang des martyrs.

Le lait ruisselle sur le mur et dans les articulations du lipico. Le caillot de sang est suspendu au menton de Kment, il vibre quand le garçon crie. Amyclée fait le tour des tréteaux : des excréments sortent d'entre les fesses d'un jeune rebelle étranglé ; un pourpre les fouille. Amyclée caresse la tête rase, la trace du lacet sur la gorge durcie. Kment roule sur la terre battue, il rampe, il saisit la jambe d'Amyclée, sa poitrine baigne dans le sang, ses dents mordent le pied des tréteaux :

— Donne-moi ton lait. Donne.

— Je n'en ai plus. Il s'est retiré de moi quand ils ont tué mon enfant, jadis, dans le Septentrion.

— Je suis ton garçon. Laisse-moi caresser ton ventre et tes seins, le lait remontera pour mes lèvres.

Toute la nuit il crache, il serre Amyclée contre les murs, il la renverse sur les cadavres, il la mord, il la griffe au sexe et aux seins ; il la presse à la taille, il lui lèche le cou et la gorge, appuie sur son ventre avec le poing. Elle, le caillot de sang collé entre ses lèvres, son dos nu écrasant le sexe ramolli d'un rebelle mort, laisse le garçon la creuser, lui couper le souffle de sa bouche, la noyer dans ses crachats. À l'aube seulement il s'endort sur elle, les oiseaux jaillissent dans le baraquement illuminé, les vitres cassées scintillent, le vent vif glace ses épaules et les larmes dans ses yeux. Au bout de son sein brille une goutte de lait. Alors, réveillant le garçon d'un coup de genou, elle s'abandonne : Kment, dans un demi-sommeil ouvre, avance les lèvres et sa langue lèche la goutte de lait sur le téton dressé ; puis, il se rendort mais donne de petits coups de langue sur le téton, à chaque gémissement ou replongée dans le rêve.

Amyclée se couche dans le lit des agonisants et les aide à mourir. Elle cache aussi des rebelles poursuivis, ils retiennent leur souffle, écrasés sous l'amoncellement des cadavres ; les soldats respectent Amyclée, sur l'ordre du gouverneur, ils lui apportent des sacs de farine et de sucre. Certains soirs, le sucre scintille sur les lèvres de tous les enfants du bas quartier et leur ventre est gonflé de farine mangée crue, la tête dans le sac. Alors, Amyclée, recluse en son baraquement, ses tréteaux vidés et lavés, attend Djafar. Rebelle, commandant du secteur du fleuve, maquereau de trente femmes, Djafar, les jours de farine et de sucre, visite Amyclée. Il emporte les sacs dans la montagne où campent ses commandos d'intervention. Dans le baraquement, il soulève, il choisit les sacs, son pistolet, son poignard battent ses hanches. Amyclée le retient par les poignets, par la taille, Djafar la repousse : il tient son fusil à la main, il se retourne, la visière mica de sa casquette obscurcit son regard, ses cheveux sortent en boucles de la casquette bien enfoncée ; la veste de treillis est serrée à la taille et retombe en plis sur les fesses, sur les hanches, sur les cuisses ; Djafar saisit dans son poing enfariné le haut de la blouse d'Amyclée, il secoue Amyclée, replonge son bras libre dans la farine, la fait couler entre ses doigts. Sous la veste de treillis, froissée, aux poches redressées, le chandail et la peau de mouton volés à l'armée d'occupation engraissent ses bras, ses épaules et son torse et lui mangent le cou...

Amyclée lui caresse le dos, il tressaille, il renverse la tête en arrière, jette sa bouche enduite de sucre et de farine sur la joue et la chevelure d'Amyclée ; il serre la jeune femme contre sa poitrine durcie par les grenades et les balles serrées dans les poches, il lui mord la bouche, les dents ; sa tête de jaguar roule, écrase l'épaule d'Amyclée, ses pattes pétrissent l'amas de chair, de toison et d'étoffe mouillée de sueur sur le devant du corps d'Amyclée. Les rayons du soleil strient le dos et les jambes de Djafar ; Djafar crie, il bave sur le visage d'Amyclée, sur ses épaules, sur le haut de sa blouse ; elle ne peut desserrer ses lèvres ou lever ses yeux, remuer ses joues, renverser la tête en arrière, aussitôt des filaments de bave se forment et scintillent et Djafar les lèche et souffle dessus. Comme un fauve recouvre d'écume sa proie. Djafar lui enserre les reins entre ses cuisses durcies par les marches forcées ; il la renverse sur le lipico éclaboussé de lait, la toile craque sous leurs corps, les attaches bandent, les articulations de bois et d'aluminium ploient. L'armature à la tête du lit se déboîte sous leurs têtes furieuses ; Amyclée, étranglée, tient la chevelure enfarinée de Djafar, ses ongles griffent la casquette de toile camouflée, Amyclée soulève, repousse la tête de Djafar; lui, d'une main se déboutonne et de l'autre déchire, son ventre soulevé, la blouse d'Amyclée à la hanche, déchire jusqu'à l'autre hanche, avec ses crachats sucrés il aveugle les yeux d'Amyclée; il secoue la tête, il la débarrasse des mains d'Amyclée comme un cheval de ses sangles. Les cartons battent sur les vitres cassées. Le vent nocturne soulève la poussière autour du baraquement; les projecteurs illuminent les fenêtres des bordels, les corps entremêlés dans la pénombre des latrines extérieures, sur les planches souillées, les brocs, les cuvettes, les lavabos, les miroirs, les porte-serviettes en acier, les barreaux éclaboussés, les plis des draps découverts où tremble le sperme transparent :

— Qui voit son sang couler avec force connaît son intelligence; la dureté soulève, gonfle sa poitrine...

— ... la douceur.

— Je ris quand nous nous enfuyons d'un village incendié par nous, bétails et familles entremêlés dans le sang, sous la lune. Je bande à l'odeur de cendre et de sang grillé. Souvent, je retourne au massacre, je touche le muscle, la veine encore palpitants d'un enfant nu recroquevillé au bord des corps amoncelés. Alors, il ouvre l'œil, il me regarde et je frappe cet œil avec la crosse de mon fusil. J'appelle les chacals arrêtés haletants derrière les ruines fumantes, je soulève l'enfant et je le jette dans la fumée : les crocs s'entrechoquent dans la fumée, le sang sort de la nappe de fumée, les membres jaillissent ensanglantés, je mets mon pied dessus, le chacal mord mon soulier, il déchire le lacet; mes camarades accroupis dans les vignes dévorent les grappes, le jus coule sur leur gorge, puis mêlé à leur bave sur le treillis gonflé par le sexe durci dans le massacre et maintenu tel par la rumeur des chacals et mon halètement; les chacals tirent des corps renversés sur la pente des toits et des auvents de chaume et de bambou, les corps tombent sur eux qui les mordent aux pieds.

Je m'assois sur les cadavres amoncelés, le sang mouille mes fesses, une gorge bat sous mon sexe, deux seins respirent sous mes cuisses et je renverse la tête, et mes yeux se perdent dans le ciel étoilé ; le souffle, sous moi, s'affaiblit, je bande vers les étoiles, ma poitrine remonte vers ma gorge, les pattes des chacals griffent les dalles. Au fond de la vallée, les phares des jeeps et des half-tracks éblouissent les martins-pêcheurs accouplés sur les roseaux et sur les galets roses, les singes accouplés dans les ruines de la centrale thermique, ou jouant sur les courroies et les engrenages arrêtés. Au bruit des moteurs, des souffles, des gémissements sortent du tas de corps entremêlés mais, sous moi, le souffle s'est interrompu et je me renverse les mains jointes sous la nuque et j'écarte mes cuisses et je laisse mon sexe se rabattre sur mon ventre et soulever mon ceinturon. Les phares transpercent la fumée, je bondis, je frappe les camarades assoupis dans les vignes, la gorge étranglée par les grappes, et nous courons jusqu'au matin vers la mer, pour y purifier la dureté de nos corps et de nos esprits.

Dans le massacre et dans le feu, dans les rires et les relâchements de l'interrogatoire, nous penchons, nous vibrons, nous nous effritons comme des pierres. Et tu m'aimes, tu veux faire de mon sexe acéré une main d'enfant, de ma mâchoire éclatante un coffret pour tes larmes ; moi, pierre t'écrasant ma terre remuée, le feu brûle tout autour et ne me brûle pas, la sueur nous frappe, et nous voici errant dans le ciel nocturne et soudain tordus et tourbillonnant vers le soleil levant, vers la zone de silence où tous les chocs de la bataille se rassemblent et s'enfoncent dans la terre.

Djafar traîne Amyclée au bordel, il la jette contre les murs de la salle commune. Les putains, les enfants d'étage aux chevelures mêlées de crin, font cercle autour d'elle, ils la caressent de leurs mains souillées, ils engluent son ventre, ses bras, son visage ; leurs mains tremblent encore d'avoir branlé et bu tout le jour :

— Ainsi préparée, aspergée, bénie par nos mains, petite sœur Amyclée, tu peux te jeter dans les bras de ceux que touche Djafar, sans regret.

Et Djafar livre Amyclée à ses camarades. À l'aube, il la retire de leurs bras, de leurs jambes, il essuie la chevelure d'Amyclée avec le plat de sa main, il appuie son dos au mur, il se déboutonne, il secoue en avant sa braguette déboutonnée. Il se raidit contre le mur sous la fenêtre grillagée. Putains, clients, recruteurs, maquerelle, endormis, tressaillent quand un rayon touche leurs pieds nus, leurs narines souillées de morve, leur gorge où le vin sèche, leur ventre où le sperme colle et couche le duvet, leurs lèvres où le vent vif fait trembler les boucles du sexe. Amyclée enfonce sa main entre les cuisses de Djafar raidi et sifflotant, une paille de soda entre les dents, elle prend le sexe, l'appuie contre ses lèvres, elle le branle : le sexe, annelé, se chauffe, gonfle ; Amyclée le presse contre ses lèvres entrouvertes et la salive scintille entre ses dents : sa lèvre supérieure couvre le haut du sexe bouillonnant comme le haut-bord d'une coupe empoisonnée et ses yeux brillent, se voilent, brillent.

...Depuis un mois les femmes marchent dans la plaine dévastée où le printemps sourd un peu ; les soldats, très jeunes, les battent, les fouettent ; un soir, Amyclée, se couche sur la terre, les prisonnières la portent dans une cabane en ruine le long de laquelle une glycine fleurit ; sur les cendres, l'enfant naît ; un coup de vent soulève la cendre, comme un pas d'homme. Les soldats boivent, chantent, lancent des pierres noircies et des bouts de tôle sur les femmes. Un soldat fauche la glycine avec sa crosse, il la piétine, il écarte les femmes, il prend le bébé gluant et glacé dans ses bras, il sort, il court vers les soldats assis autour du feu, il lance le bébé au-dessus de sa tête, il le rattrape, il l'arrose de vin, de terre, il le suspend par les pieds dans ses poings gantés. Amyclée ne bouge pas, les femmes gardent la porte de la cabane effondrée. Une prisonnière, que les soldats couvrent, crie, sa tête heurte leurs souliers durcis et arrondis par le gel, ils écrasent ses orteils dans la terre spongieuse : l'araignée noire tissée sur le brassard des soldats, a déteint à la sueur des coups et des étreintes, à la pluie, à la soupe éclaboussée. Femmes enlaidies que la fatigue et la trop grande misère ont broyées ; seules, la courbe encore pure d'une joue, une étincelle dans le regard, l'attache tendre d'un doigt, pourraient émouvoir les soldats jeunes, mais ils ne les voient pas, ils s'acharnent sur ces corps indifférents, ils les battent par habitude, ils les écrasent par ennui. Le soldat jette le bébé sur le ventre d'Amyclée renversée sur les rails. À la tombée de la nuit, le même soldat ramasse le bébé encore vivant, il le soulève par le bras, il court, il a une bouteille d'alcool dans un autre poing : le bébé s'accroche dans un tas de barbelés, le soldat tire, le barbelé se redresse ; le soldat attache le bébé au barbelé, il traîne le barbelé jusqu'aux portes du Gaz. Des aigles s'échappent d'un bombardier ennemi, mitraillé, échoué sur les cimes des sapins, au bord du lac : les soldats de quinze ans poussent des prisonniers vers ce lac gelé, ils les frappent avec des rames et des châssis de pédalos. Les prisonniers — beaucoup sont nus — sautent sur la glace, les rafales les renversent contre les glaçons ensanglantés ; un soldat prend une fillette échappée et blottie dans le baraquement des pédalos, il la prend à la taille et, dansant, il la pousse vers la rive, il la fait descendre dans l'eau glacée jusqu'à la gorge, il lui enfonce un instant la tête sous l'eau, puis, rapprochant deux glaçons acérés, il enserre le cou de la fillette, jusqu'à la mort.

Au Gaz, le soldat détache le bébé du barbelé, il le jette par-dessus les vivants et les morts, debout, couchés, entremêlés et leurs excréments relâchés dans la peur et la colère. La porte de fer est refermée, les soldats appuient dessus, leurs coudes, leurs poitrines, leurs genoux; la porte vibre; les soldats retiennent leur souffle: une rumeur de dortoir de filles au matin sourd du fer. Un soldat ouvre la porte, des cadavres purulents d'enfants glissent comme des poissons morts au pied du soldat, celui-ci foule ces têtes rases, ces joues creuses, ces épaules décharnées marquées par le fouet, ces jambes si frêles qu'un seul coup de poing les briserait, ces yeux où les coups ont réveillé le sang sur l'iris, ces fronts meurtris que des mères naturelles, jadis belles et heureuses, ont baisés le soir pour chasser les monstres du rêve, ces lèvres desséchées qui se sont posées sur leurs joues, le matin, rouges, chaudes de sommeil et pressentant la confiture et le thé; le soldat secoue ses bottes; les aigles planent de mirador à mirador. Un train roule au ralenti vers Amyclée endormie sur les rails mouillés, écrase les cadavres pourrissants, les berceaux, les poussettes, les visières d'enfants amoncelés sur la voie et recouverts d'une poudreuse et pétillante neige; les soldats de quinze ans escaladent les wagons remplis d'enfants vivants et morts, arrachent les chaînettes et les médailles et les dents d'or avec les pinces dans la bouche des vivants, le sang rose de l'agonie jaillit à flots, baigne l'or arraché et les pinces qui le cherchent.

Au printemps, la rivière où glissent les bois, l'eau court sur les roches, dans les herbes, sous les racines des arbres, entre les ruines, roulant les fleurs flétries, les écorces, les débris de jouets, les lambeaux d'étoffe, les morceaux de tôle qui tintent. La fraîcheur monte des eaux. Amyclée et les femmes lavent les enfants dans le lac délivré; les soldats de quinze ans pardonnés, désarmés, en maillot kaki, pêchent, poursuivent les grenouilles sur la berge. Amyclée et les femmes couchent les bébés sur la litière de paille dans le baraquement des pédalos; elles battent, elles tordent les blousons et les chemises des soldats de quinze ans; les brassards, déteints, brûlent sous les marmites de soupe. Les soldats de quinze ans, le maillot souillé de vase, déchirent avec des rires rauques les cuisses des grenouilles et les jettent dans l'eau bouillante. La nuit, ils se lèvent sans bruit de la litière, défroissent leurs maillots parsemés de paille, couvrent leurs épaules de leurs blousons mouillés, sortent dans la nuit claire; ils courent comme un troupeau, leurs talons frappant le rocher recouvert d'aiguilles de pin; à la forêt, ils caressent le bombardier ennemi, ils crachent sur l'insigne double croix peint sur la carlingue et sur les ailes, ils sortent du blouson un portrait du Maître de la Guerre, leur chef suicidé, photo arrachée à la cloison du baraquement des pédalos, ils le suspendent au tronc d'un sapin, ils le saluent, main levée, ils crient, ils frappent le sol de leurs pieds nus; ils saisissent le plus jeune des leurs, ils le déshabillent, ils lient ses pieds avec une amarre de pédalo et ils le suspendent, la tête en bas, à la plus basse branche de l'arbre; ils le pressent, ils le fouettent avec leurs ceinturons détachés d'autour du maillot, ils se branlent sur son dos secoué, sur sa chevelure déployée couronnée par la marque du casque; puis, l'ayant délié, ils le traînent vers un torrent dans la forêt profonde, le torrent ronge les troncs, il roule vers la mer — le lac détourné; ils plongent la tête du garçon dans le courant tumultueux et ils s'échappent, silencieux, haletants, le front fouetté par les feuilles renaissantes et les lueurs folles de la lune et des bombardiers.

Amyclée s'éveille, les enfants, les bébés serrés contre ses hanches, dorment dans l'aube mitraillée :

— Ô ma mère, princesse d'Ecbatane, attentive au sang

de tes esclaves ; ta tête, lourd pavot. Désormais, je ne puis vivre hors des mondes cruels.

La mer est grise, les enfants, les adolescents, vêtus de larges uniformes de marins, jouent sur le pont, s'endorment serrés sur les cordages ; dans leur sommeil, leurs mains, leurs épaules tremblent, ils gémissent comme de petits chiens de chasse rêvant de poursuite et de coups de dents ; sur leurs joues, les coups de fouet ont laissé des marques blanches ; au coin des yeux, des plaies que le soleil brûle ; les embruns, le sel qui retombent sur les corps endormis, les font tressaillir. Les marins enjambent les corps. Ils ont pris les enfants dans leurs cabines, ils leur recousent des uniformes usagés. Aux escales, ils descendent au port avec ces enfants et reviennent, les bras chargés de jouets, de sucres d'orge, de souliers, de tabliers et de chapeaux de paille.

Sur le pont, partout, les enfants les suivent mais frémissent aux caresses. Amyclée, contre le bastingage, fume de longues cigarettes offertes par le jeune commandant de bord. Il n'ose caresser les cicatrices sur le visage et sur les bras d'Amyclée ; il l'aime pour une cicatrice profonde qu'elle a sur le haut de la gorge, à la limite du cou, et qui la décapite ; la nuit, il se penche sur elle endormie, il baise la cicatrice, sous le drap. Une mouette assoupie sur le bord extérieur du hublot, s'envole : l'aile frappe la vitre du hublot ; Amyclée bouge ; le jeune commandant se retire. Au matin, descendus dans la capitale aux cents bulbes incrustés, il effleure avec sa main la porte cloutée de la prison impériale, elle, Amyclée, rejetant sa chevelure en arrière et les touffes arrachées planant autour d'elle.

— Ma mère, révolutionnaire, fut ici enfermée et décapitée le soir de ses couches, et je criais, seul, abandonné dans la prison, sur son lit de sangle désert.

Amyclée renverse la tête en arrière, offre sa gorge tendue, le jeune commandant y plonge sa chevelure blonde et bouclée, ses lèvres couvrent la cicatrice...

Les lèvres d'Amyclée pressent le sexe de Djafar alangui, son treillis frottant le salpêtre du mur. Tout autour, clients et putains se redressent, se rhabillent; le front baissé, les clients plongent dans l'aurore, trébuchent dans les cageots, essuient leurs mains souillées aux pneus des camions de la halle; derrière les portes battantes des petites halles, les rats remuent les tas de têtes coupées de porcs et de moutons, lèchent le sang frais, tirent les yeux, creusent sous les dents, déchirent les oreilles; des oiseaux de mer emprisonnés au départ des débardeurs et des bouchers, heurtent les verrières, crient, leur fiente éclabousse les flaques de sang; le souffle de leurs ailes secoue les crocs dans les alcôves et les rideaux de nylon ensanglantés et transpercés par les couteaux des apprentis. Des enfants ensommeillés, derrière le comptoir du bordel, se fusillent avec des pistolets à air comprimé volés aux abattoirs : ils les appuient sur le front des clients endormis sur le carrelage. Alors, Djafar saisit un enfant par la taille, il lui arrache le pistolet du poing, il appuie le canon sur le front d'Amyclée et il la tue : Amyclée tressaille, ses lèvres se détachent du sexe ramolli de Djafar, elle tombe à la renverse, sa tête heurte le carrelage et le pied de la banquette d'attouchement ; Djafar, son sexe secoué sur le treillis, foule la tête d'Amyclée. Les enfants pressés contre les hanches de la maquerelle, lèchent leurs pistolets. Djafar, replaçant son sexe dans son treillis et se reboutonnant, marche vers le comptoir, il prend une bouteille aux mains du plongeur — dans le bac de plonge, des filaments de sperme tournoient dans l'eau savonneuse — il boit la bouteille au goulot, il la jette contre le torse nu du garçon plongeur et il s'enfuit dans la rue, ses sandales de feutre frappant l'asphalte mouillé.

Au soir, il est à Loutrakion, de l'autre côté du fleuve :

ses aides dressent un tableau noir au milieu du village ; lui, Djafar, debout sur le toit de la mairie, guette les populations et les menace de son fusil, de son pistolet, de son poignard ; il garde le pistolet d'abattoir dans sa chemise, et il le sort souvent pour en baiser le canon et la crosse.

De l'autre côté de la mer, dans les stations de ski, des émissaires secrets et désavoués officiellement du gouvernement d'Ecbatane et de ceux des pays favorables à la rébellion d'Inaménas, sautent des hélicoptères en retenant leurs chapeaux ; le matin et l'après-midi, ils se querellent autour d'un tapis vert ; le soir, ils se raccordent au jeu. Ecbatane méprise et tient pour esclaves et criminels ces misérables qui, pour se libérer, tuent ceux-là mêmes qu'ils veulent délivrer, ou bien les épargnent pour les commander plus tard souverains.

Les militaires, vaincus militairement dans une précédente guerre coloniale, se voyant à Inaménas vainqueurs, — et sans gloire — sur le terrain, s'obstinent à croire qu'ils le sont aussi du cœur des populations. Alors, très vite, ils dissimulent leur inaptitude au droit et à la conscience sous le prétexte du martyre et de l'abandon de l'État. Dans les couloirs des palaces, les généraux d'état-major et de Renseignements se félicitent, complotent, mêlent leurs parfums, se placent dans les rayons du soleil pour faire briller leurs décorations, cassent avec leurs doigts les feuilles des plantes vertes — réflexe de démolisseurs — et, ne pouvant casser du fel, ils tourmentent les serveurs. Ces hommes, pour la plupart, ont le visage bouffi, boursouflé des pillards, des maquereaux. Ils sont comblés d'honneurs et de privilèges et ceci est juste : ils ont fait le sacrifice de leur intelligence.

Bandello sergent, le soir de son arrivée à Inaménas, saute le mur du casernement, il se déshabille dans une guérite abandonnée, il garde sur lui ses vêtements civils ; chemise et blue-jean ; il roule le treillis sous la guérite, il s'enfuit : son pistolet automatique serré dans la poche du blue-jean — lequel, trop court, il a volé à son plus jeune frère, au départ d'Ecbatane. Bandello entre dans le bordel ; Serge accroupi dans le jardinet du bordel, attend Audry, fils du chef de la police. Bandello garde son blue-jean et sa chemise des éclaboussures. Mais, quand la putain le déshabille, elle reconnaît, autour des reins du garçon, le maillot militaire : elle le froisse entre ses doigts, elle le dégrafe et, prenant le garçon par le sexe, elle le pousse contre le bois du lit, le maillot écroulé sur ses chevilles :

— Tu as la peau d'un métropolitain. Ici, même le dessous du sexe des hommes est bronzé.

Couchée sous lui, elle caresse et secoue les boules sécrétives contractées du garçon, lui, arc-bouté et son ventre remontant au-dessus des seins et les frôlant :

— Ils tintent comme des grelots.

Bandello, son sexe tout entier frappe ses cuisses quand, favori du marchand de chair, seulement vêtu d'une blouse courte d'écolier et le poignard et le maillet suspendus à son cou, il enjambe les berceaux et les lits où palpitent les enfants d'Ecbatane ; et l'enfant, que le battement du sexe réveille, il l'étourdit d'un coup de maillet sur la tempe, et le père naturel, que le bruit du maillet réveille à son tour, il le saigne avec son poignard, et il emporte l'enfant et le marchand de chair jette l'enfant dans une camionnette en partance vers l'Étranger : sous la douane, attenant à la boucherie du village-frontière, un baraquement garde les esclaves non déclarés et passés en fraude ; l'enfant y est choisi et vendu ; il mâche un chewing-gum et la maquerelle lui découvre les dents avec ses ongles et lui presse le sexe et lui palpe les boules sécrétives ou les seins.

La putain enlace Bandello, elle lui couvre les oreilles. Audry s'accroupit contre la barrière du jardinet : le clair de lune baigne sa chevelure, coule derrière son oreille et sur la boucle de sa ceinture ; un enfant nu erre sur la paille, au milieu de la place devant le bordel, un chien le suit, lui lèche les pieds ; l'enfant creuse un trou dans la paille, il s'y couche avec le chien dans ses bras ; le chien tressaille au vent, il lâche ses excréments sur le ventre de l'enfant endormi sous lui ; une fillette, nue, aux cheveux enrubannés, soulève un châssis de transat, elle se blesse au poignet, elle geint en suçant la plaie, la poussière de paille remonte le long de ses jambes. Bandello arrache de ses oreilles les mains de la putain, il frémit aux gémissements de l'enfant, au pas des autres sur la paille, il se lève, il va à la fenêtre, il regarde. La putain, ses genoux soulevés, essuie ses lèvres, caresse le blue-jean froissé sur le linoléum, sa main touche le pistolet dans la poche ; les épaules de Bandello tressaillent à contre-lune, une traînée de sperme scintille sur sa hanche. Bandello revient s'étendre auprès de la putain, elle lui baise son ventre et son torse rafraîchis par le vent, ses lèvres suivent les empreintes du drap, les marques de l'étreinte. Bandello roule sur le bord du lit ; avec son pied, il ramasse le blue-jean, il le fait glisser jusqu'à son ventre ; le pistolet sort de la poche, glisse sur le sexe de Bandello, sur la toison souillée ; Bandello voit sur la crosse la trace des doigts de la putain ; il prend le pistolet et d'une main, et sa jambe levée enfilant le blue-jean jusqu'aux cuisses, il effleure les lèvres de la putain avec le pistolet mouillé ; elle mord et ses dents tintent sur le métal.

Bandello paie la maquerelle, il sort sur la place ; ses pieds nus dans le feutre doublé de tissu éponge foulent la poussière de paille baignée de lune, il s'approche, sur la pointe des pieds, des enfants endormis, il les réveille en les touchant à l'épaule ou au sein, l'enfant se lève, Bandello arrache dans la poche de son blue-jean, un bonbon collé au tissu, il le fait rouler dans sa main, l'enfant le prend, il le croque, Bandello pousse l'enfant vers les entrepôts ; quand il voit la mer scintiller en contrebas des escaliers, l'enfant tressaille, il s'accroche à la rampe de fer, sa tête plaquée au mur dans une inscription de mort ; Bandello tire le bras de l'enfant, détache ses doigts de la rampe, il soulève l'enfant dans ses bras, il le presse contre sa poitrine, les excréments du chien sur le ventre de l'enfant souillent la chemise de Bandello ; l'enfant se débat, mord la main de Bandello qui couvre sa bouche, Bandello enfonce son poing, l'enfant suffoque, ses excréments éclatent sur les poignets de Bandello ; les oiseaux de mer remuent sur les dernières marches de l'escalier, s'accouplent dans les trous d'évacuation ; Bandello les foule au pied, la fiente, tiède, coule sur les mailles du feutre des sandales. Bandello saute dans l'entrepôt ; au fond du hangar de boucherie, un jeune homme dort couché sur le lit de sangle d'une cabine illuminée ; Bandello livre l'enfant ; le jeune homme, Bandello parti, l'argent gonflant les poches et la taille du blue-jean, chloroforme l'enfant ; il l'enferme dans une caisse de viande en partance, trace une croix rouge sur la caisse. Les rats courent, enfoncent leur museau et leurs griffes entre les lattes de la caisse. Toute la nuit ils mordillent le bois, ils le déchirent, ils trottent contre la porte et le long de la cloison de la cabine, où la veilleuse au gaz éclaire et bleuit le torse nu et les joues du jeune gardien aux lèvres annelées.

Bandello repasse le mur. Audry et Serge ramassent les enfants évanouis, ils les emportent, ils les déposent dans la conciergerie de l'Archevêché ; ils retournent dans le quartier des bordels, ils relèvent les hommes, les garçons, les filles, les femmes enivrés : ils les couchent sur les bancs ou sur la paille, à l'écart des rues, hors d'atteinte des roues ;

ils trempent leurs mouchoirs dans la fontaine, ils lavent les visages souillés de vomissures.

Bandello, descendu d'opération, saute le mur et rôde sur la paille, Audry et Serge lui disputent les enfants, Bandello sort son pistolet, la balle crible l'eucalyptus, et délivre le parfum; Audry et Serge, couchés derrière le tronc, s'étreignent: contre l'oreille de Serge, la cicatrice d'Audry sur la gorge: une grenade, à treize ans, dans un attentat contre son père, policier. Bandello traîne le corps de l'enfant étourdi par le coup de feu. Une patrouille avance vers le bordel: les commandos alignés sur trois rangs, l'arme à la main, le sergent une lampe de poche battant sa braguette éclairant les plis du treillis sur la cuisse, foulent au pied les cailloux et les boîtes.

Bandello, Audry et Serge se jettent dans les latrines désaffectées des anciens ouvriers dragueurs, ils s'enferment dans les cabines, la gorge palpitant dans l'ombre, les pieds enfonçant dans la couche d'excréments humains et animaux débordant des trous; les commandos crachent aux vitres des bordels, le sergent éclaire les fenêtres de l'étage et les éclaboussures de savon et de sperme, et les ombres et les lueurs des corps nus, aux vitres de celles-ci.

Au retour, Fabienne se lève de son lit, se penche sur Serge endormi tout habillé; il s'éveille au souffle de sa sœur sur ses yeux:

— Tu as des vers derrière tes oreilles, ta poitrine fleure la paille, la poudre et tes pieds nus, l'eucalyptus et les excréments...

— Au bordel, tous les désirs, tous les désespoirs, tous les rires éclaboussent, embuent les vitres.

— Émilienne, en ce moment, couchée auprès de notre père, te désire; la saveur fécale de ton corps nocturne l'excite et l'attendrit, sa main te retourne et te poudre les reins, change ton linge de dessous...

Fabienne caresse le ventre de Serge, dégrafe la ceinture

élastique du short, Serge tressaille, il se redresse, il gifle la joue de Fabienne :

— Audry ne t'aime pas. Jamais, quand je parle ton nom : Fabienne, son sexe ne bouge, ni ses lèvres ne scintillent. Audry aime les putains et dans le bordel, il ne te choisirait pas.

— J'aime Audry, ta main qui l'a touché cette nuit, lui, Audry, faisant le mal et le bien. Pour lui je laisse sécher sur ses joues les larmes secrètes de notre père naturel qu'autrefois ma langue léchait, moi assise sur ses genoux et crachant par jeu les noyaux de cerises sur ses lèvres.

Les cheveux d'Audry, très noirs, toujours mouillés, — sa mère et sa sœur se plaisent à les coiffer plusieurs fois dans le jour, — sont coiffés en arrière. Après qu'il a parlé, ses lèvres tremblent encore longtemps. Audry vient au palais, Fabienne est ardente auprès de lui, mais, de tout le jour, elle disparaît, habitue ses yeux à l'ombre d'un cabinet clos, retient ses larmes, habille Audry, le serre, le déshabille, le bat, le protège, convalescent, de la pluie, le garde, convalescent d'une opération au sexe, des faux pas entre la barque et le quai ; et, l'après-midi, quand Audry et Serge marchent accolés dans le parc et criblent les troncs jeunes, d'entailles, de crachats et de plombs, — Émilienne, assise dans la véranda et recousant amoureusement les coutures des shorts et des chemises de Serge, — elle sort, baissant ses yeux éblouis, elle s'approche de la chaise où la veste d'Audry est posée, caresse le col, glisse sa main sur la doublure intérieure à l'odeur d'encre et de tabac, cherche à surprendre un parfum de femme ; elle tressaille quand les deux garçons surgissent sur le perron, la chemise entrouverte. Audry enfile sa veste et dans le mouvement, son épaule se découvre et Fabienne y voit les points blancs — des piqûres et des vaccins d'enfance ; elle s'enfuit dans le parc et crie, les sanglots étouffant ses cris, les larmes mouillant le haut de sa robe ; elle, déboutonnant le haut de sa robe et découvrant ses seins à demi, grimpe au magnolia et, chevauchant une branche, les fleurs ouvertes sur ses genoux et le pollen des plus hautes fleurs poudrant ses paupières, ses joues et ses seins, elle se penche sur un nid de pourpres et caresse les petits dans les intervalles de chasse du pourpre-mère.

Les sentinelles de la ferme Iguider apportent du café aux soldats. Le chef de la police croque des cerises ; les enfants d'Iguider, en pyjama, le cannage de chaises piquant leurs fesses, fouillent le compotier avec leurs doigts ; l'une des fillettes a oublié son peigne dans sa chevelure décoiffée ; un garçon accroupi aux pieds du chef de la police, tend sa main et le policier y crache ses noyaux. Le père naturel prend Audry à part, ils marchent sur le perron : les enfants accrochent des cerises à leurs oreilles, se déboutonnent et secouent des cerises à l'endroit du sexe ou des seins ; les servantes les soulèvent de leurs hautes chaises et les poussent vers le bain ; dans les arrière-cours, les bergers frappent leurs bêtes, enfoncent leurs doigts éclaboussés de lait dans leurs chevelures rutilantes. Le chef de la police remonte dans sa jeep, il lance une poignée de cerises au chauffeur :

— Fais vite, Bosphore. Soyons à Thilissi en fin de matinée. Les fels marchent dans la montagne. Tous, armez vos Mats.

Les soldats s'étalent sur les banquettes, ils font craquer leurs bras, leurs genoux, les coutures se déchirent sous leurs cuisses ; ils ôtent, frottent, froissent leurs casquettes camouflées, enfoncent le casque brûlant par-dessus, la jugulaire battant la gorge découverte, ils s'endorment, la joue appuyée à la bâche poussiéreuse. Un scarabée jaillit dans l'ombre du command-car, heurte les fronts. Un jeune soldat se réveille, il piétine le scarabée sur la tôle vibrante :

— Putain, qu'ils ç'attaquent, ces fels. J'ai envie de me battre, putain, comme de baiçer, putain.
— Ta gueule, Gay Zodiac, marmot, tu sens encore la fumée du train... Parle pas de malheur.
Mais le soldat, son cœur bat, et il met la main à la poitrine, sur la médaille.
Les rebelles les encerclent, les désarment: le chef de la police est ceinturé, puis égorgé aux pieds des soldats désarmés: les os, les muscles de la gorge, crissent sous la lame. L'égorgeur se relève couvert de sang, il court vers le torrent, il s'y enfonce tout habillé, lave sa tête et ses mains à grande eau; autour du corps, les fourmis, les insectes, les vers sont pris dans le sang; les mouches vibrent aux lèvres serrées du mort et des soldats; ceux-ci, plaqués aux murailles suintantes, tremblants, les pieds dans la boue, les rebelles les fouillent. Un rebelle tend son poing vers un soldat:
— Tu as tué mon frère, cet hiver, à Yakouren. Depuis, toutes les nuits, je rêve que je retourne mon poignard entre les os de ta gorge. Vous croyez tous que nous ne pouvons vivre à cause du mépris où vous nous tenez. Vous, esclaves, fils d'esclaves. Il jouait aux osselets contre la maison. Toi, te penchant hors du command-car, d'un coup de bâton, tu lui brises les reins et votre convoi plonge en vibrant dans l'orage. Et, le soir, au camp, dans le réfectoire où le sergent-chef prépare le cinéma, tu montres le bâton aux camarades et tu en frappes la nuque et les reins du plus jeune et du plus lâche d'entre vous; et lui, mon frère, l'enfant, plus tard tueur des tiens, meurt entre les bras de notre mère naturelle; et toi, debout contre la tôle de protection du mirador, l'oreille tendue vers les baisers et les rafales du cinéma, tu te branles et, dans l'ivresse du vin, tu appelles ton dieu, le dieu muet, dont l'absence et le silence concilient la colère des hommes.
Le rebelle marche vers le soldat, lui relève le menton du canon de son arme. Il le frappe aux joues, il lui brise la

mâchoire, le soldat pleure, il s'accroche à ses camarades, il retient sa mâchoire ; agenouillé dans la boue, il presse les genoux du rebelle, il tend ses mains ; le rebelle se dégage, il s'éloigne et, rapide, se retourne, fusille le soldat lequel s'écroule sur les pieds de ses camarades, le ventre scié, le sang jaillissant à la commis sure des lèvres, les mains tordues et pétrissant le ceinturon. Le poste pépie : le radio, éventré sur le coussin déchiré, saisit le manipulateur, lance un court message de secours et s'écroule, la tête dans les touffes de crin prises dans les ressorts du siège. Les rebelles s'enfuient, excepté celui qui, ses oreilles assourdies par l'eau boueuse, se lave dans la rivière et fait, au-dessus de l'eau, quelques mouvements de brasse. Les commandos d'Iguider surgissent de chaque côté du torrent, le rebelle les voit, sa tête vire volte, ses mains battent l'eau :

— Sors, tu es pris, tu es seul.

Les hélicoptères s'abattent dans les champs, au bord des falaises, les avions de chasse mitraillent les fuyards, les genêts se teignent de sang ; les commandos empoussiérés sautent des hélicos, l'arme à la main, se coulent entre les genêts, sur l'herbe haute et lisse, jusqu'au torrent ; le rebelle nage vers la rive. Les soldats libérés, réarmés, portent les corps de leurs deux camarades dans le command-car, les officiers se pressent autour du corps du chef de la police, ils crient des messages aux radios, des ordres aux soldats qui trépignent sur les rives :

— Prenez-le vivant.

— Mon capitaine, c'est lui qui a égorgé M. Audry. Il a mis en sang le torrent. Les poissons, excités, lui mordent les pieds. Mon capitaine, venez voir. Vous lui ferez jamais boire autant de flotte.

Le corps du chef de la police est étendu dans la jeep, un officier, très jeune, avec des lunettes cerclées de fer, déplie sur le corps une toile de tente. Contre le camion, Gay Zodiac se débat, ses dents grincent, un sergent frappe son visage blême, deux camarades le maintiennent aux épaules :

— Arrosez-le.

Les soldats, poussent Gay Zodiac vers la muraille, ils lui placent la tête sous une chute d'eau argileuse. Le rebelle nage vers la rive opposée, les soldats l'attendent, l'arme à la main, la cigarette à la bouche ; le rebelle s'épuise, les soldats font ricocher des galets auprès de ses tempes ; il accroche sa main au rocher, un soldat appuie son soulier dessus :

— On va te faire frire, l'Américain.

Le rebelle hurle, le soldat soulève son soulier, le rebelle rampe sur la rive, il vomit, il râle, les commandos le piétinent sur les roseaux écrasés ; le rebelle est étendu sur le rocher, les pieds dans le sable, les cheveux collés au front par le sang ; les soldats écartent ses doigts :

— Il a du sang partout, l'Américain !

— Nous, on te tuera plus propre.

Ils attachent le rebelle au command-car, sa main vibre sur le pneu, déchiquetée, marquée des empreintes du rocher et du soulier du soldat. Les officiers s'avancent :

— Si tu parles, nous te laissons vivre. Sinon, nous t'abandonnons à nos fauves.

Le rebelle se tait. Alors, les officiers le livrent aux soldats ; ceux-ci écartent les jambes du rebelle, sortent leurs poignards, déshabillent le rebelle, un soldat — nègre — prend le sexe, il le tient dans sa main, il le tire, il fait glisser la lame du poignard sur la racine en écartant les boucles de la toison, puis, regardant, rapide, les yeux du rebelle, et riant aux éclats, d'un seul coup de lame, il tranche le sexe ; le rebelle hurle, le soldat se lève, il s'accroupit, il enfonce dans le sable son poignard, et sa main, éclaboussée de sang et de chair ; les autres soldats foulent, rêveurs, le sexe tranché, shootent... La sueur noire brille, ruisselle au front, aux mains, au ventre du rebelle, le ventre se soulève, se creuse, le soldat jette son poignard :

— Des papiers, vite, des journaux, vite !

Le rire le secoue, il agite ses mains, au-devant de lui ; les soldats déchirent les journaux qui recouvrent les tôles du command-car et les explosifs dans les caisses, ils les jettent entre les cuisses du rebelle. Le soldat sort son briquet, il le serre dans son poing enduit de sable et de sang, il l'allume, il met le feu aux papiers ; les flammes lèchent, durcissent, noircissent la plaie, le rebelle roule sa tête contre le pneu ; la bave, rouge, ruisselle sur ses lèvres blanches. Le soldat, au travers de la vibration du brasier, danse, fait craquer son briquet :

— De l'eau, de l'eau, les gars. Ô Gay Zodiac, les gars, faites-lui bouffer le braquemart du fel. Gay Zodiac, mange la guerre, mange la guerre.

Un soldat remplit son casque lourd dans la rivière. Il revient vers le corps, il verse l'eau sur le brasier ; les flammes, couchées, s'apaisent, l'eau siffle en fumée laquelle cache un moment le corps supplicié ; les soldats, la main aux yeux, reculent. Le jeune officier aux lunettes brisées saisit le poing ensanglanté du soldat, le briquet tinte sur les galets :

— Suffit, Barclay. Range tes instruments.

Et le jeune officier se retourne et vomit dans les cactus.

Deux soldats soulèvent le rebelle par les pieds et par les épaules, ils le lancent dans le command-car de l'escorte :

— Bouclez-le aux Dop, dès ce soir. Défense absolue de le montrer au médecin-aspirant.

Le convoi démarre : Gay Zodiac dort, sa tête ruisselante appuyée au genou du voisin. Barclay essuie son poing à un pan de la bâche. Les commandos d'Iguider se répandent dans la campagne, les hélicos, les pipers tournoient au-dessus des villages, piquent, rasent les toits, les groupes de femmes apeurées et lâchant linge, brosses, dans le sable soulevé par le souffle des hélices, les enfants plaqués au mur des écoles incendiées recrépites, réincendiées ; les

Sikorskis, à l'écart, soulèvent la poussière et le sable des rives, les galets légers, cassent les branches des taillis, poussent devant eux les essaims et les vols scintillants de guêpes et d'oiseaux, lesquels éclatent sur les vitres et sur les tôles vibrantes des carlingues, le sang vert-bleu-noir éclaboussant le kaki ; traînent leur ombre affreuse sur les eaux, sur les marécages, sur les forêts, soufflant la cendre des clairières, le sable au bord des trous et des tanières des fauves, les carcasses allégées et les entassements de pourritures.

Les cris, le délire de Gay Zodiac, emplissent l'étage. Comme les soldats transportent le corps du chef de la police, dans son bureau, Gay Zodiac se jette dans une chambre du palais dont la porte est ouverte, il se renverse sur le lit, plonge sa tête dans l'oreiller, sa tête casquée, les soldats le soulèvent, il mord avec ses dents baignées de morve et de sel les dentelles du couvre-lit, il tient les barreaux dans ses poings. Dans le hall vitré et rempli de palmes, officiers et soldats assis sur les escaliers, debout contre les caissons de lauriers et de palmiers, couchés sur les banquettes de velours rouge et bleu, fument ; une esclave, enceinte, accroupie, essuie sur le carrelage les traces du sang du chef de la police avec une serpillière, un soldat de l'escorte s'accroupit, l'arme traînant sur le carrelage mouillé, il rit, il caresse l'épaule de l'esclave, son dos courbé, ses reins, ses hanches, puis ses seins serrés dans la blouse, il mordille l'oreille, il crachouille son écume dans le creux de l'oreille de l'esclave, il prend sa main, il la détache de la serpillière, il écarte les doigts avec violence ; l'esclave gémit, le soldat couvre l'oreille avec sa bouche et maintient les doigts écartés ; l'esclave, sa tête renversée sur l'épaule, la bave du soldat ruisselant sur sa gorge tendue, ouvre les yeux, fermés jusque-là à cause des soldats :

— Oui.

Le soldat repousse la serpillière avec son soulier, il entraîne l'esclave dans le cagibi des balais et des seaux, au fond du hall, contre la porte de l'office; il la renverse dans l'ombre, sur les serpillières et les brosses, la poussière soulevée râpe leurs bouches jointes, le soldat tousse, l'écume et la morve du soldat éclaboussent le palais de l'esclave dont la bouche se gonfle; le soldat crache, il détache ses lèvres, sa bave et sa morve vibrent en filaments entre ses dents et celles de l'esclave; le soldat mord les dents de l'esclave, les gencives de l'esclave saignent, le soldat se déboutonne, il délace le nœud fait avec les pans de la blouse au niveau du sexe et découvrant et libérant les jambes de l'esclave pour le plaisir et le travail, il couvre l'esclave, il lui injecte son venin, sperme retenu dans le massacre. L'esclave, secouée, accroche ses ongles aux épaules du soldat, pince le treillis, le soldat rendu furieux par ces mouvements de tendresse involontaire, saisit avec son poing une pelle de fer-blanc, il la tire jusqu'à l'épaule de l'esclave, son sexe fouillant le ventre relâché de l'esclave et soulevant les entrailles et le germe de l'enfant; le sperme refoulé, gonfle les boucles de la toison du soldat; l'esclave gémit, ses dents mordent les filaments de morve et d'écume et les coupent, sa chevelure s'emmêle au crin des brosses et des balais; le soldat retire son sexe, il se redresse, il s'accroupit, son sexe ramolli reposant sur la boutonnière tendue de la braguette, il brandit la pelle, il frappe le ventre de l'esclave, son sexe qui se referme sous la souillure; la semence prise sur le dos de la pelle secouée, éclabousse le visage du soldat, ses cils, ses sourcils, ses lèvres, le lobe de ses oreilles, les plis de la colère sur son front, ses joues mouillées de larmes:

— Elle me nargue, ma souris d'Ecbatane. Elle me trompe avec les copains de l'usine. Enceinte. D'eux ou de moi ? La naissance, ça fera une perme. Si c'est une fille, une gonzesse de plus à baiser plus tard. Toi, qui t'a triquée ? J'y ajoute mes couleurs.

Gay Zodiac baigne l'oreiller, les soldats sont assis sur le lit, ils regardent les murs, les bibelots, les portraits de la chambre. Sur la table de travail, contre une pile de livres, une photo de Serge et d'Audry crispés et serrés dans un hors-bord traversant le golfe d'Inaménas. Gay Zodiac, la nuit obscurcissant la chambre et le sexe des soldats se durcissant sous le treillis au contact de l'étoffe attiédie du couvre-lit et aux voix et aux sanglots des femmes dans le palais, s'apaise, ses épaules s'allègent et s'appesantissent sur l'oreiller, il s'endort. Les soldats percent la pénombre de leurs yeux fatigués ; la rumeur des pas, des linges, des flacons les remplit de tristesse, leur gorge se serre, ils mettent la main au fusil.

Audry, agenouillé dans la chambre mortuaire, le menton dans le linceul, lève ses yeux vers la gorge transpercée de son père. Les servantes, sa mère et Biétrix sa sœur, épongent avec des linges militaires le sang rose et frais qui sourd encore de la plaie. Un petit esclave, ramassé par Audry dans le jardin du bordel, et que le chef de la police se plaisait à lui-même baigner et chatouiller au soir, après les jeux et les petits services — et longtemps après le bain, dans la nuit, le petit esclave riait encore, la tête sous l'oreiller, au fond d'une alcôve de la lingerie — serre le bois du lit de mort dans ses petits poings, les pleurs ruissellent sur le haut de sa blouse entrouverte : un officier le prend aux épaules, puis au cou, et le tire hors de la chambre ; Audry se redresse, il se jette sur l'officier, dégage le petit esclave, lui prend la main, et l'agenouille contre lui et leurs têtes se touchent, sur le linceul froissé ; dehors, la foule s'est rassemblée aux portes du Palais ; Audry entend les piétinements, les you-yous des femmes, le claquement de la morve dans les narines des enfants, le froissement des haillons. Il se lève, il avance sa main vers la plaie, arrête les mains des femmes qui la recouvrent pour l'éponger, caresse les croûtes de sang durci, trempe son doigt dans le sang frais; puis, s'élance hors de la chambre : au palier, Serge surgit, une rose à l'oreille — une putain dont il a sauvé l'enfant naguère des mains de Bandello, la lui a piquée entre l'oreille et la tempe alors qu'il dormait dans la fin de l'après-midi, la tête appuyée aux latrines désaffectées; Audry le saisit par les épaules et lui baise l'aisselle à travers la chemise légère; puis, il descend, rapide, il traverse le hall, arrache un fusil au râtelier, le charge, bouscule les sentinelles assoupies devant la porte du palais, tire dans la foule jusqu'à épuisement des balles; le canon brûle ses mains, il le plaque à son ventre découvert, il le garde; les sentinelles le maîtrisent, la foule crie, se disperse : deux enfants, une femme palpitent sur l'asphalte attiédi. Les sentinelles désarment Audry :

— Tu as bien fait. Nous sommes avec toi.

Audry tremble, un officier le prend par la main; les femmes, au haut de l'escalier, enlacent le garçon; Audry est étendu dans sa chambre, sur le lit d'où Gay Zodiac sort, laissant le trou de son corps lourd et chaud et mouillé; à son chevet, Biétrix, sa mère, et Serge, debout contre le placard de toilette; Audry geint : depuis qu'il est couché, il ne s'est pas une seule fois retourné, sa chemise est mouillée aux aisselles, la sueur fait une longue trace scintillante le long du dos, depuis la nuque jusqu'à la ceinture.

Les soldats, les officiers, les reporters sortent dans la nuit, l'asphalte ramolli enfonce sous leurs pieds; les cadavres ont été ramassés, les rues sont désertes, le sable apporté par la foule, remue sur l'asphalte sombre. Les jeeps roulent au ralenti le long des trottoirs, bondées de soldats casqués, l'arme levée.

Gay Zodiac, sorti de fièvre, l'arme en bandoulière, verse de l'eau sur les taches de sang, et ramasse les douilles, il vide l'eau du casque sur le sable, le jet brille sous la lune, il remet le casque sur sa tête, il crache, ramène une mèche du front sous le casque et rentre dans le hall : deux sentinelles gardent la porte : leur nombril apparaît au-dessus de la boucle du ceinturon.

Dans les bas quartiers, des groupes misérables se rassemblent, agités par un jeune rebelle descendu des montagnes au bruit de la fusillade. Les deux enfants morts sont étendus dans leurs baraquements, veillés par des hommes ivres, des putains échappées un instant du bordel, les balles ont déchiré le front et le ventre. L'état-major ordonne de laisser ouvertes toutes les portes jusqu'à l'aube. Des sections se répandent dans les bas quartiers, lancent des pierres contre les portes ouvertes. Des femmes ont fermé les portes des baraquements sur les enfants morts. Les soldats secouent le vieux bois, détachent les serrures avec leurs poignards, crient, tirent des coups de feu en l'air ; les portes cèdent, ils se précipitent, l'arme à la main, prêts à frapper, à violer, mais ils voient les petits corps couchés dans l'ombre sur la paille et les chiffons, ils s'arrêtent, baissent leurs armes, certains s'agenouillent, se signent le front et la poitrine, reculent vers la porte, rejoignent les renforts criards.

La nuit est chaude ; dans la haute ville, les phares, les projecteurs et les lampes se couvrent d'insectes déchiquetés ; les oiseaux lourds, volent, d'arbre en arbre ; les rives du fleuve retentissent de cris et d'appels amoureux. Kment est assis sur une vanne du canal de l'orphelinat, hors de la ville ; il plonge ses pieds nus et meurtris dans la mousse âcre et tiède de l'eau qui sort des tanneries illuminées, la mousse monte à ses genoux, à ses cuisses ; il sort un morceau de pain de sa chemise, mord dedans, se lève, se tient en équilibre sur le tranchant de la vanne, saute dans le pré, entre dans les hautes herbes dont la boue salit ses joues, se glisse sous les murs du bas quartier, enjambe les barrières de fer et de bois, les chevaux de frise abandonnés ; il marche au milieu d'une rue déserte, le long des portes entrouvertes et des ruisseaux fétides où il cherche à surprendre dans le courant noir un lambeau de viande ou de poisson, un fruit pourri, un pain ramolli ; il écoute les pleurs, les gémissements des femmes, les petits cris chauds du plaisir, les rires étouffés, les coups, les soupirs, les halètements, les appels, les ordres, les sifflements, les ordres lancés aux putains par les clients enivrés : il sourit et il tremble. La mousse coule en eau le long de ses jambes.

Vers le haut de la colline, derrière les barbelés du camp, les commandos poursuivent les chats dans les tas de ferraille :

— Sortez, montrez-vous, greffiers d'Amérique.
— Vise le greffier blanc sous la roue du GMC.
— Et celui-là, blotti dans le pneu. Barclay, fais gaffe aux tatouages de ton bras, il sort ses griffes.

Ils rient aux éclats, ils frappent les chats à coups de crosse, ils les clouent aux pneus avec leurs poignards, ils les saignent, ils les dépècent, ils les font cuire sur leurs réchauds et ils les mangent dans les chambrées, sous les tentes, après le contre-appel. Puis, ils se couchent, le ventre lourd, les lèvres grasses. Les mouches s'abattent sur les restes, vibrent au-dessus des couvertures empoussiérées et des visages brillant de graisse et de sueur.

Barclay sort, étend sa main sur la couverture, la main est tachée de sang : il a mangé un morceau à moitié cru ; les mouches piquent son bras tatoué. Au-dehors, les sentinelles marchent dans le sable profond ; les culasses claquent, les échelles grincent le long des miradors, la nuit tremble. Des soldats ensommeillés sortent du poste de police, la couverture sous le bras, les poches bourrées d'illustrés, de sucre, de transistors ; la fraîcheur coupe le ventre, glace les paupières alourdies, la sueur des aisselles et des cuisses. Au pied du mirador Alleghanys, Jimmy Borghèse, pris de nausée, chancelle, se courbe, vomit dans la ferraille :

— Ça va pas, Jimmy ?

L'autre soldat descend, couverture et fusil mêlés sur l'épaule, il saute sur le sable : Jimmy Borghèse, le menton et la gorge souillés de vomissures rutilantes sous la lune, serre dans son poing, un barreau de l'échelle et il tourne sur le pied : « Ô putain d'armée. Putain d'armée », crache, renifle ses vomissures, geint :

— Ô Maman. C'est la faute de ces putains d'Américains. Aux commandos y bouffent des greniers. Y zont suspendu les pattes et les griffes aux piquets de la tente, y crachent les morceaux dans les bibines... t'as rien vu ?

— Ras, Rab, ma grosse. Là-haut ça pue le sperme ; Eber Lobato, il a pris le premier tour pour lire les Cent Vingt Positions. T'assois pas sur le siège, il s'est branlé dessus. Dis, ô Jimmy, les Alberts, y s'insurgent. Putain, y a qu'à foutre une bombe atomique.

— Oui, plus d'Américains, plus d'Alberts, plus de chacals et plus de Jimmy Borghèse.

— Ô Jimmy, j'ai vu passer la Caravelle qui porte la bombe atomique au désert.

Jimmy Borghèse monte au mirador, le fusil battant sa poitrine, les boutons du treillis s'accrochant aux barreaux de l'échelle. Il pose la couverture sur le bord du mirador et le fusil contre la tôle de protection, il bouge le projecteur : le faisceau fouille les barbelés, les fossés, les marécages, les baraquements du bas quartier, le couvert des arbres, les amas de pourritures, les égouts à fleur de terre, les fientes et les excréments sur le sable mouillé, les nichées de chacals endormis ou fascinés. Le soldat est seul, noyé dans la brume de chaleur où les cris, à la première aube, des coqs, éclatent, sourds ; broyé par l'ombre humide ; il soulève le projecteur vers les montagnes : lointaines, immatérielles, glacées, banquises de roc et d'ombre : Jimmy Borghèse y noie son regard, respire leur altitude et leur obscurité, mais ses yeux se ferment : les moustiques heurtent son front et roulent sur ses joues ; l'essence coulant des réservoirs sous les camions, coasse, rainette solitaire et obstinée et Jimmy la caresse au bord de l'eau, mais Jacky, le frère, se peint les yeux et les lèvres et se prostitue dans les voitures de sport d'Ecbatane, mais retourné au village, les garçons de ferme le jettent pieds et poings liés dans l'argile, ils l'égorgent avec des serpettes et des raclettes, la tête de Jacky roule dans l'eau grasse de l'étang où se mêlent son sang et son fard :

— Ô ! Jimmy ! Rien à signaler ? Tu dors, ma grosse ?

Le sergent braque sa lampe de poche sur le mirador, Jimmy Borghèse, ébloui, protège ses yeux avec son bras : il s'est assis sur le siège et le sperme d'Eber Lobato mouille le dessous de ses cuisses ; il se redresse, il se penche, il frissonne, le sergent balaie le sable avec ses pataugas :

— Y a de la casse, aux commandos, ils ont saigné Hécate, la chienne au capitaine, pour la manger. Le capitaine, depuis deux heures, il les fouette sur leurs lits avec son ceinturon. La chienne ils l'ont bouffée à moitié : les entrailles et les cuisses. Barclay, y dansait tout nu avec les oreilles de la chienne, ensanglantées, attachées aux tempes avec un lacet de pataugas, le capitaine, il est entré, il l'a cinglé avec le ceinturon, la tête de Barclay sonnait contre le poêle. Le capitaine, il est en sueur, il frappe, il fouette ; les commandos nus se cachent sous les lipicos, se protègent avec les sacs à dos. Gay Zodiac, entortillé dans son sac à viande, il sort son bras, la boucle du ceinturon perce sa main, et le capitaine, il se rue sur Gay Zodiac, il déchire la plaie, il l'élargit.

La tente est tout éclaboussée. Les bougies allumées tombent sur les couvertures. Le capitaine, dans la fumée et la poussière, il fouette les corps blancs qui passent et qui bondissent sur les lits enflammés. Les tôlards, délivrés par moi, versent des seaux d'eau, la tente s'écroule. Putain, tous, sauf Gay Zodiac, y sont sortis à temps, y se cachent dans les camions, le capitaine, il frappe les flammes, la poussière, il se frappe, il fouette les tôlards et leurs mains serrées à l'anse des seaux, il foule les flammes aux pieds, il retire les membres calcinés d'Hécate, il les presse sur sa poitrine, il les mord, il s'y brûle les lèvres, les tôlards arrachent de sous son lipico enflammé Gay Zodiac évanoui, brûlé, le sang grille sur la plaie de sa main. Je le prends dans mes bras, je l'emporte à l'infirmerie. Le capitaine, il escalade le marchepied des GMC, il fouette les commandos serrés dans les cabines et frissonnant au vent qui se lève; le médecin-aspirant maîtrise le capitaine; avec les larmes, l'eau monte dans les yeux brûlés du capitaine. Les gars du garage et des engins ont recueilli les commandos nus et le poil grillé sous leurs tentes. Ils enduisent leurs mains, leurs cuisses, leurs lèvres, de pommade et de margarine, ils bandent leurs brûlures, les gars du garage et des engins font du café sur les braseros; Barclay délace le lacet qui tenait les oreilles coupées d'Hécate sur ses tempes, il boit trois quarts de café, il décapsule avec ses dents une grande bouteille de bière, il trempe son sexe aux lèvres roses dans la mousse qui monte et se soulève au bout du goulot et d'une seule gorgée, il avale la bière et ses pieds frappent la caillasse; les commandos se jettent sur les lipicos vides — ceux des gars partis en mission — et s'endorment, couchés sur le flanc, les genoux au menton, les fesses écartées et le vent vif de l'aube leur glace le trou du cul.

Au matin, et tout le matin, les sections patrouillent dans les rues de la ville basse: les soldats chantent, ils ont les bras rouges, leurs yeux fouillent les façades de torchis et de tôle et les portes entrouvertes, cherchent à voir un bras, une épaule, un sein nus au travers des vitres : un enfant nu, accroupi dans le jardinet dévasté, boit l'eau prise dans un carton cabossé : la poussière coule dans les plis du treillis ; l'arme, canon pointé vers le bas, meurtrit la hanche, le soldat traîne après lui l'odeur de poussière et de sueur et de bière mêlées, sa parole rauque et soudain claire dans le massacre : les paysans, les artisans, les marchands du bas quartier combattent, égorgent les soldats, les putains les trahissent mais tous les plaignent. On ne tue jamais son ennemi mais les esclaves de celui-ci.

Giauhare soulève une corbeille débordante de linge frais, l'appuie sur sa hanche. Kment, écroulé dans le linge sale et mangeant des gâteaux au miel volés dans la cuisine du bordel, se redresse, il pose les gâteaux sur la planche à repasser, il met la main sur la corbeille, regarde Giauhare droit dans les yeux :

— Laisse-moi porter ce linge. Repose-toi.
— Tes mains collent.

Giauhare le repousse, douce, appuie le bord de la corbeille sur le ventre découvert du garçon. Kment fait glisser sa main sur les doigts de la jeune fille, les doigts s'écartent, reculent, s'agrippent aux anses d'osier ; Kment sourit, voit trembler les veines au creux de l'avant-bras de Giauhare, ses lèvres s'avancent, Giauhare recule vers la pénombre ; l'extrémité de ses doigts, la ligne de ses lèvres, ses yeux, brillent d'un éclat mouillé : déjà les plis de sa blouse, sur la hanche, scintillent comme sous une caresse ou une étreinte un peu violente ; le visage du garçon, rapide, s'est adouci, la peau palpite et l'ombre des paupières voile les joues, le battement des cils met un mouvement noir dans son visage comme recouvert d'un filet aux mailles serrées ; la main du garçon se pose sur la hanche de Giauhare, remonte vers les seins ; puis, Kment enlève, doux, la corbeille des mains de Giauhare, il pousse la corbeille sur la planche à repasser; Giauhare se plaque au mur, respire, relève un peu la tête, ses mains pendent un moment le long des hanches, ouvertes, embrasées; de nouveau les mains d'orage de Kment glissent sur sa blouse; le visage du garçon s'approche de celui de Giauhare, la chaude haleine du garçon enveloppe les joues, le front de Giauhare, brûle ses yeux et ses lèvres; Kment pousse Giauhare vers un angle de la boutique où deux hamacs sont accrochés aux murs, que l'agitation du jour, les gestes brusques des laveuses ont entremêlés l'un à l'autre; le garçon pousse Giauhare contre les hamacs, les mailles s'ouvrent, se ferment, glissent sur la blouse de Giauhare, le filet enveloppe ses hanches; les deux jeunes gens sont face à face: elle, ne peut plus baisser la tête, leurs poitrines se touchent, l'étoffe brûle, la manche du garçon brûle l'épaule de Giauhare; autour d'eux, en eux, contre eux, tout tremble, tout scintille; la peau tout entière, palpite; Giauhare craint et désire cette poitrine, ce ventre, ces lèvres qui la déchirent, ce regard qui efface la mémoire, cette main qui détruit l'ordre, ce genou qui arrête le temps, elle va mourir, mais elle sourit, ses dents, un moment découvertes, brillent et les lèvres du garçon se posent rapides et fraîches, sur elles; Giauhare prend les hanches du garçon, la salive coule entre leurs lèvres comme le lait des tiges.

Kment attire contre lui Giauhare; les hamacs libérés, se démêlent. Un regard du garçon et Giauhare se détache de lui et s'étend dans le premier hamac; le garçon se couche dans celui qui est dans la pénombre et près du mur; en face, les rayons du soleil et la marche silencieuse des laveuses dans l'arrière-boutique animent la cloison de bambous; le garçon roule la tête du côté de Giauhare et d'un mouvement, brusque mais doux, des reins, lance son hamac vers celui de Giauhare; la jeune fille ne bouge pas; la hanche du garçon, plusieurs fois, effleure sa hanche, plus longuement chaque fois; après, c'est l'épaule, et le garçon se balance toujours, un sourire ensommeillé sur les lèvres, dans l'ombre mêlée de vapeur et de soleil. Puis, elle tourne la tête, voit le torse découvert du garçon à travers les mailles, la sueur couler au creux de la gorge, sur la poitrine, entre les plis du ventre où vivent les taches de l'ombre, la boucle dégrafée de la ceinture — volée à un capitaine d'artillerie, après l'amour — brille sur la hanche, la pointe d'acier tournée vers Giauhare. Elle, presque endormie, s'abandonne à ce bercement, prend habitude des attouchements de la hanche. Elle suffoque, se laisse recouvrir par la sueur, ses seins gonflés sortent peu à peu de la blouse, ses cheveux, que la sueur noircit, coulent dans les mailles du filet; elle ne bouge pas, de peur que la sueur ne ruisselle sur la peau, elle ferme à demi les yeux sous ses paupières de cire, elle applique ses doigts écartés sur le filet; au travers des cils, elle voit briller au fond, sur la planche, le fer à repasser sous le mur de chaux et l'eau dans le bol où la poussière rouge du vent de sable se dépose; l'attouchement régulier de la hanche du garçon lui fait une blessure au côté; puis, la main de Kment effleure son sein demi-nu, glisse sur le premier bouton de la blouse; Giauhare soupire et le souffle du soupir rafraîchit la sueur accumulée au-dessus de sa lèvre supérieure; la main de Giauhare se pose sur la main de Kment, en caresse la paume, dure sous la sueur, pénètre au creux des phalanges, écarte les doigts qui soulèvent le bouton; un sourire naît sur les lèvres des jeunes gens, le sourire de l'eau, de la pierre, contemplation et action s'accordent, se confondent, et le sourire naît de cette perfection. Leurs visages s'accolent, le garçon retient le hamac de Giauhare, passe son bras dessous les mailles tendues, étreint les épaules de Giauhare à travers le filet, puis, rapide, roule dans le hamac de la jeune fille; il la recouvre; le hamac, sous le poids, se ferme sur les corps; la semence étincelle, scintille sur les mailles du hamac secoué, jaillit par intermittences entre les os de leurs hanches jointes et meurtries par le frottement.

En face, au-dessus, les fenêtres du casernement se remplissent de soldats batailleurs et empoussiérés, torse nu, cheveux mouillés aux tempes, linge noué autour du cou.

Eber Lobato ouvre ses mains enduites de rouille et de sang; tout le jour il a déchargé des wagons de ferraille au port; une sueur rouge coule vers sa poitrine, entre les seins; une poussière rouge dorée brille dans ses cheveux, sur ses cils, sur le duvet du ventre et des lèvres; une écume rousse jaillit d'entre ses dents, frappe son menton.

Eber Lobato entre dans la douche, il arrache son maillot, il le suspend au tuyau; sous le jet, les soldats nus boxent, leurs doigts de pieds se prennent dans les lattes brisées; tous, ils pissent le long de leurs jambes, ils soulèvent leurs sexes, ils les comparent; Eber Lobato tient son sexe dans son poing:

— C'est moi. Les putains d'Ecbatane l'ont sacré roi, jadis, j'avais quinze ans.

Couché sous la tente, les reins serrés dans le maillot mouillé aux plis tachés de rouille, les bras croisés sous la nuque, Eber Lobato lèche l'écume sur ses lèvres; ses cheveux bleu de geai laqués, brillent sur la peau de mouton dépliée en oreiller sous la tête, Eber Lobato roule un peu la tête, il mordille les poils, il crache dedans, il plonge et remue sa bouche dans le crachat, ses hanches — la peau sur l'os est râpée — craquent, le sexe, chaud, monte et roule sur la cuisse, gonfle la toile légère, humide, Eber Lobato se retourne sur le ventre, il frotte son sexe à la couverture empoussiérée, les touffes de la toison s'emmêlent à ses sourcils, il ouvre ses narines au parfum de suint.

... Au port, un enfant passait, les bras chargés de bouteilles glacées tirées de la fontaine: ils le prennent aux épaules, ils lui arrachent ses bouteilles ; l'enfant agenouillé baise leurs souliers poudrés de rouille. Eber Lobato lance son soulier dans la poitrine de l'enfant lequel tombe sur le tas de ferraille et de briques ; les soldats vident les sodas glacés, jettent les bouteilles contre les murs ; l'enfant, redressé, la fesse transpercée par le barbelé, s'élance sur les soldats, mais ceux-ci le pressent, ils lui appliquent leurs mains frottées de rouille et de graisse sur les joues, sur les épaules, sur les haillons qui battent contre sa poitrine et son ventre, noués aux cuisses ; ils lui enfoncent le casque lourd d'Eber Lobato sur la tête, jusqu'aux yeux, ils frappent le casque avec leurs tenailles à barbelés. L'enfant crie, pleure sous le soleil blanc. Les jeeps, lancées, grincent, vibrent sur le bord de la mer, elles strient le soleil, brisent le plâtre, percent l'ambre de l'air, déchirent les cactus, tôles brûlantes sous les fesses des soldats éclaboussés du lait des plantes. Les traces blanches des coups sur la chair de l'enfant, s'empourprent, il arrache le casque, il le jette sur les pieds d'Eber Lobato, il crache, il s'enfuit, le corps secoué de sanglots.

Les soldats partis du port désert où les rails étincellent aux rayons du soleil mourant, des chiens surgissent, ils se disputent un quartier de viande pourrie que les soldats ont tiré de sous la ferraille et traîné dans la poussière. La viande frappe l'asphalte, les dents des chiens claquent dans le silence bleu, les mouches s'abattent sur les chiens qui les mordent et les recrachent, sur la viande qui, secouée, les écrase. L'enfant, ses tempes déchirées par les boucles du casque, court sous les arbres, dans l'ombre fraîche et verte des fontaines antiques. Dans la poussière, éclats de verre, goulots acérés coupent les gencives des chiens furieux...

Les soldats, renversés sur les paillasses, saisissent les romans-films à pleines mains : l'encre s'imprime aux doigts mouillés par la douche. Le soleil bleu transperce la toile de la tente, les mouches vibrent sur l'ourlet du maillot d'Eber Lobato retourné sur le dos, pénètrent dans l'ombre séminale, escaladent les boucles de la toison; Eber Lobato, son sexe se durcissant, anneaux se formant et tintant sous la peau membranée, resserre violemment ses cuisses, les mouches prises vibrent, piquent le sexe. Devant la tente, les soldats fatigués, lourds de chair, légers d'esprit, appuyés aux piquets, assis le dos contre la toile tendue sous leurs fesses, respirent le jour obscurci; les bruits de la plaine s'éloignent vers la mer: moteurs, machines, forges, scies, faucilles, esclaves, enfants; le sable rouge glisse sur la pente des falaises, des carrières, sur les palmes vertes, recouvre le métal brûlant des vannes, dans la pénombre encore ensoleillée, retombe des hamacs et des chevelures.

Le cardinal marche dans son jardin, ses pieds chaussés de cuir et de fourrure, meurtris par l'attente et l'immobilité, macèrent. Il songe au repas solitaire qui lui sera tantôt servi dans la salle à manger odorante et fraîche, au bras blanc de la jeune sœur, sur la nappe, aux pommes sorties de son sein. Des oiseaux jaillissent des massifs de buis, des scarabées roulent sur les roses. Il a vu les aumôniers, ceux-ci l'ont assuré de la propreté religieuse des troupes. Depuis le commencement de la guerre, son esprit dort, il ne voit pas la guerre autour de lui; il s'étonne du grand nombre de coups de feu et d'explosions, d'enfants mutilés, de veuves; il s'étonne du halètement des soldats agenouillés et communiant de ses mains. Ici, les arbres de l'enclos arrêtent les parfums de sang et de feu; les pourritures, les cadavres animaux sont ramassés chaque soir à pleines mains par l'esclave jardinier. La nuit, les rats plongent dans les bassins, mais le cardinal dort derrière ses rideaux damassés, les mains croisées sur sa poitrine; sur la table de chevet, sous la lampe au pied de laquelle noircit une petite photographie de garçon en col marin, les mains jointes entre les cuisses écartées sur la culotte courte de drap bleu marine, la sœur a déposé les flacons, le verre, la carafe d'eau glacée ; la nuit, le cardinal se réveille souvent en sursaut, alors il se dresse sur les genoux, regarde l'image sainte d'un bellâtre au front ensanglanté, joint les mains et prie ; puis, il se laisse tomber doucement sur le dos et se rendort, au bruit de la mer. Les vagues de la mer et le vent des montagnes bercent le sommeil des prisonniers et des esclaves. Un grand iris tremble devant la fenêtre du cardinal.

La sœur, couchée dans l'alcôve, chasse les mauvaises pensées, écarte, délace sa coiffe, déboutonne le haut de sa robe, met ses mains sur sa poitrine, fixe le mur de chaux tiède, prie. Un coup de vent apporte dans l'alcôve le parfum de l'herbe, de l'homme ; la sœur prie, serre sa poitrine. Dehors, le tintement des sources a l'odeur du sang, le lait des plantes, la saveur du sperme, les troncs des eucalyptus craquent comme des bras, luisent comme des genoux, les cimes se renversent, secouées comme les chevelures en sueur, noircies, sur l'oreiller. Dans l'ombre fraîche, sur la terre et sur le sable sec, les insectes s'accouplent, lumineux, saccadés.

Le cardinal craint le froid, il aime les bonbons, il n'a plus de désirs, il n'est plus excité par les femmes, ni même par les longs adolescents qui se jettent à la piscine ; jadis, au collège d'Ecbatane, dans sa chambre, ils parlent de leurs âmes inquiètes, jambes nues sur le velours rouge du fauteuil. Devant la porte, après la confession, il caresse leurs joues baignées de larmes, sa main descend, couche le duvet de la nuque, palpe les vertèbres du dos qui roulent, tendres et fragiles, sous ses doigts. Dans les promenades, dans les camps de vacances, les collégiens se laissent tordre les bras et tirer les cheveux par « Maman ». L'été, il passe le jour à suivre d'un œil qu'il veut distrait, les jeux des collégiens nus dans l'eau verte et filtrée de la piscine. Le titre d'ancien aumônier militaire lui donne autorité sur les garçons. Ceux-ci voient, dans sa légère claudication — adolescent, coup de pied d'un camarade fumeur et racoleur pour le bordel où il fuit sa mère divorcée — dénoncé par lui au Supérieur — l'effet d'une blessure de jeunesse sur le front des troupes. L'été rayonne sur Ecbatane; auprès des parents, il fait en sorte que les plus beaux parmi les garçons, s'inscrivent sur la liste du camp volant:

— Votre garçon a besoin de vivre en équipe. Le grand air l'endurcira.

— Notre garçon a les jambes maigres, la bicyclette les lui fortifiera. Vêtements légers, très légers.

Au soir, ses désirs le renversent pantelant sur le couvre-lit; le tiroir du bureau déborde de journaux, d'illustrés et de photos de nus confisqués, de papiers froissés, où il écrit furieusement, cent fois par nuit, le seul nom, les seules initiales de ses garçons favoris. Il se lève, il va à la fenêtre, il se penche, caresse la glycine qui tremble dans la nuit au souffle des oiseaux et du vent. Il plonge la tête dans ce bassin parfumé qui apaise et élève les désirs.

Il écoute la rumeur des feuilles au bord de la piscine, le clapotement de l'eau traversée de rayons verts contre le ciment et le marbre.

Il sort, il marche dans le cloître, le col de sa soutane entrouvert, vers les dortoirs.

Un garçon, pieds nus, la chemise du pyjama déboutonnée, lui fait face soudain, à l'angle:

— Où vas-tu, Jean-Baptiste?

— Prendre l'air. Ça sent la peste dans le dortoir.

— Tu sais que tu n'as pas le droit de sortir? Tu dois dormir dans les bras de Dieu.

— Oui, mais je ne fais pas le mal et je veux voir la nuit.

Ils marchent vers l'escalier:

— Mais, tu es pieds nus ?
— À l'Océan, on marche pieds nus, même dans les chardons. Kate aussi. Avec nous elle boxe les garçons qui poussent les petits esclaves dans les orties.

Au bas de l'escalier, une palme de plante verte caresse la hanche du garçon, sa main se détend dans celle du prêtre. Ils traversent le cloître ; sur la terre, les éclats de verre, les quartz du laboratoire lancés par les bacheliers étincellent sous la lune :

— Tu n'as pas peur de te couper ?
— Vous me suceriez le sang... mes pieds sont de corne, comme ceux des diables... Pourquoi ne dormiez-vous pas, mon Père ?
— À mon âge on ne dort plus guère.
— Pourquoi ?
— Dieu tient éveillé.

Le garçon étend son bras, sa main traîne sur le grillage du tennis, les flaques d'eau encombrées de feuilles pourrissantes brillent sur l'asphalte, les oiseaux en fuite font trembler les filets. Dans la vallée, les usines, les gares crépitent, grondent, jettent des rayons dans le ciel et sur les hautes forêts. Le garçon porte à sa bouche sa main tachée de rouille, des roses tremblent le long du grillage comme après la pluie :

— Baigne-toi, Jean-Baptiste, la nuit est chaude et claire.
— C'est défendu.
— Baigne-toi, je te permets.
— Le Supérieur veille encore, sa fenêtre est éclairée, s'il entend le bruit de l'eau ?... Vous resterez au bord pour expliquer ?...
— Baigne-toi tout nu ; nous sommes entre hommes. Va.

Le garçon court sur le ciment, il se cache derrière un pilier du plongeoir, ôte sa chemise ; ses mains, ses genoux tremblent, la brise verte couche le duvet du bas-ventre ; le garçon délace son pyjama, il le fait glisser sur ses hanches jusqu'aux orteils, puis le piétine ; rapide, il court vers l'eau, il plonge : le prêtre, un instant, a vu le petit corps blanc, nourri de millet, d'épinards et de pruneaux, où les muscles tendus ne font pas encore d'ombre, le sexe court secoué sur les cuisses ; il a vu le regard bref et perçant que lui jette l'enfant avant de plonger ; il met sa tête dans ses mains et la secoue, l'enfant remonte en surface, secoue la tête au-dessus de l'écume, respire à grands traits, s'élance et plonge à nouveau ; le voici accroché au mur de bordure, le ventre coupé par l'eau sombre, attentif aux froissements des feuilles entrelacées aux piliers d'ombre, aux appels solitaires des putains dans la rue éclairée en contrebas du rideau d'arbres frissonnants ; le prêtre, accoudé à la balustrade d'acier, sourit au garçon haletant, petite bête douloureuse que le geôlier libère pour l'aimer, éblouie ; les pauses du garçon sont rapides, son plaisir, fiévreux, clandestin, sa gorge bat contre le ciment. Autour de la piscine, la terre est froide et noire, l'herbe couchée, encombrée de papiers d'argent et de lacets de tennis et d'espadrilles.

Le garçon halète sous la lune, les cheveux plaqués au front, le menton ruisselant, la salive scintillant sur la gorge :

— Encore un peu de temps, mon Père ?
— Oui, ne prends pas froid. Fais la planche.

Le garçon plonge, le prêtre voit le corps se déployer, tourner, rouler sous l'eau, l'écume jaillir au bout des mains et des pieds ; le garçon roule sur le dos, se laisse porter, jambes et bras et tête abandonnés, l'eau gonfle et froisse le maillot, allège le sexe dedans. Le prêtre entrouvre sa soutane, jusqu'au ventre, ses mains serrent la balustrade :

— Sors de l'eau, rhabille-toi.

L'enfant surpris par le cri sanglot, genoux au ventre, s'immobilise dans l'eau :

— Père, déjà ?

— Sors de l'eau. Je vois du sang rougir l'eau autour de ton cou... reste encore un peu de temps.

Mais l'enfant sorti de l'eau et debout, nu, sur la terre mouillée, ses mains cachant son sexe à cause de la colère du prêtre, ne peut s'y jeter de nouveau. Il court sur le ciment, il fait tournoyer ses bras et ses épaules, il frappe sa poitrine avec ses poings, il se place derrière le pilier du plongeoir, il frotte son corps ruisselant avec le pyjama chiffonné, se rhabille. Puis, il fait face au prêtre, il tremble, la toile du pyjama collée aux genoux et au ventre.

Ils vont vers le cloître, silencieux, la main du prêtre serre l'épaule humide et palpitante du garçon. Devant la porte du dortoir il se penche vers le garçon, il tend sa joue parfumée :

— Embrasse-moi : vous autres, enfants, tous vos actes sont purs.

Le garçon, dressé sur ses talons, vif, embrasse la joue du prêtre, ouvre la porte et s'enfuit dans le noir empesté.

Le cardinal dort sous ses plumes.

Illiten, chef des rebelles, est dans Inaménas jusqu'au matin. De sa main, il égorge deux traîtres, chasse leurs enfants dans la nuit et prend leurs femmes. Les cadavres sont traînés au milieu de la rue par les rebelles. Les enfants sont repoussés par les rebelles armés, ils pleurent au bas de la ville, ils marchent vers les arbrisseaux illuminés dans le jardinet du bordel. Illiten a deux femmes sous lui.

Serge roule sa tête et ses hanches sur le lit : Audry, couché palpite, désespéré, sur son lit, caressé par sa mère et le ventre par Biétrix. Audry, la tête et le corps enveloppés du filet de ses pleurs et de ses tremblements, geint, reprend souffle peu à peu, comme une bête vautrée, après la poursuite et la capture. Il est libre maintenant de voler, de tuer, de se faire aimer par des hommes. Serge, dressé contre la fenêtre, nu, le drap coulé sur le carrelage, frotte sa joue au volet.

En contrebas, des soldats sortent des tentes, pour l'embuscade. Les ceinturons claquent dans la nuit chaude et pourrissante. Sous les tentes, les couvertures, les paillasses, les piquets sont tachés, enduits de rouille; un rat frotté de boue excrémentielle, trotte le long de l'infirmerie, il saute sur le petit escalier de ciment, la porte est entrouverte: Gay Zodiac et Barclay dorment et sifflent au fond; le rat court sous les lipicos, mordille les lacets et les pans des couvertures traînant dans la poussière, boit aux flaques de café et de sang, dévore les restes de biscuit, flaire les crachats ensanglantés, les coulées de pus et de cendre; le bras, main blessée, de Gay Zodiac, pend hors du lipico, le rat mord le pansement, tire, la bande se dénoue, Gay Zodiac, réveillé en sursaut, vomit sur la toile tendue du lipico:

— Au meurtre. À l'açaçin. Barclay, au çecours!

Le rat mord la plaie, Gay Zodiac hurle, secoue sa main, le rat enfonce plus avant ses dents acérées; Gay Zodiac, avec son autre main, frappe le rat, les dents s'enfoncent, elles se rejoignent à travers la chair déchirée. Barclay nu saute à bas du lit, frissonnant, abandonné, ses excréments éclatent et ruissellent sur ses jambes, sur les os et les muscles tendus; la main de Gay Zodiac tournoie, le rat jeté contre les bambous de la moustiquaire, piaille. Barclay, silencieux, avance, son couteau ouvert étincelle derrière la moustiquaire embuée, Barclay s'accroupit, ses pieds baignent dans les excréments chauds, il saisit la main de Gay Zodiac à travers le filet, l'immobilise: le rat ne bouge pas, enivré, Barclay le frappe avec son poignard sous la gorge, puis, avec ses doigts, il écarte la mâchoire du rat, les dents se retirent de la plaie, Barclay décapite le rat, Gay Zodiac râle, la sueur noircit son visage et son ventre découvert, le rat tombe dans la moustiquaire déchirée, ensanglantée ; le clair de lune baigne la moustiquaire, les mains de sang frais sur les mailles ; Barclay écrase le rat sur le ciment, il soulève Gay Zodiac dans ses bras, sort dans la nuit, emporte le blessé vers l'infirmerie centrale, la main de Gay Zodiac, déchiquetée, bat sur la hanche nue de Barclay ; Barclay embrasse la chevelure brûlée de Gay Zodiac ; entre ses orteils, les petits crapauds sautent, nés de trois jours, soumis, inquiets, ignorés, esclaves.

Dans l'infirmerie centrale, deux soldats, un brassard vert serrant le bras, sont endormis à une table blanche, le front sur le bois glacé. Barclay couche Gay Zodiac sur le lit de sangle.

Gay Zodiac, son visage noir renversé, son ventre et ses hanches froids et durcis, râle encore. Sur le carrelage, parmi les débris d'ampoules, les lambeaux de pansements ensanglantés et les touffes d'ouate imprégnées d'excréments, un rebelle, demi-nu, le pantalon enduit de vase tiède, geint, bouche ouverte, visage tuméfié, ongles ensanglantés.

Les deux gardiens, réveillés, s'agitent.

Le médecin-aspirant surgit, le mètre au cou. Insomniaque, il construit jusqu'à l'aube, toutes les nuits, ses meubles de ménage, avec des caisses de munitions. Les gardiens lui tendent les pansements et les flacons ; dans les intervalles des soins, ils piétinent le rebelle pour le faire taire.

Gay Zodiac agonise, toute la peau de son corps noircit, ses muscles, roides, ses lèvres serrées durcissent et se tendent sur les dents. À l'aube, comme il n'y a point de place pour lui dans l'hélicoptère d'état-major, en partance hebdomadaire pour Ecbatane, où sont les médecins sauveurs, il meurt. Alors, les infirmiers, les sentinelles arrêtées sur le retour au poste de police — ils préfèrent le café de l'infirmerie — se jettent sur le rebelle, ils lacèrent son visage avec les morceaux d'ampoules et les seringues tordues. Le rebelle hurle, ses genoux sautent, les soldats dansent sur son ventre, Barclay, assis sur le lit du mort, lui couvre les yeux avec ses mains :

— Ne vois pas la vengeance, Gay Zodiac, ne regarde pas leur danse. Descends, tes vengeurs frappant et tuant sur la terre où tu t'enfonces. Mais, ne te retourne pas, ferme tes oreilles à leurs sanglots.

Les sentinelles abandonnent le rebelle, ils se lavent les mains, ils peignent leurs chevelures, le soleil coule à flots dans le baraquement, enflamme les cuivres et les fers. Les infirmiers lavent le corps de Gay Zodiac, lavent la plaie, la trace des dents du rat dans la chair éclatée, grattent la cendre sur les brûlures ; puis ils l'habillent dans un treillis neuf, ils le portent dans le couloir du PC, ils recouvrent le corps d'un drapeau frais et léger, le capitaine salue, la main sur sa tempe brûlée. Tout le jour les secrétaires, les armuriers, les fourriers passent devant le corps, l'un d'eux soulève le drapeau sur le visage :

— « plus vif, mort que vivant... »

Au fond de l'infirmerie centrale, le rebelle, ses reins brisés, l'œil arraché, les lèvres lacérées, râle, le soleil brûle les plaies de son visage et de son ventre.

Une sentinelle, envoyée par le capitaine, entre et l'achève d'une balle de pistolet automatique — prêté un instant par le capitaine au soldat volontaire. Les sentinelles, plus tard, soulèvent le cadavre et le jettent derrière le baraquement, sur le fumier.

Ils le recouvrent, avec des fourches, de paille excrémentielle et de foin. Les dents des fourches glissent sur la gorge du rebelle, transpercent les lèvres et les paupières ;

en retirant les dents de la fourche, les soldats élargissent la plaie. Après, ils essuient les fourches à la paille. De l'autre côté du barbelé, une fillette, nue, regarde les soldats ; elle suce un os, deux garçons se battent dans la poussière sous les eucalyptus ; leurs pieds et leurs mains raclent la terre, repoussent les excréments séchés des chameaux et des chiens ; l'un d'eux, entre les jambes de l'autre, écartées au-dessus de son front, voit l'os dans la bouche de la fillette, il se relève, il court vers la fillette, ils saisissent la fillette aux épaules, ils lui arrachent l'os des mains, ils la frappent au ventre, la fillette tombe dans la poussière, les deux garçons se disputent l'os enduit de bave et de poussière. Celui-ci, vaincu, roule sur le corps inerte de la fillette, sa main se crispe sur la bouche de l'enfant, tord les lèvres puis se détend, le garçon se relève, les mains au ventre, gémissant et s'enfuit vers les buissons chargés de haillons bariolés d'enfants et de femmes. L'autre garçon, assis sur le ventre de la fillette inanimée, tourne l'os entre ses dents et rugit.

La sentinelle, aux côtés de Serge, marche, lourde, les mains sur les hanches. Des oiseaux crient, leurs ailes battent dans les trous du mur. Serge pense au cœur d'Audry. Audry, heureux, disait :

— J'ai des pourpres dans la poitrine.

Les rayons du soleil, à travers les feuillages rouges et les fleurs mouvantes dans l'air léger, chauffent la toile des espadrilles de Serge, sèchent l'humidité de la nuit sur ses genoux et sur ses cuisses ; sur la plate-forme, au-dessus du port, Bandello, en habits civils, se penche sur les petits esclaves joueurs, il sort des agates de son blue-jean : les petits esclaves rient, se laissent chatouiller entre les cuisses par Bandello : il les attire, il les entraîne vers un entrepôt désaffecté, il les y enferme jusqu'au soir, ils frappent la tôle avec leurs petits poings, ils s'assoient sur le rai de soleil qui pénètre dessous la porte ; ils lancent leurs billes et leurs agates sur le ciment imprégné d'essence et de crottin, elles étincellent en traversant le rai de lumière ; à la nuit, Bandello, la porte ouverte sans bruit, plonge sur les petits esclaves endormis, il les bâillonne, il les pousse vers l'entrepôt de boucherie où le jeune gardien esclave les met en caisse.

Inaménas reçoit le nouveau chef de la démocratie d'Ecbatane. La foule enfiévrée se porte au palais, au stade ; les navires, les cuirassés, les paquebots pavoisent jusqu'au soir. La foule accompagne les voitures du cortège ; dans l'avenue Démocratique d'Inaménas, toute vibrante encore du passage de la foule et du cortège, un enfant, nu, l'oreille déchirée, fouille les poubelles : il retire les fruits pourris, les gâteaux de miel trop écœurants jetés là par la foule ; sa tête, ses épaules plongent dans l'ombre de la poubelle, des chats, dressés, le ventre appuyé au fer blanc, lui griffent la tête, l'enfant dévore dans le seau, mord les restes avec ses dents, ses mains continuant de fouiller sous les vomissures de fête ; les chats mordent, tirent les lambeaux qu'il tient entre ses dents. L'enfant, plus tard, est assis dans une cour intérieure sur laquelle s'ouvrent les volets des cuisines ; les servantes se lassent de le repousser et de le battre avec leurs rouleaux à pâtisserie ; l'enfant regarde un poisson jeté par une servante sur le ciment de la cour : un chat accroupi au bord du toit transparent de l'évier, les muscles bandés, regarde le poisson et l'enfant. L'enfant, d'un bond, court vers le poisson, mais le chat, rapide, saute et le saisit ; remonte sur le bord du toit et dévore le poisson brillant. Les servantes rient dans la pénombre des cuisines ; l'arête du poisson glisse sur le bord du toit ondulé, tombe sur le ciment, l'enfant la prend dans ses doigts, il retourne s'asseoir contre le mur, il suce l'arête, il la croque, il s'étrangle, il court vers la fontaine, il boit; les cuisines s'éteignent : les servantes, enrubannées, traversent la cour, ferment à clef cellules et dépenses où sont serrés les fruits, les grains et les viandes et s'en vont à la fête sur le stade : au bruit des micros, elles se précipitent, leurs seins secoués dans la blouse parfumée. L'enfant, seul, encore suffocant, se traîne vers les portes fermées à clef, il respire le parfum des fruits et des viandes amoncelés et pesant sur le bois, il lèche les éclaboussures de sucs et de sang sur le bord de la porte, sur le loquet empoigné par les mains souillées des livreurs.

Serge, après le lycée et le bain dans la mer, sort du stade, il court au palais de la police ; les portes sont ouvertes, des soldats, couvertures sur le bras, se pressent dans les escaliers. Serge entre dans la chambre d'Audry, le garçon sort du lit, il se laisse habiller et coiffer par sa mère et par Biétrix :

— Il part, en prison, à Elö, dans la montagne. Il n'a rien dit depuis hier. Il n'est pas allé voir les familles. Il a tremblé toute la nuit.

Biétrix, quand elle quitte la chambre, descend dans le hall, caresse les fusils en faisceaux, celui qui a servi au massacre ; pour elle, il brûle et vibre encore.

— Serge, ce n'est pas toi qui prendrais un fusil. Minet, je veux aller avec toi, à Elö, je vivrai dans une petite cabane, à côté du Centre, et le soir, je caresserai, je baiserai tes mains vibrantes encore des mouvements du marteau-piqueur et de tous les outils d'esclavage. Serge, toi aussi, tue et viens avec nous à Elö. Tue : pendant l'agonie de ta mère, ils criaient sous les fenêtres pour amollir ton père et le prendre dans leur rébellion. Sors et tue.

— Il a tué des enfants...
— Biétrix !

Et soudain, Audry jette un long cri de bête mourante.

Illiten, le chef des rebelles, après l'amour, dort, vautré sur les femmes qu'il a prises, la face contre terre, les mains enfoncées dans les chevelures lourdes et humides des femmes, les genoux entre leurs cuisses et les pieds dans la poussière.

À la porte de la maison, un jeune rebelle, appuyé contre la porte ouverte, le fusil mitrailleur à la main, veille, ses yeux brillent entre les longs cils. À ses souliers poudreux, un petit chien s'accroche, des lézards venimeux courent sur les murs écroulés.

À l'autre bout de la rue, un groupe d'enfants serrés, regarde le rebelle. Au moindre geste, ils reculent.

Les femmes, qui reviennent des champs et des rivières, la cruche ou le fagot sur la tête, n'osent passer devant la maison, mais le jeune soldat les voit et tourne son fusil contre elles ; les femmes s'éparpillent, puis se rassemblent, courent le long du mur ; sous la menace du fusil, elles s'avancent et passent en file devant le rebelle : celui-ci les caresse de la main et de la crosse du fusil aux épaules et aux seins, sa main descend brutalement sous la robe, la retrousse, déchire le tissu, à l'épaule, enserre le bras, la gorge, le canon du fusil fouille le dos et le ventre, la lanière glisse, s'enroule, autour du cou ; le soldat attire une femme contre lui, l'étreint contre la porte, chasse les autres femmes ; la femme lâche sa cruche qui roule dans la pièce ; Illiten bouge sur ses femmes, le jeune rebelle se dégage, la femme reste contre la porte ; Illiten ne bouge plus, le soldat se retourne, attire à lui la femme, la porte craque sous leur poids, le soldat mordille la femme, aux lèvres et aux épaules, écarte ses jambes, avec ses genoux, cloue les mains de la femme au bois de la porte et lui mord la bouche ; la poussière se soulève autour d'eux, les enfants crient dans les ruisseaux étincelants, le soldat s'arc-boute et prend la femme.

Aussitôt, un poignard effleure son dos, la lame fraîche remonte et, rapide, glisse sous le cou et s'enfonce dans la gorge du soldat; celui-ci se détache de la femme, son visage blêmit, ses lèvres pâles, presque violettes, se desserrent, il tombe à la renverse. Illiten saisit le fusil, tourne le couteau dans la plaie, le bruit sec de la lame sur l'os, dans la lumière de midi, cri d'insecte sous les feuilles sèches. Illiten retire son couteau de l'amas de chair sanglant; les femmes se dressent, nues, au fond de la maison, reculent vers le mur, leurs yeux peints brillent au travers de leurs doigts.

Illiten enfonce le couteau dans la terre, siffle deux fois, un jeune soldat sort de la maison d'en face:

— Sors ce traître, emporte-le dans ta maison.

Et il donne un coup de pied dans la tête du mort, puis il se tourne vers la femme, la prend par l'épaule, la traîne vers sa couche, la renverse sous lui, déchire sa robe, mord sa bouche, fait un large signe de la main; les autres femmes viennent s'étendre à ses côtés et recommencent à le flatter, à lui caresser les hanches, le dos, la poitrine, le sexe. Illiten s'appesantit sur la femme, se roule, se tord sur elle, avec des gémissements; le sexe tendu s'emmêle à la robe déchirée; la tête de la femme roule dans la poussière, des mouches luisent dans les rayons, courent entre les doigts de l'homme, sur la sueur qui coule des seins de la femme, se mettent sous les sourcils noirs de sueur et de fard. Les deux corps brillent dans la poussière, Illiten glisse sur la femme, ses doigts griffent la terre, la poussière soulevée retombe sur les épaules de l'homme. Le soldat, par instants se retourne, son cœur bat dans sa poitrine, il s'appuie au mur, plaque son ventre, la toile du treillis se froisse et blanchit sur le salpêtre; un coq dans le bas du village, crie.

Illiten, à la nuit, sort de la maison, agrafe, boutonne, lace le treillis sur ses membres las, le treillis colle à son ventre, à ses cuisses humides. La nuit est fraîche ; les soldats sortent des maisons, et se joignent à leur chef ; le cadavre du jeune rebelle est étendu dans les latrines, la tête renversée sur l'argile souillée, la gorge et la poitrine couvertes d'une boue de sang ; il est nu jusqu'à la ceinture ; la porte est fermée avec une corde ; par instants le ruisseau se gonfle et souille la chevelure du mort. À travers la cloison de bois, les petits cailloux de la cascade roulés par le courant, tintent.

Illiten et ses hommes courent entre les cactus, le fusil au-dessus du sable chaud ; des petits oiseaux au plumage tiède jaillissent des buissons et se jettent dans les jambes des soldats.

Crazy Horse, endormi sur sa paillasse, est secoué par le chef. Les soldats se lèvent, serrent leur ceinture, prennent leur fusil au râtelier et sortent de la tente. Tous renversent la tête sous le ciel clair. Ils marchent le long de l'oued, enjambent les petits rapides où sautent les poissons, et les vipères ; des pucerons pétillent le long de l'eau, des coquillages s'ouvrent sous la lune. Les écroulements de la falaise forment des remous d'un bord à l'autre de la rivière. La colonne tourne à droite, quitte la plage, s'enfonce dans les cactus : les crapauds-buffles, qui montent de la rivière, viennent s'y loger, les soldats mettent le pied dessus, un long tremblement les saisit à la jambe et les fait sursauter ; quelques-uns trébuchent, le fusil s'accroche aux cactus.

Crazy Horse marche derrière le chef, la main entre les cuisses. Le ciel est au-dessus d'eux comme un grand rocher où marchent des bêtes lumineuses. Tout à coup, un bruit ; le chef ouvre la main et se couche à plat ventre ; les soldats s'écroulent l'un après l'autre sur la terre épineuse, recouvrent leur fusil avec la veste du treillis ; ombres, au sommet de la colline, entre les cimes luisantes des cactus. Les soldats rampent sur la terre, les débris ruisselants des cactus la rafraîchissent, les épines s'accrochent au menton. Les ombres, sur la colline, ondulent entre les cimes. Le sentier, où rampent les soldats, conduit au sommet de la colline. Les rebelles courent, bondissent, légers sur leurs espadrilles. Les soldats s'approchent du sommet ; ils voient, au bout du chemin, les silhouettes bondissantes des rebelles, ils tirent, chacun par-dessus l'épaule de celui qui précède ; l'un d'eux se lève, se jette de côté, le fusil mitrailleur à la main, il le met en place au milieu des cactus ; un autre soldat se jette dans les cactus, ouvre sa musette F. M. et charge le fusil ; déjà les rebelles — deux sont tombés foudroyés sciés au ventre par les rafales des F. M. — se sont retournés, se jettent dans les cactus ; les balles déchirent les cactus ; Crazy Horse, blessé à l'épaule, tombe à la renverse ; il se redresse aussitôt, reprend son fusil, retombe sur le sable. Illiten couché derrière un cadavre, mitraille le sentier, deux soldats s'écroulent avec des hurlements, leur ventre bat encore sur le sable chaud ; le chef, avec Crazy Horse, et deux autres soldats blessés, reculent vers la rivière, ils se laissent glisser sur la dune, puis ils contemplent la colline et prennent les rebelles à revers ; Illiten, maintenant est seul sur la colline ; sa main, sanglante encore du sang du jeune rebelle, tremble sur l'arme brûlante ; les trois soldats l'encerclent et lui tirent dans les jambes ; Illiten tombe en avant, les bras en croix ; autour de lui, les corps des rebelles sursautent encore sur les cactus déchiquetés. Les soldats désarment Illiten ; Crazy Horse lui prend son couteau :

— Il est plein de sang, chef !
— Tu peux le garder.
— Pour couper mon pain !

Alors son épaule lui fait mal, il la caresse avec son autre main ; son visage est couvert d'épines, la balle a transpercé

l'aisselle, le chef sort le mouchoir de Crazy Horse et le noue autour de la blessure, puis il descend vers les deux soldats arc-boutés dans le sentier, passe la main sous leur chemise, le cœur a cessé de battre, le chef écarte du front les cheveux collés par le sang, dégrafe la ceinture déchiquetée, prend les bras, ramène les mains déchirées sur la poitrine ; là-haut, Crazy Horse et les deux soldats frappent Illiten couché à terre, lui soulèvent la tête, glissent des morceaux de cactus dessous, puis, par trois fois, aplatissent la tête sur les piquants :
— Ne le tuez pas.
Les soldats s'éloignent, Crazy Horse se penche sur le cadavre d'un rebelle, un soldat se penche, sort son couteau :
— Attends ! Laisse-le-moi ! c'est moi qui l'ai buté !
Les lèvres du mort tremblent encore ; Crazy Horse se penche de nouveau, sort le couteau d'Illiten, prend les oreilles du rebelle et les coupe à la racine ; puis, il les met dans la poche de son treillis, sur la cuisse ; aussitôt, la toile noircit, le sang, tiède encore, traverse la toile de la poche et coule sur la cuisse de Crazy Horse :
— C'est doux comme une main de femme.
Les deux autres soldats coupent les oreilles des morts, puis l'un d'eux prend Illiten par les pieds et le traîne jusqu'au sentier, la tête saute sur les cailloux. Quand les soldats voient leurs camarades morts, et mutilés, ils déchirent les vêtements d'Illiten et le frappent avec des cactus, ils se déboutonnent et pissent sur son visage nu et sur sa poitrine lacérée.
Puis, après qu'il s'est acharné sur Illiten, Crazy Horse pâlit et tombe inanimé aux pieds de ses camarades. Ceux-ci traînant toujours le rebelle par les pieds, conduisent Crazy Horse au bord de l'eau, et lui rafraîchissent le front. Aux premières lueurs de l'aube, les voici, les vivants, les blessés et les morts, au pied du mur d'enceinte. Crazy

Horse se laisse glisser contre le mur jusqu'à terre et s'endort à moitié; une souris court sous ses cuisses. Des gros oiseaux volent dans les arbres, au-dessus des soldats, lancent, par instants, un long cri de rat, puis, s'élancent dans le ciel cendré. La sentinelle soulève la barrière, les soldats entrent dans le poste; seul Crazy Horse continue de dormir sur la terre. La sentinelle le prend dans ses bras, le porte sur la table du poste de garde. Les sentinelles se lèvent de leurs paillasses. Celui qui a son poste devant l'infirmerie prend Crazy Horse dans ses bras, le chef de poste recouvre le blessé avec une couverture trouée. Déjà, dans le mirador du poste, la sentinelle s'agite, rassemble les pans de sa couverture, pose un pied, en dehors de la tôle de protection, sur les tuiles; les sentinelles sortent du poste, le ventre lourd, la gorge serrée, les pieds meurtris, un affreux goût de café et de vin aux lèvres. Les eucalyptus frémissent sous les hautes brises; cloué au bas d'un tronc, cloué par la gorge, un vieillard, à demi pourri et mangé, ruisselle de rosée.

L'écho, les fumées, les braises de l'embuscade, soulevés, entrent dans le village de Bàli, se déposent sur les bornes de granit et les auvents de palmes, caressent le visage des enfants endormis sur les terrasses, entre les sècheries de grenades et de figues. Les garçons couchés nus sur les nattes, les genoux repliés contre le ventre, le mouvement écartant leurs fesses souillées d'excréments violets, la bouche maculée et gonflée de bouillie de genévrier, les filles serrées contre leurs mères, le front et la chevelure pris dans un bandeau parfumé au poivre. Entre le village de pierre et le torrent aux rives rongées par le sel de la marée, le village des tentes veille: les jeunes hommes jouent de la musique sous la tente des femmes répudiées; les enfants au crâne rasé, excepté une touffe de cheveux graissés à la poudre d'ébène, prenant sur la fontanelle, sommeillent sur le sable, nus et la joue appuyée sur un piquet de palmier; ceux que les cauchemars tourmentent, leurs mères leur soulèvent les épaules, ouvrent leur bouche et l'enduisent, avec les doigts, d'une confiture de cyprès qu'elles ont rapportée du désert, cueillie et donnée à elles par les nomades, au dernier jour de la saison fraîche, pour prix de leurs corps qu'elles leur abandonnent à l'heure du soleil levant dans les creux tapissés d'herbes coupées d'une haute vallée aux parois peintes; les enfants, quand la confiture a touché leurs lèvres, geignent, mordillent le sein de leur mère.

Les rebelles, deux commandos formés d'anciens garçons bouchers de Tamrit envoyés en expédition punitive contre Bàli, village réfractaire au recrutement du maquis et au paiement de l'impôt — deux collecteurs ont été précipités dans le torrent, la nuit précédant le départ annuel vers le désert — rôdent le long du torrent; quand la lune touche la tour de guet, le grenier à blé et la place publique de Bàli, éblouissant les yeux des guetteurs et rejetant les alentours immédiats dans la nuit, les rebelles se jettent dans le torrent; trempés, suffoquant, la bouche écœurée par l'eau magnésienne, la toile et la laine collant au corps, le sexe rétracté, ils s'accrochent aux roseaux du rivage, ils bondissent, le couteau pointé en avant; le sable qu'ils foulent et soulèvent enduit leurs jambes, leurs genoux et le bas de leurs cuisses, leurs jarrets et le bas des fesses; devant le village des tentes, ils se séparent; chacun se rue sur la tente choisie; dans le même temps, femmes et enfants, bêtes, — tout ce qui braille —, sont égorgés : puis les rebelles encerclent la tente des jeunes hommes — les plus vieux qui radotaient accroupis sur un feu de joncs, sur la rive, les rebelles les ont, d'un coup de pied, poussés à l'eau et noyés. Les rebelles bousculent la tente, lancent sur elle des pierres, frappent, assomment les jeunes gens et les femmes répudiées avec les piquets, les corps se tordent sous la toile affaissée, une jambe de femme sort par une couture déchirée ; les piquets brisent les jambes des jeunes hommes, broient leur tête et leur sexe ; les pierres écrasent leur ventre et leur poitrine ; les chiens courent en rond sur les toiles où le sang boit, les rebelles les attrapent par la queue et par les oreilles, ils les égorgent ; l'un d'eux déchire avec son couteau et ses doigts une tête de jeune chien et l'attache à son visage en nouant sur sa tempe deux lanières ensanglantées passées dans la gueule du chien et la maintenant ouverte. Ils piétinent aux endroits de la toile gonflés par le râle des femmes ; les parfums sortent de sous les toiles ; le rebelle à la tête de jeune chien piétine un violon serré contre le cou d'un jeune homme ; puis, s'accroupissant, il déchire la couture et mord à même la terre remuée et mêlée d'encens un morceau de beurre enduit de sable, il le dévore, grognant et recrachant le sable ; quand il se relève, tout son visage, sa gorge, le haut de sa poitrine et ses épaules, luisent, il met sa main sur son front recouvert d'une sueur froide, il s'écroule sur l'amas de toiles, de pierres et de piquets ; un vent léger et parfumé, venu des vergers de la rive opposée de Tletz, baigne le torrent, les roseaux, les galets, les lauriers-roses ; le jeune rebelle se soulève sur les coudes, il respire le parfum, sur ses lèvres et sur sa gorge découverte se mêlent le beurre et le sang jailli de la bouche des jeunes gens étouffés tête contre tête ; il se relève et renoue la tête de chien à sa tempe ensanglantée. Tous s'élancent, ils essuient leurs couteaux aux herbes, les lames glissent sur les fleurs violettes où vibrent les abeilles. Dans le poste de Tletz, les soldats tirent les prisonniers hors de la soue, ils les attachent nus sur une échelle qu'ils appuient au toit des chiottes, les bleus sont poussés dans les chiottes, contraints de plonger les bâtons dans les excréments et, ressortis à l'air, de badigeonner les fesses, le dos des prisonniers ; le radio manœuvre la génératrice, le vent secoue les baladeuses accrochées au fil du linge à sécher, secoue l'ombre du sexe et de la toison au bas du ventre des prisonniers : un bleu enfonce le bâton entre les fesses d'un jeune prisonnier à la tête bandée et lui fouille le cul jusqu'au sang ; puis il cale l'autre extrémité du bâton contre le marchepied des chiottes et, essuyant ses mains à ses hanches, il va s'asseoir sur l'escalier du foyer où gisent des caisses de bière, entre les jambes des soldats enivrés et vomissants : il prend une bouteille, il saisit le goulot entre ses dents, mord la capsule mais une de ses dents s'effrite et, poussant un petit cri, il crache ; un soldat nègre, vautré contre lui, prend la bouteille, mord le goulot mouillé de crachat, arrache la capsule et la crache sur le sexe du bleu, boit le quart de la bouteille et, se retournant pour vomir, la jette sur le ventre du jeune soldat, la mousse coule entre les cuisses, noircissant le treillis à l'endroit où le sexe le gonfle ; le soldat, ayant bu, prend son sexe dans la toile avec ses deux mains, il le presse, il l'écrase contre le ciment de l'escalier ; les mouches boivent dans son œil les larmes qui sourdent ; le rebelle à la tête bandée, gémit ; les liens qui attachent ses pieds et ses genoux à l'échelle se détendent, les reins s'appesantissent et le bâton pénètre plus avant ; des soldats vêtus de pyjamas civils haillonneux, descendent de la galerie, viennent boire, leurs chiens serrés entre leurs cuisses, leurs chevelures foulées toutes bruissantes de poux ; le bâton, enfoncé jusqu'au milieu du corps, pousse en avant le sexe et les boules de sécrétion ; un vol de grues cendrées plane au-dessus du poste ; les soldats crachent en l'air ; un soldat resté seul dans la chambrée, baise, nu et tenant son sexe à deux mains, la photo en technicolor d'une actrice déshabillée, il retire ses lèvres marquées par les couleurs imprimées, il se jette en gémissant, à plat ventre sur sa paillasse, la bouche haletante, puis il se soulève sur les genoux, s'appuyant sur une seule main, l'autre serrant le sexe et commençant à le branler, sa tête recourbée sous l'épaule regardant le sexe rougeoyer sous l'ombre du ventre.

Les rebelles entrent, chaussés d'espadrilles de corde, dans les rues basses de Bàli, ils écartent les branches de palmier qui recouvrent les jardins, le parfum des fèves et de l'opium clandestin, libéré, monte jusqu'à leurs narines, attendrit leur cœur et affermit leur main. Ils se répandent dans Bàli endormi ; les guetteurs, éblouis par la lune, scrutent le torrent ; les fumées claires des feux où se chauffaient les vieillards, dans les roseaux, se dissipent dans l'obscurité voilée de sang. Les rebelles escaladent la tour de guet et le grenier à blé, ils plongent leurs couteaux dans le dos des guetteurs qui s'affaissent, la tête heurtant le torchis de tourbe et de palmes ; les rebelles, d'un seul coup de couteau, les égorgent ; puis ils les soulèvent et les précipitent par-dessus le chemin de ronde, les corps s'écrasent sur les rocs blancs, le sang et la cervelle coulent jusqu'au torrent et les crapauds s'y vautrent. Alors les rebelles s'égaillent dans le village : les paysans, réveillés, saisissent des bâtons de palme, des faucilles, des socs de bois ; les rebelles bondissent, arrachent aux paysans leurs armes de bois, ils les repoussent vers la place publique ; le jeune rebelle à la tête de chien, qui a la seule arme à feu du commando, menace les paysans avec son P. A. ; parfois, il soulève son masque et son visage apparaît enduit de sang, de cervelle ; les rebelles fracassent les portes, plongent dans l'obscurité sur les femmes serrées contre le torchis, ils se déboutonnent et violent dans le même temps qu'ils tuent ; souvent deux rebelles plongent ensemble leurs couteaux dans le bas du corps d'un enfant, les lames grincent dans l'intestin perforé. Le jeune rebelle donne son arme au chef du commando lequel, l'écume aux lèvres, insulte les paysans ; le jeune rebelle, toujours masqué de sa tête de jeune chien, court vers le pillage ; avec son masque, il fouaille le ventre ouvert des femmes, la gorge tranchée des enfants ; les rebelles courent, le dos courbé, dans les maisons et dans les rues ; un enfant nu crie sur une terrasse ; quatre rebelles escaladent les angles de la maison, sautent sur la terrasse ; ils serrent l'enfant, ils le soulèvent et quatre fois, ils le lancent en l'air et s'écartent ; l'enfant tombe sur le torchis, son dos, ses reins, sa nuque, ses genoux, brisés, bleuissent dans le clair de lune : un rebelle saisit dans la sècherie une hachette à greffer les figuiers, il la brandit, les rebelles s'écartent, le hachereau tranche la gorge, taillade la poitrine, le ventre et les genoux ; le sexe, tranché, colle au hachereau, le rebelle le frotte contre son jarret, le sexe y reste accroché, le rebelle secoue sa jambe, il insulte l'enfant, il foule d'un pied furieux la tête, elle se détache du cou, le rebelle tranche les vaisseaux et les muscles et les nerfs du cou, avec le hachereau, il saisit la tête par les cheveux, il enfonce son poing dans la déchirure, les rebelles se laissent tomber le long des murs, ils rejoignent les autres regroupés sur la place publique ; tous tremblent, leurs mains tiennent des lambeaux d'étoffe, des touffes de cheveux sont collées par le sang sur leur gorge, leurs mains serrent des jouets brisés, des cuillers de bois ; le chef commande aux paysans de courir vers le fond du village ; avec ses commandos, il les pousse dans une ruelle, il les entasse dans l'abattoir municipal ; les deux fenêtres grillagées et une porte condamnée donnent sur le précipice ; le chef fait défoncer la porte par deux jeunes rebelles à la gorge desquels sont suspendus des colliers de corail pillés ; il appuie son dos à la cloison ; l'urine d'un vieillard effrayé coule dans la rigole enduite de sang séché qui partage le centre de la pièce et descend en pente douce vers la porte défoncée ; le chef montre un jeune paysan dont le bandeau serré retient quelques fleurs épineuses, les deux commandos le saisissent par les cheveux et le poussent devant le chef dont les bras sont cuivrés par le sang ; le chef frappe avec son poing la gorge du jeune paysan, il lui prend le sexe

dans le même poing et le caresse avec la crosse de son
P. A.; puis, laissant l'arme appuyée sur le sexe, il tourne le
canon vers la gorge du paysan, appuie sur la détente, la
balle fracasse la mâchoire, les dents, brisées coulent sur le
poignet du chef, les deux commandos retiennent le jeune
paysan par les épaules, le chef frappe avec son pied les
reins du paysan, les commandos le précipitent dans le
ravin, le corps rebondit dans l'obscurité, le ventre et les
cuisses un moment découverts — les haillons planent
autour du corps — jettent une lueur d'aube pluvieuse.
Ainsi, le maillet de l'abattoir leur brisant la nuque ou le
sexe, les paysans sont tous précipités, à l'exception du
vieillard apeuré assis dans son urine, qu'ils relèvent par
force et égorgent au croc secoué du portique ; le jeune
rebelle à la tête de chien tire hors de l'épicerie les caisses
de sodas et les sacs de semoule ; pendant que tous, vautrés
sur la place publique, boivent et mangent le grain, la tête
dans le sac, quelques femmes et enfants blessés, sortent en
rampant des maisons, traînent le long des murs, marquant
le torchis de longues traînées rouges, souvent verticales,
les deux rebelles ornés de boucles et de colliers, bondissent, ils se jettent sur les femmes, s'appesantissent sur
leurs membres brisés ou mutilés ; puis, quand le vent glace
leur sueur, ils se relèvent, le devant du corps recouvert de
lambeaux de robe collés à leur treillis par le sang ; les petits
enfants qui s'enfuient en couvrant à deux mains leurs
plaies, ils les clouent sur le mur du maréchal-ferrant avec
les pointes d'acier bleu, face au levant. Quelques vautours,
chassés de la curée où baignent le roc et les plaques
d'onyx, escaladent le ravin et, s'agrippant au torchis,
déchirent les corps crucifiés ; ils s'élancent par-dessus la
terrasse et plongent dans les rues ; le battement de leurs
ailes frappe le dos des rebelles accroupis, la gueule enduite
de sodas et de semoule ; un vautour plane au-dessus du
rebelle à la tête de chien endormi sur un sac crevé, il tour-

noie, il descend; le rebelle bâille, le vautour se relève et lâche ses excréments dans la bouche ouverte du jeune rebelle. Le tumulte de la curée réveille l'officier du poste de Tletz, il descend dans la cour déserte : les soldats ont enfermé les prisonniers dans la soue, celui qu'ils ont empalé se tord sur le fumier, il crache une écume bleue sur les poignets de ses camarades qui le tiennent dans leurs bras. Dans Bàli, les gémissements cessent, les rebelles, vautrés, se relèvent. L'aube apparaît dans le torrent, les vautours s'envolent hors des roseaux et des rocs, certains tiennent dans leur bec un quartier de chair traversé d'une lanière de cuir ou d'une dentelle d'étoffe. La rosée scintille sur les tentes saccagées, des vautours déchirent les toiles effondrées, découvrent les corps pris dans le sable, un piquet transperçant le ventre. L'officier foule du pied les bouteilles brisées, il remonte à l'intérieur du poste, escalade la trappe du mirador, la sentinelle frissonne, ensommeillée, le front couvert de rosée, la commissure des lèvres enduite de café sucré; l'officier, rapprochant sa poitrine de celle du soldat, jette un baiser rapide sur la trace de café, leurs sourcils se touchent, l'officier pose sa main sur le sexe du soldat, et le soldat, la sienne sur la cuisse de l'officier : « Le vent souffle du sang, mon lieutenant. » L'officier pousse, renverse doucement le soldat sur la plaque de protection, serrant les reins du garçon contre le haut de la plaque d'acier, avec ses hanches et sa main soutient la nuque renversée dans le faisceau du projecteur; alors apparaissent sur le visage sans ombre du soldat, les estafilades du rasoir, les salives et les morves séchées, les piqûres et les dépôts excrémentiels et sémentiels des moustiques, les bouclettes que le soldat, fouillant dans son treillis, arrache à la toison de son sexe durci et dépose, enroulées à ses doigts sur la sueur de ses joues; l'officier baise les plaies, souffle les bouclettes vers les narines du soldat, sa langue perce la carapace de morve à l'ouverture des narines et les fouille ; le sexe du soldat durcit contre sa hanche et le sien contre la hanche du soldat ; la mitrailleuse, abandonnée, tourne au vent :

— À une heure, au troisième tour, les vautours ont rempli la vallée, leur odeur baignait le parfum de la mer. Mon lieutenant, nous sommes des cadavres pourris, j'ai eu peur, ma peau est pourrie, ils ont plané un moment le long du faisceau du projecteur, j'ai versé un flacon d'eau de Cologne sur mon front. Ils se sont enfuis.

— Quand tu seras libéré, retiens-toi de manger trop de pâtisserie.

— Ma femme dit : « Couvre-moi tout entière de sperme et notre enfant sera plus beau. »

— Je te permets de retailler ton treillis...

— ... Ne la touchez pas, mon lieutenant, il y a de la crasse durcie dans ses plis.

— ... Mon amour, moi qui, sortant ma langue où scintille une salive en ton nom sécrétée tout le jour, touche et ramollis la morve durcie de tes narines...

— ... Mon lieutenant, n'enfoncez pas plus loin votre main... je n'ai jamais appris à me torcher... ma mère puis mes sœurs se disputaient autour de moi déculotté, leurs mains serrant des lambeaux de papier souillé... ma femme, au milieu de la journée, m'enferme avec elle dans les chiottes du bar, après que j'ai mangé et bu sur le trottoir avec les camarades... Ô mon capitaine la couture craque... elle me déboutonne et tandis que je chie, elle souffle sur mes cheveux poudrés de plâtre, elle baise ma bouche, la toison de ma poitrine, dans le parfum des excréments, s'accroupit et baise le bas de mon ventre et mon sexe tendu et calé contre la faïence ; je ferme sur sa tête remontée ma chemise enduite de plâtre durci ; l'eau secouée par une coulée d'excréments, éclabousse mes fesses et ses narines et ses lèvres quand elle baise, l'ayant relevé, le dessous de mon sexe, donnant un coup de langue sur les boules de sécrétion... quand je déchire le papier, elle me le dispute, avec son poignet, elle courbe ma nuque, elle soulève les pans de ma chemise et elle me torche... au matin, elle baise et lèche, avant que je sois éveillé, les larmes qui coulent de mes yeux à mes tempes, l'écume au coin de mes lèvres, elle ne me laisse pas m'habiller seul, elle empoigne, elle serre contre sa joue mon sexe avant de le recouvrir et de boutonner sur lui dressé... elle abandonnerait son corps, sur les toits, à mes camarades : ils ne la chasseraient pas, ainsi pourrait-elle, tout le jour, me regarder, voir mes muscles saillir et le mouvement du travail tirer ma chemise de sous la ceinture et découvrir un instant mes reins, m'entendre souffler, geindre sous le poids des sacs, haleter contre l'échelle, crier les ordres à l'apprenti, répondre moi-même en criant aux ordres du chef d'équipe, contempler l'écartement de mes jambes quand je descends à quatre pattes vers le chéneau et les plis de la toile dans le creux de mes cuisses quand, dressé sur l'échafaudage, je tire à moi, la corde du treuil...

— ... Ô sexe de toi, mon amour, mitrailleuse de ma nuit, et moi rebelle, je rôde dans l'obscurité ma poitrine offerte à sa visée et par désespoir et désertion je crie et me jetant dans le faisceau du projecteur, je l'entends tourner, je te vois, je t'entends la tourner vers moi, la dénuder, la charger, j'ouvre ma bouche les balles éclatent sur ma langue, roulent contre mes dents et je m'effondre sur le lit de palmes front contre terre et les balles déchirent mes reins, la sueur déjà se glace sur ton front et sur tes épaules tes doigts vibrent moites et couverts de poudre ton ventre allégé...

— ... Ô mon lieutenant vous mordez mon épaule à l'endroit où elle la mord et la mordaient ma mère et mes sœurs...

— Regarde... Bàli désert... les coqs ni les enfants ne crient... les eaux retenues le long des rives dans les joncs sont alourdies et obscurcies par le sang... Vautours et rebelles s'enfuient le dos percé par le soleil... Retourne-toi, retourne-toi et tandis que tes yeux vainement remués tentent de reconstituer le massacre découvert par l'aurore, laisse un doux poignard déchirer tes reins et le poison combattre tes pleurs.

Au matin, la tête : veines, lèvres, yeux, narines, cheveux, enflammée par les rayons filtrés dans le haut vasistas renversé, Crazy Horse, glissant hors du brancard, sa main serrant son cou annelé, se met sur pied, essuie avec la couverture son aisselle ensanglantée, frappe trois fois son arme suspendue au râtelier, traverse en s'appuyant aux murs l'infirmerie déserte, ses coudes ses mains laissent une trace de sang ocre sur le plâtre, dehors caresse le rosier et les roses se couvrent de sang, rampe sous le barbelé, se jette dans les avoines, pâlit, le sang se retire de ses genoux ; il s'écroule en avant au bord d'un puits recouvert par les avoines.

Jusqu'à midi, Crazy Horse, son dos chauffé parcouru de criquets, les vers attaquant sa bouche entrouverte, dort sous le ciel violet.

Au soir, arc-bouté sur un grenadier, il croque les fruits, ses jarrets tendus par les crocs d'invisibles chiens ; entre les rocs de Tifrit, il ralentit seulement pour ch..., sans se déshabiller ni s'accroupir : les excréments ruissellent le long de ses jambes, durcissent sur les plis de ses chaussettes et sur les lacets de ses pataugas.

Les branchages alourdis de serpillières cachent un village où Crazy Horse, vomissant, a pillé réveils, savons, bijoux. Les vers sous la lune, scintillent dans le sang de sa plaie ; il les regarde, appuyé à un tronc, les serpillières battant sa nuque. Dans la boucherie, les portraits — retirés le jour — de Béja et des autres chefs de la rébellion sont accrochés hors de la trajectoire du sang : Crazy Horse, courbé sur l'étal, étend son bras tout entier ; le boucher tranche à l'aisselle, Crazy Horse tressaille, ses dents grincent contre le bois ensanglanté.

La brise de minuit adoucit la plaie; Crazy Horse, son bras coupé enfoncé sous sa chemise, escalade le roc: le sang du bras ruisselle sur son ventre, enveloppe son sexe; il s'étend sur les dalles, sa tête appuyée au socle de la table d'orientation; une troupe de chacals qui le suit à la trace de son sang depuis le village, encercle le sommet du mont; Crazy Horse boutonne la chemise sur son bras, la main, froide, couvre son ventre.

La tête de Crazy Horse roule sur l'épaule; le lait court sous les dalles, sous les pierres, jaillit au bout des tiges brisées, affleure au fond du ciel violet; les lèvres de Crazy Horse s'entrouvrent, baisent les cristaux, les étoiles, les yeux glacés des chacals; le bras se retire de sa chemise; le treillis se déchire au jarret, la déchirure crisse jusqu'au genou; la langue du chacal lèche et réchauffe la rotule. La lune repose sur la table d'orientation.

TROISIÈME CHANT

Les massacres, le sang des viols, la cendre des incendies nourrissent la terre. Le gouverneur rêve à son assassinat. Les militaires qu'il a déçus, prennent le maquis, l'armée régulière se repose, les rebelles des deux camps se massacrant haut dans les montagnes.

Les soldats, après l'incendie des villages, poussent devant eux les femmes et les enfants, sous la menace de leurs fusils, jusqu'aux portes de la ville. Là, ils les vendent ou les louent à des entremetteurs logés dans des petites cabanes de bois et de tôle, sous les remparts. Les chefs tolèrent ce commerce. Beaucoup de ces entremetteurs sont chaque nuit, égorgés par les rebelles. Les enfants et les adolescents sont enfermés plusieurs semaines dans ces cabanes ; des hommes et des femmes venus du fond de la ville s'accouplent devant eux et les débauchent. Les femmes captives sont conduites dans les bordels de la ville et contraintes à la prostitution.

Peu à peu, les entremetteurs ne craignent pas d'accompagner les soldats dans leurs opérations : les entremetteurs eux-mêmes ou des jeunes gens achetés et débauchés par eux se tiennent dans les villages au volant d'autos ou de petits camions usagés et poussiéreux. Les fumées, les chutes de pierres de l'incendie chassent les femmes et les enfants ; les vieillards tombent sur les pierres brûlantes, sur les fers rougis, sur les braises, la peau de leur front s'y colle en sifflant. Les femmes et les enfants s'enfuient, criant, serrant sous l'aisselle des ballots noircis, des matelas de crin, des paillasses à moitié calcinés. Les entremetteurs ou leurs aides, lancent leurs véhicules hors de l'incendie puis s'arrêtent aux carrefours ; les femmes et les enfants se laissent enfermer dans les camions qui démarrent aussitôt ; plus loin, des soldats, visage et genoux noircis, les mains ensanglantées, poussent devant eux des femmes et des enfants épouvantés, arrêtent les camions, et sous la menace des fusils et des couteaux livrent ces femmes et ces enfants à prix d'argent. Avant de livrer les femmes, ils les renversent sous eux, sur le talus et les violent, leurs souliers labourant la terre et l'herbe. Les enfants crient, gémissent, s'accrochent aux pneus, les nouveau-nés rampent sous les camions, la tête cognant le châssis graisseux et brûlant. Les soldats se relèvent, frissonnent, piétinent le talus ; les femmes gémissent, se tordent sur leurs épaules, les genoux dressés, l'entremetteur et ses aides prennent leurs pieds et les tirent sur l'herbe souillée.

Ils traînent les femmes jusqu'aux camions, elles crient, la joue glissant sur la boue d'herbe de sperme et de sang, les paupières révulsées, le ventre et les cuisses brillants, où traîna le sexe des soldats, et griffés d'ongles et de dents.

Les soldats, au repos, vont aux bordels, armés. Tout habillés tout armés, ils se jettent sur les femmes nues qui attendent sur les banquettes de cuir, ils se frottent aux murs, derrière les femmes, qui se retournent légèrement, le dos courbé, puis aux femmes frémissantes, cambrent les reins devant elles, le sexe dressé sous la toile du treillis, la casquette camouflée enfoncée jusqu'aux yeux. Le ventre en avant, le ventre en feu, ils tournent autour des femmes en les effleurant, puis chacun choisit une femme et tourne seul autour d'elle, enjambant la banquette, la hanche frôlant les seins de la femme ; puis il la saisit au menton, appuie sur sa lèvre inférieure et sur ses dents et la soulève ; la femme ondule et se débat comme un poisson suspendu par les ouïes. Le soldat lâche le menton, étreint la taille et la presse contre lui ; le sexe humide, chaud et palpitant de la femme se plaque contre sa hanche, contre sa cuisse, il lève son genou vers cette chaleur. Déjà d'autres soldats se sont emparés des femmes ; certains montent dans les chambres, mais beaucoup se sont renversés sur les captives, au travers des bancs, à même le carrelage frais taché de mouches écrasées, de touffes de cheveux collés par du sperme ou de la sueur, et les joues et les tempes luisantes des femmes y reposent, tremblent sous les cheveux sombres des soldats, leurs mains, leurs bras se tordent sur le carrelage comme des vers de terre, coupés par les rais du soleil, tombant des volets clos.

Le soldat croise ses bras autour de la femme dont les seins roulent sur sa chemise rude, la femme glisse ses mains autour du dos du soldat, les croise sur la raie de sueur qui transperce la chemise, de la nuque à la ceinture ; elle caresse la toile humide, la froisse, le contact fait frissonner le soldat, il secoue la tête puis ses lèvres se détachent de celles de la femme, sa bouche remonte vers les tempes, il l'ouvre et ses dents s'emmêlent aux cheveux que la sueur noircit, sa langue lèche des poudres anciennes, des débris de bois, de pierres, des petites graines aromatiques, de minces croûtes de lait, de salives enfantines ; ses narines s'écrasent sur la nuque de la femme ; au travers des volets, il voit la rue où la poussière se soulève, les pattes des chiens, les jambes noires des enfants, les roues des jeeps, les bottes impatientes des soldats, les barbelés où sont suspendus des pourritures desséchées d'oiseaux morts couverts de fourmis, des touffes d'herbe, des lambeaux de toile et de cuir.

Ses yeux se remplissent de larmes, il prend les seins de la femme, il les porte à ses lèvres et les tète, les joues et les narines couvertes de larmes, ses mains glissent sur les hanches de la femme, s'enfoncent entre ses cuisses, effleurent chaudes, suantes et fripées le duvet du sexe, s'abandonnent à l'haleine tiède et humide du sexe entrouvert, jouent avec le duvet sous lequel la chair palpite. Le soldat rêve : une fontaine de pierre grise, très haut dans la montagne, où coule une eau glacée qui enflamme le visage quand il boit ; après, il se tient debout, l'œil ébloui, le front attiédi, devant la pente de la prairie ou du bois et il voit fuir un écureuil dans la nuit qui tombe.

La tête du soldat roule sur les seins lourds et ombreux, herbes chaudes au parfum de lait, la femme renverse la tête, les mains du soldat remontent le long du ventre de la femme, vers les seins, suivent le dessin des côtes, s'enfoncent dans celles-ci, la femme gémit, son souffle caresse la tempe et le bout de l'oreille du soldat. Le soldat continue de téter, donne de petits coups de dent, bave, la femme ramène sa main vers son sein, et le soutient, les larmes, la bave du soldat coulent sur ses doigts. Dans la rue un cheval au galop s'arrête, se dresse sur ses pattes arrière, hennit, vide son cavalier, un jeune homme en haillons, lequel tombe, bras en croix, sur le ventre, dans le sable. Des enfants sortent des caves et courent vers le blessé. Le cheval, ses sangles glissant sur son poitrail s'élance à travers les faubourgs, franchit les portes, puis ralentissant, foule le sable sous les eucalyptus, le sable piétiné, voit la rivière, sent l'eau, secoue sa crinière. Des chiens courent, le museau bas, sautent sous les arbres, tournent autour des troncs, s'agrippent à l'écorce, happent les petits oiseaux qui dégringolent des branches. Le cheval s'arrête au bord de l'eau, souffle sur l'eau immobile et noire, le souffle du cheval blanchit la surface de l'eau et l'agite. La femme, maintenant renversée sur le carrelage, gémit, son souffle chasse la poussière brillante des interstices, sa joue couverte de sueur, collée au carrelage ; le soldat secoue ses reins. Autour de son sexe, le treillis, ouvert, froissé, noir de sperme et de sueur. Ses souliers raclent le carrelage, cognant en les meurtrissant les orteils de la femme. Le soldat, ses mains visqueuses allant des tempes de la femme à son sexe, halète, recule, rugit. Les chiens crient, arrachent des lambeaux de chair aux tas d'ordures qui fument le long de l'eau ; de vieux bidons tirés de la boue, étincellent, tintent sous leurs dents. Le soldat, des doigts, des ongles, écarte le sexe de la femme. La tête de la femme roule sur le carrelage. Le soldat, soulevé sur le ventre, griffe le sexe, mord le cou de la femme. Les enfants s'abattent sur le blessé ; celui-ci, les lèvres éclatées sur le sable, les yeux fermés, la bouche pleine de sang, respire, un enfant s'accroupit, pose son doigt sur une veine qui bat au cou du blessé, la pince avec son autre doigt, le blessé sursaute. Un soldat, de la fenêtre d'une chambre, un soldat demi-nu, sorti tout humide des bras de la putain, a vu tomber le cavalier : il va dans le fond de la chambre, frôle la paillasse où la femme couchée sur le dos, les jambes écartées, les bras sous la tête, le regarde marcher et sourit lorsqu'il frôle de nouveau le lit, son fusil à la main cette fois, le soldat approche le canon du ventre de la femme, le fait glisser, brillant et froid, entre ses cuisses, la femme s'étire, se tord, rit doucement, repousse d'une main lente le fusil, ses doigts chauds sur le canon, font des marques. Le soldat s'avance vers la fenêtre, l'entrouvre, relève le store, voit le groupe des enfants et du cavalier blessé, dirige son arme, tire la culasse, appuie sur la détente, enfants et cavalier sautent dans le sable soulevé et retombent en tas, sans un cri, des portes se ferment sèchement, le soldat retire son doigt, arrête la rafale, se retourne, le fusil fumant contre sa hanche ; la chambre est pleine d'une lourde odeur de poudre et de paille, la femme tremble contre le mur, le soldat marche vers le lit, regarde la paillasse crasseuse, défoncée par les genoux des hommes et leurs poings, glisse son doigt dans un trou du lit, et tire un brin de paille, le met entre ses lèvres, s'approche de la femme, l'étreint de nouveau, colle sa bouche contre la sienne et fait glisser le brin de paille entre leurs lèvres. Le cheval traverse le fleuve, son poitrail heurte les îles de sable, il trotte dans les petits torrents de la plage, sur ses sabots glissent les couleuvres et les vipères que le courant pousse vers le fleuve et qui dégringolent parmi les pierres. Sur la falaise, roule un char de foin ; une jeep, des camions surgissent, filant sur le bord de la falaise effondrée ; du sable, des pierres, des touffes de chardons déchiquetés glissent le long de la pente, vers le cheval arrêté. Deux soldats sautent hors de la jeep. Deux enfants jouent au sommet du char, dans le foin. Les soldats ne les ont pas vus, ils vont vers le conducteur, lui parlent quelques minutes, puis le battent à coups de crosse. Un soldat s'approche du foin, sort une boîte de son treillis, jette une allumette enflammée dans le foin qui flambe aussitôt ; la flamme troue le foin, jaillit au sommet, enveloppe et saisit les enfants, puis dévore le chargement ; le conducteur battu à mort, gît sous sa mule. Les soldats sautent dans la jeep, le convoi démarre et disparaît dans le val. Le cheval regarde brûler le char, la mule crie, secoue ses rênes. Le cheval, tout frémissant dans l'air du soir, baisse la tête, enfonce ses naseaux dans le sable tiède. Le feu court sur les brancards, sur les rênes, la mule lève la patte, secoue la tête, sa queue s'enflamme, les cris de la mule attirent des paysans cachés dans les ronciers du val, ils s'approchent, voient le tas de cendres au milieu duquel fume une traînée de graisse ; la mule tire, les brancards et les rênes calcinés s'effondrent ; la mule, aux trois quarts brûlée, tombe, la gueule grande ouverte, le corps couvert de pustules et de longs filets de graisse jaillissent et coulent sur son pelage roussi ; sous elle, un corps carbonisé que la flamme enveloppe et dévore de nouveau. Les paysans détournent la tête, l'un deux chancelle, court s'étendre sur le talus. Le cheval, ses naseaux soufflant sur le sable, un frémissement mouillé court le long de son corps ; l'odeur de la fumée le fait reculer vers le fleuve, il y boit à grands traits, lentement, les yeux mi-clos. Derrière lui, contre la falaise, un arbre tremble sous la brise, les flancs du cheval frémissent, des pucerons pétillent entre ses sabots. La fumée du brasier se fond dans l'obscurité, une odeur de chair brûlée descend sur l'eau, le cheval plonge de nouveau dans le fleuve, le traverse. Sur la rive, deux vieilles femmes et des enfants haillonneux, fouillent les tas d'ordures, les pieds dans la boue multicolore, les jambes couvertes de mouches et de vers, ils tirent des morceaux de pain ramolli par l'humidité, des lambeaux de viande crue, les portent à leurs dents, une petite fille dévore un morceau de viande bleue, tenant l'os à deux mains contre sa poitrine, des chiens rôdent ; un petit chat s'agrippe aux haillons de la petite fille, se suspend par les crocs à l'os, et pose ses griffes sur les lèvres de l'enfant ; un garçon saisit un vieux râteau, accroche le chat, le fait tomber à terre et lui crève les yeux, il frappe le chat, lui coupe la tête, le sang se mêle à la boue, la petite fille continue de déchirer la viande, du sang plein les cheveux ; les chiens grognent, l'un d'eux se glisse entre les jambes d'une vieille femme, sous ses haillons et lui arrache la boule de pain mouillé qu'elle pétrit dans sa main ; un rat surgit de la boue, patauge dans les vomissures, s'enfonce de nouveau sous la nappe liquide en poussant un petit cri sec et sauvage. Le cheval fuit sous les arbres, frôle l'écorce humide, de grands oiseaux s'envolent vers les derniers rayons ; des branches secouées, tombe la poussière du jour. Les enfants s'agitent sur le tas d'ordures, le corps ruisselant, couverts de piqûres, certains sont nus, des haillons accrochés à l'épaule. Des limaces, des vers se tordent au creux de leurs cuisses. Deux se battent, dans la boue, l'un tient la gorge de l'autre entre ses mains dégouttantes de vomissures, l'autre saisit un tesson de bouteille et lui griffe le ventre et le dos, le sang jaillit et coule au travers de la crasse et des vomissures sur les jambes de l'enfant, ses mains se resserrent, l'enfant étranglé crie, ses joues se gonflent, ses mains lâchent le tesson qui tombe dans la boue luisante, les dents de l'autre garçon brillent entre ses lèvres noires, son sexe se tend contre la cuisse de l'enfant étranglé, le cheval se roule dans le sable, se redresse, trotte sous les eucalyptus, frotte son poitrail aux écorces, entre dans la ville, vient errer dans la rue où est tombé son cavalier, tourne autour du sable dévasté et sanglant, une couleuvre lovée dans le sable, jaillit entre les sabots du cheval, coule et disparaît au bas d'un mur ; devant la porte du bordel, une jeep est arrêtée, la lune tombe sur le capot bosselé, ondule sur la capote frémissante ; les fenêtres du bordel sont closes. Seul, un soupirail au bas du mur, est éclairé. Le cheval s'approche de la jeep, ses naseaux frôlent la carrosserie, respirent l'ombre écœurante des sièges et des chiffons graisseux, s'enfonce dans un amas d'étoffes ensanglantées et de cendres tièdes. Dans la cave enfumée, les soldats ivres se jettent sur les femmes, les renversent sous eux dans le charbon. À l'entrée de la cave, se tient un jeune garçon qui fume une cigarette entre ses lèvres fendues, il prend l'argent aux mains des soldats. La poussière de charbon remonte vers le soupirail et retombe dans la rue. Quand une femme a été bien prise et qu'elle s'est évanouie, le jeune garçon vient, la prend par les pieds, repousse le soldat vautré sur le corps mort, retire son sexe de celui de la femme et traîne la femme sur les boulets, jusqu'à la porte, au bas de l'escalier ; le soldat, son sexe traînant dans le charbon, gémit, rampe, la bouche grande ouverte, le menton dégouttant de bave noire, le bras levé vers la porte, ses doigts accrochant la jambe nue du jeune garçon. Dans un angle de la cave, deux soldats, au visage enfiévré, enfoncent un boulet dans le sexe d'une femme, l'un l'excitant par des caresses dures sur tout le corps, l'autre lui maintenant les genoux d'une main ; puis ils mettent le feu aux poils du sexe. La femme crie, le visage révulsé, le ventre ruisselant de sueur. Le jeune garçon s'avance et, sans cesser de sourire imperceptiblement :

— Deux fois le prix de la couchée pour les dommages.

Et, s'accroupissant, il souffle entre les cuisses de la femme, éteint le petit brasier, passe sa main sur la toison à demi calcinée, se redresse, retourne se poster à l'entrée de la cave.

À l'aube une jeep roule avec une remorque, dans les eucalyptus, s'arrête devant le tas d'ordures, trois soldats sautent de la jeep, détachant la remorque. Sur le tas frémissant, vibrant déjà sous le soleil cru, deux corps : les deux enfants qui se battaient la nuit, l'un étranglé, l'autre le corps lacéré, les plaies noires, couvertes de mouches brillantes. Les soldats blêmissent, baissent les yeux, se tournent l'un vers l'autre, hésitent, la gorge battante ; puis ils renversent la remorque, la boue fétide, rose et verte, se répand sur les deux corps que l'aube a lavés. Les soldats crachent, ils chassent les mouches avec leurs mains. À midi, une jeep (et une remorque) roule sur le sable, pénètre dans l'eau. Des enfants se baignent en contrebas. Les soldats montent dans la remorque où sont deux tonneaux d'excréments et les font basculer sur l'eau.

— Arrêtez, il y a des gamins qui se baignent.

— Ils s'en foutent, sale race, dégueulasse, dégueulasse. Ils ne se torchent même pas le cul. Vas-y, verse la merde. De toute façon, ils sentent toujours mauvais, ces putains.

Les soldats renversent les tonneaux. Les excréments éclaboussent l'eau blanche, formant une ombre sur l'eau qui descend vers les enfants, les enveloppe et salit leurs épaules ; ils nagent vers la rive, suffoquant, vomissant dans l'eau tiède. Ils sortent de l'eau et se traînent sur le sable comme des rats. Les soldats remontent les tonneaux avec des chaînes. Au camp, ils les remettent sous les fosses d'aisances, leurs souliers collant à la boue noire grouillante de vers ; un moment enivrés, puis les voici dressés dans le soleil, éblouis, les reins brisés, ils essuient leurs mains à leurs hanches, la toile du treillis, brûlante, se froisse avec un bruit sec, puis marchent lourds vers les tentes ; au-devant sont les tables couvertes de morceaux de viande noire, de bave et de mousse de bière ; les soldats, d'une main lasse, prennent des morceaux, les mangent, frottant leurs mains l'une contre l'autre, se glissent sous les tentes, se laissent tomber sur leurs paillasses, sur le dos, les jambes écartées, leurs mains luisantes enfoncées dans le ceinturon, dont la pointe étincelle comme un dard, dans l'ombre du feu, la vapeur du soleil et la vibration des corps.

Dans la cave, les femmes assoupies, remuent un bras, un pied ; la poussière de charbon, mêlée de sperme, de sueur et de bave séchée, coule sur la peau indifférente et glacée, dans les rayons ; le jeune garçon, debout, une jambe repliée contre le mur, fume, immobile, la main à la ceinture.

Dans les sous-bois, au-dessus des tentes, le passage lent et obstiné d'un insecte, déclenche au cœur des feuillages calcinés, l'écoulement et la chute du sable et de la cendre.

Le jeune garçon frappe dans ses mains, les femmes se réveillent, se lèvent, se pressent à la porte, suivent le garçon. Il ouvre une porte, les femmes crient, se précipitent sur les planches de la douche, se placent chacune sous le jet ; dans un angle, un marin, grand, blond, entièrement nu, dort sur les planches humides, replié sur lui-même, la hanche et l'épaule marquées de boue, le sexe ramolli sur la cuisse ; son uniforme plié sous sa nuque ; ses souliers remplis d'eau contre ses reins.

Les femmes, dressées sur la pointe des pieds, offrent leur visage, leurs seins, au filet d'eau tiède qui sort du tuyau poussiéreux. Le garçon ferme le robinet, d'un brusque tour de main, les femmes tendent leurs mains vers le tuyau, tendent leurs bouches ; le garçon lève sa jambe, chevauche le robinet, l'emprisonne entre ses cuisses et les yeux fixés sur les femmes, le caresse, l'ouvre à demi, le ferme, l'ouvre de nouveau, le pétrit avec ses deux mains, l'ouvre à fond, l'eau tombe sur les lèvres des femmes, sur leurs épaules, les femmes secouent leurs chevelures, des petits morceaux de charbon glissent, tombent et se dissolvent sur les planches; plusieurs femmes, leurs lèvres saignent, d'autres, les soldats les ont mordues au sexe et aux seins.

Il y a, dans le haut de la rue, une foire permanente où les rebelles se cachent, dans les manèges, dans les baraques; plus bas, un marché au poisson. Entre deux manèges, contre un jardin abandonné, une baraque de planches, de tôles, de peaux; dedans, un étal de boucher — le bois a encore des veinures rouges — où est attachée une fille nue, excepté une sorte de pagne décoloré entre les cuisses: suspendu au-dessus de la fille, un écriteau:

— Elle a deux sexes.

Tout le jour, les hommes, des poissonniers, des maçons, des mécanos, viennent soulever le pagne, toucher le double sexe, y mettre le doigt, puis ils glissent une pièce entre les cuisses de la fille, rabattent le morceau de toile et sortent dans le soleil, le sexe durci. Le pagne est humide de fiel et de ciment frais, des écailles de poisson y sont collées, le cambouis, la graisse l'ont noirci. La fille gémit doucement, la tête pend hors de l'étal, les pièces tintent sous le pagne, un homme le soulève, plonge la main, met les pièces dans sa poche, revient s'asseoir dans le fond de la baraque, sur la terre battue. Contre la cloison de tôle, un manège tremble, des enfants se battent, l'homme entend le craquement de leurs orteils; dans son demi-sommeil, il voit la poussière et les vieilles couleurs des chevaux; dans son dos, le halètement, les dents des garçons.

Le cardinal sort dans le jardin ; d'une main fripée par le sommeil, il caresse les fleurs lourdes de rosée ; retire son autre main de sous ses manches, se penche sur un massif, casse une fleur, la porte à ses lèvres, boit la rosée sauvage. Une fenêtre s'ouvre sur la façade, une cornette s'élance, le cardinal sourit, fait un signe de la main, mais voyant la fleur à cette main, il rougit, la fenêtre se ferme aussitôt sur une odeur de lit et d'éther, le cardinal marche vers l'orangerie où sont les orangers et les castrats ; il ouvre la porte, se meut doucement entre les branches tièdes, s'arrête devant une deuxième porte à travers laquelle il entend des rires étouffés, et des craquements de lits, le bruit de l'eau dans les cuvettes de tôle, il pousse la porte, il voit les garçons torse nu, penchés sur les cuvettes un linge sur l'épaule, le surveillant frappe deux fois dans ses mains ; les garçons assis sur leur lit, se lèvent, les bras le long des hanches. Le cardinal s'avance, la gorge serrée, il va vers le surveillant, jeune homme blanc habillé de drap noir, et lui prend la main ; les voici devant les lits défaits, un garçon s'agenouille devant le cardinal et baise son anneau, un autre se jette à ses pieds, les lui embrasse, le cardinal passe une main lasse, potelée, sur la nuque du garçon, lui relève la tête ; le jeune homme, à ses côtés, frémit :

— Ils ne sont pas si tendres avec moi, Monseigneur.

Mais le cardinal ne l'entend pas. Un lit, des draps, soudain, tachés de sang, le garçon se tient debout, devant la tache, ses lèvres tremblent et ses yeux, le jeune homme blanc lui met la main sur la hanche et l'écarte doucement. Puis, il pose ses doigts sur le drap à l'endroit de la tache, le cardinal s'avance ; le jeune homme frotte ses doigts l'un contre l'autre :

— Il est encore frais. Tu n'as pas honte.

Les garçons s'approchent avec un bruit de laine et de muscles, mais le jeune homme les arrête. Le cardinal détourne la tête :

— Laissez cet enfant.
— Il a de mauvaises pensées, Monseigneur.
Un garçon roux se jette aux pieds du cardinal :
— Le matin, je le vois, il se retourne dans son lit, il se roule...
— J'ai peur.
Le cardinal va à la fenêtre, voit les maraîchers, et les laitiers penchés sur leurs voitures, jambes écartées, narines brillantes, sous l'escalier de la cuisine. Une porte vitrée s'ouvre, cornette, une religieuse descend, ouvre ses bras, l'homme prend des tomates et des figues, les fait couler contre la poitrine de la religieuse, elle sourit un instant, se retourne, remonte l'escalier, ses hanches balancées dans sa jupe serrée, la porte claque dans un rayon ; l'homme sourit, frotte ses mains à ses hanches, crache, relève la tête violemment, le soleil frappe ses dents découvertes ; derrière la vitre disparaît le visage de la religieuse, furtif, désespéré ; les cils, l'arête du nez étincelant derrière le verre éclaboussé du soleil. Le cardinal met la main devant ses yeux, revient vers le lit :
— Laissez cet enfant, ne le jugez pas, la luxure consume ce monde, du haut en bas.
Puis il passe et l'enfant baisse les yeux, le cardinal étouffe, suffoque : cette odeur de sang, de sueur, de savon, de salive nocturne. Il sort, ramène les pans de sa soutane autour de lui, traverse les orangers à l'odeur de sang tiède, passe la porte, entre dans le soleil ; il entend une fanfare joyeuse dans le haut de la ville, ses camarades portent en terre un jeune soldat égorgé, il y a trois nuits ; à mesure que le cortège s'élève vers le ciel, la fanfare se fait plus rapide, elle sort des arbres et sonne dans le bleu, un peu de sang coule du cercueil, les bras des porteurs durcissent, le sang du mort, projeté par la secousse de la marche, gicle sur le bas du treillis, la face du mort est découverte et tout son corps pressé de bandelettes pour arrêter le sang ; cette

face, ces membres si frêles, si froids, cette nacre, le soleil les briserait, les brûlerait d'un coup de brise. Ils montent, les ombres fugitives des oiseaux et des branches coulent comme l'eau sur le visage du mort et le font sourire, les soldats, éblouis, voient des lampes dans le bleu du ciel, les fleuves de bleu parcourent le ciel, comme du sang, les cimes des arbres se consument, l'horizon s'effrite, avec un bruit de tambour.

Le cardinal, attendri par la fanfare, s'étire doucement sous ses voiles, fait des petits pas.

Une religieuse l'attend, en haut du perron ; les petits castrats sortent de l'orangerie, marchent en rang vers la chapelle, au fond du jardin ; l'un d'eux, une rose s'accroche à sa hanche, il s'arrête, se retourne, détache la rose, ses yeux glissent un instant sur ceux du cardinal, c'est l'enfant au drap taché de sang :

— Il a touché notre plus jeune sœur, dans la lingerie, Monseigneur. Depuis elle ne dort plus, elle regarde aux fenêtres.

Le cardinal sourit à l'enfant, la rose se balance au-dessus du massif :

— Venez vous habiller, Monseigneur.

Le gros homme nourri de petits pois, de ragoût et de flan, se laisse conduire dans sa chambre, asseoir sur une chaise, en face de la fenêtre, la religieuse s'agenouille à ses pieds, lui retire ses chaussons :

— Ma sœur, pourquoi méprisez-vous cet enfant, créature du Seigneur, sa main qui a touché votre plus jeune sœur fait aussi le signe de la croix — qu'y a-t-il à déjeuner ?

— ... Nous avons une surprise pour vous, Monseigneur.

— Oh, dites, dans le creux de l'oreille. Quel soleil. Je suis un géant, ma sœur.

— Ne m'écrasez pas, Monseigneur.

— Quand j'étais petit enfant, j'aimais beaucoup la rosée, mon père, les genoux, le velours couverts de crottin, partait aux champs, avec son cheval, suivi de ses valets ensommeillés ; ma mère me chatouillait les pieds, je riais, je lui caressais ses cheveux, je défaisais son chignon, elle se fâchait, me donnait une petite tape sur la joue ; mais chaque matin, agenouillée devant moi, elle m'offrait sa tête, sa nuque, son chignon, pour que je le défasse avec mes mains douces et lancinantes, alors, avant de se fâcher, elle cambrait un peu plus la tête, et ses mains remontaient le long de mes épaules et venaient prendre les miennes...

— Monseigneur s'attendrit. Je ne puis lui rappeler sa mère ; les jeunes sœurs me haïssent, je les entends à la cuisine, au dortoir, à la chapelle. Je me suis habituée à ne plus aimer.

— Ma sœur, aime ton prochain comme toi-même.

— J'aime mon prochain comme moi-même ; je suis propre, je lave mon prochain.

— Ma sœur, connaissez-vous votre corps ?

— Il y a vingt ans, je me suis mise devant la glace, le haut de ma robe entrouvert ; je me suis évanouie presque aussitôt.

— Celui qui n'est pas attendri par son corps ne peut s'aimer et il ne peut aimer.

— Donnez-moi votre pied droit, Monseigneur... Oh, comme il est rouge ?

— Je n'ai pourtant pas beaucoup marché.

— Je crois bien que notre plus jeune sœur est tourmentée dans sa chair. Tout à l'heure, après le passage des maraîchers, elle tremblait comme une rose après la pluie.

— Je la prendrai à mon service.

Et il se souvient de la robe et des hanches prises dans l'étoffe étroite et sévère, du rire du maraîcher... ému surtout par les jeunes hommes qui la regardent et la désirent. Maintenant, il se redresse, il jette son camail sur ses épaules, ses mains tremblent, il sort, la religieuse tapote le camail, en chasse une mèche de cheveux blancs et des

pellicules, le cardinal sourit mais sa gorge se serre, il repousse doucement la femme :
— J'irai seul.
Il met le pied dans le soleil, il avance, le soleil monte le long de ses jambes, de ses hanches, de sa poitrine, jusqu'à son crâne ; dans le haut de la ville, des fanfares assourdies ; dans le bas, des fumées, des cris d'enfants et de chiens. Le cardinal monte vers la cathédrale : elle jaillit toute blanche, des bougainvillées rouges, noires de soleil. Le cardinal se traîne sur les escaliers, s'appuie au porche, longe la nef, sa main raclant la pierre, se blessant aux tessons étincelants, murmure des mots d'enfant, prie tout haut, pousse la porte de la sacristie : un vieil homme, aux yeux hagards, au nez humide, le reçoit dans ses bras :
— Monseigneur, tout seul, tout seul ! un effet de la grâce de Dieu. Un effet de la grâce de Dieu.
— Remplis donc les burettes, au lieu de m'étouffer.
Dans l'encadrement de la porte, le fouillis des fleurs, des branches, des insectes vibreurs, l'ombre des feuilles sur le bois doré des buffets, sur l'or et la nacre des chasubles, sur le lait des manipules.
— Monseigneur, il y a un oiseau dans la sacristie ; sans doute y est-il entré cette nuit ; ce matin, il tournait dans la chapelle, autour des statues. Un bel oiseau en vérité. Beau plumage, beau ramage. Rôti, pour Monseigneur, il parlerait encore, et d'or. Un effet de la grâce de Dieu.
— Tais-toi s'il te plaît, laisse-moi faire mes oraisons.
Et le cardinal s'incline, essoufflé, sur le buffet couvert de lin. Par trois fois, la chapelle s'emplit de soldats et de colons aux vêtements légers. Le cardinal, paré, lourd, les épaules effondrées, passe dans la grande sacristie. Là, s'habillent à grande rumeur, les diacres et les sous-diacres. Tous se prosternent. Ils ont, entre eux, des gestes de femmes :
— Oh, la sœur a bien repassé ton surplis ; mieux que le mien, je ne sais pourquoi, elle m'en veut, c'est sûr. Oh,

ce blanc immaculé sur ton cou bronzé. Comment était-ce au grand barrage ? Vous avez fait des jeux de piste ? Les enfants, sages ? Il paraît que vous aviez de beaux soldats pour vous protéger.

La procession se forme, elle s'arrête avant d'entrer dans la nef. L'orgue tremble. Les petits castrats, à la droite de l'autel, retiennent leur souffle. La procession avance vers l'autel. *Gloria in excelsis Deo*. Le petit castrat à la rose, chante, ses yeux se mouillent de larmes, le cardinal courbe la tête, et la retourne, légère, au-dessus du ciboire ; il voit les jambes de l'enfant, sa gorge palpitante, la bave brillant au coin des lèvres. L'enfant, ses vêtements tremblent, chante seul dans le silence. Et l'oiseau sort du confessionnal ; s'élance entre les murs de chaux, heurte les colonnes roses, les statues ; le battement de ses ailes couche la flamme des cierges, sur l'autel ; l'enfant reste immobile ; le cardinal courbe le front... à l'odeur de vin qui monte de la tablette, se mêle soudain une odeur de plume, de nid et de sang. Le regard du cardinal s'abaisse, entre les cuisses de l'enfant, une tache noircit la toile du short, s'étend : un filet de sang coule sur la jambe jusqu'au genou. L'oiseau passe au-dessus de l'enfant, effleure sa chevelure, tourne autour de ses hanches, attiré par le sang. L'enfant force sa voix, le sang coule plus violemment. Puis le chœur s'entrelace et l'enfant tombe évanoui, la jambe ruisselante. Le jeune homme noir se précipite, prend l'enfant dans ses bras et l'emporte dans la sacristie, l'étend sur un banc devant la porte ouverte sur le jardin, il revient vers la porte de la nef, la ferme, regarde par le trou de la serrure, retourne à l'enfant, se courbe sur lui, pose sa main sur l'épaule de l'enfant, l'enfonce sous l'aisselle, dans la sueur, la ramène sur la poitrine, il se penche, pose ses lèvres sur la joue de l'enfant, sur ses lèvres et sa main rampe sur le ventre glacé, sur la toile trempée de sang. Le jeune homme se redresse, regarde sa main, va vers la porte, descend dans le jardin, s'accroupit, enfonce sa main humide dans le sable, revient dans la sacristie, met sa main dans le lavabo, ouvre le robinet; l'enfant s'anime, ses genoux tremblent, le sang séché tombe en poudre sur le banc. Dans l'encadrement de la porte passe un chien plus blanc que le jardin.

Les enfants mutilés dans les massacres sont gardés dans les hôpitaux ; ceux dont le sexe seul a été tranché, les entremetteurs les vendent aux diacres, le cardinal reçoit de l'argent du gouverneur pour racheter ces enfants et les nourrir. Très vite, les entremetteurs payent des assassins : ceux-ci se glissent dans les rues, la nuit, dans les chemins, le jour, capturent des enfants, les mutilent dans le sable, dans la boue. Vers la fin de la guerre, les massacres étant devenus rares, la plupart des castrats du cardinal ont eu à faire avec ces assassins. La mutilation est mieux faite.

Ainsi, Kment, une nuit — dans la vallée d'Iguider, rebelles et soldats combattent au couteau, sous la lune, le long du fleuve Iguider — deux hommes le poursuivent depuis la tombée de la nuit ; il bondit sur le sable, ses haillons s'accrochent aux ronces. Dans le bas, les couteaux s'entrechoquent ; son cœur bat, le souffle des hommes dans son dos. Des aigles, très haut, sur la lune enfumée, ils tombent silencieux sur le combat. Kment plonge dans une grange abandonnée, roule dans le foin, sa cuisse nue heurte une faux dans la poussière, Kment la prend ; les deux hommes sautent près de lui, Kment fait tourner la faux au-dessus de sa tête, les hommes s'agrippent à ses hanches, la poussière qui monte du plancher éclaire l'ombre ; la faux glisse sur le dos des hommes, arrache leur chemise ; un homme saisit le sexe de Kment, à travers la toile, le tire, Kment hurle, brandit la faux et la plonge dans la gorge de l'homme ; celui-ci chancelle, son grand corps trempé de sueur froide tourne sur Kment et s'écroule dans le foin. L'autre homme a saisi, dans ses deux mains, la jambe du garçon, Kment glisse et tombe, l'homme le frappe au front et au ventre, prend la faux. Kment, accroupi, les mains au ventre, plonge, rapide, dans les jambes de l'homme, le renverse. Dans la vallée, soldats et rebelles courent le long du fleuve ; un avion de chasse tournoie au-dessus d'eux ; les soldats se détachent des rebelles, l'avion pique sur les rebelles et les mitraille ; dans l'avion, le pilote et le tireur tremblent et hurlent, rient, la poudre les enivre ; un peu d'écume et de morve brille au-dessus de la lèvre du tireur, un peu de savon sur sa joue droite ; une petite glace sort à demi de la poche de son treillis sur la poitrine, elle pèse sur le bout du sein, il courbe un peu le dos et relève son épaule, mais la glace paraît collée au bout du sein, comme par du sang, au travers de la toile.

Kment frappe le visage de l'homme avec la faux, le sang surgit, ombre le visage peu à peu, comme un filet. Kment jette la faux, s'enfuit, se roule dans le chemin, les mains au ventre. Sur la carlingue de l'avion tintent les douilles brûlantes, elles sifflent sur la vapeur. Les oiseaux crient dans les cimes noires, excités, affolés par le combat ; l'avion pique, mitraille, remonte vers la nuit, effleure les arbres, plonge vers la falaise, soldats et rebelles mitraillés tombent sur les galets, le long du fleuve. Kment se traîne sur le sable ; l'avion passe au-dessus de lui, longue pierre vibrante, Kment pénètre le sable, s'y enterre à moitié, comme un crabe et, l'avion s'étant éloigné, la pierre éteinte dans la nuit, ramène le sable contre sa joue comme un visage, par le cou. Soldats et rebelles arc-boutés sur les galets, tremblent, râlent, le sang se retire de leurs lèvres : les poissons sautent dans les rapides, des insectes, enroulés à deux roseaux, desserrent l'étreinte de leurs pattes, et, le ventre couvert de larves, s'échappent dans la nuit tiède, les roseaux détendus vibrent ; dans l'eau marécageuse, roulent des balles et des crapauds morts, enduits de rouille. La salive ultime, sanglante, rose, des soldats mourants y descend. L'avion revient, pique, mitraille de nouveau, les balles sautent, crépitent sur les galets, fauchent les roseaux. Le tireur a les mains noires, il vomit brusquement sur la crosse de la mitrailleuse, laisse aller son front, ses tempes contre le métal fumant, il frissonne, ferme d'un doigt visqueux le col de son treillis. Le pilote se retourne : sur ses lunettes de mica, cerclées de cuir et de cuivre, une croûte formée par les cadavres d'insectes déchiquetés, une croûte déjà sèche d'où sortent, çà et là, tremblantes, une patte, une antenne, une aile, une élytre :

— Mitraille, mitraille ! Bon Dieu, vise un peu mieux !

— Mon lieutenant, mon lieutenant, je suis malade, je crève, ma fiancée, je crève, je les ai tous tués, ils m'attendent avec leurs couteaux, la ville est fermée, un couteau se plante dans mon dos, je cours, je n'avance pas, les bords de la ville se relèvent avec les museaux des tristes insectes, les mufles des bêtes féroces, une griffe sort de la terre et me prend le pied, mon lieutenant, sur ma fiancée, vous abusez, c'est mon tour, mon sexe fourmille, ma soif, mes arbres, mes jambes se consument comme des cierges, j'ai mal, comme j'ai mal, mon lieutenant, descendez du lit, écrasez-les.

Le soldat saisit le pilote par les épaules, enserre son cou, le pilote lâche les commandes, le soldat écumant, vomissant, l'étrangle avec ses mains souillées. L'avion fonce droit sur la falaise, le soldat mitraille la falaise, arc-bouté sur la mitrailleuse, il se lève tout à coup, lance ses bras au-dessus des ailes, l'avion se rapproche de la falaise criblée. Le soldat debout dans la carlingue, les bras levés, le visage et la poitrine trempés de bave et de vomissures, fou. Un soldat blessé, sur les galets, ouvre les yeux, voit l'avion entrer dans la falaise, comme un poisson dans son trou.

Kment se renverse sur le dos et s'endort. Les petits castrats, que le bruit de la bataille a réveillés, s'agitent sur leur lit. Le jeune homme noir, dans son alcôve, les yeux grands ouverts, écoute le sifflement des balles ; les rideaux de l'alcôve frémissent, le reflet d'un incendie court sur les anneaux de bronze. Des oiseaux et des chauves-souris heurtent la vigne vierge autour de la fenêtre ouverte, secouent, font couler la poussière blanche et bleue des feuilles ; un rouge-gorge jaillit aux angles de l'alcôve, tombe, se débat derrière un tableau. Le jeune homme noir regarde le ciel, la nuit en marche, les tourbillons, les crinières, les dents, les crocs.

Illiten capturé, Inaménas respire. Il y a une trêve, la foule se presse aux portes des usines, des ateliers, des fermes, la foule travaille vingt jours, les mœurs se resserrent. Les rebelles, pourchassés, dénoncés se rassemblent dans une grotte, celle où cent ans auparavant leurs ancêtres ont décidé la résistance à l'envahisseur, celle où ils sont morts, dix ans plus tard, enfumés, abandonnés par le peuple, divisés. Un souterrain creusé sous la montagne, conduit à une grande caverne, dont les ouvertures donnent sur la mer ; les blessés, la tête et le ventre bandés, sont étendus sur des lits de camp volés à l'armée d'occupation ; des jeunes femmes en treillis les soignent ; d'autres les servent et se penchent sur eux le soir pour qu'ils leur touchent les seins ; les convalescents peuvent les étreindre et les prendre sur une paillasse disposée au fond d'un trou, dans le bas de la caverne, près d'un petit canal où les soldats jettent les arêtes de poissons et les écorces d'eucalyptus après les avoir mâchées, et qui s'enfonce dans la falaise jusqu'à l'air libre. Pendant la trêve, les chefs avertis de la lassitude des négociateurs en métropole, commencent à préparer des plans d'entrée dans les villes. Parfois ils se disputent violemment, alors ils vont aux ouvertures, contemplent la mer étale, chair immense, fondant avec des scintillements sous le soleil, des mouettes se laissent glisser le long de la falaise, frôlent les touffes d'alfa, tombent nonchalantes sur le sable, des baigneurs parfois traversent la plage, les rebelles les regardent à la jumelle. Puis, ils reviennent à leurs cartes, se prennent la main au-dessus, ils sont trois ; autour du poignet, la marque de la pendaison ; à la gorge du plus jeune, une longue cicatrice qui scintille lorsqu'il bouge la tête :

— Nous devons être vus, le plus souvent, bien vêtus, bien armés, limiter notre action aux exécutions courantes : putains, dénonciateurs, riches, enfants de ceux-ci ; mais, surtout, dans certains lieux moins accessibles de l'île, commencer à gouverner, à construire, à instruire, à nous imposer naturellement comme les délégués, les précurseurs locaux d'un gouvernement révolutionnaire en route vers la capitale. En métropole, nos amis obtiendront la grâce d'Illiten.

— Le soldat qui nous avait livré le poste de Tirmitine, s'est suicidé, hier soir, au repos de la section : deux balles dans la bouche : c'était un bon tireur et un bon radio.

— Je me souviens de ses larmes quand l'un de nos soldats tuait une cigogne.

— Les soldats ne l'aimaient pas, nos frères non plus.

— Nous ne nous sommes pas battus pour ces gens-là.

— Des traîtres bien utiles.

— Nous leur ferons repasser la mer. Au-delà, leur sort ne nous importe.

Il parle, le visage nu, la gorge découverte, les bras croisés au bas du ventre, sa voix soudain se déchire comme une feuille, saturée de chaleur et d'eau, son pied tremble sur le roc :

— Toi Béja...

— Qu'y a-t-il ?

— Sortons.

Dans le fond de la caverne, un soldat gémit, arrache ses bandelettes, se retourne sur son lit, donne un coup de reins, le lit se renverse, le soldat roule sur le roc, il pousse un cri de rat, un cri aigu ; une jeune femme se précipite, se penche, soulève le soldat par les épaules, mais le soldat, les yeux fermés, l'attire à lui, la renverse sur lui, l'étreint, les plaies rouvertes de son corps collent au treillis de la femme, ses lèvres blêmes, presque froides, mordent la bouche de la femme, puis se détachent, glacées : l'étreinte des bras et des genoux se desserre ; la tête de l'homme roule sur le roc, un peu de salive rose jaillit au coin des lèvres. La femme se relève, s'appuyant sur ses poignets ; son treillis ensanglanté, froissé, se décolle des plaies du mort, avec des pétillements rouges.

Béja, seul, à l'entrée de la caverne, debout sur une plaque de granit, tourne la tête vers l'intérieur, voit le soldat mort et la femme accroupie, ferme les yeux, jette la cigarette qu'il a aux doigts, essuie ses lèvres avec la paume de sa main :

— Koba mort ? le dernier peut-être. Dans quarante jours, nous sommes à Inaménas.

Il pose sa main sur l'épaule de la sentinelle, il regarde les rochers, la plaine mouillée, les fumées silencieuses du brouillard au travers des arbres déchiquetés, les oiseaux qui remontent de la mer.

— Je porte tout dans ma poitrine, je vous porte tous sur mes épaules.

Il laisse aller son bras sur l'épaule de la sentinelle :

— Tu vois Inaménas dans le fond, les châteaux d'eau ? C'est là que la révolution a commencé ; j'étais avec Illiten, nous avons tué le gardien, un traître : il est assis à sa table, sous la lampe ; je saute sur lui, je lui arrache son pistolet, Illiten se jette sur l'homme, renverse la table, prend l'homme aux épaules, je maintiens l'homme à la taille, Illiten sort son couteau, l'enfonce dans l'épaule de l'homme, je sens les muscles de son ventre se contracter sous mes doigts, le sang jaillit, coule sur mon bras, l'homme crie, sa tête se renverse brusquement en arrière, heurte mon menton. Illiten le pousse contre la porte vitrée, l'homme s'écroule au pied de la porte, dans les éclats de verre, je me précipite, je le soulève par les épaules, et le pousse en avant dans les bras d'Illiten qui lui donne un coup de couteau dans le genou, l'homme trébuche, sa jambe se tord. Nous l'avons étendu sur le plancher, Illiten le maintient à terre, je prends la lampe à pétrole, Illiten ouvre la bouche de l'homme avec ses deux mains, j'incline la lampe au-dessus, la lumière éclaire le palais rouge, palpitant, où jaillit la salive et le sang monte entre les dents, je verse d'un seul coup la flamme et le pétrole brûlant, l'homme pousse un long cri, gémit, pleure, des larmes coulent sur son visage calciné, une fumée rouge sort de sa bouche, ses lèvres se froissent, au souffle haletant, comme du papier calciné. La fumée dissipée met à nu le palais couvert de cendres au fond duquel s'agite un bout de langue recroquevillée, Illiten se relève, ses mains tremblent, il prend la lampe et la brise sur le visage de l'homme :

— Il est mort, fuyons.

Je jette un petit emblème sur la poitrine du mort. Illiten m'entraîne au-dehors :

— Maintenant tu es un vrai révolutionnaire.

Et il m'étreint dans la nuit glacée, ses mains sanglantes glissent sur ma ceinture, remontent le long de mon dos, jusqu'à la nuque. Voilà mon baptême du sang.

La sentinelle garde ses yeux levés sur le visage de Béja, mais le jeune chef saute sur les cailloux, il arrache une touffe de menthe, l'écrase dans sa main mouillée·

— Illiten se défend.

Le brouillard, forme visible du silence, monte jusqu'au soleil ; Béja se couche sur un rocher, bras en croix, jambes écartées, l'ombre d'un oiseau voile un instant son visage, Béja voit la tête immobile, les pattes pendantes, le bec jaune au-dessus de lui, l'œil humide, hors de l'orbite, coulant sur les plumes noires, le ventre mort, la gorge dure, l'oiseau descend les ailes déployées mais rigides, ses contours font une ombre sur le ciel, Béja sent son sexe se durcir sous le soleil, une femme nue, brûlante descend et se pose sur lui, pose ses lèvres sur celles de Béja, son ventre, son sexe, ses genoux, Béja roule sur elle, tu es morte ? Il se lève d'un bond, la peau de la femme se détache et reste collée au garçon puis se change en poudre de feu, au secours, je brûle, l'oiseau plonge son bec dans le cou de Béja, la femme écorchée, pleure contre lui, elle l'étreint, elle boit le sang qui jaillit du cou, l'aspire avec ses lèvres d'os et de muscles, avant de mourir, Béja applique sa main sur le sexe de la femme qui se gonfle sous la caresse, la main se pique au cactus, il danse avec la femme, il sent, contre sa poitrine, la poitrine ouverte de la femme, le cœur à vif qui bat contre le bouton de son treillis. Vers la place élevée où sont les tentes, le train qui fuit entre les hautes herbes mouillées, entre en gare, les wagons couverts de boue et de vers, les passagères, aux joues enduites de boue et de vers derrière les vitres, un gant parfumé, un gant de cuir noir contre ses lèvres, ses larmes sur le gant, le soleil perce le plafond métallique et les foudroie au milieu des musiciens, le chien traîne son museau sur les boucles d'or des souliers, sur les éperons. Béja, Béja pourquoi sens-tu toujours cette odeur, on dirait que tu dors avec les moutons. Sur le carrelage rouge courent des cafards. Béja pourrais-tu manger un cafard, ses souliers contre mes pieds nus, ma main sur la paille humide qui entoure le tuyau, un feuillage se balance devant la petite fenêtre, Béja pourrais-tu manger ce cafard, il y en a plein dans la chasse d'eau, l'odeur les attire ici, puis ils montent vers la fraîcheur, tu vois leurs traces sur le mur, mange, un singe noir grimpe le long du peuplier, un chat mort flotte au-dessous, dans le reflet vert, je te donnerai de l'argent, mange, il fait sonner la monnaie dans sa poche, Béja, Béja, où sont-ils encore tous les deux, vois je mets l'argent sur la fenêtre, il est pour toi, si tu en manges un, la monnaie brille sur la chaux poussiéreuse, trois pièces, un miroir pour moi tout seul, je m'accroupis, Béja, Béja, Madame veut te voir, il y a une araignée dans sa chambre, elle tremble de terreur la pauvre petite, elle t'appelle, je pose la main sur le carrelage, un cafard court vers mon pied nu, je le prends, je me relève, le cafard bouge dans ma main, dur, humide, ses pattes griffant ma peau, j'ouvre la bouche, la main, le cafard entre mes doigts se débat près de mes lèvres, Talbot se retourne, la main sur la bouche, se penche sur le trône de faïence, je ferme les dents sur le cafard, je le coupe en deux, un liquide amer puis aigre se répand sous ma langue, Talbot brusquement vomit les mains appuyées au mur, j'avale les deux morceaux du cafard, je garde mes lèvres serrées, je prends la monnaie sur la fenêtre, je monte sur le rebord, je me glisse à travers la fenêtre, je saute dans le jardin, je m'enfuis, les pièces fondent dans ma main, je suis couché dans le canal vide, sur le ciment sec, la vanne tombe sur ma gorge comme un couperet, un tas de petits oiseaux égorgés fume, Talbot vomit dans les ronces, Béja, Béja, une grande plume blanche est posée sur mes cuisses, des pucerons sautent sous le duvet, dans la plaine, le mouvement, l'ondulation des palmes et des herses, la terre couverte de racines déchiquetées, le grand oiseau bouge, plonge dans les rochers, Béja remue sa jambe, ouvre ses yeux, voit le soleil, toile d'araignée scintillante, la pointe des rocs, il se lève d'un bond, court vers la sentinelle et crie :

— Tue cet oiseau, tue-le, nous le mangerons ce soir.
— Quel oiseau, chef, quel oiseau ?
La sentinelle fixe le ciel, puis les rochers :
— Quel oiseau ? pour le manger ?
— Je ne le vois plus. Rentre, fais-toi remplacer. Le soleil est si ardent.

La sentinelle salue : un petit troupeau de moutons sort de la caverne, la sentinelle, prenant son fusil à deux mains, les repousse à coups de crosse, les moutons piétinent le rocher, secouent la tête ; la sentinelle frappe, la bretelle du fusil se prend dans les cornes des béliers :
— Frappe plus fort, comme on te frappait.
— Pourquoi les moutons veulent-ils s'échapper ?
— Nous sommes devenus impurs.

La sentinelle pousse les moutons dans la caverne, vers le fond : ceux des blessés qui se sont attachés à des agneaux vont les caresser, les agneaux s'échappent et se pressent contre le ventre de leur mère ; les soldats reviennent s'asseoir sur leur lit de camp ; les moutons tremblent. Béja se penche sur le mort, s'agenouille contre sa hanche, la femme est accroupie devant les moutons, les mains croisées sur son treillis ensanglanté. Béja fait un geste de la main, deux soldats en armes s'avancent :
— Prenez Koba et portez-le au petit cimetière. Faites attention, la pente glisse à cause du brouillard.

Les deux soldats soulèvent Koba, le sang qui séchait dans les plis du treillis, coule sur les doigts des porteurs :
— Il a un petit harmonica.
— Laissez-le sur lui.

Béja, le jour, ne touche jamais la femme ; la nuit seulement il rampe vers la paillasse où elle dort, les jambes ouvertes, le visage en feu ; elle sent les cartouchières et l'étui du poignard rouler sur sa hanche, le souffle brûlant de Béja sur sa poitrine découverte, les mains enduites de boue et de graisse de fusil agripper ses cheveux sur la tempe, le long corps souple et lourd remonter comme une ombre animale sur son corps et le couvrir ; elle voit à travers les trous de la falaise le ciel étoilé où les étoiles coulent de l'une à l'autre, loin au-dessus de la mer, elle écoute la chute des oiseaux et des pierres le long de la falaise, le bruit lointain du sable mouillé qui s'écroule au bas de la plage, dans les flaques où sont pris les petits poissons solitaires. Les moutons remuent quand son genou racle le rocher entre les cuisses de la femme, il l'a tirée hors de la paillasse, leurs salives se mélangent avec des scintillements ; un instant le froid des boutons sur son sexe, puis le chaud et les ongles du soldat dans ses épaules ; un regard vers l'entrée de la caverne ; la sentinelle va et vient sous la lune, la toile du treillis tendue sur la hanche entre les cuisses avec des plis aigus.

Au milieu de la nuit, les délégués sortent de la caverne, descendent vers la plaine. Les soldats rebelles à l'État les attendent dans le défilé de Thilissi. Commandés par un capitaine, jeune, le visage et la gorge balafrés, ils sont accroupis derrière une haie de genêts, au bord du chemin. La plupart sont nés à Inaménas, fils de colons ; ils se taisent, ils voient, au travers des genêts durs et acérés, les rebelles s'approcher sans bruit, bondissant, chaussés d'espadrilles bleues et noires, sur le sable souillé ; ils voient les couteaux battre sur les hanches, ils serrent la crosse du fusil sous l'aisselle, leurs mains tremblent sur le chargeur noir, la gorge bat, couverte de toiles d'araignées ; des petits moustiques glissent sur la poitrine, heurtent les lèvres, se mettent entre la peau et la jugulaire sous le menton et sur les joues, entre le front et le casque, sont pris dans la sueur à la racine des cheveux et dans le creux de l'oreille, vibrent devant l'œil, au-dessous des sourcils ; des petites fumées montent du sable, des souffles ; les soldats se taisent, couchés, une grande raie de sueur dans le dos : à travers les tiges noires, d'où coulent la cendre et la poudre d'œufs, les rapides où l'eau saute, blanche et brillante et l'écume sous les rives ; le va-et-vient fébrile des moustiques entre l'eau et les genêts, au-dessus du chemin, projette des ombres sur le sable et les cailloux, la cime éclairée des genêts scintille.

Le canon d'un fusil luit dans les genêts : un rebelle le voit, s'arrête, fait un signe : tous se jettent dans la haie, le doigt sur la détente. Les soldats tirent sous les genêts, un rebelle crie et remue sous les tiges calcinées, la fusillade augmente ; un soldat prend une grenade à son ceinturon, la dégoupille et, le coude appuyé sur le sol de cendre et de sable, la lance au-dessus des genêts ; elle éclate au milieu des rebelles ; un grand oiseau noir traverse le combat, le mouvement de ses ailes chasse la fumée de l'explosion. Bientôt il n'y a plus, entre les combattants, qu'un petit champ de tiges déchiquetées et de cendres ; ils rampent les uns vers les autres, leurs doigts s'enfoncent dans la cendre où sautent les douilles fumantes ; couchés, le ventre battant la cendre, ils se lancent des injures, crachent, leurs cris sonnent contre les falaises mais, dans les moments de silence, et de progression, le petit bruit obstiné de la rivière les relie au monde ; alors il ne reste plus que deux soldats face à face ; derrière eux, au bout du long sillage sanglant, un amas de cadavres et de mourants, la bouche ouverte sur la cendre, les mains sur le ventre ; les entrailles coulent entre les cuisses, des genoux, des lèvres tremblent ; sur la poitrine d'un mort, sortant de la poche, un miroir brisé où la rafale jette des étincelles et la lune, à travers les ondulations et les secousses des genêts.

Les deux soldats, cartouchières vidées, s'accrochent l'un l'autre avec leurs doigts brûlés, puis s'étant brusquement relevés, se précipitent, s'étreignent, se renversent dans la cendre, roulent sur leurs fusils encore chauds, crient, se prennent aux cuisses, à la gorge, se mordent, se crachent au visage, se griffent : le rebelle arrache le ceinturon du soldat et lui lacère les joues avec la boucle ; le soldat prend une poignée de cendres et la jette dans les yeux du rebelle : celui-ci, aveuglé, crache, crache du sang, et mord, la cendre coulant le long de ses joues, tient ouverte sa bouche, sa mâchoire brille au-dessus du soldat qui se tord, un fusil sous la nuque, une grenade sous les reins ; derrière eux, des gémissements, des râles, des bruits d'os, de sang claquant dans la bouche, des bouillonnements d'entrailles; dans la cendre tachée de lune, des mains s'ouvrent et se ferment; un mourant, la gorge ouverte, enfonce violemment son poing dans la plaie, une boue sanglante jaillit, le poing touche l'os de la gorge que le couteau a scié; les deux ennemis se relèvent, se frappent à coups de crosse, le rebelle est à demi nu, les lambeaux de sa chemise volent, claquent autour de son buste, le soldat dans sa fureur les bat; les canons des fusils s'entrechoquent; des petits oiseaux, que la fusillade a chassés, reviennent et sautent sur la rive, des poissons rebondissent sur les galets, dans les rapides; les petits oiseaux s'élancent et les effleurent avec des cris légers; bruits d'ailes et de nageoires, dans la plaine; au-delà du défilé, où la rivière s'élargit, une bande de chacals trotte dans les herbes, le lait des tiges mouille leur pelage, la plaine est couverte d'outils et de machines abandonnés, de faux rouillées, de charrues renversées sous lesquels serpents et lézards se lovent; les chacals courent, détruisant l'inclinaison de l'herbe, dispersant les bêtes accouplées, levant la gueule vers la lune, les pattes et les griffes attendries par le sable tiède qu'ils foulent, l'écume aux dents, la langue vibrante; devant eux, les falaises noires; au-dessous, l'ondulation plus claire de l'herbe, le brouillard de poussière et de vapeur végétales et plus bas, le battement de la rivière, comme un battement de neige.

Les voici dans le défilé, sur le champ de bataille, les deux soldats, arc-boutés, tête contre tête, s'écroulent dans un grand nuage de cendre. Les chacals reculent vers la rivière; le nuage dissipé, ils s'approchent des deux cadavres, tournent autour en les flairant, les mordillent, fouillent sous eux, grognent, soufflent sur la cendre; un chacal saisit le bras d'un soldat et le soulève, il tire le soldat de sous l'amas de cadavres, mais le soldat vit encore, sa main se ferme sur la gueule du chacal qui la mord, la bête s'éloigne dans les genêts, puis revient vers le mourant et, cette fois, plante ses crocs dans la gorge, le soldat pousse un soupir léger, sa tête pivote dans la cendre, le chacal alors s'acharne sur le corps, déchire la gorge, la poitrine, le ventre, enfonce son museau sous la ceinture et en retire des lambeaux de chair, il déchire la cuisse, la hanche, dévorant tout : chair, muscles, nerfs, os, toile et cuir, remontant de sous les cuisses et son museau soulevant le sexe, sa langue creusant le nombril, et ses crocs le déchirant, ses griffes lacérant le bout des seins, les épaules, fouillant les aisselles, arrachant les poils et les recrachant sur la cendre avec des grognements ; ses crocs heurtent le miroir brisé, les débris de verre ensanglantés piquent ses gencives et sa langue, craquent sous ses crocs ; le chacal gémit, lève la patte avant et s'en gratte le museau ; puis il se jette de nouveau sur le cadavre, il essaie d'enlever le casque de la tête, la tête ne tient plus au corps que par un faisceau de chair, d'os, de nerfs et de muscles pilés où baigne la jugulaire, le chacal fait basculer le casque, la tête roule dans la cendre boueuse, pivotant et le faisceau qui la retient se tord, des nerfs éclatent, le chacal se rue et tranche, arrache, déchire en secouant sa gueule, les griffes accrochées aux épaules du soldat.

Tout autour, les chacals, avec des piaulements, dévorent, la gueule enfoncée entre les cuisses des soldats, tirent les cadavres par les bras, et par les cheveux, jusqu'aux genêts, puis, repus, font dessus leurs excréments et griffant le sol, avec leurs pattes arrière, les recouvrent de terre. Puis, le ventre lourd, ils vont au bord de la rivière, s'enfoncent à mi-corps dans l'eau tiède et boivent à grands traits, sous les palmes poudreuses.

Haut sur les monts, l'arme à la main, les rebelles écoutent : la fusillade, le corps à corps, les chacals...

Déjà, trois hélicoptères, partis d'Inaménas, grondent

au-dessus du défilé, ils descendent, ils se posent sur le sable, des soldats jaillissent de la carlingue, sautent, bidons et grenades s'entrechoquent, brillent à leur taille, certains se frottent les yeux, bâillent, étirent leurs bras, la veste de treillis relevée met à nu le bas de la poitrine, le nombril et le haut de la hanche, le pli de la peau entre le ceinturon et la passe du pantalon, courbés; les hélices, ralenties, soufflent le sable et les herbes, l'eau tremble, l'ombre des hélices balaie jusqu'au marbre gris de la falaise, sur la rive opposée, voilant les angles et les éboulis, puis les rayons des projecteurs fouillent la falaise, réveillant les oiseaux dans les nids et les faisant tressaillir et vaguement chanter: jaillissent les trous comme sous les bombes. Les soldats sont accroupis près des cadavres, ils détachent les leurs de ceux des rebelles, les transportent dans la carlingue, rassemblent les débris de chaque mort dans les toiles de tente, ouvrent les bouches, les tiennent ouvertes en leur faisant mordre leurs plaques métalliques où sont inscrits les matricules. Certains se retournent et vomissent dans les genêts; les bras chargés de ces ballots sanglants, ils courent sous le vent des hélices, les pieds heurtant les galets et les excréments séchés, les bras découverts, tatoués de têtes de mort ou de femmes nues, le souffle empuanti de bière et de pâté, jurant, grognant, se frottant le bas du dos et le bas du ventre:

— Ces putains de vers qui te bouffent le derrière, ces morpions qui te bouffent le devant.

Un courant de brise fraîche passe sur leurs bras nus, coule comme du lait sur leurs poignets; un chacal s'enfuit dans les hautes herbes, sa tête grise danse au-dessus des épis couverts d'élytres. Des soldats prennent des pelles dans la carlingue, vont au milieu des restes, jettent la terre sur les lambeaux ensanglantés, la piétinent, le sang gicle sous leurs semelles.

Au-dessus d'eux, les éclairs de la lune sur les hélices lentes et vibrantes. L'officier marche sur la grève, troue le sable avec le bout de sa canne, un petit oiseau, assourdi par le battement des hélices, volette autour de ses bottes, l'officier se penche, prend l'oiseau, déboutonne le haut de sa tunique, glisse l'oiseau palpitant sous sa chemise.

Tous remontent dans les hélicoptères.

... Vagues de l'herbe, herses renversées, le ciel éclate, débris de verre dans les feuillages, meurtriers, rampant le long des rivières, rentrant dans la terre noire, enlisés, étranglés par les joncs, révolte claquante, bannières roses de ciel et de sang, seringues sous les aisselles, cri écarlate, vomissements dans l'après-midi sur les ronces bourdonnantes...

La nuque posée sur la tôle vibrante de la carlingue, les soldats accroupis rêvent, tremblent, les mains aux genoux, la sueur coulant le long des cuisses et de la poitrine, les cheveux pris dans la monture du casque...

Les palmes se soulèvent, marchent dans le vent, la pluie avance, l'ouragan arrache les herbes rouges, un tombeau gardé par deux soldats endormis, debout, contre la pierre. Je les désarme, ils ouvrent les yeux, sourient, se laissent lier, la pierre scintille, les troncs sautent sur le versant boueux de la montagne; sur le cresson, au fond de la vallée, le martèlement des chevaux sauvages, le piétinement des loups sur le foin sec bruissant d'élytres et d'antennes, je me penche sur les yeux des soldats; dans le palais de bois doré, des femmes préparent les lits, les draps gonflent, coulent, claquent sur les bois dorés, les porcs remuent dans les tonneaux au fond de la cour, des petits oiseaux volent autour, le soleil vibre dans le bleu, les prisonniers hurlent, couchés sur la boue d'excréments de coqs, un enfant, cuirassé de fer, serré dans le cuir, les pique avec un bâton, alors ils se taisent, étendent les bras, ouvrent les mains, des grenouilles s'en échappent, leur chant meurt sur la boue ; les pieds des prisonniers sont entravés dans des arcs de fer, fichés en terre ; au crépuscule, l'enfant caparaçonné tombe en poussière sur eux, ombre du soir, ombre de mort, masse de cendres ; alors ils sentent son baiser sur leurs lèvres ; le fleuve charrie des écorces rouges, des singes criards ; sur le grand bateau à roues, vieux bleu, fers rouillés, flaques de mazout, le vendeur de draps et d'esclaves ; assis derrière un pupitre, un soldat coupant le drap, un autre coupant un bras, une main, une langue aux esclaves, un troisième enveloppant chaque membre dans un morceau de drap et jetant les lambeaux de chair saignante aux poissons, qui remontent le flot jaune ; il écrit, compte et pèse ; les ballots sont posés en tas dans le fond du bateau près du gouvernail, le sang éclabousse les cordages ; les arbres frémissent le long du fleuve, des bêtes se lèvent, lourdes sous les feuillages et glissent vers l'eau, les falaises de glaise ocre et noire, s'écroulent dans l'eau bleuie par le soleil ; silence : seule, la marche des lourdes bêtes sur la boue marquée d'empreintes de sabots, de griffes, de queues, d'ailes, de crocs.

L'enfant, debout sur le drap, nu, rieur, les deux pieds contre la hanche de son père et sa mère, la femme servante, dormant la joue appuyée sur le haut de son bras ; le père fait craquer les muscles de ses hanches, et l'enfant lui pisse en plein front, le drap mouillé brille dans les rayons, deux chevaux blancs passent devant la fenêtre, dans le vent.

Béla crie au fond de la vallée, autour de lui, les os de ses enfants ; le vent soulève les cendres, un insecte brillant, cornu, vert, le long du rocher ; Béla pleure, au loin, au-delà de la vallée l'ondulation marine des herbes sous les villas blanches, les chemins blancs couverts de lézards mutilés, foulés par les espadrilles des enfants et des tennismen ; grognements des porcs dans les tonneaux ; le bleu coule entre les îles, les continents se rapprochent, les dieux mêlent leur salive sacrée ; une grenouille, enduite de cendre, saute sur les os. Béla s'assied sur un chaise de bronze, les os tintent à son cou, deux esclavons vêtus de drap poussent le prisonnier à ses pieds, il détourne les yeux de ce misérable, enduit d'excréments et dont la narine est transpercée d'un bec de coq :

— Allez prendre les armes devant le tombeau, tuez les deux soldats, puis revenez ici, et tuez ce prisonnier et jetez les corps dans le fleuve après le passage du bateau.

Les deux esclavons dont le drap fume au soleil trottent dans le jardin, entre les hautes fleurs blanches et les plantes carnivores ; derrière les rangées de fleurs, grognent les porcs enivrés par le vin qui sèche au fond des tonneaux ; au-dessus flottent les drapeaux dans l'air marin, le sel ronge les pieux et les pilotis. Les deux soldats, tués ; les fusils brûlant dans les mains tremblantes et mouillées ; le prisonnier saute, mains au ventre, son crâne se fend sur le marbre. Les esclavons, bras nus, pieds nus, lèchent devant le roi Béla le sel de leurs lèvres ; les trois cadavres scintillent dans le sillage du bateau ; un esclavon est attaché à la roue ; à chaque tour, il plonge dans l'eau, suffoque, bave ; à l'arrière, près du gouvernail, le tas de ballots fume dans la poussière pourrissable. Le tombeau vide, sur le sable courent les petites mouches de la mort ; aux parois, pendent des lichens, lourds de chrysalides.

Alors que la nuit venait, Béla, le roi, prit peur, il éleva la main et dit à tous ceux qui l'entouraient, esclavons, soldats et femmes :

— Touchez-moi, touchez-moi tous afin que ma mort ne soit pas solitaire.

Mort, on lui ouvrit la bouche, on la remplit de copeaux frais, ses pieds lui furent coupés et donnés aussitôt à un esclavon que le roi avait fait mutiler parce qu'il avait étranglé les princes ses enfants, sur l'ordre du marchand de drap.

L'enfant cuirassé écarte les femmes et monte dans le lit, un instant sa main caresse le bois doré des montants, puis il ramène le drap sur le fer de sa cuirasse et s'endort. La flamme prend sous le tas de bidons d'essence, l'enveloppe, les jeeps roulent lentement parmi les cactus déchiquetés, un grand papillon rouge tremble sur le starter, l'antenne radio fouette l'air bleu. Je ne peux remuer les lèvres, lécher le sel de mes lèvres, toucher ma poitrine, un miroir, c'est interdit. Arriver à Leptis Magna avant la nuit, condamné à mort, loin de sa mère, de son village, son corps être dépecé, mangé, une femme faire l'amour avec un quartier de viande puis le manger sans y mettre les mains, mangeant les mouches et les vers avec, son corps même mort être désiré, dévoré, servir. Laisse mon bras. Vivant, ils me dépècent, ils coupent ma cuisse et l'emportent; chaque matin ils ouvrent ma prison, ma cave, ils s'avancent avec des couteaux et des tenailles, je suis une petite bête frémissante et soumise, sur la paille ensanglantée. Leur souffle sur mon bras écorché, ils chantent au-dessus de leurs couteaux... Il faut marcher derrière une bannière maudite, sur la plate-forme de ciment au-dessus du canal.

— Si tu refuses, un partisan te poursuit jusqu'à ta mort; partout un point noir. Désormais, seule, la peur règne en ce monde: là-haut nous avons déjà détruit cent villages, saccagé les récoltes, nous avons mangé des fruits verts; à mes côtés, un jeune partisan se tord, mains au ventre: je ris, je suis frappé.

On m'avait cru mort, je suis revenu; encore un peu de temps et je serai roi. Je rallumerai les bûchers. Touche le velours de la bannière. Maintenant, plus de pitié. Vivez, étendez vos bras, faites craquer vos muscles. Hélas, pour faire peur, on ne peut s'habiller de bleu.

À mesure que nous marchons, les champs, les routes, les rues, les cours, les terrains de sport se couvrent de prisonniers, de martyrs, de lépreux; des hommes, des femmes, des enfants sortent des maisons de bois, se déshabillent, revêtent leurs vieux haillons. Une ombre sur le corps, une ombre à l'intérieur; le couteau, le gaz, les chiens. Exterminez. Que les larmes vous viennent à force de tuer, à vous, chiens, brutes aimées de Dieu; au milieu de la sieste, accroupi le long de vos lits, je touche du bout de mes doigts vos poignets enduits de sang et d'écume de chien; ils vibrent encore des coups lancés, lanières les serrant, tendues et tirées par les chiens en rut. Croyez ou tuez-moi.

L'enfer naît autour de moi, monte; l'enfer remonte. Herbe d'enfer. Au-delà des barrières de terreur, un désert où les hommes et les femmes stérilisés, se sont couchés pour mourir, bouche ouverte... les eaux empoisonnées disparaissent de la surface et du profond de la terre. Fleurs d'enfer. L'armée est étendue sur la glaise, quarts et couteaux brillent entre les cuisses des soldats; le sang sous la pluie; les chiens mordent les genoux des petits enfants; les partisans tirent des femmes, avec des cannes, par le cou. Une lourde porte de fer est ouverte : coulent, hors de l'ombre, deux cents cadavres nus entremêlés comme de lourdes rivières précipitées... Une troupe de petits enfants rasés, en haillons, les jambes enduites d'excréments, marche sur la route sablonneuse, les plus grands soutenant les plus petits; arrachés aux femmes qui les soignent, ils sèment des cailloux sur le sable. Derrière eux, un rouleau compresseur conduit par un jeune partisan au front ceint d'une visière de mica roule entre les prés spongieux où sautent des biches squelettiques. Une fillette soutenue par un garçon roux tombe sur le sable; le garçon se penche, le rouleau compresseur approche, la fillette reste étendue sur le sable, sa barrette repliée sur son front; le garçon lève les yeux, voit l'essence trembler au-dessus du capot jaune, dans le soleil éclatant, tout à coup il prend la fillette gémissante sous les bras, et la tire vers le talus; le partisan rit, ses cuisses écartées sur le siège de métal poli ; le rouleau atteint la fillette, la chenille happe les jambes ; la tête, noircie, obscurcie, roule sur le bras du garçon ; la chenille le jette tête contre terre, écrase son dos ; la tête, fracassée, éclabousse le sable remué. Au soir, tous les autres enfants sont poussés dans la chambre de torture et pendus à des crocs de boucherie ; les petits corps sautent dans la lumière crue des projecteurs — le sang éclabousse le néon —, puis s'immobilisent ; alors, le jeune partisan coiffé de sa visière, et torse nu, s'avance, une hachette en main ; il taillade les genoux et les poignets des enfants suppliciés ; ses bras, son torse vivant se couvrent de sang et de lambeaux de chair ; au pied de chaque pendu, un petit tas de lambeaux sanglants : nerfs, muscles, os ; les corps sont détachés ; étendus au-dessous des crocs ; des femmes, putains, infirmières déchues, aussitôt se précipitent, s'accroupissent sur les corps demi-nus et les dépouillent à petits cris. Elles leur arrachent les dents, les yeux avec des crochets et des tenailles, puis le sexe, pour la collection du commandant. Elles déchirent la peau tendre et mouillée avec leurs ongles, certaines, avec leurs dents. Le jeune partisan abaisse et remonte la visière sur ses yeux, avec un sourire léger...

Les camions attendent les soldats sur le terrain d'atterrissage : les soldats sautent, essuient leurs mains à leur treillis, serrent leur ceinturon, crachent sur le macadam ; autour du terrain obscurci, les villas blanches de l'état-major, en bas desquelles marchent les sentinelles ensommeillées que le bruit des moteurs et des hélices éveille, endort, éveille de nouveau en sursaut ; un petit vent soulève dans la pénombre excrémentielle, la poussière de la guérite et des projecteurs ; la sentinelle piétine le plancher de la guérite, les illustrés, les romans-films, les journaux locaux tachés de sperme et de vomissures, les pelures d'orange et les noyaux, caresse les plis humides de son treillis, entre les cuisses puis les hanches, les fesses ; sa main descend sur le genou et remonte le long de la cuisse, déboutonne, glisse sur le sexe à nu, durci au contact de la main poussiéreuse et rude ; sa gorge bat.

Un bruit de pas et d'arme.

Il sort sa main de sous son treillis, attend, puis, les pas s'éloignant, l'enfonce de nouveau ; la toile du treillis frotte le bois, se déchire à un clou, le soldat pose sa mitraillette sur le rebord, étire ses bras, écarte ses jambes, s'accroupit, prend un roman-film, le dépose sur le rebord, en décolle les pages, et les yeux fixés sur l'image d'une putain appuyée dans le vestibule d'un hôtel de passe, il ouvre son pantalon de treillis ; le sexe jaillit, dur, vibrant ; le soldat le flatte du doigt et de la paume, le fléchit contre la toile, en caresse la racine et, se raidissant tout entier, dressé sur la pointe des pieds, le dos appuyé à la cloison, il saisit son sexe des deux mains et le frotte ; la brise soulève les pages, la putain grimace, le visage pris dans un pli du papier ; le soldat sourit, une humidité excitante, enfantine, naît, se répand au creux de ses cuisses et dessous ; un grand papillon bleu plane devant la guérite, le soldat agite plus violemment son sexe, l'odeur séminale monte le long de sa poitrine, la sueur ruisselle sous sa gorge et derrière ses genoux, pique ses yeux. Le sperme jaillit, les gouttelettes éclaboussent le bois de la guérite et le treillis, puis un filament se forme, parcouru de caillots brûlants, du sexe jusqu'au plancher ; le soldat reprend son souffle, presse le bout de son membre ; dans le spasme, de nouvelles gouttes d'un sperme plus léger, plus transparent, plus chaud, jaillissent ; le soldat coupe le filament au bout de son sexe et, frissonnant, le piétine dans la poussière ; une brise légère effleure la sueur de son front, de sa gorge et de ses bras ; le sexe ramolli pend entre ses cuisses sur la toile froissée ; le papillon bleu vient errer au-dessus de la main fripée, chaude et humide du soldat, posée sur le rebord de la guérite — attiré par l'odeur séminale, la chaleur qui s'en dégage et la vibration de la peau ; le soldat prend son sexe, le roule dans sa main, puis l'enfonce dans le treillis, boutonne, ouvre ses deux mains, les frotte l'une à l'autre, son corps tout entier tressaille, la solitude fond sur lui, la putain grimace sur la page ; il prend le roman-film, il le jette sur le plancher ; il passe sa main froissée dans ses cheveux ras, saisit sa mitraillette, la met en bandoulière, sort de la guérite et marche le long de la villa. À ses pieds, chante une petite source cerclée d'un anneau de fer ; il se penche, il s'accroupit ; sous la toile, le sexe mouillé roule sur la cuisse et la trempe ; le soldat plonge ses deux mains dans la source ; la mitraillette heurte l'anneau, le soldat se relève, rapide ; dans le fond de la piste, une troupe de soldats s'avance ; des ordres sont criés dans les intervalles des coqs. Les soldats passent devant la guérite. La sentinelle, un pied sur l'anneau, respire le parfum de poudre et de sang exhalé par leurs cuisses et leurs aisselles frottées.

Après le passage du dernier soldat... La mer, à nouveau la rumeur de la mer, le métier à tisser, le sable soulevé sur les pneus abandonnés, les pucerons sur les touffes de chardons, la ligne d'horizon en vagues de plomb, éclairs, brumes et miroirs. La mer est chaude ; la vapeur monte sur le visage de la sentinelle ; la mer bout le long du rivage, tout autour de l'île.

Mouettes, refroidissez la mer, couvrez mes tempes enflammées, je mords dans votre plumage salé, je mange votre chair fade, j'étends mes mains luisantes de graisse crue. Piquez le lobe de mes oreilles et le creux de mes épaules. Immobilisées en plein vol au-dessus des joncs que le vent tord et mouille, ridicules, savantes, moi rampant dans la glaise, laissant à chaque reptation un lambeau de mon vêtement aux mouches, je happe joyeusement vos griffes et je les coupe avec mes dents.

Une grande mouette est étendue sur la plage, près du feu, sur le dos, les pattes appuyées au sable.

J'ai marché des jours et des nuits, la peur noue mes genoux; je plonge dans le plumage tiède qui s'ouvre et se referme sur moi; pendant le sommeil, des pucerons sortent du plumage, de sous les ailes, et courent sur mon bras; à l'aube je m'éveille, mon sexe durcit, emmêlé aux plumes humides, et je fais l'amour avec la mouette.

Le feu s'éteint, la mouette crie, plaintive dans le sable de la nuit. L'aube, reflétée dans le fleuve occidental.

Dans le compartiment, face à face, frissonnant au bord de la vitre éclaboussée des excréments matinaux d'un enfant en tutelle, les deux frères ennemis se réconcilient dans la vitesse nocturne; les faisans fuient dans les sous-bois, les vanneaux s'alourdissent dans les sillons:

— J'ai connu des femmes, là-bas. Un mot, et traversant les mers, elles t'étranglent dans ton sommeil et la lutte se voit sur le mur bleu de la chambre d'enfance.

— Moi, j'ai combattu. Tu me croyais roi; je ne l'étais plus, je montais la garde, il y a à mes pieds un anneau. Un soldat m'aime, je ne veux pas, ses lèvres et ses mains sont gonflées de sang. J'aimais une mouette qui m'avait recueilli; à l'aube, elle dit: « Je suis ta mère » et mourut. Trois jours, trois nuits j'ai roulé près de son corps décomposé, la tête enfoncée dans le sable. Le troisième jour je vis, au centre de la terre, le fleuve des larmes; des grands bateliers maigres tentaient avec des gaffes et des rames de le détourner du dieu. Aime-moi, aime-moi. Vois ces ballots de chair et de sang dans le filet, aime-moi, aime.

Une main forte prend les ballots, ouvre la vitre, et les jette sur l'aiguillage. Mon pied est pris dans l'anneau...

Le pataugas de la sentinelle est posé sur la source, la fraîcheur de l'eau fait sursauter le soldat, il frissonne, regarde autour de lui, marche vers la guérite. Dans le fond de la cour les soldats déposent à terre les toiles de tentes gonflées de chair et de sang, se frottent les mains, les essuient à leurs hanches ; le capitaine crie des ordres et rentre dans la villa ; devant sa chambre une sentinelle l'attend :

— Mon capitaine, la deuxième section a pris un fel, dans la patrouille. Voyez-le dans la salle de bains.

Le capitaine passe une main sur son front, tord sa casquette dans ses deux mains, la remet sur sa tête ; dans la salle de bains, trois soldats, l'adjoint de section debout, le fel assis la tête contre la baignoire, les pieds et les mains liés, la bouche en sang, le visage noir, des mouches collées aux croûtes de sang de ses lèvres, des traces de semelles sur sa poitrine découverte. Le capitaine interroge le fel silencieux, jette sa casquette sur le carrelage, étire ses bras, commence à ôter sa veste de treillis, déboutonne sa chemise ; aussitôt, une caresse, une chaude palpitation sur la toison de sa poitrine : l'oiseau jaillit, crie, s'élance à travers la salle embuée, heurte les tuyaux, les robinets ; le capitaine se penche à la fenêtre ; l'oiseau se pose un instant sur le crâne du prisonnier, son plumage est tiède, ses pattes griffent, légères, la peau tuméfiée, son cœur bat contre une veine battante du prisonnier. Le capitaine plonge sa tête dans la vigne vierge, l'adjoint de section se tient derrière, l'officier fait un geste de la main, l'adjoint s'avance, s'accoude à la fenêtre. Sous la vigne vierge, les lilas sont lourds de scarabées accrochés aux fleurs et baignant dans le clair de lune :

— Avez-vous distribué la farine aux paysans ? L'attitude de vos hommes pendant l'opération... ?

— Bonne, respectueuse, mon capitaine, certains prenaient les enfants sur leurs genoux. Eber Lobato n'a pas touché les filles.

— Retirez-vous, je reste seul avec le prisonnier.

— Prenez garde, mon capitaine, il a une musculature secrète.

Ils sortent. L'oiseau s'élance de nouveau, le fel garde la tête baissée, le capitaine se redresse, son pataugas glisse sur un morceau de savon ; le capitaine se campe debout devant le prisonnier, ses mains aux hanches. Il tire hors de l'étui son pistolet automatique, il le pose sur le tabouret de bois blanc. Il regarde la baignoire, imagine un corps de femme : une jambe est encore dans l'eau basse et savonneuse, l'autre appuie sur un petit linge carré de couleur bleue ; la chevelure cache le front et les yeux, coule sur les épaules et sur le haut de la poitrine ; une ligne de crasse et de savon barre le dos et les genoux, le sexe, un moment, repose sur le bord de la baignoire...

— Comment t'appelles-tu ?

Le fel lève les yeux :

— Comment t'appelles-tu ? tu es un enfant... Montre-toi un peu.

L'enfant fel renverse la tête sur l'épaule, sa bouche est close, ses yeux fermés et ses longs cils noirs ombrent le haut de ses joues. Le capitaine jette son pistolet dans le fond de la pièce et s'assoit sur le tabouret puis, courbé sur l'enfant, il tranche les liens aux poignets, lance le couteau dans la baignoire ; l'enfant ouvre les yeux, les baisse aussitôt, laisse aller ses bras sur ses hanches, essaie de se relever mais retombe sur les genoux. Le capitaine s'accroupit, dénoue les liens autour des pieds de l'enfant fel ; son épaule frôle les haillons boueux du petit fel, il se relève, il va à la fenêtre :

— Je ne te ferai pas de mal. J'ai renvoyé ceux qui t'ont pris. La guerre s'achève.

— Je ne suis pas fatigué par le feu ni par le sang.

— Moi, je le suis. Heureux es-tu qui as toujours le désir de tuer.

— Vous voulez m'attendrir.

L'enfant serre le bord de la baignoire avec ses doigts :

— Je me tairai. Je me tais. Écorchez-moi, mes veines se taisent.

— Je fus, à ton âge, torturé : la neige pèse sur la tôle du baraquement ; depuis trois années je portais un numéro sur mon bras à côté des cicatrices des crocs des chiens. Pendu dans la douche, mon corps tournait dans la vapeur ; dehors la neige s'écroulait dans les barbelés et les miradors ; le printemps approchait. Deux mille enfants marchaient, mouraient dans ce cloaque. Au soir, je m'étendais sur la table d'opération, sage comme une petite bête dans la chaleur ; tous nous aimions le coucher du soleil, le masque de sommeil, la petite mort, loin de la neige, du froid, de la boue, des chiens ; il y avait une veilleuse au-dessus de la table. Quand je m'éveillais, une odeur fade et enivrante de fleur : le sang m'étouffait ; tintements dans la salle voisine, voix, cliquetis, roulettes sur le carrelage ; une main de fer me prend à l'épaule, me soulève et me jette sur le carrelage ; je ramasse mes haillons, une femme serrée dans le blanc savonneux piaille appuyée contre la porte, elle a du sang aux mains, son œil est mort ; sous la veilleuse un pèse-lettre se balance : deux petites boules de chair brillent dans les plateaux d'acier ; je les regarde, la main frappe mon visage, il y a une bague sur la main, elle griffe ma joue, je marche vers la porte, je pose mon pied nu sur la neige, le vent saisit mon corps : « Ils m'ont enlevé quelque chose à l'intérieur. »

Au dortoir, les enfants — des lambeaux noircis, excrémentiels pendent entre leurs jambes — me tâtent :

— Qu'est-ce qu'ils t'ont enlevé ?
— Où est Piotr ?
— Il ne voulait plus travailler, ils l'ont jeté à terre, ils lui ont cassé ses lunettes dans les yeux, ils piétinaient ses yeux avec leurs semelles, Piotr s'est relevé, il avançait, les bras tendus ; on est passé près des fosses, de grandes flammes couraient sur les cadavres, ils ont poussé Piotr ; il est tombé dans les flammes, la tête a cogné contre une petite canne enflammée, ils criaient, ils se sont retournés vers

nous, on reculait, ils ont bondi, ils ont pris Érika, Serge, Ann Bouxtre ; ils les tiraient vers le feu en riant, les petits riaient et pleuraient dans nos jambes, nous pissaient dessus, ils ont jeté au feu vingt enfants...

— Piotr est mort, Piotr est mort...

Je me cache la tête entre les mains et je tombe sur ma paillasse, un brin de paille me chatouille les narines, je respire l'odeur de Piotr ; contre ma tempe, une touffe de ses cheveux blonds.

Je ne veux plus me lever, le froid ne me saisit plus, les coups brisent mon dos. Un matin, on me déplie, des mains qui tremblent détachent mes mains de mes tempes, on me porte jusque dans la cour, les enfants rayés de soleil, d'ombres et de rides agitent les mains et crient, des jeeps roulent dans le camp ; je dis : « Je veux marcher. »

On me dépose sur une petite estrade, un officier très grand met mon bras autour de ses épaules, se penche de côté, une femme prend mon autre bras, je pose mes pieds sur le plancher et je marche, deux oiseaux chantent sur un arbre mort ; des gardiens enchaînés sortent de la salle d'opération, poussés par des soldats en casques blancs ; les enfants se taisent tout à coup. Un ordre, et l'on jette sur les gardiens une grande couverture. Des femmes, des jeunes filles traversent la cour, avec des bébés dans les bras, elles ont un brassard à l'épaule ; nous tendons nos bras vers des soldats qui écrivent sur des planchettes de bois et nous leur montrons nos tatouages, le numéro marqué au fer rouge, des soldats détournent la tête...

Le capitaine soudain se penche sur la baignoire, il est blanc, ses doigts tremblent sur la faïence, le jeune rebelle le soutient et d'une main rapide, saisit le couteau dans la baignoire, le capitaine vomit, la tête appuyée aux robinets ; le jeune rebelle lève le couteau et le plonge dans le cou de l'officier ; un cri étouffé, le grand corps s'effondre, le menton heurte le bord de la baignoire. Le rebelle, sa main éclaboussée, jette le couteau sur le linge bleu, prend le pistolet et s'enfuit par la fenêtre, se laisse tomber dans les lilas ; levant la tête, il voit l'oiseau voler au-dessus de lui parmi les feuilles arrachées et les branchages secoués par la chute. Le jeune rebelle se relève : « ...non, je ne suis pas fatigué par le sang », lie ses haillons autour de son ventre et de ses genoux et s'enfuit, sautant par-dessus les barbelés et les fossés, le pistolet dans la main : « Non, je ne suis pas fatigué par le sang. Ô sang, je t'aime, ô sang, lait de l'esprit, semence de la haine, sperme jailli dans la bataille. »

Sa bouche ensanglantée brille dans le brouillard, la bave coule sur le sang séché, tombe sur la poitrine, l'enfant l'essuie avec la crosse du pistolet.

Serge regarde couler la pluie sur ses jambes nues : « Enfant, j'étais si beau ; sous mes cuisses, la grosse pierre chaude, et sous mes pieds l'eau claire et cuivrée ; la mélancolie, comme un anneau, au cou. J'étais beau, mon visage nu. Trop aimé. Trop beau. Puis, après, conquérir, mentir, l'indifférence, l'avarice, la jalousie, ne plus vouloir les autres hommes aussi clairs que soi, douter, douter... un javelot siffle au-dessus de ma tête, il est sorti des sapins. On vient m'adorer sur ma pierre, un homme sort sa tête de l'eau et baise mon pied. Quand je viens m'asseoir sur la rive, une femme nue applique son ventre sur mon dos. Mais je repousse l'homme et la femme, le vent gonfle ma chemise bleue, la femme s'écroule dans les branchages calcinés ; toutes les vannes du méandre retiennent l'eau lourde et dorée ; les scarabées heurtent les vannes, le métal rouillé tinte au-dessus de l'eau, tes lourdes cuisses serrées dans le velours, le gonflement chaud au creux de celles-ci que je prends à pleines mains et qui brûlent mes tempes, mes lèvres cherchant l'ouverture par quoi mordre ta peau et ton cœur. »

...Il se lève, il remonte vers le haut du chantier, entre

dans le palais, marche sous le cloître : deux soldats, torse nu, jouent au ping-pong, dans la lumière diffuse de l'orage. Serge monte aux appartements. Dans l'escalier il dépasse un soldat qui porte un plateau de thé ; une médaille d'or sur son chandail kaki. Serge le regarde ; le soldat :

— Je vais chez le gouverneur. Bien contents de nous avoir tous ceux-là ! Qu'est-ce que tu fais ici, toi, depuis un mois que je suis là, je te vois partout, en liberté...

Serge se tait, une goutte de pluie tombe de ses sourcils sur sa joue, il s'élance dans l'escalier ; le voici à l'étage au-dessus du soldat, l'odeur et la vapeur du thé effleurent son visage, il met le pouce dans sa ceinture, il s'arrête, se penche sur le soldat :

— Est-ce que tu aimes une femme ?

Le soldat lève la tête et dit :

— Oui, elle m'attend en métropole.

— Quel âge a-t-elle ?

— Comme moi, dix-huit ans.

— Tu pourrais aimer une vraie femme ?

— Elles font mieux l'amour, c'est sûr, mais les jeunes, il faut leur apprendre, c'est plus excitant, non ? et puis, elles tâtonnent...

Serge tremble. Il s'enfuit :

— Elle n'est pas une femme, elle n'est pas une femme, je lui demanderai s'ils font l'amour, elle n'est pas une femme, il l'a prise à l'orphelinat...

Le garçon se traîne dans les couloirs, son cœur bat, il longe l'appartement d'Émilienne, la porte en est entrouverte, il s'appuie au mur, les gouttes de pluie sèchent sur ses jambes comme du sang, il respire à longs traits, sa main remonte sur sa poitrine, serre sa gorge battante, le sang se retire de ses genoux, de ses poignets, il tourne la tête. La renverse contre le mur, croise ses jambes, enfonce ses mains dans ses poches, son sourcil bat contre la chaux. Serge sort une main de sa poche, elle sent l'orange, il l'enfonce sous l'aisselle et frotte son dos mouillé de sueur :

— Émilienne, Émilienne...

Un coup de brise pousse la persienne dans la chambre, Serge entend le gonflement du rideau ; dans le jardin, les insectes en rut se heurtent en vol, les fleurs, les pierres étincellent, le bleu du ciel coule rouge et doré sur les tuilles, et les murs.

— Émilienne, Émilienne...

Serge lèche, furtif, la chaux blanche du mur.

Deux sentinelles apparaissent au fond du couloir, puis un officier général. À l'autre bout, le soldat, porteur du plateau ; les deux sentinelles approchent, passent devant Serge, puis le général ; il s'arrête un moment devant Serge, lui caresse la joue, Serge tourne la tête vers l'officier, les deux sentinelles parlent avec le soldat, à la porte du gouverneur :

— Je vais essayer de convaincre ton père, il faut mater la rébellion.

— Papa est fatigué, laissez-le.

— Toi aussi tu veux la paix, mais Audry, ton ami, est à Elö. C'est moi qui le premier l'ai tenu dans mes bras après son crime. As-tu vu son père tué, la gorge de son père ?

— Pour vivre, il vous faut du sang.

— Serge, ta mère est morte, blanche, belle, parée.

— Je sais, je vais la nuit dans la ville ; avec Audry je voyais les morts, le sang, la boue, les vers ; avec Audry nous prenions les enfants abandonnés, vos soldats ne nous voyaient jamais.

— Et tu les portais au cardinal, ce vieux peloteur..

— Le cardinal ne les touche pas.

— Tu es trop pur.

Serge tourne de nouveau la tête contre la chaux, le général lui caresse l'épaule :

— Ne me touchez pas...

Le général et les trois soldats entrent chez le gouverneur.

De la chambre vient un appel, un gémissement :
— Serge, c'est toi ? Viens, entre, je suis malheureuse...

Le garçon glisse entre la porte, avance lentement dans la chambre ; la jeune femme est étendue dans la pénombre sur le lit ; sur la coiffeuse brillent les flacons et les boucles ; la jeune femme respire sous la moustiquaire, tend la main, le garçon va vers le lit, soulève la moustiquaire, s'assoit au bord de la couche, pose sa main sur celle d'Émilienne :

— Je suis malheureuse, toute ma vie je serai malheureuse...

Le garçon se lève, la sueur coule sous ses cuisses et derrière ses genoux, il ferme la porte et revient s'asseoir sur le lit, il voit à peine le visage de la jeune femme noyé dans un brouillard de larmes et de sueur. Seuls brillent les lèvres, les narines et les yeux, l'écume, la sueur quand bougent les narines et leurs pleurs au coin des yeux.

Le garçon, tenant toujours la main d'Émilienne, se penche, la moustiquaire effleure son bras et l'enflamme :

— Il ne faut pas, Serge, il ne faut pas, ce n'est pas juste, comment veux-tu que je ne t'aime pas, ta jeunesse, tes membres, ta peau, ta maladresse... laisse-moi, laisse-moi, Oh ! tu es si chaud !

— Ne dis rien, tais-toi, j'ai l'audace, tais-toi, prends mon cou, ma poitrine, ne me fais pas peur, fais ce que je te dis, prends, prends, serre-moi dans tes bras, la poitrine, ma chérie...

— Mon petit chien.
— Émilienne...
— Oui.

Il se penche sur elle, sur sa poitrine qui se soulève dans la pénombre, il avance sa main ouverte, mais Émilienne la repousse doucement, leurs mains se touchent, s'entrelacent, montent, effleurent la moustiquaire, Serge pose ses lèvres sur le poignet d'Émilienne, la jeune femme tressaille et retire sa main ; Serge la saisit et la porte à sa poitrine, les deux mains glissent sur la chemise mouillée de sueur ; le garçon se penche, se laisse tomber sur le lit, contre Émilienne, ses genoux un moment soulevés puis se dépliant sur le drap, l'oreiller est tiède soudain contre sa nuque, à la naissance des cheveux ; le bout des seins lui fait mal, alors il ouvre sa chemise, d'une main — l'autre étreignant celle d'Émilienne — et caresse sa poitrine du bout des doigts, les boutons de nacre de la chemise coulent sur la paume de sa main ; Émilienne fait descendre leurs deux mains entrelacées au-dessus de sa poitrine, la main de Serge se détache, glisse sur le poignet d'Émilienne puis sur le haut de la robe, la paume s'ouvre et couvre un sein, les doigts tirant la toile ; le sein se soulève, bat sous la paume du garçon. Émilienne renverse la tête sur l'oreiller, Serge voit son profil tourner, la lumière tourner sur la sueur, comme l'aube sur la mer huileuse et phosphorescente ; le bras du garçon s'appesantit sur l'épaule d'Émilienne, la main découvre le sein, l'épaule se creuse, Émilienne soupire, le garçon remue ses hanches, ses espadrilles se délacent au-dessus du plancher, il roule un peu sur le côté, ses cuisses effleurent maintenant les hanches d'Émilienne, elle ne bouge pas, Serge sort sa main de sous sa chemise et la met sur l'autre sein d'Émilienne, puis il pose ses lèvres sur l'épaule de la jeune femme, mordille la toile mouillée de sueur ; la sueur coule sur le cou d'Émilienne, les veines battent, Serge y pose ses lèvres et l'écume se mêle à la sueur, la main de la jeune femme monte vers la moustiquaire puis redescend, se pose sur la joue de Serge, sur ses yeux ; dehors, au loin, dans le soleil étincelant, les vagues de plomb et d'herbe battent l'île nue, les chapeaux des marins s'accrochent au bas de la jetée, les poissons scintillent sur le bois bleu :

— Émilienne, regarde-moi.

Le soleil fait jaillir les pierres, elles retombent sur le plancher, elles sifflent dans le ciel, cassent les cimes des arbres, explosent au-dessus de l'eau.

Ne me laisse pas seule dans ce désert, dans les palmes de cette île. Ordonne, connais ma vie, caresse-moi, déchire-moi, trouve mon cœur, caresse-le, baise-le, je serais morte. Je sens ta langue sur mes paupières, sur mes cils ; je sens tes larmes sur ma langue, mes lèvres traînent sur tes joues, sur tes lèvres, sous elles la dureté de tes dents, le bouillonnement de ta salive, écume sous la cascade, la nuit. Un rebelle te prend, t'emporte : toute une année tu vis au milieu de sauvages en treillis, ils dansent devant toi, leurs longues jambes serrées dans la toile boueuse brillent, ils approchent, leur souffle sur ta poitrine, tu les aimes, la fraîcheur de leur ventre où leurs mains sont accrochées. La nuit, le fusil entre le plus beau et toi ; sur ses lèvres entrouvertes, le sucre volé scintille, tu poses tes lèvres dessus. À l'aurore, tu pousses un grand cri, tu as pleuré, il roule sur toi, mord ton cri, mord ton cœur. C'est moi ; ton sein dans le matin, le vent court, sèche le lait sur les lèvres. Tu allaites les rebelles ; prosternés, ils tètent, les cheveux dans les sapins, les souliers raclant la terre gelée, le vent tourne autour du soleil, l'efface, le glace.

Serge s'étend sur Émilienne, les deux coudes de chaque côté du buste, sa poitrine irradiante soulevée au-dessus de la poitrine découverte d'Émilienne, ses deux mains presque jointes sur les lèvres de la jeune femme ; elle, les yeux baissés, souriant et avançant les lèvres, le ventre du garçon vivant sur elle ; le drap coule sur le plancher :

— Ne t'endors pas, ne t'endors pas...

Mais elle, ses yeux battent sous les paumes du garçon, frissonnante, s'assoupit. Serge la tient éveillée par des petits coups de langue sur les seins, renverse la tête et fait glisser ses cheveux ras sur l'épaule de la jeune femme, puis il rampe sur Émilienne et de ses doigts empêtrés par la sueur, entre leur poitrine et leur ventre, en se soulevant un peu sur le genou, dégrafe lentement la robe d'Émilienne — et le feu le prend : il caresse violemment les seins, le ventre, puis ses mains, folles, agitées de tremblements irréguliers, descendent et caressent à la fois le sexe palpitant et frais d'Émilienne et le sien, mouillé de sueur séminale, à travers la toile légère du short ; il déboutonne le short, enfonce la main dans le maillot blanc et tendu, sort le sexe et, d'une main, le dirige vers le sexe d'Émilienne, le maillot tendu retient les boules sécrétives ; le sexe durci contre le duvet blond, très doux, de la jeune femme. Le garçon rit et tremble ; sa chemise, ouverte sur la poitrine d'Émilienne, fait un peu de brise, un pan traîne sur le sein gauche, le bouton de nacre brille, la sueur descend du cou du garçon, la médaille d'or de Serge pend, étincelle ; Émilienne entrouvre les lèvres, la médaille tinte sur ses dents, elle la tient entre ses dents, elle tire, le visage du garçon se rapproche du sien, elle lâche la chaînette qui coule sur son menton et avance les lèvres, le garçon les prend, les mordille, enfonce sa langue dans la bouche de la jeune femme, la langue fouille les gencives, les dents, le palais, Émilienne retire la sienne, mais la langue du garçon s'enroule autour de celle-ci, l'écume bouillonne autour de leurs lèvres, Émilienne étreint Serge, joint ses mains sur le dos du garçon, sur ses reins, le sexe du garçon s'enfonce en elle, des larmes jaillissent de ses yeux, coulent sur l'oreiller, elle renverse la tête de côté, gémit, ses mains s'accrochent au short du garçon, à la ceinture, repoussent les hanches du garçon, mais en même temps ses reins se cambrent, se soulèvent, elle est prise ; ses mains griffent la toile du short, remontent vers la ceinture, s'entremêlent aux passes, puis, retroussant la toile, s'ouvrent sur la peau du garçon, les doigts tâtonnant, les ongles raclant la sueur des fesses ; elle sent la palpitation, les pulsations, le travail obscur et obstiné du sexe ; la fatigue des muscles du garçon, le garçon se vider peu à peu de son sperme et de son désir, le ralentissement du spasme ; la sueur se rafraîchir sur leurs corps, les éclaboussures séminales comme une plaque de glace sur laquelle pivotent leurs ventres ; leur étreinte se fait plus douce, plus tendre, la fureur les quitte ; il s'élève de leurs corps entremêlés, agités d'un tremblement de bêtes accidentées, comme une fumée dont la moustiquaire est amollie, alanguie ; leurs jambes se détendent comme des arcs ; les nerfs vibrent encore. Alors seulement, Serge regarde Émilienne : pâle, les joues, les narines creusées, elle sommeille déjà ; le garçon se penche, lèche les larmes, arrêtées par le sommeil au bord des joues, rampe, se détache lentement, s'immobilisant au moindre froissement de nerfs et se laisser rouler contre Émilienne, sur le bord du lit, le sexe à demi sorti du short, le ventre et le haut des cuisses gluants, la boucle de la ceinture baignant et brillant sur la pente de la cuisse.

Puis, il se redresse, glisse hors du lit, ferme son short, ses pieds cherchent ses espadrilles ; debout contre le lit, un peu de sperme coulant encore sous le short, vers le genou, il regarde Émilienne ; nue sur le drap dévasté, elle dort, sa poitrine se soulève imperceptiblement, ses lèvres, entrouvertes, asséchées par le souffle de la respiration, tremblent comme des feuilles allégées, dans le petit vent qui suit la pluie et l'orage ; une main cache le sexe, l'autre est ramenée entre les seins. Serge se penche, prend le drap, en recouvre Émilienne jusqu'au haut de la poitrine ; il se rejette un peu en arrière, son sexe se durcit de nouveau, il s'approche du lit, pose sa main sur le drap, à la hauteur des seins d'Émilienne et le caresse ; le drap tendu se soulève, le bout des seins palpite sous la paume humide du garçon. Dehors un vent de sable passe. Le garçon pâlit, porte la main à son front, à sa bouche, suffoque, s'appuie au mur, il se détache du mur, court dans le cabinet de toilette, se penche sur le trône, vomit, les deux mains serrant la faïence ; la fenêtre de la chambre claque, se ferme sur le nuage rouge ; il souffle sur l'île couchée, brûle l'eau, la sueur des amants, les yeux des enfants malades, le sexe entrouvert des putains au bord des portes; le sable tournoie autour des faux, des herses, transperce les dents, les dents s'effritent dans ma bouche comme du sable.

Amants, statues, rochers, soulevez-vous... roulez jusqu'à la mer...; les poissons, le sel, rongent la rouille qui s'attache à vos membres; pistons, carburateurs, essieux, roues, vibrez, giclez à vide sous le soleil éternel, pattes, antennes, pinces, dents, épines, lames, lances, sexes, vibrez; larmes, plomb fondu, aveuglez le bourreau repenti. Nuage, fumée, battez comme le cœur au-dessus de moi; vent de sable, cendre rallumée, la peau des bêtes et des hommes tombée en poudre; de l'étreinte il ne reste qu'un peu de poudre et le vomissement derrière les vitres :

— Serge, Serge, tu es là? Qu'est-ce que tu fais? Tu es malade...

Il se redresse, se retourne, la main essuyant la bouche, les yeux baissés, les genoux tremblants; à travers la vitre de la salle de bains, il voit Émilienne couchée, le drap rejeté à ses pieds, frissonnante, nue, sa robe ouverte et froissée autour, papillon frémissant, cloué, les cils-antennes battant vite et noir; la porte du couloir, le vent l'a fermée. Émilienne se lève, prend la robe, l'enfile, sans la boutonner, puis va dans la salle de bains, le garçon est appuyé à la cloison, les mains croisées derrière les hanches. Émilienne boutonne le milieu de sa robe, laisse glisser ses yeux sur ceux, baissés de Serge, va vers le lavabo, descend son visage devant la glace, ses mains relevant ses cheveux, sur les tempes, au-dessus des oreilles; dans la glace, sur la droite, elle voit le garçon appuyé à la cloison blanche, les jambes croisées, le short fripé, la chemise ouverte, une lueur au front, il lève les yeux :

— Je m'en vais.

Et, se secouant, il marche vers la porte.

— Non, reste, viens devant la glace.

Elle tend la main, le garçon revient sur ses pas, la main dans celle d'Émilienne ; le voici contre elle, devant la glace, sa tempe rase contre la chevelure chaude et noire d'Émilienne ; un bouton du haut de sa robe, saute et roule dans le lavabo :

— Tu vois comme tu m'as mise ; j'ai les joues toutes creusées, je n'ai plus de forces...

Elle sourit ; il la prend à la taille, il sent rouler sur ses poignets les seins lourds, mouillés ; elle ramène les pans de sa robe sur ses cuisses puis sur ses seins.

Lui, frémissant et alangui, lui mordille l'oreille sous la chevelure :

— Laisse-moi, Sergio, laisse-moi, si papa arrivait...
— Il te verrait si fatiguée...
— Tu as les mêmes bras que lui... tu étreins, tu embrasses comme lui...

Elle porte la main à la tempe, repousse les lèvres du garçon.

Ils sont debout contre le lavabo, ils s'étreignent au-dessus de la fenêtre rouge ; le vent de sable s'engouffre dans les tuyaux, tournoie dans les rosiers, recouvre l'eau des bassins, les plumes des oiseaux, dans les basses-cours de la ville basse des coqs crient, marchent contre le vent ; cinq renards se faufilent sous les grillages tendus et fondent sur les poules accroupies, tremblantes, ensevelies, elles se laissent égorger sans un cri ; les mains de Serge enserrent la gorge d'Émilienne ; ils jouent, rires légers ; ils s'attouchent furtivement, aux genoux, aux seins, aux cuisses... ils se baisent les yeux ; le robinet ouvert à fond, laisse couler une eau rouge, Émilienne en prend dans sa main et la jette entre les cuisses du garçon, celui-ci caresse son short mouillé et applique sa main sur la joue d'Émilienne ; tous les deux tremblent, rougissent ; maintenant Serge a glissé sa main entre les seins d'Émilienne, une main dure tout à coup, qui écarte les seins violemment et

descend jusqu'à la taille, le bout du doigt creuse le nombril, la main remonte sur le bout d'un sein et le pince; le buste de la jeune femme se tord, elle pousse un petit cri :
— Ô ! Sergio.
Des larmes jaillissent de ses yeux, il ne les voit pas, sa main enveloppe le sein, ses lèvres, ses dents tètent la bouche d'Émilienne, les larmes de la jeune femme coulent sur ses lèvres, il les détache et voit pleurer Émilienne, sa main lâche le sein, il desserre l'étreinte et le voici, le dos tourné, dans l'angle de la pièce, mordillant ses doigts ; puis, il se retourne :
— Pardonne-moi.
Elle est immobile dans la clarté rougissante de la fenêtre, elle boutonne le haut et le bas de sa robe, ses yeux brillants fixés sur le garçon :
— Viens te regarder dans la glace ; pardonne-moi aussi, viens.
Il s'approche de la glace, elle se penche, leurs épaules se touchent :
— Il n'y a pas si longtemps, quand j'avais des désirs dans ma chambre, et que je cédais, après, la main toute chaude et le corps cuisant, je venais me regarder dans la glace et je regardais mes yeux ; jamais ils ne se baissaient, j'avais honte mais je pouvais garder mes yeux ouverts : c'est toi qui m'as libéré, c'est toi...
— Pars, laisse-moi, maintenant, va-t'en...
— Ce soir je viendrai aussi ; et tu iras à Elö avec nous, n'est-ce pas ? viens ce soir à la mer ! Maintenant Fabienne n'est plus rien pour moi !
— Tu es si heureux, tu m'as fait si mal. Tu commences ta vie, je suis ton premier plaisir ; tu es ma première souffrance...
Elle le repousse et dans le même temps, ferme le rideau de toile écrue ; il est immobile devant, le parquet grince sous ses espadrilles, il entend la douche gicler sur la céramique, puis le bruit atténué du jet :

— L'eau coule sur ses épaules, sur son dos, sur ses seins, elle est heureuse.

La fenêtre s'ouvre brutalement, le sable rouge pétille sur le parquet, sur la vitre, autour des espadrilles de Serge ; le garçon va à la fenêtre, penche la tête, les yeux fermés, les narines pincées à cause du sable ; une main s'abat sur sa nuque, il secoue la tête, un petit couteau glisse sur son épaule, il se rejette en arrière, soulève la toile de la salle de bains, monte sur la corbeille de linge, ouvre la fenêtre qui claque contre le mur mouillé de vapeur, plonge la tête, une masse brune tombe le long de la vigne vierge, roule sur le gravier, se relève et prend la fuite : c'est un enfant, pieds nus, couvert d'une toile de sac trouée au cou et aux épaules, il se retourne et crache, il court à travers les rosiers. Serge voit une sentinelle bouger sur le mur de clôture, le soldat lève son fusil, l'épaule, vise l'enfant :

— Ne tirez pas !

Et il enjambe la fenêtre et saute dans le jardin, il court derrière l'enfant, le soldat vise l'enfant, l'œil droit fermé contre la crosse du fusil, il tire, l'enfant bondit, se jette dans les buis, le soldat tire toujours.

Le soldat tire, une balle transperce l'épaule de Serge, une autre balle érafle sa hanche, une autre fracasse son genou droit, Serge s'écroule au bord d'un bassin, les poissons rouges se serrent sous le petit escalier qui se perd dans la vase ; le soldat baisse son arme, s'affole, saute de l'autre côté du mur et s'enfuit dans les rues de la haute ville. L'enfant sort des buis, court jusqu'au mur, grimpe dessus, se laisse glisser le long d'un toit en pente et saute dans la rue.

Serge, la tête contre le bras de son père, gémit, sa bouche pleine de sang se gonfle et se dégonfle comme celle d'un joueur de flûte, le sang claque entre ses lèvres ; au milieu de la pelouse un grand rapace mort sèche au soleil ; l'enfant qui sent le buis court dans la ruelle, ses talons heurtent ses pavés, il pousse la barrière d'une étable, entre, tâtonne, son front heurte les poutres ; dans l'obscurité, la porte s'est refermée toute seule. Il avance, attiré par le souffle des bêtes, il monte sur le fumier, son pied touche le sabot d'un veau, il s'assied dans le fumier, se serre palpitant contre la bête et attend ; il écoute le petit bruit de source du purin qui s'écoule dans un canal au milieu de l'étable, son épaule effleure l'œil de la bête qui remue et grogne.

L'enfant reste assis jusqu'au soir ; il se lève enfin, va à la porte, la pousse légèrement ; au bas de la rue encore toute blanche de soleil, le soldat marche sur la pointe des pieds : levant les yeux, il voit l'enfant, celui-ci rentre aussitôt la tête dans l'ombre de l'étable ; mais le soldat, son fusil pendu à l'épaule et battant sa hanche, marche vers la porte : dessus, il y a un écriteau rouge et noir : « Commando de la mort ».

L'enfant se couche derrière le veau, le menton, le ventre et les genoux dans le fumier, la tempe inclinée sur le museau de la bête : le petit couteau brille sur le bord de la fenêtre, là-bas dans le jour, l'enfant ouvre et ferme sa main, veut sentir le froid de la lame ; la porte pivote, paraît le soldat, l'enfant voit à contre-jour le contour des hanches et des cuisses entre les jambes, les plis du treillis à l'endroit du sexe, la crosse et la lumière du fusil ; l'enfant, couché dans le fumier, se fait plus lourd, creuse le fumier, avec ses genoux et son ventre, pénètre, s'alourdit comme un crabe, la paille souillée pique ses narines, ses paupières, la bouse s'accroche à ses lèvres, à ses cils, à ses cheveux ras, aux croûtes de son crâne, il suffoque, le soldat sursaute, voit le corps demi-nu de l'enfant contre le veau immobile, le dos battant, les fesses nues de l'enfant, ses pieds souillés, ses genoux recouverts de fumier ; il serre les dents, tourne la tête, à droite, à gauche, voit une fourche derrière la porte, la prend, la fait sauter dans sa main, la tient en avant de lui et se précipite sur l'enfant.

L'enfant se redresse, ses bras jaillissent, il est debout, il court vers le fond de l'étable, vers l'ombre, le soldat le poursuit, pique l'ombre avec la fourche, son front heurte une poutre, un coq s'envole, bat des ailes au-dessus du soldat, s'empêtre dans la lanière du fusil, au travers de la poussière excrémentielle, crie, ses griffes s'accrochent aux épaulettes du soldat, glissent sur le treillis, un moment, la crête, plissée, fraîche, touche les lèvres du soldat; celui-ci repousse le coq avec sa main libre, le coq tombe le long du soldat en criant et se sauve entre ses jambes, court vers la porte, le plumage ébouriffé; le soldat : « Putain de coq », et il lance la fourche en avant.

Un cri, l'enfant s'écroule, le talon pris dans la fourche, entre deux dents, le soldat rugit, frappe sa poitrine, se laisse tomber sur l'enfant qu'il ne voit pas. L'enfant se débat, le soldat renverse la tête en arrière; agenouillé sur l'enfant, il le frappe :

— Dommage que tu ne sois pas une femme!

L'enfant remue, mord, ses doigts cherchent les yeux du soldat; le soldat frappe l'enfant dont le talon se tord sous ses genoux; il frappe, sa main, un instant, glisse sur le ventre; l'enfant est nu, la main s'attarde, les doigts effleurent le nombril; le soldat sent son sexe durcir entre ses cuisses tendues par la génuflexion; ses doigts descendent au bas du ventre, sa main prend doucement le sexe de l'enfant, le tient tout entier, le presse doucement, le bout des doigts effleurant le duvet léger au-dessus et au-dessous du sexe, le bout du sexe chauffant le centre de la paume; l'enfant soudain s'est détendu, ses bras sont retombés sur le fumier, de part et d'autre de la poitrine :

— Dommage que tu ne sois pas une femme! Dommage que tu ne sois pas une femme!

Le soldat lâche le sexe de l'enfant, se relève, enjambe le corps de l'enfant, s'accroupit de nouveau, dégage le talon de l'enfant.

Une voix, étrangement assurée, s'élève de l'ombre :
— Aime-moi, si tu le veux.
Le soldat sent deux petites mains se tendre vers lui sans l'atteindre. Il marche vers la porte, silencieusement, le fusil sur l'épaule, sort, ferme la porte. L'enfant écoute ses pas sur la poussière blanche, il se lève, se dirige au bruit des pas, vers la porte, attend, l'oreille contre le bois.
— Le soldat s'est enfui. L'enfant, on l'a retrouvé, mort, dans l'étable des commandos, percé de cent coups de fourche...
— Ô Dieu, je vous avais interdit ces étables, ces bergeries, ces pigeonniers, hors du palais, hors des camps...
— Les commandos les remplissent de bêtes volées dans les villages.
— Qui a tué cet enfant ? le soldat ?
— Excellence, ce sont les commandos ; hier soir ; ils entrent dans le réfectoire, ivres, à demi dévêtus. Ils cassent des assiettes, assomment les cuisiniers ; je viens, je vois les plis de leurs mains rouges, le sang tout frais ; les sentinelles les maîtrisent, les jettent dans la prison ; j'écoute : cinq ou six endormis, les autres se rapprochent, se servent, parlent à voix basse ; ils sifflent, soufflent, halètent, piaulent... puis, peu à peu, ricanent, rient.
Le plus jeune, un petit blond, se lève, bondit hors du cercle, se précipite contre les murs de la prison, ses mains tremblent devant ses yeux, il se tord contre le mur, dégrafe son ceinturon, déboutonne son treillis, se retourne brusquement, le dos au mur, le pantalon glissant sur ses genoux, la veste ouverte et découvrant l'épaule droite ; il frappe le sol avec ses pataugas, renverse la tête, fait un bond de côté : un soldat, en face de lui, lance son bras vers le mur, recule, courbe le dos, lance de nouveau sa main en avant, le soldat au mur, se baisse, la main, le bras levés contre le front, l'autre soldat tâtonne, s'accroupit, touche le sol, le voici près du mur, il avance la main, enserre le

talon du soldat et, brandissant son autre bras, le plonge vers la poitrine du soldat. Celui-ci hurle, se débat, plaqué, cloué au mur, l'autre soldat tient toujours son bras, son poing serré en face de la poitrine; les autres font cercle autour de lui, le soldat crucifié se débat, tout le devant de son corps est nu, ses bras battent sa poitrine, arrachent, repoussent, sa poitrine se creuse, son ventre sort de l'ombre, y retourne, la sueur, noire, coule le long du sexe, les muscles des cuisses, les nerfs se crispent, grincent (la nuit, pendant l'amour, leur scintillement sous la peau, leur piaulement, leur écume) le soldat s'écroule, la tête contre le mur, ses mains sortant, saccadées de sa poitrine...

J'entre dans la prison, à l'aube, sous la menace de la garde montante, ils avouent leur crime; dans leur ivresse ils l'ont joué...

L'enfant est à l'infirmerie; pour le transporter, il faut une toile de tente ou un brancard, les membres se détachent, il y a cent coups de fourche, Excellence.

Après l'opération, le genou alourdi et serré, Serge remue les lèvres, sa tête se renverse sur son épaule emprisonnée, ses dents tirent le pansement, la mer tinte au pied du lit, les photographies flottent sur la mer encreuse; dans les flots, les jeeps bondissent, les antennes battent l'air salé, les muscles d'acier, sous la carrosserie, heurtent les rochers, dans l'eau ensoleillée, jeeps, inclinées sur le flot, sièges éventrés, le crin sortant de la toile, crin-varech entre les jambes des soldats égorgés, quatre par quatre, le sang claquant dans leur bouche, jaillissant à la commissure des lèvres, la matinée couvrant le monde, casques, cuirs où scintillent les fourmis du sang, têtes rougies, oreille tremblant dans le vent du matin, poisson mordille médaille d'or sur gorge découverte, les vagues noircissent les cheveux sur la nuque, petites flammes de sel, l'eau gonfle mon maillot, Émilienne met la main, c'est du sang, me voici bondissant, midi, glissant dans le salpêtre, sur le ventre et me relevant, sous tes seins, dans l'ombre granitique, maman, je veux être un conquérant, maman les Romains, les Romains, mon cheval frémit, les naseaux fouillant la plaine verte, je suis conquérant, mais je vois la grenouille jaillir de l'eau verte. Mon grand garçon, n'oublie pas ces grenouilles, Maman les Romains, le sol tremble, sous eux, vous allez connaître Audry, il sort des broussailles, il tient une femme par les cheveux, ses pieds brûlent. Tais-toi, Serge, dors vite. Pourquoi faites-vous encore cette croix sur mon front ? faites-la plutôt sur mon ventre. Dors mon chéri, Émilienne, Émilienne, si je meurs, prends Audry, mets tes mains sur son ventre, habille-le, il tremble, le barbelé perce ses hanches, les moutons fuient dans l'herbe fouettée, prends-le, touche sa peau rasée, aime-le, sors-le d'Elö, sa toison repousse, il se couche sur toi, à midi, tu t'endors après l'amour, tu as chaud sous la laine. La boule de bronze vole sous les nuages, elle vous cherche, elle tombe dans les arbres, vous vous aimez, elle vous écrase, roule vers l'étang, et siffle sur l'eau. Je veux que tu m'appelles Sosselo, que tu touches mon habit, que tu m'adores, ou bien un renard fouille sous ta blouse et te dévore Tarcisius je crache sur l'hostie, elle fond sur ma poitrine, elle glisse dans mon short, sur ma cuisse, les lignes de haute tension bourdonnent dans l'air brûlé, la poudre des insectes accouplés coule sur mon oreille ; filles et garçons sortent du tennis, bondissent, immaculés, dans les genêts, poursuivent le merle sous le tunnel ; vous savez, ils cultivent des champignons depuis que les trains ne passent plus. Serge, mon petit poète, elle me caresse la joue, prend mon menton, dans ses doigts et me sourit ; elle s'échappe, elle saute sur les rails, sa jupe blanche effleure les orties, des gouttes d'eau tombent sur ses épaules, coulent le long de la voûte et creusent le sable doré recouvert par le charbon. Je la poursuis, Véronique, je la prends à la taille, elle se renverse sur mon bras, s'abandonne, je baise ses lèvres amères à cause du charbon. Laisse-moi, Serge, papa est mort dans un tunnel, ils le battaient. Elle frissonne et pleure dans mes bras. Mais, tu dois être heureuse, il le faut pour lui, pour eux. Je t'aime. Maman va mourir. Je serai ta mère maintenant. Dans l'ouverture du tunnel, branches, ailes, feuilles, rochers, transparents, pétillent comme de la glace; Véronique, mets ta main sur mon ventre, il brûle jour et nuit; c'est toi qui es dedans, touche. Sous la grande feuille solitaire de l'été, une libellule, stridente, menace nos lèvres nues.

Les commandos sont mis aux fers dans la prison du palais; le peuple gronde autour du palais, mord les fusils des gardes, un groupe de jeunes peintres porte une banderole rouge où est peinte la figure de l'enfant massacré.

Au coucher du soleil, le gouverneur, contre tous ses officiers — l'un d'eux l'a giflé en plein visage; aussitôt ceinturé par les gardes et jeté dans une cave à charbon — décide de voir Illiten. Deux jeeps, une automitrailleuse prennent Illiten, sous Elö et le ramènent à Inaménas. Sur le parcours, des enfants, poussés par les rebelles, sortent des cabanes, agitent des petits drapeaux blanc et vert; les soldats, droits dans les half-tracks, se taisent: ordre de ne pas tirer.

Le convoi entre dans Inaménas, par la porte du Nord, derrière le palais. C'est la plus haute porte, celle des montagnes: aussi est-elle interdite au peuple. Illiten est poussé dans la cour, il chancelle sur le sable blanc.

Le gouverneur, accompagné de trois gardes redressés contre les colonnes dans un claquement de culasses, descend dans la cour, un soldat tient, renversée, la tête d'Illiten; le gouverneur s'avance, les gardes s'écartent; un soldat, à la porte du Nord, repousse les enfants nus; de jeunes garçons, en arrière, cherchent des morceaux de pain et de viande, dans les caniveaux le long de la muraille; des corneilles, lourdes et brillantes comme des lingots, sortent des trous, au-dessus d'eux, volent un moment dans l'ombre puis, à peine le soleil les a-t-il touchées, se précipitent dans leurs trous.

Illiten est agenouillé dans le sable ; ses genoux saignent, le soldat frappe la nuque d'Illiten, le gouverneur lui touche le poignet :

— Ne lui fais pas de mal ; celui qui ose massacrer des enfants, combien est grand son désir de liberté ; écarte-toi.

Le soldat regarde le général ; celui-ci lève la main, le soldat lâche alors la nuque d'Illiten.

— Reste avec moi. Général, conduisez Illiten dans votre bureau ; je vous suis avec la sentinelle.

Un verre éclate au bout de la cour, sur une table, où des soldats de l'escorte boivent de l'alcool, fusils et chargeurs suspendus aux volets des bureaux. Illiten se redresse, le général, derrière lui le conduit à son bureau :

— Tu me fais penser à une femme. Je hais les femmes.

Illiten attaché à la chaise, sa tête tremble dans les rayons ; aux volets, un chargeur nu et dessus, la main de glaise d'un soldat, et plus bas, à travers et contre les fentes, sa hanche découverte entre la ceinture et la toile, fumante et la sueur jaillissant des pores, au faible soleil du soir. Le gouverneur se lève, va vers Illiten, met sa main sur l'épaule du rebelle :

— Nous reparlerons demain. Général, faites-le coucher dans l'ancienne école.

Il se tourne vers la sentinelle appuyée contre la porte, le fusil entre les jambes :

— Tu le garderas jusqu'à minuit ; je serai à côté dans mon bureau. Après ; le caporal te fera relever. Tu remonteras sous Elö après-demain seulement. Général, ne faites pas attendre le cardinal.

— À mon retour je vous verrai, Excellence.

— Et qu'on ne vous retrouve pas, comme avant-hier, dans l'orangerie, sous le lit d'un petit chanteur...

Sous les branches serrées de bandelettes que mouille la brume, du soir, le cardinal marche au bras du général :

— Il croit que je suis sot. Il a beau se dire pur, il le reste. Son fils aussi. La grandeur leur est naturelle. Devant Illiten il était plus rebelle encore que ce misérable.

Illiten s'étend sur le banc, la sentinelle s'assoit sur le pupitre, une fesse sur l'encrier, l'autre dans la charnière du pupitre, les pieds raclant le plancher couvert de sciure et de craie écrasée, les mains serrant le canon du fusil : il a mangé, sa bouche est luisante de graisse et de lait ; les hommes de garde lancent leurs couteaux dans la claie de bambou du réfectoire, prennent la viande avec leurs doigts et la déchirent dans la marmite. Devant lui, sur le tableau noir, une carte de la métropole. Un rat bouge dans le chiffon, sur l'estrade. Le soldat, les yeux fixés sur le rat, s'assoupit, sa tête retombe sur sa poitrine... se déshabille devant le lit, moi, je suis sous les draps, couvert de sueur, nu, je l'attends ; le soutien-gorge glisse sur son ventre, s'accroche au slip qu'elle a déjà dégrafé et qui découvre le sexe blessé et le duvet ensanglanté ; elle pose sa main sur le drap, à l'endroit où mon sexe est tendu ; sur la table de toilette, ses peignes, ses brosses, ses flacons brillent ; dans une cuvette de faïence — je le vois dans le miroir incliné vers la tablette — un morceau de viande fume. Caresse le drap ; des couples rient dans l'escalier ; mes vêtements de travail, souillés, plissés, elle les prend et les frotte à son ventre, elle noue le blue-jean autour de sa poitrine, elle mord les boutons, elle le coiffe et passe ses bras dans les jambes, le slip et le soutien-gorge pendent sur sa cuisse ; elle se penche ainsi sur moi, toute chaude, je lance mon bras autour de sa taille et la renverse sur moi et je prends sa bouche, sa poitrine roule sur le drap, le lait jaillit, elle tire le drap et la voici à nu sur ma peau et le lait coule toujours, roule sur mon ventre, entre mes cuisses, forme une flaque apaisante sous mes fesses, mes reins, et mon dos, mon sexe s'amollit ; ses cheveux sortent de mes yeux, glissent sous mes paupières comme un fil sous les ongles ; je me retourne, m'accroupis, je la pousse sous moi, le lait dégoutte de mes hanches, je déchire le soutien-gorge et le slip mouillés de sueur sur sa cuisse et je les jette à terre, sur mon blue-jean et ma chemise, je prends mon sexe et je l'enfonce à moitié dans son sexe déchiré, sa main pend sur les barreaux du lit, se pose sur la cuvette de faïence, ses doigts s'approchent de la viande, ses ongles tracent une petite croix sur la chair fumante, puis la déchirent, sa main se referme sur un lambeau noir et rose, brûlant, sa main offre sous ma bouche, je lèche le morceau et j'y mords, sa tête se soulève de l'oreiller, sa bouche happe le morceau, ses dents s'y accrochent, sa gorge se gonfle et la mienne dans le même temps que mon sexe, mon dard touche et tue son cœur...

Sur le tableau noir, une carte de la métropole ; le soldat réveillé, frissonnant, les cuisses humides, se lève, va au tableau, pique le chiffon avec le canon de son fusil, ses doigts effleurent le tracé de la craie ; le rat bondit, roule sous l'estrade ; coup de pied du soldat, petit cri, le soldat rit aux éclats, appuie le canon de son arme sur le dos du rat et, les dents serrées, l'écume remplissant ses lèvres et débordant, il pousse le rat contre son soulier, puis dessous et lui écrase lentement la tête ; il prend le chiffon, le secoue, au-dessus du rat, le jette à terre, soulève son pied, essuie la semelle au chiffon, pousse le rat sous l'estrade ; il gonfle ses joues, frotte sa main couverte de craie à sa hanche, s'accroupit, tire le rat par la queue, se relève, s'approche d'Illiten et lui lance le rat dans le visage ; la rumeur des arbres et des sables s'élève à la mort du soleil. Le soldat va contre la fenêtre, il respire ; un serveur du mess frotte la table avec un chiffon mouillé ; le soldat sent une odeur de vomissure d'alcool, il voit au travers des volets le bras nu du serveur et le torchon briller sous la lune sableuse, les muscles tendus scintillent sous les poils blonds; le serveur, avec son autre main, se bouche le nez, l'écume salie court sur le bois de la table, le serveur, torse nu, couché sur la table, étend son bras, arrête avec sa main la nappe d'écume, l'éponge avec le torchon; sous les fesses, le slip dépasse en dehors du short quand le serveur étend plus loin son bras et le soldat se souvient de son plus jeune frère, accroupi, jouant aux billes...

Au-dessus, les miroirs du soleil s'entrechoquent; sous la voûte des arbres, aux branchages lourds de pies et de corbeaux frissonnants, les chenilles des tanks dévorent le sable où les feuilles courent, soulevées par une petite brise de terre; les soldats lancent leurs couteaux dans les troncs déchiquetés; le fleuve: des radeaux où sont crucifiées des familles blondes, genoux et seins nus, pourrissent dans l'eau immobile et pétrolifère, parfois des poissons sautent, happent un pied, une main, un lambeau de robe; sous l'eau un poignard vibre.

Les tanks avancent dans la plaine.

Maman jette les matelas et les oreillers par la fenêtre.

Papa se tord dans la paille, sur une fille que les premiers soldats poussent devant eux depuis la mer; ce sont des Scythes; maman leur ouvre la bouche et la bourre de purée d'oignons; Marien vient; ils sont assis dans le foin. Maman a fermé la porte de la grange; avec Hans, je regarde dans les trous de la porte, ma petite sœur monte dans le foin, près des soldats; ils sont fatigués, leurs yeux se ferment, ils ont de la purée d'oignon sur les lèvres, elle caresse leurs cheveux blonds, ses doigts passent au travers des trous de leur chandail; puis déboutonnent leur culotte de serge bleue; sa main se déploie sur le ventre puis prend le sexe chaud et le branle; autour de la grange, dans la nuit, les grands sapins noirs remuent; lâchent des petites branches dans l'eau glacée de l'étang ; d'autres soldats, des Perses, vont venir, ils tirent le sexe des enfants, ils les emportent pour les vendre aux Danakils de l'autre armée ; Marien serre les lèvres, Hans s'accroche à ma poitrine, son sexe durci contre ma hanche :

— C'est Marien, tu es comme un petit chien.

Les soldats, branlés, peu à peu se renversent, mains derrière la tête et jambes écartées dans la paille. Marien essuie ses doigts à la paille :

— La salope, la salope, je vais la tuer, lui faire manger ses doigts.

Mes lèvres tremblent, une larme jaillit, tombe sur elles :

— Maman lui a permis, elles parlaient en écrasant les oignons.

— Salope elle aussi, je le dirai à papa.

— Papa dort avec la fille... dis, elle est bien ce soir, dans la buanderie, elle m'a fait toucher ses jambes.

Ma gifle le rejette dans l'ombre, il pleure, la main sur la joue. Marien saute sur le parquet de la grange, elle frotte sa main contre sa robe, elle a du sang à la main, du sang et de la laine, elle ouvre la porte, elle nous voit, je bondis sur elle, je lui serre la gorge, je crie, je pleure :

— Salope, salope, salope...

Je lui enfonce sa main dans sa bouche :

— Mange, lèche, mange, tu crois que c'est de l'alcool, c'est de la bave d'escargot, lèche, lèche...

Je vois le sang et la laine sur son autre main ; elle détache mes doigts de son cou, elle tombe à genoux à mes pieds :

— C'est du sang, j'ai enlevé leurs souliers, il y avait du sang à leurs chaussettes. Ne me bats pas. J'ai senti leur fatigue au bout de mes doigts. Je pensais à toi ; c'était toi que je touchais et que j'endormais...

Dans la pièce voisine des soldats roulent des tonneaux,

ils rient, s'assoient sur les tonneaux, les montent comme des femmes ou des chevaux.

— C'était pour les endormir ; elle me tient les mains, je la bats, je lance mon genou dans son ventre, je tue le bébé de son ventre ; je mets mes mains sur ses cuisses, des rats courent sous la peau, entre les muscles, montent, crient doucement sous le ventre, elle s'accroche à mon bras, étreint ma taille, ma poitrine, elle tremble, elle claque des dents, elle est toute noire, les rats déchirent sous ses joues, sous ses épaules, son hurlement brise ma tête comme une fleur de feu, je serre ses épaules, je sens les rats, ils lèvent le museau sous la peau quand ils sentent mes doigts. Elle se tord dans mes bras, elle mord mes cheveux sur la nuque, déchire ma chemise ; je serre un rat dans son épaule, je l'étrangle, je le sens palpiter, mourir, raidir, refroidir sous la peau mouillée de sueur et de larmes, sur un lit de nerfs et de muscles lacérés ; je la regarde, ses yeux se révulsent ; je lui prends la main, je la pose entre mes cuisses, sur la toile, et je lui fais prendre mon sexe et le branler, le sperme coule sous mes cuisses, mouille la toile de mon short, alors les rats se retirent de son corps et la fureur de ma tête...

Illiten, la tête baissée, fixe la poussière du parquet, des bêtes longues et noires courent entre les intervalles, suivent les raies des souliers, les éraflures récentes dans le bois frais :

— Tu sens le cochon.

Le soldat se penche :

— Est-ce que vous vous lavez dans votre maquis ? et comment vous baisez ? Tu baises tes hommes, hein, contre les rochers. Tous ceux qu'on a pris disaient que tu en avais une coupante. Sauvages.

Il retourne au pupitre, s'y assoit, regarde Illiten accroupi et le rat mort à côté, le rat et sa frange d'écume rouge le long de la bouche...

Me caressant sur tout le corps, le vêt ; j'étais fatigué, elle m'a couché sur son lit, j'avais faim, elle m'a nourri de son lait, j'étais abandonné, elle est entrée en moi, a défendu mon corps, l'a armé. Au-dessus de la porte le plafond était crevé, dans les nids de bois, sous le plâtre, des chauves-souris palpitent :

— Tous les soirs j'en tue deux.

Je sors du lit, je pose mon pied nu sur la descente de lit, dessous, deux petits corps encore chauds, ils craquent sous mon pied,... étend ses bras, me retient par la taille, son doigt appuie sur mon nombril, son ongle le pique, je me retourne d'un coup, elle est nue sur le drap taché de sang, le duvet de son sexe refermé brille, noir ; de la sueur coule sur ses cuisses :

— Tu es une sale putain, une sale putain.

Elle baisse ses paupières, met sa main sur mon sexe, je vais à la fenêtre, je suis fort ; en quinze jours mes bras ont durci, mon ventre est musclé, cette putain, je lui ai fait mal, les os de mon ventre ont étouffé le bébé public en germe dans ses entrailles ; le vent descend le long de ses hanches ; les drapeaux claquent sous les projecteurs : « Moi aussi, je suis prisonnière », j'ai froid, mes cheveux sur la nuque me démangent.

— On t'a permis de venir m'embrasser ?

— Oui ; j'ai encore envie de toi.

— Viens, mais c'est la dernière fois, après tu seras fatigué... Est-ce qu'ils te font beaucoup travailler ?

— Non, je travaille au jardin, je m'enfouis dans la terre ; le soir il faut remonter, nettoyer les instruments du docteur ; j'en ai volé un ; avec, je tue les mulots et les libellules ; je couche à côté de la bonne ; avant, les gendarmes venaient me prendre tous les soirs et m'enfermer...

— On t'avait pris les armes à la main.

— J'ai traversé des ruines, des fleuves, des cadavres ; ici j'ai trouvé une section, ils disent : « Battons-nous, revenons au pays pour défendre nos filles et nos femmes. » Je dis : « Ils ont violé et tué maman, violé et tué Marien, jeté Hans dans une bouche d'incendie. »

Je suis assis dans l'herbe, les vers sont écrasés par les crosses des fusils sur la terre noire ; en bas le ciel est rouge, des oiseaux s'échappent des buissons ; le lendemain à l'aube, je suis pris.

La fenêtre tourne et s'arrête sur ma cuisse.

... J'ai faim, je saute dans les vergers, je mange les fruits verts, je me cache derrière les draps suspendus aux fils et claquant dans la nuit, au-dessus des pierres brillantes, la lune fuit avec les nuages ; l'eau savonneuse coule le long des draps, je m'accroupis, une main se pose sur mes fesses mouillées, très doucement comme un oiseau qui se pose avant de s'élancer de nouveau ; la main glisse sous mes fesses, remonte le long de mes cuisses ; à l'horizon, une ombre se lève, derrière les forêts, comme une aile, comme une grande nageoire ; la voix de la main dit : « C'est fini ; ils ont leur victoire. Mourons. »

La main me renverse sur un grand officier accroupi, entre ses cuisses, mes coudes heurtant ses genoux ; je me débats :

— Je ne veux pas mourir. Depuis trois jours et trois nuits, je cherche un être pur avec qui mourir.

Il me serre contre sa poitrine, je secoue ma tête, sa main descend sur mon ventre :

— Mais avant, je veux t'aimer.

Je sens son sexe durcir sous la toile de son uniforme, appuyer contre mes fesses, je baisse la tête, mes cheveux retombent sur sa main, je la mords de toutes mes dents, il me lâche, je m'enfuis, sa salive sèche sur ma nuque, je cours, je plonge dans le barbelé, je crie ; mon orteil nu, mon nombril, mes genoux saignent, le grand officier me poursuit, je pousse la barrière, je la referme, il court, ses décorations, ses galons, ses boucles étincellent sous la lune ; l'étui de son pistolet bat sur sa hanche ; je hais la couleur de son uniforme ; Maman dit : « Ils tuent des enfants, ils les jettent dans des fossés de feu. »

Papa dit : « J'aime mon chef, ces enfants ne sont même pas des petits chiens. »

Un soldat, ses yeux sont bridés, il a de la fourrure autour de ses mains, un soldat montre Marien et bombe son ventre, papa avance, il la serre contre le mur, il dit : « N'aie pas peur, ce n'est rien. »

Maman est égorgée avec Hans dans la porcherie, un soldat me tient les bras liés dans le dos ; papa ouvre son pantalon, Marien tremble, je crie, je m'élance, l'écume éclabousse mes narines, ma gorge nue : « Ne fais pas cela. Marien, étrangle-le. Tue-le, Marien », elle pousse un petit gémissement, elle tressaille, ses pieds se crispent dans la boue, les soldats rient tout autour, leurs cheveux blonds mouillés de vin ; la tête de Marien se renverse sur l'épaule de papa, il se raidit, la tête sursaute ; un grand soldat qui a un verre ébréché dans sa main bondit dans le dos de papa, sort un sabre de sa ceinture, je me tais, des larmes brûlantes jaillissent, coulent sur mes joues, sur les mains du soldat qui me tient ; le grand soldat lève son sabre, le plonge dans le dos de papa qui lance son bras droit sur ses reins et frappe le sabre qui s'enfonce, transperce Marien et se tord sur la pierre ; les deux corps s'écroulent, le soldat tenant le sabre est projeté sur eux, en avant ; les peupliers brûlent, les porcs crient entre les troncs, des soldats les fusillent à bout portant, les bêtes sursautent, heurtent les troncs, les cendres, les braises glissent le long des branches et tombent sur le dos des bêtes, sur leurs flancs ; puis de grandes braises, des branches enflammées, les cimes s'effondrent, les soldats les jettent, les balayent, les poussent sur les porcs ; ceux-ci flambent jusqu'au soir, les soldats avec des fourches accrochent les corps, les tirent sur l'herbe fraîche, les dépècent et les dévorent tout brûlants, recrachent les morceaux crus ; l'herbe est jonchée de lambeaux d'os calcinés ; je suis ivre, ils ouvrent ma bouche, la remplissent de viande, caressent le tour de mes lèvres, mes épaules ; mes yeux sont cuits ; ils enfoncent un casque autour de ma tête et ils tapent dessus avec leurs sabres et leurs fusils ; un soldat ivre, là-bas, dans la lumière du brasier, traîne le corps de ma mère par les pieds autour du feu, le long des braises ; des peupliers s'effondrent sur l'eau glacée de l'étang, la cendre marche sur l'herbe, je tends les bras vers les flammes, les mains du soldat serrent ma poitrine sous les bras, maman tourne ses yeux vers moi ; les pieds et les genoux de Hans sortent de la porcherie ; la tête de maman saute sur les cailloux ; le lilas brûle contre la porcherie ; le feu prend sous l'eau, les nuages fuient vers la mer : « Ne nous venge pas, vis, aime, aime... », le soldat la pousse du pied dans le feu, son épaule siffle sous les crocs...

... « Viens te réchauffer contre moi, viens. »

Je vais à la porte, je lève le bras, mon poing fait crouler le plâtre, dans la glace je vois la sueur de mon front, elle me tend les bras, je me jette sur elle, je la dévore, mon poing couvert de plâtre écarte les lèvres de son sexe : « Combien d'hommes te dévorent le jour et la nuit ?... », je la frappe au visage, je tords ses seins, je tire sa tête sur eux, mes pouces creusent son ventre : « Tu m'aimes parce que je suis abandonné, parce que j'ai l'odeur du vent » puis je l'aime, nous nous aimons parmi les objets immobiles, la fenêtre coupe le bruit de la cascade, son ventre, ses seins, ses épaules, sous moi, poissons dans la sueur d'or : « Parce que je n'ai rien que tu puisses aimer, hors ma peau, mes yeux, mes cheveux, mon sperme. »

Ah ! je rampe sur la mer, je suis fier aux côtés de mon capitaine, nos chevaux se touchent ; dans la jeep, je mange un biscuit, des silex rouges éclaboussent le ciel bleu, les plantes, les fleurs déchargent leurs laits, leurs sucs, l'herbe où roule l'émeraude se couvre de scarabées ; ma main pend sur la tôle brûlante, mes doigts frappent le cataphote rouge, les cerises poudreuses, elles éclatent, la joue du lieutenant est éclaboussée, le sang mouille le col de sa chemise, mais il sourit, il parle au chauffeur, il se retourne, me sourit et me parle, ses lèvres bougent, la salive brille aux commissures :

— Mon lieutenant, vous n'êtes pas blessé ?

Je suis fier, la jeep roule sur les blés frémissants, sur les robes du sacre ; la honte me couvre comme le sang. Plus de honte, ma gloire ; dans l'herbe les cadavres brûlent, l'essence explose dans l'après-midi, les oiseaux se rassemblent aux fonds obscurs et frais de la vallée et chantent quand les cadavres brûlent ; les gibets, les poteaux télégraphiques, les blocs s'écroulent dans le feu ; un rayon court sur la neige, le long du talus ; les soldats nous serrent le cou : « Regardez ce que vous avez fait » ; hors du cercle de feu, un cadavre de bébé recroquevillé sur l'herbe, le pied calciné ; je suis derrière une grande femme en manteau, je baisse la tête derrière ses hanches, elle rit, ses hanches tremblent : dans le brasier, une jambe longue et maigre s'élance, puis un bras vers le pied ; la femme rit aux éclats, un soldat m'écarte, frappe l'épaule de la femme, avec la crosse de son fusil, il a des feuillages de printemps sur son casque ; la femme tombe, la tête en avant dans le brasier ; ses bras flambent, sifflent comme du papier, la cendre plane au-dessus des corps, dans le frémissement des flammes, comme un essaim d'insectes enivrés.

Je suis en face du feu, le soldat me prend aux épaules, il me tourne, et me pousse à travers les villageois ; un officier lit une carte dans sa jeep, il lève les yeux, prend mon menton, dans ses doigts ; une très jeune femme est assise près de lui sur les coussins de toile, elle descend de la jeep, elle vient à moi, le soldat salue :

— Partons, Philippe, cette odeur est affreuse.

L'officier me pousse doucement dans les bras de la jeune femme.

— Il faut qu'ils voient.

Elle serre contre sa taille mon petit corps frémissant, mes yeux se ferment sur les fleurs de sa robe :

— À Bender, dans la cour du laboratoire du camp, nous avons découvert trois cents cadavres d'enfants châtrés ou couverts de greffes ; à Sosselo, le long d'une route nationale, cent cinquante enfants-soldats, pendus pour désertion.

Elle me prend dans ses bras, monte dans la jeep :

— Ils ont fait l'horreur, qu'ils la voient maintenant, dégrisés et celle-ci ne leur appartenant plus.

Je m'endors.

Au soir je suis étendu dans un transat, devant la lisière d'une forêt sur la terrasse d'une grande maison de bois doré ruisselant de résine : les abeilles brillent contre les draps suspendus et claquant ; l'herbe feule ; deux vipères, sur mes orteils, entrelacées.

Elle sort de la maison, ses mains se posent sur le transat, effleurent mes épaules ; l'officier est assis à ma droite ; sur son genou recouvert d'un mouchoir, son arme démontée qu'il nettoie sans un mot :

— Ici, on ne sent pas cette affreuse odeur.

Elle m'entraîne dans le centre de la maison, me fait asseoir dans la cuisine et m'apporte des fruits, des œufs et du lait : elle me regarde manger, assise en face de moi, ses paupières s'abaissant quand je lève les yeux sur elle ; l'officier entre, ouvre un tiroir, prend un couteau :

— Pour ton arme ? Oh ! chéri...

Elle essuie mes lèvres avec une serviette de papier bleu, debout derrière moi, elle prend ma tête dans ses mains et jette un baiser sur mes cheveux, elle me conduit à l'étage, dans une chambre rouge ; un lit près de la fenêtre où les draps sont ouverts ; elle me lâche au milieu de la chambre, je vais vers le lit, attiré par la blancheur et l'odeur tendre des draps ; elle ouvre l'armoire, prend un pyjama, s'approche du lit, je m'y assois, mes genoux tremblent, elle s'assoit contre moi, son bras entoure mes épaules, ses doigts touchent ma joue, sa poitrine réchauffe mon avant-bras; son autre main déboutonne ma chemise, ses deux mains l'ôtent et la plient sur le lit, tirent mon maillot de corps, mes bras haut levés; le ciel est doré au-dessus des arbres; la veste de pyjama effleure ma poitrine; la jeune femme est maintenant à mes pieds; elle ôte mes sandales, puis je me lève et je dégrafe ma ceinture, la culotte tombe sur mes genoux; comme elle est accroupie, le haut de sa robe relâché découvre un peu ses seins; un rayon descend de la fenêtre, traverse le plancher jusque sous elle, éclairant sa robe par-dessous et je vois ses cuisses en transparence.

La nuit, je pleure dans mon lit, je gémis, elle pousse la porte, s'assoit sur mon lit, sa main couvre mon front brûlant, elle y trace des croix: « mon gros, mon gros... », ses cheveux défaits coulent sur ses épaules, sur sa chemise de nuit; à la taille, aux hanches, sur les seins, des traces légères de doigts: l'étreinte de l'officier, ses mains encore enduites de graisse de fusil, la sueur sous son ceinturon, entre ses seins et sous ses bras; mon pied, sous le drap, touche sa cuisse; ses lèvres tremblent; les cimes des sapins, noires, agitées, jettent leurs nids par terre; les petits oiseaux crient en dégringolant de branche en branche, oui, je les entends et la rumeur des torrents verts et les cris des aveugles au bord des brasiers.

Une voix un peu brutale l'appelle du fond du couloir:
— Chérie, viens, tu vas prendre froid.

Elle tressaille, la voix se fait plus tendre, la jeune femme trace une nouvelle croix sur mon front, elle se lève, se penche, dépose ses lèvres sur ma joue; elle sort de la chambre, laisse la porte entrouverte et j'écoute: elle s'étend sur le lit, le jeune homme l'attire contre lui:
— Demain, ils vont me prendre et me donner aux Scythes.

Alors, je me lève, j'attends le milieu de la nuit, la fin de leurs étreintes, je me rhabille, je prends mes sandales à la main, je descends l'escalier, je pousse la porte vitrée de la terrasse, le vent noir des arbres me renverse et m'étrangle, mais je vole au-dessus de la vallée, mes sandales à la main. Je me pose sur la roue d'un moulin, l'écume chaude éclabousse mes genoux et mes cuisses, des cadavres à demi mangés naviguent, tournent sur les cailloux cuivrés, mâchoires de l'eau...

Le soldat sursaute, Illiten se tord sur le parquet, le soldat touche son fusil.

Dans le palais du cardinal, les serveurs soulèvent les plats d'argent et de porcelaine par-dessus l'épaule du général ; au commencement du dîner, la cour obscurcie, au bas des fenêtres de la salle à manger, s'est remplie de cris, d'appels, de rires : les petits castrats jouent au ballon, à l'épervier, à la barre ; le général regrette que le dîner soit commencé, il imagine les cuisses bien prises dans la flanelle, les mèches collées sur le front par la sueur, les petites gorges battantes et rauques ; les serveurs connaissent le désir du général ; ils promettent les meilleurs morceaux, des suppléments, le refuge des cuisines pendant les jeux obligatoires, aux petits castrats que le général a distingués dans les rangs, à la condition qu'ils se laissent par lui caresser et étreindre, sans un cri.

Les serveurs sont des soldats très jeunes : derrière le général ils poussent de petits gémissements, ils jappent, creusent et gonflent leur ventre ; le cardinal est sourd, à demi aveugle ; parfois même, le général, très furtivement, laisse aller son coude sur la hanche d'un serveur ; avant de dîner, il a quitté le cardinal qui lui demandait « des nouvelles de son âme toujours un peu inquiète » ; il est descendu dans les sous-sols, a poussé la porte des cuisines : les serveurs, en short aux bords relevés jusqu'aux poches, penchés sur les fourneaux, jettent leurs mains dans la vapeur ; un serveur coupe un quartier de viande, au fond, dans une petite alcôve éclairée par une ampoule éclaboussée de sang ; son short est enduit de graisse et de sang, sa chemise entrouverte et le devant de son short sont ensanglantés, couverts de lambeaux de nerfs, le duvet de sa lèvre et de ses joues, son menton, luisent d'une rose sueur de sang ; le général s'avance, baisse la tête sous le linteau de l'alcôve, le serveur lâche ses couteaux et se met au garde à vous, ses doigts tripotant l'ourlet du short ; un bouton pend au bout d'un fil entre les cuisses ; le regard du général s'abaisse :

— Soigne ta tenue, recouds le bouton.
— Oui, mon général.

Le général avance la main vers le ventre du serveur, touche le short, prend le bouton ; le serveur sourit, sa main droite couvre la toile entre les cuisses, effleure la paume du général ; le serveur mord ses lèvres, son ventre se soulève, le rire éclate ; le général retire brusquement sa main ; les serveurs, dans la cuisine, ont levé la tête, le général recule, le serveur passe la paume de sa main ensanglantée sur ses lèvres, le rire secoue encore ses épaules et son ventre ; le général élève le bras vers lui :

— Continue ton travail.

Le serveur se penche sur son étal, prend ses couteaux, les brandit et les plonge dans le quartier de viande ; le général se retourne, va dans la cuisine, marche le long des fesses et des jambes nues des serveurs penchés sur les fourneaux. Son œil voit et prend la courbe de la joue, le battement de la paupière et des cils, la naissance, au travers de la vapeur, de l'épaule, la sueur, mêlée de buée coulant sur les veines du cou, le bourrelet de la hanche, sur le ceinturon, la chemise mouillée, froissée, relevée sur les côtés, la sueur au creux du genou, l'ourlet du short retroussé jusqu'à la naissance de la fesse, le mouvement des épaules sur la chemise tendue, la saillie des clavicules prenant aux veines du cou; le général frémit au bord de ces palpitations; sa hanche, son genou, sa cuisse, son bras, son épaule, sa tempe s'émeuvent : « Me jeter sur ces corps préparés pour le plaisir, étreindre ces dos forts et mouillés, plaquer mon ventre sur ces fesses, sur ces cuisses mouvantes, mes mains accrochées à leurs hanches, mes doigts appuyés sur le ventre, le creusant jusqu'au sexe, tirant les poils, mes ongles raclant la sueur entre les poils, puis ma main s'ouvrant et passant sous le sexe et se refermant sur les boules sécrétives; l'autre main tenant le sexe et le sentant durcir, et se tendre et chauffer et rougir comme le fer rouge; manger, lécher le duvet, les cheveux sur la nuque, au-dessus de l'oreille, mordiller l'oreille, ma langue fouiller dedans, ce chatouillement exciter le garçon, un frémissement courir dans son corps brûlant et couvert de sueur, frissonner mes épaules, mes yeux se piquer, jaillir les larmes et couler le long des tempes du garçon, et lui, tourner un peu la tête et les boire; ma langue fouillant toujours son oreille, et son sexe battre dans ma main. Tous les autres renversés sur le carrelage, dans le charbon, les épluchures écrasées et la vapeur gluante, les jambes écartées, les mains accrochées à l'ourlet crasseux du short et le tirant et découvrant l'ombre du sexe et la lumière du soupirail et de la lampe rougissante faisant scintiller la sueur de cette ombre attendue par mes lèvres; ils se tordent sur le carrelage, arc-boutés; seuls, épaules, nuques et talons touchant le carrelage, — offrant leurs cuisses et leur ventre, la chemise retroussée et coulant jusque sous le menton, étouffant la bouche; ils se roulent, la toile du short craque, les coutures libèrent la peau prisonnière, eau de vaisselle découverte l'après-midi; ils roulent, ils s'étreignent, les shorts craquent, se déchirent, les jambes s'entrelacent; glissent les unes sur les autres, lentement, après les spasmes, comme des serpents amassés après la curée... »

— Général, à quoi rêvez-vous ?

— Je voyais le soleil couchant scintiller dans les fentes des volets, comme la sueur dans l'ombre.

— Voici bientôt quinze jours que nous ne voyons plus le gouverneur, et notre cher fils Serge, le petit Sergio.

— Le gouverneur connaît mal les soldats, il les prend par la douceur, il veut leur faire oublier leur état de soldat ; moi seul sens ces petites montures ; il faut les commander, les soumettre, les faire pleurer, après ils vous sont fidèles jusqu'à la mort ; les endurcir avec deux ou trois exécutions, et la promesse des viols, et les voici à vos côtés, contre vous, couchant la nuit à vos pieds.

— On me dit qu'ils sont très sales.

— Oui, certains gardent le même treillis pendant des mois.

— Vous devriez, général, assister à leur toilette, le matin.

— Monseigneur, vous tenteriez Dieu.

Le cardinal met sa main en cornet contre son oreille :

— J'ai dit : Dieu les voit nus et blancs comme il les a créés.

— Oui, Dieu nous voit tous beaux et blancs.

— ... les étreindre jusqu'au dernier, battre, faire flageller celui qui passa la paume de sa main ensanglantée sur ses lèvres, le tuer avec ces couteaux ; tuer tous les innocents, alors un grand calme me couvre, l'air vert couvre le monde.

Peu avant la tombée de la nuit, le dîner unissant, les buissons s'ouvrent le long de la cour déserte, relâchent des rebelles, sautés des murs, ayant couru tout le crépuscule sur les terrasses chaudes de l'archevêché ; ils avancent dans le jardin, un fusil léger à la main ; autour des bassins, la terre est humide sous leurs espadrilles ; le général a

entendu le bruit des sauts ; il s'est levé, il va à la fenêtre, il voit les buissons trembler. Le cardinal prend sa serviette, se lève, sa soutane se prend dans la chaise, il chancelle : « Général, général... », il piaule, il tend son bras vers la porte, il jette sa serviette sur la table, deux verres tintent, le général se retourne :
— Ne craignez rien, Monseigneur.
Il prend le téléphone de campagne :
— La garde surveille les murs.
— L'or, l'argenterie, qu'ils prennent, tout, mais...
Un coup de feu, une fusillade, le général pousse le cardinal dans le couloir, les sœurs, avec des petits cris, l'entourent, joignent les mains, le cardinal commence la prière, le regard fixé sur le petit escalier de la cave. La garde avance dans le jardin, un soldat rebelle s'écroule, un autre, les rebelles courent dans le clair de lune, les sentinelles courent sur les murs ; dans le couloir — la fraîcheur de la cave monte dans sa robe — la plus jeune sœur bat des mains, puis son visage se fige, elle s'élance, échappe aux bras qui se tendent pour l'arrêter, court vers une fenêtre sous laquelle est accroupi le général, le téléphone sur les genoux, et regarde la bataille sous la lune :
Un garde et un rebelle s'étreignent au bord d'un bassin, le sang rougit l'eau immobile ; le général prend le bras de la petite sœur, elle résiste puis se baisse, le général appuie sur son épaule, elle le gifle en plein visage et s'enfuit ; le général met sa main sur sa joue : « Ces femmes, ces femmes... les garçons sont plus dociles... » La petite sœur traverse la cuisine, les serveurs sont couchés derrière les fourneaux, pousse la porte vitrée, s'élance dans le jardin, l'orangerie est éclairée, le jeune homme noir retient les petits castrats, les deux mains appuyées au linteau de la porte ; la sœur court le long des buissons, le général téléphone au palais, les renforts — vingt hommes ensommeillés, ivres —, sont poussés dans le camion qui les verse

contre la porte de l'archevêché; la petite sœur court vers les deux qui se battent au bord du bassin, se jette contre eux, ils se battent au couteau. Elle se jette contre eux, sa poitrine prenant leur sang; sa tête bute sur leurs épaules, s'enfonce dans leurs poitrines, sa cornette ensanglantée se casse; la petite sœur laisse ainsi peser sa tête entre les deux combattants, avec des petits cris d'oiseau, puis — les couteaux effleurent ses joues — d'une main, elle fait glisser sa cornette et déboutonne le haut de sa robe; ses cheveux coulent hors de la cornette, dans sa robe entrouverte; la jeune fille se redresse, remonte, gonfle sa poitrine, le soldat lâche le rebelle, sa main fermée sur le couteau, descend, touche le sein de la jeune fille, la lame effleure l'autre sein, la jeune fille gémit. Le rebelle pose sa main sur le haut du sein, les deux couteaux tintent sous son cou, les lames fraîches, mouillées de sang rose, effleurent ses veines battantes; la main du soldat s'ouvre sur son sein; la main du rebelle touche la main du soldat, sur le sein découvert de la jeune fille.

Les libellules, chassées des buissons par le combat, planent sur l'eau rougie. La jeune fille la tête enserrée, voit leurs queues noires se relever sous les ailes vibrantes; les deux jeunes hommes respirent, leurs poitrines se soulèvent le long des tempes de la jeune fille.

Le combat s'éloigne, soldats et rebelles chancellent au loin, comme des ours, sur le gravier.

Le général accroupi serre le téléphone entre ses genoux; le cardinal et les sœurs halètent dans le couloir:

— La bataille est finie, gouverneur...

« ... arracher ce froc, brûler ces insignes, celui au couteau de boucherie, les pousser dans le feu, accroupi, la lueur au front, moi ouvrir silencieux la porte, mon pied encore dans la chambre bleue, marcher vers lui, poser mes mains sur ses fesses puis sur son front tiède et rose: veux-tu faire avec moi un bordel de garçons? — Avec des baquets dans la cour et du fumier pour les clients ? — Oui, mais toi, le maître après moi, un fouet à la main, une peau de tigre entre les cuisses, toi, du haut d'un balcon de bois, tu commandes le théâtre ; tu manges dans mon assiette, tu bois dans mon verre, tu lèches le grain dans ma main ; deux garçons noirs jettent du sable sur l'ergastule — tu veux bien ?

Je le prends contre moi, je le serre contre moi, il bave sur ma joue. Maintenant je vais mettre ma robe de pèlerin, il se lève contre moi, son sexe durci contre ma cuisse ; sous ses ongles, l'odeur du sperme ; la tête renversée, ses cheveux coulant sur mes poignets, sa bouche entrouverte, où as-tu appris l'amour pour le faire si bien ? — Depuis que je suis né, tous me violaient sous le soleil bleu, ils me renversaient sur la terre incolore à force de lumière, mon dos, mon ventre contre les mouches mourantes, leur sexe pénètre jusqu'à mon cœur, quand ils le retirent, mon ventre brûle ; les mouches, amassées sur les excréments, dans les fosses d'aisances, au-dessus de nous, jaillissent, repues, de l'ombre et descendent sur nos corps entrelacés, vibrantes, hurlantes, attirées par l'odeur du sperme ; mon prince renversé sous moi tes paroles soulevant ma poitrine, ta colère sous mes genoux, scellés l'un à l'autre et le vent courant du fond de la plaine et noircissant les blés, enfant mille fois violé, pétri, enivré, tes vomissures, l'après-midi, sur l'escalier, d'autres hommes te guettant au comptoir et caressant une bouteille étincelante, le regard fixé entre tes cuisses, enfant nourri de sperme, ton maillot sèche sur un fil, au-dessus des garçons assoupis, mêlés nus sur le drap... »

Les soldats repoussent les rebelles hors les murs, les sergents ordonnent de tirer, les soldats tirent dans les arbres, les sergents appellent le général ; celui-ci, le téléphone à la main, redressé, se rapproche de la porte de la cuisine ; les rebelles s'enfuient dans les rues de la ville haute ; les petits castrats gémissent à la porte de l'orangerie ; près du bassin, le rebelle et le soldat caressent le sein de la jeune fille : « Pars maintenant, ils vont te voir », le soldat repousse le rebelle, la main de la jeune fille se pose sur la cuisse du rebelle ; les sentinelles rient aux éclats, du haut des murs :

— Camarades, si nous allions faire peur au cardinal, et nous montrer nus aux nonnes !

Les sergents se cachent dans les buissons, l'un d'eux vise le rebelle, tire, le rebelle tombe dans le bassin, son grand corps sombre dans l'eau attiédie, la jeune fille se serre contre le soldat, celui-ci lui caresse la nuque :

— Je m'appelle Carlotta.
— Révolte, monsieur.

Le général pose le téléphone sur l'angle de la table, pousse la porte de la cuisine, sa main effleure la brique du mur ; les serveurs sont debout, plongent leurs bras dans l'eau bouillante, frottent la vaisselle, les reins ceints de linges sales et déchirés ; le serveur, dans l'alcôve, coupe, tranche, frappe la viande, le couteau, la hachette jaillissent de son épaule ; il voit le général, son short bat entre ses cuisses :

— Moi, Aurélio. J'ai mon frère, Pino, aux cuisines.

Les soldats tombent des murs, se répandent, se cachent dans les rues de la ville, les uns s'enfuient dans la montagne, les autres, réfugiés dans les bas quartiers y sont égorgés par les habitants sur les ordres des rebelles ; ceux des soldats qui atteignent le maquis, sont désarmés par les rebelles montagnards, épargnés, puis conduits dans la nuit jusqu'aux grottes pour y être interrogés et réarmés.

Mais le général, ivre de désir et de vin, rôde dans les cuisines, la main au ceinturon :

— Mon général, Pino, lui, n'est pas sérieux, le soir il descend dans la ville basse, l'oreille tachée de savon, la chemise entrouverte jusqu'au nombril, le treillis retaillé ; il boit avec des rebelles, des putains, il ne sait pas — il monte, il fait l'amour, elles le tripotent, elles le lavent, elles le peignent, elles le parfument. À minuit, quand il entre dans la chambrée, il se met nu devant sa paillasse, il prend dans sa main ses joyaux de famille, intacts ; il les tire sous ses cuisses en s'étendant sur la paillasse et il s'endort.

Pino baisse les yeux, les derniers coups de feu jettent des lueurs sur les vitres brisées des soupiraux. Le cardinal bénit les sœurs, ses fanons et les bourrelets de ses genoux tremblent :

— Mon troupeau, mon troupeau...

Les poissons glissent rapides sur le corps du rebelle, les lacets de ses espadrilles flottent à la surface de l'eau, le soldat entraîne la jeune fille sous les buis ; les sergents battent les murs et les massifs, crient des menaces.

— Prends-moi, prends-moi...

Elle étreint le soldat, mord sa bouche, ses doigts s'accrochent à la chemise du soldat, à travers la toile mouillée de sueur, sentent la toison de la poitrine, les boutons durs des épaules, descendent jusqu'au ceinturon :

— Délivre-moi, ouvre-moi, je ne suis pas créée.

Ses doigts tournent sur les cuisses du soldat, caressent les hanches ; effleurent le gonflement de la toile entre les cuisses, la paume seule touchant la toile et les doigts relevés tremblent, émus par le halo de sueur et le frémissement des muscles ; leur halètement siffle au cœur du buis, comme un feu solitaire dans la fraîcheur : le soldat s'accroupit, la main de la jeune fille roule entre ses cuisses, il la saisit, la porte à ses lèvres, mordille entre les phalanges puis la met et l'appuie sur le bas de son ventre, alors elle sent battre le sexe sous la toile, ils roulent sur la terre abandonnée.

Lui, dégrafe son ceinturon, déboutonne son treillis ; elle, écarte ses jambes, se soulève un peu sur le dos, sa tête, le sang se retire de ses mains ; il retrousse la robe, déchire le jupon, ses doigts tirent l'étoffe et, déchirée, rose, bleue, éraflent la terre, reviennent sur le ventre, remontent jusqu'aux seins, redescendent le long des hanches; il plonge ses bras sous la robe, les roule dans cette chaleur prisonnière; elle, un peu d'écume blanchit la commissure de ses lèvres.

— Mon général, pourquoi vous me regardez comme ça ?
Le grondement d'un hélicoptère couvre les cris des bêtes.

Ses doigts, quand le sexe du soldat coule dans son sexe entrouvert, déchire, dévore sa chair obscure, s'enfoncent dans la terre sous la surface de vieille poudre, les vers montent vers la fraîcheur.
Les sergents appellent leurs hommes, ils frôlent les buis, le soldat retire son sexe, comme une flèche, la jeune fille gémit, mord ses lèvres, sa tête roule dans les débris de buis, les baves séchées et les petits monticules des vers, le soldat pose ses doigts fripés et humides sur ses lèvres blanches, le ceinturon a glissé sur le ventre de la jeune fille; elle pousse un grand cri, ses mains se jettent sur les épaules du soldat :
— Referme-moi, referme-moi... Ô, comme j'ai froid, comme je brûle...
Les mains du soldat frôlent le sexe de la jeune fille, du sang frais coule entre les cuisses, surprend le bout de ses doigts :
— Je vais mourir, couvre-moi, étrangle.
Il essuie ses doigts aux lambeaux de la robe, il se relève, il écarte les buis, il saute dans l'allée, derrière les sergents, court vers le mur, s'accroupit, se couche sur la terre, gémit, tend les bras, les sergents se retournent :
— Déchire, mange, sale Dieu, Vierge, tes eaux empoison-

nées... tous les soldats... Écarte, mords, dévore, Aurélio, je n'ai jamais prié. Saint François et ses pattes de souris ensanglantées. La nuit je ne priais pas ; tous les soldats me déshabillent, je pose le crucifix entre mes cuisses, le soldat crache dessus, sa salive se mêle à mes eaux, aux larmes de ma petite bouche, caressée, touchée, par tes doigts, mordue par tes dents, ta langue pénètre, soulève les lèvres de ma petite bouche, tes narines retroussées sur la toison, tes yeux, tes cils effleurent mon ventre ; la tête du Christ entre tes lèvres et ma petite bouche à plaisir, tête d'ivoire et bois noir, fiancée du Christ, lèvres du Christ, dures et froides sur ma petite bouche. Excite-le, mon soldat...

Elle rit, ses pieds frappent la terre, les sergents écartent les buis, elle se tord, les bras en croix, les jambes nues, écartées, le sang scintille sur ses genoux ; les sergents s'approchent, se penchent, sa main monte, saisit un pistolet, et le ramène contre son front : « Bon Dieu, prends-lui ce pistolet, elle est encore chaude... »

Le sergent arrache le pistolet, le jette sous le buis, déploie ses mains sur le ventre de la jeune fille, l'autre s'étend sur le côté, il prend la tête de la jeune fille dans ses deux mains, la tire vers lui, baise les lèvres déjà blanches, ses mâchoires roulent sur les joues de la fille ; celui qui caresse le ventre se penche, approche ses lèvres du sexe de la fille, mais il sent le sang, il renifle, il crache :

— Elle saigne, touche pas.

— Ça m'est égal, il fait nuit.

Le sergent se déboutonne : « Bon dieu, bon dieu », s'accouple « Bon dieu, bon dieu... » l'autre qui baise et mord la bouche, détache ses lèvres :

— Elle jouit, bon dieu, tu lui fais trembler les lèvres.

Et il jette de nouveau sa bouche sur le petit visage froid.

Au moment où le sergent enfonce son sexe couvert de sang — les mouches pétillent autour du buis — un peu de salive jaillit au coin des lèvres de la fille et sa tête roule sur le côté ; le sergent tire la tête, l'autre enlace la poitrine de la fille, couché sur elle, haletant et ses doigts creusent sous les seins ; le sergent dévore la tête inanimée, mordille l'oreille, les veines — maintenant asséchées — du cou, son épaule, sa hanche, son genou, son pied creusent la terre sous eux ; son sexe tendu sous la toile, frôle le coude de l'autre soldat ; la fille, disparue dans les ombres du festin. Les mouches, alors, traversent le buis, leurs ailes vibrent sur les petites feuilles rondes, secouent la poussière, réveillent les odeurs de pourriture et de bave, pénètrent dans l'îlot, tombent sur les corps, attirées par la vibration des muscles, par le bouillonnement du sperme sous la peau du sexe du soldat, le long du muscle.

Illiten, son souffle troue la poussière du plancher.
Aux volets, les mains et les voix des sentinelles :
— Ô l'Allemand ! surveille bien ta bête. Y a de la bagarre chez les curés.
— Et le général, où qu'il est ?
— Y tripote ses petits garçons.
— C'est allumé dans le bureau du vieux ?
— Oui, il a pas fermé ses volets, il est assis à sa table, il regarde des photos.
— Dégueulasse, la viande, ce soir, putain.
— Y sont tous à dégueuler dans les miradors.
— Toute noire, putain, avec des fils blancs à l'intérieur. J'en ai plein les dents.
— T'as jusqu'à minuit pour te les arracher. Allez, salut l'Allemand.
Illiten est accroupi sous les rayons de la lune ; l'Allemand détache sa main des volets et revient s'asseoir sur le pupitre, Illiten laisse aller ses mains liées sur ses genoux, l'Allemand lui caresse le dos avec la crosse de son fusil :
— T'as entendu ce qu'ils ont dit ? Putain, mais qu'est-ce que vous avez tous ?

La crosse remonte sous le menton :

— Vous pouvez pas rester pouilleux comme tout le monde ? On vous cache pas le soleil, on vous empêche pas de baiser. L'eau, on peut pas vous la prendre, y en a pas.

Tous les soldats vivent, chez eux, comme des renards, ils battent leurs femmes, comme vous, ils sont sales, ils baisent sur la table ou sur le fumier, ils ont un calendrier sur leur fenêtre, ils font du mauvais blé, ben, ils se taisent. Moi, je veux pas être général...

Chez moi c'était propre, c'était beau le foin, le blé, les bêtes, on pouvait y toucher sans se salir.

Ils sont bêtes, grossiers...

Moi, je sais chanter, je crois en Dieu... Tu dors ?

Illiten lève les yeux sur le soldat ;

— Alors, quand ils arrivent ici, qu'ils voient vos cabanes, vos femmes, vos vêtements et combien vous êtes sots et paresseux... ils vous battent comme des miroirs.

Illiten met sa tête dans ses mains liées, le soldat saute sur le plancher, monte sur l'estrade, prend la craie, l'écrase contre le tableau.

Illiten, Illiten, au secours, au secours, le soleil pèse sur mes paupières, monte en flammes le long de mes jambes, je m'élance, j'écarte les buis, au secours Illiten, au secours, je m'accroupis, je soulève le piège, Bachir crie, ses épaules roulent dans le sable blanc, je saisis les dents du piège, je les écarte, la jambe saigne, elle glisse sur mon bras, Bachir se jette contre moi, il pleure ; devant nous, une petite plaine de sable blanc, les grillages d'un tennis que le vent de la mer fait trembler et, sur une légère éminence, une grande villa blanche recouverte à moitié par les feuilles rouges des bougainvillées : maintenant, ils posent des pièges, quand ils m'ont vu pris, ils ont couru jusqu'aux buis, leurs raquettes à la main — je frotte la plaie avec du sable chaud — elle a crié : « Oh Sosselo, regarde le petit moricaud », ses jambes nues sous la petite jupe de jeu,

frémissent au-dessus de ma tête, la raquette contre sa poitrine, je me jette en avant, je mords sa jambe, elle crie :
— « Oh Sosselo, il m'a mordue, tue-le » ; il rit, il se détourne pour rire, elle a touché le piège, elle le fait bouger autour de ma plaie, je mords mes doigts pour ne pas crier : « Laisse-le, petite sœur, ils viendront le chercher à la nuit. »

— Tu mettras des pièges partout, Sosselo, on regardera de la fenêtre ?

Ils retournent au tennis, la balle frappe mes tempes, le sang coule, avance sur ma jambe comme une limace, sèche sur ma peau comme des fourmis.

Illiten, Illiten, ses larmes caressent mes lèvres, son petit corps tremble dans mes bras, ils jouent dans les grillages, pourquoi es-tu entré ? Il y avait un morceau de pain dans le buis ; lève-toi, ils ont emmené maman... je serai grand, je me révolterai, je vous délivrerai tous, je me lève, ma main sous ses bras, la plaie de sa jambe étincelle sable et sang je vous vengerai... j'entrerai dans la ville... Je me vengerai... mon poignard tinte sur les fontaines de la ville...

Je brûlerai le blé semé dans l'esclavage... Je ne vous promets que des cendres, mais vous les balaierez libres... Je me vengerai... J'entrerai dans la ville, il mange la farine, à côté de moi, couché sur la terre battue, maman reviendra demain matin, les soldats l'ont dit, l'un d'eux m'a caressé la joue, caresse de soldat vaut langue de cobra, les petits, dans le fond de la cabane, rient aux éclats ; ils se renversent dans les chiffons, les oiseaux crient dans la charpente et dehors, autour des tas d'ordures.

La nuit. L'aube : je vais chercher maman, restez avec Bachir. Dans les rues, le long des murs, contre la chaux mouillée, les soldats ensommeillés s'appellent comme des putains, ils grattent la terre avec leurs souliers à clous et rejettent la poussière au milieu de la rue, sur mes pieds nus, les ombres se lèvent sur les façades, nageoires et

lances, les fenêtres s'ouvrent, les ombres tintent dans les feuillages, contre les troncs; les têtes nues, montent le long des vitres, odeurs de lit, chaleurs vertes, songes sortent de ces bouches ouvertes sur l'orient; la barrière blanche et rouge, un soldat coule du sable rêveusement sur le levier de fer, je m'approche du poste de garde, le soldat marche vers le mirador, la sentinelle plie sa couverture et la jette sur son épaule, ouvre la portière et descend du mirador, la main sur la rampe d'acier: « Hi... Hi... »
— Vite... Vite...
— ... Plein le treillis... hi.
Sa main frotte la toile mouillée entre les cuisses. La fenêtre est basse, j'entends un bruit de lit, de couvertures... Ah! ses jambes nues, leurs mains clouées sur ses jambes par le soleil, assommées dessus comme des bêtes, puis, quand je pousse la porte et que je crie, elles bougent, elles sautent sur le ventre, la sentinelle respire dans mon dos, ses mains saisissent mes épaules, creusent ma poitrine, je me débats, la robe est sur la tête d'un soldat, il la respire, il gémit, la tête contre la paillasse, ses mains serrent l'étoffe, son dos se soulève, ses genoux se déchirent aux tringles du sommier; maman, sur la paillasse inférieure, palpite sous les ombres, sous les plis, je me jette sur elle, et je couvre son corps nu, ma bouche contre sa bouche, ma poitrine contre ses seins, mon ventre contre son ventre, mes genoux contre ses genoux, les soldats s'écartent, se retournent, vont aux fenêtres, la main au front, puis aux cuisses, ils se reboutonnent:
— Toute la nuit... toute la nuit.
— Tais-toi... Tais-toi.
La sentinelle crie: « Salauds, salauds... » Il est debout contre le lit, il secoue le soldat sur la paillasse supérieure, il lui arrache la robe, la fait couler sur son bras et la pose dépliée le long de moi:

— Sortez maintenant.

Le soldat saute au bas du lit, les autres marchent vers la porte, je pleure, mes épaules et mon ventre sautent, la sentinelle pose sa main sur ma nuque puis la retire, la porte est doucement fermée ; je regarde la terre battue, il y a un miroir brisé sous le lit, les éclats sont couverts d'éclaboussures séminales, maman pousse un long cri, elle me repousse avec ses mains et ses genoux, elle me renverse, je me retiens à la paillasse le miroir... pour que je voie... ma faiblesse... pardon, va-t'en... va-t'en. Je me jette de nouveau sur elle, je crie :

— Je ne t'ai jamais vue découverte.

— ... Ma faiblesse... avec quoi je t'ai fait... avec quoi je t'ai fait... tu l'as vu...

— Je ne touche pas... je ne touche pas...

Illiten secoue la tête, le soldat met la main sur son arme ; les petits oiseaux heurtent les volets, la boue de leurs ailes coule dans les fentes lumineuses, leurs pattes griffent le bois peint...

... les petits oiseaux sautent sur le sable, la mer grise court le long de la plage, comme de grandes ailes d'oiseaux matinaux, la main de mon père serre mes doigts ; dans la pénombre de l'aube, enfouis à demi dans le sable, des ossements blancs, des arêtes, des algues, des dents fascinent mes yeux, coupent mes pieds, mes ongles heurtent les galets, les rochers enfouis ; la respiration de mon père, mêlée à celle des vagues, je veux la suivre et mon souffle est court ; mon père m'attend, appuyé au mur de la casemate ; dans ses bras, ma bouche mordant la boucle de son ceinturon, mes larmes mouillant la toile, sur son ventre : « Ils ont pris maman... Je l'ai couverte... Je l'ai soutenue dans le chemin... »

Je sens son sexe s'amollir sous la toile, ses mains tremblent sur mes hanches ; un barbelé geint sur la casemate, au cœur des herbes décolorées par le sel ; un grand nuage noir s'élève, libérant l'horizon et le soleil jaillit sur la mer, un bateau de guerre étincelle, ses tours bougent doucement, jettent de grandes ombres sur la mer :

— D'ici partira la révolution,... d'ici partira la révolution..

De grands oiseaux mouillés passent sur nos têtes ; entre deux respirations de la mer, j'entends le bruit des herses dans les prés, derrière les dunes ; les herbes, sur les dunes sont recourbées comme les dents des herses ; le cuirassé aux antennes grises, au ventre brillant, navigue vers le port d'Inaménas ; une procession blanche traverse les dunes, les enfants enfoncent leurs pieds nus dans le sable mouvant et brûlant, les herbes coupantes fouettent leurs genoux ; une musique gémit dans la poussière, tremble, grince dans les ceinturons rouges et bleus ; la procession s'éloigne, et disparaît ; gong du soleil, un visage d'enfant où la sueur et le sable scintillent, se retourne et me fait face, sa peau est blanche, ses cheveux blonds, très fins ; il tourne au-dessus du nuage de sable ; mon père serre ma main et dit : « Tue-le... Prends mon couteau sur ma hanche... »

Je prends le couteau, je me détache de mon père ; le nuage de sable cache le couteau et ma main ; l'enfant voit mon bras tendu, son visage s'avance vers moi, souriant, frémissant de cris et d'envols de mouettes ; le couteau touche son ventre, glisse sur la toile de sa chemise, effleure la peau couverte de sable, la pointe du couteau accroche le bourrelet du nombril, racle la sueur mais l'enfant sourit, il parle :

— Tu as des ongles crochus... Est-ce vrai que vous avez faim ?... vous mangez des choses crues ?... C'est pour cela que vous avez des ongles de bêtes ?

Mais ses yeux se révulsent, ses lèvres blêmissent, ses cils se rabattent sur ses yeux décolorés, ma main serre le manche du couteau, il tremble comme une flèche, de la plaie jaillit, non du sang mais du lait, sur mes doigts; la tête s'incline sur le nuage de sable; le lait, tiède et léger, coule sur mon genou; mon père et moi portons le corps de l'enfant blanc au sommet de la casemate; je jette le couteau éclaboussé de lait, dans les herbes mouvantes, arachnéennes; mon père, penché sur l'enfant, lui caresse le ventre, j'arrache les herbes autour de la tête de l'enfant, je les tends à mon père, il les pose sur la plaie; sous les herbes, le nombril déchiré rejette un peu de lait; le bruit des herses et par-dessus, les cris des travailleurs, remontent le long des dunes; les têtes des travailleurs surgissent, rieuses, brillantes, claires:

— Je vis ici depuis cinq ans... Battons-nous pour que leurs sourires leur appartiennent...

Je cours vers le sommet de la dune, et je tends mes bras:

— Ne touche pas leurs mains d'esclaves.

Le cuirassé navigue derrière un îlot vert, des soldats crient sur le pont: « La mer, le vent portent leurs injures... » Debout sur la dune, ma tête renversée sous le soleil, des mouches roulant sur mes cheveux ras: « Nous sommes pauvres... nous sommes pauvres... »

Les travailleurs s'éloignent, secoués sur les herses, des touffes d'herbes et de blé prises sous leurs fesses: mon père se penche sur l'enfant, frotte la plaie avec les herbes, la tête de l'enfant pend hors du mur de ciment. Le soleil frappe le dessous du menton et la gorge...

Illiten lève les yeux, le soldat s'est accroupi, ses mains à plat sur ses cuisses, le menton dans la chemise ouverte; un vent léger souffle à travers les volets, un vent subit, venu des vallées et de la mer, au moment du plus grand obscurcissement: des cerceaux colorés tremblent alors, contre le mur, au-dessus d'Illiten, il entend leur frisson, leur rumeur d'averse; il se dresse lentement, dénoue les liens autour de ses poignets, saisit un grand cerceau, le jette sur le soldat qui s'éveille en sursaut et se débat, mais Illiten tire le cerceau, l'arme du soldat glisse et tombe sur le pupitre ; Illiten la saisit, le cerceau encercle la gorge du soldat, ses mains s'accrochent au cercle, le repoussent, Illiten lève l'arme, frappe le dos du soldat avec la crosse, le soldat gémit et tombe à la renverse sur le pupitre, sa tête heurte la cuisse d'Illiten, ses jambes coupées aux genoux battent l'avant du pupitre ; Illiten lève de nouveau l'arme, frappe la tempe du soldat avec la crosse, la tête saute, du sang jaillit à la commissure des lèvres. Illiten prend l'arme, bondit sur la porte, l'ouvre, se plaque au mur du vestibule. La lumière sort sous la porte du gouverneur, elle s'étend jusqu'aux pieds d'Illiten, il enjambe le rayon, traverse la petite cour intérieure où chante un jet d'eau bleue ; dans la galerie, saute de colonne en colonne, jusqu'à la porte des vergers, l'ouvre, une sentinelle est assise dans l'herbe au pied de la guérite, le soldat a retroussé son treillis jusqu'aux genoux et il regarde les fourmis et les mille-pattes grimper le long de ses jambes ; il enflamme une allumette et brûle les insectes et se réjouit de l'odeur de ses poils brûlés. Illiten se jette sur lui, le désarme, l'étend par terre de deux coups de crosse dans les épaules et s'élance dans les vergers : ceux-ci descendent jusqu'à la route qui serre les deux quartiers de la ville ; Illiten court sous les arcs de feuillages, entend le bruit des lermuses tombant le long des vignes sur les murs ; des arrosoirs brillent sous la lune, près des bassins, des fourches, des râteaux gisent, sur les petits labours et les pelouses fraîchement taillées, entrelacés, la terre fumant encore sur leurs dents.

Les deux armes suspendues à son épaule droite, Illiten monte sur le mur et saute sur la route ; avec ses toits de peaux et de tôles soulevées par le vent, le bas quartier ressemble à un vaste dépôt d'ordures, à la carapace d'une grande bête couchée en pleine mue ; Illiten prenant appui de la main sur une plaque de granit mouillé, saute dans une petite cour où des chiens se disputent un quartier de viande ; à travers le trou de la fenêtre, il voit des corps entremêlés et palpitants dans la poussière, des bras, des cuisses, des joues luisantes de sueur et de crasse ; les chiens, la gueule souillée, sautent par cette fenêtre et vont flairer ces corps abandonnés, puis ils bondissent à nouveau dans la petite cour et boivent à un baquet d'eau sale, leur langue claque dans le vieux bois ; au fond de la pièce, Illiten voit une femme dont les yeux sont ouverts et la robe retroussée aux genoux, il sourit ; un mouvement qu'elle fait pour se dresser réveille les odeurs de pourriture et de peau ; des lambeaux de toile, d'étoffe, pendent du toit, la lune brille à travers la claie de roseaux, un rat court sur la tôle ondulée ; les enfants, émus dans leurs rêves ou par le passage du rat, ou par le regard d'Illiten, remuent, et gémissent, le pied de l'un écrasant les paupières de l'autre, et leur ventre palpitant, baigné de vapeur et de lune, parcouru d'insectes sans nom — des cafards sont pris entre les doigts de pieds.

Les chiens heurtent les genoux d'Illiten ; il enjambe la fenêtre, les corps des enfants, il va vers la femme, s'accroupit, se penche sur elle ; il voit ses seins découverts se soulever vers son menton, la sueur, les gouttes de sueur couler de l'une à l'autre, sur le collier ; la main de la femme s'élève, prend le cou d'Illiten, attire la tête vers son visage ; Illiten sent sur sa joue puis sur ses lèvres la bouche peinte de sa mère, il ferme les yeux ; grognements des chiens, jappements des enfants, le rat court sur la tôle ondulée : « Toutes les nuits il me parle, il m'attend comme un époux. » Le rat se glisse dans la claie de roseaux, il flaire, il touche les lambeaux de toile et d'étoffe : « Toutes les nuits il vient sentir, toucher les vêtements de ses enfants et de sa femme, en bon époux, puis il repart content, rassuré... »

Illiten baise les cils de sa mère :

— Bénis-moi, purifie mes mains qui tuent.

Elle lui prend les mains, les porte à sa bouche puis les

croise sur le front d'Illiten : des rumeurs jaillissent, des projecteurs s'allument, sur la colline :
— Ils vont venir, chaque fois ils brisent tout, ils lâchent les chiens sur tes frères...
Illiten voit sur les pieds, sur les genoux des enfants des cicatrices encore fraîches.
— Pars avant les chiens.
Illiten se relève, enjambe les corps de ses frères, puis la fenêtre ; la petite cour est souillée de sang, d'excréments, de lambeaux de viande ; au-dessus des baquets vibrent des essaims de moustiques. Illiten s'enfuit à travers le bas quartier, il atteint le fleuve, saute dans une barque ; un enfant nu, assis dans la vase, sa main poursuit des grenouilles, ses yeux immenses grands ouverts malgré la nuit, regardent Illiten ; sur les rives, les petites falaises de sable s'effondrent ; Illiten rame, l'eau tiède éclabousse ses genoux, ses joues, il trempe l'un après l'autre ses poignets meurtris par les liens ; les deux armes volées aux sentinelles brillent au fond de la barque ; poissons, branchages, couleuvres, vipères, rats, galets poussés par le courant, lièges, heurtent la coque. Sur la rive opposée, Illiten, les pieds dans la vase, tire la barque sur la berge, les armes s'entrechoquent, Illiten les prend, les met à son épaule, grimpe sur la berge ; loin au sommet de la ville, les projecteurs tournent, balayent jusqu'à la rive où l'enfant est assis ; les camions, les jeeps, les half-tracks, démarrent sous les projecteurs ; Illiten court le long des marais salants, la vapeur de sel lui brûle un peu les yeux, le sommeil l'assiège, il se pince le poignet, le sel craque, pétille, Illiten tremble, des essaims de moustiques le suivent, le précèdent ; des nuages voilent la lune, les ombres du ciel courent sur le sel, des cristaux éclatent, jaillissent, retombent ; sur des tas de sel, sous les pelles, sous les fourches, des oiseaux morts et mourants ; de l'autre côté du marais, les cristaux sautent dans les broussailles ; Illiten court, souffle sur l'essaim,

tient ses yeux fermés et ses deux armes serrées sous ses bras ; les moustiques entrent dans sa bouche, dans ses oreilles, s'emmêlent dans ses cils, il renifle, les moustiques tombent dans sa chemise, jusqu'au nombril, Illiten plonge sa main dans sa ceinture, les poils autour du sexe sont couverts d'insectes, ses doigts conduisent le sel au bout du sexe ; d'autres mouches sont engluées dans la sueur, derrière ses genoux ; insectes et cristaux pétillent ; soudain la rumeur des camions, de l'autre côté du fleuve...

L'enfant dans la vase se retourne, les amphibies roulent vers lui, il bondit, chancelle, la vase le retient, les phares réchauffent son dos et ses reins, les soldats rient, l'enfant tombe la tête dans la vase ; le chauffeur est poussé sur son volant par ses camarades, l'un d'eux lui rabat sa casquette camouflée sur les yeux, le soldat se débat, crie : « Salauds, je veux pas l'écraser, je veux pas l'écraser... », le camion accélère, une chenille happe l'enfant, les soldats tapent contre la vitre, chatouillent le chauffeur sous les aisselles, sur le cou, sur la gorge, le chauffeur rit aux éclats, sanglote, son front heurte le pare-brise, le camion entre dans le fleuve, le chauffeur freine, arrête son véhicule, secoue la tête. Les soldats sautent du camion, l'enfant, broyé, la tête prise dans la chenille et les jambes éclatées traînant sur la vase, les soldats, soudain glacés le regardent silencieux, la main sur la bretelle du fusil.

L'officier descend de sa jeep, s'avance, voit le cadavre : « C'est vous qui avez fait ça ? » le touche, caresse la tête écrasée : « Mais pourquoi était-il au bord du fleuve »... souffle sur le visage : « Salauds ! » il longe le camion, se tient devant la cabine, le chauffeur, ses mains sur le volant, sa tête dans son bras, pleure, bave, renifle :

— C'est toi qui conduisais ?

Le chauffeur se tait :

— Réponds.

Le garçon se tait, ses genoux tremblent contre la portière :

— Descends tout de suite.

L'officier grimpe sur le marchepied, prend le bras du soldat, le tire violemment ; le soldat se laisse glisser sur le siège, il s'écroule devant le camion, l'officier le redresse, le prend par les cheveux, le frappe au ventre, aux joues :

— Tu vas répondre ?

Il prend le fusil du chauffeur sur le siège et frappe dans les reins avec la crosse, le soldat s'effondre, les mains au ventre, la tête en avant, il roule, il se tord dans la vase, il geint, le sang de ses lèvres et de ses narines se mêle à la vase noire, l'officier, avec son pied, soulève, retourne la tête et les épaules du soldat ; celui-ci roule sur le côté, ses hanches et sa poitrine découvertes sont striées, la bave coule de son menton, de ses sourcils ; les autres soldats, à l'arrière du camion, regardent sans bouger, la gorge palpitante :

— Dégagez l'enfant. Mettez-le dans ma toile de tente et portez-le dans ma jeep ; je le garde, vous seriez encore capables de le violer, sauvages !

Les soldats tirent l'enfant hors des chenilles, tendent une grande toile fraîche, déposent le cadavre, un sous officier se penche sur le chauffeur, le relève, l'adosse à la portière du camion, le gifle sur les deux joues ; le soldat ouvre les yeux, ses mains descendent le long de son treillis souillé de vase et de sang ; le sous-officier le pousse sur le siège et prend le volant :

— Arrête de trembler. Ça en fait un de moins...

Le convoi repart, s'enfonce dans le fleuve : « Mieux vaut les tuer jeunes. »

Le général baise l'anneau du cardinal :

— Allez vous coucher, Monseigneur, le danger est écarté.

— Général, mes gardes sont turbulents.

— Vous avez de la chance, Monseigneur, ils sont les plus beaux de la garnison.

— J'ai toujours peur qu'ils ne fraternisent avec les rebelles.

— N'est-ce pas pour apporter la paix que l'on vous fait cardinal avec ce beau manteau pourpre ?

— On dit qu'ils ne respectent même pas les prêtres. Mais ceux qui mutilent les enfants peuvent-ils encore épargner les prêtres ?

— Pour moi cette guerre au moins aura dressé déshabillés devant moi de beaux soldats.

— Général, vous avez vu ma peur, oubliez-la.

— La graisse qui entoure votre corps, la graisse sur votre visage, noie tous les sentiments, toutes les peurs, toutes les surprises, tous les désirs qu'on pourrait y voir affleurer.

— J'ai encore peur... je l'avoue.

— Oui, votre anneau sur le doigt qui tremble, scintille.

— À Gori, ils ont volé des vases sacrés et des ornements brodés d'or.

— Peut-être, serrés dans ces chasubles, dans ces aubes dorées, le manipule glissé dans la ceinture, ont-ils bu, vautrés, dans leur haute caverne, le coude et la fesse offerts au vent, les broderies traînant dans la poussière, bu et dormi jusque dans l'après-midi, la main tenant l'or ; le lin et le chanvre se mouillant et se plissant aux aisselles et aux cuisses, une odeur de semence s'élevant de leurs corps jetés pêle-mêle, par l'ivresse, la camaraderie sauvage, et le rire, sur le sol mouillé de vin, de vent, de vomissures, la jambe parcourue de tremblements, comme celle qui pend et traîne contre le lit d'une putain.

— Petit père, viens te coucher.

— Je viens, nourrice, général, mon fils, allez en paix.

— Bonne nuit, Monseigneur. Je vais à mes plaisirs.

Soutenu par sa nourrice — elle n'apparaît que le soir au moment du coucher — le cardinal monte à son oratoire, d'où il voit l'office et les sœurs couchées sur le dallage, les plus jeunes plaquées au sol, les vieilles arc-boutées. Une petite brise, venue de la sacristie, soulève la poussière de salpêtre le long des rayons de lune : « Monseigneur Dieu, Monseigneur Dieu, donnez-moi ma petite mort. »
Le général pousse la porte de la cuisine, les serveurs et les cuisiniers dorment dans les deux alcôves adjacentes à la boucherie ; le général longe les fourneaux, ses doigts caressent les cuivres, la balustrade où le ventre des serveurs s'est appuyé tout le jour, le général s'y appuie à son tour ; sur un banc sont posés les tabliers, le général se détache de la balustrade, touche les tabliers, fait glisser les bretelles dans ses doigts, caresse la toile humide et grasse, il prend un tablier, le plaque contre son ventre et sa poitrine, avec ses mains qu'il enfonce entre ses cuisses avec la toile ; il le tend sur les hanches et se retourne, la tête sur l'épaule pour voir la toile tendue et les plis qu'elle fait sur les hanches et la cordelette nouée sur les fesses ; le général déboutonne le haut de son uniforme ; il entend un bruit dans l'alcôve, la claie de bambous ondule, le général voit un pied à travers les intervalles, il enfile le tablier, va devant l'alcôve ; le pied monte le long de la claie, un lit craque dans l'ombre chaude : « Je suis tout seul, les autres sont à la garde... » Le général porte la main à son cœur, sa gorge se serre ; cette voix d'enfant couché, la sueur entre le nez et les lèvres, le menton mal rasé piquant la gorge... Le général soulève la claie, le garçon, celui de la boucherie, est étendu sur la paillasse inférieure du lit superposé, nu, les jambes écartées et traînant de chaque côté de la paillasse, le bas-ventre et la naissance des cuisses recouverts par un roman-film aux pages collées et parcourues de taches suspectes ; le ventre bat, la respiration creuse le ventre et soulève la poitrine ;

il voit le général entrer, il voit le tablier, le général sourit, le garçon ouvre les yeux, le général s'approche du lit, s'accroupit, le garçon ne bouge pas, ne sourit pas, le général se penche vers lui, lui souffle sur le visage, le garçon ferme les yeux, ses narines se froncent, le général souffle sur la gorge, sur la poitrine, sur le nombril, il regarde le garçon, continue de souffler sur le bas-ventre, le garçon sourit peu à peu, le général avance sa main, touche le ventre du garçon, le nombril, le garçon éclate de rire, la main du général remonte le long du ventre, s'arrête au creux des côtes, appuie sur l'os :
— Là, tu as mal ? et là ? et ici ? et là ?
— C'est plus bas que j'ai mal, mon commandant.
Le général tremble, la sueur coule de son front sur ses paupières, sa main descend vers le ventre du garçon :
— Plus bas, commandant.
L'autre main du général remonte sur la poitrine du garçon, couvre le sein, dont la pointe glisse sur la ligne de vie de la paume, glisse jusqu'à l'aisselle, les doigts s'enfoncent dans les poils, la sueur enduit les doigts, le général les porte à ses lèvres et les lèche ; son autre main touche le roman-film :
— Mais tu ne bandes pas ?
— Si.
La main du général pousse le roman-film ; les poils du sexe apparaissent, entortillés, noircis par la sueur ; le général enfile son petit doigt dans les boucles humides, appuie sur la naissance du sexe, pousse de nouveau le roman-film et le sexe apparaît, pris de moitié et maintenu à plat dans la manche de chemise, la chemise étant coincée et tirée sous les fesses du soldat ; le général jette le roman-film et pose ses lèvres sur la manche où le sexe est pris sous la toile tendue, palpitant, sur les veines et les muscles du sexe ; le général mordille, lèche ces palpitations :
— C'est là que j'ai mal, mon commandant.

Le général se couche sur le garçon, le tablier de toile écrue recouvre le corps nu du garçon, rabat son sexe sur son ventre, le garçon pousse un petit cri :
— Vous me faites la respiration artificielle maintenant.
Il maintient sa bouche ouverte au fond de laquelle la langue bat, le général lui prend les lèvres, sa langue cherche celle du garçon, la salive bout, scintille à la commissure de leurs lèvres.
— Tu te rappelles le jour où je t'ai appelé dans mon bureau... ?
— Mon commandant, y a une petite bête qui demande à être caressée...
— Je t'avais remarqué le soir de ton arrivée, vous étiez plusieurs sur le seuil de votre chambrée, assis, les bras sur les genoux. Toi, tu les tenais écartés, et, entre la cuisse et le short, j'ai vu ton sexe ; une fourmi montant sur un pli de la chair, tu as enfoncé ta main dans le short, tes doigts tendaient la toile...
— Mon commandant, j'ai des fourmis.
— Toute la nuit, je me tordis sur le lit, je rêvais, je m'accroupissais, je mettais ma main sur ta cuisse, tes jambes se resserraient, ma main prise entre tes cuisses glissait sous ton short, ton corps frémissait, la pluie montait de la vallée du Sebaou, tordait les arbres au-dessus de la chambrée, jetait les petites feuilles sur la tôle ondulée, roulait sur ton front, mouillait ton short et ma paume dessous, les gouttes frappaient, creusaient la terre et la boue éclaboussait tes jambes ; je prends ton sexe, je le couvre et je le tiens comme un oiseau frémissant ; les feuilles tombent sur ta chevelure ; je te tiens par le sexe, tu te débats, tu roules sur la terre mouillée, ta tête heurte un caillou, un filet de sang s'éloigne dans le courant du ruisseau ; ton sperme jaillit sur ma main ; couchés dans le ruisseau, ton cou roulant sur le mien, les ombres vertes des feuillages sur tes jambes nues, les salives vertes de la pluie sur tes jambes nues...

— J'ai des fourmis, mon commandant.

— Plusieurs fois, les jours suivants je t'ai revu, assis solitaire au seuil de ta chambre ouverte et tes camarades vautrés sur leurs lits superposés, les jambes écartées, le torse nu, le short déboutonné, dormant dans leur sueur sous les vasistas levés ; toi, les bras sur les genoux, la chevelure brillante et mouillée, tu regardes rêveusement les troncs et les basses branches des eucalyptus ; un soldat sort des latrines, à droite des eucalyptus, la main entre les cuisses ; j'y vais, je m'accroupis, cherchant sur le petit mur de ciment des inscriptions obscènes, décollant avec mes doigts les pages des romans-films abandonnés autour des trous, souillés et piétinés ; par-dessus le petit mur je te regarde, mon sexe pend sous mes cuisses au-dessus du trou ; à mesure qu'il se tend et exhale une plus forte odeur de sperme, les mouches remontent du fond du trou, vibrent autour, l'effleurant, le piquant, se posant sur son extrémité douce et violacée ; des camions, des half-tracks, roulent, soulèvent la poussière dans la cour des garages ; je me relève ébloui, la gorge serrée, toi sous les arbres, assis contre le mur du baraquement, petit chien au sexe rouge et découvert et traînant dans le sable, la bouche entrouverte et le ventre battant sous le short, tes lèvres tremblent par la chaleur, l'air tout autour vibre comme vapeur d'essence.

— Mon commandant, la petite bête va cracher.

— J'avais envie de toi, les petits chiens, les petits chats, le long des villages, caressés du haut de ma jeep, toi, toi, le sexe bandé sous le short graisseux ; un matin je te vois penché sur le bassin, derrière les garages, ton linge est suspendu à une branche, un morceau de miroir est posé sur le tuyau qui surplombe le bassin, j'avance vers le bassin, je ne vois que tes hanches appuyées au bord du bassin, tes fesses moulées dans le short, mes mains s'ouvrent, s'arrondissent, je veux crier, arracher cet uniforme, ces galons; je m'approche de toi, tu plonges la tête dans l'eau couleur de rouille, tu craches, ton dos, tes reins sentent la punaise, ma main effleure un pli du short au milieu de tes fesses, tu tressailles, tu te redresses, tu me vois, tu me devines, tu te mets au garde-à-vous, tes mains mouillées roulant l'ourlet de ton short, tes joues se couvrant d'eau...

— Qu'est-ce que tu fais? Tu n'es pas au travail? Tu te regardes dans ta glace? Tu es coquet?... Des brins de paille brillent sous tes seins.

— J'ai monté la garde cette nuit, mon général.

— Dépêche-toi de rejoindre les autres au tir.

— Je ne suis pas peigné.

— Ton peigne sort de ta poche arrière, je le saisis, le peigne glissant sur le haut de tes fesses; je te vois bander, je prends le peigne, je l'élève au-dessus de ta tête, je prends ton menton, j'appuie mon pouce sur ta lèvre inférieure, la bave coule sur mes doigts; sur ta poitrine, sur tes épaules, les traces de la nuit, les plis de la couverture, la marque de la bretelle du fusil; peigné, tu reprends ton peigne, avant que je ne le remette moi-même dans ta poche et tu souris en baissant tes paupières humides...

— Mon commandant, je vais tacher votre pantalon.

— Au soir je t'appelle dans mon bureau, au retour du tir, tu entres le treillis couvert de boue verte. « Viens devant le bureau. Oui. Appuie-toi au bureau. Oui. Fort. Assieds-toi sur le bureau. Oui. Tourne-moi le dos. Tu as une grenouille sur ta poche. Ne bouge pas. Je la prends. Tu aimes les bêtes? Moi, j'aime les petits chiens en chaleur, viens petite grenouille, le soldat va t'écraser avec ses lourdes hanches... »

Je prends la grenouille dans ta poche; elle s'échappe et saute sur ta cuisse, j'étends le bras sur la table, ma main effleure ta cuisse, la grenouille saute plus loin, sur le sexe, ma main saute et s'abat sur la grenouille, mes doigts se ferment sur le pli de la toile, où la grenouille est prise, un petit rire, comme un sanglot, naît au fond de ta gorge, la grenouille bat sous ma main, la bave sort entre mes phalanges; je pose la grenouille sur la table, je me renverse dans mon fauteuil, le dos tourné, tu continues de rire doucement, je vois tes épaules trembler. Tourne-toi. La grenouille saute sur l'encrier, sur les crayons de couleur, ils roulent sous elle, face à moi tu la regardes riant toujours, les mains roulant ton béret devant tes cuisses. La grenouille saute encore sur le bord de la table, et d'un bond la voici de nouveau collée contre tes cuisses : « Décidément, elle y tient. »

— Elle a senti une source, mon général.
— Une source ?
— D'autres qui y ont bu ont trouvé son eau bonne et apaisante.
— Fraîche ?
— Brûlante quand elle sort.
— Claire et légère ?
— Lourde, épaisse comme du lait, puis très fluide quand elle a coulé longtemps.
— Et quand peut-on la boire ? À quelle heure a-t-elle le meilleur parfum ?
— À midi ou après le coucher du soleil.
— Est-elle d'accès facile ?
— Oui, on s'accroupit, les genoux appuyés sur la terre, de chaque côté de la source, on descend la tête vers la surface de l'eau, on écarte les herbes puis on boit en aspirant ; l'eau jaillit sur le visage, on la renifle, elle coule sur les lèvres, sur le menton, sur les joues...
— Et comment faire jaillir cette source ?
— Elle jaillit d'elle-même aussitôt qu'elle entend des pas, et que les lèvres s'approchent de son lit.
— Mais si ces pas et ces lèvres ne lui plaisent ?...
— Alors, elle demeure endormie...
... Le général lèche l'oreille du soldat.

— Commandant, laissez-moi tirer le sac à viande de dessous mes fesses.
— Laisse-moi d'abord retirer la bâche qui recouvre ton petit canon.
— Commandant, cachez-vous, y a un copain qui revient de la garde.

Le soldat repousse le général, le soulève avec ses poings, le général se redresse, ses jambes écartées de chaque côté du lit ; il enjambe le corps du soldat :

— Prenez la porte de la cave, sous la natte.

Le général soulève la natte, ouvre la porte, se courbe, descend, jusqu'au milieu de l'escalier, ses genoux heurtent des paniers de fruits, il avance la main, ses doigts glissent sur la pourriture, la sentinelle entre dans l'alcôve, pose son fusil et sa cartouchière, sur la paillasse supérieure, et du genou touche l'épaule de Pino :

— Petit salaud, tu dors à poil maintenant !

Pino se retourne en gémissant, cache son sexe avec ses mains, ses fesses tournent sur le sac de couchage :

— Eh ! tu peux me prêter tes souliers pour la nuit ? Les miens me font mal.

— Prends-les mais va les mettre au poste, tes pieds ils puent trop.

— Ta gueule, toi, c'est de là que tu pues.

Le soldat met un doigt sur son sexe :

— On le sait que tu tapes des pignoles au général, t'as ça dans le sang comme les putes.

— D'abord, le général, il me touche pas, ensuite t'es jaloux parce que toutes les femmes elles bandent pour moi, et qu'en te voyant à poil, elles se dégonflent ; moi je vais pas les chercher, elles me font pas payer. Toi, c'est le carré des chassieuses, à défaut des burettes, elles te vident tes poches et elle te flanquent la vérole.

— Ça va, Pino, ça va, mais attends, tu seras pas toujours aussi frais.

La sentinelle s'accroupit, prend les souliers de Pino, sous son lit, sa tête dans la chaleur de Pino, celui-ci met une main sur sa fesse, l'écarte un peu, la sentinelle détourne la tête des fesses de Pino :

— Salaud, tu me pètes dans les yeux.

Pino, le visage contre la paillasse, ricane et chantonne *Tous les parfums d'Arabie*, la sentinelle se relève, caresse les fesses de Pino avec la semelle des souliers ; Pino, le visage enfoui :

— Continue, ça me fait jouir.

La sentinelle excitée frotte les fesses, les hanches et le bord du ventre, Pino éclate de rire, se met à plat sur la paillasse, étire ses bras et les croise sous sa nuque, la boue séchée des semelles coule sur les cuisses de Pino, le soldat, d'une main, frotte le ventre de Pino avec la semelle, de l'autre, furtivement, caresse les seins et chatouille l'aisselle ; le sexe de Pino, découvert, vibrant, durci, monte vers le sommier supérieur, Pino se soulève sur les reins, le bout du sexe touche le sommier, la sentinelle, tout à coup, saisit le sexe entre ses deux mains, le presse, le rabat en arrière, sur le ventre, Pino hurle, prend les mains du soldat, les écarte, dégage son sexe ; lequel, amolli, couvert de traces de doigts, roule sur la cuisse ; la sentinelle, le corps agité de tremblements, les mains rouges, des petits poils bouclés pris dans les ongles, reprend son fusil, sa cartouchière, et sort, les souliers à la main.

Pino gémit, se tord sur la paillasse, la main couvrant le sexe.

Le général sort de l'escalier, vient s'accroupir devant la paillasse :

— Il a voulu me la casser, ils sont tous jaloux, la nuit ils vont la saisir et la briser.

— Dis-moi où tu as mal, mon pauvre chéri.

Le général penche le visage sur le ventre de Pino, prend

dans sa main le sexe pantelant, le soulève dans le creux de sa main, et le baise.

— Mon tout petit, mon tout petit, mon éléphanteau, mon eucalyptus, ma fleur noire d'abeilles...

— Allez-vous-en, laissez-moi aussi, je ne bande que pour les femmes, avec votre tablier vous avez l'air con.

Pino se dégage, se traîne sur les coudes jusqu'au bord opposé de la paillasse, ses cuisses glissent sous les joues du général qui retient le sexe avec sa main, et le baise du bout : jeune prince sortant des draps, quinze années étendu, servi, l'air bleu coulant sur le dallage granitique, l'urine séchant sous le velours des tapis, le bord de la fenêtre couvert de flacons ébréchés, une plaie ouverte sous la gorge et au bord des aisselles.

Pino remonte brusquement les fesses, elles heurtent et soulèvent le menton du général et le sexe est dégagé ; les mains du général glissent sur les hanches de Pino ; celui-ci les secoue, les mains tombent le long des fesses sur le sac de couchage de toile écrue souillé de sang de punaises, de sperme involontaire, de salive nocturne, et d'excréments mêlés de sueur ; une main du général s'enfonce à demi sous l'autre fesse de Pino, un doigt de l'autre main effleure le bord des lèvres du cul, revient vers le sexe, en suivant la raie du cul sous les cuisses ; le sexe tendu de l'un et l'autre côté de l'étau des cuisses, le doigt appuie sur la boule gonflée sous laquelle il sent vivre les deux olives de la sécrétion, la main tout entière enveloppe cette boule douce et tiède où l'ongle accroche.

Pino, maintenant, gémit, son sexe se durcit à l'extrême, et tend la peau tout autour, ventre, cuisses, boules de sécrétion ; alors il se retourne vers le général accroupi et toujours fouillant, le visage voilé par la sueur et la chaleur du corps du garçon, il se met à plat, rabat une jambe sur l'autre, et jette ses bras autour du cou du général ; celui-ci, les mains à nouveau surprises et sevrées par la volte-face du garçon, se laisse étreindre, puis au contact des mains et des bras mouillés du garçon, il s'affole, sa gorge se serre, il s'appesantit sur le garçon, lequel écarte les jambes à mesure que le général s'étend sur lui, tout habillé, ceint du tablier; le sexe du garçon s'emmêle dans la poche ventrale du tablier;

— Commandant, la ronde va passer; si vous pouviez attendre demain matin?

— Je t'aime, je me nourris de toi, je te mange, je te suce.

— Mon commandant, je suis pas comestible.

— Je déterre ma nourriture, je fouille comme un chien, je pousse ma nourriture du bout de ma gueule.

— Je suis votre charogne.

— Mon chiot au petit sexe rouge.

— Petit? C'est pas votre avis quand vous l'avez dans la gueule ou dans votre cul...

— Ne sois pas grossier.

— Vous m'aimez comme ça, plus j'en dis, plus vous bandez.

— Si je pouvais te dévorer et me dévorer aussitôt après.

— Mon commandant, la ronde vient, cachez-vous dans la cave, je vous y retrouverai.

Le garçon approche ses lèvres de l'oreille du général:

— Et je vous branlerai et je vous sucerai.

Le général tressaille, il se lève de nouveau, le sexe tendu à déchirer la peau, à éclater, il soulève la natte et descend dans le petit escalier. Pino couvre ses cuisses avec le sac de couchage; entrent l'officier, le sous-officier de permanence, le caporal de relève; Pino couché à plat, les jambes écartées sous le sac de couchage, respire, soupire, gémit, il tourne la tête et la renverse sur l'oreiller.

— Qui c'est celui-là?

— C'est Pino, mon lieutenant, Pino Idroscalo. De l'Assistance.

— Ah! Il ne monte pas la garde?

— Non, le général ne veut pas.
— Il a peur qu'il se les gèle ?

Un soldat entre en courant dans l'alcôve, il tient un message téléphoné, l'officier le prend : « Illiten s'est enfui. Faites chercher le général. Colonel aide de camp du général. »

Le lieutenant met le message dans sa poche.

— Sergent, faites donner l'alerte dans la section, deux hommes au verger, trois autres sans armes dans le jardin du cardinal, qu'ils fouillent l'orangerie, les serres, celui qui voit le général lui transmet le message. Allez.

Ils sortent, Pino remue, se découvre, prend son maillot de laine bleue, se soulève sur le dos, enfile le maillot, sort du lit.

Le général, appuyé au mur, dans l'ombre, attend le garçon :

— Mon commandant, Illiten s'est enfui, on vous cherche partout.

— Tiens, prends ces cinq mille francs.

Pino saisit l'argent, le glisse dans son maillot, avance une main vers les cuisses du général, de l'autre il dénoue la cordelette du tablier sur les reins, le tablier tombe aux pieds du général, la main de Pino caresse la hanche du général, remonte vers le ceinturon, enveloppe la boucle, deux doigts la défont, contre la paume du garçon tremble le ventre du général, le ceinturon retombe de chaque côté du sexe, sur les cuisses, le garçon lève les yeux vers le visage du jeune général, les yeux de celui-ci, bleu métallique, étincellent avec une senteur d'amande sous les cheveux blonds coupés ras ; les lèvres dures, grosses mais tirées et pâles comme les lèvres des femmes belles, brillent, mouillées par la sueur et le désir. Le garçon sourit, baisse les yeux, sa main déboutonne le pantalon du général ; celui-ci se raidit contre le mur, le garçon ouvre ses doigts dégrafeurs, sent le sexe du général durcir, chauffer, rougeoyer sous le maillot, le pantalon déboutonné glisse sur les genoux; le garçon prend à deux mains le sexe à travers la toile du maillot, il le presse, une main descend sous le sexe, remonte entre les fesses jusqu'à l'ourlet du maillot. Le poignet prend l'humidité du sexe; la main s'accroche au maillot, à l'endroit de l'élastique, le tire vers le bas, cependant que l'autre main, enveloppant le sexe, le découvre en faisant glisser le maillot sur les hanches; peu à peu le sexe apparaît, le garçon approche sa bouche, pose ses lèvres sur les boucles, le sexe pointe à travers la toile, d'un coup le garçon fait tomber le maillot, le sexe jaillit contre ses narines, doux, musclé, gonflé de sperme; le garçon le mord, le prend avec ses doigts et le met dans sa bouche; son autre main caresse, pétrit les boules de sécrétion, chatouille le dessous des fesses; gardant le sexe dans sa bouche, il le branle doucement puis, quand il sent monter le sperme, il sort le sexe de sa bouche l'applique contre sa joue, le baise, le foule sur son front puis, se relevant un peu y frotte sa gorge et sa poitrine; le général pousse de longs soupirs, tire les cheveux du garçon, halète, les jambes raidies.

Une chouette entrée par le soupirail heurte la voûte et les garde-manger suspendus, elle vient s'abattre sur le ventre découvert du général; le sperme jaillit sur le visage du garçon, éclabousse ses joues, ses narines, ses paupières; le garçon ouvre la bouche, y met le bout du sexe; le sperme jaillit encore dans sa bouche, coule entre ses dents, sous la langue; lourd, tiède comme le sang; le garçon presse le sexe, pose ses mains à plat sur le devant des cuisses du général; au mouvement de succion qu'il fait en reniflant, ses doigts s'enfoncent dans les cuisses du général, ramènent la peau des fesses sur les hanches, ses joues se gonflent puis se creusent, le sperme aspiré se fait plus fluide, plus chaud; les derniers filaments arrachent des soupirs au général; le garçon maintenant suce à vide, ses lèvres sifflent, éclatent; il sort le sexe de sa bouche, lèche ses lèvres, sa langue monte jusqu'aux narines; il remet le sexe du général dans son maillot, la toile se mouille où porte le bout du sexe, lequel, ramolli, sous la pression de la toile se mêle aux boules de sécrétion.

Le garçon remonte le pantalon du général, le boutonne, boucle le ceinturon, le général bouge, il sent entre ses cuisses, sous ses fesses, l'amas du sexe et des boules de sécrétion, les bouclettes collées aux membranes, aux veines, par le sperme et la sueur séminale; une petite démangeaison tient le bout du sexe, le garçon, avec ses mains, essuie le sperme sur son visage; après il lèche ses mains, ses doigts glissent entre ses lèvres, le général voit sa gorge luire dans la pénombre, quand il avale sa salive, mêlée de sperme; à le voir ainsi avaler, manger son sperme, le général recommence à bander; le garçon le voit, il monte au haut du petit escalier, il ouvre la porte; la lumière de l'alcôve, voilée par la natte, éclaire les contours de son corps, épaules, joues, hanches, cuisses, genoux, le ballonnement de son ventre et la petite ombre du nombril, les plis du maillot; le garçon écarte les jambes, met ses mains en cornet autour de son sexe, ses pouces enfoncés sous l'élastique du maillot, il avance le ventre, fait saillir son nombril, étire ses épaules, renverse la tête en arrière, creuse, gonfle son ventre, fait craquer l'élastique du maillot contre son bas-ventre couvert de poils bouclés, soupèse son sexe, rit doucement, cambre les reins, se caresse les hanches et les fesses, descend son maillot sur ses cuisses, découvre son sexe à demi, le pelote, le dresse, les doigts tendant la toile au-dessous et secouant les boules de sécrétion :

— Démon, démon, infâme, comment fais-tu pour vivre avec des mains impures, des lèvres souillées? Les femmes qui t'aiment te savent putain, voient les marques d'amour et de fureur que te font les hommes.

— Je n'ai connu que des caresses cruelles ou des cruautés caressantes. Qui veut m'aimer m'étrangle, qui veut m'étrangler, m'aime.

— Va-t'en. Je ne veux plus te voir.

— Dès que vous m'aurez quitté, votre ventre bougera de nouveau.

— Je ne veux plus aimer des garçons. Emmène-moi chez tes putains. Je n'ai jamais couché avec une femme. Je suis général maintenant, parce que je n'aime pas les femmes. Je suis général, par solitude, par désespoir.

— Des femmes vous aimaient. Vous avez de beaux cheveux, de beaux yeux, de belles cuisses.

— Tais-toi. Je ne puis faire l'amour avec un être dissemblable.

— Moi, pourtant, je vous suis inférieur.

— En te touchant, c'est moi que je touche.

— Avec une femme, c'est la même chose.

— Non. Je suis infâme. Je t'entraîne au mal.

— Vous n'êtes pas le premier, commandant. Et vous me plaisez.

— Tais-toi.

— Votre sperme a un goût de lait.

— Tais-toi.

— Vous bandez ?

— J'aime aussi le Christ.

— Il ne peut vous fuir, étant cloué.

— Que je sois esclave, que je sois frappé, enchaîné, que je meure sous les coups.

— Que je sois renversé à terre, qu'on me retrousse ma tunique et, les jambes écartées, les poignets marqués par les fers et les cordes, gémissant, je retiens mon sexe. Qu'on se précipite sur moi, qu'on me lèche, que des hommes ivres posent leurs langues brûlantes, fraîches, brûlantes sur mon ventre et sur ma poitrine, ou que d'autres y renversent des verres de vin, et y posent leurs pieds nus ou chaussés de souliers boueux, ayant pris le sable, la pourriture, les excréments de la rue basse ; un homme appuie son soulier sur ma gorge, un autre, pied nu sur mon sexe, faufile mon sexe entre son pouce et son index et, du talon, appuie sur mon nombril. Je suffoque. Je n'ai plus peur. Qu'on m'ouvre la bouche, qu'on m'ouvre le cul...

— Tais-toi.

Le garçon rit, tend les bras ; il se retourne, présente son dos et ses fesses au général, s'accroupit, fait semblant d'écarter ses fesses avec ses mains ; le général ne peut retenir un petit rugissement, il monte jusqu'au garçon, s'accroupit derrière lui, le prend à la taille, et le renverse contre lui ; il lui lèche la nuque, les cheveux encore enduits de gomina, mordille le lobe de l'oreille ; il étreint le garçon, ses bras enserrent sa poitrine, ses mains couvrent le sexe du garçon, s'enfoncent sous le maillot ; le garçon tourne ses bras, les glisse entre les reins et le ventre du général, ses paumes roulant le sexe du général à travers la toile ; le général donne des coups de sexe dans les paumes et dans les fesses du garçon ; le garçon frotte la toile de son maillot à celle de l'uniforme ; puis, il se redresse et s'échappe, soulève la natte, se jette sur sa paillasse ; le général soulève la natte, va s'accouder au lit, le garçon se dresse sur ses épaules, soulève ses reins, fait glisser son maillot sur ses genoux, puis il laisse reposer ses fesses et son dos sur le sac de couchage dont une extrémité traîne, piétinée par les souliers du général, un peu au-dessous du lit ; il montre du doigt le maillot arrêté aux genoux, le général s'assoit sur la paillasse aux pieds du garçon, lequel écarte et raidit les jambes ; le général tire le maillot par la partie inférieure, celle qui recouvre le sexe, la toile est humide à ses doigts, visqueuse par endroits : il tire, mais le garçon écarte les jambes et le maillot se tend, l'élastique pénètre dans la chair des cuisses. Le garçon a tellement écarté les jambes que le maillot a glissé au-dessus des genoux. Le sexe du garçon bat dans l'ombre des boucles. Le général tire encore puis le garçon rapproche les genoux, le maillot alors glisse sur les jambes, le général le tire par l'élastique. Il le prend dans ses mains.

Le garçon, ses jambes libérées, se couche sur le côté et se couvre le ventre avec le sac de couchage, se frotte la poitrine et la gorge couvertes de sueur avec la partie piétinée du sac; le général pétrit le maillot, y met son visage, le mord, le lèche, le sent, puis il l'enfile sur sa tête, la partie inférieure couvrant le nez et les lèvres, comme une muselière, et il aboie. Le garçon voit la langue du général tendre la laine du maillot, les lèvres s'ouvrir, les narines se relever sous la laine; il rit; le général enlève le maillot, le pose entre les cuisses du garçon; il se lève, se penche sur le garçon:

— Je pourrais t'aimer dix jours et dix nuits.

Il pose ses lèvres sur celles du garçon, lequel se met à baver; la salive mousse, le général la lèche, la boit; la salive coule, traverse la joue du garçon:

— J'aime ta sueur, ta bave, ta salive, ton sperme, tes larmes, ton sang, ton fiel, tes sucs internes, ta bile, tes vomissures, ta morve, tes sueurs les plus secrètes, toutes les sécrétions de ton sexe et de ton cul, tes excréments, la sueur, le miel de tes oreilles.

La salive du garçon mouille la paillasse, fait apparaître la paille:

— Quand veux-tu partir en permission? Moi aussi je pars. Sur le bateau tu viendras dans ma cabine. Ici je ne peux pas t'aimer.

— Au fond de la cour des Engins, il y a des chiottes abandonnées...

— Toujours ce colonel aide de camp me suit, lui, marié, père de huit enfants — l'aîné est très beau, un sexe magnifique sous la flanelle — pieux, peureux, soumis. Crier à tous, aux soldats, que j'aime les garçons les plus beaux, les plus cruels, les plus sordides. Toutes les nuits, moi, général, je me branle dans ma couverture, je me ceins de chiffons souillés, je me tords, couché sur le côté, je caresse ma hanche nue, je mords mon épaule jusqu'au sang, regarde.

Le général découvre son épaule, il se penche, le garçon lève les yeux, rit, voit les marques sanglantes sur l'épaule, les griffures, les morsures, il rit :

— C'est moi que vous mordez.
— Pose tes lèvres sur ces cicatrices.

Le garçon se dresse sur les coudes, baise l'épaule du général.

— Touche-les avec le bout de ton sexe.

Le général s'assoit sur le lit, le garçon se lève, sort du lit, se met debout, dans la position d'un qui pisse, prend son sexe à deux mains, s'avance, et l'appuie sur l'épaule du général, lequel renverse la tête sur le côté, le sexe du garçon pris entre son épaule et son oreille, puis ses joues, puis ses lèvres; le muscle du sexe contre ses dents.

— Couche-toi maintenant. Dis-moi si tu m'aimes un peu, si tu as du plaisir à me toucher, à te faire toucher par moi.

— J'en ai. J'aime votre peau douce, et rude, votre ventre, votre cou, vos paupières, vos lèvres collées à mon sexe, votre bouche grande ouverte sur mon cul.

— Tais-toi, tais-toi. Tu ne m'aimes pas. Tu répugnes à me toucher et je te fais boire mon sperme.

— J'aime le goût depuis si longtemps ; c'est le premier lait que j'ai sucé.

Le garçon baisse les yeux, le général caresse le sexe dur et chaud, le garçon raidit brusquement les jambes, le général tient le sexe du garçon contre sa gorge, sous son menton, le garçon rit, le sperme jaillit, éclabousse l'uniforme du général : celui-ci, surpris, rejette le sexe contre les cuisses du garçon, se lève :

— Petit, petit, va me chercher un peu d'eau.

Le garçon pousse la porte de l'alcôve, il tire une marmite d'eau bouillante du milieu du fourneau, prend une louche, la remplit et l'emporte dans l'alcôve ; il verse l'eau brûlante sur l'uniforme, le général tire un mouchoir de sa poche, le trempe dans la louche et frotte ses épaulettes.

Le garçon pose la louche vide sur son lit.

Le général prend le garçon à la taille et lui baise la nuque, son mouchoir brûlant derrière l'oreille du garçon ; ses mains descendent, l'une tenant toujours le mouchoir, jusqu'aux hanches ; le mouchoir humide et brûlant s'enfonce entre les fesses du garçon ; le général rit.

— Recule un peu, je vais te faire un petit pansement.

Le garçon se détache du général, celui-ci lui prend le sexe, l'enveloppe avec le mouchoir mouillé, noue le mouchoir autour du sexe :

— Quand j'étais enfant, je croyais que bander c'était avoir des bandelettes autour du sexe.

Le garçon, les bras levés, le sexe bandé, danse au milieu de l'alcôve ; le général prend la louche sur le lit, il la tient horizontale, devant le ventre du garçon, puis il l'approche du sexe et le ramasse dans la louche puis il rabat le manche sous le sexe du garçon, se met derrière lui, tient la louche entre les cuisses du garçon et celle-ci lui recouvrant son sexe ; il lève le manche, lequel s'enfonce entre les fesses du garçon ; le garçon gémit, se tord, la boule de la louche entre les cuisses ; le général l'attire ainsi vers la paillasse : le garçon s'y étend sur le ventre, le manche de la louche sortant des fesses et la boule coupant le ventre :

— Donne-moi le mouchoir. Tu remettras la louche où tu l'as prise.

Le garçon enfonce sa main sous lui, retire le mouchoir visqueux, et le tend au général. Le général le met dans sa poche :

— Bonsoir maintenant, oublie tout ce que nous avons fait. Je viendrai te voir demain après-midi. Range la louche.

Le garçon se tait, la tête enfouie dans le sac de couchage, les fesses agitées d'un léger tremblement, le dos taché d'ombre :
— Bonsoir, tu ne me réponds pas. Tu dors déjà, Pino ?
Le garçon se tait, mais pète dans le silence :
— C'est le salut d'un salaud à un salaud.
Le général va vers la porte, l'ouvre, sort, il traverse la cuisine. Dans l'ombre, où la vapeur traîne, l'eau bout, soulève les couvercles, mousse.
— Si je faisais bouillir mon sperme ?
Le général essuie son front, il revient vers la porte de l'alcôve, met son oreille contre le bambou : le garçon pleure, renifle, le sommier craque ; le général écarte deux lattes de la cloison, il voit le garçon toujours couché sur le ventre, les épaules secouées par les sanglots ; la louche au-dessus des fesses suit le mouvement de la respiration ; le général sourit et s'en va.

Les deux sections envoyées à la poursuite d'Illiten reviennent au palais le lendemain matin, avant la relève de la garde : les soldats se jettent sur leurs paillasses, les camions sont mangés par le sel.
Le capitaine obtient du général que les soldats restent couchés pendant le rassemblement :
— J'irai les voir dans leurs chambrées.
— Mon général, ils dormiront.
— C'est dans cette position qu'ils sont les plus charmants.
— Je vous supplie, mon général.
— Couchés sur le côté, le treillis moulant leurs fesses, le ceinturon roulé sur leurs cuisses.
— Mon général.
— Vous vous battez, vous obéissez, je n'ai aucun désir pour vous. La guerre est bientôt achevée, nous sommes

vaincus. Vous ne parlez plus à un général, mais à un patron de bordel. Faites venir vos hommes.

— Mais, général, vous avez permis qu'ils se reposent.

— Je veux les voir. Je sais qu'ils ont massacré un enfant cette nuit, je veux les voir.

Le capitaine va chercher ses soldats, il les réveille et les pousse vers le rassemblement. Le général ordonne qu'ils se mettent torse nu. Les soldats se déshabillent :

— Vous resterez ainsi jusqu'à midi.

Les soldats jettent leurs vêtements à terre :

— Décoiffez-vous.

Les soldats ôtent leurs bérets, certains leurs casques légers. Le général fait rompre les rangs aux autres soldats. Le capitaine rentre dans sa chambre, se lave, se rase et s'étend sur son lit. Le général se retire dans son bureau, chasse ses secrétaires et va se mettre devant la fenêtre d'où il voit la cour et les soldats déshabillés ; il prend ses jumelles et regarde les torses nus où les côtes mettent des ombres désirables, les ventres creusés par la faim ; il sait que son aide de camp, ses secrétaires, appuyés contre la porte le regardent aimer et désirer : un soldat traverse la cour, s'arrête devant les soldats punis, leur tire la langue ; le général reconnaît Pino à son treillis souillé, à ses cheveux plaqués, au linge qui pend à son épaule, au morceau de glace qui sort de sa poche, sur les hanches.

L'envie le reprend de caresser ce corps humide et nerveux, de jeter à terre décorations, grade, titre, et de le suivre, de l'établir son lieutenant de plaisir, commandeur et recruteur de garçons, et de se jeter, lui, général, dans la débauche publique, se montrant, s'exposant lui-même, appuyé contre la porte de son bordel, le garçon à l'intérieur débauchant et violant des garçons plus jeunes ou plus âgés que lui. Et lui, général, imposant une débauche virile et cruelle, créant des ordres, des préférences, des récompenses, calculant, mesurant le temps de plaisir, et la quantité de sperme jailli, livrant ses garçons aux fureurs des hommes et des femmes de passage, précipitant le choix de ceux-ci par la brutale saisie d'un garçon assoupi et l'aveu de sa spécialité; fouettant ses garçons, forçant les plus jeunes aux travaux ménagers : laver les parquets et carrelages souillés, changer les draps entre les étreintes, etc., interdisant qu'on serre et qu'on souille ces enfants, mais les mettant chaque soir dans son lit et culbutant ceux qu'il trouve accroupis sur le sol et le frottant à grande eau, soulevant leur tablier, déboutonnant leur short ou tirant leur maillot, et les renversant, jambes écartées comme des petits chiens, forçant les clients pauvres à se contenter du ciment des chiottes pour serrer et souiller les garçons, chassant la tristesse de son cœur et de son corps, maintenant sa royauté libre et ses étreintes baignées de soleil ; foulant aux pieds les garçons dormant entremêlés sur l'escalier de la cave, en pleine rue, après les étreintes de la matinée ; établissant une hiérarchie parmi les garçons, vouant les uns à la salle commune, les autres aux chambres de l'étage, soumettant les premiers aux seconds, mais punissant ceux des chambres par la reprise temporaire du travail en salle ; imposant à tous la plus grande soumission à l'homme ou à la femme de passage; obligeant tous les garçons, même les plus jeunes, à s'enivrer au réveil, arrachant de leur cœur la pitié, arrachant leur cœur de leur poitrine ; les accoutumant au plaisir et à la cruauté ; donnés et reçus ; épuisant les garçons récemment recrutés, volés ou achetés, puis les libérant peu à peu quand la soumission est sûre, et excitant leur jalousie en matière de performance sexuelle de telle sorte qu'ils oublient l'étrangeté de leurs nouveaux gestes ; puis, « me rappelant tous les garçons beaux et frêles connus à des goûters ou dîners dans les parcs d'Inaménas, ceux revenant du tennis le short mouillé de sueur entre les cuisses, ouverts, joyeux, la mèche sur les cils, celui, malade soudain après le dessert et quittant la table pour aller vomir, et que sa sœur préférée suit, encourage, précède et aide à vomir, et le tenant par les épaules, celui couché sur le perron, torse et cuisses nus, seulement vêtu d'un maillot de bain décoloré, les jambes tombant de chaque côté de la balustrade, les pieds touchant les rosiers, le ventre chaud que ma main effleure de loin; celui penché, le short léger et court, glissant un peu sur les fesses et mettant à nu les reins entre la chemise et la ceinture, les jambes recouvertes par des chaussettes de laine à rubans verts, le visage contre le rocher du train électrique; des entremetteurs les séduisant l'un après l'autre, les sortant de leurs demeures et les jetant brutalement dans le plaisir, Pino poussant ces têtes, ces visages, où sèchent encore des larmes de honte, entre ses cuisses, et les enserrant; moi, voyant leur angoisse devant le premier client, la sueur sur leurs hanches, quand celui-ci y met les mains; leur angoisse puis leur plaisir; leur regard triomphant vers moi après l'épreuve, leur application à suivre les leçons et les conseils de Pino et peu à peu les inspirations soudaines de leurs lèvres, de leurs mains au contact d'une peau étrangère et dans une étreinte rendue plus furieuse à cause de son grand prix; excitant entre ces garçons bien nés la jalousie et la lâcheté, la tentation du sordide et de l'injure obscène, les excitant, ivres, afin qu'ils trahissent tout haut et souillent la voix et le corps de leur mère; me rappelant d'autre part tous les garçons misérables, vifs, battus, déjà séduits, les recherchant, les capturant et les jetant dans la salle commune comme les petites bêtes qu'un enfant jette dans une boîte en la refermant à chaque fois; mêlant tous ces garçons et les poussant à se battre, organisant des combats avec sang entre les moins beaux, offrant aux hommes et aux femmes de passage ces corps meurtris et sanglants, leur donnant à lécher et aspirer le sperme avec le sang; imposant une tenue de travail pour tous, ceux des chambres et ceux de la salle commune : le maillot de bain en toile décolorée, avec en hiver le chandail, pareillement décoloré et troué ; moi, aimant à tâter, palper les sexes de ces garçons, à travers la toile mouillée et visqueuse après une longue suite d'étreintes, et les presser et faire jaillir encore un peu de sperme brûlant, et d'un coup de la main sur les fesses renvoyer ces garçons vers d'autres clients ; moi, dans l'après-midi orageux, assoupi devant la porte et frissonnant, voyant la rue où monte l'ombre verte et sulfureuse, bandant au passage des garçons sur le trottoir, à l'arrêt des hommes, à l'appel des garçons, aux propositions, aux caresses furtives et impayées de ces hommes, au raidissement des jambes des garçons, peu à peu ruisselantes de pluie, aux chiffres lancés par leurs voix claires ; clients et garçons déjà enlacés me frôlent quand ils entrent ruisselants, dans la salle commune ; quand le client s'appesantit sur lui, au bord de la banquette, un garçon, la tête renversée, me sourit, me fait des œillades ; un autre, assis sur les genoux d'un débardeur dépoitraillé, tout près de moi, à une petite table souillée de crachats et de vin, se suspend au cou du débardeur et laisse tomber sa tête sur mon épaule avec des rires ; un autre poursuivi entre la banquette et les tables par une femme, qui tient le maillot déchiré du garçon, vient se jeter entre mes cuisses ; un coup de tonnerre le fait tressaillir, il se lève et se rue sur la femme, le sexe dardé ; ils roulent par terre, la main de la femme enfonce le maillot déchiré entre les fesses du garçon ; le plus jeune de tous les garçons du bordel entre avec un commis boucher dans les chiottes au fond du couloir, en refermant la porte sur lui et le gros garçon, appuyé au mur dans l'ombre, et l'attirant par les hanches contre lui, il me fait un signe de la main ; la serrure grince, la porte craque sous leurs étreintes, un bras puis un pied s'étirent sous la porte, se raidissent, sont secoués, se rétractent, rentrent peu à peu dans les chiottes, la porte s'ouvre, le garçon sort, le commis achève de boucler sa ceinture, les pieds bien posés sur le marchepied des chiottes ; le garçon revient vers lui, monte dans les chiottes en face de lui, et lui boucle sa ceinture d'une main, de l'autre lui caresse le devant des cuisses, puis ils vont, enlacés, jusqu'au milieu de la salle commune, et s'appuient au comptoir ; le garçon tend un verre de vin au commis, sa main sur le verre est fripée, humide, des bouclettes y sont collées, le commis prend le verre, en boit la moitié, et brutal, avec un rire éclatant, verse le reste dans le maillot du garçon, sa grosse main tirant la toile. Le vin mouille le maillot devant et dessous, coule sur les cuisses jusqu'aux genoux, le garçon frotte ses genoux l'un contre l'autre ; un homme en chemise, la casquette sur la tête, prend le garçon par-derrière et l'attire contre ses cuisses, le sexe de l'homme bat contre les fesses du garçon, sur le maillot ; le garçon se débat, arrache les mains de l'homme accrochées à ses hanches ; le commis prend le verre de vin vide et coiffe le sexe du garçon ; autour du verre, la toile mouillée se tend ; l'homme fait glisser le maillot du garçon, sur les fesses, le garçon le retient, l'homme l'arrache, il enfonce son sexe entre les fesses du garçon en les écartant avec les mains, le garçon éclate de rire, sa tête se renverse en arrière sur la poitrine de l'homme, ses yeux brillent vers moi ; le commis lui appuie sur le ventre, le garçon sent le sexe de l'homme entrer en lui, et brûler et transpercer ; un peu de salive coule aux coins de ses lèvres, ses joues pâlissent, la tête se renverse sur l'épaule, tirant la chemise entrouverte de l'homme, et découvrant le sein de l'homme où brille une goutte de vin ou de sang, le ventre du garçon se creuse, bat au-dessus du verre que le commis fait tourner sur le maillot, le sexe du garçon grossissant dans le verre, le maillot déchiré sur la hanche, suit le mouvement du verre et s'enroule autour de lui ; les lèvres du garçon blêmissent, elles s'ouvrent brusquement, du sang et des vomissures jaillissent, l'homme halète, pousse son ventre et son sexe, le garçon secoué s'est évanoui, le sang et les vomissures roulent sur sa poitrine, éclaboussent le verre, le commis lâche le verre qui se brise sur le carrelage, frappe les genoux du garçon avec ses souliers, frappe les jambes, piétine les pieds, le maillot glisse sur la cuisse, sur le genou ; l'homme enlacé au garçon et lui mordant les yeux, retient le maillot souillé et le ramène contre le sexe du garçon : le garçon, seulement retenu par une main de l'homme, s'écroule à ses pieds, le sexe de l'homme sorti tout vibrant des fesses du garçon, jaillit et s'accroche à la chemise ; le garçon ployé aux pieds de l'homme, le maillot entre les cuisses, s'est réveillé sur le coup de la chute, il gémit, le commis boucher le foule du pied, piétine son ventre, foule du pied le maillot, le soulève au bout de son soulier ; l'homme, accroupi, se jette sur le garçon, le retourne sur le ventre, se couche sur lui, enfonce de nouveau son sexe entre les fesses du garçon.

Dehors les éléphants barrissent au fond du zoo sous la douce pluie ; des cornacs, demi-nus, les pieds dans la boue, les poussent à grands coups de fouet, sous les éclairs, vers les vastes tentes vertes, gonflées par le vent ; un cornac, en criant, sa hanche s'accroche aux barbelés ; les fumées de la ville montent dans la pluie. À mes pieds, entrelacés, un grand marin et un garçon blond, entièrement nus, se roulent en gémissant ; l'uniforme blanc, éclatant, du marin, gît avec le maillot rouge du garçon sur le bord de la banquette ; les cuisses ouvertes du marin sur le front du garçon, la toison noire de son sexe mêlée aux cheveux blonds du garçon, tremblent du spasme qui s'achève, le sexe du marin, tout entier enfoncé dans la bouche du garçon, lequel tousse, et ses mains repoussent, soulèvent le ventre du marin, appesanti sur son menton ; le sperme du marin remplit la bouche du garçon, l'étouffe.

Le marin, sa tête fourrée entre les cuisses du garçon, recourbée comme une tête de cheval, sous le sexe, grogne, rit, hennit, crache sur les boules de sécrétion, le sexe du garçon durcit, immense, rougi par les étreintes de la matinée et de l'après-midi, réchauffe le cou du marin jusque sous l'oreille.

Le commis boucher passe devant moi, il sort de la salle commune en se caressant entre les cuisses, sous son tablier ; l'odeur puissante des excréments des éléphants monte de la rue ; les fesses du commis, sous la cordelette du tablier, sont couvertes d'excréments durcis ; dans la rue il se retourne vers moi dans la lumière luisante, sa braguette ouverte découvre son sexe encore durci et rouge, il le prend à deux mains, et se met à galoper comme à cheval sur un balai ; son rire résonne encore dans la rue quand l'homme à casquette et le garçon, au pied du comptoir, se détendent et tous les couples se détendent autour de moi, crachotent, les mains se tendent vers les vêtements misérables.

Le carrelage luit, de grandes traînées de sperme et de vin où sont pris les maillots, les chemises, les casquettes, brillent jusque sous les banquettes, sous la lueur de l'orage.

Enfants, rengainez vos épées, hommes couvrez vos dards, je m'élève au-dessus de vous vers le haut d'une vallée fermée, suffoquant à l'odeur des pins, je cours d'un bout à l'autre du stade, la montagne se couvre de soldats, leurs lances transpercent les feuilles des arbres, je vais mourir, je n'ai jamais changé de liberté, les feuilles sèches rentrent dans ma gorge, les soldats me clouent avec leurs lances, sur le sable mouillé du stade, moi qui rêvais de mourir étranglé par un garçon dans des chiottes de bordel, mes plaies sèchent à l'air des montagnes, je meurs seul aux cris des oiseaux de la Divinité et je vois ma mort et ma descente aux enfers ; la Divinité n'attend pas que je sois tout à fait mort pour m'assigner une place éternelle, je meurs loyalement, dans la paix des sens, mon esprit seul touché par le soleil, sans révolte, moi qui voulais mourir dans la confusion du plaisir et du désespoir. »

Le général dépose ses jumelles sur la table, appelle le radio :

— Écris : « Urgent, secret. Général Kostas Ziguris Q. G. Inaménas au général chef état-major métropole — Chef rebelle capturé, échappé cette nuit. Officiers, soldats et moi-même ne pouvons plus voir le sang. Nécessité bombe. Attendons nouveaux ordres. »

— Transmets ce message tout de suite.

— Faut-il le coder, mon général ?

— Non. Les rebelles, les marins qui saisiront ce message s'y brûleront les doigts et les oreilles. Que faire contre le dieu, contre le feu qui tombe ?

Le général entend le roulement lointain de la mer, la houle du ciel, le choc des carapaces dures ou molles sous l'eau bleue, les voix brutales des soldats et des sous-officiers à l'exercice. Sous les eaux de la mer, sous la terre des champs, la terreur court, menace ; les hommes noirs, casqués, armés de petits poignards et de cordelettes pour pendre, apparaissent au creux des vagues ; sur les plages, les habitants reculent, mettent leurs mains devant leurs yeux ; la trahison est dans l'île : ceux de l'Est sont déjà tous égorgés, éventrés, pendus, leurs corps brillent, remuent au bord du ressac ; les soldats, à l'Ouest, marchent sur un signe des chefs, vers les villageois debout ou agenouillés, et sans s'arrêter, les percent, comme on tue les poissons sur le pont des bateaux ; des rubans flottent à leurs poignards ; des poursuites solitaires s'achèvent dans le creux des rochers, dans les cabanes des marais salants, les victimes encore vivantes sont jetées parmi les ombres des bêtes sous-marines, dans le sel où elles se débattent :

— Mon général, la ligne est coupée, les rebelles, cette nuit...

— Qu'on envoie les soldats punis réparer cette ligne, à l'instant. Tu les commanderas.

Le radio sort, le général déchire une feuille d'eucalyptus jetée par le vent de nuit sur sa table : « Le sexe d'un garçon se déchire avec le même bruit de feuille. »

Le général appelle son aide de camp, le colonel entre dans la pièce :

— Colonel, un de vos capitaines m'a parlé d'un jeune garçon, nommé Kment, lequel avec ses frères et ses sœurs se prostitue dans le haut de la ville. Jusqu'à la fin de la guerre, il faut tenir. Pour moi je veux m'amuser, prendre des plaisirs interdits en métropole, donc, je vous laisse mon autorité. Votre premier ordre, en conséquence, sera de faire rechercher ce jeune garçon. Si vous le prenez le matin, amenez-le-moi aussitôt, si vous l'attrapez le soir, donnez-lui un bon lit, fermez la chambre afin qu'il reprenne ses forces, et retrouve sa fraîcheur pour moi.

— Mon général, l'état-major est au courant de vos mœurs.

— Je n'ai pas de mœurs. Et par qui ?

— Par les soldats, par les sous-officiers. Les soldats ont fait une chanson sur vous. Je connais le coupable.

— De près, colonel, je sais que votre femme est laide, que vous avez fait vos enfants sur la prédication de votre frère, l'abbé. Mais, vous n'allez pas à votre âge, au rang où vous êtes, vous mettre à toucher les garçons. Contentez-vous de vous masturber dans votre lit... À ce propos, la nuit, je suis réveillé par les craquements de votre sommier. S'il vous plaît, faites ça plus avant dans le matin, tout a le temps de sécher.

— Mon général, le vice vous pousse... J'aime ma femme,... mes enfants...

— Je pensais, tout à l'heure, à votre dernier garçon, celui qui a la passion du train électrique. Plutôt que lui imposer l'École militaire, vendez-le à un souteneur d'Orient, vous en retirerez un bon prix.

— Vous êtes jeune, vous êtes général; je suis presque vieux, je ne suis que colonel; général, je vous admirais, mon affectation près de vous me comblait, je voudrais vous guérir...

— La santé, c'est le désir.

— Mon général, je ferai ce que vous me demandez... Voulez-vous savoir aussi le nom de ce soldat?

— Excellente idée, colonel, faites-le venir ici, tout de suite.

— Il est aussi le meilleur tireur de la compagnie.

— Tant mieux. Vite, je veux le voir

— Mon général, il est tout à fait normal.

— Qu'importe, puisque je suis beau et général, et que tous ces soldats s'ennuient ici.

— Pendant ce temps, je fais rechercher le jeune Kment.

— O. K. je préfère la chair misérable.

Le colonel sort, le général lance ses jambes sur la table, il caresse la toile de l'uniforme tendue entre les cuisses, puis sur la hanche, et sous les fesses; un encrier se renverse sous son soulier; le général appelle une sentinelle: « Nettoie cette encre. » La sentinelle sort et revient, avec un chiffon, trempe dans l'encre répandue, l'éponge; le général regarde le soldat, saisit le chiffon mouillé dans la main du soldat, et le plaque sur le treillis du soldat, lequel arrache le chiffon et le pose à nouveau sur la tache:

— Je te ferai un bon pour un treillis neuf.

— Merci, mon général, mais vous m'avez fait peur.

— Tu as une fiancée?

— Oui, mon général.

— Elle travaille?

— Oui, mon général.

— Où ?
— Dans un bar, elle est serveuse.
— C'est une putain ?
— Non, mon général.
— Tu as déjà couché avec elle ?
— Mon général...
— Eh bien, crois-tu être le premier ?
— Je l'ai seulement embrassée, mon général.
— Sur le sexe ?
— Mon général, je m'en vais, si vous le permettez.
— Frappe-moi. N'aie pas peur. Tu égorgerais ce colonel imbécile devant moi, je te donnerais son grade, son pistolet, son salaire. Va, va le tuer, cherche-le, cherche. Tue. Tue. Ah ! tu l'as touché, oh ! comme il pue son sang de punaise. Étrangle-le maintenant. Avec tes mains. Avec tes cuisses. Tu viendras à l'enterrement. À mes côtés, tu pètes quand sa femme, couverte de nuages et de sang noirs, une main dans le bénitier, l'œil injecté de sang, m'interroge sur la mort de son mari. Dans le fond de l'église, des prêtres sont pendus à des crocs de boucherie : Elle : « Général, venez avec moi, nous allons briser dans la rivière la fiole de sperme que je conserve depuis mon mariage. Dites-moi, vos soldats ont-ils bien rapatrié celle de mon mari ? Nous avions chacun une fiole : moi de son sperme, et lui du mien... »
— Mon général, vous permettez, vous me faites le bon.
— Attends je n'ai plus de papier, plus de stylo. Et puis je t'aime bien avec cette tache sur la cuisse, on croit que tu décharges de l'encre, comme une pieuvre. Mets tes tentacules autour de mon cou, autour de mes hanches, enserre et réchauffe ma tête au fond de ton bec. Viens, je suis mort, aime un mort, qui peut te punir ?
Le soldat recule vers la porte.
— Eh bien, va-t'en, fais ton paquetage, tu es muté aux Mines d'Aït Saada.

— Mon général, ne faites pas ça. Si je meurs, ma fiancée mourra.

— Idiot. Elle tombera dans les bras d'un autre. Le monde, les bars sont pleins de beaux garçons, bien musclés, bien membrés. Un de ceux-ci la fascine, l'enlace, la séduit, la pénètre, en fait son esclave. Pour lui elle se vend dans la rue, elle se fait monter comme une chienne le long d'un mur de chiottes, debout, frémissante, la salive moussant entre ses lèvres et celles du garçon, leurs langues se touchant, s'accrochant l'une à l'autre.

Le soldat sort, courant dans le vestibule puis dans la galerie du P. C. : « Le général est fou !. . »

Les gardes maîtrisent le soldat, mais le général, sorti de son bureau, se précipite sur eux, le pantalon ouvert, frotte son sexe durci à leurs treillis, aux crosses de leurs fusils ; le colonel, dans le poste radio, téléphone au-dessus de la table où l'opérateur froisse des messages.

— Regardez, colonel, ce que le général...

— Garde ce message, je me charge d'avertir l'état-major.

Ils entendent les cris du général, le colonel d'un bond est dans la galerie, il arrache le général aux soldats qui commencent de le battre :

— Laissez-le, il a des crises depuis l'enfance. Je le connais, ça va passer.

Le général, le menton et la poitrine couverts de bave, s'accroche aux soldats, le colonel lui reboutonne son pantalon :

— Allons, Kostas, je vous emmène dans votre chambre..

Le général, les yeux grands ouverts se tait ; les soldats dont il serre les bras et les épaules, ne bougent pas ; une cigogne jaillit du toit de la galerie, le général voit son reflet blanc sur le casque d'un soldat, il tressaille, il met une main devant son front, il s'appuie sur l'épaule du colonel :

— Vous savez qu'autrefois j'aimais sans arrière-pensée, je n'avais d'autres liens avec la vie. Tous ces garçons, tous ces soldats, leur sperme, leur salive recouvrent mon esprit et mon cœur.

— Vous, allez-vous-en; allez Kostas. Toi, va à la cuisine et rapporte une infusion de verveine pour le général. Dépêche-toi.

— Tous ces petits soldats sont nos esclaves; ils ne servent pas leur patrie, mais leurs officiers.

— Ne parlez pas, Kostas. Appuyez-vous à mon bras. Venez. Demain je ferai tuer ces cigognes par les tôlards.

— Non. Les soldats ont pris ces oiseaux sous leur protection. Ils mettent en quarantaine celui des leurs qui en blesse un...

Les soldats, oreilles fermées, s'éloignent. Le général tourne la tête: ils se remettent à leur poste, nonchalants, le ceinturon glissant sur la cuisse, ils s'appuient aux murs du P. C.:

— Kostas, ne les regardez pas. Ce sont tous des petites frappes.

— C'est ainsi que je les aime: voleurs, entremetteurs, prostitués, dénonciateurs, alcooliques, orphelins, dépucelés à onze ans...

— Kostas, vous recommencez.

— Savez-vous que j'ai envoyé ce matin une demande d'avancement à l'état-major ?

— Je vous remercie, mon général.

— Dimanche, si le temps et la guerre sont calmes, j'irais volontiers avec vous et vos enfants, me baigner à Loutrakion: la plage est bien défendue, on se déshabille dans les lauriers-roses.

— Je serai heureux,... mon dernier garçon restera au camp, Émilienne doit lui donner une grande leçon de peinture à l'huile.

— La demande d'avancement est partie par radio, ce matin, avant le rassemblement.

— Général, Émilienne tient beaucoup à lui, elle lui trouve du talent... Mais j'aurai avec moi mes deux autres garçons.

— Qu'est-ce que vous voulez que j'en fasse... ils sont laids comme vous. Leur peau est dure, ils n'ont pas de fesses, pas d'imagination, pas de salive ; de la bile au lieu de sperme...

Le colonel baisse les yeux.

Dans le bureau, le général, par la fenêtre regarde la cour déserte : les soldats sont partis avec le radio, il voit la trace des fils électriques sur le sable de la cour, il se retourne tout à coup avec un grand rire, enlace le colonel à la taille et le relâche aussitôt :

— Kostas, vous perdez encore la tête.

— Que je la perde entre les cuisses d'un beau garçon.

— On va vous amener le soldat qui a fait la chanson sur vous. J'ai donné l'ordre de rechercher le jeune Kment.

— Vous faites un bel entremetteur, colonel ; savez-vous aussi qu'à mon arrivée dans l'Île, naguère, je me suis épris furieusement de Serge. Depuis j'ai de la haine pour lui. Mais pourtant, quelle grâce, quelle indolence, quelle fièvre... mais son sperme n'est pas pour moi, je l'ai senti dès que j'ai vu arriver le garçon : trop fluide, trop spirituel, du sang, des larmes. J'aime le sperme lourd, tiède, le lait qui rassure, le sperme avec lequel on joue, qu'on enroule autour de ses doigts, qui tremble sous les lèvres.

— Mon général, vous n'avez plus besoin de moi, je m'en vais. Il faut mettre en route pour midi les deux sections de déminage.

— Faites ce que vous voulez, mais je veux voir tout de suite le soldat et sentir qu'on traque ce jeune Kment. Il y a aussi ces dix prisonniers ramenés de Tifrit, avant-hier.

Faites-les emporter dans des camions et fusiller hors les murs par les nouvelles recrues.

— Bien, mon général. Une excellente formule d'aguerrissement.

— Vite.

Le colonel sort. Le général fixe le carrelage du bureau :

... Cette maison était jadis un bordel, les filles accrochent leurs lambeaux souillés aux branches basses des eucalyptus, le soleil ardent brûle leur sexe entrouvert ; elles rient, pleurent, pendues aux épaules des soldats et les chatouillant entre les cuisses ; souvent des soldats émus par ces caresses, déchargent, tout habillés, au pied de l'escalier des chambres, ils restent alors immobiles, frissonnants, la main sur la toile mouillée et la pressant entre leurs doigts. La fille étreint le soldat volé, le caresse, le tripote jusqu'à la chambre, se jette sur le lit entraînant le soldat sur elle, et dirigeant le sexe gonflé du soldat contre le sien, ouvert par habitude, brûlé, tanné, béant.

Entre deux clients les putains viennent s'accouder aux fenêtres de l'étage, leurs seins remontés dans le corsage, brillent au soleil, tremblent comme le lait, des mouches s'y jettent pour y chercher des croûtes de semence, aspirer la sueur, elles courent sur les seins, puis disparaissent dans les poils des aisselles ; quand passent des soldats ou des ouvriers, les putains ouvrent leurs corsages et relèvent leurs robes jusqu'au ventre ; celles qui s'exposent plus bas, devant la porte, celles accoudées aux fenêtres leur crachent dessus.

Dans le fond de la pièce, sur une paillasse défoncée, une jeune putain, les jambes jointes sous un grand linge par endroits ensanglanté, gémit : un maçon l'a dépucelée trop violemment, depuis trois jours elle délire et saigne dans les chiffons ; les ombres des eucalyptus agités par la brise passent sur son ventre blême, noircissent le trou du nombril, et les coulées de sang ; des rats courent le long du trottoir, les putains crient; les hommes arrêtés au milieu de la rue et étreints par les putains d'en bas, ramassent des pierres et les jettent sur les rats; des enfants, sortis des ruelles, se précipitent avec des bâtons, assomment les rats encore vivants, les ramassent par la queue et disparaissent de nouveau dans les ruelles en criant, en se disputant les rats morts. Parfois un vent de sable rouge se lève derrière la ville, sort d'une vallée sauvage, recouvre le fleuve puis les blés; les putains, travaillées, sentent venir le sable, les clients tressaillent, leurs muscles claquent avec lenteur sous la peau luisante; leurs veines se gonflent tout au long du corps des putains; le sable rouge éclabousse le mur en face de la fenêtre ouverte, accroche ses dents et ses griffes au salpêtre, au lierre. Très loin au-delà de la mer des couteaux se lèvent, dans les rues blanches, percent les linges suspendus, des hommes donnent des fusils aux enfants, dressent devant eux des mannequins à fusiller; les enfants, couchés sur le ventre dans le sable des lavoirs, mitraillent ces pantins, l'épaule secouée par les détonations.

Des jeunes gens, payés par les banquiers et les propriétaires d'Inaménas, parcourent la ville en criant: « Rasez, brûlez Inaménas, fusillez tous les rebelles... »

Le capitaine, au-dessus des enfants couchés, presse sa poitrine.

— Belle jeunesse, serpents sautant entre les falaises mouillées. Incendiaires, naufrageurs, égorgeurs!

Le troupeau d'Inaménas, fuyant aux cris de ces jeunes loups, vieillards happés et projetés dans le sable, écume des jeunes loups sur le ventre des femmes, Ah! la guerre, la guerre.

Les putains se lavent tard le matin, dans les abreuvoirs d'eau bleue; les mouches venues des tas d'excréments humains et animaux qui fument aux portes des étables et des cabanes, recouvrent les haillons des putains, leurs misérables vêtements de travail jetés sur les pavés boueux autour des abreuvoirs, soulèvent, écroulent les lambeaux de toile encore humides et froissés ; des enfants, les pieds dans la boue, harcèlent les putains, sautent dans la boue, leur pincent les hanches, piétinent leurs vêtements, éclaboussent leurs jambes, avec la boue : un garçon, attirant à lui une chèvre qui sort d'une étable, s'accouple avec la bête immobile ; les enfants, tout autour, rient, leurs dents étincelantes recouvertes par endroits de sang et de lambeaux de viande noire.

Le soleil, invisible dans le ciel, brûle dans les flaques ; le sperme du garçon coule et brille sur le poil de la chèvre ; les ombres des cigognes glissent sur le dos des putains, la maquerelle crie, la poitrine découverte, sous les eucalyptus : des hommes souillés de cambouis, de ciment, de sang, de fiel, de lait végétal, lui tirent les bras. Les putains plongent la tête dans l'eau :

— Qu'elle se débrouille, la vieille, ça lui fait pas de mal de goûter un peu le sang des hommes.

Leurs rires secouent l'eau bleue. Les enfants crient :

— Allez les putes, allez boire votre lait, sucer vos bonbons, cracher dans la bouche des hommes.

À midi, hommes et putains, dorment, entrelacés, queues et nageoires fouettant leurs dos...

Le colonel frappe, ouvre : pousse un soldat vers le général.

— Je ne veux pas le voir, ramenez-le dans son service.

Le colonel prend le soldat par le col, et le recule avec lui vers la porte :

— Je fais quand même rechercher le jeune Kment.

— Non, je ne veux voir personne. Faites-moi remplir un tonneau d'eau fraîche, et laissez-moi seul ici, le temps que je vous dirai. Baissez tous les rideaux de l'appartement, qu'aucun soldat ne parle ni ne rie sous mes fenêtres.

— Toi, baisse les rideaux du général.

— Non, colonel, faites-le vous-même. Lui, qu'il s'en aille immédiatement.

Le soldat regarde le colonel.

— Sors, tu n'entends pas le général ?

Le soldat salue, recule, ouvre la porte et sort :

— Il a une tache de graisse sur la jambe. Toujours tachés, toujours troués, comme ceux d'Inaménas.

— Mon général, comment pouvez-vous souffrir par de telles crapules ? Mais, je vous laisse. Je coucherai donc chez moi cette nuit.

« — Vos garçons joueront avec vous dans votre lit, la maison sent la sueur nocturne, le lait, votre garçon s'étend entre votre femme et vous, son pyjama est entrouvert ; une brise d'encre descend de la fenêtre ; le réveil bat dans l'ombre sous le cristal de la lampe de chevet. Le garçon dénoue la cordelette du pyjama, enfonce la main entre ses cuisses, vous caressez son poignet, au bout de vos doigts, l'effleurement du duvet de son sexe : sa mère, votre femme, tressaille, sa main remonte le long de la hanche de son enfant, son sexe à elle, s'émeut, se gonfle, s'entrouvre ; le rideau mouillé d'encre s'écroule ; tous les deux vous vous roulez sur le garçon, vous le pénétrez en même temps par-derrière et par-devant, il geint, la tête renversée sur l'oreiller, puis vous faites l'amour sur son corps rempli, vidé, sur son jeune ventre vous vous étreignez comme aux premiers jours, vos deux semences mêlées coulent sur son nombril ; son corps saute, ses lèvres tremblent, un peu de sang jaillit aux commissures, vous et votre femme le léchez, et tirez chacun de votre côté : le pyjama mouillé, froissé, relevé jusqu'aux épaules et descendu jusqu'aux genoux, vos mains le pétrissent, vos dents le mordillent ; la femme s'accroupit, marche le long de son garçon, lui prend les pieds, soulève les jambes, ouvre les cuisses, y plonge la tête et les dents, comme en une pastèque juteuse, laquelle mouille les joues et la pointe des oreilles, et les écartant, grogne, gronde, renifle, gémit.

Le garçon geint, la tête renversée sur votre poitrine, la femme imite ce gémissement et rit, les lèvres et les narines chatouillées par le duvet de son garçon ; il met sa main sur votre genou, dont il sent le muscle raidi par l'approche de l'orgasme ; le sperme jaillit de votre sexe tendu et solitaire, retombe, éclabousse votre ventre, vos cuisses, la main de votre garçon ; la brise d'encre éclabousse le cristal de la lampe ; le crucifix, au-dessus du lit, remue, ondule, se tord comme un serpent, un petit rire sort du crucifix, secoue la couronne d'épines.

Un ressort du lit saute et perce le matelas sous les fesses du garçon ; le vent jette des belles-de-nuit blanches sur le parquet ; la voleuse pétrit le sexe de son garçon, le branle. Les jambes heurtent les portes de l'armoire, vos genoux sont rouges comme le cou des dindes ; gardez bien votre garçon, je pourrais le manger, le vendre, l'exposer sur l'étal d'un boucher, le faire écorcher, le dévorer, le mordre tout vif au cou, aux cuisses, aux fesses, cracher sur son ventre le laurier dévoré dans l'après-midi, lécher ces vomissures ; le prendre dans mes bras, le porter jusqu'à la salle d'armes, l'armer et le livrer aux hommes d'armes, aux prisonniers, pour qu'ils lui arrachent peu à peu les pièces de son armure et le mettent nu et le traînent sur le granit mouillé, par les cheveux et par les pieds.

Et moi, surgissant sur le chemin de ronde, le visage luisant de graisse, je me rue sur ce jeune corps ensanglanté, et je me jette, accroché à lui, dans le vide, sur les pointes de la pluie, la terre se soulève, se déchire au choc de nos deux corps ; un convoi de camions et de chars roule, nous écrase, mais je renais, je me redresse, les mains glissant sur les pneus qui tournent. Le camion est renversé sur le talus ; dans la cabine ouverte, un soldat meurt, se débat comme un cheval couché sur le flanc, les naseaux soufflant la poussière du tableau de bord; le sable court sur la falaise, dents et os de chiens roulent sur le sable blanc :

— Arrachez-moi ce sexe de ma gorge !

— Je monte dans la cabine, je me couche à moitié sur le soldat, je plonge mon poing dans sa bouche, je retire un serpent vivant, dont la tête est couverte d'écume; le corps du soldat se détend, le serpent se tord dans mon poing; une larme jaillit sous la paupière du soldat; le garçon gémit sous le camion, accroche ses mains au châssis, l'huile et la graisse inondent son front et ses cheveux; il est à moi, je le vends, j'enfonce le serpent dans sa bouche; le soldat glisse sur les fesses jusqu'au rivage, des chardons se prennent dans son ceinturon; il rit, se tait, quand ses fesses touchent le sable mouillé; j'entends le bruit de ses dents et de ses lèvres quand il croque les petits escargots blancs cueillis sur les touffes d'herbes piquantes.

Je tire mon garçon de sous le camion, je le couvre un instant, je lui dis :

— Tu es mon esclave, j'ai pour toi du cuir, un fouet, des crachats, des regards et des caresses précises, des vomissures, de la chaux, du sang.

Il entoure mon cou avec ses bras chauds, je lèche sur ses joues ses larmes brûlantes, le laurier fond sur son ventre, sous le mien :

— Je te battrai, je te fouetterai; tout le jour, toute la nuit tu iras, nu, tout brillant, tout humide de salive, et de sperme, tu frotteras ton ventre tiède et gluant contre le marbre glacé du comptoir, rieur, mâchoire brillante, chevelure noircie, palmes de vertige et de nausée; les coudes heurtant le zinc; un homme te guette au fond de la salle, il s'élance, il fond sur toi, comme l'aimant et t'écrase contre le marbre, avec ses dents il arrache les cheveux de ta nuque, brutal il te retourne, met la main sur le laurier de ton ventre. Je livrerai celui que j'aime. »

Le général essuie la sueur sur son front, déboutonne le haut de sa chemise, remue son dos mouillé sur la couverture piquante ; frottement sur le carrelage de la galerie ; oiseaux heurtent les volets ; le général se tord sur son lit, sa main, sous la ceinture et sous la toile, soulève, tire le sexe, comme on creuse la terre sous une racine :

— « Garçon, couché nu sur le sable sec, sur la falaise, rats noirs et rats blancs se battent dans les fagots d'acacias, sous la nuit, j'écarte en les pinçant avec mes doigts les lèvres de ton sexe, et j'y crache le laurier ; je referme les douces lèvres de ton sexe, et je l'excite avec des boules d'ambre sorties du sable, et je sens monter le sperme et le muscle durcir et je pose mes lèvres mouillées par la honte et le remords rapide sur celles entrouvertes de ton sexe de marbre et j'aspire le sperme et le laurier. »

QUATRIÈME CHANT

Le capitaine sort de sa chambre à midi, il voit les volets tirés de l'appartement du général. Ses hommes traversent la cour, ils viennent à lui :

— Mon capitaine, le général, qu'est-ce que c'est, il est fou... On commençait à brûler sous ce soleil. Heureusement, le radio nous a délivrés. On est parti réparer la ligne téléphonique. Regardez nos mains, les plantes, le long de la voie, elles éclaboussent. Jamet s'est fait renverser par la draisine, les gars de la patrouille, ils couraient après les poules, dans les roseaux du 121e.

— Allez vous laver maintenant. Après la soupe et la sieste, rendez-vous au dépôt des barbelés. Compris ?

— Encore les barbelés mon capitaine ? mettre ces gants de peau, avec la chaleur et les plaies ? On pourrait pas aller travailler au Palais, chez le Vieux ?

— Non. Il faut planter ces barbelés, avant le cessez-le-feu.

— Mon capitaine, vous y croyez au cessez-le-feu ? Moi, avant de partir d'ici, je m'offre des cartons dans la ville basse.

— Tais-toi, Virido. Mon capitaine, combien au jus ce matin ?

— Deux mille six.

— Putain, mon pauvre capitaine, vous êtes pas sorti de l'auberge.

— Je ne te demande pas ton avis, Virido.

— Mon capitaine, Jamet, il s'est pas remis de son coup de la nuit ? Tout le matin en réparant la ligne, il a chialé. Mon capitaine, vous êtes trop humain avec ces bestioles. Jamet il a bien fait.

— T'es une brute, Virido. Hein, mon capitaine, comment c'est chez Virido, ils couchent avec les bêtes. Et sa sœur, hein ta sœur, Virido, tu fais l'amour avec elle. Les Virido on sait pas qui c'est le père et qui c'est le fils. Ton pépé, Virido, ça serait pas un fils à toi, par hasard.

— Ta gueule. Je suis libre, chez moi. Attends un peu la prochaine embuscade, salaud.

— T'es né sur le fumier. Ta mère, elle a pas eu le temps de pousser la porte. Et puis, mon capitaine, c'est des étrangers, ils crevaient chez eux, comme les fels ici.

— Où qu'il est, Jamet ?

— Il doit chialer dans les chiottes, comme le jour où il a tué une cigogne.

— Trouvez-le, et dites-lui que je veux lui parler dans ma chambre.

— Mon capitaine, vous avez demandé au général si on pouvait mettre nos caisses de bière, dans le frigo du mess ?

— Faites ce que vous voulez. Pensez aussi à faire piquer vos chiens.

— Mon capitaine, y paraît que le radio de la deuxième section, il est en prison.

— C'est pas vrai ? Thivai en prison ?

— Un colonel et deux lieutenants des renseignements sont venus l'interroger ce matin : il a parlé aux fels dans son micro, il les avertissait des embuscades.

— Taisez-vous, Thivai savait à peine se servir de son poste, et c'est un garçon loyal.

— Mon capitaine, si c'était vrai, ce qu'on lui reproche, il faudrait le tuer ?

— Vous tuez déjà bien assez.

— Thivai, c'était un chic type. Tu te rappelles le jour où il a enterré un fellouze et son fils, devant la grotte ; le chef, il s'est écrasé.

— Thivai, il savait tout faire et c'était un écrivain : un jour, en permission, j'ai vu un livre de lui dans une gare.

— Il se défendra bien contre ces planqués.

— Mon capitaine, vous témoignerez pour lui. Tu te rappelles, quand Thivai faisait la corvée de vaisselle, le capitaine allait le retrouver au bord de l'oued.

— Thivai et moi, nous avons fait nos études ensemble. Mais que lui veulent-ils ces planqués ? Thivai, nageant en maillot rouge dans l'eau cressonnière et moi, ceint d'un linge, rabattant les fermières vers la rive, Thivai les éclaboussant...

Les soldats s'en vont, se retirent dans leur chambrée, s'assoient sur leurs paillasses, arrachent leurs souliers mouillés, se couchent sur leurs paillasses, les bras sous la nuque. Virido fouille son casier — une caisse de munitions dont le couvercle est maintenu ouvert par un lacet — prend une boîte de lait concentré, la perce avec son couteau, colle ses lèvres à la déchirure, aspire, la tête renversée, agenouillé sur sa paillasse, les fesses écrasant ses talons nus ; le sable coule sous la porte, fouette les murs de la baraque.

— Thivai, tu es là ?

— Oui, c'est toi Xaintrailles ?

— Oui, qu'est-ce qu'ils t'ont fait ?

— Ils ont pris mes cahiers et mes livres. Dis, peux-tu porter mes photos d'Aït-Saada à Inaménas ? Fais agrandir les meilleures.

— Ne t'en fais pas, vieux, je suis là. Ton petit chien me suit partout. Pipo. Pipo. Tu l'entends qui pleure derrière la porte ? Tu n'y vois rien là-dedans ? Tu as une paillasse ?

— On a arraché l'ampoule tout à l'heure. J'ai mon lipico. J'aime bien l'odeur des piles. Je pensais, quand tu as frappé, aux filles de ferme de Raisko.

— Avertis-moi... le prochain interrogatoire.
— Dis-moi, Xaintrailles, as-tu revu la petite Émilienne ?
— Non, elle ne quitte pas le chevet de Serge, blessé.
— Attends le moment où, ses blessures se cicatrisant, elle osera l'abandonner quelques heures dans la journée. Alors, dans la confusion et l'éblouissement de son retour au soleil, elle se laissera toucher le bras puis l'épaule.
— Mais elle l'aime. Blessé, elle l'aime encore plus.
— Es-tu bien sûr de l'aimer ?
— Oui, même hors de la guerre.
— Le feu, le matin, la fièvre, l'oisiveté, le sang aux lèvres de tes soldats et ta peau tremble et tu te crois heureux ; l'amour encercle tes genoux. Mais, la paix revenue, ton corps de nouveau inutile, tes pieds foulant un sol domestique, loin du sang et du feu, et de la nudité...
— Je l'aime, Thivai !
— Oui, dis, Xaintrailles, on dit que tu as des difficultés avec tes soldats.
— Oui, cette nuit, l'un d'eux a consciemment écrasé un gosse.
— Qui est-ce ?
— Jamet, le chauffeur.
— Défends-le. C'est un gosse adopté. Il en a vu de toutes les couleurs.
— Je sais. Je commande une compagnie d'orphelins, d'enfants battus et vendus, achetés et revendus.
— Jadis, tu le voulais.
— Oui, mais j'ai très vite capitulé. Thivai, je ne puis plus aimer, à force de retenir et d'attendre.
— Vous tous, dans l'armée, avec un cœur pur, vous tuez. Enfants, adolescents, vous combattez et massacrez des rebelles, des hommes. Xaintrailles, tu n'aimes pas la révolte, tu préfères la discrétion, la dignité du silence. Mais, tu manges, tu es pansé, payé, décoré. Xaintrailles, tu n'aimes pas la vie. Laisse un peu de liberté aux autres. Je

hais vos cas de conscience. Ce colonel, ces lieutenants, ce matin, Xaintrailles, ô comment peux-tu rire avec eux. Grimauds, enfants bêtes, pétomanes de collège. Libres, eux ? Xaintrailles, toi si amoureux de liberté, jadis, petite bête cueilleuse et folâtre, la liberté des hommes éclatera dans ta gorge déchirée par les balles, et ta mort sera belle et tu tendras la main à ton meurtrier et celui-ci, de nouveau, te déchire, te transperce...

— Thivai, je suis malheureux, je suis inutile. J'aime les hommes et je n'aime pas leur liberté.

— Je ne te commanderai pas de t'enfermer ici avec moi. Mes lèvres ne tremblent pas, mes yeux ne s'enflamment pas, quand ils m'insultent : leurs livres, leurs illustrés sont couverts de prisonniers fiers et cracheurs, aux épaules bondissantes maintenues par des sentinelles viles et grossières. Non, moi, je continue de me laver, de me raser, de me peigner, dans le même miroir brisé ; je baisse les yeux pour ne pas éclater de rire ; j'aime l'odeur de ces piles, je suis enfin seul après deux années de mêlée lourde et pourrissante, j'écoute la musique de mon cœur, ce matin j'ai eu peur, apporte-moi des livres, je les enterrerai sous les caisses de piles.

— Cher Thivai, je te plains.

Xaintrailles et le petit chien traversent la cour déserte où glissent les ombres de cigognes ; Xaintrailles descend vers la cour des Engins, il caresse au passage la chienne du chef attachée à la porte de la soute à essence, la chienne se soulève, l'essence bleue brille sous elle ; le petit chien s'attarde dans la chambrée de la première section, il fouille sous les paillasses, joue avec les casques légers sur le ciment :

— Les planqués, qu'est-ce qu'ils veulent à Thivai ?
— Thivai, il est instruit, il pense pas comme eux.
— Tu crois ? il est comme les autres...
— Dis donc, Crazy Horse, il a sa croix à titre posthume.

— Le jour où l'on a rapporté le mort au général, tu te souviens comme il pleurait, il essayait de recoller les morceaux, je conduisais la jeep, je lui ai dit : « Mon général, vous êtes une femme. » Il faisait très froid, il voulait se réchauffer les mains entre mes cuisses ; je lui ai fait du café dans un petit baraquement sous les sapins ; il se prenait le sexe à deux mains, moi je pouvais plus lui obéir parce que j'avais vu son sexe. C'est tous des pourris. Pour eux un soldat c'est bon pour y mettre les mains.
— Putain d'armée.
— Y a que les femmes qui pourront nous guérir.

Le capitaine Xaintrailles appelle le petit chien, il lève les yeux vers le haut du mirador central, le bois de la guérite craque, la sentinelle, le ventre plaqué contre la tôle de protection, se branle sous le soleil de sang ; le sang court dans le corps des soldats assoupis, et des insectes qui les couvrent. Le sang bout dans les veines du cou du chanteur, dans les veines de la jambe du danseur, cou du chanteur, jambe du danseur transpercés par les barbelés ; les putains accoudées aux fenêtres regardent le mariage, mangent l'or des épaules de la mariée ; la mariée tourne dans la petite cour attiédie, le marié la guette à travers les barreaux d'une fenêtre, ses doigts griffent le mastic durci ; ses pieds chaussés de touffes d'herbes coupantes, battent le sol poudreux.

Xaintrailles voit le mariage au-delà des barbelés, le cortège fouler la poudre et le mouillé ; le petit chien a déjà poussé la porte des Engins, il saute sur les lits, réveille les soldats, mordille leurs épaules et leurs seins découverts, scintillants à travers les moustiquaires :
— Va-t'en Pipo. Ô ce putain de chien. Va te faire donner des sucres par le général.
— Garde à vous !
— Repos, restez couchés. Il me faut un bulliste pour cet après-midi.

— C'est pour quoi, mon capitaine ?
— Dégager les tas de barbelés derrière votre baraquement.
Les soldats se regardent, accoudés à leurs paillasses.
Le petit chien se roule sur le ventre du bulliste :
— Toi, Dafni ?
— Faut que je lave mon bull, mon capitaine.
— Eh bien, tu le laveras après.
— Je ne veux pas y passer la nuit.
— Mais, la revue est dans trois jours, tu as le temps.
— Avec les corvées, les gardes... Aujourd'hui c'est vos barbelés, demain ça sera le jardin du colonel à retourner, après-demain ça sera le général, y viendra me tripoter pendant que je laverai mon bull.
— C'est oui, ou c'est non.
— Si c'est non, je vais en tôle, si c'est oui, j'y vais aussi ; alors je ferme ma gueule.
— Vous êtes tous des trouillards et des planqués.
— On a tous fait des chantiers et des embuscades. On est tous des anciens. Et puis on veut plus obéir au général. Thivai y veut se le taper ? Pourquoi qu'il l'enferme aux Trans ?
— Ça ne vous regarde pas. Le général est malade, mais il va guérir.
Le petit chien se couche sur les cuisses de Dafni, son ventre chaud sur le sexe levé du soldat. Le capitaine Xaintrailles sort, le petit chien se couche sur les cuisses de Dafni, il s'élance, mais Dafni le retient par la queue :
— Reste avec nous, va pas avec ces pourris.
Le petit chien se retourne, mordille la main du soldat, bondit.
Le capitaine Xaintrailles traverse de nouveau la cour, Pino surgit devant lui, son couteau à la main ; le soleil est si fort que Xaintrailles voit un assassin, il met la main à sa hanche, dégrafe l'étui du P. A. :

— Mon capitaine, qu'est-ce qu'il a, le général ? Pourquoi qu'il veut plus sortir ?
— Va-t'en. Sors d'ici. Tu me dégoûtes. Tu réclames tes cinq mille francs ?
— Ça vous regarde pas que le général il m'aime. C'est bien le premier à m'aimer comme ça. Votre copain Thivai, il m'insulte pas. Mais je vous retrouverai dans le civil : il fait mal le couteau de l'orphelin.

Xaintrailles essuie son front :
— Tu as débauché notre général.
— Ah! il a changé, votre général, il se fout pas mal de vous, de votre guerre, de vos tortures ; ses galons, vous savez pas où il se les met ? Et Monseigneur et le Dieu ? Sainte Pignole, priez pour moi.
— Tais-toi.
— Ayez pas peur, je veux pas vous violer. Vous êtes trop sec.
— Comment parles-tu au général ?
— Comme une pute que je suis, mon capitaine ; et il me répond comme une pute qu'il voudrait bien être.
— Viens me voir ce soir, après la soupe, dans ma chambre.
— Vous vous y mettez, vous aussi ? À vous voir... Non, mon capitaine, j'ai pas envie. J'ai pas entendu la petite pluie à cinq heures ce matin.
— Viens me voir, si nous nous échappions de l'île, moi, Thivai, Émilienne et Serge, tu te sauverais avec nous ?
— Vous m'abandonneriez sur l'autre rivage, et je ne veux pas retrouver les hommes là-bas.
— Nous t'aimerions bien.
— Tout ce que je veux, moi, c'est me faire tuer ici.
— Pourquoi veux-tu mourir ?
— Parce que je suis un bâtard. J'existe pas. Je sais rien faire. Ça fera une fiche en moins. L'infirmière, la monitrice, quand je claquerai, un petit jet d'urine éclaboussera

sa main, vengeance, mon capitaine. Le monde, c'est un bordel : tous les enfants sont à vendre.

Le soldat enfonce ses doigts dans ses cheveux. Quand il les retire, une raie noire — graisse et cambouis — partage son front ; la racine des cheveux est un peu ensanglantée. Le capitaine pose sa main sur l'épaule du soldat, sous la paume de sa main, laquelle se rapproche des veines du cou, un petit sanglot, court, le soldat monte son épaule contre sa tempe, sa joue effleure la main de Xaintrailles, ses lèvres, un instant, se posent sur le haut de la phalange. Xaintrailles sent, contre son poignet, la petite joue brûler, trembler, parfumer comme une rose fraîche dans le matin ardent.

— Une bête vaut plus que moi, elle peut naître, vivre et mourir, libre, innocente, sous la même herbe, cachée, méconnue, intouchée.

— Pardon pour mes insultes. Tu viendras avec nous ?

— Ne me prenez pas ma liberté. Vous vous faites une affreuse idée des bordels. Moi, c'est mon élément naturel. Vous, vous obéissiez à une gouvernante, moi, à des maquereaux. Vous appreniez la science, moi, j'apprenais l'amour. Je sais me servir de mon corps. Je sais être beau sans y prendre garde, en pissant, en dormant ; je sais être noir, jaune, rouge, nègre, viking, grec, esclave rameur ; ma salive sale comme le ressac, va et vient sur le ventre des hommes comme le ressac, tombe dans leur bouche ouverte comme la pluie, recuit leurs paupières, comme la pluie tombée des feuilles, mon ventre se creuse et se soulève sous leurs lèvres comme la boue dans les marécages ; je suis enchaîné, cloué à la banquette de cuir, au lit défoncé, à la paillasse humide, au carrelage visqueux, au ciment, les vers cracheurs craquent, s'écrasent sous mon dos.

— Tais-toi, tais-toi.

— Enfant, la monitrice me dépose, emmitouflé de couvertures, au seuil du bordel, une main me soulève par la nuque, la monitrice s'enfuit, je me tais, la peur me pousse dans la salle surchauffée où coulent à flots le vin et le sperme; la couverture est arrachée, jetée sous une banquette, un jeune homme écrit sur un livre de comptes, au fond de la salle; une main saisit ma gorge, la serre; une porte s'ouvre, au fond, un souffle de vent et d'herbe jailli du jardin obscurci, fouette mon visage; la main me soulève par la nuque, comme un petit chat.

— La Divinité ouvrira-t-elle son cœur, quand boirons-nous le sang de son cœur? Quand m'éveille-t-elle avec sa main de soleil et ses lèvres de pin? Quand passent les femmes à la provocation maternelle, les jeunes veuves à la voix rauque et douce et zézayante, elles ne détournent pas leurs yeux de mon corps demi-nu accroupi dans la fontaine, l'eau glacée clapotant entre mes cuisses, ma tête mouillée saisie par le soleil et le vent de sable.

Thivai s'étend sur le lipico, poignets croisés sous la nuque:

— C'est bien fait. Me voilà enfin seul. Je ne suis pas pur. Ridicules ces essais de barbe, je regrette l'eau glacée de Maison Forestière, cet hiver, la toile de la tente un moment gonflée appesantie sur mes genoux, au matin. Premièrement, me laver, toujours regarder du côté de la fenêtre pour ne pas oublier la lumière, déplacer les caisses de piles trois heures par jour, les soulever à bout de bras, bien écouter les bruits de voix, de chiens, de sable au-dehors, observer seulement les mouvements musculaires des officiers qui m'interrogent, ne pas m'attendrir avec Xaintrailles. Penser, ne pas rêver: Xaintrailles rêve pour moi.

Les soldats en groupes serrés descendent vers la ville basse; des enfants sortis des tas d'ordures, leur font des signes obscènes, les soldats rient, bondissent en avant, avec des cris ; les enfants reculent, s'avancent de nouveau, ramassent des ordures et les jettent aux pieds des soldats. Un enfant nu se relève d'une cage à lapins défoncée — un homme se cache derrière un eucalyptus — monte sur le tas d'ordures ; un soldat le vise, le canon du P. M. descend aux pieds de l'enfant, remonte le long de ses jambes, le soldat y voit couler un peu de sperme mêlé de boue ; les soldats s'éloignent, l'homme sort de l'arbre, court vers la cage où l'enfant se couche, les jambes écartées, le visage enfoui dans la litière ancienne, pourrie, excrémentielle, la poitrine creusée au-dessus des clous et des fils de fer, le sexe écrasé sur le grillage : les soldats, l'arme à la main, escaladent les ruines et les remblais ; des enfants nus, ou le sexe, ou le genou, ou la gorge entortillés dans des chiffons, le dos, les fesses, la joue rougis, se réveillent aux pieds des soldats et surgissent la tête couverte de paille ; dans leurs trous encore chauds, des rats tremblent, se chevauchent avec des petits cris ; les soldats passent devant la blanchisserie, face aux dortoirs des commandos, à la limite des deux villes ; ils s'arrêtent : la porte vitrée est entrouverte, un soldat, avec la crosse de son P. M., pousse la porte : Giauhare, dans le fond de la boutique, repasse des chemises et des treillis ; sa mère, assise dans l'arrière-boutique, dans le soleil et la vapeur, coud, sans dé ; le soldat marche vers Giauhare.

La fille repose son fer, ses mains s'accrochent à la planche, la paume et les doigts sur le chaud tissu calciné vers le milieu ; le soldat s'avance, l'arme soutenue par ses deux mains et braquée sur Giauhare ; les autres soldats piétinent dehors, allument des cigarettes ; le soldat se précipite, renverse la planche d'un coup de genou, brandit son arme à bout de bras, saisit l'épaule de la fille avec sa main libre, attire la fille contre lui ; avec le canon du P. M., il ferme la porte de l'arrière-boutique, et tourne la clef ; la mère frappe la vitre, crie ; la vapeur voile peu à peu la vitre ; la mère court vers l'autre porte, l'ouvre, sort dans le jardin, revient vers la rue, les soldats s'écartent puis encerclent la vieille femme ; elle s'accroupit, sa tête cogne les genoux des soldats immobiles, ses mains s'accrochent à la toile des treillis, pincent la peau des cuisses ; dans la boutique, le soldat a renversé Giauhare sur le carrelage, la crosse du P. M. écrase les débris du bol d'eau, l'épaule de Giauhare heurte la planche ; le soldat, gardant son P. M. dans une main, de l'autre retrousse la robe de la fille, laquelle enfonce ses doigts dans les yeux, dans les narines et dans la bouche du soldat.

Celui-ci crache sur le visage de la fille, il s'appesantit sur elle, sa main libre arrache les lambeaux de la robe, les froisse, les enfonce entre les cuisses de la fille, les sort, les porte à la bouche, les déchire avec ses dents, les recrache sur le ventre découvert de la fille. Puis il écarte du sexe de la fille tous les lambeaux, tous les fils, lisse les poils, comme une bête nettoie la place où elle veut vivre ; sa main remonte, déboutonne le treillis ; sa hanche, tout le côté droit de son corps pèse seul sur le côté gauche de la fille ; sa tête et celle de la fille sont reliées par les filaments de la bave et de la salive ; les doigts de la fille griffent la toile du treillis, sur l'épaule ; le soldat frotte sa joue à ses doigts ; sa main sort le sexe ; le genou de la fille se soulève, touche le bout du sexe ; les yeux de la fille glissent vers le carrelage ; le fer, debout, près de la planche, à portée de la main de la fille, brille sur les losanges bleus ; la main de la fille, tandis que l'autre griffe l'épaule du soldat, s'étire, touche le fer, le saisit, le soulève ; le soldat dirige son sexe durci, tête de vipère, vers la toison de la fille ; son autre main lâche le P. M. ; mais le fer brûlant jaillit, le fil électrique s'enroule au poignet de la fille ; le soldat lâche son sexe, le fer bascule sur sa main ouverte, la peau siffle, le soldat crie ; la main de la fille tient le fer appuyé contre la main du soldat lequel se tord et tombe à la renverse, son sexe ramolli roulant sur le treillis ; la sueur ruisselant sur les narines, et rentrant dans les yeux et les aveuglant, baignant la gorge, les oreilles, la nuque ; la fille relevée arrache le fer ; les soldats saisissent le blessé : il mord sa main calcinée, il mord son poignet, il mord son bras jusqu'au sang frais ; le radio, dans son P. P. 8 appelle l'infirmerie des commandos ; la mère et la fille s'enferment dans l'arrière-boutique ; les enfants envahissent le jardin et regardent les deux femmes étreintes ; l'odeur de chair brûlée monte jusqu'au plafond, traverse les lattes, éveille, dans le grenier, Kment endormi sur la paille.

Les soldats emportent le blessé, sortent, le déposent sous un eucalyptus ; une jeep, dans la poussière, s'arrête, le médecin descend, les soldats s'écartent, l'aspirant s'accroupit, prend la main du blessé, la retourne, ordonne aux soldats de coucher le blessé sur le siège arrière de la jeep. Les deux soldats de l'escorte, assis de chaque côté du siège, sur la tôle, le P. M. entre les jambes, enlèvent les bidons d'huile, couchent le blessé sur le coussin de plastique rouge ; l'aspirant se retourne, la jeep démarre, le blessé gémit, bave, l'aspirant lui tient la main.

Les soldats, le P. M. à la main, le treillis poudreux, frissonnent dans le soleil de midi ; les enfants se cachent derrière les meules de paille, où sifflent les rats. Kment, la tête et le front recouverts d'une casquette de cuir, le blue-jean retenu à la taille par une ficelle, le torse nu, descend le long du toit, saute dans le jardin, les enfants s'échappent. Kment entre dans l'arrière-boutique, s'arrête sur le seuil à contre-jour, par terre les débris d'un petit chalet en allumettes ; Kment baisse les yeux, Giauhare, nue, étreint sa mère ; Kment se retourne et recule dans le jardin, la mère pousse Giauhare vers le fond de la pièce : Giauhare ramasse une robe dans le tas d'étoffes déchirées et l'enfile, cachée par sa mère ; l'épaule est déchirée :

— Viens, ne pleure plus. Je vais te faire un point. Viens.

Kment, les mains aux poches, traverse le jardin, foulant aux pieds les herbes lourdes d'insectes accouplés, les pierres polies jetées là par les enfants ; cueille une figue, la mord, ses doigts, couverts des piquants du cactus, effleurent ses lèvres ; il sort du jardin, marche vers le ruisseau qui sépare les deux villes, s'assoit au bord de l'eau boueuse, y trempe ses pieds nus : en face, sur la rive opposée, le cadavre d'un enfant fraîchement tué — dans la nuit, alors qu'il cherchait des pourritures sous les barbelés — brille avec les mouches sur son ventre, agglutinées sur le nombril, ses jambes ouvertes sur l'eau, le sexe reposant sur le bord acéré d'une boîte de conserve, les paupières tirées par les abeilles suceuses de liquide lacrymal séché.

Kment maintient ses pieds dans l'eau au-dessus de la vase, puis il se renverse, laisse aller ses épaules sur la boue piétinée par les bêtes. Ainsi couché, le sexe durcissant, sous les rayons du soleil, il regarde le ciel, une cigogne plane vers les eucalyptus, deux hélicoptères tournent sur place au milieu du ciel ; Kment écoute les bêtes mordiller, pincer, piquer, percer, mouiller, sucer les troncs des eucalyptus ; des soldats guettent, l'arme au poing, au-delà des barbelés, un peu au-dessus, dans des guérites recouvertes de feuillages ; d'autres soldats ceints de torchons, transportent des marmites fumantes, descendent le long de la colline, s'arrêtent devant chaque guérite, la sentinelle sort sa gamelle, aussitôt la louche tinte, le soldat ramène sa gamelle sous le feuillage.

Kment lèche ses lèvres, avale sa salive ; derrière lui, tout au long du ruisseau, des groupes d'enfants ensommeillés, fiévreux, chancelants, se lèchent les lèvres, le regard tourné vers la colline ; le courant électrique grésille dans les barbelés ; un rat, sorti de l'eau noire, sautille autour du cadavre de l'enfant, court le long du bras, fouille un moment sous l'aisselle, arrache quelques touffes de duvet, les recrache sur les seins de l'enfant, tire la peau de la gorge, se blottit dans le creux de la gorge, relève le museau, mordille le menton ; les abeilles et les mouches bourdonnent, le rat assis dans le creux de la gorge, lisse ses poils dessous ses oreilles avec ses griffes, lèche son pelage, sur le dos sur les reins... il pose ses pattes sur l'épaule de l'enfant, recule, avance, recule, s'élance, grimpe sur la joue, les abeilles reculent vers le front, le rat les saisit avec ses griffes et les mord ; il les recrache dans les cheveux, s'assied sur le front, lisse les poils de son museau avec ses griffes, court le long des yeux, s'arrête au bord de la paupière, mordille les sourcils, tire les cils, découvre les yeux, encore frais et bleus, accroche avec ses dents la membrane de l'iris, la tire en sifflant. Les mouches vont et viennent entre le sexe et le nombril, s'enfoncent dans les plis de la chair, sous le duvet ; le rat les voit, il lâche la membrane, sautille un instant sur place puis saute sur le ventre, les mouches s'envolent, abandonnant sur la peau de l'enfant, les traînées, les tas de sueur, de sucs, de poudre. Le rat enfonce son museau dans le nombril, la peau recouvre l'extrémité de son museau, le bourrelet intérieur touche ses dents, il le mordille, il le mord, il le déchire, il mord, il déchire la peau jusqu'à la naissance du sexe, ouvre un sillon déchiqueté de mousse rosée ; il s'enfonce sous le sexe, le soulève, mordille le bout fripé et tendre, puis, reculant vers la cuisse, ses dents bien accrochées à la membrane amollie, il la tire, découvrant peu à peu la petite fente du sexe ; la peau, toute retournée, dégage une légère odeur d'urine, de sang et de sperme séchés. Le sexe encore rouge jaillit contre le museau du rat ; le rat y plante ses dents, le bout du sexe, arraché, remplit le museau du rat lequel, museau en l'air, sautille et dégringole entre les cuisses ; la peau du sexe revient peu à peu et recouvre la plaie blanche ; le rat dévore, assis sous les boules de sécrétion, que le sommet de son crâne retient et qui retombent sur ses oreilles ; le soleil fume dans les plaies.

Des mouches, prisonnières sous la membrane du sexe, meurent engluées dans la plaie ; le rat saute sur le genou de l'enfant, court sur la jambe, remonte le long du pied, se tient en équilibre sur les doigts, mordille les ongles ; les enfants, de l'autre côté du ruisseau, ramassent des pierres, des morceaux de tôle et les lancent sur le rat ; il court sur le ventre de l'enfant en suivant les plaies, se cache sous l'aisselle, une pierre tombe sur l'épaule, le rat saute, court le long de la hanche, sur la boue noire, il s'enfonce sous la fesse, ressort entre les cuisses de l'enfant, une pierre l'atteint à la tête, le rat siffle, agite les pattes, son museau tremble ; une boîte de conserve, au couvercle acéré, lui tranche une oreille, il gratte la plaie avec ses griffes, il rentre sous la cuisse, il court le long de la hanche, un morceau de pieu, lancé par Kment, le cloue en terre, sur le côté ; il se débat, il crie, du sang noir jaillit entre ses dents, éclabousse la hanche et le bord du ventre du cadavre ; le rat soulève le pieu, en s'appuyant sur ses pattes, les enfants groupés derrière Kment agenouillé, regardent mourir le rat. Le rat s'affaisse, il geint, le museau fouillant la boue, ses dents mordillant l'oreille coupée, elles la rejettent contre le ventre, le rat la couvre avec sa patte ; il saute, son ventre se creuse et reste creusé, sa patte levée tremble un instant puis se raidit ; les enfants poussent un grand cri, la bave coule sur leur menton, couvre leur poitrine, leur ventre ; ils crient, les filaments de bave scintillent, tendus, balancés depuis les lèvres jusqu'au menton puis au ventre ; les enfants sont couverts de plaies ouvertes et de cicatrices, troués, piqués, déchirés, battus, mordus, brûlés, écrasés ; leurs plaies se referment sur des mouches, sur des brins de paille, sur des débris de verre, de porcelaine, sur des abeilles repues. La cadavre de l'enfant est souillé par les traces noires du rat, elles s'enroulent autour de ses bras, de ses cuisses, de ses jambes, autour de son cou, traversent ses joues, son front, sa poitrine, ses cheveux sont collés par touffes; les mouches, les guêpes s'abattent sur ses plaies, sur les déchirures faites par le rat, s'enfoncent sous les membranes sectionnées, elles se roulent dans le duvet du sexe, le ploient, vibrent, bourdonnent, grincent comme en un buisson nouveau-né.

Kment se lève, revient vers la blanchisserie, les enfants le suivent, leurs pieds foulent la terre et les cailloux. Dès qu'ils touchent quelque chose de mou, de frais, l'enfant se penche, s'accroupit, ramasse, mange et gratte la terre autour. Kment s'assied contre l'eucalyptus, en face de la blanchisserie : l'homme est couché sur l'enfant dans la cage à lapins; il entend les pas et les murmures des enfants, il se relève, ses deux mains appuyées au bord de la cage; l'enfant piétiné, ébloui, le corps aplati, les joues couvertes de la salive de l'homme, se redresse sur ses coudes; l'homme sort un billet de sa poche et le jette sur le ventre de l'enfant. Kment se lève, l'homme met ses mains devant son visage et s'enfuit. L'enfant porte le billet à Kment. Le garçon le prend, les enfants font cercle autour de l'arbre, Kment, le billet à la main, entre dans l'épicerie : petite boutique en chaume et terre battue, des bébés se roulent derrière la claie de bambou.

Kment donne le billet, prend un pain, sort; les enfants viennent à lui.

Kment fait asseoir les enfants autour de l'arbre, arrache un morceau, le tend à l'enfant que l'homme vient d'étreindre, et distribue le reste aux autres. Et il s'en va. Il rejoint l'homme qui descend vers le fleuve, au bas de la ville, l'homme se retourne voit briller le petit couteau sur la cuisse du garçon, Kment bouge le petit couteau autour de son sexe, et sourit à l'homme.

Sous l'arbre, les enfants mangent, celui étreint par l'homme sent encore la sueur, le tabac et le vêtement d'homme. Les enfants ramassent les miettes sur leurs cuisses, sur la terre, autour d'eux; leur ventre vite gonflé, les plus grands le mesurent, le palpent, imaginent la trajectoire du pain dans l'estomac, dans les intestins, essaient de se dégoûter de ce pain mou, enduit de sucs pâles, tombant de poche en poche, et pourrissant, bloqué dans les reins. Les enfants bâillent, se couchent sur la terre, la nuque appuyée contre les racines de l'eucalyptus.

Kment marche derrière l'homme, glousse; des brasiers, des flaques fument dans les fossés; les cloches de l'archevêché tintent dans le haut de la ville, l'homme ralentit, s'arrête, se retourne:

— Si tu veux me tuer, fais-le vite. Jette-toi sur moi, prends ma gorge, dépêche-toi.

L'homme lève les bras, renverse la tête en arrière, sa gorge brille sous le soleil; un grand paquebot bleu et blanc sort du port d'Inaménas.

Kment marche vers l'homme, il crache sur cette gorge lisse et palpitante, il crache, il crache, il brûle la gorge de l'homme avec ses crachats.

Tout autour, des chiens fouillent le sable, déterrent des os, les cigognes planent au-dessus, le souffle de leurs ailes balaye le sable; les chiens aveuglés, grognent, découvrent leurs crocs, bondissent sur les oiseaux, mais ceux-ci, d'un seul coup d'aile, remontent vers l'air bleu, se posent sur les baraquements des plages désertes, planent vers le ressac, remontent les petits canaux creusés dans le sable de la plage par la mer et qui s'écoulent au souffle de leurs ailes.

Dans le haut de la plage, la mer a poussé des galets, des cailloux ronds, des os de seiches, des écorces, des lièges que les hommes ont recouverts de leurs excréments: des rats s'y enfoncent, leurs crocs crèvent les vessies des goémons. Plus haut, dans les rochers plats, des petits poissons tremblent dans les flaques au fond rose. Plus haut encore, au pied de la falaise, les lézards courent entre les flaques où l'urine des ânes et des homme fume.

Kment saute sur les rochers, s'accroupit, une main traînant dans une flaque jaune, et guette les lézards; il abat sa main, le lézard s'échappe; Kment à quatre pattes, le poursuit; sa main mouillée écrase le lézard, la petite tête dure se retourne, sur l'ongle; Kment, entre le pouce et l'index, enserre la mâchoire ouverte, il lève la main, le lézard pend, Kment mord la queue, la dévore, les pattes du lézard griffent ses lèvres, Kment les happe, les dévore, le ventre se tord, saigne; Kment le saisit, le dévore, les pattes du lézard s'accrochent à ses lèvres, Kment les coupe avec ses dents, les recrache sur le rocher, il jette dans sa bouche la tête avec la mâchoire qui s'ouvre convulsivement, il la croque, les dents du lézard craquent sous ses dents; Kment lèche le bout de ses doigts, il regarde autour de lui, voit des lézards courir sur le rocher, disparaître dans les trous de la falaise, il allonge la main, attrape deux lézards, les serre dans son poing et les mange, queue et tête, ventre et ventre, queue et tête, ses lèvres sont couvertes de petites écailles et de petites dents, les débris de pattes piquent sa gorge; au-dessus de lui les herbes de la falaise flambent; Kment se relève, essuie sa main mouillée à sa hanche et danse, la fumée et le parfum des herbes séchant la sueur sur son corps, il danse, ses pieds nus, écorchés, brûlés sur le roc, il lance ses bras au-dessus de la tête, frappe ses hanches, bombe son ventre, le creuse, les chiffons qui le couvrent, glissent, se dénouent, tombent le long de ses cuisses, il renverse sur ses épaules sa chevelure pleine de démangeaisons, les mouches vibrent dans ses oreilles, ses genoux, les muscles de son cou craquent, la bave coule sur son menton; la tête renversée en arrière, la chevelure grasse, noire, effleurant le haut du dos, il descend, le ventre convulsé, les cuisses s'ouvrant, les genoux s'écartant, les talons joints; ses fesses touchent ses talons, pèsent ; il jette ses deux mains entre ses genoux, ferme ses poings, les appuie contre le rocher, ses doigts de pieds, rougis, se recourbent, les ongles raclant le roc ; il se laisse tomber sur l'épaule droite, il roule sur le côté, le feu du roc le saisit, des pieds à la nuque, il croise ses poignets sous la nuque, il étend ses jambes, les lambeaux de lézards fourmillent dans ses intestins, il ouvre ses yeux secs, il les élargit avec ses doigts, les tourne vers le soleil et les tient ouverts jusqu'à l'éblouissement ; alors il les referme sur les larmes et il peut s'endormir, la tempe et l'oreille contre le roc brûlant et acéré.

Émilienne soutient Serge : le garçon a passé son bras autour de ses épaules, sa béquille troue le sable mouillé.

— Tu crois que nous ne risquons pas une balle perdue ou une grenade ?

— Non. Mais nous sommes partis sans avertir papa.

— Et puis, moi, avec ces blessures partout sur mon corps, une balle ou une grenade ne peut que faire s'écrouler les plaies sur les plaies, mêler le sang au sang, briser des os fendus, déchirer des muscles greffés...

— Tu as, toute lisse encore, ta si belle tête, tu n'as pas de sang séché dans tes cheveux, je peux couvrir de ma paume ton oreille toute chaude, caresser tes paupières du bout de mes doigts, les sentir battre, fermées sur ton œil bleu, mouillé, dur.

— Jamais tu ne connaîtras mon tourment. Quelle mer pour y laver ma misère secrète.

— Donne-la-moi, donne-la-moi.

— Pour la noyer comme un petit chat ?

— Donne.

— Je voudrais être seul au monde, nu, et le vent de la Création séchant mes épaules, mouillées par l'enfantement. Avant la nuit, la même biche, tous les soirs, frôle la lisière de la forêt, je vois son pelage fauve palpiter dans les intervalles des feuillages, le même nuage s'arrête dans le cercle d'une cime d'arbre ; moi, couché dans l'herbe refroidie, sur mon front l'ombre de l'écroulement des ruines, moi, sans cœur, insensible au froid, à la palpitation de la biche, à la hauteur du nuage, j'attends que le Dieu descende et m'emporte vers le soleil.

Chaque soir le Dieu descend et m'emporte vers le soleil et je m'éveille. Moi, le premier et le dernier homme, chéri par les dieux, je vois le haut de l'action, l'affection pure, l'action et le frissonnement des gestes, de la terre dans la terre, le haut de la Création, le front des dieux, le départ, le retour, le va-et-vient des dieux et des anges, le soulèvement de leurs talons, l'enroulement de leurs chevelures autour des colonnes de sel, le soleil traversant ces colonnes, le rassemblement joyeux de leurs troupes, leurs mains sans ombre couvrant mon front. Mes muscles, mes nerfs bougent, seulement au soleil, ma peau tremble sous la seule main des dieux, ma salive et mon sperme jaillissent sur des ventres purs. De nuit en nuit, un enfant obscurément enfanté sur le versant des nuages, crie, est fait ange aussitôt. Les dieux ignorent la beauté, la distance, l'absence.

Chaque soir, le Dieu n'oublie pas de descendre et de m'emporter vers le soleil et je vois l'action, le feu qui ne brûle pas, l'eau qui ne mouille pas ; pour moi seul, chaque nuit, le Dieu crée les oiseaux, et les jette dans la lueur de l'aurore, j'entends la palpitation, le fracas de leurs ailes dans la nuit glacée et le vent les tire vers la lueur de l'aurore ; pour moi seul, le Dieu crée et jette les poissons dans la nuit scintillante, j'entends leur chute sur les glaces et sur les palmes et la mer a faim ; le Dieu, au bord du monde, tient ma main, poissons, oiseaux, jaillissent à l'endroit de son corps qui les a conçus ; la main rêve d'oiseaux, les oiseaux sortent et la main se referme ; poissons, oiseaux se mêlent dans leur chute, la terre et la mer ont faim, ils se soulèvent ; des oiseaux, retournés par le vent, heurtent le front du Dieu, il les saisit, il me les donne et je les jette aussitôt parce qu'ils meurent ; le vent me fait suffoquer ; mon dos, couvert d'ombres, c'est ma poitrine ; je suis devant, mon corps est devant. Dieu, enlève-moi un peu de cette force, jette la lumière sur ce monde sorti de toi, que je le voie vivre sans toi ; loin de toi. Pousse-moi aussi dans cette lumière, et je tombe en te regardant, parmi le scintillement des becs et des écailles. Dieu, arrache-toi de mon ventre, retire ta main de mon cœur, arrache-toi de mon cœur, arrache-toi de mes lèvres, de ma tête, de toutes mes parties sensibles, meurs un peu, toi, à mes pieds ; pourrissent les racines des arbres et les lèvres des soldats. Quelle est cette voix noire comme une torche dans le chœur céleste. C'est celle du Dieu caché, l'enfant élevé parmi les jeunes hommes et dont le manteau brille dans la fraîcheur du temple ; les jeunes hommes ne savent pas qu'il est le Dieu, ils chantent le Dieu, et lui, il se chante et se glorifie.

Émilienne appuie son genou contre le genou bandé du garçon, sa cuisse effleure le blue-jean, retroussé au-dessus du pansement ; sa main descend sur l'autre jambe du garçon, la jambe frémissante sous la toile serrée et plissée sous le genou :

— Tu as mal, ce soir ?
— Non. Le sel s'accroche à mon pansement.
— Je t'aime.
— Je ne suis pas pur.
— Aimons-nous encore cette nuit.
— Ma blessure se rouvrirait.
— Je la refermerai aussitôt avec mes lèvres. Ô Serge, pour toi je me vendrais sur la place...
— Heureuse es-tu heureuse, abandonnée parmi nous, couverte de vent et de lait, touchée, attiédie ; des jeunes gens, les lèvres bâillonnées de toile blanche, se penchent

sur toi, touchent la boue attiédie sur ton sexe, entre tes cuisses. Tu te caches, pendant la gymnastique, accroupie derrière la charbonnière, le sang assiégeant tes genoux ; la vieille sœur mourante, par la porte entrouverte, lève la main et la laisse retomber sur le drap. Tu te redresses et tu entres dans la chambre saturée de sel, de sucre, de fiel, de vapeur, de sang ; tu t'approches du lit, tu touches le drap, la vieille sœur exhale un soupir blanc, elle découvre le haut de son corps, elle le dévoile, elle se penche vers toi, elle t'implore, tu poses ta main sur le sein droit, sur ce qui fut, autrefois, la place d'un sein ; le téton est couché, presque recourbé dans la chair ; tu le soulèves avec tes dents, tu le tètes : le lait en jaillit sur tes lèvres, dans tes narines, la vieille sœur caresse ta nuque scintillante et le tissu savonneux sur l'épaule :

— Vois, mon enfant, ce que je cache sous mon lit.

... Tu t'accroupis, les lèvres couvertes de lait ; sous le lit, dans une cuvette, accroché aux ressorts du sommier un grand morceau de viande crue et fraîche rougit la pénombre poussiéreuse, le sang ruisselle sur la viande et sèche dans la cuvette ; tu te relèves, la gorge sortant par la bouche :

— Chaque nuit j'arrache un morceau et je le dévore en regardant la lune glacée.

.. Des jeunes gens, des garçons, rôdent le jour autour de l'orphelinat, bandent leurs arcs, leurs flèches se plantent dans la mousse des murs ; pendant la sieste tu écoutes leurs cris, le claquement des arcs, la salive bouillonne dans ta bouche, tu t'assoupis, mais une flèche heurte la vitre du dortoir et tu te réveilles, et tu crois voir le visage joyeux d'un garçon derrière la vitre ; ses épaules sont couvertes de laine, son père l'attend pour la leçon de tir.

— Tu parles trop, tu as la fièvre. Quittons ce rivage. Je cherche de l'ombre. Vois-tu de l'ombre ? Il y a des grottes plus loin, le long de la plage.

— Et dedans, des fagots tout vibrants d'abeilles et de rats. C'est là que les rebelles déposent leurs cadavres, que les enfants viennent mourir de faim, sous le regard des rats.

— Je ne connais pas l'autre côté de la mer. Après la guerre je marcherai avec toi, je danserai, là-bas où la terre et les hommes gardent tout leur sang.

— Mais nous serons tous morts, noyés, égorgés, étranglés, éclatés; nos ombres, projetées sur les murs reposeront dans la lumière sous-marine.

— J'aime tes yeux éblouis et la fumée bleue du soleil sur tes paupières, le tremblement de tes jambes affaiblies, la salive aussitôt séchée sur tes lèvres, ô Serge, aimons-nous ici, que le sel entre dans nos plaies, que le sable remplisse nos bouches et scelle nos étreintes.

— J'appartiens au Dieu. Que le DIEU te dévore.

— Je veux te dévorer moi aussi, pour que tu vives en moi, et je n'ai plus d'autre faim, d'autre désir.

— Nous sommes arrivés aux grottes. Sens l'odeur de la mort. Si tu veux me dévorer, mange d'abord tous ces morts sans sépulture, enterre-les dans ta chair et moi après, dans tes entrailles.

Ils passent devant les grottes : des enfants demi-nus se traînent sur le sable. Émilienne frémit, serre l'épaule de Serge.

Les enfants s'accrochent à ses genoux, elle sent les petits ongles griffer sa peau, comme les chardons :

— Ils veulent ton sang.

Un enfant commence à dénouer les bandelettes autour du genou de Serge :

— Ils veulent ton sang.

À l'entrée de la grotte, un enfant frappe sur une pieuvre morte, avec un galet ; il frappe, recule, gronde, frappe de nouveau, recule, saute, enjambe la pieuvre, crache dessus, s'assoit sur la chair pantelante, souffle, tire un tentacule entre ses cuisses, le tient dans son poignet, l'enfonce dans ses narines.

— Depuis trois jours et trois nuits, tu me guettes, cachée dans ta flaque, enfoncée sous le sable, tes seuls gros yeux affleurant comme des bulles. Tu as mangé mon père, ma mère, et tu voulais me dévorer. Toi, ma mère, qui fuis dans les étoiles, vois, j'ai tué ton ennemie, celle qui séduit mon père, l'enchante, se pend à son cou, à sa taille et lui vole sa paie. Ma mère qui fuis dans les étoiles, descends me laver le visage, tordre le gant dans mes oreilles. Tes petits écartés du lit de leur père, bannis, fouettés par la pieuvre, t'imploraient, la nuit, leurs dents claquaient, leurs genoux couverts de sang séché, agenouillés dans le fumier. Ô mère, descends, que je m'assoie sur ton ventre, tes mains tenant mes hanches. Des hommes me regardent dans la rue, l'or brille dans leurs mains. Ô mère, viens nous prendre. Vois mon pied écrasé : une jeep, la nuit, me renversa, les soldats rient, ils mangent des raisins noirs à pleine bouche ; le lieutenant serre le levier de vitesse entre ses cuisses, les soldats tapent sur ses épaules, je crie, tordu sur le sable, mon pied pris sous la roue. Le lieutenant commande au chauffeur de s'arrêter, aux soldats de descendre et de soulever la jeep, le chauffeur recule, je crie, les soldats sautent dans la jeep, mes os craquent.

— Je m'appelle Tijena.

— Qu'est-ce que tu faisais la nuit, dehors ? Tu volais ?

— La pieuvre me battait, elle me mangeait avec ses yeux. J'avais faim.

— On vous donne de quoi manger...

— Pour que nous ayons la force de dénoncer.

— Voyez comme ses lèvres brillent, et ses dents. Va-t'en avec ton pied écrasé. Va te faire soigner dans vos hôpitaux souterrains.

— Madame, ils vont tous mourir aux grottes ; la nuit, c'est plein de cadavres qui font l'amour. Ma mère, étrangle-moi, tue-moi, attache-moi sur ton dos. Descends, prends-moi par mon pied blessé, emporte-moi, la tête en bas comme je suis sorti de toi.

L'enfant se couche sur la pieuvre morte et pantelante, le soleil frappe son front, petit galet bleu, arrête le sang aux épaules, aux poignets, aux genoux.

Émilienne et Serge marchent sur les os de seiche, sur les écorces enduites de sel et d'écume marine ; devant la grotte, des vieillards couchés, remuent leurs jambes nues quand l'ombre d'Émilienne les touche. Entre leurs jambes, des traînées de sperme mouillent le sable blanc. Une petite fille creuse des galeries sous ces traînées :

— Ils n'entendent même plus le pas de ceux qui mangent.

— Partons, Serge, ou mourons ici, entre ces cadavres, mourons de leur mort, arrache tes bandelettes, déchire ma robe, je t'abandonne, je m'étends pour mourir contre ce vieillard.

La nuit, sous le vent, le sable soulevé nous recouvre peu à peu chaque nuit : de grandes pieuvres aspirent le sable, l'écartent, mais nous sommes déjà morts, froids ; le vieillard s'est brisé les os de la jambe, en se roulant sur moi, sa tête a sauté sur ma poitrine, ses lèvres se sont ouvertes sur ma gorge.

— Je ne désire même plus mourir ni commander à l'action, faire jaillir le sang ou le sperme, je ne connais plus ni la hauteur, ni la largeur, ni les larmes, ni le vent, ni la mer, ni la mélancolie des siècles parfaits ; muettes les bouches, aveugles les yeux. Ô Dieu, toi qui descends au milieu de l'Histoire, laissant dans l'ombre des lanières et des marbres, les hommes anciens, toi qui, dans ta sagesse, dans la brutalité de ta décision, agis, mauvais connaisseur de l'Histoire des hommes, et violes la Terre, échappée de tes mains, la chauffant, la brûlant pour qu'elle s'ouvre, explose entre tes mains, et tu vis à nouveau dans toute chose vivante ; tu parais et je souffre ; tu me résistes dans tout ce qui vit. Ô Dieu, ta Création vieillit ; nous la regardons mourir avec effroi. Brûle, brûle la Terre, fixe-nous pour toujours dans ce feu, jette nos formes contre le néant ; brûle cette Terre qui fut notre abri contre ta terreur ; l'eau, les palmes nous protégeaient de tes regards et de tes gestes amoureux ; ta main cherchait à nous atteindre, nous, courant dans les forêts vierges ou réfugiés sous les filets dans la sueur de l'amour ; pour toi, nous nous roulons sur les draps, la bouche entrouverte comme des nageurs de crawl ; notre cœur bat ; sur nos ventres bat le liquide du sacrifice, tout autour, les plumes volent dans l'air doré, s'accrochent à la sueur de nos genoux, les coqs crient sous le lit. Émilienne, ne laisse pas traîner ta jambe sur le carrelage, le coq déchirerait ton pied, il soulève les nerfs à vif avec son bec, la poussière, le sable déposé se collent au sang, le sang arrête les rayons et prend la couleur de l'or ; à la vitre dont les angles fourmillent d'abeilles et de mouches, des enfants appliquent leur langue rose, les yeux penchés vers ton sexe entrouvert ; dehors sur le fleuve, sur le canal, entre les hauts murs de brique de l'orphelinat, glissent des fumées, des encens, des écumes, et des toisons de buffles, ô abandonnés tous les deux, le cou durci par le vent, la tête couverte de fleurs, couchés sur la surface de l'eau noire et glacée, et le dos frôlé par les poissons et les sauges, descendons vers le soleil ; ruisselants nous nous jetons sur la plage, nous nous roulons dans le sable blanc, et, enduits de sable, et de sel, et d'écume, nous servons un sacrifice de sang et de plumes, vêtus de lin, la peau incendiée sous le lin, le sexe rétréci et durci, le sel blanchissant à la commissure des lèvres au soleil déclinant.

Toi ; je suis aveugle, prends mes mains, pousse-moi dans le feu ; la sueur coule sur tes hanches, le sang enveloppe tes doigts comme un filet ; le vent libère la fumée des forêts. Couvre-moi d'or, verse des bassines de pièces d'or sur ma tête, sacre-moi.

— Jette-moi vivante à dévorer aux chiens, au pied des murailles, que toute l'huile et les corps de l'assaut tombent sur ma poitrine, que tous les fusils soient croisés sur mon ventre, que les genoux des soldats pressent mes hanches.

— Mais, tu n'es pas une putain. Que le vent sèche le désir sur tout mon corps. Dieu, donne-moi un sceptre. Fais mourir mon père, le gouverneur et je commande à sa place, et les rebelles m'obéissent et je mets à mort tous les prêtres. Pour moi, de longues chevauchées parmi les forêts brûlées; les pneus des jeeps et des half-tracks creusant la cendre. Pour moi et mes soldats, le jugement des officiers rebelles au milieu des cours obscurcies, la fumée des cuisines remontant jusqu'à l'estrade où je parle; le jugement, les soldats se jetant sur leurs officiers désarmés et les déchirant avec leurs couteaux; et la pluie, venue des sommets, coule sur les toits et lave le sang sur les pavés, éloigne les chiens des cadavres déchiquetés; les soldats, dans leurs foyers sombres, boivent, s'enlacent, dansent tête contre tête, s'assoient près de la vitre et regardent les cadavres briller sous la pluie ensoleillée; l'un d'eux sort, s'approche des cadavres, se penche; sur les reins, le treillis découvre la peau blanche, marquée de taches de rousseur, s'accroupit, sa main effleure le ventre déchiré, s'enfonce dans une poche le long de la cuisse, ressort avec un briquet; le soldat le met dans sa poche, il fouille le cadavre, sa main, souvent, rencontre le sang au fond des poches, il se relève, la toile du treillis, mouillée, colle à son corps, la pluie ruisselle dans les plis avec le sang — le soldat essuie sa main à sa poitrine, à ses hanches — le soldat renifle la pluie, secoue sa tête en crachant, comme un nageur; le général, épargné, mais suspect, est simple soldat dans son escorte : ainsi peut-il facilement voir la chair joyeuse des soldats et se faire insulter par eux s'il la touche; il danse avec les soldats du poste, dans le foyer : à ceux-ci se sont mêlés mes gardes. Mais je redescends vers Inaménas : des ambassadeurs m'y attendent; dans le half-track de tête, le général assis sur la banquette, son fusil entre les cuisses, regarde, le corps secoué par les trous et les pierres de la route, le soldat assis en face de lui, il attend qu'un choc ou un mouvement brutal du soldat entrouvre sa braguette déboutonnée; un petit camion de fruits croise notre convoi, ma jeep frôle la haie de raisins sauvages; une grappe sectionnée saute sur ma cuisse; dans les half-tracks, les soldats levés, appuyés aux tôles, insultent le conducteur du camion: leur sexe durci gonfle la toile du treillis et touche la tôle. Le ciel s'obscurcit, l'odeur du raisin écrasé, monte, remplit le bas du ciel, nous jette, moi et mes soldats, au fond des véhicules...

Émilienne reprend le bras de Serge, laisse aller sa tête sur l'épaule du garçon, puis sur sa poitrine; à travers la chemise, elle sent la médaille et la chaîne; elle frotte sa joue contre la poitrine du garçon:

— Ta chaîne d'or, je veux la voir sur le haut de ton corps tout nu.

— Ma blessure, qu'elle s'ouvre, qu'elle saigne de nouveau, sous tes lèvres. Réveille mon sang, tes lèvres le poursuivent sur mon corps, il se rassemble, il afflue dans mon sexe.

— Viens, là, sur le sable, sous les palmes des tamaris, aimons-nous au pied de la mer, que l'écume et le ressac coulent entre nos deux corps enlacés et recouvrent la sueur sur nos ventres joints, que l'ombre des nuages obscurcisse ton dos et tes reins, et moi, étouffée, enchaînée, je me débats dans le sable, sous toi, comme un oiseau blessé; je vois les insectes marcher sur les branches basses et sableuses des tamaris, tomber sur les coquilles d'escargots et les écorces, les soulever et s'enfoncer dessous; leurs antennes brillent un instant sous les rayons; une lanière s'enroule autour de mes reins, claque, mouillée, brûlante, et tu me prends.

— Ma chaîne d'or coule entre tes seins, des larmes jaillissent de tes yeux, coulent sur tes tempes, tu souris et renverses la tête sur le sable, tes joues se creusent, le sang remonte dans le haut de ton corps, tes cuisses palpitent sous les miennes, le sperme claque entre ton ventre et le mien, je mords ta bouche, le sang gicle sur mes dents, la pointe de ma hanche creuse le bord de ton ventre, ta main repousse mon visage, ta langue lèche le sang sur mes dents que je referme, ta langue est prise, tu cries, tu craches, ta salive couvre le bas de mon visage, je tire ta langue sur le côté, vers la commissure des lèvres, Ô, mange-moi, mange, je me glisse en toi, je m'enfonce en toi par ton sexe grand ouvert, garçon je rentre en toi, recrache-moi bébé, garde-moi, mange-moi, je suis ton sang, ta chair, ton désir, ta faim, je me retire de tes genoux quand tu vois des garçons, je gonfle le bas de ton ventre. Tout ton corps est couvert de mon sperme, la robe que tu remets, t'étant relevée et moi restant couché, nu, sur le dos, se colle à tes hanches, à ton ventre, à ta poitrine, à ton dos ; j'ai les poignets croisés sous la nuque, tu viens au-dessus de moi, tu ramasses du sable, et tu le verses doucement sur mon sexe, le sable, aussitôt mouillé par le sperme, recouvre peu à peu le sexe ramolli ; tu te penches et tu caresses ce sable humide, petite bête, où se cache la petite bête des champs sous son tas de sable ?

Sous la caresse, il se relève, troue le sable, touche tes doigts, tu te renverses auprès de moi, je roule sur toi, je passe ma main tout entière dans le haut de ta robe mouillée, ma main couvre tes seins, remonte vers ton épaule, je me roule, je retrousse ta robe, et ma main, mes doigts marchent sur ton ventre, la paume couverte par l'étoffe ; tu gémis ; tes joues gonflées ; ma main se chauffe au doux gonflement de ton sexe ; tes seins transpercent la robe, je les baise, je tire l'étoffe, ils jaillissent contre mes lèvres, je les prends et je les appuie l'un et l'autre contre mes joues ; toi, de tes mains, tu caresses mes hanches, tes doigts effleurent la racine de mon sexe, s'emmêlent dans les boucles mouillées ; alors il frappe ta hanche, et bat contre elle, tu ne ris plus, je me roule sur toi, mon sexe durci, brûlant, écrasé entre tes cuisses ; tu respires, partout où ta respiration soulève, je pose mes lèvres, je mords ton sang, et ton souffle, tes veines battent contre mes dents, la racine de mon sexe repose sur les lèvres du tien, je me soulève un peu, mon sexe traîne entre tes cuisses, puis, comme un aimant, ton sexe le prend.

— Brûlée vive, secouée, jetée contre le sable, soulevée, battue, déchirée, mangée par cette bouche voilée, étranglée, blanchie, rougie, refroidie, poussée, mûrie, cueillie, dévorée, bue, liée, déliée, fouettée, souillée, brouillard penché sur moi, pluie ensoleillée, poissons entre mes jambes, poisson couché sur mon ventre, ton sperme découpe mon corps en deux, il monte jusqu'à la poitrine, il coule dans mes épaules, il me brûle, il me brûle... il bouillonne dans ma gorge, tu presses mon cou afin de l'y retenir, mais il jaillit sous tes doigts, et remplit ma bouche, tu prends mes lèvres, et tu aspires dans ma bouche ta propre semence, attiédie ; l'ayant bue tu te renverses auprès de moi sur le sable, les doigts écartés à cause du sperme et engourdis par les étreintes ; tu écartes les jambes, et le soleil pénètre entre tes cuisses, la sueur et le sperme y scintillent ; je ne bouge pas, je laisse intacts sur mon corps les traces de l'étreinte et les lambeaux de ma robe ; le soleil fume sur les plis de ma chair et les lambeaux de ma robe ; j'écarte les jambes, et, bondissant, tu les tiens écartées avec tes mains et tu abaisses ton visage vers mon sexe, et tu y déposes tes lèvres ; je tressaille, tu serres mes cuisses entre tes doigts ; je me soulève sur le coude et de l'autre main je caresse tes paumes humides ; tes lèvres remontent le long du ventre, ta langue s'enfonce légèrement dans mon nombril, ta salive le couvre, tes mains glissent le long de mes hanches, enveloppent mes seins, serrent mes aisselles; ton corps, lourd, mouillé, scintillant, remonte le long du mien, ta poitrine écrase mes seins, ta mâchoire craque sur mes yeux, ton sexe encore tendu traîne sur mon ventre, dans un bain de sueur, de sperme et de salive; mes jambes se détendent; mes mains appuyées à tes cuisses, essaient de te repousser, mes doigts effleurent tes boules de sécrétion, qui pendent sous ton sexe, chaudes, visqueuses; je laisse ma main dans le creux qui est entre le sexe et la cuisse, je la blottis dans cette chaleur d'enfant; alors, sous la caresse, au blottissement de ma main, ton sexe se tend à l'extrême; ma main caresse à la racine, à travers les boucles, puis remonte le long du muscle jusqu'à l'extrémité douce et violacée, je la prends dans ma main, je la presse doucement, tu remues sur moi, tu gémis, comme un dormeur réveillé, tu t'appesantis sur moi, ma main remonte derrière les boules de sécrétion, s'enfonce entre tes fesses; je te tiens, mon bébé; mon bras replié, le coude entre tes cuisses, la main sur tes reins, je te fais glisser sur moi comme un bébé qu'on baigne; des petits oiseaux sautent sur ton blue-jean à moitié enterré dans le sable.

— Je mords tes yeux, mes dents heurtent la partie dure de ton front entre tes yeux, mes narines s'écrasent dans tes cheveux. Je dévore, je croque les palmes, les bois, le celluloïd de notre enfance.

Toi, sans enfance, et moi tuant la mienne, nous pouvons nous aimer comme des abandonnés; le vent est notre cœur, notre cœur ne bat plus qu'entre nos cuisses. On nous recherche, mais je tue mon père, qui me voit, et devant lui agonisant, je me roule sur toi et je te prends; nous faisons, dans la nuit illuminée, un grand carnage de prêtres; nous jetons le cadavre défiguré du cardinal dans le bassin; les poissons, épouvantés par l'odeur du sang pourri, sautent hors du bassin; j'ai une torche à la main et de l'autre je tiens tes seins ; nous avons libéré les petits castrats, ils déchirent le jeune homme noir qui les gardait ; la colère rougit leur short entre les cuisses ; beaucoup meurent au petit matin ; l'aube fume sur les lambeaux et les flaques ; je marche sur une bouillie de sang, de nerfs, d'yeux, de sexes coupés, mes pieds s'y enfoncent comme dans une vase remplie de vers et de grenouilles ; je marche tête baissée, la torche éteinte à mon poing, la gorge serrée par l'angoisse ; tous ces morts à enterrer. Mais toi, joyeuse, dans le poste de garde, les soldats te soulèvent, demi-nue, dans une couverture poussiéreuse et souillée, ils te lancent en l'air, et, quand tu es en bas, ils jettent leurs mains au fond de la couverture, ils touchent, ils frappent ton corps, sous la lampe éblouissante ; des soldats de garde, réveillés, te regardent, assis sur les lits superposés, la couverture sur leurs souliers et le fusil entre les cuisses. Tu ris quand l'un de ceux qui te lancent en l'air touche tes seins, ou ton sexe ; sa main a secoué la lampe poussiéreuse, et c'est la même qui couvre ton sein ou ton sexe, brûlante et poussiéreuse. Mais l'un d'eux renverse les autres et t'emporte sur la paillasse inférieure, il s'étend sur toi, tout armé, tout habillé, ses cartouchières écrasent ton ventre, sa bouche sent le vin et la viande, il se soulève un peu, ses jambes écartées traînent de chaque côté de la paillasse, déboutonne son treillis, sort son sexe, et le plonge dans le tien.

Dans le mirador du poste, la sentinelle voit un prêtre s'enfuir, au-delà des barbelés, aussitôt il braque le projecteur et crie : tous — sauf celui qui est couché sur toi — sortent du poste, bondissent par-dessus les sacs de sable, courent dans le pré de cendre, glissent sous les barbelés, crient, les doigts vibrant sur les lèvres ; le prêtre court à droite, à gauche, ils l'attrapent, le couchent sur la cendre, sortent leurs canifs et lui coupent la tête, qu'ils jettent au-delà de la lueur du projecteur, dans les bambous ; puis, ils arrachent les habits du cadavre, ceignent leurs reins, et leurs fronts avec les lambeaux de la soutane, arrachent le sexe et le plus ancien l'accroche à son ceinturon ; la cendre fume le long du cadavre ; la sentinelle, dans le mirador, tressaille joyeusement, ses mains tremblent sur la tôle de protection, les gardes reviennent vers le poste, sous le mirador, ils écartent de leurs épaules les branches des eucalyptus, ils chantent, les insectes, attirés par les projecteurs, heurtent les fronts et les yeux des gardes. Dansez, dansez, criez, hurlez autour de moi, sifflez, buvez, arrachez vos chemises, mordez-les, mouches, mordez la lumière et le feu, jetez vos chemises dans la poussière et piétinez, piétinez la sueur qui tombe de vos joues. Cependant, le soldat couché sur toi fouille ton ventre, tes yeux brillent quand tu renverses la tête sur l'oreiller ensanglanté, mais aussitôt le soldat prend tes lèvres et ramène ta tête sous son visage ; des rats courent sur les sacs de sable, un chacal, puis deux, puis dix, trottent vers le cadavre du prêtre, ils ruissellent d'eau et de vase, le fleuve est en crue, le marécage recule jusqu'aux barbelés ; les couvertures du poste sont humides, les soldats se réchauffent autour de moi, se dandinent, le casque léger plaqué contre les cuisses ; le général, appuyé à la porte du poste, les regarde, je vois les plis de son treillis, sur les cuisses gonfler et rayonner sous la poussée du sexe. Battez-vous, déchirez-vous, sacrifiez-vous devant moi, égorgez-vous à mes pieds, tournez vos gorges, tendez-les au couteau ; la lame ruisselle de pluie, les camions démarrent derrière les eucalyptus ; des soldats debout sur les cadavres, les piquent avec leurs fusils ; dans les rues de la ville basse, les enfants barbouillés de sang, s'accrochent aux camions, les phares éblouissent les chiens et les chats, une vieille femme sort de sa cabane, avec ses chats accrochés à ses haillons, elle s'approche de moi, les chats sont morts et leurs dents sont plantées dans la chair de la vieille femme, leur gorge tranchée est noire, des insectes rouges sont pris dans le sang séché ; le fleuve, au bas du quartier, roule les cadavres de prêtres et d'officiers rebelles. Je vous hais, je vois votre sang, je vois votre cœur. La fête que je donne à vos âmes, le sang l'illumine, vous ne me reconnaissez pas, j'ai tordu mon cœur, je l'ai brûlé. Je n'ai pas besoin de cœur, prends-le, prêtre, toi qui l'as gonflé, mange-le à défaut de mon sexe, lequel te faisait tressaillir et t'obsédait comme Jésus-Christ. Mangez mon cœur, mon sexe, mon cerveau. Je garde mes dents et mes mains pour capturer et dévorer ; ma mère, pourquoi ne m'as-tu pas abandonné ?

— Je me suspends à tes épaules, mon ventre contre le tien, mais tu gardes tes mains levées et tes yeux voient dans le vague. Je prends tes genoux, la colère les fait trembler. Regarde comme ils m'ont mise ; mais, pendant qu'ils me pénétraient, le poisson fuyait dans les entrailles de la terre.

Illiten court dans la montagne, à midi il atteint le sommet, tombe aux pieds des sentinelles, à l'entrée de la grotte. Béja, qui dormait, bondit, sort de la caverne et ramasse Illiten ; deux sentinelles portent le chef sur un lit de camp, au fond de la caverne, vers une fenêtre ; Béja lui ouvre la bouche et souffle dedans ; la femme apporte de l'eau fraîche dans un grand verre, Béja soulève la nuque d'Illiten et verse un peu d'eau dans sa bouche ; Illiten ouvre les yeux, voit la femme accroupie, et, lui tournant le dos, il la caresse sur la nuque ; tous sortent, la femme qui tient le verre, aussitôt passée l'entrée de la caverne, est prise par une sentinelle et baisée violemment sur le cou ; Béja arrache les épines de chardons dans les pieds et dans les mains d'Illiten :
— Ils t'ont torturé ?
— Oui, mais ce n'est rien. J'ai l'habitude.

— Tu as mal ?
— J'ai vu le gouverneur. Il ne faut pas l'assassiner. Lui vivant, la guerre s'éternise en notre faveur. Lui mort, c'est le général qui gouverne, et derrière lui, les officiers extrémistes. Avertis les sections. Notre combat s'achève. Je n'ai plus de forces. Tout le sang versé me remonte à la gorge ; prends ma place, loin de mes yeux le spectacle de notre liberté. Laisse-moi dormir. Et, si tu le veux, tue-moi dans mon sommeil.

Illiten roule sur le côté, met sa tête dans ses poings et s'endort.

Béja voit, sur les poignets, la trace des liens : « Je serai chef. »

Le vent pousse le soleil dans la caverne : « Je prendrai la ville. »

La sentinelle renverse la femme contre le roc : « Je tuerai mes lieutenants. »

Lui prend la bouche avec son bec : « Je gouvernerai seul. »

À nouveau, dans l'après-midi, le peuple se soulève ; des meneurs, arrivés la veille dans les bas quartiers, avec des ordres de Béja, parcourent les rues, les cours et les escaliers.

Ils vont égorger les maquerelles et les maquereaux dans les bordels, égorgent les hommes vautrés sur les paillasses avec des garçons, égorgent les soldats accouplés aux femmes ; le peuple, au-dehors, hurle à chaque meurtre ; garçons et putains s'échappent, la foule les porte en triomphe : ils ont encore du sperme aux genoux et aux lèvres : maquereaux, maquerelles, clients renversés sur le carrelage, sur les paillasses, râlent encore, la foule les traîne dans la salle commune, et les expose sur le comptoir, à l'endroit où se faisaient les premiers attouchements, au-dessus des verres vides, la première torsion de poignet, la première étreinte ; les corps sont lacérés avec les couteaux, les tire-bouchons, souillés de crachats, d'urine, les tiroirs sont tirés, l'argent pillé; les garçons et les putains dirigent le pillage; dans une cave, la foule découvre deux jeunes garçons, nus, liés ensemble par le pied, marqués au coin des lèvres d'un petit anneau d'argent; dans une petite pièce, contiguë à la cave, huit hommes nus, raidis contre le mur, sont caressés par un garçon torse nu, — il les branle l'un après l'autre, ses poignets souillés, attirant la poussière du charbon, luisent dans la pénombre charbonneuse; la foule envahit la pièce, couvre les hommes, le garçon s'enfuit au travers des jambes; quand la foule se retire, les hommes s'écroulent le long du mur, dans les flaques de sang; la foule attrape le garçon qui se débat, son torse, son visage se couvrent de sang; les autres putains viennent le prendre, et lui parlent dans l'oreille, mais ses yeux restent fixés dans le vague; en haut, les meneurs déjà ivres, s'accouplent avec les putains, la foule commande aux garçons de livrer les cachettes; le garçon mène la foule, mais quand il a levé son doigt, la foule le renverse, le piétine, et se jette sur l'argent ou sur les vivres.

Vers le milieu de l'après-midi, la foule gonflée d'argent, de vin, de semoule, force les garçons à se dévêtir, à s'accoupler avec les putains; un seul garçon refuse, deux hommes, sortis de la foule, ordonnent aux autres putains de l'égorger; le sang jaillit, la foule se réveille, lape les verres; le garçon, dans la mêlée, s'enfuit tout nu, il court dans le bas quartier, il va au ruisseau où Kment dort, les enfants affamés jappant autour de lui, le garçon se penche:
« Kment, Kment. »

Le garçon s'éveille:

— Kment, Kment, viens vite il faut avertir Béja avant l'arrivée des soldats.

Il parle à l'oreille de Kment.

Kment se lève, secoue ses haillons:

— Va chez Giauhare, elle t'habillera.

Le garçon baisse les yeux. Kment s'en va. Le garçon reste debout au milieu des enfants, il respire l'air libre, il caresse ses bras, sa poitrine, son ventre, ses cuisses. Les enfants l'accompagnent à la blanchisserie, il entre :

— Kment m'a dit que tu m'habilleras.

— Viens là. Je vais tâcher de trouver quelque chose pour toi.

Elle se penche sur une corbeille, il vient derrière elle, dans la pénombre, son sexe bande un peu, la jeune fille se retourne, voit le sexe tendu, rougit :

— Tiens, prends ça.

Elle lui tend un blue-jean, éraflé aux genoux, et aux fesses, le garçon le prend, se retourne, lève la jambe, enfile le blue-jean, le boutonne, puis il se retourne en souriant vers la jeune fille ; elle baisse les yeux, le garçon regarde autour de lui, dans les corbeilles et sur les cintres, partout des habits, des uniformes qu'il connaît bien : ceux des fonctionnaires, des soldats, des officiers qui viennent le caresser et se faire aimer par lui ; il va vers un cintre où est suspendu un uniforme ; il prend les deux jambes de l'uniforme, il les écarte, et, approchant sa bouche de l'angle des cuisses, il crache deux fois dessus.

— Qu'est-ce que tu faisais dans cette maison, je ne te voyais plus.

— Kment le sait.

— Qu'est-ce que tu faisais dans cette maison, Draga ?

— Je buvais.

— Où est Kment ?

— Il est parti voir Béja.

— Un jour il se fera prendre.

— Non, il connaît les militaires. Moi aussi, moi aussi...

Sa voix baisse, siffle ; il s'approche de la jeune fille, avec un petit rire dans la gorge, il tourne autour d'elle :

— Laisse-moi, Draga, laisse-moi, tu sens une drôle d'odeur, laisse-moi.

— C'est une odeur que tu aimeras.
Il pose ses lèvres sur la nuque de la jeune fille :
— Kment ne sent pas comme ça, laisse-moi, tes mains sont mouillées.
Il la prend à la taille, elle se débat, le dos réchauffé par la poitrine du garçon, la tête de Draga descend le long de sa joue, les cheveux du garçon effleurent ses paupières ; les mains de Draga remontent le long des seins, les remuent doucement ; Giauhare ne résiste plus, ses yeux se remplissent de larmes ; le garçon lui parle très doucement à l'oreille et la voix siffle dans la salive :
— Je sens l'homme, le garçon, là-bas dans la maison, des hommes, et des femmes se penchaient sur moi, me choisissaient, jetaient l'argent sur le comptoir, me prenaient l'épaule, et me commandaient ceci, cela, me caressaient ceci, cela... ma nuque appuyée au bois de la paillasse, mes genoux écartés...
Giauhare tressaille.
— Ma main libre s'élevait, fouillait dans les vêtements, posés sur la chaise, la maquerelle veut l'argent, on se jette sur le pain, si on garde l'argent on est fouetté, on ne dort pas. Une femme, l'après-midi, envoie son chauffeur ; dans l'auto, le soldat caresse mon ventre.
— Mon mari passe une revue. Tu veux bien t'amuser ? Montre-moi ce que tu sais faire.
... Quand je suis nu devant elle, d'autres femmes sortent de l'armoire, en criant, elles se jettent sur moi ; puis, quand nous sommes tous épuisés, un soldat entre, il enlève les tapis, les draps et les tentures souillés ; il revient portant un plateau de thé : je me jette sur le pain, le soldat reste debout derrière moi, les femmes crient, le soldat tombe sur moi, il enserre ma tête entre ses cuisses, je mords la toile de son treillis, je mords ses fesses ; les femmes s'accroupissent, prennent mon sexe, et le trayent ; mes fesses glissent sur le velours du canapé ; une femme

approche sa tasse de mon sexe et le trempe légèrement dans le thé attiédi, puis elle tend la tasse aux autres femmes, dépose la tasse sur le parquet; les femmes accroupies lapent le thé dans la tasse, une se relève, les lèvres brillantes :
— Comment t'appelles-tu ?
— Draga.
Elle approche sa bouche de mon sexe, elle le prend entre ses lèvres, elle le lèche, elle le suce, son menton roulant sur mes boules de sécrétion.
— Ta mère est-elle vivante ?
— Non, elle est morte il y a deux ans.
— Étouffée dans un bordel. Elle était putain. Et ton père ?
— Il est mort au maquis.
— C'est mon mari qui l'a tué. Un soir il l'a poussé ici dans cette pièce, enchaîné; je l'ai sucé, comme je te suce, puis mon mari l'a assommé devant moi, sur ce canapé, tapant sa tête contre le bois du canapé, moi le suçant toujours jusqu'à ce que le sexe s'amollisse et tombe dans ma bouche. Ton sexe a le même goût...
Elle relève les yeux sur moi, baise mon sexe; la porte s'ouvre.
L'officier entre :
— Enlève ces tentures et ces draps mouillés du vestibule.
Le soldat desserre ses cuisses, dégage ma tête et sort; l'officier s'approche de moi, prend mon menton, le soulève :
— C'est un garçon de Mme Lulu ?
— C'est Raisko qui l'a choisi.
— Vous l'avez lavé ?
— Non, Raisko l'a pris sur notre ordre, entre deux clients. Regarde, il y a partout sur son corps des traces d'étreintes.

— Tu lui donneras une tablette de chocolat avant de le renvoyer.

Les femmes, le front au parquet, soufflent, mugissent.

L'officier, avec son pouce, relève ma lèvre supérieure, cogne mes dents, roule ma lèvre inférieure, enfonce son ongle entre mes dents :

— Mme Lulu les nourrit bien.

... Ses rangers frôlent mes pieds nus ; j'ai froid, c'est le soir, le thé est froid où mon sexe trempe de nouveau ; le soldat revient ; leurs mains sont froides sur mes épaules et sur mon ventre ; l'officier va dans le fond de la pièce, il s'accoude à la cheminée de marbre, il penche son visage sur l'aquarium et souffle sur l'eau, les poissons glissent au fond de l'eau, se cachent dans les algues et sous les cailloux ; un petit doigt s'enfonce sous mon sexe, le soulève et le fait sauter ; une fenêtre s'entrouvre, et j'entends les cris des oiseaux de mer ; une femme marche à quatre pattes vers mon chandail et mon blue-jean, enroulés autour d'un pied de la table à thé, elle les mord, elle les déroule, elle les traîne autour de la pièce, elle les dépose, elle mordille l'angle des cuisses, le mouille de sa salive, le pousse devant sa bouche ; l'officier la regarde d'un œil las, un peu rouge ; je pense qu'elles vont me renvoyer, j'étire et j'écarte un peu les cuisses, depuis trois nuits que je ne dors pas, nous ne dormons pas, la fin de la guerre tient les hommes éveillés, la peur les pousse entre nos cuisses. Mais, les femmes tirent mes jambes, me font glisser sur le parquet, me retournent sur le dos, écartent mes fesses, se battent au-dessus de moi ; ma joue contre le parquet je les regarde abaisser leurs bouches vers mes fesses, je sens leurs langues fouiller entre mes fesses, lécher la douce membrane, mon sexe écrasé mouille le parquet ; l'officier marche, le parquet craque contre ma joue ; le voici devant moi, il approche sa botte de ma nuque, il frappe, il lève sa botte, il écrase mon oreille et ma joue, l'extrémité de sa botte recouverte de poussière retrousse mes narines ; je me tais, je ne bouge pas.

Il enlève sa cigarette de sa bouche, souffle la cendre sur mon dos, je tressaille ; sur la cheminée, derrière l'aquarium, je vois la photo d'un enfant aux cheveux coupés ras ; le soldat se tient debout devant la fenêtre, l'officier enlève son pied, je me soulève un peu, mais une femme prend mes poignets et les maintient retournés sur mon dos :

— Ramène le garçon chez Mme Lulu.

Le soldat s'approche des femmes, elles crient, elles se couchent sur moi, me baignent de larmes, de salive et de sueur et de thé :

— Laisse-nous le garçon quelques minutes encore.

Une femme se suspend à la taille du soldat, lui baise les cuisses ; lui la repousse à pleines mains, elle tire son ceinturon, découvrant ainsi le ventre et la hanche du soldat ; les autres sucent mon dos, mes cheveux, mes reins, mes paupières, elles me retournent, je fais le mort, elles sucent mes seins, mes aisselles, mon nombril, trois bouches sucent mon sexe ; deux bouches sucent le bout de mes doigts :

— Ramène le garçon, paie Mme Lulu.

... Le soldat se penche, me prend par les épaules, me tire sur le canapé, les femmes s'accrochent à mon ventre, le soldat tire, les femmes tiennent mes cuisses, le soldat m'enlève de sous leurs lèvres, et leurs seins, mes pieds glissent sous leurs seins, il m'assied sur le canapé, arrache mes vêtements de la bouche, de la femme, les dépose près de moi, sur le canapé, je me lève j'enfile mon chandail. Alors que j'élève les bras, une femme s'élance et baise mes aisselles, mord dessous la toison mouillée de sueur et la tire. Une larme jaillit sur ma paupière, une autre femme la boit aussitôt.

J'enfile mon blue-jean, la salive de la femme mouille mes cuisses et mon sexe ; les femmes se relèvent, le soldat met la main sur mon épaule, il me pousse vers la porte, je m'accroupis, je lace mes sandales, l'officier s'approche, sa botte effleure ma hanche, les plis tendus du blue-jean sur l'articulation de ma cuisse, je me relève, le soldat me pousse devant lui, dans le couloir, sur le carrelage brillent les traces de sperme et de salive des tentures et des draps :

— Prends une tablette de chocolat à la cuisine, et donne-la au garçon.

Le soldat m'arrête à la porte de la cuisine, je m'appuie au chambranle de la porte, les jambes croisées ; le soldat ouvre un placard, prend le chocolat, me le tend, je le mets dans ma poche ; dans l'auto, le soldat prend les rues en bordure de la ville, son fusil mitrailleur est posé sur le siège, entre nous deux. Le soldat regarde dans le rétroviseur :

— Ces femmes sont dégoûtantes, toi, tu es un garçon, mais tu es beau.

— Laisse-moi, laisse-moi.

... Le soldat arrête le moteur, l'auto est cachée sous de grandes herbes sèches, mon cœur bat, je glisse ma main hors de la vitre et je cueille un bleuet, je le tends au soldat, mais il saisit mon poing, il le retourne, il me couche sur le siège, ma tête entre ses cuisses, son autre main caresse mes cuisses et mon sexe à travers la toile, sa main s'enfonce entre mes cuisses, sous le sexe, remonte sous les fesses, et il me tire ainsi vers lui, son poing serrant le mien contre le haut du siège.

— Laisse-moi, tu n'as pas payé.

Il rit, s'appesantit sur moi, sa bouche mordillant et mouillant mon genou ; le lait des herbes bave sur la vitre, la poitrine du soldat pèse sur mon dos ; cris des coqs, moteurs ; sa bouche brûlante remonte le long de mes cuisses jusqu'au ventre, puis saute sur ma bouche et l'étouffe, les cils du soldat battent sur ma joue puis sur mes cils, ma tête roule sur le côté, mon cœur me fait mal, le sang se retire de mes lèvres, le soldat prend peur, il me relâche, il me pousse contre la portière, il démarre, il lance la voiture sur le chemin blanc, freine devant le bordel, descend, ouvre ma portière, me tire par l'épaule, me soutient jusqu'à la salle ; des hommes qui boivent au comptoir, tournent la tête ; le soldat me traîne jusqu'à Mme Lulu, les hommes, quand je passe, caressent mes joues, mon ventre ; Mme Lulu me serre contre ses cuisses, le soldat lui tend les billets :

— Il a été sage, mon petit Draga ?

Mme Lulu me pousse devant ses cuisses et s'approche ainsi du soldat, lequel tend les mains et prend les hanches de Mme Lulu, ses cuisses frémissent contre mes reins ; quand le soldat s'en va, il a du rouge sur la joue et sur la naissance de son épaule découverte. Mme Lulu ouvre mes lèvres et verse dans ma bouche un peu d'alcool, un homme me regarde, assis à une table, dans un angle sombre de la salle, il lève la main, l'autre main est gantée, Mme Lulu me lâche, tape sur mes fesses et montre du doigt l'homme qui a baissé la tête et lisse ses cheveux. Je marche vers la table, le manteau de l'homme recouvre la banquette noire ; mais, quand je me suis assis sur ses genoux, mes bras enroulés à son cou frémissant, et qu'il commence de me déboutonner, le chocolat, tout à coup, fond sur ma cuisse, la main de l'homme s'attarde sur la partie du blue-jean collée à la cuisse par le chocolat :

— Tu m'aimes déjà.

Mais l'odeur du chocolat monte jusqu'à mes lèvres, et ses yeux se ferment et sa main tremble en me déboutonnant.

... La jeune fille est recourbée sous le garçon, ses cheveux partagés sous les lèvres de Draga ; le garçon prend les seins dans ses mains, les soulève jusqu'à sa bouche, sa tête plongée entre l'épaule et le coude de la jeune fille :

— Laisse-moi, Draga.

Mais le garçon resserre son étreinte, ses doigts enfoncés sous les seins de la jeune fille :

— Kment aussi mangeait chez Mme Lulu.

Le garçon pose ses lèvres sur le bout des seins, il tète, son cou croisé sur celui de la fille ; sa main retrousse la robe, et, serrant le tissu, remonte le long des genoux, de la cuisse, la main lâche la robe, laquelle se déroule sur le poignet et l'avant-bras du garçon, jusqu'au coude, remonte sous la robe, s'enfonce entre les cuisses, la paume couvre le sexe qui palpite sous la toison brune, le sexe gonfle sous la paume du garçon, s'entrouvre, la tête de la fille se renverse derrière l'épaule du garçon, le sang se retire de ses lèvres, la langue battant contre les dents et poussant la salive entre les lèvres. Les seins tremblent dans la main libre du garçon, le coude appuyé au nombril de la fille et glissant dans la sueur ; le garçon boute son ventre et ses hanches, et son sexe contre les fesses de la jeune fille et dans le même temps il appuie sur le sexe de la fille ; il sent la poussée de sa main traverser le bas-ventre de la fille et toucher son sexe à lui ; il mordille l'oreille de la fille, enfonce sa langue dans le lobe, la salive du garçon coule sur le cou de la fille ; les yeux de celle-ci sont fermés, le garçon retire sa main de sous la robe et la plaque sur la bouche de la fille, la main est chaude, mouillée, aux doigts s'enroulent des petites boucles noires, le garçon se baisse, retenant la fille sous l'épaule, il la renverse au milieu des corbeilles ; la fille, à demi endormie, recouvre ses seins avec le haut de sa robe, l'étoffe est humide ; le garçon s'agenouille et, ses coudes heurtant l'osier des corbeilles, il se couche sur la fille de tout son long ; il remue sur elle ; sous les plis, la peau palpite.

Leur sueur transperce et se mêle au travers des étoffes ; les cheveux de la fille sont collés sur son front par la salive du garçon, l'écume y brille puis s'éteint : le garçon sent le sexe de la fille monter doucement sous son sexe, le garçon mordille l'ourlet du haut de la robe, il le fait glisser entre ses dents, ses lèvres couchent le duvet entre les seins et le mouillent ; la fille gémit, ses mains s'accrochent aux bras du garçon, ses jambes s'écartent lentement mais le garçon écarte les siennes, enserre les cuisses de la fille.

— Lève-toi et chasse ma mère de cette maison, chasse-la, mais sans la frapper. Lève-toi.

Le garçon se relève, le sexe tendu sous le blue-jean, la peau de sa poitrine fripée — la sueur creusant la crasse — il pousse la porte, dit à la vieille femme : « Va-t'en, ta fille te chasse, elle aime son corps, va-t'en. »

Le garçon s'approche, prend la vieille femme par l'épaule et la pousse vers la porte du jardin, ouvre la porte du jardin :

— Dépêche-toi de t'en aller, ta fille m'attend, les jambes écartées, elle prendrait froid.

Le garçon saisit un morceau de pain sur le four, il le met dans la main de la vieille femme ; elle, sans voix, se laisse pousser au bas de l'escalier, le soleil la saisit ; le garçon revient, il se couche de nouveau sur la fille, elle jette ses bras autour du cou du garçon lequel, une main glissée sous son ventre, se déboutonne, écarte les pans du blue-jean, mais la fille, de ses deux mains les tire de sous le ventre du garçon jusqu'à ce qu'ils sortent et pendent le long de ses hanches, découvrant ainsi le bas-ventre et le sexe du garçon et la toison de celui-ci se mêle à celle de la fille et l'attouchement provoque un petit rire étouffé, parfois sonnant, qui court dans la vapeur, enveloppe leur visage ; le sexe du garçon, recourbé sur celui de la fille, craque ; le garçon se soulève un peu, le sexe aussitôt se détend et l'extrémité tâtonnante touche le bord des lèvres ruisselantes, glisse entre ces lèvres, s'y enfonce tout entière ; la partie du sexe en dehors se gonfle, les veines battent sous la peau tendue : la fille geint, râle, des larmes jaillissent au coin de ses paupières ; son sexe engloutit celui, dur, vibrant, acéré du garçon lequel écrase de sa poitrine en sueur les seins de la fille.

Les palmes, dehors, se relèvent. Kment court dans la montagne, il joint les mains au-dessus de sa tête pour la protéger du soleil.

Draga maintenant, se soulève, se détache de la fille, son sexe saute hors du sexe de la fille, et traîne un moment sur sa toison ; la fille lèche ses lèvres asséchées, ses paupières de marbre tremblent sous les doigts de Draga ; le froid saisit les deux jeunes gens, coule dans leurs veines et sur les traînées de sperme et de salive sur leur corps :

— Où est ma mère ? Pourquoi l'as-tu chassée ? J'étais folle. Laisse-moi la rejoindre. Sors, toi.

La fille se soulève sur les coudes mais Draga la maintient contre terre, il se tord de nouveau sur elle, remue son ventre, le creuse, le gonfle, sur le ventre de la fille, les seins roulent sous sa poitrine ; leurs genoux se heurtent, les rotules glissent l'une sur l'autre :

— Lâche-moi, je ne te désire plus. Va-t'en. Laisse-moi me cacher dans l'ombre. Va, sèche-toi au soleil, cependant que les soldats fusillent ma mère sur le chemin.

Les doigts du garçon s'accrochent à la toison puis au sexe de la fille.

— Tu es à moi. Je vais déchirer, brûler tout le linge et je lierai tes mains, et je t'emporterai pour te peindre et te livrer aux hommes, aux femmes, aux bêtes. Je me lève, je brûle le linge. Je peins ton sexe en bleu. L'or et l'argent coulent dans mes mains, les billets gonflent mon maillot, l'encre d'impression fond sur ma cuisse.

D'une main il prend une allumette sur la planche à repasser, l'allume et la lance dans les corbeilles ; le linge s'enflamme, la fille hurle ; ses poignets maintenus contre le parquet par le garçon, vibrent, les doigts se recourbent, les ongles griffent les poignets du garçon, elle crache sur le visage de Draga, la salive coule sur les sourcils du garçon, sur ses narines, le long de ses oreilles, jusque sur sa gorge.

Draga rit aux éclats, il baisse son visage, appuie très fort son front sur celui de la fille et lui maintient la tête droite, son genou alors remonte le long de la cuisse de la fille, s'enfonce entre les cuisses, enfonce le sexe ruisselant mais l'ourlet des lèvres est sec, la colère de la fille le durcit, le genou du garçon fouille, creuse, roule, tire le sexe vers le ventre, l'écrase sous le nombril, la fille geint, pleure.

— Kment te tuera, il te tuera.

— Il te frappera du pied, tu te laveras à l'abreuvoir avec les autres putains quand il redescendra de la montagne. Déjà tu auras connu cent hommes. Comme moi, tu seras morte au-dedans.

Il l'embrasse sur le cou, ses dents mordent la veine du cou ; le feu prend autour d'eux, le parfum crépusculaire de leur sueur les enivre. Du pied Draga repousse les lambeaux enflammés qui se tordent sur le parquet et que la brise jette contre leurs corps ; les flammes projettent des reflets et des ombres, sur le dos, les reins, les fesses et les jambes de Draga ; le linge s'écroule, les corbeilles s'effondrent, la fumée sort de la maison, le soleil la maintient au-dessus du toit ; la foule, au bordel, sent l'odeur de la fumée, les enfants courent autour de la maison ; le garçon se lève, prend la fille dans ses bras, et bondit hors des flammes, dans le jardin.

Ils s'enfuient vers le fleuve, lui, soudain durci, les membres relevés en ergots ; elle, couverte de cendre, serrant la main du garçon, les seins fermes malgré la course.

La foule recule devant la blanchisserie ; la mère s'est assise au bord du fleuve, le morceau de pain sur son ventre ; un troupeau traverse le fleuve ; dans le bordel déserté, garçons et putains ramassent leurs vêtements, se pressent dans la chambre de la maquerelle, arrachent les tiroirs, se disputent les étoffes, les titres, l'argent, ils cassent les photographies, les bibelots. Au mur, un dessin colorié : soldats jouant avec les filles et les garçons, sous le regard de Mme Lulu, assise derrière la caisse ; sur le haut du dessin, dans une guirlande en forme de seins et de sexes, l'inscription : « À Mme Lulu, maîtresse de nos corps. »

Les garçons s'accrochent des soutiens-gorge, noirs, roses, en dentelles, à la poitrine, ils marchent sur la pointe des pieds, se tordent, bombent le torse et se rangeant les uns derrière les autres, se touchent, se frappent de leurs fesses ; les filles, vautrées sur le lit, s'y enlacent avec des cris de chattes en rut, déchirent les draps et mâchent les lambeaux et les enfoncent, ainsi mâchés et trempés de salive, entre leurs cuisses.

Les filles prennent les robes de Mme Lulu, arrachent leurs maillots de travail, revêtent les robes, se mettent devant les glaces de la salle de bains, se parfument, se fardent ; les garçons prennent les vêtements des amants de Mme Lulu, les enfilent et se regardent dans les glaces, plantés derrière les filles et les mains accrochées aux hanches de celles-ci. Les plus petits traînent les pantalons et les vestes. Tous marchent sur leurs maillots de travail encore mouillés, les piétinent ; dans leur fièvre, des filles se blessent aux barrettes et aux broches de Mme Lulu ; des garçons, aux épingles de cravates des amants de celle-ci ; d'autres remontent de la cave, tout sanglants des mutilations qu'ils font aux hommes égorgés dans le cellier ; ils rapportent du vin qu'ils boivent à la bouteille ; ceux qui boivent, bras levés, les filles leur chatouillent les aisselles ou le sexe, la bouteille tombe et se brise aux pieds du garçon ; des petits enfants enivrés traînent dans les débris de verre les cadavres de Mme Lulu et des clients mâles ; ils les criblent de verre, crachent, se branlent au-dessus de leur bouche ; ils retroussent la robe de la maquerelle, s'accroupissent et font sur son ventre des traînées circulaires avec leur sperme ; dansent le long des cadavres, le sperme jaillissant encore de leur sexe ; dansent sur un pied en levant les bras ; un garçon prend dans l'arrière-salle une haute chaise de bébé — Mme Lulu avait acheté un bébé et le livrait aux hommes et aux femmes qui le polluaient et le sodomisaient —, la tient à bout de bras et la fait tournoyer au-dessus de Mme Lulu, puis il en frappe le cadavre ; un pied transperce l'œil droit, le même pied, sanglant et gluant, défonce le sexe ; le sang jaillit, éclabousse les touffes arrachées ; le garçon renverse la chaise, il la maintient par les pieds, il appuie le dossier ouvragé sur la bouche du cadavre, il soulève la chaise et, le pied posé sur le cadavre entre les seins, il fracasse la mâchoire : il prend un petit couteau suspendu sous son aisselle — défense contre les clients trop furieux — par une petite ficelle nouée autour de l'épaule, s'accroupit et taillade les lèvres, les joues, le nez, le front ; les filles, serrées dans les robes lamées de la maquerelle, tournoient entre les cadavres, le haut du corps et de la robe trempé de vin ; le long du mur, les filles et les garçons mettent le feu aux banquettes, aux bancs, aux tables : les flammes lèchent les murs souillés — malgré les ordres de propreté et de décence de Mme Lulu — ; le garçon se relève du cadavre, il prend les allumettes, enflamme le comptoir, puis, aidé par d'autres garçons, il jette le cadavre sur le comptoir et tous, le visage et le ventre illuminés, regardent le bûcher dévorer le cadavre.

Le bas quartier est couvert de fumée ; les soldats achèvent leur sieste ; officiers et chefs civils se reposent, lisent, font l'amour dans la ville haute ou se penchent à la porte de leurs enfants assoupis.

Kment atteint le sommet de la montagne ; Béja couvre ses épaules avec une couverture, le garçon raconte et montre du doigt la fumée. La blanchisserie s'effondre, les étincelles, les braises, les cendres jaillissent et brûlent les enfants qui regardent de trop près, fascinés, les flammes nourrissant leur ventre affamé ; la foule retourne au bordel ; un groupe d'hommes et de femmes s'empare d'un garçon et d'une fille, les bâillonne, les emporte dans le haut des bas quartier, au quatrième étage d'un immeuble inachevé ; le restant de la foule s'éparpille ; les recruteurs de la maquerelle, avertis par les fuyards, quittent leurs postes d'observation et de capture et courent vers le bordel où filles et garçons ivres jouent entre eux aux clients et aux putains ; les recruteurs encerclent le bordel ; poussent les fenêtres, et sautent dans la salle commune ; ils maîtrisent les filles et les garçons, lesquels se débattent mollement, les enchaînent aux colonnettes de l'arrière-salle, éteignent les brasiers et, sous la menace des revolvers et des couteaux, commandent à deux garçons d'emporter les cendres et les cadavres.

Les garçons, la tête ballant sur l'épaule, les yeux mi-clos, balayent les cendres, les poussent à travers l'arrière-salle, jusqu'à la porte du jardin : la cendre, soulevée par la poussée des balais et la résistance de l'air, se rabat sur les garçons, s'accroche à leurs genoux trempés de vin et de sperme, et noircit leur poitrine mouillée de sueur refroidie ; cendres, meubles calcinés sont jetés aux ordures où sont jetées d'ordinaire les jeunes putains trop furieusement dépucelées.

Les recruteurs libèrent peu à peu les femmes, leur ordonnent de se dévêtir ; les femmes déposent les vêtements volés et montent aux chambres :

— Remettez ce que vous avez pris, rangez tout, lavez les murs et les carrelages, lissez les draps, mettez-vous nues, les garçons iront vous chercher des hommes, Mme Lulu était une vilaine femme, avec nous vous serez plus heureuses.

Les filles montent dans les chambres, les recruteurs détachent les autres garçons, les poussent dans la rue, se placent sous la porte, le revolver sur la hanche : les garçons, alourdis par le vin, errent au milieu de la rue, — la poussière se colle à leurs jambes nues, — les pouces enfoncés dans le maillot ; un ouvrier apparaît au fond de la rue, puis trois jeunes hommes ; les garçons les voient, celui au couteau sous l'aisselle marche vers l'ouvrier, le soleil a séché le sang de la maquerelle sur ses mains et sous ses ongles.

L'ouvrier voit le garçon, il passe sa langue sur ses lèvres, le garçon s'approche, met la main sur la musette de l'ouvrier, tire la bouteille et la suce, l'ouvrier frappe le garçon, le vin bouillonne sur les lèvres du garçon, l'ouvrier reprend la bouteille, le garçon essuie ses mains à ses hanches, faisant ainsi glisser son maillot sur ses cuisses, découvrant le haut du sexe et la toison, il jette à l'oreille de l'homme : « Tu veux des femmes, regarde là-haut. »

L'ouvrier lève les yeux : à la fenêtre de la chambre de Mme Lulu, une fille a retroussé sa robe jusqu'aux seins et plaqué son ventre et son sexe entrouvert contre la vitre ; l'ouvrier se retourne, les trois garçons le rejoignent ; le garçon s'accroche à eux, boit à leurs bouteilles ; les quatre hommes bandent sous leur bleu ; le garçon les entraîne par la ceinture jusqu'à la porte du bordel ; les recruteurs se cachent dans l'arrière-salle : un garçon escalade le mur du jardin, les recruteurs le voient, ils se précipitent, saisissent le pied du garçon puis la jambe et le font retomber sur les massifs dévastés, ils le traînent par la jambe jusqu'à la cabane à outils, ouvrent une trappe, poussent le garçon devant eux, deux recruteurs descendent avec le garçon ; les autres reviennent dans l'arrière-salle, les filles sont renversées sous les hommes, au pied de l'escalier intérieur, les couples palpitent contre les boiseries comme des cafards enduits de cendre mouillée ; un garçon va de l'un à l'autre et les excite avec ses pieds ou les poils du balai ; les deux recruteurs poussent le garçon dans le souterrain secret, les voici dans le cellier, le garçon tremble, il crie, se jette contre le mur, les bras en croix; ses yeux grands ouverts roulent, brillent dans la pénombre, le sang des hommes égorgés clapote sous ses pieds, les recruteurs s'approchent, le garçon court dans un angle, les recruteurs sortent leurs couteaux, le garçon court le long du mur, s'accroupit, rampe, soulève avec son front la hanche d'un homme égorgé, s'enfonce sous le tas de cadavres ensanglantés que les recruteurs fouettent, ressort d'entre les cuisses, se relève, court de nouveau, se blottit dans les angles; les recruteurs se retirent, ferment à clef la porte du cellier, crient derrière la porte:

— Nous ne te tuerons pas.

Le garçon va s'asseoir sous le soupirail, la tête sur les genoux, ses pieds ensanglantés croisés sur la terre battue.

... Ma mère me bat, la fouine sent l'argent caché dans mon maillot, elle veut le prendre, je lève mon petit couteau et je la saigne derrière l'oreille, elle pousse un petit cri soupiré et s'écroule le long de moi. Putain.

Nous sommes sales, les soldats saisissent Elö, le plongent dans l'abreuvoir, maman est enterrée sous le fumier, les chiens, les chats mangent les rats sur son nez, entre ses cuisses; Draga tend le poing dans le dos de la maquerelle, Kment travaille à la journée, Elö saute sur les bras des soldats, la maquerelle caresse un capitaine entre les cuisses, les barrettes étincellent sous la lampe, Draga est heureux, sa gorge tressaille, il m'appelle avec ses lèvres et ses yeux, je suis appuyé à la rampe de l'escalier: « Mme Lulu te donne au capitaine ce soir. Va-t'en, je te remplacerai, c'est une brute! »

... Je remonte l'escalier, au palier les palmes caressent mes hanches nues; au printemps, les rats, les chiens, les vautours ont tiré le fumier, je vois le cadavre de ma mère, la fouine attendrie par le dégel; le fumier l'a bien conservée, seuls ont pourri le sexe et les lèvres; les yeux liquéfiés remuent dans les orbites, les soldats jettent des pierres sur le cadavre, les mouches vibrent, montent jusqu'à nos fenêtres, se posent sur nos lèvres, la nuit.

J'aime Ismène. Quand sa tête saute sur le marchepied des chiottes, et que ses cheveux dénoués trempent dans la merde, et qu'un homme accroupi sur elle l'enivre, elle est belle.

Au petit matin, je descends la chercher, les filles et les garçons dorment, ivres morts sur le carrelage, dans le couloir, dans l'arrière-salle, dans les chiottes entrouvertes et portes battantes au vent de l'aube, ivres, ruisselants de vin, de sperme, la bouche entrouverte, couchés sur le dos ou sur le ventre, recroquevillés sur le côté, dans la position où les ont laissés les derniers clients de la nuit ; je cherche ma douce Ismène et quand je l'ai trouvée, je la prends dans mes bras, elle est toujours belle, ses cheveux sont collés sur son front, le duvet de ses cuisses couché, noirci par la sueur, elle ronronne contre ma poitrine, j'embrasse ses joues, j'essuie la souillure de ses lèvres, je l'emporte dans la chambre des garçons, je la couche le long de moi sur la paillasse.

... Les autres garçons dorment, ronronnent dans le clair de lune ; les maillots palpitent sur le fil qui traverse la chambre ; Draga tient Elö contre lui, tous les garçons sont nus sur les paillasses trouées ; le garçon le plus proche de la fenêtre dort la main entre les cuisses, la paille et le crin sortent en touffes de ses cuisses, mêlés à la toison noire du sexe ; des mouettes planent dans la nuit illuminée, virent sur la fenêtre ouverte, le souffle de leurs ailes effleure les duvets et les touffes de crin ; tous les garçons ont la tête rasée, moi seul ai gardé mes cheveux, les hommes me les savonnent avec leur sperme.

Ismène soupire, la souillure de son corps remuée par la respiration, scintille dans les rayons.

Draga gémit, sa main bouge sur le ventre d'Elö, il ouvre les yeux, les ferme, les ouvre de nouveau, il se soulève sur le coude, sa hanche tourne dans le clair de lune, son sexe roule dans l'ombre des cuisses ; sa lèvre saigne autour de l'anneau d'argent :

— Il t'a fait mal ? Je me suis caché dans les tamaris.
— Il m'a gardé deux heures, il m'a mordu aux lèvres, partout, le salaud !

Je baisse les yeux, je vois du sang au bout de son sexe :
— Béja veut tuer Illiten et attaquer la ville.
— Il faut faire parler les soldats et les civils. Dis-le aux filles. Mme Lulu a peur, je l'ai vue trembler hier en prenant l'argent du capitaine : « Je t'ai vu parler avec lui et le faire parler. Je te défends. Tu ne dois ouvrir la bouche que pour y recevoir son sperme, ses crachats et ses larmes. »

Ma main caresse le bout des seins d'Ismène, appuie doucement sur le téton, Ismène tressaille :
— Laisse-la.
— Regarde comme ils l'ont mise cette nuit, Draga.
— Tais-toi, Pétrilion, Mme Lulu sort de sa chambre. Écoute, elle ouvre la porte des chiottes, elle s'accroupit, la porte est grande ouverte, elle pisse, elle ronfle, le souffle du vent glace ses fesses.

— D'où vient-elle, Mme Lulu, dis, Draga ? J'ai retrouvé le bébé sous le fumier du jardin, des rats remuaient dedans.

— Elle vient de la métropole, là-bas elle tenait aussi un bordel de filles. Son amant était sergent, il a été lapidé le premier jour de la Révolution ; Béja l'a achevé et Kment a trempé ses mains dans son ventre ouvert par la faux. Mme Lulu a laissé le cadavre pourrir sur la place, mais peu à peu elle a acheté des recruteurs ; et un dimanche matin elle a ouvert son bordel, il y avait une procession, le cardinal avait tenu à visiter le bas quartier ; les filles et les garçons du bordel, demi-nus, ont arrêté la procession, les prêtres se sont sauvés, la crosse du cardinal est tombée sur le pied d'un garçon, il s'est jeté sur le cardinal, il lui a craché au visage, le cardinal le bénissait, les soldats ont freiné, ils ont sauté hors des jeeps, ils ont frappé le garçon à mort, Mme Lulu s'était enfermée à clef avec ses mômes, le garçon a pourri sur la place ; les camions, les jeeps roulaient dessus et peu à peu c'était une charogne, comme les autres.

— Draga, on pourrait facilement la tuer.
— Elle nous donne à manger, à coucher.
— À boire, à baiser...

... Mme Lulu se relève, ses pieds fourmillent sur les marchepieds des chiottes, sa chemise de nuit retombe sur ses fesses, Mme Lulu avance dans le couloir, elle se penche, met son œil au trou de la serrure, voit les jambes d'un garçon croisées, sur le bord de la paillasse, son regard remonte jusqu'aux cuisses, s'attarde un instant sur l'ombre arachnéenne du sexe. Putain !

... Je frappe la porte avec mes poignets et mes genoux, Lulu sursaute, elle s'éloigne sur la pointe des pieds. Je reviens m'étendre ; je ne peux dormir à cause de l'odeur lourde et chaude des corps.

— Draga, viens, j'ai mon couteau, tu as le tien sous l'aisselle, écoute, elle revient vers la porte, ouvrons-la, égorgeons Lulu, elle tombera sans un cri, je sais où il faut frapper.

— Tais-toi, dors.

Il a un couteau sous l'aisselle, il a la permission, moi j'ai un couteau sous ma paillasse, Ismène dort dessus. Au matin, Mme Lulu pousse la porte, pousse les volets, un garçon tend la jambe, Lulu tombe en avant, les garçons rient, Lulu se relève, frappe le garçon avec le plat de la main, le garçon lui mord la main, les garçons sautent sur les paillasses, rient aux éclats ; Lulu mordille sa main meurtrie :

— Dépêchez-vous, les maçons et les boulangers attendent en bas.

— Va toi-même les dépiauter, mère Lulu.

— Je vais chercher les recruteurs.

La mère Lulu sort, les recruteurs montent, lourds, bâillants, avec leurs fouets, leurs couteaux et leurs pistolets, ils avancent dans la chambre, piquent les fesses ou la poitrine des dormeurs, avec la pointe de leurs couteaux, fouettent les rieurs, ils voient Ismène, ils me fouettent, je rampe sous sa paillasse, un recruteur écarte les garçons, il jette une allumette enflammée sur la paillasse, il prend d'une main Ismène à la taille, l'attire à lui par le sein, et lui mord la bouche; la paillasse flambe, je sors de sous la paillasse, je me jette sur le recruteur:

— Laisse, c'est mon amie.

Le recruteur baisse son couteau, Mme Lulu prend mon épaule, caresse mes cheveux:

— Descends vite, ils veulent te les savonner.

Elle se penche sur l'escalier, crie:

— Voilà Pétrilion, mes enfants, savonnez ses beaux cheveux.

Elle me pousse doucement dans l'escalier, je descends, ils sont appuyés au comptoir et Draga leur sert du vin; ils lui tirent son maillot par-dessus le comptoir, ils se retournent, je m'arrête au bas de l'escalier, le pied droit sur la dernière marche:

— Voilà Pétrilion, mes enfants, savonnez ses beaux cheveux.

... Ma main tremble sur la rampe, je marche vers le comptoir, Draga me tend un grand verre de vin noir, je le prends, je le bois, des mains caressent mes hanches, mon dos, mon cou, glissent entre mes cuisses; ma peau, la toile de mon maillot se couvrent d'une poussière de farine et de chaux, le vin coule sur mes lèvres, sur mon menton, un homme appuie son verre contre l'artère de ma gorge. Je me laisse coucher le long du comptoir.

Mon père naturel, le soir, la nuit, cherche maman sous

le lit, il vient s'asseoir sur les filles, il les caresse, sa main va et vient dans les rayons de lune, les filles ne bougent pas, leur poitrine se soulève, bat, petite forge sous la main piquée de feu et d'acier, je me lève, il me voit venir tout nu vers lui, sa main continue de toucher, je le frappe, il roule dans l'angle de la pièce, il y reste couché, tordu jusqu'à l'aube, pleurant, bavant, mais au matin il se redresse, beau, l'ombre au nombril, il sort, il plonge sa tête dans la fontaine ; les filles le servent, je viens m'asseoir à la table, il enlève la paille de mes cheveux, je baise son nombril, les filles nouent son pain et sa viande, dans ce même torchon où ma mère par sûreté nous branlait et nous essuyait. Il sort dans l'aube glacée, les hanches éclaboussées par la fontaine. À midi, il se couche sur des femmes, il maudit ses enfants tout haut dans le bordel, il boit, il pousse les femmes dans le jardin, les mouches vibrent dans ses cheveux, son manteau d'or s'effondre sur les tamaris, la poudre brille sur l'escalier de granit. Mon père, je connais maintenant ces lieux où tu te couches, mon père, tu me caresses, tu me branles, tu courbes ma nuque, avec ta main, tu m'arroses de vin, tu cours dans le maquis la nuit, tu rampes vers une femme, son ventre bouge dans le clair de lune, tu poses, appuies le pistolet sur son ventre, nous t'appelons mais tu tires dans la nuit, j'entends la fusillade dans les ronces du fleuve, nous avons faim et tu jettes contre notre porte des bébés mutilés, nous plongeons nos bouches et nos yeux dans le trou de la paillasse, mais d'autres hommes nous commandent de leur baiser le nombril. Mon père, reviens, lave-nous, lèche nos corps ; les hommes et les femmes qui les pressent ne les connaissent pas, nos corps sont des vêtements qu'ils mettent sur leurs corps imparfaits Toi, laisse ma jambe, il grimpe sur la table, il prend ma cuisse, mon genou, il le plie, je m'agenouille, mon père, viens me sauver, sa bouche mord mes fesses, sa bouche mord mon bras, ses doigts tirent mon sexe vers le bois épineux, serrent ma gorge, son couteau glisse sur mes lèvres ; Mme Lulu bat des mains dans le haut de l'escalier, Draga descend au bras du capitaine, sa poitrine est couverte d'empreintes de doigts, de dents, d'ongles, d'os ; le capitaine sourit, sa main couvre le nombril de Draga.

Ismène passe, toute nue, un chiffon de craie entre les cuisses ; deux apprentis l'arrêtent, la serrent, un devant, un derrière, ils prennent chacun un bout du chiffon, ils scient le sexe d'Ismène, elle brûle, elle crie, Mme Lulu appelle les recruteurs, ils sortent de l'arrière-salle, ils se précipitent sur les apprentis, les bousculent, saisissent Ismène, la couchent sur une banquette libre.

— Du beurre, du beurre. Je descends.

Mme Lulu descend l'escalier, se penche sur Ismène, mes yeux sont couverts, un recruteur apporte du beurre dans sa main, Mme Lulu prend le beurre, le pose sur le sexe d'Ismène, Ismène tressaille, la main de Lulu s'enfonce entre ses cuisses, je frémis, le vin bouillonne dans ma bouche et dans mon ventre. Draga boucle la ceinture du capitaine ; le capitaine lui courbe la tête et lui fait baiser l'insigne du ceinturon ; la poussière tourne autour des lampes, dehors les fontaines chantent dans la nuit, Mon père qui te recouvres d'une couverture volée, et te roules contre tes camarades combattants, descends, viens me recouvrir de ta couverture, emporte-moi loin d'ici, non, laisse Draga, il ne veut pas, là-haut, je peux jouer avec les soldats, dis-leur : « je vous donne mon fils, crucifiez-le sur vos paillasses, buvez son sperme, buvez-en tous. » Mon père, tu te déshabilles et je suis déjà couché, tes vêtements tombent sur le carrelage obscur, je regarde les poils de ton sexe, tu t'accroupis, tires la couverture à toi et te couches le long de moi, tes lèvres scintillent ; l'homme torturé crie dans la nuit ; les soldats boivent dans les tentes de fer vert ; la sentinelle marche devant la porte ouverte ; je m'endors et au matin je me réveille, seul, tes vêtements sont à terre, le capitaine est accroupi, il jette les vêtements sur ma poitrine : « Ramenez-le chez lui et gardez-le. » Des soldats me soulèvent par les épaules et me poussent dehors ; d'autres soldats sont rassemblés sous le drapeau ; des quartiers de viande remuent contre les bois. Ma maison est froide ; Mme Lulu vient jouer avec les soldats, je suis assis sur la paillasse de mon père, les soldats caressent les épaules de Mme Lulu, elle vient s'asseoir près de moi, elle prend mon menton, elle retrousse mes lèvres, cogne mes dents avec ses ongles, un soldat s'avance, sa main appuie contre ses cuisses, il dit : « Le capitaine a dit : Tuez-le, mais nous avons pitié de toi, nous tuerons un chevreau et nous nous coucherons sur nos paillasses avec nos mains ensanglantées ; toi, nous te confions à Mme Lulu, tu lui feras ses commissions ; tu seras sage, obéissant jusqu'au retour de ton père. »

Mme Lulu me sourit et caresse mes cheveux, elle m'attire contre elle, je monte dans la jeep, Mme Lulu accroche ses mains aux épaules des soldats, le vent chaud soulève la poussière dans la jeep ; dans la maison de Mme Lulu, il y a des couleurs au plafond, derrière le comptoir, elle verse à boire aux soldats, ils sortent : « Revenez, mes chéris, tous les soirs, gratis. J'ai ce qu'il vous faut. »

... Alors, elle s'approche de moi, prend ma chaîne et ma médaille, la fait sauter dans sa main, la retourne : « Fais voir ton zizi. »

Je me déboutonne, mais déjà, avec sa main froide et qui ne tremble pas, elle soulève mon sexe hors des cuisses, elle le roule entre ses deux mains :

— Tu sais t'en servir ?

Elle retrousse sa robe, son ventre est nu, ses petites lèvres s'entrouvrent entre ses cuisses, je tremble :

— Tu vois ces petites lèvres ? Mets ton zizi dedans. Tu verras comme c'est agréable.

Je monte sur ses genoux, l'odeur de viande grillée sort de la cuisine, Mme Lulu prend mon sexe, elle le frotte à ses petites lèvres, elle l'enfonce doucement et je ne sens plus rien, c'est de l'eau, je pivote sur l'eau ; Mme Lulu me branle, ma tête roule sur mon épaule, mon père je lèche mon sang sur tes genoux :

— Va t'asseoir à côté du monsieur, là-bas, et dis-lui : « Buvez, monsieur, buvez. »

La nuit est tombée, la lampe de la porte éclaire le chantier et les roulottes des cantonniers ; Ismène descend l'escalier, elle se penche sur moi et m'embrasse la joue, elle m'assoit sur ses genoux.

— Bois, aime beaucoup d'hommes, donne tes bras, tes jambes, tes lèvres. Fais le mort. Mme Lulu regarde les doigts des clients, elle les arrachera de ton cou s'ils le pressent.

... Au milieu de la nuit, les maillots trempés claquent sur le ventre des garçons ; le pied de la table est entre mes cuisses, les hommes vont et viennent entre les roulottes et le bordel ; j'ai sur l'épaule la brûlure d'une lanterne de chantier ; mes doigts effleurent ma poitrine, ils glissent sur le sperme ; je scintille tout entier, les creux les plus obscurs de mon corps scintillent ; un homme, agenouillé devant moi se barbouille le visage avec mon maillot trempé ; Draga dans la chambre, sa bouche est noire, ouverte sous le sexe étincelant du capitaine, une sauterelle grimpe le long du porte-serviette :

— Je viens chercher des draps propres.

— Tu vois que tu nous déranges, Draga attend son lait. Va-t'en.

Il frappe mes fesses, mais sa main glisse sur le sperme, il jure, il essuie sa main au drap, et je le vois s'abaisser lentement sur Draga dont le ventre bat sous sa gorge ; et son sexe, Draga le prend et le plonge dans sa bouche bouillonnante ; dans le couloir, Mme Lulu prend les draps ; quand elle a disparu, je monte au grenier, je me frotte au mur, au plâtre, j'ouvre la petite fenêtre et je regarde la nuit ; les fumées au-dessus des eaux, les oiseaux dans la fumée ; la brise glace le sperme sur mon corps ; je suis accroupi sur les étoffes poussiéreuses, mon sexe traîne sur les dentelles ; sur le bord du fleuve, les échassiers courent dans les lièges, les rats sortent de sous les barques, croquent les lézards pris dans le goudron ; je n'entends plus les cris, les rires ; le sperme coule sur le bout de mes seins, les étoiles coulent de l'une à l'autre au bas du ciel ; la mer se soulève, pose son coude sur la terre...

Pétrilion s'endort sous le soupirail, les recruteurs, dans la salle commune, excitent les couples ; un recruteur soulève les chaises brûlées, casse les pieds calcinés ; un garçon lave le comptoir avec le jet, deux jeunes maçons le terrassent ; ils le maintiennent debout, arrachent son maillot, enfoncent le jet sifflant entre les fesses du garçon ; le garçon se débat, mord les mains, crache ; le recruteur, assis dans l'arrière-salle, une chaise cassée sur ses genoux, lâche la chaise et se précipite, il sépare les deux jeunes maçons, le garçon, avec sa main, essaie d'arracher le jet, le recruteur le tire, le garçon saute en avant, vomit l'eau sur le comptoir, son corps tombe disloqué, la bouche vomit l'eau le long du comptoir, le recruteur frappe les deux maçons, il les pousse dans la rue, il se penche sur le garçon, il le soulève par les épaules.

Ismène, descendue de l'escalier à demi brûlé, essuie la bouche du garçon avec un linge, le recruteur revient s'asseoir dans l'arrière-salle, il coupe avec son couteau les pieds calcinés de la chaise, il lève les yeux, sourit, essuie son couteau à sa cuisse, Ismène étreint, entraîne le garçon, vers la banquette, le couche sur le cuir surchauffé, s'assoit contre sa jambe, essuie le visage du garçon, remonte son maillot sur son sexe, le lace sur la hanche ; les recruteurs descendent dans le cellier :

— Je suis allée au port tout à l'heure, la femme et le fils du gouverneur étaient assis dans une barque verte, ils jetaient du pain blanc aux oiseaux, et les petits enfants le disputaient aux oiseaux. J'ai vu ta sœur, sa robe fendue sur la cuisse, elle accrochait les pêcheurs, elle leur mettait la main sur la cuisse ; la barque où étaient assis le fils et la femme du gouverneur, balançait sur les flammes, il lui prenait la main, son pied nu repoussait les têtes de poissons sur le sable mouillé du fond de la barque. Ta sœur Ifé mangeait un morceau de pain, de l'autre main elle caressait la cuisse des pêcheurs. Vois, le soleil m'a brûlé le front. Les soldats cherchaient la femme et le fils du gouverneur, ils encerclaient les entrepôts, un soldat me frappe l'épaule avec la crosse de son arme ; un ruisseau noir, de fiel et de suie, coulait hors de l'entrepôt, avançait sur le sable, sa tête et son corps dans le soleil ; d'autres garçons, d'autres filles sont exposés dans le haut de la ville ; les recruteurs se sont alliés, Béja fait crier qu'ils seront égorgés et châtrés à son entrée dans la ville.

... Pétrilion est enfermé dans le cellier, écoute ses cris, Mme Lulu le protégeait, Draga était jaloux, Draga est parti, il s'est enfui dans la montagne avec la blanchisseuse. Les soldats entourent la barque, la femme et le fils du gouverneur se lèvent, un soldat met sa main sur la cuisse de la femme du gouverneur. C'est Émilienne, la sœur nous baignait ensemble à la tombée de la nuit ; le fils frappe le soldat, une jeep descend vers le port : le général est dedans, il regarde les petites rues, sa main est posée sur la cuisse du chauffeur moulée dans le treillis, les enfants volent autour de la jeep ; les frères de Kment s'exposent sur la jetée, la jeep roule dans les embruns, le général caresse au passage les joues et les cuisses des frères de Kment, la jeep s'arrête, le général descend puis il appuie son doigt sur le ventre d'un garçon, il va s'asseoir au milieu de l'escalier qui descend dans la mer, les soldats saisissent le garçon, ils le poussent dans l'escalier, le général le fait asseoir sur les marches au-dessus de lui, puis il renverse sa tête entre les cuisses du petit garçon et la roule et la frotte contre le sexe tendrement gonflé sous le short léger, les soldats gardent l'escalier, repoussent les enfants déboutonnés. Dors, je suis assise près de toi, je te défends. Écoute les cris de Pétrilion. Toutes les nuits il descend, il vient me prendre, il soulève ma tête ouverte sur le trou de vent et de mouches, il me prend dans ses bras, il me caresse, il m'essuie, son genou craque sous mes reins, sa poitrine est gluante. Quand il prend mes genoux par-dessous, son sexe tendu, dressé, se coince entre sa main et l'angle de mon genou, je ris, je m'éveille et lui, roule son sexe sous mon genou, et mon sexe se gonfle, scintille contre son ventre; il me couche le long de lui sur sa paillasse, le lit de Draga est vide; tous les garçons ont la toison du sexe savonnée; Pétrilion s'endort, Draga sort de l'ombre; Pétrilion dort, le bras levé et replié sous la nuque, Draga tout nu se met debout au-dessus de Pétrilion, il prend son sexe, me regarde, le sexe se soulève, Draga pétrit ses boules de sécrétion, il se caresse le bord du cul, je ferme les yeux, le sexe se tend sous la lune, Draga, sans bruit, le branle, le frottement, le léger halètement de Draga, le flux et le reflux de sa salive derrière ses dents, la palpitation de sa gorge troublent le sommeil de Pétrilion, Pétrilion bouge sur la paillasse, sa gorge avale sa salive, ses lèvres se retroussent, il geint, Draga se branle, ses muscles raidis saillent sur tout son corps, ses genoux sautent, le sperme jaillit, Draga dirige son sexe contre l'aisselle ouverte de Pétrilion, le sperme éclabousse les poils, Draga presse son sexe tout au long, depuis la racine jusqu'au bout rouge et vibrant, le sperme coule sur la paillasse, jaillit, transparent comme de la nacre; Pétrilion s'éveille, il ferme son bras, le sperme claque sous l'aisselle, Pétrilion bondit, Draga se renverse sur sa paillasse et ferme les yeux, Pétrilion saute sur lui, il le prend à la gorge, les mains de

Draga griffent les bras de Pétrilion, les autres garçons se réveillent, s'assoient sur leurs paillasses, tapent dans leurs mains, Pétrilion crie, sa main couvre la bouche et les narines de Draga ; un garçon ferme la fenêtre et revient s'asseoir sur sa paillasse ; Draga lance ses jambes contre la poitrine de Pétrilion, je reste couchée, mon coude appuyé à l'endroit mouillé de la paillasse, je les regarde se battre, se cracher, se griffer, s'étrangler, je m'endors, les palmes effleurent mes hanches, le grand voilier blanc brille dans la baie, ses voiles s'emmêlent dans les feuillages verts, le soleil se lève et caresse ma joue, et je sens son parfum d'abricot, il me regarde et déchire ma robe, je repose dans la toile, les petits oiseaux multicolores battent de l'aile au-dessus de moi, s'éloignent, reviennent le bec sucré, scintillants, ils descendent, se posent sur mon ventre, fouillent entre les lambeaux de ma robe : des couples apparaissent sur le pont du bateau, ils dansent entre les cordages, les robes frôlent les anneaux et les cerclages d'argent, la musique est jouée par de jeunes garçons vêtus de blanc, le dos et les fesses mouillés par les embruns, l'anneau d'argent de leur lèvre tinte sur l'embouchure de la flûte ; ils me voient, ils sourient, un oiseau passe devant mon sourire, une danseuse quitte le bateau, elle vient s'asseoir sur le transat, sa robe se déploie sur ma jambe :

— Viens jouer avec nous, tu auras de la confiture et de l'eau bleue. Viens.

... Sa main remonte le long de mon genou, roule sous elle les lambeaux de ma robe :

— Je suis la mère de Draga, je me suis échappée, un homme sur le bateau, m'aime, son fils t'aimera. Mais viens, après tu retourneras à Inaménas, tu prendras la rue du bordel et tu m'apporteras Draga ; ici, nous mangeons des fruits transparents.

Sa main caresse mon sexe, il s'entrouvre, les petits oiseaux piquent les lèvres, purifient la peau lacérée par les dents des hommes de la nuit; les fruits tombent dans la cendre; pieds de nègre contre le transat, la femme court sur la rive, une casquette de marin tombe sur mon ventre, je lève les yeux, trois marins nègres mangent des fruits rouges enduits de cendre et de rosée, le jus coule sur leur gorge; ils me saisissent, ils m'emportent dans le haut de la montagne, ils m'enferment dans une cabane, à travers la claie je regarde la mer et le voilier jusqu'à la nuit.

Sur le pont, les danseurs s'assoient et mangent des poissons vivants, les jeunes musiciens jouent, les arêtes volent à leurs pieds; les nègres courent, crient, autour de la cabane, le haut de la montagne gronde et fume, les nègres se déshabillent, barbouillent leur corps avec du kaolin, leurs jambes peintes en pattes de zèbres palpitent contre la claie. Toute la nuit ils me dévorent, me soulèvent avec leurs mufles, mangent, croquent bavent, déchirent des viandes blanches sur mon ventre. Au sommet des arbres, le laurier, le lierre retiennent les premières gouttes du déluge...

Les recruteurs, dans le cellier, fouettent Pétrilion avec des fouets de cuir, le garçon court dans les angles, son maillot s'accroche aux pierres saillantes, aux ferrures, aux mèches du ciment; les recruteurs, en lançant le fouet, rient aux éclats.

Quand le garçon montre sa tête de face, l'anneau de ses lèvres étincelle, un recruteur frappe l'anneau avec son fouet, la lèvre saigne, le sang baigne l'argent; le garçon s'élance en avant, crache sur le fouet, le crachat éclabousse le poignet du recruteur lequel se rue sur le garçon, le frappe au ventre avec ses poings, le garçon mord le fouet qui pend aux mains du recruteur et il s'écroule sur la terre battue, ses dents serrant toujours les lanières du fouet, le recruteur le piétine:

— Aux bêtes, ce soir.

Il soulève la tête du garçon avec ses pieds, il arrache le fouet, la tête du garçon vient avec le fouet, le recruteur

appuie son soulier sur la joue du garçon, et il tire la lanière, elle glisse hors de la bouche du garçon :
— Aux chiens. Les soldats du phare ont un nouveau chien ; il a déjà tué deux femelles sous lui.
Le recruteur retourne la tête du garçon avec son soulier :
— Tu l'essaieras ce soir. Lève-toi.
Le garçon se redresse, se relève le long du mur, son maillot pend au genou, il le plaque contre son sexe, le recruteur sort, laisse la porte ouverte : le garçon le suit, son bras replié dans le dos, sa main appuyée sur la hanche, le recruteur se retourne tout à coup, prend le garçon par la nuque et lui mord la bouche, le garçon écume, il rit, se frotte contre le recruteur :
— Ne me mets pas aux chiens ce soir, je viendrai dans ton lit ; Draga ira aux chiens, c'est toi qui seras mon chien ce soir, tu ne veux pas ?
Le recruteur crache dans la bouche du garçon, il rit, sa poitrine tremble, le garçon s'accroche à son bras, glisse sa main entre les cuisses du recruteur :
— Je ferai le petit escargot, tu feras le gros...
Le recruteur caresse la joue piétinée du garçon, sa main descend le long du dos, jusqu'aux fesses, s'enfonce sous le maillot jusqu'aux fesses, le doigt appuie sur le bord du cul, la main remonte par-devant, soulève les boules de sécrétion, le sexe ; deux doigts durs tâtent le bout du sexe, l'ongle pique la membrane ; la main coule entre les jambes, sort du maillot, le recruteur l'essuie aux épaules du garçon :
— Non, tu iras aux chiens, t'as ce qu'il faut pour leur plaire, devant, derrière. Allez, remonte là-haut, exerce-toi sur les clients brutaux.
Le garçon suit le recruteur jusqu'au souterrain, le recruteur soulève la trappe, fait passer le garçon et lui baise la cuisse au passage ; ils sortent de la cabane, la nuit est

tombée, les insectes sautent dans le clair de lune; dans la vallée où pénètre le fleuve à reculons, les camions et les jeeps écrasent les fleurs souillées de boue; le garçon frissonne, ses lèvres, ses narines frémissent aux bruits, aux souffles; le recruteur le prend par la main, et l'entraîne vers le bordel éclairé. L'enfant s'assoit sur une chaise dans l'arrière-salle, le recruteur se retourne :

— Qu'est-ce que tu as ? Tu viens ? Si tu es fatigué, bois de l'alcool, ou vomis, va à la salle, tu seras vite réchauffé.

Le garçon bâille, ses mains serrées entre ses cuisses.

— Tu veux le fouet ?

Le recruteur s'approche du garçon, lui bouscule l'épaule, le garçon essuie le coin de ses lèvres :

— J'ai du fiel dans la bouche.

Le recruteur prend une bouteille d'alcool sur la table, il soulève le menton du garçon, lui ouvre la bouche et y verse de l'alcool, le garçon tousse, ses ongles s'enfoncent dans l'avant-bras du recruteur, celui-ci frappe le dos du garçon; un coup de vent couche les tamaris, les petits oiseaux dégringolent dans les palmes légères; le garçon les regarde, ils viennent de la mer, ils entrent dans l'arrière-salle, ils volent au-dessus du garçon, arrosent de sel ses épaules et sa nuque et sa gorge, ils jouent dans les voiles des bateaux, dans les sources au bord des plages recouvertes d'ossements anciens :

— Les autres garçons que tu vois dans les palais et les villas, leurs vêtements sont blancs, mais leurs âmes sont boueuses. Tous sont esclaves. Vous, vous êtes des petits chiens, des petits oiseaux.

Le garçon tend une main vers les oiseaux, sa gorge se serre, un pourpre en s'échappant, effleure sa main, une touffe de duvet vole sur son poignet, le garçon la prend, la porte à ses lèvres, la sent, la promène sur ses narines, sur ses joues; le recruteur lui arrache ce duvet, il le tourne, le fait vibrer dans ses doigts, l'approche du nombril du garçon, le chatouille, le garçon lève ses yeux, le recruteur s'accroupit, aboie, lance sa bouche en avant, le garçon rit aux éclats, ouvre les cuisses, il s'accroupit derrière le recruteur, plaque son ventre contre les fesses du recruteur, fait avec sa main, sur celles-ci, le mouvement de soulever une queue, sort son sexe de son maillot, et le place dans la raie du cul, contre la toile, en se couchant sur les reins et le dos du recruteur, lequel aboie, renverse en grondant sa tête sur ses épaules ; la pluie chante dans les tamaris et sur l'escalier.

Le recruteur se relève, le garçon reste accroupi, son sexe tendu hors du maillot :

— Lève-toi, et si je te vois remonter sur le mur, je t'égorge.

Le garçon se relève, il sort, la porte se referme.

Sous le buffet, une photographie de la mère Lulu, à demi brûlée ; le recruteur s'accroupit, la caresse :

— Sous le fumier, vieille coquette, mangeuse et recracheuse de garçons, les vers et les rats te mangent et te recrachent.

Il se relève, il va dans la salle commune.

Ismène est debout sur une table, nue, un morceau de journal froissé entre ses cuisses, les hommes tirent sa jambe, elle rit, elle crache sur la tête des hommes, ils plantent des couteaux sur la table, entre ses pieds, ils lancent du vin rouge sur ses genoux, sur le morceau de journal, le journal trempé, alourdi de vin et de semence, tombe sur la table, un homme le pose sur sa tête, les autres jettent des verres de vin entre les cuisses d'Ismène :

— Nous te ferons des enfants, ivrognes et putains. Bois, bois. Remplissons-la de vin, sois toujours ivre, ainsi nous te prendrons mieux.

— Je n'aurai plus d'enfants, je n'aurai plus d'enfants, même ivrognes, même putains.

— Verse, arrose, que le vin se mêle à jamais avec sa semence, à son lait.

— Je n'aurai plus de lait. Versez, versez. Pétrilion, tu saignes, tes épaules ?

Le garçon avance dans la mêlée, ses épaules saignent :

— Le fouet.

Un homme jette sa bouche sur les épaules de Pétrilion, lèche le sang, Pétrilion renverse un peu la tête en avant, l'homme accroche ses doigts aux épaules ; un autre tire le maillot de Pétrilion, attire le garçon contre sa jambe, lèche le bout des seins ensanglanté ; le garçon au jet est couché sur la banquette ; pâle, tremblant, une jambe traînant hors de la banquette, sur le carrelage ; un homme saisit cette jambe, il tire le garçon, le fait glisser hors de la banquette, le couche sous lui sur le carrelage, le garçon vomit, l'homme le baise sur la bouche, les vomissures de l'enfant rentrent dans sa bouche, l'homme prend la tête du garçon, la sonne sur le carrelage, le garçon continue de vomir, l'homme se relève, essuie sa bouche et sa gorge au maillot du garçon, piétine le garçon ; Ismène tombe dans les bras des hommes, Pétrilion monte sur la table, le sang coule sur ses jambes nues, un homme lui arrache son maillot ; le sang, arrêté au nombril, ruisselle sur les poils du sexe ; le même homme, appuyant ses mains sur la table, jette sa bouche vers le sexe du garçon, Pétrilion recule, un autre homme, derrière lui, lui mord la jambe, Pétrilion avance, l'homme dont la langue touche son sexe, le lui mord, Pétrilion avance encore, l'homme prend le sexe dans ses doigts, tire le garçon, lèche le sang sur les boucles ; puis, il prend les boules de sécrétion, les tire vers le bas, le garçon s'accroupit, s'assoit sur la table, un homme lui prend les pieds, il les tire, le garçon se renverse, les bras en croix, la tête roulée sur le bord de la table.

L'homme qui lui mordait les jambes lui met la tête entre ses cuisses, les lèvres de Pétrilion s'entrouvrent sous le sexe de l'homme, la toile du blue-jean est plissée, humide, souillée de chaux, l'homme resserre ses cuisses, comprime les joues du garçon ; l'homme qui a le maillot, lève la jambe, enfile le maillot, le remonte jusqu'aux cuisses, le lace sur la hanche ; le maillot, serré sur le blue-jean, craque :

— Trop court pour moi. Pour toi aussi, petite putain, quand tu marches, il te couvre tout juste la moitié du sexe, et quand tu bandes, il rentre tout entier entre tes fesses.

L'homme marche, le maillot craque sur le devant, de haut en bas ; l'homme s'appuie au zinc, il commande un verre à Draga ; Draga, retour de l'herbe embaumée, a deux hommes sous lui qui lui branlent et lui sucent le sexe, mais ni son visage, ni ses épaules ne tremblent ; il prend la bouteille, remplit le verre, le tend à l'homme.

L'homme saisit le poignet du garçon, caresse son bras ; Draga sourit, l'homme boit le vin, mais sa main caresse le bras du garçon, l'écrase sur le comptoir ; le recruteur passe derrière l'homme, il va vers la table où Pétrilion est couché ; l'homme qui tient la tête de Pétrilion entre ses cuisses a la bouche ouverte, il halète en serrant et desserrant ses cuisses ; le recruteur écarte les hommes penchés sur Pétrilion et le léchant et le pétrissant sur tout le corps ; il touche l'épaule du garçon : « Pétrilion, ta piqûre. »

Le garçon remue, il dégage sa tête, l'homme desserre ses cuisses :

— La piqûre ? Il y a chiens ce soir ? Et c'est Pétrilion ?

Le garçon descend de la table, le recruteur le prend à l'épaule, l'homme, au comptoir, délace le maillot, il le lance à Pétrillion, le garçon le saisit au vol ; sur l'homme, à l'endroit du maillot, devant et derrière, du sperme coule, celui du garçon, branlé par lui avant que le garçon ne monte sur la table.

Le recruteur emmène le garçon dans l'arrière-salle où une vieille femme attend, assise sur la chaise ; elle pose

sur la table un petit linge et dessus, la seringue et deux fioles :
— Fais chauffer un peu d'eau.
Pétrilion tremble, il va dans le fond de la salle, prend une petite casserole dans l'évier, la remplit d'eau, il la pose sur le réchaud, il allume le gaz, il se retourne et reste appuyé à l'évier, son dos et ses reins dans la fraîcheur, il regarde la femme penchée sur les seringues, et le recruteur debout devant elle, le couteau suspendu sur la hanche; l'eau bouillonne, le garçon ne bouge pas, il tremble, le sang se retire de son front, de ses joues, de sa gorge, la femme lève les yeux :
— Tu ne vois pas que l'eau bout ? Apporte-la et couche-toi sur la table. Dépêche-toi.
Le garçon soulève la casserole, la vapeur mouille son visage et sa poitrine, il pose la casserole sur la table, la femme appuie son doigt sur le milieu de la table, Pétrilion grimpe, il se couche sur le ventre.
— Avec tes garçons, trêve de ces longs déshabillages que je subis dans les écoles et les dispensaires.
La femme se rapproche du recruteur et rit avec lui, sa main devant sa bouche ; elle se lève, plonge la seringue dans l'eau bouillante, puis dans la première fiole ; le garçon reste immobile, seules ses fesses tremblent, la femme y pose ses deux mains, le recruteur se retourne vers le mur ; la femme prend la seringue, frotte la fesse du garçon avec du coton imbibé et la transperce aussitôt ; le garçon remue, le liquide pénètre en lui, brûle la fesse, obscurcit son corps tout entier, la femme retire la seringue, frotte de nouveau la fesse, avec un coton frais, l'enfant pâlit, il geint, il rampe sur la table, plonge la tête en dehors, ses épaules se soulèvent, sa gorge se retourne dans sa bouche, il crache, il gémit, la salive mouille son menton, s'y suspend ; la femme va à l'évier, remplit un verre d'eau fraîche, revient vers la table, arrose la tête du garçon.

— Lève-toi maintenant et marche un peu.

Le garçon descend mollement de la table, le recruteur, dressé sur la pointe des pieds regarde à travers la longue vitre poussiéreuse et éclaboussée qui surmonte la cloison entre la salle commune et l'arrière-salle : Ismène, couchée sur le carrelage se laisse dévorer ; parfois son bras blanc jaillit et se recourbe comme une haute fleur. Le garçon, debout devant la table essuie sa bouche avec son poignet ; la femme lave la seringue, la plonge dans la deuxième fiole, elle appuie de nouveau son doigt sur le milieu de la table, le garçon met sa main sur sa poitrine.

— Oui, toi, remonte sur la table, couche-toi sur le ventre.

Le garçon recule, la femme le prend par l'épaule et le pousse contre la table, le recruteur touche son couteau. Le garçon remonte sur la table, la femme transperce l'autre fesse, le garçon laisse de nouveau pendre sa tête hors de la table, puis, le visage ruisselant, il se relève, la femme se lave les mains dans l'évier :

— La prochaine fois tu te laveras les fesses, elles étaient couvertes de vin et de sperme.

La porte est ouverte sur le jardin, un chien gronde le long des tamaris, des voix d'hommes parlent dans l'ombre mouvante ; le garçon tremble, le deuxième liquide réchauffe son sang, le recruteur s'approche, il tâte le garçon sous les aisselles, aux hanches, le garçon garde les bras levés, son sexe se durcit ; le recruteur passe la main sous le sexe du garçon, tripote les boules de sécrétion, le garçon s'étire, se raidit, la force lui revient, son sexe, caressé par la dure main du recruteur, durcit encore, se tend, rougeoie ; le recruteur se retourne, lui et la femme sourient ; le chien et les hommes se rapprochent, ils marchent dans le jardin, le recruteur lâche le garçon.

— Monte dans la chambre et frictionne-toi la tête avec l'eau de Cologne de Mme Lulu. Et redescends tout de suite.

Le garçon sort.

— Il a bien supporté les deux piqûres. Il bandait à me desserrer le poing.

Le recruteur tripote les deux fioles :

— Celle contre la rage l'a secoué. C'est un gros chien.

La femme plie ses fioles et sa seringue dans le petit linge.

— L'aphrodisiaque le tiendra toute la nuit, jusqu'au matin.

— Mme Lulu, ils l'ont mutilée et jetée sous le fumier. Prends garde à toi.

La femme sort dans le jardin, le chien bondit en avant, les hommes le retiennent, le recruteur se place devant la femme, il la conduit derrière les tamaris, pousse la barrière, la femme tend la main, le recruteur tâte sa poitrine.

— Attends-moi là, je vais chercher l'argent dans la caisse.

— Non, tu me paieras quand je reviendrai.

La femme s'éloigne, le recruteur revient dans le jardin : les hommes attendent, le pied sur l'escalier, le chien flaire la lumière ; le recruteur entraîne les hommes dans la cabane, il les fait descendre par la trappe, dans le souterrain, le chien gronde dans la pénombre humide, le recruteur les entraîne dans la cave ; ils enferment le chien dans le petit cellier ; ils retournent dans la cave, des bancs et des chaises sont disposés en cercle autour d'une toile de tente militaire, étendue à même la terre battue ; des hommes — des soldats dont le treillis est en loques et les grosses lèvres luisantes de graisse de porc — s'assoient sur les chaises ; le recruteur remonte dans le jardin, il court dans l'arrière-salle, pousse la porte de la salle commune, prend Draga par l'épaule, le tire à lui :

— Descends dans la cave, tu feras payer les gens. Tu as ton couteau sous l'aisselle ?

Draga repousse les deux hommes placés sous lui, sort de la salle, son maillot à la main ; le recruteur monte dans la chambre des garçons, Pétrilion est couché sur sa paillasse, ses bras dépliés le long de son corps, ses mains tremblent sur ses cuisses : le recruteur se penche sur lui, flaire son visage.

— Tu sens bon, le chien aimera sa petite fiancée.

Le garçon reste couché ; sous le souffle du recruteur, ses sourcils battent mais ses yeux sont grands ouverts, le recruteur lui caresse l'épaule :

— Repose-toi, je viendrai te chercher.

Le recruteur redescend, les autres recruteurs boivent au comptoir, la porte est ouverte sur la rue : deux garçons, appuyés au mur, de chaque côté de la porte, bâillent à pleine bouche ; quand un homme passe dans la rue, ils bombent le ventre, secouent leur sexe à travers le maillot, poussent des petits cris, le recruteur boit entre ses camarades.

Draga, dans la cave, s'assoit sur les genoux des soldats, tout son corps se couvre de taches de graisse ; dans le jardin, des ombres se pressent autour de la cabane, deux recruteurs sortent, ils parlent aux ombres, ils les poussent dans la trappe : hommes et femmes se dévoilent dans le souterrain : Draga, renversé sur la toile de tente, sous un soldat, se relève et se place à l'entrée de la grande cave ; le chien aboie dans le cellier ; Draga tend la main, une femme passe devant lui, et s'éloigne, Draga la retient par l'épaule, la femme se retourne.

— Draga ! C'est moi qui trempais ton sexe dans la tasse.

— Payez.

La femme touche l'homme qui la suit, l'homme fouille dans sa poche intérieure, sort cinq billets, les tend à Draga, lequel les glisse dans son maillot, contre sa chair.

Hommes et femmes s'assoient sur les chaises ; dans la salle commune, les hommes, surveillés par le recruteur, sortent ; Ismène, couchée parmi les flaques de vin et les éclaboussures de sperme, sa tête renversée sur son coude, son autre bras couvrant son ventre, dort. Les hommes se séparent dans la ruelle ; les deux garçons, immobiles, les regardent s'éloigner ; le clair de lune glace leur ventre ; la poussière soulevée au ras du sol par le vent de nuit frôle leurs pieds ; trois hélicoptères grondent au-dessus du palais, leurs feux éblouissent les deux garçons ; ils plongent vers le fleuve, remontent les rives jusqu'à l'entrée de la vallée ; les deux garçons rentrent ; le recruteur sort dans le jardin, les deux garçons montent dans leur chambre ; l'un d'eux se couche et s'endort aussitôt, l'autre s'appuie à la fenêtre, sort son sexe et pisse, les jambes écartées, le jet se rabat sur le mur du bordel, éclabousse la vitre de la salle commune ; un oiseau entre dans la chambre, se pose sur la main du garçon endormi, puis sur sa tête rasée, le garçon remue, l'oiseau s'envole, revient, se pose, se blottit entre la tête et le haut de la paillasse ; souvent les oiseaux nichent ainsi, attirés par la chaleur, la douceur du parfum enfantin et la tiédeur du duvet sur les tempes ; d'autres garçons, venus des entrepôts, entrent bruyamment dans la chambre, se déshabillent, jettent leurs bluejeans par terre et se renversent sur leurs paillasses ; les oiseaux volent le long des murs, vont et viennent entre la chambre et les arbres fleuris, déposent sur les lèvres et sur les paupières des garçons endormis, des petites graines, des poudres sucrées, des pétales ; les garçons éveillés écoutent la rumeur des arbres, suivent la trajectoire des oiseaux ; le recruteur touche l'épaule de Draga, puis son maillot, à l'endroit gonflé par les billets, tout autour du sexe, il remonte, va à la barrière, fait quelques pas dans les ruelles, revient, il monte dans la chambre, frappe l'épaule de Pétrilion, le garçon se lève, le recruteur le prend par la main, il l'entraîne dans le jardin, le garçon recule, le recruteur touche son couteau, il pousse le garçon dans la cabane, les deux autres recruteurs soulèvent la trappe, ils saisissent la jambe du garçon, et la tirent, le garçon glisse sur l'échelle, les deux recruteurs le poussent devant eux dans le souterrain, Draga le maintient contre lui, mais

Pétrilion s'abandonne; de nouveau, contre Draga, son sang se réchauffe; les soldats ont sorti le chien du cellier, ils le maintiennent enchaîné sur la toile de tente, ils lui ouvrent la gueule, déchirent dans sa gueule un sachet de poudre rouge, le chien l'avale, il gronde sous les caresses, il se renverse à demi sur les reins, lève sa patte arrière, les soldats le caressent sous la cuisse, au bord du sexe, le chien jappe, il se renverse tout à fait; hommes et femmes regardent vers la porte de la cave; Draga entre, il tient Pétrilion par le cou; hommes et femmes se lèchent les lèvres, avalent leur salive; le chien relève la tête, il gronde, il se redresse sur ses pattes, il bondit vers Pétrilion; le garçon poussé par Draga — lequel va se placer contre la porte —, avance vers le chien, fait claquer ses lèvres en cris d'oiseaux, pose sa main sur la tête du chien, l'enfonce dans les poils du cou, sous la tête, le chien ronronne, Pétrilion frotte sa hanche contre le museau du chien, le chien lèche le maillot, sa langue brûlante pénètre dans la déchirure du maillot, s'enroule autour du sexe du garçon; Pétrilion tremble, son sexe jaillit hors de la déchirure; les soldats sont appuyés au mur, Pétrilion enjambe le chien, se met à cheval sur lui, son sexe s'emmêle dans les longs poils frais à l'odeur de sel et de nuit, le chien retourne sa tête, sa langue lèche le genou et la cuisse du garçon lequel, chevauchant toujours le chien, recule jusqu'à la queue : celle-ci se soulève, frappe les reins et le dos du garçon, Pétrilion passe ses mains sous le ventre du chien, il lui caresse les tétons, puis le sexe, le chien jappe, la salive du chien sèche sur le genou de Pétrilion; le garçon ne voit pas les hommes et les femmes; eux le voient, la gorge battante, le sexe furieux, ils épient, ils scrutent les palpitations des muscles, des nerfs, du sang sur la peau du garçon, ils se repaissent de cette peau nue, de ce sexe tendu aux boucles noires, caché sous le pelage fauve du chien; le garçon presse les reins de l'animal entre ses cuisses, puis il se relève; son maillot retenu sur ses hanches par les lacets ne soutient que les boules de sécrétion ; Pétrilion ne tremble plus, il est debout derrière le chien, il se retourne vers les hommes et les femmes et il lance son sexe en avant, puis il soulève la queue du chien, et, lui caressant le sexe avec son autre main, il écarte ses jambes, ses pieds glissent sur la toile de tente, il prend appui sur eux, il se couche, ainsi tendu, sur les reins de l'animal ; la queue bat contre son ventre, le bout caresse la poitrine de Pétrilion ; le sexe du garçon cherche le cul du chien, sous la queue ; il le trouve, il y pénètre, la brûlure mouillée détend les muscles du garçon, un sourire naît sur ses lèvres, le sexe s'enfonce ; le garçon, maintenant le chien sous le cou avec ses deux mains, le presse contre son ventre, sa tête roule sur le pelage, sa bouche ouverte, haletante, mouille le pelage, ses dents le mordillent ; le garçon donne des coups de reins en avant, le chien jappe, sa langue lèche les mains du garçon jointes sous sa gueule ; le garçon libère une de ses mains, il la glisse entre son ventre et le cul du chien ; le chien, sa gueule ruisselante d'écume, ouvre et ferme son cul dont les parois pressent et relâchent le sexe gonflé du garçon ; Pétrilion empoigne son sexe à la racine, il le branle ; ses jambes raidies craquent, se couvrent de sueur ; le sexe du chien, tendu à l'extrême, rougit, balaie la toile de tente ; dans sa fièvre le garçon accroche sa main aux babines du chien ; celui-ci mordille les doigts du garçon, le sperme vient, Pétrilion mord le pelage, la peau du chien, le sperme jaillit, le chien écarte ses pattes arrière, il jappe, il lèche ses babines, ses yeux se mouillent, sa patte arrière droite fléchit, le garçon, sa main tenant la queue à la racine, fléchit sa jambe droite et se laisse rouler sur le côté avec le chien, il presse la patte du chien contre sa cuisse pour maintenir son sexe dans le cul du chien, il lui pétrit les tétons, le sexe, lequel rouge et gluant colle à sa main ; le garçon halète, il redresse le chien, se redresse lui-même, raidit de nouveau ses jambes, mais cette fois il appuie sa main gauche sur le dos du chien, accroche ses doigts au pelage et, presque droit, la queue du chien droite entre ses seins, il branle son sexe à la racine, sa main parfois accrochant les boules sécrétives du chien, lesquelles touchent alors celles du garçon, soutenues dans le maillot déchiré ; le sperme jaillit une deuxième fois ; le chien pousse un long gémissement ; le garçon attend un peu, son maillot qui a glissé sur ses fesses est mouillé par la sueur laquelle coule et scintille sur la poitrine, ruisselle jusqu'au sexe et se mêle à la sueur du chien, dans son pelage brillant.

L'ampoule, au-dessus du garçon, jette des reflets sur sa chevelure savonnée de sperme, les joues, les narines, la poitrine, le ventre, les cuisses, les mains, les bras du garçon, la sueur, la salive et la bave du chien y retiennent des poils fauves, du sable, des petites feuilles ; le garçon met de nouveau la main à son sexe, il le branle violemment ; les soldats se frappent les cuisses, le sperme jaillit pour la troisième fois, les jambes du garçon se détendent, la sueur voile ses yeux, noircit ses cheveux, ses sourcils, l'ombre de ses narines, il donne deux coups de reins en avant, le chien gratte la toile avec sa patte avant ; le garçon alors recule, retire lentement son sexe, mais le chien le presse et l'emprisonne ; le garçon prend appui des deux mains sur le haut des cuisses du chien, et il recule, le sexe reste coincé, le garçon prend peur, son cœur bat, ses joues pâlissent ; les soldats s'avancent :

— Branle-toi une quatrième fois et juste avant que jaillisse le sperme, tire ton sexe d'un seul coup. Il le lâchera.

Les soldats se rappuient au mur, le garçon raidit ses jambes, — le chien a posé ses griffes sur les pieds du garçon, — il se branle doucement, par petites pressions et légers attouchements, il caresse du bout du doigt la membrane extérieure du cul du chien ; le sperme vient, gonfle le sexe, le chien relâche un instant les parois de son cul, le garçon alors tire son sexe d'un coup; le chien resserre les parois de son cul sur l'extrémité du sexe, mais le garçon avec ses doigts écarte les lèvres du cul; son sexe tout entier est sorti, il le tourne vers les hommes et les femmes, le sexe est rouge, froissé, il retombe ramolli dans le maillot, sur la cuisse droite; le garçon s'assoit sur la toile de tente, le chien se retourne, le garçon met ses bras sur ses genoux, le chien lui lèche les pieds, il fourre sa gueule entre les genoux du garçon et fouille entre ses cuisses qu'il écarte de deux coups de museau, il lèche le sperme encore jaillissant qui mouille le maillot, enfonce sa langue dans la déchirure, sort le sexe; le garçon alors se renverse sur le dos, écarte les cuisses, les jambes, il s'abandonne au chien lequel pose sa patte sur la poitrine du garçon et lèche la sueur de sa gorge et de sa poitrine et sa propre écume, mais il retourne au sexe du garçon, mordille le maillot, lèche la toison du sexe, mord un pan de la déchirure, la tient entre ses dents, tire, le maillot se déchire, le chien écume, secoue la gueule, accroche la déchirure avec les griffes de sa patte avant; la déchirure s'ouvre jusque sous le sexe, découvre les boules de sécrétion, le chien les flaire, les lèche, sa langue s'enfonce jusque sous les fesses, touche le bord du cul; le garçon, ses bras repliés sous sa nuque, rit, soulève ses fesses, le chien gronde, ramène son museau sur le ventre du garçon, lèche le nombril; puis il mord de nouveau le maillot, tire, soulève la cuisse du garçon; le maillot se délace sur la hanche, le chien ramène le pan libéré sur l'autre cuisse du garçon, le lacet se déroule entre ses dents, il le recrache sur le ventre du garçon, il fait traîner son sexe, rougi, sur la jambe du garçon, le sperme mouille le genou de Pétrilion, le chien abaisse son ventre, l'appesantit sur la cuisse du garçon, le sexe de l'animal touche celui du garçon, lequel se durcit un peu; le chien jappe, il s'arc-boute, sur le ventre de Pétrilion, et remonte ainsi jusqu'au visage de l'enfant, son sexe traînant sur les lèvres d'icelui qui, sans trembler, les ouvre et suce cet énorme sexe pointu ; le sperme du chien emplit sa bouche, amer comme le fiel, le garçon ferme les yeux ; le chien lui lèche la chevelure, tout son ventre pèse sur le visage de l'enfant, son pelage est mouillé ; les pattes du chien griffent la terre charbonneuse, la toile de tente, froissée, roulée, couvre les hanches et les épaules du garçon, la poussière noire vole autour, le corps de Pétrilion est couvert de traînées noires, le chien avance, se retourne ; cette fois sa gueule fouille les cuisses du garçon et son sexe, le garçon le prend au-dessus de ses lèvres, il le presse, le sperme jaillit, éclabousse ses yeux et son front, il met le sexe dans sa bouche, et le baigne dans sa salive, le chien relève la queue, ses yeux mouillés regardent les hommes et les femmes, ses reins secoués, sa queue balaie la terre, derrière la tête du garçon ; le garçon repousse le ventre du chien, il se relève et s'appuyant sur son coude, il repousse le chien, lequel pèse sur sa poitrine et gronde, le garçon se met à quatre pattes, le chien se retourne, flaire les fesses de l'enfant, les lèche, le garçon, gardant ses fesses relevées, abaisse le haut de son corps sur la toile ; le chien pose ses pattes avant sur les reins du garçon, et plaque ses cuisses contre les fesses de Pétrilion, il frotte son ventre contre elles, il se dandine, son sexe s'enfonce entre les fesses du garçon qui redresse le haut de son corps et prend appui sur ses mains ; le chien pousse son sexe, ses pattes arrière frémissent, griffent la toile, il frotte son ventre humide aux reins du garçon, sa bave coule, éclabousse le dos de Pétrilion, coule entre les côtes et la saillie des hanches et jusqu'à la nuque ; le sperme du chien, brûlant, pénètre dans le bas du corps du garçon, Pétrilion relève la tête, il voit les soldats appuyés au mur ; ils bandent sous le treillis ; les hommes et les femmes, presque tous debout, regardent le chien pousser le garçon et peu à peu le renverser ; la toile de tente est mouillée, le garçon repousse la gueule du chien avec sa main, il essaie de se redresser, le chien reste collé à lui, alors le garçon avance vers les soldats, le chien fait des petits pas, il accroche ses pattes avant au ventre du garçon, il l'étreint ; un soldat sort son sexe de son treillis et le tient droit, il prend le garçon par les cheveux et l'attire contre ses cuisses, le garçon ouvre la bouche, il mord le sexe du soldat, lequel se raidit contre le mur ; le garçon, toujours attaché au chien branle le sexe du soldat, l'extrémité s'écrase sur ses narines, il la lèche, le sperme gonfle le sexe, jaillit, le garçon prend le bout du sexe entre ses lèvres, il aspire, le sperme brûlant l'étouffe ; le chien frotte, il jappe, il gémit ; le sperme du chien et le sperme du soldat se rejoignent et se mêlent dans la poitrine du garçon ; le pouce de son pied droit se prend dans un anneau de la toile ; le soldat se détend, son halètement siffle plus haut que celui du chien ; le soldat se raidit de nouveau, le garçon lui prend les cuisses et tient le bout du sexe ramolli entre ses lèvres, mais cette fois le soldat se branle lui-même ; le chien décharge son sperme entre les fesses du garçon, il lui mordille les reins ; le bout pointu de son sexe chatouille les parois de la vessie du garçon lequel rit et ses dents se resserrent sur le sexe du soldat. Celui-ci pousse un petit gémissement ; le garçon sort le sexe de sa bouche, essuie ses lèvres gluantes, le soldat lance son genou contre sa gorge, le garçon suffoque, le chien secoué par la toux du garçon gronde et s'arc-boute avec plus de fureur ; le garçon veut se dégager, le soldat passe derrière le chien, il lui tire la queue, le chien grogne, retourne sa tête, mord le genou du soldat, celui-ci le frappe sur les reins, le chien se retourne de nouveau, son sexe se tord dans le cul du garçon, ses griffes écorchent le dos de Pétrilion, le garçon gémit, pleure. Le recruteur s'avance :

— Ça suffit, ramène ton chien.

Les soldats saisissent le chien par le poitrail ; l'un d'eux sort de la poche de son treillis un morceau de viande fraîche, lequel a collé la toile sur le genou, il le met devant les crocs du chien, les crocs vibrent sur le dos du garçon, le chien sent la viande, il dresse la tête, le soldat recule, le chien jette ses crocs en avant, le soldat recule encore, le chien s'arrache au garçon, brutal, écorchant ses hanches avec ses griffes, il se lance sur le morceau de viande, il le happe, il le traîne, dans la poussière, le secoue, le piétine, le déchire, sur le pied du garçon.

Pétrilion, ses mains encore chaudes et fripées, son sexe ramolli et brûlé, ses lèvres, ses paupières gluantes, reste étendu ; les soldats rattachent le chien, ils le sortent de la cave, ils le poussent dans le souterrain, ils le font grimper à l'échelle, le chien gronde, ses crocs vibrent contre les sourcils des soldats ; ils sortent dans le jardin, le chien flaire le sol, il saute, il jappe, son pelage autour du cul, son museau, scintillant dans le clair de lune ; son sexe sous le ventre s'égoutte ; dans la cave, Pétrilion, vautré sur la toile, les yeux fermés, frissonne dans la fraîcheur de la terre noire ; hommes et femmes sortent des chaises, ils se penchent sur l'enfant, ils regardent son corps noirci, gluant, meurtri, ensanglanté, ils se penchent, ils touchent, du bout des doigts, le sexe, petite braise mouillée, dans la touffe de duvet noir ; une femme s'accroupit, baise le pied ensanglanté du garçon ; Pétrilion ne bouge pas, tout son corps tremble ; Draga, hommes et femmes sortis, s'accroupit ; le recruteur monte dans le jardin, ferme la barrière, prend la main de Pétrilion, le soulève par-dessous les épaules, décolle ses paupières, il délace le maillot, sur la hanche droite, le sexe colle à la toile, Draga tire la toile, décolle doucement le sexe, le garçon ouvre les yeux, gémit ; Draga lui caresse, tendre, son ventre gluant, il arrache d'un seul coup le maillot, il le jette sur la toile de tente, Pétrilion le ramasse, il le tend à Draga, Draga le déplie, tient les déchirures, il le secoue au-dessus des yeux de Draga :

— Vois comme il t'a aimé.

Pétrilion se redresse, il s'appuie sur l'épaule de Draga ; le recruteur redescend, tire le maillot du garçon, fouille, retire les billets, il les compte :

— Monte Pétrilion, dans la chambre de Mme Lulu, enduis son sexe de pommade, et couche-le. Viens me rejoindre, après, dans mon lit.

Le recruteur s'assoit sur une chaise, continue de compter les billets, Draga porte Pétrilion dans ses bras, le sexe du garçon roule sur la cuisse, il pousse un grand cri, Draga monte à l'échelle soulève la trappe avec sa tête rasée ; il marche dans le jardin, Pétrilion renverse sa tête hors du bras de Draga, sa tête baigne dans la fraîcheur des herbes, des arbres, des fleurs ; sur ses lèvres, les étoiles chantent ; Pétrilion, ébloui par la clarté du ciel, couvre ses yeux avec sa main, ils rentrent dans l'arrière-salle : un recruteur boit tout seul à la table ; quand Draga passe, il lance sa main sur le ventre de Pétrilion dont les jambes ouvertes devant lui pendent hors des bras de Draga, il presse le sexe entre ses doigts, Pétrilion hurle, le recruteur presse plus fort, Pétrilion crie, le recruteur frappe la jambe de Pétrilion, sort son couteau de sa ceinture, pique le pied, puis le bras et la jambe du garçon, le cri de Pétrilion s'achève en sanglot ; le recruteur enfonce son couteau dans la plaie, il le lâche, le couteau vibre dans la plaie, le recruteur le retire, il pose sa main sur les plaies, il les frotte, il barbouille de sang la jambe du garçon ; sa main ensanglantée, il la presse de nouveau sur le sexe de Pétrilion, mais le garçon s'est évanoui ; le recruteur montre sa main à Draga, le garçon assoit Pétrilion sur la chaise, il prend la main du recruteur, il l'entraîne vers l'évier, le recruteur le caresse aux épaules, dans le dos, avec sa main ensanglantée ; le garçon la prend, il ouvre le robinet, arrose la main, la savonne, la frotte, ses doigts s'entrelacent à ceux du recruteur lequel bande contre le ciment mouillé de l'évier ; le recruteur glisse sa main savonnée, dans le maillot de Draga, le garçon enlève la main, le recruteur prend son couteau, pique la toile du maillot, sur les fesses, raye la toile d'une croix :

— Le Christ sur sa croix, bandait en voyant les torses tordus et les pagnes dénoués des voleurs morts attachés à sa droite et à sa gauche, baise-moi, baise-moi.

— Non, il faut que je soigne Pétrilion, le chien l'a mordu, et toi, tu l'as blessé.

— Le putain attendra. Regarde, il dort. J'ai envie de toi. Petit, petit...

— Tu me connais par cœur.

L'autre recruteur revient de la cave, celui qui étreint Draga contre l'évier lâche le garçon ; Draga soulève Pétrilion et le monte dans la chambre de Mme Lulu ; Pétrilion réveillé pleure sur l'épaule de Draga ; Draga le couche sur le grand lit de la maquerelle, il cherche sur la coiffeuse le tube de pommade, il l'ouvre, il le presse sur son doigt, il approche son doigt du sexe de Pétrilion, enduit le sexe de pommade, Pétrilion frémit, mord ses lèvres, Draga passe son doigt sous le sexe, il enduit aussi les boules sécrétives, la racine du sexe sous la toison :

— Tu dormiras ici. Je fermerai la porte à clef ; dors sur le dos, ne te retourne pas. Écoute, en bas, ils se battent.

— Va relever Ismène et couche-la près de moi.

— Dors, dors, ton cœur demain, de nouveau, sera brûlé.

— Cette nuit je le sens vivre.

— Non, non, c'est ton sexe.

— Le recruteur veut me tuer.

— Non, l'autre le bat.

— Il veut tout mon sang.

— Le sang, pour ses lèvres, c'est encore du vin.

Draga sort, Pétrilion s'est endormi, Draga descend, voit Ismène couchée dans les flaques de vin et les traînées de sperme, il fait claquer son maillot, il va s'appuyer au chambranle de la porte de l'arrière-salle : les deux recruteurs se roulent par terre ; celui qui a l'argent maintient l'autre contre le carrelage, il le frappe au ventre, au visage, il se relève, il prend Draga par la main ; le recruteur et le garçon montent dans la chambre du recruteur ; au moment de se mettre au lit, Draga délace son maillot, il le pose sur la chaise ; sur la toile, malgré les traînées de sperme et de sang, la petite croix se voit encore ; le garçon caresse les rayures ; le recruteur, tout nu, saisit cette main, attire le garçon contre lui, et frotte ses genoux contre les fesses du garçon.

— Tu as battu le Christ ?

Le recruteur se renverse sur le lit avec le garçon, il l'étreint ; il l'enserre entre ses cuisses, ramène ses jambes sur celles du garçon ; Draga se laisse mordre la bouche ; le recruteur lâche le garçon, Draga roule sur le côté, sa jambe pend hors du lit ; le recruteur éteint, les moustiques, surpris, frôlent les visages, les gorges battantes, les yeux encore éblouis ; le recruteur prend la main du garçon, la pose sur son sexe amolli ; les doigts encore tendres du garçon s'enroulent autour des boucles mouillées de sueur ; le clair de lune baigne leurs corps et le couvre-lit.

— Le Christ est ivre mort, couché sur le carrelage, les bras en croix, les pieds écrasés sous les pieds de la table, il crache du sang, non par le côté, mais par la bouche.

— S'il se réveille, il dévorera Ismène au petit jour.

— Je lui ai cassé les dents.

— Je n'aime pas le Christ, il demande toujours avant de baiser.

— Moi, je prends.

Le recruteur roule sur le garçon, Draga rit, la poitrine velue du recruteur écrase ses seins, la sueur de cheval du recruteur voile ses yeux, la salive bouillonne et scintille dans la bouche du recruteur, le garçon la mord, elle s'ouvre, la salive coule dans la bouche du garçon qui l'avale ; le recruteur crache dans la bouche du garçon.

La mer au loin roule sur les plages, la fraîcheur monte du jardin, le garçon se blottit sous le recruteur dont les lèvres touchent ses yeux, le garçon les ouvre tout grands, le recruteur les lèche avec sa langue, dans le même temps, sa main couvre le ventre de Draga ; le garçon se retourne sur le ventre, le recruteur lui écarte les fesses, il y enfonce son sexe tendu ; la mer roule les cailloux au fond des criques, les crabes remontent les rochers à pic, les pieuvres les guettent dans les trous des parois, elles lancent leurs tentacules et les enroulent autour des pinces du crabe, elles le tirent sur le roc, dans leurs trous, et le dévorent, la carapace craque dans leur bec, elles recrachent les pinces, les antennes, les débris de carapace ; le recruteur lèche la tête rase du garçon, le creux des oreilles, le miel de ses oreilles, le vent court sur son dos, jusqu'à la nuque ; il caresse les tempes du garçon, enfouies dans le couvre-lit ; le garçon s'endort, le recruteur se branle, mord l'oreille du garçon, Draga se réveille, le recruteur lui lèche la tempe :

— Tu m'oubliais ? Des clients ont dit que tu rêvais tout haut : « fumier, rats, printemps, caverne... » Tu as pris ta poudre ce soir ?

— Oui, mais j'ai sommeil.

— T'es mon meilleur, Draga...

Quelques hommes, dont le sexe bande, errent le long du bordel, se hissent jusqu'aux fenêtres ; les lampes sont éteintes, le clair de lune, seul, baigne le corps gluant d'Ismène ; un rat sort de sous le comptoir, il court jusqu'au rayon, lèche le vin et le sperme contre les bras d'Ismène.

Sur la surface de la mer, des traînées lumineuses se croisent à l'endroit de l'horizon où s'est couché le soleil ; des oiseaux solitaires plongent, cueillent les petits poissons endormis sur les touffes d'algues ou fascinés dans le cœur phosphorescent des anémones.

CINQUIÈME CHANT

Thivai s'éveille avant l'aube où le bordel s'éteint ; il sort du sac de couchage ; les coqs crient sur le haut de la colline, sous le plus haut mirador : la tour Eiffel ; entre les barreaux du petit soupirail, leurs crêtes rouges sautent dans les herbes lourdes ; la sentinelle descend l'échelle, son fusil tinte sur la tôle de protection ; Thivai se recouche sur le sac de couchage, les grands arbres mouillés versent leur rosée sur les toits rouges du P. C. La gorge de Thivai se serre, il couvre son ventre avec ses mains. Le soleil jaillit dans le soupirail, éblouit le garçon :

— C'est moi, Xaintrailles, Tu seras interrogé cet après-midi à l'état-major. Bon courage. Je pars au déminage d'Ait Saada.

Thivai se tait ; Xaintrailles s'accroupit, regarde dans le soupirail, voit Thivai étendu sur le lipico, immobile, les jambes écartées, la veste de treillis couvrant le milieu du corps :

— Thivai, tu ne m'entends pas ? Tu ne me vois pas ?

Le garçon garde ses yeux grands ouverts, les poux rongent sa tête rase. Xaintrailles se relève, il frotte ses mains et ses genoux.

Les chauffeurs et les soldats d'escorte et les démineurs se lavent à grande eau ; la boue scintille autour du lavoir. Thivai caresse son crâne, il caresse les écorchures faites par le coiffeur :

— Rasez-le tout à fait, à la lame.
Le coiffeur civil, quand l'officier est sorti, pose son rasoir, essuie son front.
— Monsieur Thivai, je ne peux pas.
L'officier revient :
— Rase le traître.
Je souris, je baisse la tête, le coiffeur tremble, la lame écorche ma tête et le bout de mon oreille, l'officier écrase le bout de mon pied nu avec son soulier de cuir rouge ; le coiffeur essuie ses doigts au linge noué autour de mon cou, les cheveux coupés tombent, frôlent mes oreilles, mes narines, s'accrochent à mes sourcils, maman, je ne veux pas que le coiffeur coupe ma mèche, maman s'assoit sur le fauteuil, elle caresse mon genou, elle prend un magazine, elle l'ouvre sur ses genoux ; derrière la cloison, il y a Véronique, sa tante se tient debout, la coiffeuse la repousse doucement, Véronique fait des signes dans la glace ; mes cheveux coupés s'accrochent aux nids-d'abeilles de ma chemise ; maman sort sans son sac, elle marche dans la pluie le long du fleuve ; le coiffeur regarde autour de lui, il pose sa main sur la flanelle chaude de ma culotte, sa main remonte le long de ma cuisse, je regarde Véronique, c'est elle qui me caresse, maman crie et pleure dans la pluie ; les dockers traînent les barbelés dans la boue ; maman mord son écharpe mouillée ; la main du coiffeur s'enfonce entre mes cuisses, je repousse la main ; l'autre main descend le long de ma poitrine, mes genoux heurtent la cuvette de marbre, elle se balance, la coiffeuse se retourne, la main du coiffeur reste ouverte sur ma poitrine palpitante, maman secoue ses souliers contre la porte, elle entre, la nuit est tombée, elle prend mes petites mains dans ses mains mouillées, je descends du fauteuil, maman paye le coiffeur, il me presse contre la porte, maman m'entraîne dans les rues noires jusqu'au fleuve. Les dockers se réchauffent à un feu de fraisille ; ils sifflent ; maman me

prend dans ses bras, elle saute dans le brouillard, elle monte sur la jetée, elle court sur le ciment; les rochers sont couverts de neige, je me débats, maman me presse contre ses seins, je mords sa main, un remorqueur dont les hublots éclairés jettent des lueurs sur la mer noire et huileuse, descend l'estuaire; maman se jette — je mords sa main, ses bras me lâchent, je tombe sur l'escalier; maman roule sur les rochers et plonge dans la mer, l'écume la recouvre, je me tords sur les marches de l'escalier; une vague emporte la tête de maman, ses mains glissent sur le rocher lisse et luisant; le remorqueur tourne, les marins courent sur le pont, ils détachent un canot, sautent dedans, rament vers la jetée, les étoiles s'allument entre les nuages, ma tête baigne dans une flaque de fiel; un marin saute sur l'escalier, il me soulève dans ses bras, il embrasse ma joue et mon front; les autres marins plongent les rames, ramènent le corps de maman sur le grand rocher plat; mes jambes, mon dos sont brisés, le marin court sur la jetée, il traverse le port, il saute par-dessus la barrière du camp, un soldat le poursuit, le marin s'arrête devant une tente éclairée, deux soldats sortent, ils soulèvent le voile de la tente, le marin me couche sur un lipico; une lanterne se balance au sommet du piquet central; le sang se retire de mes mains, de mon cœur; les soldats téléphonent, prennent mes mains, couvrent mon front, ils ouvrent des placards kaki...

Les jeeps et les camions démarrent, Thivai, frappé en plein front par le soleil levant, remonte sa veste de treillis sur son visage; le reste de son corps est nu, les mouches du fumier et du pressoir grattent la terre au bord du soupirail; elles s'élancent, elles s'ébattent sur le sexe de Thivai, s'enfoncent sous la toison, enjambent les boucles; Thivai tressaille, il écarte les cuisses, la brise du matin effleure, rafraîchit ses cuisses, l'amas sexuel où butinent les mouches...

... Véronique rejette sa chevelure en arrière, je prends sa chevelure et j'y plonge ma tête ; Véronique se retourne, prend ma tête dans ses mains :

— Xaintrailles m'a embrassée dans le jardin.

Je la prends à la taille, je mords sa bouche, ses seins roulent, s'écrasent sur ma poitrine, elle repousse mes bras, j'embrasse ses paupières, sa main caresse mon dos, ma ceinture, ses paupières ont un goût de vase, je les lèche ; ma chemise ouverte se mouille de sueur :

— Quand me donneras-tu de ton lait ?

— Prends d'abord mon sang.

Elle rit, je la renverse sous moi sur le divan.

Le vent ferme les livres sur la table, roule les crayons, je baise sa bouche à travers ses cheveux ; ma main s'enfonce sous sa robe, couvre son sein droit, il tremble, il palpite, il chauffe sous ma paume, je couvre l'autre sein, je le caresse doucement, je dégrafe la robe, j'embrasse le bout du sein, Véronique halète sous moi, j'écrase ma bouche sur son sein ; les fenêtres sont grandes ouvertes sur le parc ; Xaintrailles marche dans les hautes herbes, son fusil levé.

— Ne me serre pas trop fort, Thivai, tu vas me casser les reins.

Je rampe sur elle, ses mains pétrissent le short sur mes fesses, ses doigts roulent l'ourlet ;

— Tu as ton maillot de bain sur toi, je le sens. Il est mouillé.

— Je n'ai plus de linge.

— Moi, je n'ai plus de cœur.

Ses doigts écartent mes fesses puis se glissent sous le short, pétrissent les bourrelets des fesses ; je ferme sa bouche avec mes dents ; ouvert sur la tête du divan, un livre de Xaintrailles : *Manuel de Tactique et de Stratégie*. Je l'ouvre, je vois un dessin d'hoplite grec nu jetant sa lance, le pied sur un laurier-rose, Xaintrailles, rêveur, un soir, a noirci à l'encre un petit pagne sur le ventre de l'hoplite ; je laisse le livre ouvert ; la main de Véronique s'enfonce entre son ventre et le mien, elle commence de déboutonner mon short, elle me fixe dans le blanc des yeux, sa main déboutonne, ma main rejoint sa main, entrelacées elles découvrent mes cuisses ; mon sexe bande sous le maillot mouillé, la main de Véronique se faufile sous le maillot, touche mon sexe, la veine saillante.

Xaintrailles siffle sous les arbres, sa chemise est ouverte jusqu'au nombril.

— Cette nuit, il est venu en pyjama gémir sous la fenêtre de ma chambre. Il était assis sur la rocaille du bassin ; dans son pyjama entrouvert je voyais son sexe dressé ; avec un petit bâton il détruisait les trous des vers, sa poitrine se soulevait, gémissait...

— Le jour où nous t'avons reçue dans notre club des sans-cœur, il avait sali sa culotte, le nègre l'avait frappé au ventre, avait courbé sa tête sous le robinet du pressoir jusqu'à ce qu'il saigne du nez. Ta tante regardait, debout sur le perron, elle attendait son nègre.

— Avant qu'elle ne vous prenne, toi et Xaintrailles, le nègre me promenait dans le parc mouillé, il me disait le nom des fleurs et des feuilles, il croquait des vers et des sauterelles ; le soir, devant le feu, elle le couronnait de fleurs, lui, déchirait la tapisserie du canapé sous ses cuisses et il tirait le crin...

Xaintrailles caresse les troncs, il ne peut tirer en l'air, le soleil l'éblouit, il remonte l'allée, le perron, l'escalier, il entre dans la chambre, il la traverse, il prend son livre sur le divan, contre la tête en sueur de Véronique ; elle lui prend le genou, il recule, elle le tient, sa main remonte sous le short de Xaintrailles, le garçon recule encore, mais il sourit, il sort la main de Véronique, il prend son livre, il le presse sous sa poitrine.

— Je vais faire le paquet pour ta tante ? Je le porterai moi-même à l'hôpital.

— Ses petits cailloux la saluent.

Xaintrailles sort ; Véronique lèche sa main qui a touché la cuisse de Xaintrailles.

— Allons à la mer, tu m'embrasseras dans l'eau.

— Dans l'eau de mer, seul le haut du corps désire.

— Je veux voir les cuirassés de près, toucher leur coque étincelante.

— Les marins te fusilleront.

— Tu viendras avec moi.

Je me relève, je secoue ma chemise froissée et mouillée. Je reboutonne mon short ; Véronique se relève, elle agrafe sa robe.

En bas, Xaintrailles froisse le papier d'emballage, je descends dans la cuisine :

— Elle veut vous voir, toucher vos têtes avant de mourir.

— Je vais à la mer avec Véronique.

— Gardez-vous, les marins tirent sur ceux qui nagent contre les cuirassés.

— Xaintrailles, cette nuit, j'ai rêvé : dans le bas de la ville on criait au miracle ; mes jambes étaient coupées, je ne pouvais descendre, les oriflammes, sur la ville haute, claquaient comme des épées. Le miracle a longé le fleuve, jusqu'à l'estuaire, les enfants me tiraient hors de mon lit. Aussitôt, dans la nuit, la foule bâtissait une basilique sur la cabane où s'était arrêté le miracle. Touche, je vis, je vis, sans que mon cœur batte.

Véronique ensanglantée s'accroche au cuirassé ; les marins ouvrent une portière au flanc du navire, ils lancent des cordes, je prends Véronique dans mon bras, je nage, je saisis la corde, je tombe ruisselant sur le plancher de la cale, une chevelure de sang couvre sa poitrine et ses jambes...

Thivai se retourne sur le ventre, les mouches prises sous lui, vibrent dans la toison...

L'eau brille. Véronique, accrochée à la proue de la barque, frotte son ventre et ses cuisses au bois mouillé de l'étambot, ses jambes remontent le long de la coque, je viens derrière elle, je m'accroche à ses épaules, mon ventre s'applique sur ses fesses, mes jambes recouvrent les siennes, de chaque côté de la coque. Elle lâche la barque, elle se renverse sur moi, dans l'écume, sa main courbe ma tête sous l'eau ; je me débats, ma main tire son maillot sur sa hanche, le déchire, les boucles de la toison se déploient dans l'eau lumineuse... Thivai enfonce son visage dans le sac de couchage souillé de sang de punaise... Xaintrailles est blotti dans un angle du salon, Véronique joue du piano pour l'attirer. La tante de Véronique a acheté le petit Xaintrailles ce matin, elle me prend par le cou, je regarde le petit Xaintrailles, elle m'entraîne dans sa chambre, le nègre est vautré sur le lit, une main sur son ventre, il dort dans les dentelles, une dentelle prise entre ses dents ; elle ouvre son secrétaire, elle tire une photo de maman assise sous le magnolia, un petit chien blanc lui lèche les joues ; la tante de Véronique pose la photo sur le guéridon, elle met la main entre mes cuisses et secoue mon sexe :

— Dépêche-toi avant que le nègre se réveille ; sur la photo, une fois seulement.

Je tremble, je souris, je ne peux dire : « Je me suis déjà branlé trois fois cet l'après-midi dans l'orangerie, Véronique aime l'odeur. »

La tante se retourne, elle peint ses ongles, je sors mon sexe, il roule sur la flanelle grise, je pose le bout sur le petit chien, le glacis de la photo rafraîchit le bout de mon sexe, je ris, elle tourne la tête :

— Dépêche-toi, tu ne mets pas si longtemps avec les petits esclaves du port.

Je raidis mes jambes, je frotte, mais mon sexe ne gonfle pas, je pense à la robe de Véronique, à ses cuisses, à sa petite bouche douce et duveteuse aux lèvres comme les pêches ou les abricots; une ceinture de cuir serre ses hanches, un baudrier soutient sa gorge, s'enfonce entre ses cuisses, couche sa toison, remonte entre les fesses, les lanières se croisent sur les reins, les anneaux brillent dans le soleil, mon sperme brille sur le pré, accroché aux herbes comme un cocon; il jaillit, éclabousse la photo, liquide incolore, brûlant, on ne voit plus le visage de maman, sinon par transparence sous le sperme.

Madame se retourne, sourit, prend la photo, le nègre se réveille, il s'étire, je remets mon sexe gluant dans mon short, Madame porte la photo souillée à sa bouche, elle la mange; sur ses lèvres, il y a mon sperme et dans sa gorge le petit chien blanc et le corps de maman et le transat et le magnolia. Je redescends, Madame s'enferme avec son nègre.

Au salon, Xaintrailles ne bouge pas, Véronique tourne sur le tabouret, ses mains frôlent le clavier, je les prends, je les lâche, je m'approche de Xaintrailles, il se blottit, il couvre son visage avec sa main:

— Toi, tu es orphelin, Véronique aussi, moi aussi, notre Mère, la Grande, a mangé nos petites mères, écoute, elle gronde, elle a faim.

— Tu es un garçon, ou une fille?

La rumeur du jardin entre par les fenêtres, verse ses cris, ses sifflements, ses pierres sur le tapis. Moi, Véronique, nous nous couchons sur le tapis et nous faisons une place entre nous pour Xaintrailles; il découvre son visage, Véronique soulève sa robe, elle la retrousse sur ses cuisses, Xaintrailles reste blotti.

Au dîner, sa gorge ne peut pas avaler; le nègre lui prend la cuisse, sous la nappe; Madame ne mange pas, elle lèche du sel sur son doigt, son diamant tinte sur le verre; le nègre dévore, la graisse s'accumule à la commissure de ses lèvres; Véronique a retroussé sa robe sur son ventre, sous la serviette; mon pied touche son genou sous la table; Xaintrailles couche dans ma chambre, je lui laisse le lit du fond, je prends celui sous la fenêtre; il n'ose se dévêtir, il se glisse tout habillé sous les draps; je vais à la fenêtre, Véronique, toute nue, dure et lisse sous la lune glacée, le ventre appuyé au fer rouillé, regarde les étoiles, ses pieds frottent le ciment, ses épaules tremblent, ses mains arrondies soutiennent ses seins, le sang vient aux tétons; je vais dans sa chambre, je la surprends, je l'étreins, mes mains se croisent sur son ventre, je nettoie la rouille, mes mains remontent sur son nombril, jusque sous ses seins, couvrent ses mains; la ceinture de mon pyjama s'enfonce entre ses fesses, je la tire doucement, Véronique se renverse contre moi, sa tête roule sur mon épaule, sa langue, sortie de sa bouche, vibre contre ma joue, cherche ma bouche; ma main descend, couvre son sexe, tire le duvet, s'enfonce entre ses cuisses, pince le bourrelet du sexe; un gémissement, venu de ma chambre, arrête ma bouche sur la joue de Véronique :

— C'est le petit Xaintrailles. Il mord ses draps.

Elle se détache de moi, elle traverse sa chambre, sort dans le couloir, entre dans ma chambre, va à la fenêtre, prend le short sur mon lit, se baisse, enfile le short, sans le boutonner — les pans de la boutonnière retombent sur ses cuisses; ses fesses sont bien prises dans la flanelle; elle avance vers le lit de Xaintrailles, elle s'y assoit; le garçon soulève le drap, voit les seins nus de Véronique, elle se lève, se tient debout, les jambes écartées, les poings sur les hanches; elle penche un peu le buste vers le lit; Xaintrailles soulève de nouveau les draps, Véronique plonge, tire le drap, d'un seul coup et s'entremêle au garçon, lequel, son short entrouvert, se débat, crie, griffe les joues de Véronique; elle lui prend la bouche, elle le bâillonne, ses cheveux frisés couvrent les joues et les yeux du garçon, elle relève la tête, rejette sa chevelure en arrière, puis, reculant jusqu'au pied du lit, déshabillant à mesure le garçon, elle laisse traîner sa chevelure sur le corps de Xaintrailles, aveugle ses yeux, fait cracher sa bouche, et entraîne son sexe lié, emmêlé.

Trois fois elle traîne sa chevelure sur le corps du garçon, du haut en bas, de bas en haut; le garçon, apaisé, prend la chevelure et la fait couler entre ses doigts, son sexe se tend, Véronique y enroule une boucle de ses cheveux et elle tire, le sexe s'étire, s'allonge, la boucle glisse et se coince autour du prépuce; le garçon se soulève un peu sur les reins, il rit, il prend son sexe, Véronique ramène ses cheveux sur le ventre du garçon, dénoue avec ses doigts la boucle liée au prépuce, elle caresse le sexe, du haut en bas, relève la tête, sa chevelure remonte hors des cuisses du garçon, soulève les boules sécrétives; le sexe se tend, il se dresse, effleure les lèvres de Véronique; ma main caresse le dos palpitant de Véronique, la flanelle tendue sur les fesses; ses cheveux frisés tremblent dans le clair de lune comme les vagues, j'y enfonce mes doigts, sur ta nuque heurte le bruit de la mer, la rumeur des vagues, dans ton oreille... Ô tes yeux crissent dans l'ombre, tes ongles voient; tes petits seins brillent entre tes épaules; Xaintrailles, couché, son menton creusant sa gorge, caresse tes seins comme un enfant caresse, fasciné, des galets dans le clair de lune.

Toute la nuit nous l'aimons, nous le pressons entre nos bras, entre nos jambes, pour que son cœur jaillisse de sa poitrine et jaillisse dans le ciel de la nuit...

Thivai ramène le sac de couchage sur ses reins, il tremble, la sueur de son corps colle la poussière du sac; un rat court entre les caisses de piles, ses dents grincent sur le fil de fer. Thivai se dresse sur le lipico, il écoute le bruit du rat; il s'assoit sur le lit, les coudes aux genoux, sur ses pieds coule la sueur froide de l'aube, celle sur laquelle le bourreau jette la terre fraîche.

Thivai serre sa gorge, son cri.

Dans la cour, les soldats se bousculent, lustrent leurs chevelures, savonnent leurs mains et leurs sexes; les feuillages verts au-dessus du lavoir caressent leurs épaules nues; le soleil étincelle dans les miroirs brisés suspendus au tuyau d'arrosage; un enfant torse nu, s'échappe du pressoir; un soldat prend sa carabine, il tire, l'enfant s'écroule contre la barrière du camp : « C'est le fils de fel qui vient coucher dans le pressoir toutes les nuits »; le soldat court, soulève l'enfant dont la joue et la gorge sont couverts de sang noir, l'enfant respire, le soldat lui prend la tête par les cheveux, il la cogne trois fois au rocher qui affleure dans la poussière rouge; l'enfant respire encore, le soldat lui piétine la gorge, les yeux de l'enfant jaillissent des orbites et sa langue, hors de sa bouche; le soldat reprend l'enfant par les cheveux, il le traîne jusqu'aux sacs de sable; les soldats, au lavoir, le regardent, leurs mains tremblent sur le peigne, et leurs lèvres sur la brosse à dents; le soldat traîne le corps sur le sac, puis il le roule sur la pente des fortifications; il le pousse avec la crosse de sa carabine; le cadavre reste accroché à une souche d'eucalyptus; le soldat prend la perche à déboucher les chiottes, il la brandit; son extrémité est enduite de merde encore fraîche, celle des sentinelles du matin.

Le soldat pique le cadavre avec le bout de la perche, il dégage la tête et les épaules de la souche, le bout de la perche creuse la joue puis l'épaule de l'enfant, le cadavre roule sur la pente fraîchement labourée jusqu'aux marécages où il s'enfonce, englouti peu à peu dans l'eau bleue et la vase carnivore.

Thivai, à travers le soupirail, voit le soldat jeter la perche contre le mur des chiottes et frotter ses mains à son treillis; le soldat, torse nu, rentre dans la chambrée, pose sa carabine sur son lit, accroche son miroir à la paillasse supérieure et peigne sa lourde chevelure noire; le peigne ramène des croûtes de sang, des débris de punaises, de la poudre de café et de semence de femme.

Thivai revient à son lit, son pied heurte la gamelle où fond un morceau de fromage au jambon; Thivai se penche sur les caisses, sa gorge se retourne, il crache sur les piles, la bave pend à son menton, il gémit, ses mains cherchent le capuchon du sac de couchage, il s'en essuie la bouche, il marche dans la petite cave en gémissant, il tâte les murs, gratte la poussière dans les trous, débloque les petites pierres; il fait flamber une allumette, il grille les toiles d'araignées, les cafards aplatis, les araignées en fuite; il est entièrement nu, ses yeux sont froids...

Sauvageonne, sous la caresse, les épines couchées dans ta peau, se redressent; couchées dans les petites lèvres de ton sexe, écorchent mon sexe gonflé; dans tes yeux, des épines courent sous le cristal, écorchent les lèvres qui s'y posent.

Xaintrailles lèche le mur sous ton balcon; les bouteilles roulent sur le tapis, les coupes brisées, je les jette dans le feu, elles crépitent, elles explosent; Madame est morte cette nuit, je vomis sur le tapis, toi tu manges l'abat-jour, les papillons de nuit versent leur poudre rouge sur tes narines; Xaintrailles essaie de grimper au mur, ses genoux s'écorchent sur le quartz, Véronique fait claquer ses dents, je cours sur elle, je prends sa bouche avec mes dents, elle prend mon sexe sous le short, elle le tient, elle le tire, je crie, mon bras pousse la lampe, l'ampoule tombe sur le bras de Véronique, brûle le duvet, noircit l'ourlet de mon short; Véronique crie, elle mord son bras, elle le baigne de salive et de larmes; je cours à la cuisine, je prends le beurre; Véronique s'est couchée sur le canapé, elle tient son bras levé, je l'enduis de beurre; Xaintrailles chante et grimpe au mur, le vin souille ses joues et sa gorge, trempe sa chemise; le nègre roulé dans les débris de coupes, ronfle, à ses cheveux sont accrochés des épis de blé et d'orge. Xaintrailles gémit, son genou levé sur le salpêtre, Véronique geint sur le canapé; les papillons de nuit de l'abat-jour se posent sur son torse nu :

— Tue-moi, brûle mes lèvres avec l'ampoule. Achève-moi ; comment vivre avec un cœur silencieux ?

Je la frappe au visage, elle pleure, je la frappe encore :

— Relève-toi, il ne faut pas donner un mauvais exemple à Xaintrailles.

— Tue-moi, étouffe-moi, coupe mes jambes.

— Je n'ai rien senti quand elle s'est jetée à l'eau. Je suis un fils du vent. Tais-toi et relève-toi. Ici je ne suis pas assez abandonné, pourquoi, fils du vent, moi, je vis et marche sur la terre ? Je ne connais pas ton visage. Fils du vent, jetés sur le fumier, pressés dans les bordels, dépouilles, pourrissez, brûlez...

Thivai appuie son front sur le salpêtre, les soldats courent le long du soupirail, la poussière soulevée par leurs souliers et leurs espadrilles est captée par les rais de soleil qui traversent la cave de bout en bout, ils crient :

— Thivai. Winnetou a tué un gosse, un petit fel.

Thivai souffle le salpêtre...

Je serai condamné, ils mangeront mon cœur et mes yeux, et ma mère en moi cachée, de moi nourrie. Ils tireront au sort mon linge misérable, mon miroir brisé, ma boule d'ambre, ma chaînette d'or et mon transistor. Xaintrailles pleurera cette tête jamais embrassée, ce cœur jamais pressé, ces yeux jamais mouillés. Ô mort, jette-moi sur le fumier, fais passer le roi, lève-lui son doigt, arrête ses valets aux yeux bridés sous la frange noir de geai, arme-les de pics, ils écartent le fumier, crochètent mes genoux, assomment les rats entre mes cuisses ; fais-moi pourrir dans un pays désert peuplé d'esclaves vils, chaque nuit les jeunes maîtres de la mer descendent, se cachent dans les buissons, harponnent les familles esclaves, brûlent leurs cabanes, dévastent leurs champs ; puis ils retournent dans leurs bateaux, réveillent les rameurs, les gorgent de vin lourd et résiné et se moquent d'eux chancelant sur l'estrade du banquet et se tâtant pour se chevaucher. Un dieu qui n'est pas dieu, mais un sourire de pierre, me réveille, rassemble mes membres pourris. Sorti de chez Madame, je fus esclave ; je rencontrais Véronique et Xaintrailles esclaves dans le bas de la ville, le soir à l'arrivée des bateaux chargés d'araignées, de crabes, de rougets ; Véronique appartient à la Coopérative, elle soulève les caisses de poissons, son front, ses mains sont ensanglantés, les marins caressent sa capote et dessous, son short trempé, seulement sec sur le sexe ; elle tombe sur les caisses ; dans l'entrepôt éclairé du dehors, un marin la couche sur les gros poissons et sa main gluante de fiel — il sort de la cale du bateau, il a assommé les poissons et leur a coupé la tête — sa main dure s'enfonce sous le short, pince le sexe, l'enduit de fiel ; un enfant heurte son cartable à la vitre ; Véronique par-dessus l'épaule du marin regarde les filets et les voiles frissonner dans le clair de lune ; elle lit cent fois le chiffre peint sur la proue du bateau ; le marin la pénètre, lui brise le front, entre les yeux, avec son poing fermé ; le sang monte aux yeux de Véronique ; le marin, excité par l'odeur du sang qui affleure, écrase les seins de Véronique ; un hameçon accroché sur sa veste transperce la capote de Véronique, pique le sein ; elle crie, le marin se relève, son sexe, ramolli, traîne un instant sur la nageoire d'un poisson ; il se relève, il enfonce, avec son pied, Véronique sous les poissons ; blessée, elle y reste ainsi couchée jusqu'à l'aube ; Xaintrailles, le ventre ceint d'un linge, va de bouge en bouge, il s'accroupit sous le comptoir, sous les tables, il nettoie les crachoirs, ramasse les bouts de cigarettes ; les hommes attablés le poussent, il tombe, la bouche écrasée sur le crachoir ; dans les casinos, il se faufile entre les jambes des joueurs ; des femmes, un fume-cigarette géant entre les doigts, lui relèvent le menton ; les serveurs le bâillonnent avec son linge souillé, ils lui volent les morceaux de cigarettes qui gonflent la poche de son blue-jean ; le soir devant le commissaire social, il tremble, il attend le fouet, il lève les bras, le commissaire social fouille ses poches, sort le tabac, le verse dans une tirelire : Pour les vieux citoyens. Le commissaire tape sur la hanche de Xaintrailles : « Au chenil, maintenant. »

Xaintrailles recule vers la porte, il sort dans le jardin, marche à quatre pattes vers le chenil, il rampe sous le grillage ; les chiens éveillés, accouplés, grondent ; leur souffle chaud court sur ses épaules ; il se glisse dans le trou du gardien de chiens ; celui-ci, ivre, est couché en travers de la portière ; Xaintrailles enjambe le corps, il éteint la bougie et s'étend sur la paillasse ; au milieu de la nuit, le gardien le réveille : « Ils m'envoient demain à l'instruction militaire, ils vont nous mettre dans les armées, dix esclaves d'État pour un homme libre. Je pars ce matin. Ils nous placent en deuxième ligne. Impossible de reculer ni de fuir. Ne t'endors pas, regarde-moi, parle-moi. Ma femme et mes enfants sont dispersés dans la ville. Hier soir les enfants du commissaire social m'ont forcé à boire, je vomissais sur les iris, ils se tenaient serrés devant l'entrée du trou, ils me repoussaient. J'ai vu passer un de mes enfants dans la ruelle, il tirait un tombereau de fumier, ses petites épaules nues, creusées, noircies par le timon... »

Les chiens hurlent, les armes tintent dans la pénombre de l'aube. Moi, Thivai, troisième fils du vent, je travaille à la poste civile, je trie les lettres, mon pied enchaîné à la table ; depuis l'aube, debout, dans l'angle de la salle centrale ; les hommes libres envoient les télégrammes ; l'anneau d'argent de mes lèvres saigne, mes jambes chancellent, le sang éclate ; à midi, une jeune employée, libre, apporte une gamelle où le pain, la viande à moitié cuite, les grains d'orge et les biscuits, sont mêlés ; elle la pose sur le carrelage, je m'accroupis, je mange ; elle se tient debout, elle s'assoit sur le coin de la table :

— Qui étais-tu, libre ?

Je me tais.

— Moi, je suis libre depuis un an.
Je lève les yeux, je vois sur sa lèvre la marque de l'anneau.
— Depuis un an, regarde.
Elle soulève sa robe, met son doigt sur son genou rayé de cicatrices.
— J'avais une maîtresse qui me faisait marcher à genoux sur les morceaux de verre. Elle me donnait à ses amants pour qu'ils continuent de venir chez elle.
Elle découvre le haut de sa robe : sur ses épaules, sur sa gorge, sur le haut de ses seins, des marques de dents.
— Ils ont pris ce matin mille enfants nouveau-nés dans les familles esclaves, pour les chiens qui partent ce soir en campagne ; le chenil et tout autour, c'est plein de sang et de lambeaux ; la terre est rouge, l'air est rouge. On va retirer la nourriture aux esclaves pour nourrir les soldats et les chiens ; les esclaves mangeront la mauvaise herbe et les champignons de bois. Tu as une entaille sur la nuque, veux-tu que je te panse ?
— Non, ils m'arracheraient le pansement. C'est le commissaire : ce matin, en coupant sa barbe ; je tardais à lui apporter la cuvette d'eau chaude.
— Quand tu seras libre, tes plaies seront cicatrisées et tu oublieras les coups. Moi, j'ai une petite chambre de l'autre côté du port. Mon frère est encore esclave, je paie pour sa délivrance. Je n'ai pas vu son visage nu depuis quatre ans ; il travaille dans les mines de charbon, son corps est toujours noir, ses yeux mordent ; battus, ils perdent un sang noir. Mange, ne me regarde pas, ne me souris pas.
Je mange, je regarde ce que je mange, je ne peux pas regarder la vie, les bêtes libres ; si je fixe mes yeux dans ceux d'un homme libre, je suis battu jusqu'au sang et cet homme libre peut me faire mourir d'un seul coup de pied ; chaque nuit mes épaules gonflent ; je couche dans le

camion postal; les télégraphistes déchirent les lettres, ils me dénoncent, ils tirent de leurs poches des photos de femmes nues, ils m'en frottent les lèvres, je me tais, je ne bouge pas, ils me renversent sur les sacs de lettres, ils frottent les photos contre mon blue-jean, à l'endroit du sexe; ils pincent l'anneau de mes lèvres, ils le tirent, le sang jaillit sur leurs mains, ils me frappent, ils roulent ma tête dans les lettres tachées de sang, ils s'échappent, accrochent les filles dans les ruelles et les entraînent dans les épaves, égorgent un esclave fugitif dont le cri solitaire trouble le sommeil sanglant des esclaves entassés debout dans l'entrepôt et le joueur ensommeillé ouvre la fenêtre du casino et bâille, sa tête penchée sur le port frissonnant. Toutes les femmes libres me caressent en sortant des cabines téléphoniques, leur main glisse sur ma hanche, leurs yeux se lèvent, remontent le long de mon ventre et de ma poitrine, elles laissent des billets dans ma poche: adresses, obscénités. Pour me voir nu, fouetté, voir ma sueur couler, mon sang, elles me dénoncent. Les prêtres parlent aux esclaves, ils pansent les plaies, ils endorment la révolte...

L'officier de permanence pousse la porte de la cave.

Thivai se retourne, le dos au mur, il ne couvre pas ses cuisses; l'officier baisse les yeux:

— Le général viendra vous voir en fin de matinée. Habillez-vous, lavez-vous.

Thivai renverse la tête sur l'épaule, il ferme les yeux; l'officier regarde le sol, le lit, les pieds souillés de Thivai. Thivai, les yeux mi-clos, voit le jeune officier le regarder, il sourit de son étonnement, de son trouble; les lèvres du jeune homme sont rouges, gonflées, nulle trace d'anneau; le jeune officier sort précipitamment, la sentinelle ferme la grille puis la porte; sur ses lèvres, une trace d'écume de café:

— La mer est calme ce matin, on attend le 15e d'artillerie. Tous des bleus.

Thivai ouvre les yeux, avance sa poitrine, dans le soleil.

Les soldats vont au rassemblement. Les drapeaux claquent, les souliers frottent la terre ; puis, les cris, les disputes, les coups de poing aux cuisses et au ventre ; la section de Thivai rentre dans la chambrée. Les soldats se jettent sur leurs paillasses, ils froissent les romans-films, le chef passe entre les lits, frappe les cuisses, tire les mains :

— Debout, assassins, le général a besoin de vous.

— Qu'il relâche Thivai, et nous lui obéirons.

Les soldats roulent sur leur lit ; par terre, des feuilles de romans-films, froissées, souillées : les soldats ensommeillés, l'après-midi, les rapportent des chiottes ; le chef caresse les casques suspendus aux lits, il secoue les petits sachets transparents où les soldats conservent les oreilles et les doigts des rebelles tués ; les punaises, gorgées de sang, tombent des lits supérieurs et des chevelures luisantes ; les soldats, la main entre les cuisses et fouillant entre celles-ci rêveusement, lisent la main levée.

— Le général dit : s'ils font vite, vous les emmènerez en fin de journée à la plage.

— Salope, salope, maquerelle.

Winnetou sort de son lit, le chef le prend à la ceinture :

— Toi, dis-leur : « Le général a besoin de vous, il vous permet la baignade ce soir. »

Winnetou se dégage, il va fouiller dans son paquetage, sous le râtelier, il en sort un crâne encore frais : dans les cavités, entre les articulations, des filaments de chair séchée.

Winnetou remonte sur sa paillasse, il se couche, il pose le crâne sur son ventre, il le retourne, fait jouer les mâchoires, et, les yeux mi-clos, il lève le crâne au-dessus de sa tête, le regarde, secoue la mâchoire ; le chef claque la porte ; le général travaille dans son bureau, il signe des condamnations à mort, des permissions, des rapports

d'intendance et d'opérations, il téléphone à l'état-major métropolitain, écoute les rumeurs de la station métropolitaine, les cris, les jurons des opérateurs, les bruits de cuisson et de toilette, là-bas :
— Mon général, les commandos refusent d'obéir.
— Eh bien, laissez-les, nous en avons trop besoin en ce moment, il ne faut pas les contrarier. Supprimez le bain.
— Mon général, j'ai averti le prisonnier.
— Restez un peu là, lieutenant ; c'est votre première permanence ? On vous a dit des choses ignominieuses sur moi. Les soldats, cette nuit, dans les miradors... Tout est vrai, ma main est encore froissée des étreintes de cette nuit, ma bouche encore meurtrie des baisers donnés et reçus. Je ne succombe pas aux tentations ; en assouvissant mes désirs et les plus bas — selon vous —, je lave mon corps et mon esprit de tous les abandons et de toutes les mélancolies. Dans cette île dévastée, rebelles et forces de l'ordre ont découvert le triple visage du dieu : les rebelles se sont lassés de leur révolution ; nous de notre répression ; notre combat mécanique dissimule une incurable lassitude des fonctions morales ; chacun retombe dans son vice original le plus fort ; l'obsession qu'il a de le satisfaire réveille en lui des forces nouvelles, des forces de raison et non pas des forces de sentiment ; un homme n'est agréable au dieu que par son vice. Approchez, vous avez encore votre mère ? Ici, presque tous les soldats sont orphelins ; il n'y a pas de droit naturel ; et vous ne pouvez m'accuser de cruauté. Oubliez vos attachements de cœur ; aimez le sang, la palpitation d'un muscle, rêvez d'un caillou, d'un hameçon...

Le lieutenant recule vers la porte, il salue, il sort.

La sentinelle, avant de fermer la porte, fait un signe de la main, le général lui sourit ; le lieutenant descend l'escalier ; la sentinelle rentre dans le bureau, le général la prend par le ceinturon, il lui caresse le ventre, le soldat pose sa carabine sur le bureau, il s'avance vers le général, lequel le prend à la taille et l'assoit sur ses genoux, l'embrasse sur la bouche ; le soldat met ses bras autour du cou du général :

— Tout ce qui est bas est beau, et laid ce qui est le plus haut.

Le soldat couvre avec sa main la bouche du général :

— Tu es ma mère, et mon père, et mon frère.

La main du général caresse les déchirures du treillis, sur le genou et sur la cuisse.

— Ce n'est pas vous qui nous interdirez de retailler nos treillis.

— Non, ainsi moulés, je vous ai en main. Tu nous accompagneras, moi, le colonel et ses garçons, dimanche, à la plage de Loutrakion.

— Sa femme, la putain, elle pourrit à vue d'œil. Les anciens, ils la pratiquaient les soirs de pluie.

— Va-t'en, enlève tes mains de mon cou, tes cuisses, va-t'en.

Le soldat descend des genoux du général :

— Vous avez tort, mon général, je suis à point.

— Va-t'en, va-t'en.

— Je m'en vais, je m'en vais.

Le soldat reprend son fusil, il écarte légèrement ses cuisses ; à travers le treillis déboutonné, le général voit le slip noir, sa gorge se serre, il saisit le ceinturon du soldat, enfonce la main dans l'ouverture du treillis, caresse le slip attiédi, tendu, gonflé par le sexe du soldat, lequel, ses bras levés, raidit ses cuisses, avance son ventre et, la tête renversée sur l'épaule, gémit, bâille, mouille ses lèvres.

Thivai enfile son treillis déchiré et taché de graisse, il s'assoit sur la paillasse, tire le crin dans les trous.

À midi, le général pousse la grille, Winnetou s'appuie au mur, l'arme à l'épaule. Thivai se lève, le général met ses poings sur ses hanches.

— Vous ne vous lavez pas ? Vous ne mangez pas ?

Le général s'approche. Thivai recule vers le mur :
— Ton anneau saigne. C'est toi qui as découvert le sang. Tu es beau, je touche ton sang, il brûle mes doigts, il coule dans ton sexe, il brûle mes lèvres, ma langue. Tous, démembrés à mes pieds, moi, choisir une tête, les plus beaux bras, deux jambes, le sexe le plus gros, le torse le plus lourd, et les assembler, les souder par le sang.

Donne ton sexe, tes jambes glissent dans le creux de mes hanches.

Mon corps, je ne le nomme pas, je ne le connais pas, tes mains le dressent. Winnetou ouvre, lâche mon sang. Toi, toi. Je déchire ta poitrine, je tire les poumons avec mes dents, je te vide, je t'aspire comme une caille crue, je me vêts de ta peau. C'est toi qu'on aime, moi que l'on touche.

Le général courbe sa tête sur la poitrine de Thivai ; il lui déchire sa chemise, il mord la gorge ombrée de crasse et d'huile, mord les lèvres, les gencives ensanglantées. Thivai, serré contre le mur, repousse les mains du général qui pétrissent son ventre.

Winnetou écrase une boîte de poisson ouverte sur les marches de l'escalier. Le général prend la tête de Thivai, il la courbe sur le côté et mord la nuque ainsi tendue, l'artère palpitante ; la main du général écrase l'oreille, ses ongles griffent le crâne :

— Thivai, toi si fort, si résolu dans le maintien de tes passions, tu te laisses mourir. Sors, viens nous rejoindre ; nous, tes compagnons aux joues glacées, marchant sur une terre sans voix, sous des arbres sans mains, mélange ta fumée à celle qui s'échappe de nos lèvres dures, enfouis-toi avec nous dans le cuir sauvage des divans, vomis dans le feu, caresse nos chiens et nos garçons, nos filles au ventre moulé dans le cuir, respire notre parfum de sueur et de sperme, la senteur du suint entre nos cuisses ouvertes, l'odeur de l'herbe et du savon sur les épaules de nos filles, saccage l'étoffe légère qui les couvre, mords le linge frais sur leur sexe ; avec leur dentelle déchirée, enfoncée entre tes dents, arrache les lambeaux de viande retenus entre tes gencives ; lèche les jambes, les genoux des servantes, baise, quand elles se penchent pour servir, l'articulation de leurs hanches. Je pousse des garçons sur tes genoux ; ils tremblent entre tes mains, tu ne veux pas de proies vivantes...

Le général sorti, Winnetou pousse la grille, Thivai se couche sur le lipico, les jambes écartées, traînant de chaque côté de la paillasse ; sur sa poitrine, la salive du général, le sang pris sous ses gencives et déposé là par les lèvres du général, les lambeaux mouillés de la chemise. Le général revient à trois heures, il terrasse Thivai, cloue sa main au mur, Thivai pâlit, suffoque, son cœur bat sous l'ombre du bourreau ; ses joues, où jamais les larmes n'ont coulé, brûlent. Thivai, sorti des bras du général, s'écroule évanoui ; la fraîcheur du soir le réveille, sa tête a porté sur une pierre saillante du mur, son treillis est ouvert, son sexe recouvert de terre, ses lèvres collées par du sperme ; il se relève, s'étend sur le lit.

... Je n'avais pas de nom. On m'appelait Dent ; Xaintrailles, Front, Véronique, Lèvre. D'autres, Main, Ventre, Épaule, Nuque, Cil, Joue, Cuisse, Genou, Nombril, Pied. Selon la partie du corps touchée par l'acheteur, en signe de possession. Les enfants du commissaire social me prennent avec eux pour un voyage qu'ils font hors du pays. Je prépare leurs chambres dans les hôtels, ils dévorent des pastèques, accroupis sur le sable blanc et brûlant, ils me jettent les écorces ; sans lit, sans abri, sans vêtements chauds, je couche une partie de la nuit dans les chiottes, assis dans les latrines, le ruissellement de l'eau rafraîchit mon dos ; je ne puis coucher dans l'auto, elle est fermée ; sur la plage, ils lancent des bouts de liège et m'excitent par des cris et des sifflements, je cours à quatre pattes, je mords le liège, je le rapporte à leurs pieds ; ils me saoulent avec du vin gâté ; aux douches, sur l'estrade, devant la mer, je savonne et je frotte leurs corps sauvages d'où sortent, pour moi, à toute heure, les armes de la mort ; je tue les araignées dans les chiottes, avant qu'ils viennent s'y asseoir, je leur déchire le papier et je le leur tends ; assis dans le coffre, ma tête heurtant le jerrican d'huile qui déborde, secoué par les trous et les bosses de la route, je n'écoute pas leurs rires, mes oreilles entendent, mais ni mon esprit, ni mon cœur, ni ma gorge ne remuent. Dans une ville appelée Thivai, mais un des garçons criait : « Thèbes, Thèbes, Thèbes... », ils me délivrent, je marche vers une fontaine ; le soleil brûle les blés, je plonge mes pieds, mes jambes, dans l'eau glacée, un enfant tourne sur la route, ses jambes trop courtes accrochent la chaîne de son vélo, ses cuisses pistons, de part et d'autre du cadre rouillé, bruissent comme des élytres. Je jette l'eau sur mes genoux, elle mouille le blue-jean retroussé sur les jarrets.

... Passent trois femmes jeunes, voilées de noir, veuves ; marque de l'anneau sur leurs lèvres ; un petit vent soulève leurs voiles, elles entourent la fontaine, je prends de l'eau dans mes mains, j'y plonge mon visage ; les gouttes brillent sur mes cheveux coupés ras ; une moissonneuse couche les herbes, l'air tremble au-dessus du moteur : « Tis efus brotaun ? » Je me tais, je les regarde : « Ei gennaios, aus idonti, plain tou daimonos. » La voix chaude et bruissante coule dans ma gorge, elle enveloppe mon cœur. Je mets la main sur l'anneau de mes lèvres ; elles baissent les yeux, leurs cils, au travers du voile, rabattus sur l'œil, comme des ailes de papillons de nuit.

La plus haute des trois avance sa main, caresse ma tête mouillée et scintillante, les jeunes maîtres dorment dans la voiture, la tête appuyée contre la vitre ; la fille, sa robe retroussée sur ses cuisses, sa bouche entrouverte et sa chevelure blonde collée aux lèvres. La main de la jeune femme couvre mon oreille : « Esklavos ? » Sa bouche descend, obscurcit mon visage, sa bouche se pose, s'ouvre et se ferme sur mon anneau, ses mains appuyées à mes épaules : « Kaci. » — Sur le bord de la fontaine, un oiseau blessé par la roue du vélo se débat dans la boue ; une des femmes s'accroupit, prend l'oiseau, lave son plumage dans la fontaine ; quand elle se relève, l'étoffe noire de son épaule effleure mon coude, le brûle ; le fleuve roule entre les blés, rouleur de galets, il traverse, il perce les champs, les collines du soleil, son eau roule sur un lit de feu, c'est la terre qui brille haut dans le ciel ; les femmes s'éloignent ; une pierre roule sur mon pied, un des garçons, sa jambe hors de la voiture, rentre une main dans sa poche, l'autre prend le volant ; je cours, je m'accroupis dans le coffre ; la jeune fille se réveille ; je sens le fleuve, j'entends sa voix, son allégresse à l'approche de l'estuaire :

— Je n'aime pas cette fraîcheur d'eau qui vient du coffre, et court sur mes épaules.

Le garçon se retourne, frappe ma tête avec son poing :
— Toi, dépêche-toi de sécher.

Au soir la jeune fille me fait asseoir tout nu, sur une chaise, devant elle, mon ventre et ma poitrine appuyés au dossier ; ils mangent, assis dans le sable ; le sable refroidit sous mes pieds, ils sortent un petit pistolet à plombs, ils me visent, les plombs percent mes hanches, criblent mes oreilles ; mon sexe se tend, s'écrase contre les barreaux ; la jeune fille le voit, elle baisse les yeux, des pêcheurs traînent leurs filets sur le haut de la plage ; le ressac recouvre mes pieds et ceux de la chaise ; l'écume a des reflets verts, rouges et bleus ; les garçons se relèvent, ils vont vers les pêcheurs, ils les criblent de plombs lesquels tintent sur les lèvres annelées des pêcheurs ; la jeune fille s'approche de moi, elle se penche, elle regarde mon sexe écrasé sur le barreau, elle caresse mon crâne, mes oreilles criblées, ensanglantées :

— Mes frères veulent que je fasse l'amour avec toi, je ne veux pas, tu me fais peur, tu as des armes sous ta peau. Amour, toi, peau, moi, peur...

Les garçons volent les poissons dans les barques ; ils les jettent à mes pieds. Au moment du départ, les oreilles, les mains, le nombril criblés, presque déchiquetés, je ramasse les poissons, ils glissent sur mon ventre, je les jette dans le coffre ; la jeune fille me lance mon blue-jean, je l'enfile, un pied sur le pare-chocs ; la voiture démarre, je tombe à la renverse sur l'asphalte, je me tords, je gémis, le blue-jean déboutonné ; la voiture me traîne sur le goudron ramolli ; elle s'arrête, ma tête, mes reins, mon dos saignent ; les garçons descendent, ils me soulèvent, m'emportent vers la mer, ils me plongent dans l'eau obscurcie ; mon corps brûle, je mords mon cri, les garçons me ramènent vers l'auto ; ils me déposent dans le coffre sur les chiffons et les bâches ; au commencement de la nuit, je crie ; ma tête collée aux chiffons, bat contre le cuir et l'armature du siège arrière. La jeune fille et le garçon se retournent, ils ouvrent la capote, j'entends le tintement des grelots, les troupeaux et les bergers invisibles dans la nuit ; la frontière dresse ses tours, allume ses feux ; les garçons descendent, je reste seul dans la voiture avec la fille, elle caresse mon front ; les garçons sortent les passeports, le papier de contrôle de leur chargement où moi, esclave, je suis inscrit ; ils s'assoient sur les bancs de la douane, leurs genoux cuivrés, couverts de sueur et de poussière verte, miroitent sous le néon. Les pièces de monnaie glissent hors de leurs poches, tintent sur le carrelage, la main de la jeune fille effleure mes yeux, je prends cette main, elle tremble dans mes doigts, le sang se retire, la tête de la jeune fille roule sur le haut du siège :

— Ne me touche pas. Tu me fais mal. Tu me bois tout mon sang. Ne me touche pas. Tu me brûles. Lâche-moi...

Elle crie, un souffle de menthe sauvage, sorti du fossé où chante le berger, passe au-dessus de l'auto ouverte. La jeune fille évanouie sur le siège. Les douaniers marchent entre les autos, le pistolet ballant sur la hanche ; les garçons reviennent :

— Elle a froid, peut-être... et cette odeur de sang, ces cris...

... Un garçon prend la tête de la jeune fille sur sa poitrine, il la caresse, il baise les cheveux mouillés de sueur froide ; la voiture s'élance dans la poussière piquante du blé ; au bord du fleuve, elle s'arrête, les garçons ouvrent le coffre, me tirent, moi criant, pleurant, me jettent sur la route ; la fraîcheur de l'air, les embruns, le parfum du blé pourri étouffent, mouillent mon cri ; au matin, le corps enduit de rosée et de fiente d'oiseau, le torse et les jambes couverts de traces de vers et de limaces, je me relève, je me traîne, je tombe, je rampe vers le fleuve, des échassiers marchent le long du ressac, je dors tout le jour dans la vase ; au soir, affamé, je guette le passage des échassiers, je cherche le plus frêle, je le vois, je lui prends la patte, je la lui brise d'une seule torsion de poignet, je couche l'oiseau sur la vase, je l'étrangle, ses pattes, son bec me griffent le crâne, je lui arrache les plumes du cou et du poitrail, le duvet aveugle mes yeux, j'attire le poitrail contre ma bouche et je le mords, je le déchire ; la vase, remuée, engloutit sang et plumes, ma bouche, mes narines, tout mon visage plonge dans la chair lacérée ; au fond, dans l'ombre sanglante, le cœur bat, je le vois battre avec mes yeux baignés de sang, je le mords, il bat contre mes dents, je le transperce, le sang jaillit sous ma langue ; la chair crisse entre mes dents ; la tête de l'oiseau saute dans la vase, le bec craque, les yeux se voilent ; je m'endors, la tête enfouie dans le sang tiède. Au matin, j'arrache l'anneau de ma lèvre, je le jette avec le bout de chair qu'il encercle, dans le fleuve, un échassier qui plane, plonge, avale l'anneau ; je me lave dans le fleuve, la plaie de ma lèvre brûle comme une braise ; couché dans le fossé, chauffé par le souffle des blés, je bois mon sang...

Le général vient une troisième fois, il relève Thivai, il le couche sur le lipico, il le caresse.

... « Je délivre Véronique et Xaintrailles, ils arrachent leur anneau. J'entre dans la poste civile, je couche dans la petite chambre de l'autre côté du port, j'entre dans la poste civile, je prends Biétrix par la taille, elle baise ma lèvre mutilée, tous les soirs elle la trempe dans un petit bain d'herbes douces, elle cueille pour moi des coquillages fins, je suis couché dans la cire et l'amidon, elle revient, elle découvre mon sexe, elle le bande avec un linge mouillé, elle caresse mes boules sécrétives, je mange l'assiettée de coquillages, ils fument. Biétrix me tient soulevé par les épaules ; quand nous nous embrassons, nos plaies se touchent, des larmes jaillissent de nos yeux, la nuit elle s'étend contre moi, elle m'endort avec ses caresses fraîches, elle ouvre mon pyjama, ses doigts dénouent le bandage de mon sexe ; ses seins tremblent comme du lait dans l'ombre des draps, je les touche, j'y pose mes lèvres parfumées, mes narines traînent entre les seins, ma langue sort de ma bouche, lèche le duvet, le couche, ma salive bouillonne sur le téton, mes dents le pincent, mes lèvres tètent le bord ; ma salive ruisselle sur le sein, la main de Biétrix le soulève vers ma bouche qui le reprend : mon corps roule sur toi, le linge mouillé couvre mon sexe et le sépare du tien, tu chantonnes sous moi, je frotte entre mes mains tes petits pieds glacés ; au milieu de la nuit, je ne te connais pas encore, et tu n'as pas ouvert tes yeux ; les lumières du port glissent sur mon dos, sur tes seins, quand je me retire sur tes genoux ; je découvre ton sexe, je jette le linge au fond du lit, j'embrasse le bourrelet chaud de ton sexe, je souffle sur lui mon haleine de fils du vent, tu gémis, tu écartes tes cuisses et j'y plonge ma chevelure naissante d'homme libre, elles enserrent mes joues, sur mes yeux je sens monter la fraîcheur acide de ta semence laquelle mouille les lèvres de ta petite bouche secrète, enfouie ; je ris, quand mes narines effleurent les touffes bouclées de ta toison. Biétrix, Biétrix, Biétrix, arrache le cri de ma gorge, pétris mon cœur, aime-moi, que je crie enfin, que les hommes entendent mon cri et non plus moi seul ou la mer déserte ou le caillou.

Presse-moi, fais jaillir le sang de mes plaies, de mes désirs, des déchirures de ma vie, de mes yeux, de ma vue, durcis mes jambes, mes bras, mes lèvres; moi seul parmi la nature vivante, je rêve; touche mes veines, qu'elles soient aimées, reconnues, désirées de tes mains, de tes lèvres. Désire-moi, désire-moi, mange-moi! Aie faim de ma chair, soif de mon sang, prends mon corps, égorge-le, déchire-le et l'ayant dévoré, regrette et désire, et mange-toi pour me remanger. Ta tête se déchire sous mes dents comme une grande fleur au calice fermé. Herbes douces, garrottez mon sexe, retenez le sperme, la semence furieuse qui te brûlerait tout entière vive. Dors, ma semence retenue au-dessus de ton ventre, dors, souris, dors sous l'arc de mes cuisses; mes yeux rêvent sur tes seins frémissants. Dors sans peur, toute nue, dans mon ombre, sous mes yeux et mes doigts autrefois cruels et pervers, dans mon odeur nouvelle, dans le tressaillement de mon désespoir, dors sous moi, ton ciel aux nuages, aux astres de salive et de sang. Dans ton sommeil, écoute ses dieux de sperme appeler ta semence endormie... »

Dans la nuit, les commandos enivrés, excités contre Thivai par leurs chefs désœuvrés et cherchant l'amour auprès d'eux, se traînent vers la cave où Thivai, enfermé, dort mal. Leurs pieds apparaissent au soupirail, la poussière fume dans le clair de lune, Thivai se réveille en sursaut, il est nu, couché sur le ventre; une pierre frappe son pied, Thivai se retourne, il voit les souliers frotter le sol, les commandos descendent le petit escalier : « Il est enfermé à clef. Attends, voilà la ronde. On va rentrer avec eux. »

Thivai s'est levé, d'un bond il se cache dans un angle plus obscur de la cave, il étouffe son halètement, son ventre palpite dans le clair de lune, les commandos pié-

tinent, la ronde vient, la lampe éclaire le soupirail ; le sergent la tient, il éclaire les commandos appuyés au mur :
— On veut voir Thivai, laisse-nous entrer.
Le sergent ouvre la porte et la grille, ils s'élancent dans la cave, Thivai court le long du mur, il s'enfonce derrière les étagères, les commandos saccagent le lipico, la poussière vole, soulevée, retombe sur leurs épaules ; un commando, torse nu, sa chaînette secouée sur la toison de la poitrine, enfonce son bras derrière l'étagère, saisit la jambe de Thivai, il la tire ; Thivai grimpe aux étagères, lance sa jambe dans le visage du commando lequel la prend à deux mains, et la tient entre ses dents ; Thivai mord son cri, les autres commandos se suspendent aux étagères et les font basculer ; le sergent, écroulé sur le lipico lacéré, essaie de se relever ; sa bouche ensanglantée, remue ; le sang claque dans sa bouche, les étagères s'effondrent, Thivai apparaît dans la poussière, nu, le crâne ras, entre ses cuisses, la toison brune du sexe.
Les commandos sortent leurs couteaux ; Virido sort une fourchette de sa ceinture — les soldats gardent dans leurs poches ou dans leur ceinturon, fourchette et cuiller — Thivai renverse sa tête sur le mur, il enfonce ses bras entre ses cuisses, son corps tout entier vibre dans la poussière ; les couteaux tintent dans les mains mouillées ; Virido s'avance, il prend Thivai par le cou, il lui crache au visage, il appuie sur ses épaules, Thivai fléchit, il tombe agenouillé, ses mains défendent sa poitrine, Virido lui prend la tête par les ouïes, la renverse en arrière, avance la fourchette, la frotte sur la gorge tendue de Thivai, lequel :
— Virido, ne me tue pas. Ne me tue pas. Tu es ivre. Je suis Thivai.
Virido enfonce les dents de la fourchette sous l'artère ; le sang jaillit sur sa main ; Thivai suffoque :
— Virido, Virido.

À chaque parole, le sang jaillit et remplit sa bouche ; Virido lèche le sang sur sa main, il retire la fourchette, il la plante dans la poitrine, entre les seins, Thivai, toujours agenouillé lui prend le bras avec ses deux mains ; Virido se dégage, retire la fourchette, il s'écarte, il se tourne vers les commandos :

— Tuez la bête.

Les commandos se jettent sur Thivai, ils le mordent avec leurs bouches souillées de vomissures de vin ; ils le percent sur tout le corps, ils lacèrent son nombril, le creux de ses mains ; Thivai, écroulé au pied du mur, la tête heurtant les piles écroulées à chaque coup de dents ou de couteau ; les commandos percent la terre, leurs couteaux s'ébrèchent au mur, coupent la cire verte des piles ; Thivai, ses yeux couverts de sang, se laisse transpercer ; un couteau serré dans une main tendre, couleur de lait, et tachetée de roux, déchire sa joue.

Ses yeux crevés par le couteau éclaboussent ; la lame déchire la membrane et les nerfs de l'orbite ; le sergent, soulevé sur le coude, hurle, la lampe éclairée au bout de son bras levé ; un commando se retourne, et d'un seul coup de poignard, il coupe la main, la lampe se brise sur l'articulation du lipico ; le commando revient au cadavre de Thivai ; le sang voile leurs yeux, ils percent, les yeux aveuglés, ils tirent les lambeaux, les nerfs, la terre apparaît au fond du ventre déchiqueté de Thivai ; la main de Thivai mort, tient le bras de Dafni : le sergent frotte sa main coupée à sa poitrine, le bras mutilé brûle, les sentinelles courent vers la cave ; les commandos, la tête plongée dans le ventre de Thivai, déchirent, avec leurs dents, les lambeaux, les enroulent à leur tête, autour de leurs poignets ; les couteaux noyés dans la chair, étincellent quand un soldat déplace ses mains dans la bouillie rouge ; seule la cicatrice à la lèvre de Thivai n'a pas été touchée ; les narines retroussées, les cils arrachés, le ventre vidé, troué jusqu'à la vessie, le sexe retroussé, les boules sécrétives transpercées, les cuisses écorchées, les genoux brisés à coups de pied ; les phalanges des pieds déchirées, les mains déchiquetées...

À l'approche des sentinelles les commandos, accroupis, grondent, le poitrail ensanglanté ; les sentinelles les encerclent, les menacent de leurs P. M., deux sentinelles soulèvent le sergent dont la colonne est brisée et le bras mutilé ; les commandos basculent sur les restes de Thivai, les mains au-dessus du crâne, ils vomissent, leur dos saute, la poussière soulevée retombe couleur de sang. Dehors, les coqs blancs sortent des haies, courent vers le fleuve pour se battre avec les échassiers, en attendant l'aurore, dans la boue empreinte de fuites sauvages ou amoureuses.

Xaintrailles, au matin, réveille le général, lui serre le cou. Le général prend peur, appelle une sentinelle ; Xaintrailles gifle le général ; la sentinelle assomme Xaintrailles lequel est jeté dans la cave ensanglantée.

Le gouverneur ne sort plus de sa chambre, l'odeur de sang couvre la ville, il faut marcher longtemps, monter haut pour sortir du sang. Les femmes des officiers supérieurs donnent des fêtes de nuit, avec masques et déguisements. Ours, vautours, cobras, dansent aux bras des femmes, boivent des coupes offertes par des chats en blue-jeans.

Les enfants courent en pyjama, se frottent aux fourrures, aux plumes, relèvent les queues, les enroulent à leur cou ; portes et fenêtres sont ouvertes sur les jardins enfouis sous la poussière rouge ; les couples s'échappent, sautent dans la poussière, s'y enfoncent à mi-corps ; les haies, les massifs, les arbres sous lesquels vibre le courant électrique, arrêtent les cris et les vomissements des soldats jouant aux cartes ou se battant entre les baraques. Les couples s'embrassent, se troussent.

Les enfants restés dans les maisons traînent les dépouilles de leurs parents, les revêtent et s'étreignent sur les lits.

Les adolescents se rejoignent hors de la ville, dans un palace abandonné : le Royal Inaménas ; autos, vélos, motos, roulent sur le boulevard du front de mer, mendiants et enfants affamés, accroupis sur l'autoroute, fascinés par les phares, se laissent percuter par les pare-chocs, écraser par les roues. Le Royal Inaménas, construit au fond de la vallée d'Iguider, vallée déserte ouvrant sur la mer, comprend huit cent cinquante appartements, cinquante-cinq escaliers intérieurs, trente extérieurs, soixante-dix ascenseurs, treize halls, une piscine longue de cent mètres, couverte, chauffée, pavée de marbre et carrelée en céramique bleue, un gymnase, un théâtre.

Les adolescents, dont certains ont amené avec eux les bonnes de leurs cadets, escaladent le perron, poussent la porte de bronze vert, se séparent dans le grand hall d'entrée ; la vieille femme, concierge de ces demi-ruines, se penche à l'encorbellement de l'escalier d'apparat :

— Maudits. Maudits. Moi qui ai reçu des princes, des rois...

Elle crache sur les têtes blondes.

Un garçon lui bouche les yeux avec ses mains ; un autre saccage sa misérable cahute dressée sur le premier palier, la lampe à pétrole s'écroule, enflamme les tapis, les chiffons, la couche de la vieille :

— Moi, j'ai reçu le diable et son état-major, j'ai vu dans ses poches, les listes de proscription, les plans des fours de la mort...

Les garçons s'échappent, ils bondissent dans les escaliers, dans les corridors, ils débloquent les ascenseurs, ils les lâchent, les ascenseurs s'effondrent dans les cages, le hall tremble ; la vieille hurle, un garçon accroche un lustre avec une perche, il l'attire vers lui, puis il le lâche, il le lance sur la vieille, les boules de cristal roulent sur les épaules de la vieille, elle tombe à la renverse dans les chiffons calcinés.

Les filles, palpitantes, cachées derrière les portes, retiennent leur souffle, les garçons avancent dans les corridors sur la pointe des pieds ; quand ils voient une fille, ils se jettent sur elle, ils se battent pour la déshabiller ; les bonnes montent aux derniers étages, se couchent tout habillées sur les divans, dans les chambres écroulées, attendent souvent jusqu'à l'aube et dans la fraîcheur, qu'un garçon les découvre et les déshabille ; des couples s'aiment dans les baignoires de marbre rayées d'inscriptions de mort ou de sexe ; un garçon fait rentrer en la pliant, une branche d'arbre vert dans la chambre, et nu, la chevauche furieusement, puis revient se rouler sur la fille et lui faire sentir la sève entre ses cuisses et croquer les fourmis qui noircissent son sexe. L'eau ne vient plus aux robinets ; des couples en plein spasme, se lèvent et se poursuivent dans les couloirs, le sperme et la semence ruisselant sur leurs cuisses ; un garçon sorti d'une chambre, prend la fille ainsi préparée et l'emporte sur le lit d'où il chasse la fille par lui préparée : celle-ci se jette dans le couloir où le garçon au sexe ruisselant l'attrape et la renverse sous lui, à même le plancher poudreux et couvert d'insectes morts et secs ; un groupe de filles et de garçons descend dans la piscine, ils se couchent sur le carrelage, ils se jettent, ils rampent, ils nagent les uns sur les autres ; les derniers plongent sur les corps nus, entassés ; ceux qui, vidés de leur semence et de leur sang, sentent le froid saisir leurs membres, viennent, lentement, leurs genoux tremblants et ployés, au bord de la piscine, descendent, marchent sur les corps, les écartent, et se couchent entre les corps, se frottant à eux et gémissant et bavant comme des enfants saisis par la chaleur du lit et les premiers désirs ; aux parois de la piscine éclairée par la lumière d'œuf de l'aurore, des inscriptions, des dessins obscènes : canons moussus, amandes ouvertes, femme montée par un chien, femme montée par un âne et lui tirant les oreilles pendant qu'il la pénètre, hommes se chevauchant, femmes se caressant, sexes d'homme et de femme accouplés vus de dessous, sexe d'homme mordu englouti par bouche de femme, tête d'homme vue de dos, enfouie entre les cuisses de femmes, femmes se passant une corde entre les cuisses... Les bonnes, délaissées, dorment aux étages.

Les premiers garçons réveillés sortent dans le parc ; les herbes lourdes de rosée mouillent leurs jambes nues ; ils cueillent des mûres acides, ils les mangent dans le creux de la main ; ils montent, ils cherchent leurs habits.

La vieille se relève, pose son menton sur l'encorbellement ; les garçons redescendent, habillés, portant sur le bras les robes des filles, lesquelles se réveillent dans le fond de la piscine, frissonnent, geignent, se frottent les unes aux autres ; les garçons leur jettent leurs robes ; des garçons, dont le désir remonte, courent aux étages, ils bondissent sur les escaliers aux marches brisées, glissent, leurs pieds s'emmêlent aux lambeaux des tapis ; les garçons cherchent les bonnes : elles auront les étreintes les plus cruelles, le sperme incolore et brûlant, la salive au goût de sang ; tout autour, sur les murs, lambeaux de tapisserie, par terre, lambeaux de tapis soulevés par le petit vent, claquent.

Relevées, les bonnes, rhabillées, descendent : corsages, hauts de robes, mouillés par la sueur et par la salive, tendus par le désir suspendu, se déchirent sous la caresse légère des garçons ; tous reviennent aux autos, motos, vélos recouverts de rosée et de fientes ; écrasés sur la selle, les sexes des garçons et des filles brûlent ; le long de la mer, l'écume vole sur le ressac, éclabousse les vitres et les joues. Tous entrent dans la ville endormie ; les sentinelles tournent dans les miradors ; motos, autos, vélos percent les songes, fauchent les herbes ployées sur la route par la rosée.

Les adolescents s'étreignent devant leurs demeures, ils rentrent.

La porte poussée, l'aurore coule sur le tapis et le carrelage de l'entrée ; le garçon, la fille, déshabillés, se couchent, les yeux éblouis par le soleil de sang et d'œuf.

Les bonnes sommeillent quelque temps sur une chaise de la cuisine, le rayon de soleil avance sur le carrelage, monte sur le pied ; la bonne s'éveille, elle se lève, elle va à l'évier, retrousse sa robe, prend un torchon, le mouille et lave ses cuisses et son sexe ; elle frissonne ; l'eau ruisselle sur ses genoux, le linge où fume un rayon couvre la toison noircie ; les seins ronronnent sous le corsage aux boutonnières tendues.

Souvent les soldats buvant dans les bordels, le soir, se placent sur le boulevard du front de mer, attendent les adolescents, les arrêtent ; ils se battent, ils les terrassent, d'autres poursuivent les filles, ils les troussent, ils les bâillonnent, ils les renversent dans le terrain vague ; certains s'arc-boutent et les violent à toute vitesse ; les garçons, ils les frappent, ils les assomment, les frappent au sexe, coupent avec leurs poignards leurs chevelures de femmes, déchirent leurs chemises de soie, piétinent, lacèrent leurs souliers pointus, à boucles, coupent avec les poignards le tissu de leurs blue-jeans collants, à même la chair.

Les jeeps de la police militaire freinent, coups de matraque, coups de crosse, les soldats sont ceinturés, jetés dans les jeeps ; garçons et filles se relèvent, meurtris, ensanglantés ; ils s'entassent dans les autos, ils vont chez Talbot, chez Saint-Gall où les bonnes les lavent, les soignent, coupent leurs cheveux, recousent leurs vêtements, jusqu'au milieu de la nuit ; demi-nus, la poitrine tachée de mercurochrome, ils s'assoient sur les lits ou s'y renversent; Saint-Gall, seulement vêtu d'un slip de coton blanc, sommeille, couché sur le côté, les jambes repliées contre le ventre.

Fabienne se couche le long du garçon, sa main caresse la hanche, l'ourlet du slip, la fesse, les plis sous le sexe; Saint-Gall ouvre un œil, il se retourne, roule sur Fabienne :

— Maintenant qu'Audry est parti à Elö, tu me caresses.

La main de Fabienne remonte sur la hanche, caresse la cuisse, s'enfonce sous le slip; Saint-Gall écarte cette main, il s'appesantit sur Fabienne, son genou écarte les cuisses de la jeune fille, sa main couvre le soutien-gorge, le froisse, le tire vers le haut, découvre le sein, le caresse, le prend, le remue; sur son genou ruisselle déjà la semence de la jeune fille, dont le sexe est entrouvert contre la cuisse du garçon; Saint-Gall dégrafe le soutien-gorge, mordille la dentelle; le soutien-gorge dégrafé, glisse sous le sein, chatouille le ventre du garçon; le visage de Fabienne, sous ses yeux, s'éclaire, prend la couleur pâle des yeux :

— Audry, je l'ai oublié, ne parle plus de lui. C'était encore le temps de la morale et de l'affection. Maintenant je ne vis plus, je ne pleure plus, je n'aime plus, jamais tu ne me feras sourire ou pleurer, je suis une pierre.

Le garçon baise ce visage, ces rayons, ce lait, ces fourmis, ses lèvres aspirent cette tranparence; sa main arrache le slip lequel glisse entre son sexe et celui de Fabienne; la jeune fille le tire; le garçon avec son genou, le fait glisser jusqu'à son pied; le garçon prend la tête de Fabienne, la secoue, la chevelure roule, se déploie sur l'oreiller; dans la pièce voisine les filles parlent aux bonnes; quand les bonnes mordent le fil entre les dents, pour le casser, le dé à coudre tinte sur l'anneau de leur lèvre. Saint-Gall lèche la chevelure, à droite et à gauche de la tête de Fabienne, les cheveux se collent à ses lèvres :

— Quelquefois je pense à ma mère, elle seule pourrait me réchauffer, me redonner le jour; mais son souvenir a disparu. Serge, mon frère, il crie devant la mer; couverts de sable, lui et Émilienne, ils vivent dans une petite cabane sur la plage, ils ne mangent pas, ils ne dorment pas, ils s'étreignent jour et nuit pour ne pas mourir. Les enfants et les soldats s'écartent d'eux; ils vivent nus; la chevelure d'Émilienne sort du sable comme une touffe de varech, nus, emmêlés dans des lambeaux de blue-jean, de slip, de robe, de soutien-gorge, de chemise, serrés par le cuir lacéré. Mon père continue de vivre là-haut; moi, je vais d'une maison à l'autre, où les garçons m'entraînent. Sans amour, sans haine, sans cœur, sans larmes, errant autour des bordels, ai-je la force de vivre seulement de mon corps; trop de douces mains ont caressé mon corps; avec toi c'est encore le cœur. Le bordel est le seul lieu où vivre, et je ne puis y entrer. Dommage que je ne sois pas née putain.

Avec Serge nous avons joué: lui au client, moi à la putain.

Lui, si chaste alors, il me saisissait par la taille, il tirait ma chevelure en arrière, il poussait, il frottait son genou entre mes cuisses, il me renversait, il me déshabillait et se faisait déshabiller par moi; lui si chaste, il connaissait toutes les positions amoureuses, il les inventait sur mon corps résolument impassible, il poussait comme un petit chevreau, il s'emmêlait dans mes jambes, ses narines s'écrasaient sur mes joues, sur mon ventre; sa langue, en léchant mon sexe se pinçait entre ses dents; je riais à ses petits cris, à ses petits rots.

Après, Émilienne a pleuré contre sa poitrine; lui, orphelin pourtant et mourant d'être fils. Mais, aujourd'hui, comme moi, il a coupé son cœur, et il ne sait comment le manger.

La Révolution recevait de l'étranger des armes, des vivres et de l'argent.

Béja ayant tué Illiten, lequel, à cause du pouvoir et de son état de révolté, appartenait encore à l'ancien monde, alors que lui, Béja, ni chef, ni second, ni sujet, ni inspiré, mais choisi, provoqué par le destin, produit mathématique du destin historique, parole et non plus bouche, premier homme auquel aucune sorte de dieu ne pouvait convenir, premier homme à ne point prier, premier homme sans cœur, sans raison, sans cruauté, sans mère, corps traversé par la vie, mais ne pouvant la retenir, corps sans limites, forme, chiffre, signal, Béja, peu après la révolte manquée du bordel d'enfants, commença de préparer une offensive totale qui provoquerait le rassemblement en un même lieu de toutes les troupes d'élite des armées d'occupation. Des bateaux, chargés d'armes, d'explosifs, et de petits hélicoptères, traversent la mer. Les rebelles, par radio, les dirigent vers les plages désertes du nord de l'île. Les barques, les canots avancent entre les roseaux; la coque heurte les galets, les os, les carcasses. Là, sur les falaises, les soldats d'un poste d'infanterie de marine sont maîtrisés, beaucoup égorgés, d'autres, enfuis sur la plage, assommés dans les rochers et tués à coups de pied; le radio des rebelles s'assoit à la table de l'opérateur — égorgé sur sa paillasse — lequel a copié le texte codé des prochaines vacations. Les barques sont tirées sur le sable; Béja, sur la première barque déchargée, fonce vers le bateau principal; il y monte, le capitaine de l'expédition l'attend; il entraîne Béja dans sa cabine, il le prend aux épaules, il le regarde des pieds à la tête:

— Ta photo est dans tous les journaux du monde, je t'apporte de quoi achever tout à fait ta révolution. Les filles de notre pays sont amoureuses de tes yeux noirs et profonds, qu'on dirait peints.

Les cris étouffés des marins et des rebelles, l'écroulement de l'écume sur les flancs du bateau ; Beja regarde le hublot ; le capitaine étale des journaux sur la table ; la main de Béja caresse les livres de la bibliothèque, reliés, fauves, dans la lumière d'or. La porte s'ouvre, un petit garçon entre dans la cabine, il s'accroche aux cuisses du capitaine, il y plonge sa tête ; le capitaine caresse le dos, les fesses du petit garçon, il remonte sur les hanches le maillot rouge dont l'enfant est seulement vêtu ; il retourne l'enfant, il lui prend les mains qu'il élève à la hauteur de son ceinturon :

— C'est mon fils, il voulait te voir depuis le début de votre Révolution il ne pense plus qu'à toi, la nuit il parle dans son sommeil :

« Papa, le héros, papa le héros ; maman, Béja, maman, Béja... » L'enfant baisse les yeux, Béja s'accroupit, il caresse la joue de l'enfant, son épaule ; le genou du garçon tremble sous le coude de Béja ; l'enfant lève les yeux, son petit visage frémissant chauffe le front glacé de Béja :

— Nous vous enverrons nos enfants, mais ne m'interrogez pas sur l'esclavage où on les tient à la ville et à la montagne.

La main du garçon caresse le treillis de Béja, sur la poitrine ; l'enfant touche la poche, les épaulettes ; la force, la solitude de ce grand corps fait trembler sa main. Béja se relève, caresse la chevelure luisante du garçon ; un grand oiseau de mer traverse le hublot, le souffle de ses ailes couche le duvet sur la nuque de l'enfant ; les genoux de Béja craquent ; Béja, ébloui, s'assoit sur la banquette de cuir, l'enfant sort, revient avec un verre d'eau fraîche, il le tend à Béja qui le boit d'un trait, sous le regard noir de l'enfant.

La barque ramène Béja sur la plage ; le débarquement est achevé, le matériel — dont les petits hélicoptères démontés — est tiré vers le haut de la montagne. Au P. C., l'opérateur-radio s'étonne — le rebelle, dans le poste côtier, manipule les messages de la nuit, mais le radio du P. C. ne reconnaît pas la manipulation de son camarade isolé — il prévient le général, un avion décolle, survole le poste, les aviateurs, aux jumelles et aux projecteurs, scrutent le terrain illuminé, ils voient les traces faites par le matériel sur la plage, sur le chemin de la falaise ; ils survolent le poste dont les projecteurs, brisés, sont éteints, le radio, dans l'avion, appelle le poste : les rebelles ont fui, l'aurore surgit au versant de la mer ; l'avion gronde, vibre dans les rayons froids, les aviateurs remontent le col de leurs treillis ; l'avion revient à Inaménas ; un hélicoptère décolle, se pose derrière le poste, sur la plate-forme DZ récemment creusée par les soldats du poste ; les aviateurs, l'arme à la main, sautent de l'avion ; une section de commandos avance vers le poste ; les soldats entrent ; le projecteur principal du mirador roule sur son châssis, grince au-dessus de leurs têtes, les soldats découvrent les corps, les blessés, les morts, dont la gorge ouverte coule dans les rayons ; la section de commandos occupe le poste, l'avion emporte les blessés, les mourants ; un de ceux-ci, surpris dans son sommeil, est seulement vêtu d'un slip de coton noir souillé de sang ; sa tête roule sur le cuir du siège, le sang jaillit de sa gorge déchirée ; les cuisses labourées par les ongles des rebelles ; la bouche gonflée de sang ; aux commissures des lèvres, sous le sang, la croûte de bave nocturne ; les aviateurs détournent les yeux ; des mouches, entrées dans l'hélicoptère, au sol, par les portières ouvertes sous l'hélice, vibrent autour des corps, s'enfoncent au coin des lèvres, leur cul blanc et gras traînant sur le duvet, les paupières transparentes, dans le scintillement de l'aurore ; un râle s'élève, puis d'autres, les lèvres remuent, parlent, le sang claque dans les bouches, l'hélicoptère se pose, le général attend sur la plate-forme ; les grandes tôles du hangar étincellent au soleil levant.

Les aviateurs soulèvent les corps ; les infirmiers courent avec des brancards, les corps glissent sur les brancards. Le général s'approche, il regarde les blessures, les plaies, ses yeux caressent les corps nus, ou demi-nus, ses mains tremblent dans ses poches ; le sang brille sur le slip noir du soldat égorgé, le général avance sa main, la trempe dans le sang, le soleil frappe son front comme un coup de poing ; le corps passe sous sa main ; un mouvement brusque des brancardiers secoue le sexe du mort, sous le slip ; le général, sa main ensanglantée, suit le brancard jusqu'à l'infirmerie.

Les soldats du P. C., réveillés depuis le milieu de la nuit, se chauffent au soleil, assis par terre, le dos aux baraquements ; ils voient le général, leurs yeux se ferment, ils sourient, petits crocodiles dans le soleil ; le général entre dans l'infirmerie, derrière le brancard ; les infirmiers déposent le brancard dans une petite pièce, blanche et nue.

Ils sortent, le général s'approche du cadavre, il touche de sa main ensanglantée, le ventre, puis le slip du soldat, et à travers le tissu, le sexe ramolli, sa main couvre le tissu sanglant, s'enfonce entre les cuisses ; rougie jusqu'au poignet, sa main sort, revient sur le sexe, le général soulève le slip du bout des doigts, regarde dessous : tas noir de chair, de poils, de sang, le général lâche le slip, ses doigts s'enfoncent de nouveau entre les cuisses, appuient sur le sexe, le sang sort, jaillit hors du slip au long de la cuisse et sur le ventre, jusqu'au nombril, le général se penche, il lèche ce sang, ses doigts pénètrent sous les fesses, soulèvent les boules sécrétives ; il frotte son ventre et son sexe à l'articulation du brancard ; les rayons coulent sur le carrelage, des petits pourpres chantent sur les vasistas entrouverts ; le général retire sa main, la glisse sous le slip, le tend avec un doigt soulevant le tissu et sa langue lèche l'endroit du tissu ainsi tendu.

Les brancardiers reviennent, voient le général, lèvres et doigts sanglants, penché sur le cadavre ; ils apportent un blessé, ils le déposent auprès de l'autre brancard ; le général se retourne, regarde le blessé, un très jeune soldat blond, blessé à la tête, torse nu, son treillis descendu jusqu'aux cuisses, le ceinturon baignant dans le sang, à l'endroit du nombril :

— Mon général, n'y allez pas trop fort avec celui-là, il est fragile, ne l'excitez pas, il en mourrait.

Les brancardiers sortent, le général, son sexe gonflé, ses cuisses mouillées, se penche sur le soldat, sa main caresse la chevelure ensanglantée, s'enfonce dans cette gerbe de blés souillée de sang de rat blessé par la faux ; le soldat gémit, sa main le long de sa hanche se soulève, le général la prend et la repose sur le ventre du soldat ; puis il lui caresse les paupières, penche son visage, baise la bouche blême du soldat, ses joues, sa gorge ; il s'accroupit, ses lèvres courent sur le ventre, sur le treillis ensanglanté et collé aux cuisses par le sang ; le général soulève le soldat par la taille, il frotte son visage au treillis, le soldat gémit de nouveau, le sang jaillit au coin de ses lèvres, le général prend la cuisse du soldat, par-dessous, il l'écarte de l'autre cuisse, plonge son visage, et se couchant à demi sur le brancard, il soulève avec son museau le sexe du soldat, grognant et relevant la tête à chaque poussée ; la tête du soldat roule à droite, à gauche, hors du brancard, le sang remonte à son front, ses mains s'élèvent, repoussent la tête rase du général : les oiseaux pourpres s'envolent ; les brancardiers reviennent, portant un nouveau blessé dont le ventre est déchiré jusqu'aux poumons, des touffes de coton baignent dans la plaie, des vomissures — celles d'autres blessés — coulent sur les bords de la déchirure : le général continue de fouiller entre les cuisses du soldat.

— Mon chacal, mon général, celui-là est presque mort. De toute façon, il ne sera pas arraché à la mort. Mon général, votre uniforme est ensanglanté. Mon général, vos mains, votre visage sont tout ensanglantés. Mon général, votre petit déjeuner est servi au mess. Mon général, l'aumônier veut voir les blessés...

Le général relève la tête, le sang dégouline sur son visage; les infirmiers déposent les blessés, sortent; le général abandonne le deuxième corps, lequel se tord dans les rayons; il se penche sur le soldat au ventre déchiré; surpris, lui aussi en plein sommeil — son pyjama colle à sa poitrine, à ses cuisses; le général délace le pyjama. Le soldat élève ses mains, elles touchent le ventre du général, elles le repoussent, le général les prend et les appuie contre son sexe; le ventre ouvert sent déjà mauvais; le général se place devant les pieds du blessé, il les prend avec ses mains, il pousse, il fléchit les jambes du soldat contre ce ventre déchiré, il plonge son visage entre les cuisses ainsi soulevées, mordille le pyjama tendu, les plis du coton sous le sexe, la fente des fesses; le lacet du pyjama dénoué coule sur son visage; le sexe du soldat, ensanglanté par la main du général à travers l'échancrure du pyjama; le général le prend entre ses dents, et le tire; le blessé pousse un long gémissement, le général relève la tête, jette sa bouche sur celle du soldat, mord le gémissement et l'étouffe; son uniforme baigne dans le ventre du soldat, les boutons accrochent des lambeaux, des filaments d'entrailles; le soldat repousse les épaules du général; le soleil brûle la nuque de l'officier, les mouches remontent le long des rayons; le jeune blessé blond râle, le général relève la tête, il se redresse, il se met debout, il se jette sur le soldat agonisant, lui prend la bouche avec ses lèvres, l'abandonne, le soldat râle de nouveau, le général le baise au cou, cueille ce râle, le soldat se débat, ses doigts, blêmis, craquelés, tremblent sur les joues du général, lequel appuie ses cuisses sur celles déjà froides du soldat agonisant, puis, après un long râle, bouche à bouche, le blessé meurt et le général lui mord les lèvres pour aspirer le sang qui se retire du visage; les genoux du mort se rétractent, se détendent, ses épaules se dégonflent, sous les doigts de l'officier ; l'autre blessé élève ses mains, les tord dans le soleil.

Les infirmiers apportent un autre brancard :

— Mon général, votre déjeuner est servi.

L'officier relève sa tête, sa main traîne sur le sexe découvert du mort blond :

— Mon petit déjeuner, le voici.

Et il plonge la tête entre les cuisses du soldat.

— Mon général, l'aumônier vous attend.

— Qu'il parte, Dieu est là-dessous.

Kment voit un lièvre, il le poursuit, il lui jette des pierres ; le lièvre, atteint à la tête, roule sur le sable ; Kment l'assomme avec ses poings. Le lièvre, ses pattes en l'air, tremble. Kment lui prend la mâchoire et la desserre, il la déchire, il arrache la langue, il la dévore, assis sur le sable sous les lignes de haute tension ; les insectes scintillent. Kment entend une voix, des souffles, il jette la langue du lièvre, il rampe vers les rochers, il se blottit, le cul déchiré par les ronces : Giauhare paraît ; Kment sort des rochers, il s'avance vers la jeune fille, il la prend à la taille : les herbes, les pierres flambent le long de leurs jambes :

— Draga m'a prise.

— Béja a ses avions.

Des oiseaux pourpres traversent en les secouant les cimes des cèdres :

— Il est retourné chez Mme Lulu.

La main de Kment retrousse la robe de la fille, caresse les cuisses couvertes de sueur, le sexe gluant.

— Draga est mon frère. Tu ne dois pas pleurer. Couche-toi sur le sable.

Kment renverse Giauhare sur le sable brûlant, il roule la tête de la fille du côté du soleil levant :

— Regarde le soleil jusqu'à l'éblouissement.

Il se couche contre elle, il lui caresse le ventre, retrousse la robe jusqu'au nombril ; les serpents rampent, sifflent dans les ronces, leurs empreintes s'entrelacent sur le sable blanc ; au fond de la vallée, les singes s'appellent, plongent dans le fleuve, s'accouplent dans les feuillages poudreux. Kment caresse les seins de Giauhare ; le soleil levant les sèche, les brûle. Giauhare met son doigt sur l'anneau de ses lèvres, à cause du soleil qui le chauffe. Le vent se lève sur la mer émeraude, l'injecte de sang violet, trempe les tamaris, roule des os, des épaves, des cordes sur les plages désertes.

Les jeunes officiers ; capitaines, lieutenants, sous-lieutenants, au milieu du jour, se rassemblent devant la cave où est enfermé Xaintrailles, ils jurent de tuer le général et de réchauffer le cœur de la guerre. Xaintrailles gémit, couché dans le sang de Thivai.

Le général s'est baigné dans la mer ce matin ; des commandos l'accompagnaient, il les caressait dans l'eau tiède.

Les soldats regardent les jeunes officiers, ils mâchent du chewing-gum, haussent les épaules ; d'autres dorment sur leurs paillasses, le transistor renversé, vibrant, entre les cuisses. La jeep du gouverneur disperse soldats et officiers : le gouverneur descend de la jeep, monte l'escalier du P. C, pousse la porte du bureau désert ; dans la petite chambre contiguë il trouve le général couché sur son lit, torse nu, un soldat arc-bouté sur lui, son treillis entrouvert et son sexe tendu traînant sur le ventre du général :

— Excellence, quelle surprise !

Le général, en parlant, recrache le sperme du soldat ; le soldat courbe la tête et regarde le gouverneur, sous son aisselle :

— Général, vous êtes destitué. Les ordres viennent de la métropole. Je vous mets aux arrêts jusqu'à la constitution du conseil de guerre.

— Mes petits soldats se révolteront, je les nourris bien, je les aime, je suis leur femme, leur fiancée. N'est-ce pas, Wildfrei ?

Le général embrasse le soldat sur la bouche, le gouverneur voit, suspendu au lavabo, le linge souillé de sperme et de salive ; le soldat enjambe le général, il se couche le long de lui, son sexe dressé sortant de la braguette et le général touche et caresse le membre durci ; le soldat sourit, écarte les cuisses ; la sueur scintille entre les seins du général ; le gouverneur sort, le général roule sur le soldat :

— Wildfrei, il a vu le linge, comme tes lèvres sont gonflées. Suis-je beau ? Ne bouge pas, que je garde ta sueur contre ma peau ; ton sexe monte entre mes cuisses comme le soleil entre deux fleuves froids. Suis-je beau ? Lèche ma sueur salée ; tes paupières fondent sous mes lèvres ; vivre sur ton ventre, manger, dormir, boire, toi tenant mon sexe et moi le tien, la coulée de mon sperme brille sur ton ventre, dans un rayon de lune ; je vois des colliers à ton cou, des anneaux à tes poignets, à tes pieds, à tes cuisses, un collier à ton sexe ; ma langue traîne sur tes cheveux coupés ras, lisse tes cils, tes sourcils, la toison de ton sexe et des aisselles ; dans la rue, passe le cortège des esclaves ; la gorge serrée, scrutant ce pays inconnu, cette place, où, l'aube se levant, ils seront amenés et placés dans les rectangles de craie ; et tu tressailles sous moi, tu reconnais l'odeur, la plainte ; mes lèvres cherchent ta bouche, dans l'ombre, ta tête se détourne de mon visage ; ton ventre glisse, se soulève sous moi ; je prends ta tête avec mes deux mains, je la place, je la maintiens sous mes lèvres ; j'écrase ton ventre, tes cuisses, tu gémis, la tête tournée vers la fenêtre où l'aube monte ; un petit vent court sur les étals des bouchers, purifie l'odeur pourrissante ; le marchand crie, les pagnes, les haillons, les bonnets de tes frères frissonnent au vent ; la pancarte bat leur poitrine ; tu te débats, tes colliers, tes anneaux tintent, mais ma sueur les recouvre peu à peu, à mesure que le soleil monte, et que se vide le rectangle de craie, tu t'assoupis dans la sueur glacée, tu t'endors, et je peux alors, d'un seul coup de reins, te réveiller, et me couchant sur le ventre, te commander de m'aimer, de raidir ton corps ensommeillé et frissonnant...

... Chair, argent, or, ongles, iris, dents scintillent sur le drap dévasté. Tes lèvres roses dans ton visage cuivré, se retroussent sur mon sexe, ta salive mousse contre le muscle, tes lèvres ondulent sous la montée du sperme ; mes boules sécrétives s'écrasent contre tes joues, coulent sur ta gorge. Je suis un chien, un bouc, un loup, ma queue caresse ta poitrine ; ma langue fouaille dans tes cheveux ; toi, toi, tu es un petit chien, ton sexe rougeoie dans la poussière ; soldat, il gonfle le torchis de paille qui entoure tes reins ; je veux le couper avec mes dents, voir dégagées tes boules de sécrétion ; où l'as-tu perdu ? Qui te l'a arraché ? Je cours au camp ennemi, je te vois dans le troupeau, accroupi, les cuisses ensanglantées, sur l'herbe : « Laisse-moi. Enfant, je laçais les sandales du maître ; jour et nuit ; tu ne peux m'acheter, le maître, pour guérir a besoin de mon sang.

— Qui es-tu ? D'où viens-tu ?

— On m'appelait Wildfrei, je naquis d'un père chasseur et d'une mère mangeuse d'ours ; à leurs cheveux, à leurs toisons se mêlaient des poils d'ours. Le dernier jour de l'hiver, la plus douce des ourses, mon père l'enchaîne à la colonne de bois du milieu de la salle ; ma mère prépare des gâteaux, mes sœurs se parfument, je les entends rire au bord de la trappe ; je suis appuyé contre l'échelle, à mi-hauteur entre le plancher de la salle et l'ouverture de la trappe ; les petits poux sautent sur mon pagne de fourrure ; ma mère, ses bras couverts de sucre et de confiture, frappe la pâte bleue ; par la porte entrouverte, je vois les petites fleurs trembler dans la neige ; mon père tire, noue les cordes et les chaînes autour de l'ourse ; je descends, je sors dans le village; mes jambes serrés dans le torchis de paille, poussent la neige légère et parfumée; autour du bois, il y a des traces de bêtes inconnues, depuis le début de l'hiver; j'entre dans le bois, mon pied heurte un morceau de fer, je le prends dans ma main, je l'apporte à mon père, il baisse les yeux, il jette le morceau de fer dans la neige, l'ourse ouvre et ferme ses yeux pâles, son souffle chauffe ma poitrine; je vais à la hutte des filles, j'appelle, je soulève la portière de peau; mon sexe durcit; dans la pénombre, les filles couchées et accroupies cousent, brodent les habits de fête, je m'assois au milieu d'elles, ma chevelure touche les parois de cuir de la hutte; les filles lèvent les yeux, les baissent, rient, se poussent du coude; l'une pique mon épaule nue avec son aiguille, je lui prends la main puis le visage, le torchis de paille de mes jambes racle le sable blanc sur les nattes de cuir et d'osier; mon sexe gonfle le pagne de fourrure, je prends les lèvres de la fille; la baguette d'ivoire qui troue ses narines, je la mordille; je baise l'eau dormante et noire de ses yeux, toutes les autres filles me caressent, me tirent par la jambe, par le bras, par les cheveux, par le pagne; à la nuit le plancher de la salle est souillé de sang, l'ourse pend au pilier, la langue hors de la gueule; tous mangent les gâteaux; l'ourse est percée de flèches, de poinçons emplumés. La nuit, les bêtes inconnues reviennent autour du bois, elles écrasent les huttes avec leurs pieds roulants, elles roulent les habits, les broderies, les gâteaux, les couteaux, l'ourse, l'échelle, je me jette sur le côté, mais une main gantée me prend, me soulève; au matin, liés, entassés, moi, la fourrure de mon pagne couverte de rosée, mes épaules glacées, la paille de mes jambes ensanglantée, mon père et ma mère, à jamais silencieux, marchant devant moi, les filles, broderies traînant dans la neige, les bêtes de fer nous poussent devant elles jusqu'au fleuve; au fouet, des hommes, descendus des bêtes de fer, précipitent les vieillards dans l'eau glacée; les bêtes de fer nagent sur l'eau verte, entre les glaces, nous sommes attachés sur leur dos; les soldats prennent les filles par les jambes, ils les renversent, ils les enivrent, ils dénouent les cordes qui les lient, ils les entraînent dans le ventre des bêtes, elles rient, elles piaillent; la nuit, avant le coucher du soleil, ils jettent des lambeaux de viande entre nos jambes; accroupis, nous déchirons, nous soulevons la viande; des petits oiseaux tombent sur nos épaules; piquent la viande dans nos bouches...

Tout autour les tentes ennemies frissonnent; je caresse tes épaules. Tous les baisers, toutes les caresses de toutes les mères de la terre, ne peuvent mouiller tes joues:

— Ne me touche pas, ne trouble pas mon sang!

Le troupeau remue, les esclaves accouplés sommeillent, au pied du groupe électrogène secoué; aux cimes des tentes, les drapeaux brodés d'or avec une araignée noire tissée au centre, claquent; un soldat sort de la tente principale; il te soulève par le cou, il t'entraîne vers la tente illuminée:

— Le maître souffre, il ne peut dormir.

Le soldat te pousse dans les jambes du médecin, il prend ton bras, il le lève vers sa poitrine, le médecin perce ton poignet avec un petit poignard, le sang jaillit, coule dans une coupe d'ivoire tenue par un jeune garçon au sexe cerclé de fer; le médecin presse ton poignet, tu pâlis, tu t'écroules, sur le tapis fourré; le médecin porte la coupe au maître couché dans l'ombre, veillé par deux autres jeunes garçons, nus, peints en blanc; le maître boit, sa tête soulevée par un des garçons, il jette la coupe sur les pieds de l'autre garçon, immobile, les yeux mi-clos:

— Qu'on me l'apporte, ce n'est pas son sang.

Le médecin parle dans l'oreille du garçon au sexe cerclé, le garçon va vers toi, il te soulève, serre entre ses doigts ton poignet ensanglanté, t'entraîne vers le lit du maître ; celui-ci te prend à la taille, il te couche sur le bord de son lit, il saisit ton poignet, il le baise, il le mordille, ses lèvres, sa langue lèchent la petite plaie, aspirent le sang, les lèvres claquent sur ton poignet, le sang, aspiré par le maître, afflue, se retire des veines ; ta tête roule sur le bord du lit, l'écume de tes lèvres souille le drap ; le médecin frappe ta nuque, le maître tire avec ses dents la déchirure de la plaie ; le médecin presse les veines de l'avant-bras ; au-dessus du lit, dans un cadre sculpté et ciselé, un dieu sourit ; le maître lâche ton poignet, il se renverse sur le dos, il essuie avec la paume de sa main la sueur de son front ; le médecin enroule un bandeau autour de ton poignet, il te renvoie sur l'herbe ; le sang souille le bandeau.

— Tu ne peux m'acheter. Va-t'en...

Les jeunes officiers entrent dans l'alcôve, sortent leurs pistolets ; le général, arc-bouté sur le soldat, se retourne ; une balle lui brise la mâchoire, une autre fracasse son front ; le général s'écroule sur le soldat qui le repousse, se dégage, roule sur le carrelage ; les officiers relèvent le soldat, ils le chassent ; le général, écroulé sur le lit, sur le ventre, la tête et le dos ensanglantés, remue encore ; une balle au cœur, il saute, il râle, il suffoque, le sang éclabousse le linge suspendu au lavabo ; les officiers sortent, les soldats attirés par les coups de feu se rassemblent sur l'escalier du P. C. Wildfrei boutonne son treillis, les soldats s'écartent, il descend, il court jusqu'au lavoir où il plonge la tête ; les officiers s'assoient dans le bureau du général, fouillent les derniers papiers signés par lui, empreints de sueur et de sperme ; ils téléphonent au palais du gouverneur, ordonnent aux jeunes officiers complices d'enfermer le gouverneur dans son appartement ; le gouverneur prisonnier s'accoude à sa fenêtre ; sur son bureau, une photo d'Émilienne, se baignant à Loutrakion, Serge, encore garçon, l'éclaboussant et lui lançant des goémons.

Tous les soldats des garnisons de l'île sont consignés, forcés à l'exercice. Xaintrailles, libéré, est mis à la tête des troupes; le colonel, assigné à résidence; les jeunes officiers tracent des plans d'opérations, commandent aux compagnies de renseignements d'arrêter tous les suspects, de faire parler les putains et les enfants, sous la torture.

Xaintrailles fait ramasser les restes du corps de Thivai; on les dépose dans une petite cassette de bois, qu'il garde dans un angle de son bureau de commandement. Les soldats grondent, certains s'enfuient, se cachent dans les bordels de la ville basse. Les officiers font rechercher ceux des leurs qui, naguère, exaspérés par la mollesse du gouverneur, avaient pris le maquis et traquaient en liberté les détachements rebelles, aidés de quelques soldats natifs de l'île, mais colons. Officiers et soldats déserteurs, de nuit, pénètrent dans la ville basse, montent jusqu'au palais.

Xaintrailles saute dans sa jeep; au palais il exhorte les déserteurs, il leur distribue des commandements. Tous vont dormir. Xaintrailles redescend au P. C. : des politiques libéraux, favorables à la négociation, téléphonent en métropole, avertissent les journaux, les partis métropolitains, Xaintrailles les fait arrêter dans leurs lits.

Toutes les communications téléphoniques avec la métropole sont coupées, les avions maintenus au sol ; le corps du général est jeté dans le fumier du camp.

Xaintrailles fait réveiller les soldats, il leur commande de relever les sacs de sable; les soldats, ensommeillés, le fusil battant la hanche, soulèvent les sacs troués, le sable coule sur leurs bras, sur leurs souliers ; les moustiques, attirés par la lumière des projecteurs braqués sur les barricades, vibrent sous les visages, piquent les lèvres, se noient dans les yeux. Xaintrailles, par radio, fait appeler tous les postes isolés, il rétablit l'autorité de la plupart des chefs ramollis dans l'attente d'une action politique.

Au matin, le dispositif militaire de l'île est remis en état. Xaintrailles se lève de sa chaise, il va au fond du bureau, il s'accroupit, il caresse la cassette en bois, la prend entre ses mains, la porte à ses lèvres. Il sort, il se penche sur la ville couverte de fumées et de vapeurs roses ; des filles passent, le maillot de bain tendu sous la robe ; à leurs oreilles, des boucles de porcelaine couleur de chair, comme les lèvres de leur sexe et de leur bouche.

Les politiques libéraux sont jetés dans les prisons municipales, leurs familles gardées à demeure par des sentinelles sûres : les filles et les femmes de ces libéraux corrompus, se montrent aux sentinelles, leur sourient ; on a dit aux soldats que ces femmes se donnaient à des rebelles, et les soldats, armés jusqu'aux dents ne se retournent pas aux appels, aux sifflements.

Winnetou, debout sur le perron au-dessus de la mer, son P. M. chargé à la main, entend les appels, il se retourne ; à travers la baie vitrée, il voit deux filles étendues sur le divan, l'une contre l'autre et se caressant ; de temps en temps elles prennent des cerises dans une coupe posée sur le plancher ; et mangeant et recrachant les noyaux, elles continuent de se caresser, le corsage entrouvert. Elles regardent le soldat, sourient, plongent leurs yeux dans l'étoffe ; la main de l'une d'elles retrousse sa robe, sur ses cuisses. Winnetou voit cette chair tendre, brunie, où le maillot a laissé des traces nacrées ; les vagues se brisent, se chevauchent sous lui ; il sourit aux deux jumelles, il pousse la porte-fenêtre, son treillis s'accroche aux rosiers, il se penche, décroche les épines, le sang afflue à son front, il touche son arme, il se redresse, il entre, il marche sur le tapis de fourrure ; au souffle de la mer, les fleurs fanées tremblent dans les vases, s'effondrent sur le marbre des secrétaires et des consoles ; il s'avance vers le divan, les deux filles se caressent, elles ne lèvent pas les yeux, elles sont secouées par un petit rire cristallin, il se penche, il touche une épaule, la fille rit, secoue sa chevelure déployée sur les seins de l'autre fille.

Winnetou, gardant son arme, s'assoit sur le bord du divan, les fesses contre les jambes d'une fille, laquelle se met à caresser avec ses doigts les fesses de Winnetou, les passes du ceinturon; Winnetou se jette sur la fille, la retourne sur le dos, repousse l'autre qui roule sur le tapis et reste étendue, jambes écartées, robe relevée jusqu'aux cuisses, ses bras repliés sous sa tête. Winnetou prend la fille sous les épaules, il la soulève, il l'attire contre sa poitrine, son P. M. glisse, le chargeur heurte le pied du divan, Winnetou embrasse la fille, elle suffoque un peu :

— Je m'appelle Alix. Est-ce que tu as tué beaucoup d'hommes ?

— Hier j'ai tué un petit fel.

— Ô cruel ! Qu'avait-il fait de mal ?

— Toutes les nuits il venait coucher dans le pressoir.

— Presse-moi, presse-moi, comme tu presses les putains et les paysannes. Serre-moi. Garde ton fusil, qu'il batte tes hanches et t'excite contre moi.

Winnetou, qui n'a pas dormi depuis deux nuits et que l'angoisse serre à la gorge, se jette sur Alix; le sang, le sperme, affluent à son ventre, à ses cuisses, à ses jambes, à ses genoux, ses doigts serrent les aisselles de la fille, son ventre frotte le ventre de la fille, retrousse la robe jusqu'au nombril; le petit ventre bombé d'Alix palpite sous sa poitrine. Winnetou presse le visage de la fille entre ses mains, des larmes jaillies des paupières d'Alix coulent dans les plis faits par les joues écrasées sur le nez et la bouche; puis, Winnetou, ôtant son P. M. et le déposant sur le tapis, retrousse jusqu'aux seins la robe, caresse, pétrit le ventre, pose ses lèvres sur le nombril.

— Aime-moi comme tu aimes les putains, vite et fort.

Elle serre les cuisses, Winnetou les lui desserre avec ses mains, puis, se déboutonnant, il sort son sexe et le plonge dans le sexe ouvert de la fille; son sexe entraîne des boucles de la toison; boucles du garçon et boucles de la fille se mêlent, brunes, luisantes. Le sexe du garçon, happé, tiré, pincé par les lèvres écumeuses de la fille; Winnetou raidit ses cuisses, pétrit le ventre d'Alix, lui enserre la taille, l'étrangle, ses doigts remontent jusqu'aux seins, les creusent, ils sentent le lait et les roses, Winnetou les lèche; des cheveux sont collés entre les seins par la sueur, Winnetou les mêle aux siens, noircis par l'air salé. Alix les caresse, les peigne, ses lèvres les lèchent à leur naissance au sommet de la tête de Winnetou; elle gémit, cambre ses reins; le treillis, tout autour du sexe, et entre les fesses, se mouille, Alix y met ses doigts, ses genoux sautent le long des hanches de Winnetou, ses doigts suivent la sueur sur le treillis de Winnetou; le sperme vient, ronge le sexe du garçon, jaillit, la fille, secouée, accroche ses doigts aux fesses de Winnetou, et se soulève sur les reins; le sexe du garçon, happé, pressé, comme un hameçon dans l'eau sombre, Winnetou frissonne, une sueur froide coule sur sa nuque, la peur le saisit, il retire son sexe, mais la fille le lui prend, et le replonge entre ses cuisses, le sexe de nouveau descend, happé par une main inconnue et maîtresse de l'ombre, dans les entrailles de la fille. Sur les joues d'Alix brillent les larmes, Winnetou les boit, les seins roulent sous ceux du garçon, les tétons d'Alix et de Winnetou se touchent, saignent, brûlent, la veste de Winnetou ouverte, se ferme quand le garçon soulève sa poitrine, et d'une seule main écrase les seins de la fille l'un contre l'autre, elle gémit, se tord, tirant le sexe du garçon; la porte-fenêtre bat dans la lumière d'or, ses vitres bleues accrochées par les roses; l'autre fille, retournée sur le ventre, ses jambes relevées et tournoyantes, sa robe retroussée jusqu'à la naissance des fesses, chante un air doux, siffle pour attirer les pourpres; avec son pied elle pousse la coupe de cerises, vers le P. M. de Winnetou; le soldat lève les yeux, il se relève d'Alix, son sexe jaillit, libéré, ballant, ramolli sur sa cuisse, il le reboutonne, il marche vers la fille étendue, la robe retroussée tendue sur les hanches gonflées, il piétine les mains de la fille, il l'écrase sous son pied, la fille hurle, Alix roule sa tête sur le divan :

— Tais-toi, Anne, tu vas le faire fuir.

Winnetou prend son arme, il sort sur le perron, il appuie son dos à la colonnette de bois, le soleil fume, sèche ses mains, ses lèvres, la toile de son treillis ; des petits poissons bleus volent dans l'écume ; dans la baie blanchie d'écume, de grands bateaux scintillent, leurs antennes levées, immobiles, dans la brume de chaleur ; Winnetou, peu à peu, sent le désir remonter, fléchir ses genoux ; les filles, couchées à la même place, Alix sur le divan, Anne sur le tapis, se sont endormies.

Winnetou voit leurs seins battre à découvert et dans la fourrure ; il tourne le loquet de la porte-fenêtre, doucement il entre dans le salon, il s'accroupit, il saisit les épaules d'Anne, il retourne la fille réveillée en sursaut, il met son genou sur la hanche mouillée de sueur et frémissante, il prend la fille par les bras, il la soulève, il la tient debout contre la porte-fenêtre, il ouvre sa robe du haut jusqu'en bas, il se déboutonne de nouveau, il sort son sexe redurci et le plonge entre les cuisses de la fille ; ainsi, debout, lui serrant la fille contre la vitre, léchant ses cheveux blonds sur son front, la fille haletante contre la vitre chauffée et grésillant dans son dos.

Alix, les jambes écartées, le sperme de Winnetou séchant sur ses cuisses, ne bouge pas ; ses yeux mi-clos regardent le frémissement des fesses du soldat moulées dans la toile déjà humide du treillis ; son sexe se gonfle sous la toison, elle y pose la paume de sa main, elle le couvre, il s'apaise ; sa main remonte sur le ventre durci mais à la surface tendre, et attiédie, touche le bouton, lisse et frais, du nombril ; des gouttes de sperme roulent le long des jambes d'Alix, Anne les voit, sourit ; les gouttes échevelées brillent sur la fourrure ; Anne de son pied nu les frotte. Winnetou lèche l'oreille de la fille, mordille le lobe, crachouille dans les replis de l'oreille ; la salive scintille sur les tempes, sur les joues d'Anne ; par la porte-fenêtre entrouverte, Winnetou entend la rumeur du port, les cris des soldats qui débarquent, les ordres des officiers, le grincement des grues, le halètement des trains, sous la grande verrière poudreuse de la gare ; son sexe mordu par l'ombre brûlante, pressé dans le ventre de la fille, accroché par les membranes, les muscles, les nerfs, Winnetou cogne ses genoux aux genoux d'Anne ; les pourpres s'effondrent dans les rosiers ; sur la mer, l'écume court comme le feu dans la steppe ; dans la baie, autour des bateaux, roule sous l'eau verte de la glace : les soldats débarquent, le sac pesant sur les épaules, ou traînant sur la passerelle ; des jeunes femmes tenant des ombrelles claires, et transparentes, jettent leurs bras blancs, brunis jusqu'à l'articulation du coude, se haussent sur la pointe des pieds, lancent des biscuits aux soldats ensommeillés, couverts de rosée, la bouche tordue et souillée de vomissures roses, tirent leurs sacs, les soulèvent, les traînent, l'ombrelle retenue au cou par le manche recourbé et frissonnant sous la brise marine. Les petits vendeurs de sodas et de gâteaux au miel se faufilent entre les jambes inquiètes des recrues ; le miel colle au treillis des soldats, aux robes des jeunes femmes :

— Gassous, gassous, gassous. Des broioches, des broioches.

Ils tirent les robes et le bas des treillis ; les soldats, à coups de genou, repoussent ces enfants, lesquels, le visage et la gorge couverts de morve, de salive et de débris de poissons, et les lèvres enduites de sucre et de miel, sont nus, parfois vêtus d'un lambeau de toile à sac passé entre les cuisses et noué sur la hanche ; d'autres vendent des peignes et des portefeuilles sur de petits étals : ceux-là sont serrés dans des blue-jeans troués ; d'autres encore, descendus des ruelles de la ville basse et du port, abordent les soldats en les tirant par la manche, ouvrent leurs mains et montrent des petits carnets de photos nues où sont des hommes et des femmes accouplés, par-dessous, les parties sexuelles, coloriées en rouge ocré : certains enfants, appuyés à un mur, ou à un treillis de bar, fixent leurs yeux noirs et fiévreux sur les soldats, et tendent leurs mains entrouvertes ; des enfants solitaires ou par groupes de deux, ou de trois, errent sur le port, tendent leurs mains, font claquer leurs dents, leur crâne est rasé, sauf une touffe au sommet de la tête, que les soldats tirent : tout le jour ils marchent ainsi, jusqu'au soir ; alors ils tombent inanimés sur un tas d'ordures ; au milieu de la nuit, le vacarme des rats soulevant les boîtes de conserve, les réveille ; les recruteurs passent, ils mangent des brioches, ils rient, des garçons en maillot sur les anneaux du quai, leurs épaules, leurs ventres luisent sous la lune, les recruteurs vont vers eux, leur caressent la taille, puis reviennent vers les tas d'ordures, continuent de manger les brioches, se penchent, s'accroupissent au-dessus des enfants affamés couchés sur les épluchures, haletant de fièvre, et soufflent sur leurs visages leur haleine sucrée.

Ils leur parlent à l'oreille, un enfant alors se lève, le plus petit de tous ; le recruteur le prend par la main, sort une brioche de sa poche, la donne à l'enfant ; une vieille camionnette conduite par un recruteur, remonte du port ; le siège avant est vide, sur les sièges arrière, les garçons en maillot, ramassés au port, à la fin de leur journée, sommeillent. Pétrilion, les yeux grands ouverts, mâche une brioche, rentre ses épaules, le chauffeur se retourne, le regarde, jette son bras par-dessus le siège, sa main touche le bourrelet du nombril de Pétrilion, au-dessus du maillot froissé, Pétrilion repousse la main :

— Laisse-moi, le Christ.

Le recruteur pousse l'enfant à la bouche pleine de brioche, dans la camionnette, il le place entre lui et le Christ, l'enfant mâche la brioche ; au pied du mur, sur le tas d'épluchures, d'autres enfants se redressent, mais le Christ a démarré, la camionnette remonte la ruelle.

Au bordel, l'enfant tiré hors de la voiture, est abandonné dans la salle commune, aux ivrognes, aux malades, aux fous, aux vieux, à ceux auxquels les garçons du bordel refusent de s'accoupler.

Après seulement, Ismène le prend par la main, du bout des doigts l'assoit dans l'arrière-salle, glisse sous son menton une assiette de viande grillée ; l'enfant se jette dessus, ses joues se couvrent de cendre, de jus, Ismène assise en face, le regarde dévorer ; les recruteurs sont couchés.

Ismène reprend l'enfant par la main, elle l'entraîne dans la chambrée, lui lave le visage, le ventre, les cuisses, les mains et le couche contre elle sur sa paillasse ; dans son sommeil l'enfant se retourne, il se blottit entre les cuisses d'Ismène endormie, ou bien sous son aisselle, geint, suce son pouce, tète le sein d'Ismène.

Autour, les garçons remuent, gémissent dans les rayons comme du bétail dans une étable ouverte à la lune.

Winnetou s'amuse jusqu'au soir avec les deux jumelles : assis, couchés, accroupis sur la fourrure de loup blanc, ils mangent des cerises, les filles chantonnent en découvrant leurs seins ; Winnetou, quelquefois, prend son arme, sort sur le perron : les roses tremblent dans la brise assombrie.

— Winnetou, Winnetou...

Il s'assoit, il mange, il crache les noyaux, Alix se lève, elle s'assoit sur les épaules de Winnetou, son sexe découvert mouillant la nuque du soldat, ses cuisses chaudes contre les joues et les paupières de Winnetou. Il prend les cuisses de la fille, il les caresse, il les baise, ses mains remontent sur les hanches d'Alix qui se penche et, sa tête recourbée, lui baise les lèvres ; caressent, pétrissent les fesses d'Alix.

Anne, couchée sur le côté, son sexe découvert, fait rouler des cerises sur ses cuisses ; son petit pied effleure le genou de Winnetou : un pourpre, prisonnier dans la salle de bains, chante, son cri résonne sur le carrelage blanc, Winnetou relève la tête, Alix frotte ses cuisses contre le cou du soldat.

Un coup de feu, Winnetou, d'un bond, prend son P. M., sort sur le perron ; immobile, narines frémissantes, le front et les mains baignés de lune, il regarde la mer, le port, la montagne, Alix heurte la vitre.

— Nous allons te chercher de quoi manger. Qu'est-ce que tu aimes beaucoup ?

Winnetou ouvre la porte, le vent s'engouffre dans le salon, les deux jumelles s'étreignent :

— Après tes petits seins et ta petite bouche là-dessous...

Et, disant, il jette sa main entre les cuisses d'Alix et lui touche le sexe... après, le ventre d'Anne, la petite chanson de sa langue... j'aime la viande grillée aux herbes et la crème fouettée.

Les deux jumelles vont à la cuisine ; Winnetou marche, frissonnant, sur le perron ; les phares scintillent le long du golfe, Winnetou rejette sa chevelure en arrière. Les jumelles reviennent dans le salon, les bras chargés de plats, de vins, de fruits, déposent sur le tapis ; Alix retourne à la cuisine, prend la viande sur le gril, Winnetou sent l'odeur, Alix entrouvre la porte-fenêtre, appelle Winnetou, le soldat vient vers la porte, Alix lui touche le sexe à travers le treillis, le presse, le secoue :

— Tu as froid. Tu as des glaçons au travers du corps.

Anne découpe la viande ; Winnetou entre, la main entourant la taille d'Alix ; tous s'assoient, mangent, boivent ; Winnetou crache sur la fourrure, les jumelles posent la main ou les lèvres sur le crachat, Winnetou desserre son ceinturon, Alix avance sa main, touche, tripote les boutons du treillis, Winnetou boit, suffoque, Anne lui frappe le dos, Alix lèche les éclaboussures de vin rosé sur les joues de Winnetou; le soldat, enivré, repousse la fille, il se jette sur elle, il la renverse sous lui, Anne lui glisse la coupe de crème sous les lèvres, Winnetou se relève, il prend la coupe, il y plonge sa bouche, il aspire la crème fouettée, il lape, il lèche, Alix le tire par le ceinturon...

Anne, renversée sur le dos, les bras repliés sous la nuque, chantonne avec la voix d'une dans l'orgasme; Winnetou, excité par les attouchements d'Alix, et la voix d'Anne, sort son mufle barbouillé de la coupe, jette la coupe, la reprend, en coiffe le sein nu d'Alix; puis, il se roule sur Alix, laquelle, haletante, le déboutonne et lui tire son sexe durci :

— Fouette ma semence.

Et il lèche la crème sur ses joues et sur ses lèvres; le sexe du soldat bat le sexe d'Alix. L'accouplement exhale dans le salon un parfum de chair décomposée. Anne chantonne, Winnetou se relève d'Alix, laquelle, ses joues creusées, ses narines transparentes, le repousse doucement avec ses mains tremblantes et fripées.

Winnetou, alors, se renverse sur Anne. Dans les moments d'abandon, elle recommence de chantonner, le sexe de Winnetou durcit, se tend sur le ventre d'Anne, Winnetou se relève, Anne, silencieuse, prend le sexe, le caresse, avec ses deux mains; au moment où le sperme gonfle le sexe de Winnetou, elle halète, ses ongles griffent les bras du soldat, ses genoux tremblent, se fondent, sa gorge se serre, son souffle enveloppe le visage et la gorge de Winnetou :

— Donne-moi tout ton foutre. Donne-moi tout ton foutre.

Winnetou, avec un grand rire, la transperce, la brûle, la saigne au bas du ventre; la tête d'Anne se soulève sur la

fourrure, son front heurte celui de Winnetou penché sur elle, sa bouche grande ouverte où vibrent les crocs :
— Mon chien, mon amour...
Alix, sa jambe ruisselante de sperme, se traîne vers le divan, touche l'arme de Winnetou, la caresse, la tire vers elle, la soulève, la dépose sur son ventre, la serre entre ses cuisses, le chargeur glisse sur la cuisse mouillée, Winnetou relève la tête, il abandonne Anne, il se jette sur Alix, il lui prend l'arme :
— Putain, il te faut aussi l'arme.
Son sexe ramolli et gluant, bat contre le treillis, Alix le regarde, elle lèche ses lèvres blêmies. Winnetou retourne à Anne ; il la couvre de nouveau, il lui écarte les bras, les lui met en croix sur la fourrure ; avec son mufle, il creuse sous les seins, il les soulève, cependant que son sexe fouaille le ventre d'Anne ; ses souliers écrasent les fruits roulés de la coupe ; les pourpres heurtent les vitres, Winnetou se relève.

Il boutonne son treillis, reboucle son ceinturon, il verse du vin dans une coupe, il le boit, il jette son P. M. sur l'épaule, il essuie ses lèvres, il frotte ses mains, il écarte les cuisses, secoue son sexe enflammé, sort sur le perron, appuie son dos à la colonnette de bois, le vent glace ses cuisses mouillées ; la gorge serrée il se penche sur le jardin obscur où piaillent les pourpres et les cailles : un petit chien aboie dans le salon, derrière les vitres, saute sur les seins des jumelles, Winnetou renverse sa tête en arrière, en avant, sa main s'accroche à la colonnette, il vomit sur les roses, son autre main appuyée contre sa poitrine, la mer respire, Winnetou halète, bave, pleure, gémit ; les vomissures roulent sur les roses, les alourdissent, les courbent, coulent le long des tiges.

... Après le vol, les joues en feu, je cours sur la plage, la marée descend, je me couche dans la muraille de goémons, les mouettes nagent sur le versant des vagues, le ressac pétille à mes pieds, la putain court sur la falaise, sa robe retroussée par le vent, l'écharpe frissonnant sur sa gorge nue ; elle court sur la plage, elle escalade la muraille de goémons, elle se laisse glisser contre moi, je la prends par le cou, je l'attire contre ma poitrine, elle touche les poches de mon blue-jean, elle y enfonce ses mains, retire les billets, mon sexe s'est durci ; elle compte les billets, elle les glisse dans son corsage, elle prend ma main, elle m'entraîne hors de la plage :

— Viens, je t'aimerai comme il faut.

Dans la chambre, sur le lit, son corps nu, tout blanc, s'ouvre et se ferme :

— Mon petit, mon petit...

Le sperme éclabousse les draps, je secoue mon sexe au-dessus de la descente de lit :

— Ne salis pas, mon petit chien.

Elle m'assoit sur ses genoux dans la cuisine, enfonce dans ma bouche des morceaux de viande grillée, mes doigts enduits de jus touchent ses seins, je mange la bouche ouverte contre ses yeux, je sens son sexe gonfler sous mes fesses, je les remue, elle geint :

— On te cherche sur la côte. Tu as tué ta mère ?

— Oui, avec ma sœur, on l'a jetée dans le gouffre.

— Pourquoi l'as-tu tuée ?

— C'est mon père qui le voulait. Elle s'accouplait avec tous les hommes de la côte. Elle dormait sur son lit, elle avait fait l'amour tout le matin avec un marin. J'ai fait le déjeuner, j'ai pris le couteau, j'ai poussé la porte, ma mère dormait sur le lit, les jambes écartées, sur les draps mouillés j'ai posé ma main, j'ai tourné la gorge de ma mère, et je l'ai percée, le sang montait le long de mon bras ; ma sœur a crié, j'ai barbouillé de sang son visage ; mon père, sur la plage, sa main tremblait sur le filet. Je me suis enfui. J'avais envie de voler et de baiser. Je courais dans les garennes. Gal est tombé devant moi, il s'échappait du champ de betteraves. « Je vais avec toi ? Ils me font travailler toute la nuit, aux phares. »

Son blue-jean est souillé de jus de betteraves, son maillot de corps éclaboussé de purin. Nous nous cachons jusqu'à la nuit dans la garenne, nous mangeons des mûres. Gal pleure, je le frappe avec mes poings. La nuit tombée, nous revenons à la côte, j'enterre Gal dans le sable sec et tiède, il s'endort, sa main maintenant la mienne.

... Les mouettes jouent sur le versant des vagues, elles s'éloignent, puis reviennent avec l'aurore, je ne dors pas, je frotte ma main ensanglantée au sable blanc.

La putain prend ma main, nous marchons sur la falaise : « Tu vois, je suis passé par là où la vitre est cassée. »

Sur la plage, elle me rend les billets, elle s'en va, elle me caresse la nuque, elle s'en va. Je vais au rocher, Gal est accroupi, il pisse dans une flaque, je lui donne un morceau de viande grillée :

— J'ai fait l'amour avec la putain.

Je suis fatigué, je m'étends au soleil, dans le haut de la plage ; Gal marche à quatre pattes, il s'assoit près de moi, il tremble, il pleure, il mâche la viande, il la recrache :

— J'ai gardé l'argent.

Les larmes de Gal coulent sur le sable. Je bondis, je saute sur mes pieds, je le prends à la taille, je le renverse sous moi, je lui frappe le visage, mon genou écrase sa hanche, il défend son visage avec ses mains :

— Winnetou, tu as tué ta mère, tu l'as tuée, je l'ai vue dans le gouffre.

Je le frappe, je prends un galet, je le frappe au front, le sang jaillit, je vomis sur le sable, sur le visage de Gal, il me renverse en arrière, il piétine ma poitrine avec son pied nu.

Au matin, les gendarmes nous arrêtent, ils sautent dans le canal asséché, je cours vers la vanne, Gal se couche, les pattes en l'air ; un gendarme le frappe avec sa matraque ;

je grimpe sur la vanne, une balle fait éclater mon poignet, je tombe la tête en avant dans le canal, ma tête saute sur le ciment, le gendarme se jette sur moi, m'assomme, les fers claquent à mes poignets, à mes pieds :

— Mon jeune client dit qu'on l'a nourri au lait de chèvre, or vous savez tous que la chèvre est voleuse...

— Quant à toi...

J'ai du sang séché sous les ongles, ma nuque brûle ; le camion saute sur les souches roulées par l'orage, la soupe brûle mes lèvres ; Gal, ses yeux baissés, lape sa soupe ; près de moi, le garçon jeté avec nous deux dans le camion, une de ses mains tient la cuiller, l'autre caresse l'ourlet de son short sur ses fortes cuisses ; le sexe bande et gonfle la toile par-dessus l'ourlet ; un gardien marche dans mon dos, son fouet effleure le bas de mes reins, un rat sort son museau du trou dans l'angle du réfectoire ; un garçon lui jette un bout de gras, le rat mordille le morceau, le repousse et s'enfonce dans le trou :

— Alleganys, il a pas faim ce soir, il a trop baisé.

Le fouet claque sur la nuque du garçon.

Gal tire sa paillasse contre la mienne :

— Laisse-moi. Tu peux pas vivre sans moi ? Hein, les gars, c'est ma femme celui-là...

Je me couche, je m'enroule dans la couverture militaire ; au fond du dortoir, les garçons roulent sur les paillasses, je me retourne sur le dos, je relève un peu la tête ; des garçons fument, la porte de l'escalier de secours est entrouverte, j'entends la rumeur des sapins ; les garçons s'étreignent ; deux couchés sur la même paillasse, les jambes entrelacées, fument la même cigarette qu'ils se retirent l'un à l'autre de la bouche, leur pyjama entrouvert découvre leur sexe dressé, jaillissant des boucles brunes. Le gardien entre, il va vers la paillasse, fouette, piétine les deux garçons, la cigarette allumée retombe sur le ventre d'un des garçons, la chair grésille, le garçon hurle.

Au matin, une branche en fleur bercée dans le vent vif, embaume l'angle de la fenêtre ouverte à deux battants je m'accoude à la fenêtre ; mes épaules frissonnantes sous la chemise, la gorge nue, les cheveux ras, le miel de mes oreilles brille dans les rayons de l'aube ; je regarde le ciel, j'y vois des cercles, des chars, des casques, des chevelures dorées, je tends mes mains dans l'air bleu, mes lèvres se froissent comme des fleurs sèches, ma gorge est serrée mes genoux fléchissent, je m'assois sur ma paillasse ; les deux garçons battus la veille se traînent aux lavabos ; celui dont le nombril est brûlé s'accroupit, fouille dans le casier des chaussures, il ouvre une boîte de cire, il enduit de cire sa brûlure, il se relève, il va aux lavabos, il plonge sa main noircie par les coups dans l'eau glacée ; le gardien passe derrière lui, caresse sa nuque, avec les lanières de son fouet :

— T'as fait des cauchemars, Dudored ? Tu t'es battu dans ton rêve ?

Le garçon se redresse d'un coup de reins :

— Tais-toi, si tu veux pas être saigné une de ces nuits. Je te ferai boire ton sang au goulot.

Je m'étends sur ma paillasse, les bras repliés sous la nuque ; Gal revient du lavabo, son linge kaki enroulé à son cou, il se peigne, il s'assoit sur sa paillasse, se penche vers moi :

— Tu me défendras, hein ?

... Je me tais, mes yeux fixent le ciel dans la fenêtre, les chevelures dorées se posent sur les cimes des sapins. Dudored s'étend sur sa paillasse ; aux champs il prend les betteraves entre ses cuisses pour les frotter et leur couper la barbe, je saute dans son sillon, Gal travaille au bas du champ, avec les petits ; moi, comme je suis très fort, le gardien m'a poussé dans le groupe des grands ; jusqu'à midi, Dudored, tête baissée, sa chemise est nouée sur le bas de sa poitrine, je vois, entre le nœud et la ceinture du

short, le nombril cuivré et brillant; après le repas pris sur la terre douce et sucrée, le gardien fouette la roue du tombereau; courbé aux côtés de Dudored, au moment où le gardien passe, son fouet levé, je me jette de côté, ma hanche touche celle de Dudored, il lance son coude dans ma cuisse :
— Te frotte pas à moi. J'ai tué mon père.
— Et moi, ma mère.
Il lève les yeux, ma hanche est toujours appuyée contre la sienne, il relève le visage :
— Ta mère ? comment as-tu fait ?
— Avec un couteau, après j'ai baisé la putain.
— Tu veux t'échapper ?
Il baisse la tête, je me tais; le soir seulement, alors que, tout ruisselant, sa serviette autour du cou, assis sur sa paillasse, il peigne sa chevelure crépue, je me penche vers lui, je dis :
— Oui.
Le peigne s'arrête dans les boucles; Gal tremble, couché sur sa paillasse, je dis :
— Il y a Gal.
— On l'emmènera, ta fillette.
À l'aube du troisième jour, nous sautons dans la paille, nous courons vers la ville. Gal, tu t'arrêtes devant la pâtisserie, tes pieds saignent, tes lèvres se mouillent, un homme passe, il caresse tes épaules, nous nous cachons derrière une poubelle, l'homme penche son visage sur toi, il te pousse dans la pâtisserie. Dudored ramasse une tabatière de réseau électrique, il la tient dans sa main, l'homme sort, Gal mange le gâteau, l'homme se penche à nouveau sur lui; déjà, au milieu de la rue, il le caresse entre les cuisses; Gal, les yeux fixés sur la poubelle, dévore sans bouger, la confiture brille aux lobes de ses oreilles; l'homme le prend à l'épaule, il l'entraîne derrière la poubelle, il le pousse contre le mur, ses mains le

caressent par tout le corps, Gal relève seulement les genoux, la crème barbouille ses lèvres et ses narines ; l'homme le serre contre le mur, sa main déboutonne le short et s'enfonce sous le sexe. Dudored pousse un petit cri, se redresse, brandit la tabatière ; l'homme se retourne, il lève ses bras, Gal s'échappe, il se place derrière nous, Dudored s'avance vers l'homme, appuie la tabatière sur son ventre :

— Donne-nous tout ton argent, sinon, j'irai dire que tu caresses les garçons.

L'homme lève ses bras, plus haut, avance sa hanche, Dudored crache sur ses pieds :

— Tu veux que je te chatouille, saleté !

Dudored enfonce ses mains dans les poches de l'homme, retourne les poches, sa main tremble dans la poche de l'homme, contre la cuisse ; l'homme bande. Dudored prend la carte d'identité, il me la tend, je la glisse dans mon short, il prend l'écharpe de l'homme, sa montre ; puis, se retournant vers moi :

— Dis à la fillette de cracher dessus.

Gal s'avance. L'homme rougit, pâlit, Gal jetant son visage en avant, crache sur le manteau de l'homme, puis, se haussant sur la pointe des pieds, lui crache au visage ; les crachats coulent sur le manteau, Dudored tire Gal par la main, il donne un coup de tabatière dans le ventre de l'homme qui s'écroule sur les épluchures ; nous fuyons, Gal rit aux éclats, j'entre dans les magasins, mes bras sont chargés de pain, de fromages, de vin, de viande, de fruits, de gâteaux ; nous descendons chez les Tcherkesses, ils font des feux dans les carrières d'argile ; d'autres garçons échappés du bagne sont accoudés aux fenêtres des roulottes, le torse nu, la chevelure repoussée ; des filles les serrent dans leurs bras ; Dudored se penche devant un feu de lièges et de menthes, il embrasse une vieille accroupie, le front ceint d'un foulard rouge :

— J'ai apporté un gâteau aux amandes, pour toi seule.

... La vieille prend le bras du garçon, le baise jusqu'à l'articulation du coude; Dudored vient vers moi, Gal s'est accroupi, il joue aux osselets avec des garçons blonds et nus, sous la roulotte; Dudored monte avec moi dans une roulotte, deux garçons sont couchés sur un amas de chiffons et d'étoffes dorées et bleues, nus. Des filles vêtues de broderies, de slips et de soutiens-gorge troués, les caressent avec leurs doigts cerclés de bagues; un garçon couché sur le ventre ramène son genou contre sa poitrine, je vois, entre ses fesses ainsi écartées, des croûtes de merde, la main de la fille s'enfonce, caresse; Dudored s'assoit sur le bord du lit, une fille entoure mon cou, avec ses bras, je suis appuyé à la porte, la fille m'entraîne sur la paillasse. Dudored lui pince la hanche.

— Aie pas peur, Winnetou, ils se lavent jamais, ni ne se torchent le cul.

En caressant les fesses de la fille renversée sur moi, et mêlant dans ma bouche, à ma salive glacée sa salive parfumée de sucre et d'encens, je sens que les lambeaux de son slip sont collés aux fesses; ma gorge se retourne, mais je m'abandonne, j'arrache les lambeaux, j'écarte les cuisses, enserre entre mes genoux les hanches de la fille, j'ouvre ma bouche toute grande pour qu'elle m'injecte tout son venin, sans que je meure ou vomisse. Mes mains pétrissent les haillons, collés par la sueur à son dos, à ses reins, à ses épaules; mes doigts imprégnés de sueur tiède, d'urine, et de lait, s'enfoncent dans les cheveux lourds, poudreux, gluants par endroits, collés aux tempes par la salive des garçons et le jus des fruits; ma bouche, remplie de sa salive, se tord sur ses lèvres, je mords ses joues, ses narines, son front, sa main s'enfonce sous mes reins, sous le short, entre mes fesses, ses doigts tirent les poils de mon cul, mes yeux se mouillent, elle les baise, son haleine enveloppe mon visage, ma langue fouaille ses narines, lèche la croûte de salive, de sperme, de lait à la commissure des lèvres ; ses seins lourds, mouillés, tièdes, collés à ma poitrine découverte, respirent, coulent, se répandent jusqu'à mes aisselles.

Par la fenêtre ouverte, un oiseau entre, heurte les peaux de lapin suspendues au plafond. Dudored assis contre moi, une fille assise sur ses genoux, lui mordille l'oreille, la boucle d'argent, la tire, crache dans l'oreille, lèche son crachat dans les replis de l'oreille. La fille déboutonne le short de Dudored avec ses doigts luisants de graisse et de fards ; sort le sexe, peigne les boucles de la toison ; la nuit descend ; Gal apparaît à la fenêtre, son visage hâlé par le sel et la brume, rit, appuyé contre les battants, le front dans les rideaux :

— Va-t'en. Retourne jouer avec les petits.

Il baisse la tête, il saute dans la boue, il se glisse sous la roulotte, s'assoit sur les peaux de brebis, lance ses osselets : « Hop, hop, hop, hop », son dos appuyé contre l'essieu.

La nuit, le ventre gonflé de viande, de vin, de sucre, de crème, je remue sur le lit contre Dudored ; les filles dorment dans une autre roulotte sous les châtaigniers ; sur les branches arc-boutées au toit de la roulotte, dans les feuilles ruisselantes de pluie et de graines, les pourpres remuent, se frottent le bec, piaillent ; les filles, sous les chiffons, découvrent leurs oreilles alourdies par les boucles d'argent et de cuivre, écoutent le petit vacarme des pourpres à travers les lattes de bois peint.

... Dehors, le gel saisit nos épaules, des hommes nous suivent, des femmes se déchirent les lèvres à des langoustes blêmes, je caresse avec mes doigts glacés l'étal où fument des marrons. Gal m'a pris l'autre main, Dudored marche, sourit toujours ; une femme, derrière une fenêtre bordée de lourds rideaux rouges, regarde nos jambes nues, elle boit un grand verre de citronnade glacée :

— Il faut se séparer à cause de la police. Toi et Gal,

partez, moi, je m'en vais tout seul. Si tu veux me revoir, descends chez les Tcherkesses.

Ma gorge est serrée, je mords mon cri, Dudored s'éloigne, il se perd dans la foule, Gal pleure :

— Viens, on va chez les putains.

Je l'entraîne dans la rue illuminée. Je m'approche d'une putain, elle prend ma main, la pose sur son ventre lamé d'or, elle rit, son ventre tressaille ; une autre putain, en robe bleue, caresse Gal. Un homme m'écarte de la putain, mon pied tombe dans le ruisseau, ma jambe est éclaboussée de boue sanglante ; la putain bleue attire Gal contre son ventre, Gal dit :

— J'ai froid, Madame.

La putain fume une longue cigarette, sa main retrousse le pan de sa robe fendue sur la hanche :

— Attendez devant le cinéma, je viendrai vous chercher tout à l'heure. Il n'y aura plus d'hommes pour moi ce soir.

Je la regarde, ses boucles savonnées sur son front, sur ses tempes, elle me regarde avec ses grands yeux mouillés, ses doigts tremblent sur la cigarette, je vais, je me retourne, elle baisse ses yeux, Gal, sa main dans la mienne, appuie son dos à la colonnette du ciné.

Des pourpres égarés heurtent la verrière du passage couvert, des rats renversent le couvercle des poubelles, tirent les os vers les trous. La putain me regarde sous le néon, Gal s'endort, je vois les replis de son oreille, luisants de miel, son cou crasseux, ses narines rouges, ses yeux bordés de croûtes, ses lèvres meurtries ; le vent glisse sur les pavés, remonte le long de mes jambes, sous le short, le long de la cuisse, de la hanche et jusqu'à l'épaule, un morceau de journal, poussé par le vent, s'enroule autour de mon genou, je l'arrache, ma main se mouille de salive et de sang, je la frotte, au mur couvert de signes ; croix encerclées, Vive la mort, faucilles, croix...

La putain s'avance :

— Suis-moi, je dis que vous êtes mes frères, vous coucherez dans ma chambre.

Sa main caresse l'épaule de Gal réveillé et frissonnant ; dans la salle illuminée, ses yeux éblouis se ferment, la putain nous pousse dans l'escalier, un homme descend au bras de la putain au ventre d'or, elle caresse mes cheveux :

— Viens me voir, beau gosse.

... Sa main descend dans ma chemise, caresse mes tétons, la putain bleue tressaille ; la fente de sa robe découvre la chair rose et duvetée de sa hanche, le pli de la cuisse ; je dis :

— Vous n'avez rien dessous ?

Elle se tait, je touche la chair, je la pétris sous mes doigts. Derrière les portes du couloir, j'entends des rires, des craquements de sommiers, des baisers, des soupirs, des gargarismes, des tintements de boucles ; la putain ferme sa chambre ; je m'assois sur le bord du lit, les draps sont défaits, froissés, mouillés par endroits, l'oreiller parsemé de cheveux blonds et noirs, le milieu des draps semé de petites boucles brunes, de poudres fraîches ; la putain pousse Gal contre le lavabo, elle lui lave le visage, le déshabille, lui frotte la poitrine, le dos, les oreilles, Gal rit, mordille le bras mouillé de la putain, l'eau chaude l'excite ; la putain l'assoit sur le bidet, lui tend l'éponge :

— À toi, maintenant, lave-toi dessus et dessous.

Gal plonge l'éponge dans l'eau brûlante, il l'appuie contre son sexe, il rit, je ris, la putain arrache les draps, les charge sur ses bras :

— Restez là, je vais en chercher de propres.

Elle sort ; Gal se redresse, l'eau fumante ruisselle sur ses jambes, mouille le linoléum ; je bondis, Gal presse l'éponge en la jetant contre son ventre, je la saisis, je frotte le museau de Gal, je presse l'éponge sur ses épaules, sur son ventre, sur ses cuisses, Gal se rassoit sur le bidet : je lui tends l'éponge, il rit :

— À toi, maintenant. Lave-toi dessus et dessous.

Mon rire rauque arrête la putain au seuil de la porte, elle voit le plancher, le lit, le matelas, mon short éclaboussés et ruisselants ; Gal gratte son sexe et ses cuisses, tête baissée, épaules secouées par le rire :

— Dépêchez-vous de vous laver ; c'est la fête, vous descendrez avec moi ; vous êtes mes frères libres. Mme Théodora vous donnera des gâteaux.

Gal se rhabille, la putain brosse son short ; je dis :

— J'ai sommeil, je ne veux pas descendre à la fête.

Gal tressaille.

— Toi, descends, rapporte-moi un gâteau.

La putain prend Gal par la main.

— Je viendrai te voir tout à l'heure ; recouvre le lit et déchausse-toi.

Ils sortent, des portes claquent, les putains, lavées, parfumées, débarrassées de leurs hommes, descendent l'escalier, piaillent.

Je me déchausse, je me couche sur le lit, je m'endors, je me réveille, le vent ouvre la fenêtre, renverse la lampe de chevet, mes épaules, mon dos, mes reins, mon sexe brûlent, le ciel écrase ma poitrine, un couteau découpe mon ventre, perce ma gorge, ma mère coupe le cordon, sous ton baiser mon cœur se réveille, va-t'en, que les rats du gouffre te dévorent, pute, que les rats élargissent la fente de tes fesses et les mouettes, ta bouche. Je suis dans Ecbatane, en un lieu encore trop pur pour toi, mangeuse de poignets. La porte s'ouvre :

— Tu ne dors pas ?

— Non, viens près de moi.

— Je m'appelle Antigone. J'ai fait mes règles cet été.

— Moi, Winnetou, j'ai tué ma mère.

— Ton ventre est chaud, tu sens bon. Mme Théodora a

pris Gal sur ses genoux. Elle a dit que vous resteriez ici jusqu'au retour du valet. Un matin est entré un garçon, j'ai pris sa valise, j'ai enlevé son manteau, mon cœur battait : c'était le premier garçon ; je caressais sa chevelure blonde, il m'a repris sa valise ; mon corsage était entrouvert, Mme Théodora sortait de sa chambre ; sur mon lit, il s'est assis, je faisais couler l'eau chaude, il a plongé sa tête dans l'eau fumante, il l'a frottée avec la serviette que je lui tendais ; il se taisait, il caressait mes cils, mes épaules, je me déshabillais contre le radiateur, ses doigts tremblaient sur l'ourlet de mon slip, je me suis couchée sur le lit, les jambes écartées ; il s'est déshabillé, gardant seulement son slip de coton, s'est couché près de moi, a pris ma main, l'a baisée, je me frottais à lui, je lui soufflais dans l'oreille, ma main caressait son ventre, soulevait son slip et touchait son sexe palpitant enfoui dans les boules sécrétives ; il a roulé sur moi, sa poitrine sentait la vapeur de charbon ; dans sa chevelure, mes ongles écrasaient des grains de suie, et ma langue en léchait sur ses cils.

Je lave, je souille, je lave, je crache et je lèche ; le garçon, du pied, heurte la valise ; il dit, se soulevant un peu sur les poings :

— Écoute, dans ma poitrine, tressaille une révolution ; elle jaillit sur mes lèvres, à midi, sur toutes les lèvres d'Ecbatane. Bienheureuse es-tu qui suces et lèches la première le lait de la liberté.

Il se lève, il se rhabille, il peigne devant la glace éclaboussée de fard, sa chevelure blonde et rousse, il prend sa valise, il descend.

À midi, le sang éclabousse les grilles du palais, les bornes, les escaliers des temples, les troncs des palmiers ; la troupe fauche, descend, perce, descend, écrase, descend, piétine, descend, coupe, descend, crève, descend, déchire ; cris noyés dans la gorge par le sang, fronts ouverts sur les bornes, jambes brisées sur les dragons des fontaines, poitrines sciées où la poudre noircit le sang...

— Antigone, es-tu libre ou esclave ?
— Esclave. Tu ne vois pas l'anneau agrafé à mes lèvres ? et celui-ci au-dessus de mon sexe, sous le nombril ?
— Moi, je suis libre, ainsi pouvions-nous errer librement dans la ville, misérables, sales, ensommeillés, mais les lèvres nues.
— À la fin de l'hiver, je serai libre.

Ses lèvres ont un goût de fleur et de vent, avec mes cuisses et mes genoux, je soulève ses jambes ; le sang colle ses tétons aux miens, elle rampe sur ma poitrine, sa tête roule derrière ma tête, ses hanches couvrent mes seins, mon sexe jaillit entre ses fesses, j'allonge mon bras, prends mon sexe, je le rabats contre la fente de ses fesses, et je le tire ; son sexe ouvert, mouille mon nombril ; mon sexe retourné, craque, je le lâche, ramolli il roule sur ma cuisse.

— Qui t'a, si bien, appris l'amour ?
— Ma mère. Et mon père, à ma sœur.

Je prends la tête d'Antigone, malheureuse, la bouche remplie de sperme brûlant dès l'aube et les pieds écrasés sous les bottes ; les boutons, les insignes, les dents, les ongles écorchent tes tétons ; tes paupières gonflées de salive, tes yeux éclaboussés de vin ; les crocs, les ongles, les pointes des os, et des muscles, vibrent, courent sur ta peau. Ton prix ? tes cuisses écartées par la main sûre de la maquerelle, tes lèvres retroussées, tes dents cognées, par le marteau du crieur. Ton prix ? ton prix ?

Elle pleure dans mon cou. Gal, enivré, la bouche remplie de gâteau, le short déboutonné, la chemise mouillée de sueur, de larmes de rire, pousse la porte, il plonge sa tête dans le lavabo, il vomit, son short descendu jusqu'au milieu de ses fesses...

Winnetou essuie ses lèvres souillées, frotte sa main à la balustrade de bois peint.

Dans le salon, les jumelles dorment, enlacées, sur le divan. Winnetou jette ses mains vers le ciel noir ; l'écume court sur la mer ; il crie, le canon du P. M. heurte sa mâchoire ; l'aube point ; il crie, les larmes scintillent sur ses joues ; l'aube martèle ses joues, son front ruisselant.

Une mouette berce et crie sur un amas flottant de goémons.

SIXIÈME CHANT

Xaintrailles fixe pour le lendemain le déclenchement de l'opération Ecbatane, du nom de la ville métropolitaine, où la plupart des soldats sont nés, où Xaintrailles et Thivai esclaves ont excité le corps et le cœur de beaucoup d'hommes et de femmes, où les chefs politiques, militaires et religieux se querellent avec plaisir et désinvolture et se disputent une jeunesse égoïste.

Les camions sont chargés, Pino, par la faveur de Xaintrailles, nommé chef de cuisine, les armureries presque entièrement vidées, l'infirmerie fortifiée, les palais renforcés de palissades, l'archevêché bourré de sentinelles, le cardinal lui-même initié par un sergent au maniement du pistolet automatique.

Xaintrailles, le soir, visite les soldats dans leurs chambrées, Winnetou l'accompagne, les soldats, assis sur leurs paillasses, muets, la gorge serrée, écrivent sur leurs genoux des petites lettres à leurs fiancées, inscrivent l'inventaire de leurs biens, au dos de ces lettres. Xaintrailles prend les lettres, les fait porter dans le coffre-fort de la garnison ; à charge pour les secrétaires de les y garder.

Quelques soldats lèvent les yeux vers Xaintrailles, fixent sa gorge :

— Mon capitaine, c'est sérieux cette fois ?
— Mon capitaine, ils seront tous au rendez-vous ?

— Mon capitaine, il paraît qu'ils se battent encore au couteau ?

— Mon capitaine, vous croyez pas qu'ils ont des avions ?

Wildfrei, un camarade à lui, dans la cambrousse, près d'Elö, lui a écrit qu'ils avaient repéré des traces de roues d'avions dans le maquis.

— Mon capitaine, à Ecbatane, ils nous abandonnent.

— Mon capitaine, pourquoi on ne va pas leur couper le jarret à ceux d'Ecbatane ?

Xaintrailles sourit, il regarde les armes posées en faisceau contre le mur, fait jouer les culasses, il se penche sur les sacs à dos :

— Je vous ai fait donner des treillis neufs. Les avez-vous ?

— Oui, c'est bien la première fois. Ces fourriers, mon capitaine, vous nous permettez de leur casser la gueule, demain matin, avant le départ ?

Xaintrailles sort :

— Winnetou, tu n'as pas peur ?

— Moi ? J'ai tué ma mère et Thivai, pourquoi j'aurais peur de mourir ?

Aux cuisines, Xaintrailles pose sa main sur l'épaule de Pino occupé, avec ses aides, à charger les casseroles, les broches, les couteaux, sur la remorque de la roulante, au milieu de la cour intérieure :

— Tu n'as besoin de rien ? Tu as tout ton compte ?

— Mon capitaine, oui, mais il me manque une louche. Je soupçonne feu le général de l'avoir volée. Vous voyez pourquoi ?

Xaintrailles rit, Winnetou prend un morceau de fromage sur le fourneau et le mange :

— Hé ! Winnetou, ne me vole pas ma marchandise.

Les deux aides, qui ont la trace de l'anneau aux lèvres, penchés sur les colis de marmites ficelées, se redressent, leur front et leurs mains luisent :

— Pino, veille à la propreté de tes hommes. À la tienne, aussi.

Xaintrailles revient à son bureau, Winnetou, debout devant la porte, les mains appuyées à la balustrade de la galerie, crache; la chambrée des radios est éclairée, les appareils pétillent, scintillent, miaulent; un radio sort, le torse nu, les reins ceints d'un linge souillé, il sautille dans la cour intérieure, relève la tête, voit Winnetou dressé dans la galerie :

— Hé! Winnetou, viens boire, moi je vais à la douche, viens boire, Iolas a reçu un colis de trois bouteilles d'eau-de-vie. Descends.

— Je peux pas, je garde le capitaine.

— Il se gardera bien tout seul.

— Doucement, Succinio, j'ai pas soif.

Le radio rentre dans la chambrée, en ressort avec un quart rempli d'alcool. Succinio monte dans la galerie, tend le quart à Winnetou :

— Bois, ma grosse.

Xaintrailles apparaît. Succinio croise ses bras sur sa poitrine nue.

— Va te coucher, Succinio. Tiens, va me chercher une pile pour ma lampe.

Succinio descend l'escalier, le quart étincelle sur la balustrade :

— Bois, Winnetou, bois.

— Vous en voulez, mon capitaine?

Mais, Xaintrailles, les yeux fixés sur la nuit, se tait, il rêve. Une goutte d'eau tombe du toit sur son poignet, il la boit, elle roule sur sa lèvre, elle a le goût et la couleur de l'anneau; Succinio remonte, il tend la pile à Xaintrailles, Winnetou boit, Xaintrailles rentre dans le bureau; les pourpres se frottent sur les fils électriques.

Inaménas dort, Xaintrailles a fait boucher les avenues de sortie par des chevaux de frise, gardés par des sentinelles ; les adolescents d'Inaménas se pressent, leurs motos, leurs autos piaffent, vibrent devant les barbelés, les filles ouvrent leur corsage, mais les sentinelles étendent les mains ; un garçon voit la marque de l'anneau sur les lèvres d'une sentinelle :

— Toi, tu étais esclave ? baisse ton bras et laisse-nous passer. Saint-Gall, je peux le frapper ?

— Non, c'est un soldat, il peut se plaindre. Retournons.

Les motos, les autos virent sur le sable de l'autoroute.

La sentinelle caresse ses lèvres, son poing serre le barbelé ; l'écume lèche le sable ; la sentinelle s'assoit sur la dune, les pucerons sautent sur ses cuisses :

— Hé ! Volodia, pourquoi tu l'as pas flingué ?

— T'es pas fou, moi, un ancien esclave !

— Le capitaine, il t'aurait défendu ?

— Non. Il est avec eux.

— T'as vu les filles ?

— Je préfère les putains.

— Les mômes, ils ont tué la mère Lulu.

— Le capitaine a dit qu'il ferait fusiller les recruteurs et prendre les mômes pour être soldats. Et les filles, pour laver le linge et faire la cuisine des soldats.

— Des putains qu'on pourrait toucher et baiser...

— Tais-toi, voilà la ronde.

Le sergent éclaire avec sa lampe le visage de Volodia :

— Tu les as arrêtés ?

— Oui, sergent. Ils m'ont insulté.

— Serre tes poings. La bataille on la gagnera pour nous, on jettera à la mer tous ces putains et fils de putains. On vivra avec le pauvre peuple.

Volodia se rassoit sur le sable, une touffe de chardons entre ses cuisses, il la secoue, les petits escargots blancs dégringolent, il les prend dans ses doigts, il les écrase, l'odeur de chair morte lui retourne la langue, il se lève, essuie ses doigts au treillis, il marche vers le vallonnement perpendiculaire à l'autoroute, secoue les piquets qui tendent les barbelés, regarde le ruisseau plongeant sous l'autoroute pour rejaillir dans le haut de la plage, appuie son poing aux petits arbres trapus dont l'eau sonnante baigne les rouges racines. Ainsi, toute la nuit, l'insulte du garçon serrant sa gorge, il marche, il s'assied, il se penche, il arrache, il écrase, il crache, il croque, il frotte...

Les goélands planent au-dessus de sa tête, s'immobilisent au carrefour des vents.

À l'aube, Xaintrailles pousse les portes, frappe dans ses mains. En une heure et demie, les camions sont chargés, les soldats lavés, armés, assis sur les ridelles, les remorques soulevées et accrochées. Sur l'autoroute, les sentinelles ouvrent les barricades ; les camions roulent vers le Val du Royal Palace, quittent l'autoroute, tournent en dessous, rejoignent la mer ; une fille en short roule sur un vieux vélo, contre le vent, ses cuisses frottent la selle ; Virido se lève, le camion double la fille, Virido, son P. M. traînant avec un bruit de culasse sur la ridelle, arrache son casque léger :

— Ça mousse ?

Les soldats rient, la fille renverse le torse et la tête en arrière, ses cheveux roulent sur ses épaules, ses dents brillantes écument :

— Oui, mais pas pour ton blaireau !

Xaintrailles, dans sa jeep, entend la fille, il se retourne ; Virido, debout contre la ridelle, les jambes écartées, secoue son sexe à travers la toile du treillis :

— Tu n'en veux pas ? Il est tout chaud, tout frais.

La fille, dont le short est pris dans le pli de la cuisse, pédale, souffle, le front baigné d'une lueur d'or ; le camion la dépasse, Virido siffle, il voit les fesses de la fille rouler sur la selle et tendre et plisser la toile légère du short et le mouvement découvre la chair des reins entre la chemise nouée sur le nombril et le haut du short. Virido bande et tous les soldats ; la fille, sifflée par les soldats des camions de queue, rejette ses cheveux en arrière ; son sexe gonflé, serré, meurtri par le pli du short, chauffé par le frottement de la selle, les soldats le tiennent sous leurs mains, ils le caressent, ils le pressent, ils le baisent avec leurs lèvres glacées.

— Succinio, tu connais cette fille ? qui est-elle ?

— Oui, c'est une putain... libre, on la baise au Royal Palace ; elle fait aussi les hommes, les vieux, les jeunes des villages. Mon capitaine, si vous permettez, je vais vous raconter comment elle baise...

— Plus tard, Succinio.

— Jésus-Christ, quand elle vous suce, ou que son petit sexe doux et humide comme une petite bourse de laine s'écrase sur vos lèvres. Jésus, Jésus, elle aurait fait bander feu le général...

— Tais-toi, Succinio.

Iolas pousse du coude Succinio, leurs écouteurs s'emmêlent :

— Iolas, tu tiens toujours le P. C. ? Dis-leur que nous sommes en NY 22.

Iolas manipule le message, son pied heurte la cassette de bois, Xaintrailles frémit :

— Et cette fille, quel est son nom ?

— Niké.

— Arrête, Baby.

Le chauffeur freine.

— Va dire à cette fille que je la prends dans ma jeep. Tu mettras sa bicyclette dans un G. M. C.

Baby saute de la jeep ; d'un geste du bras, il arrête le convoi, il se plante, les jambes écartées, au milieu de la route, la fille avance sur lui, elle met pied à terre :

— Le capitaine veut t'avoir avec lui dans sa jeep, donne ton vélo.

La fille tend le guidon au soldat, qui lui caresse la main et le bras, Virido descend du camion, saute à terre, frotte ses hanches, met ses poings sur ses cartouchières, Baby saisit le vélo, le jette sur le chargement de lipicos ; Virido a pris la fille à la taille, et lui baise et lui mordille sa tête renversée ; la fille se débat, les doigts de Virido pétrissent le short, ses ongles griffent la toile, la main descend sur les fesses, remonte dessus, serre l'angle où le sexe est pris et froissé entre les cuisses ; ses lèvres, tissées de salive et d'écume, claquent sur les joues de la fille ; Baby le repousse, il prend la fille à la taille, il l'attire contre lui. Virido le frappe au dos, Baby fait volte-face, gifle Virido, la fille appuyée contre la roue du camion ; le soldat assis entre les lipicos, se lève et lui prend la chevelure, et penché sur la ridelle, lui caresse le front et les paupières avec ses doigts ; la fille, ses jambes écartées et ses bras battant la ridelle, sa chemise relevée jusque sous les seins, et son short descendu sur le bas-ventre, crie, jette sa bouche en avant ; Virido, Baby roulant dans la poussière, se jette sur la fille, plaque son grand corps torride contre la fille, lui prend la bouche avec ses dents, et le sexe avec ses ongles ; les soldats, dressés contre les ridelles, crient, s'étreignent, les casques se heurtent dans l'air mouillé ; Xaintrailles saute, se précipite ; la main de Virido arrache la braguette du short ; les fesses de la fille roulent sur le haut du pneu crevassé et chaud ; sa main repousse la gorge musclée de Virido ; son autre main coiffe le sexe du garçon qui vibre contre le short déchiré.

Xaintrailles saisit Virido à l'épaule, il le terrasse, l'agenouille dans la poussière et le frappe au front ; Virido, son sexe à tête de vipère dressé hors de la braguette, ses genoux meurtris par la ligne hérissée du goudron, se tient le ventre à deux mains ; son front saigne, ses lèvres crachent une salive rosée ; la fille se recoiffe avec ses doigts, le short déchiré découvre son bas-ventre, la toison brune, et dessous, les lèvres roses du sexe, les yeux de Xaintrailles voient ces lèvres mouillées, la fille tarde à se rhabiller, elle secoue sa chevelure en regardant Xaintrailles; Baby se relève, secoue son treillis; le soldat, entre les lipicos, se penche; la fille replie sa jambe sous la fesse, son pied prend appui sur la roue; le soldat se penche, il crache sur cette cuisse ainsi offerte, le crachat tombe sur l'articulation de la cuisse et du bas-ventre, il coule vers le sexe, le long des plis; le soldat crache de nouveau, la salive ruisselle sur la toison de la fille; la fille lève les yeux, sa chevelure couvre ses épaules, le soldat crache sur le visage, la fille, aveuglée, frotte ses yeux; Baby, qui s'est approché, caresse la hanche de la fille, Xaintrailles lui prend la main et la repousse :

— Va dans la jeep. Toi, rhabille-toi. Et, suis-moi.

La fille, son visage et ses cuisses couverts de salive, se jette contre Xaintrailles, elle lui caresse les tempes, se pousse entre les cuisses du jeune homme, lui baise la bouche et les joues; Xaintrailles se dégage :

— Rhabille-toi.

La fille noue les pans de son short sur sa hanche, Virido se relève, la fille se détache du camion.

— Toi, tu m'en paieras un autre.
— Je te baiserai à mort.

Dans la vallée d'Iguider, Xaintrailles descend dans la ferme des Talbot. Saint-Gall junior, et Talbot, déjeunent, en pyjama, dans le living-room; Xaintrailles s'assoit, il prend une tartine de confiture; dans la jeep, la fille, assise à la place de Xaintrailles, peigne sa chevelure; Baby la regarde, rit, minaude, remue ses fesses sur le siège, glousse; les soldats, descendus des camions entourent la jeep, balancent les reins, certains, qui pissaient le long du talus, se retournent et secouent leur sexe au-dessus des garde-boue de la jeep, sifflent, mais la fille peigne sa chevelure, sourit, soupire.

Les soldats se rapprochent, Succinio et Iolas, soudain, saisissent les épaules de la fille, et la maintiennent serrée contre le siège : alors, Baby roule sur la fille, il s'assoit sur ses genoux, remue ses fesses, ses reins, les frotte aux cuisses de la fille, son dos renversé sur les seins de la fille.

Virido surgit, le front bandé, il bouscule Baby, le roule hors de la jeep; il tire la fille, il la traîne sur le chemin, il s'arc-boute sur elle, lui bâillonne la bouche d'une main et de l'autre déchire de nouveau le short et sort son sexe du treillis; la fille se débat, ses jambes, ses genoux rabattus sur les reins et le dos de Virido; les lambeaux du short traînent dans la poussière, pris dans la fente des fesses relevées; un temps; ses fesses se soulèvent, les boules sécrétives de Virido, arrachées hors du treillis, par la violence de l'accouplement, roulent sur le versant des fesses de la fille; tout autour, les soldats silencieux, halètent en chœur, frappent le sol de leurs pieds; l'un d'eux s'accroupit, se courbe sur Virido, et se serre contre lui, ses mains accrochées aux hanches de Virido.

Dans le living-room, Xaintrailles attend le fermier Talbot:

— Vous avez-vu Audry à Elö?

— Oui. Il a la tête rasée, il se tait, ses lèvres sont serrées. Nous lui avons parlé de Serge, il se taisait. Il est battu, son uniforme est déchiré partout, il avait du sang derrière l'oreille.

— Thivai est mort. Massacré par les commandos.

— Mon père dit: « Xaintrailles aurait dû garder vivant le général. »

— J'étais en prison quand ils l'ont tué.

— J'entends du bruit sur la route. Xaintrailles, tes soldats se paient une fille. Des chiens, des nègres. Père avait raison de leur faire payer le verre d'eau.

— Ne méprise pas mes soldats. Tous furent esclaves. Je le fus, moi aussi. Thivai eut l'anneau aux lèvres. Tais-toi. Pourquoi m'ont-ils mis à la tête des troupes, sinon pour me précipiter dans le soleil. Les soldats ont fait une chanson pour la campagne, elle dit ceci :

Levés de la boue, du lit d'infamie, nous marchons vers toi, Phoïbos. Ouvre nos fronts, sèche nos cuisses. Arme nos poignets, déchire la mer, fais-nous des pieds d'enfants. Fume nos blessures, baise nos plaies. Et que le casque lourd protège le fruit de nos cuisses ensanglantées, à nous, morts, renversés sur le bord des gouffres, les pieds écrasés sous la pierre.

Xaintrailles se penche sur la fille, son ventre gluant palpite. Quand Xaintrailles le touche, le feu prend la fille, la tord ; son sexe saigne, des touffes, arrachées à la toison, glissent au vent sur la poussière. Les soldats, tous assis, ensommeillés, sur les ridelles, le fusil serré entre les cuisses, regardent Xaintrailles, les yeux mi-clos et le genou frémissant. Xaintrailles soulève la fille par les épaules, il la traîne jusqu'à la jeep, il l'assoit, la jeep démarre. Baby jette ses yeux vifs sur la fille. Xaintrailles, penché au-dehors, son pied posé sur le garde-boue, ouvre ses narines aux senteurs du sol. La main de Baby coiffe le levier de vitesses, le pelote ; la fille, ses yeux mi-clos, sourit. Baby frotte la boule du levier, il se penche vers la fille, elle glousse ; la sueur glace le dos de Baby, le petit rire de Niké le fait bander ; sa main gratte la toile du siège contre la cuisse de Niké ; sous les lambeaux, le sexe de la fille, brûlé, rougeoyant, gonfle de nouveau, le lambeau se mouille ; Baby d'un coup d'œil, le voit, sa main, alors, le touche, le déplace, découvre la toison qui s'ouvre lentement, comme le pelage d'un hérisson, sous la poussée des lèvres du sexe.

Xaintrailles remet son pied dans la jeep, la main de Baby coule sur la cuisse de la fille ; le casque léger de Baby glisse sur sa nuque.

— Où vous allez, les beaux guerriers ?
— Demande au capitaine, mon bébé.

— Mon capitaine, ils sont grossiers, tes hommes.
— Pourquoi, aussi, te montres-tu à nous si peu vêtue ?
— Parce que je n'ai pas assez d'argent pour acheter de beaux habits. Ainsi j'aimerais que tu me donnes un beau treillis.
— À Titov Veles, Baby te donnera un des miens.
— Ils sont sales, tes soldats. Dis, capitaine, me gardes-tu avec toi ? Je voudrais voir la bataille.

Les avions accompagnent le convoi. Au soir, ils se posent en cette ville appelée Titov Veles pour ce que l'Esprit du Mal y fut, au temps de la fatalité, recherché, traqué, saisi et brûlé par un berger nommé Veles, et pour ce combat, le Soleil aida le jeune homme, ardant ses rayons et brûlant par-dessous l'eau du fleuve où vivait, en grande somptuosité et ce, par tribut d'or et de jeunesse instruite par lui en volupté, l'Esprit du Mal.

Ceux de Titov Veles, hostiles à la rébellion, pour ce que des hommes de celle-ci leur clamaient la fin des privilèges, se pressent autour du convoi ; les femmes et les filles caressent les genoux des soldats, les hommes, descendus de leurs perrons, saisissent le bras de Xaintrailles ; toute la nuit, malgré l'ordre d'abstinence, les soldats, vautrés dans les maisons, leurs pieds baignés, oints, lèvres, joues rasées par les esclaves, noient leur angoisse dans le vin. Les sentinelles qui gardent le convoi, les joues illuminées par la lumière des fenêtres, attendent le passage de Niké, laquelle, toujours vêtue de ses lambeaux, s'agenouille et les branle, avec des petits mots tendres et obscènes ; le sperme jaillit sur le treillis, éclabousse la poussière ou la roue du camion, Niké, sa main éclaboussée, presse le sexe dans sa bouche et le soldat, ses jambes raidies, enfonce ses doigts dans la chevelure lourde et gluante de la fille. L'essence chante sous les châssis.

Xaintrailles, sa cassette posée sur la table de nuit, s'endort dans un lit moelleux. Ceux de Titov Veles, avec les officiers de leur garnison, pratiquent un jeu sanglant : les prisonniers, chefs ou simples rebelles, à leur retour des interrogatoires, s'ils ne sont point morts ou trop mutilés, sont gardés dans la prison municipale puis vendus ou loués à d'anciens maîtres d'armes ou directeurs sportifs qui les exercent, le jour et la nuit, à des combats dangereux, à des sauts, à des courses ; mais, à la fin de ces exercices, il les font s'accoupler avec des putains d'Inaménas, et les enfants ainsi conçus, leur appartiennent ; des particuliers se donnent alors le spectacle de ces exercices, la nuit, au fond de leurs piscines privées et couvertes ; le sang, la poudre éclaboussent les palmiers et les vitres de la verrière ; à mort d'homme, le combat ou l'exercice mortel est interrompu, le cadavre traîné, tiré sur l'échelle par des esclaves et vendu aux marchands de chair dont les serviteurs, esclaves le plus souvent, attendent hors de la verrière, sommeillant dans la camionnette, le marchand conserve les cadavres dans une glacière et les revend au bas peuple, aux jours de famine et de révolte. Les prisonniers, aveuglés par la lumière du néon, affaiblis par la drogue, se battent avec maladresse, le sang ruisselle, s'accumule à la bouche d'évacuation, les blessés roulent dans ce sang, le dos, la cuisse transpercés d'armes dérisoires : couteaux de cuisine, ouvre-boîtes, tire-bouchons, limes à ongles... D'autres, les jambes ou les bras rompus dans les sauts, se tordent sous les pieds des combattants ; d'autres encore, courent tout autour de la piscine, le poitrail creusé, les lèvres couvertes d'une bave sanglante ; les officiers parient sur les combattants au poitrail desquels et en pleine chair ils ont fait accrocher par un esclave, l'insigne de leur bataillon.

Ainsi, chaque nuit, sont exterminés une centaine de prisonniers. Les enfants nés de leurs accouplements forcés sont, un temps, nourris par leurs mères putains, à Inaménas; dès le sevrage, ils sont vendus çà et là, certains, par bateaux clandestins, sont débarqués dans le port d'Ecbatane et vendus aux maquereaux, aux directeurs de spectacles, aux légions étrangères. Ces massacres, ces accouplements, ces marchés, inconnus du gouverneur et des soldats, font de Titov Veles, une ville haute, secrète et triste. Les hommes et les jeunes gens y sont clairs, le jour; la nuit, leur âme pressée sue le sang. Quant aux officiers, ces rebelles qu'ils ont, de jour et, par ordre, loyalement combattus, ils les veulent voir, la nuit, se massacrer sans courage ni merci, la mémoire à jamais perdue de leur révolte et de leur combat.

Ceux de Titov Veles font une grande consommation d'esclaves; ceux-ci, enfants capturés dans les montagnes ou dans les îles proches d'Inaménas, razziés dans les villages surpeuplés, arrachés à la famille, à l'épidémie, tirés de sous l'aile et le bec des vautours, servent leurs maîtres sans un mot, sans un cri, sans un pleur; l'anneau d'argent, ils l'ont agrafé sur la membrane du cul pour les garçons, sur le bord de la lèvre supérieure du sexe, pour les filles. Ils ne sont pas battus, mais sans cesse, à toute heure du jour et de la nuit, appelés et couchés sur le lit des maîtres et retournés et retournant et retroussés et retroussant, toujours ardents, dessous, et dessus, pour que, leur mémoire leur ayant été arrachée avec la liberté, la semence et la sueur de leur corps se reproduisent en eux sans délai ni repos et jaillissent à si douce fraîcheur et fort et dur parfum.

Et se veulent ainsi, ceux de Titov Veles, dès le recommencement du désir, l'injecter à venin dans le flanc des esclaves, pour se garder libres et proches du dieu. Morts, ces esclaves sont traînés sur un rocher plat dominant la ville: les cadavres, nus, sont lapidés, recouverts de cailloux afin que leur vengeance ne se retourne pas sur les jeteurs de pierres.

Point de bordels à Titov Veles. Ceux du peuple qui ne possèdent pas d'esclaves s'accouplent avec leurs enfants, et s'ils n'en ont pas, avec les chiens, les chiennes, les ânes, les ânesses à demi sauvages et mourants, sous les eucalyptus.

À l'entrée des temples, deux esclaves, un garçon et une fille, relevés deux fois par jour et une fois par nuit, quatre et trois fois au moment des rites de la Fatalité, arrêtent les adorateurs, les déchaussent et s'accouplent avec eux, dans une guérite, en forme de cercueil, dressée sous le portique ; ainsi, vidés de tout désir, les épaules frissonnantes, le ventre léger, les adorateurs pénètrent dans le temple et s'agenouillent devant la statue dont l'œil droit, percé, recelant une petite ampoule électrique, jette une lumière d'aurore éblouie.

Les prêtres, qu'une juste loi sacerdotale écarte de toute chair, animale et humaine, célèbrent les offices dans les galeries de la coupole qui surmonte la statue. Ceux, surpris à s'accoupler avec les deux esclaves, mâle et femelle, du portique, sont aussitôt traînés dans la plus haute galerie et précipités sur la tête de la statue et leurs corps abandonnés sur le socle, sur les bras ; la chevelure, les oreilles, les épaules de la statue sont couvertes de sang séché, d'éclats de cervelle. Les plis de la chevelure, les replis des oreilles, la fente des lèvres sont blanchis d'une poudre d'os et de dents. Certains esclaves auxquels la mémoire, en plein orgasme, revenait pour quelque temps, chantonnaient, pendant leur service, une ancienne chanson que les ravisseurs, cachés derrière les claies de bambou des villages, entendaient fredonner aux enfants qu'ils allaient prendre. Et laquelle invoquait une antique déesse sortie tout armée du front de son père, le dieu universel ; et dans les ronces qui bordaient le rocher plat, sépulture des esclaves, un bas-relief couché, brisé en deux morceaux, représentait une semblable déesse, casquée, l'oreille hors du casque et les tempes percées de deux trous ; souvent, le sang jailli des cadavres encore frais, sous la volée des pierres, éclaboussait la pierre grise. Et cette déesse, selon la chanson, avait jadis régné sur une ville où deux seules forces se partageaient la volonté des hommes, l'Amour et la Fatalité.

Ceux de Titov Veles, leur cœur battait quand l'esclave suant, dessous eux, commençait la chanson dans le halètement de sa poitrine. Les poètes, les musiciens, les peintres, n'entraient pas dans Titov Veles ; un sculpteur esclave, qu'on avait assommé aussitôt après, avait élevé la statue géante du dieu. Seuls les faiseurs de lois et de constitutions pouvaient y vivre et prendre esclaves. Les jeunes gens, après les exercices du jour, étaient instruits par des juristes dans la passion de l'Histoire et des Droits des Castes.

Les salles d'école se remplissaient alors de filles et de garçons mouillés de sueur, chemises entrouvertes et ceinture ballant sur la cuisse ; les filles roulaient la tête sur l'épaule des garçons ; debout, appuyés aux cloisons, la main sur le genou serrant le rouleau de feuilles et de crayons, tous écoutent, le sourcil noirci, la sueur coulant derrière l'oreille ; le maître fait fermer les fenêtres, parce que les esclaves crient dans les jardins et dans les cuisines de la communauté, s'interpellent de chenil à chenil ; Le Maître, debout sur une petite estrade, exhorte les jeunes gens au courage, à l'action, au mépris du plaisir et de la philosophie.

Les esclaves, dehors, ramassent le crottin sous le ventre des chevaux, les rayons du soleil chauffent leurs poignets souillés ; d'autres, mâles et femelles, couchés sous les autos, la boue, la graisse du châssis noircit leur visage et leur gorge, aveugle leurs yeux. La nuit, la graisse, restée dans les replis de l'oreille, malgré l'étuve, coule sur l'oreiller du maître.

Des soldats de la garnison, qui avaient violé une de ces femelles, furent jetés dans les piscines et moururent sous le regard froid des esclaves. Les rebelles venaient rarement à Titov Veles; ceux du bas peuple les craignaient, l'ivresse et le vice les avaient changés en bétail: on ne pouvait même plus les distinguer des bêtes auxquelles ils s'accouplaient; mourant des mêmes épidémies que celles-ci, ils se traînaient sous les eucalyptus; ils avaient à manger: mais, peu à peu, les artisans, les marchands quittaient leurs boutiques, montaient dans leurs chambres et se couchaient, leurs bêtes ou leurs enfants entre leurs cuisses.

Les rebelles en tuaient ainsi au lit; les cadavres égorgés restaient alors des mois entiers à pourrir sur les paillasses, des essaims de mouches brillantes allaient et venaient de fenêtre en fenêtre, les enfants qui attrapaient ces mouches, le sang jaillissait sur leurs doigts; des oiseaux aussi, vautours ou corbeaux, poussaient les volets et, à grands coups d'ailes, se jetaient sur ces cadavres répandus; des rebelles, excités par la colère, allaient retirer ces cadavres, ils sortaient alors des maisons, la bouche, les narines, les yeux noircis de mouches, ils couraient se jeter dans le fleuve, et longtemps après, leurs reins se soulevaient de peur et de dégoût.

À l'aube, le convoi, raccourci de treize camions, lesquels restent dans les cours de la garnison de Titov Veles, sous la garde de quatre sections.

Xaintrailles emmène avec lui quatre camions, deux command-cars, deux jeeps; sept sections de cinquante hommes chacune; trois half-tracks; dix caisses de grenades, un matériel complet de minage et de déminage; le petit convoi roule à faible allure, s'enfonce dans le défilé de Thilissi, contourne le massif au sommet duquel est la

Caverne des Renards, P. C. des rebelles. Trois avions suivent le convoi.

Béjà scrute le versant de sa montagne avec des jumelles volées au sac du poste côtier ; dans le fond de la caverne, les techniciens du pays ami remontent les pièces des hélicoptères ; les aviateurs jouent au bord de la caverne avec les rebelles ; celle-ci, plusieurs fois attaquée, est imprenable pour ce que les avions, la martelant de bombes et de balles traçantes, et la brûlant de jets de napalm, l'ouverture de la caverne, tournée vers la mer, et prise sous le défilé, le vent de la mer arrête le feu et retourne la fumée, et les bombes éclatent dans le lit de galets du défilé.

Béjà voit les camions sur la route et les avions dans le ciel ; le convoi s'arrête dans un poste isolé, cote 720, surnommé, par les soldats la tour du Cochon : le commandant de Titov Veles avait mis là un porc qu'il possédait, pour qu'il engraisse, sous la garde des soldats, au grand air ; ces mêmes soldats et la section de commandos, montée là pour le minage du massif, un soir d'ivresse et de faim, l'avaient égorgé, dépecé et mangé toute la nuit, vautrés dans l'herbe autour du poste. Ce commandant, le lendemain, monta au poste, et demanda à voir son cochon ; les soldats lui montrèrent la barrière ouverte, disant qu'il avait été enlevé par les rebelles, cependant que le cuisinier, avec quelques soldats, jetaient les restes sous les marmites et enfonçaient les os et les lambeaux de peaux, avec une fourche, sous le fumier. Le commandant remonta dans sa jeep, poussa le chauffeur, prit le volant ; à ce moment, le chien de Thivai, radio du commando, courut se frotter à la roue de la jeep, tenant en sa gueule la queue et les oreilles du cochon.

Autour du poste est le village de Thilissi, plusieurs fois, dévasté par les rebelles : ce village, célèbre dans toute l'île d'Inaménas, et jusqu'en Ecbatane, pour ses poteries et ses couvertures, était habité par des gens très beaux, couverts de bijoux et ne parlant que par poèmes. Au début du siècle, ceux de Titov Veles, avaient tenté de les soumettre à leur loi militaire, les enfants avaient été pris et descendus à Titov Veles, tondus et placés dans les casernes, mais leurs mains ne pouvaient tenir et manier les armes qu'on voulait leur donner pour qu'ils aident à défendre la république; en vain, les rebelles, cinquante ans plus tard, avaient voulu qu'ils reprennent une liberté dont leurs poèmes ne disaient pas qu'ils l'avaient jamais perdue. Alors, ils avaient, de jour, encerclé le village, brûlé les maisons, les ateliers, le bétail, lequel s'enfuyait dans les prés, mettant le feu aux ronces, aux meules, aux arbres fruitiers; égorgés à la hache, dix enfants couchés dans leurs berceaux, au seuil des jardinets; l'armée d'occupation, alors, distribuait des sacs de blé, des soldats adoptaient les enfants de ceux qui avaient été massacrés et les prenaient avec eux au poste, mais, ni les orphelins, ni les veuves, ne voulaient dire où se cachaient les rebelles, pour ce qu'ils ne les voyaient que pendant les massacres.

Ce peuple adorait un nuage, au bas du ciel, toujours doré par le soleil; ils l'appelaient le Rocher des Dieux.

Les soldats, descendus à Thilissi, vont boire, sous un auvent de palmes, un vin poivré; dans leur dos, les femmes, les enfants, les hommes accroupis derrière les cloisons de roseaux, tissent, pétrissent à la lumière des lampes à huile; tous tremblent quand la nuit obscurcit le nuage sacré, dont la crête ensoleillée retentit des cris des dieux.

Virido, Winnetou, Succinio, couchés sous l'auvent, la bouche parfumée de vin et de miel, le ventre apaisé, s'endorment, leurs armes posées sur la paille humide; les chacals se lancent à l'assaut des murs des maisons de bordure, griffent le salpêtre et roulent sur le dos, avec des cris d'effroi; sur le haut du village, dans le chemin de ronde du poste fortifié, la sentinelle laisse aller sa main sur le mur hérissé de pointes de verre. Dans la chambrée, un soldat couche son enfant sur la paillasse d'un camarade massacré par les rebelles ; il déshabille l'enfant, l'enroule dans la couverture ; sur la table, dans les flaques de café, un roman-film fermé, baigne, l'encre se mélange au café ; le soldat se penche sur l'enfant, lui fait une croix au front, l'enfant, ses yeux grands ouverts, sort sa main de la couverture, touche le bras du soldat ; celui-ci se redresse, il va s'asseoir sur le tabouret, prend le roman-film, le secoue, l'ouvre, le lit sous l'éclairage irrégulier ; quand la lumière s'éteint, il ré-enfonce le fil dans le trou de la pile ; la sentinelle s'arrête à la porte, d'autres soldats arrivent, criards, dépoitraillés, certains pieds nus, la sentinelle met un doigt sur sa bouche, les soldats alors se taisent, ils entrent dans la chambrée, se déshabillent dans l'ombre, se couchent et rêvent, les genoux levés, la main tripotant la chaînette qu'ils ont au cou.

Virido, et quelques-uns des soldats de l'opération, ont installé leurs lipicos dans le grenier du poste, sous le mirador auquel on monte par une trappe faite dans le plafond de ce même grenier ; ils se couchent, ils se bagarrent, se roulent sur les lipicos, se peignent, ils recousent leur treillis ; le chef de poste, un jeune sergent engagé, revenu de Titov Veles avec Xaintrailles — ses chefs réunis en tribunal lui ont pardonné le meurtre d'un soldat qui refusait de monter se battre — entre dans la cuisine où Pino lave la vaisselle avec ses aides et les cuisiniers du poste. Il a bu, il tient une bouteille d'alcool dans sa main, il prend un couteau sur la table, il pique les fesses de Pino, celles des autres cuisiniers, lesquels ne bougent pas : « Laisse faire, il est ivre, ça va lui passer. »

Le sergent promène la lame sur la nuque de Pino dont le visage est enveloppé de vapeur et de sueur :

— Alors, les cuisiniers ? à Inaménas, petits soldats parfumés, vous mangez des viandes de choix ; toujours les premiers aux arrivages de l'intendance, les bons morceaux pour vos chiens d'officiers, les mauvais pour les paumés du bled. Ici, on mange du chacal. Et on ne baise pas. On adore le nuage. Morveux qui avez tué votre général. Cinq ans que je crève dans ce défilé. Et l'on me juge parce que j'ai tué un traître. Je ne sais plus parler. La merde me colle au cul. Ceux du tribunal se bouchaient le nez ; j'ai vingt-deux ans. J'ai jamais vu de filles. Une seule fois, j'ai couché avec un de mes hommes... J'en ai vomi pendant trois jours.

J'arriverai au nuage avant vous. Voilà ma femme-flamme. Je me l'enfonce dans la bouche et dans le cul. Frottez, frottez, laveuses, battez, souillons. Toi. Toi. Toi. Toi.

Il pique le nœud de la cordelette sur les reins des cuisiniers, il rit, il boit, il crache, la sueur brille sur son front, sous les boucles blondes. Le sergent sort de la cuisine, il jette le couteau dans le fumier, il fait le tour du poste, il surprend la sentinelle dressée contre le parapet et se branlant sous la lune :

— Fais comme moi, imbécile, bois. Tiens, bois.

Il débouche la bouteille et jette de l'alcool sur la bouche du soldat qui se lèche les lèvres, sort sa main de son treillis, prend la bouteille au goulot et boit jusqu'à ce qu'il suffoque. Le sergent revient à la cuisine, il apparaît à la porte, il rit, passe derrière les cuisiniers, dénoue la cordelette de leurs tabliers. Puis il saisit sur la table ensanglantée, un rouleau à pâte, il va vers Pino, il le frappe, dur, à la tempe ; Pino s'écroule, le sergent frappe sur la gorge ; un cuisinier se jette sur le sergent, lui arrache le rouleau ; le sergent se dégage, il s'enfuit dans la nuit ; le cuisinier relève Pino, l'étend dans l'alcôve, Pino ouvre les yeux, au coin de ses lèvres et sur sa gorge, le sang jaillit, affleure sous le bleu. Le sergent monte dans le grenier, il ouvre la trappe, se hisse dans le mirador ; les commandos, dressés sur les lipicos, se grattent le pied, le sexe, le dos ; le sergent, son pistolet battant sa hanche, se jette sur la sentinelle, il la pousse vers le trou, le soldat tombe sur un commando dont le pouce du pied, retourné, écrasé, se brise, le commando crie, la sentinelle se redresse, accroche ses mains à la trappe, mais le sergent les lui piétine avec ses rangers ; puis il tourne la mitrailleuse, il la renverse sur le trou, il l'arme, il tire, les balles déchirent le plancher, les commandos bondissent dans l'escalier, le sergent tire, troue les lipicos, les commandos frappent à la porte de la chambre de Xaintrailles, prennent leurs armes au vol et remontent dans l'escalier du grenier. Le salpêtre coule sur leurs dos nus ; le sergent relève la mitrailleuse, il l'oriente vers le ciel, il vise l'endroit de l'horizon où le nuage sacré est tombé ce soir ; il tire, il crie, il tire, ses pieds battent le plancher du mirador, ses manches sont retroussées sur ses avant-bras, il vise les étoiles, les planètes, les nébuleuses, les coups de feu détonent, retentissent, dans les cavernes de la montagne, dans les défilés jusqu'à Titov Veles, où les chefs croient que le capitaine Xaintrailles a commencé plus tôt l'opération Ecbatane et les jeunes gens sortent du lit et descendent en pyjama dans la rue et se rassemblent tous au gymnase, pour y veiller autour d'un feu et sous l'image de la statue, en signe d'union avec les combattants.

Le sergent jette sa bouteille hors du mirador, elle se brise dans le chemin de ronde, les morceaux, les éclats étincellent aux pieds de la sentinelle ; le sergent entend du bruit dans le grenier, il saisit son pistolet, Xaintrailles s'élance, il lui prend les pieds ; le sergent déséquilibré le met en joue ; d'un coup de carabine, Xaintrailles fait voler le pistolet, il se hisse alors dans le mirador, maîtrise le sergent, le gifle, la mitrailleuse pivote, Xaintrailles l'immobilise, la désarme :

— Tu as réveillé tous les fels d'Inaménas.

Des lumières s'allument çà et là au flanc de la montagne et jusque dans la plaine côtière. Xaintrailles fait étendre le sergent dans sa chambre, gardé par trois de ses hommes ; il envoie un message au chef de la garnison de Titov Veles, lequel, aussitôt, saute dans sa jeep avec deux commandos, fonce dans le défilé, freine à la barrière du poste, il monte dans la chambre du sergent, et pendant une heure, il l'injurie, le bat, le frappe à coups de crosse, à coups de pied, le couvre de crachats, d'insultes, peu à peu ses coups se changent en caresses brutales. Xaintrailles, assis à sa table de camp, écrit une longue lettre au gouverneur pour qu'il lui pardonne sa rébellion, sur la table est posée une vieille photo de Thivai, au moment de son affranchissement, pêchant les crabes avec un Tcherkesse, dans les rochers d'Ecbatane. Le commandant, penché sur le sergent, lui pétrit le ventre, le déboutonne ; le sergent, sa tête renversée sur l'oreiller, ses yeux grands ouverts, se tait, seulement ses mains, quand la caresse se fait plus violente, s'élèvent, touchent le bras de l'officier. La fenêtre, ouverte sur la nuit ; au-dessus, les rires des soldats couchés dans le grenier ; le commandant appelle ses commandos ; ceux-ci prennent le sergent par les épaules et par les pieds ; ils le sortent de la chambre, ils l'emportent, le jettent dans la jeep ; le commandant à Xaintrailles :

— Je le descends à Titov Veles, pour le renvoyer en métropole. Demain, je vous monte un nouveau chef de poste. Attendez qu'il soit arrivé pour commencer l'opération.

Et il saute dans sa jeep, il frappe au front le sergent maintenu par les deux commandos, il prend le volant, démarre.

Béja fait sortir les hélicoptères de la caverne : ils sont poussés sur le versant maritime de la montagne. Les soldats, accoudés aux fenêtres, aux murs du chemin de ronde, haussent les épaules; tétons accrochés au salpêtre, ils crachent en contrebas sur le capot de la jeep; le commandant lève les yeux, les soldats s'accroupissent, le commandant se retourne:

— Toi, Hermione, essuie ce crachat qui brille sous la lune.

Le commando saute de la jeep, il prend le chiffon que lui tend le commandant, essuie le crachat: il a deux cicatrices aux lèvres.

— Hermione, tu as encore souillé ton treillis. Quand trouveras-tu le temps et comment, la permission de prendre une esclave?

Le commando rend le chiffon au commandant:

— Ou bien, à peine as-tu vu l'une d'elles au seuil d'un jardinet, que tes eaux se relâchent?

Le soldat remonte dans la jeep, la tête du sergent rebondit sur sa cuisse mouillée. La jeep descend vers Thilissi:

— Tu iras voir le médecin demain matin, petite jument. Un vrai commando de Titov Veles maîtrise tout son corps.

Les soldats retournés aux fenêtres, aux murs, regardent la jeep bondir dans le village:

— Hermione, il veut se faire muter en métropole, c'est sûr.

La jeep sort du village, file sur le défilé; tout à coup, des cris, des lueurs sur le haut du talus; la jeep accélère, une balle perce le pneu avant droit; la jeep dérape, se jette contre le rocher, les soldats sautent, s'accroupissent derrière la jeep défoncée, une grenade siffle, tombe en son milieu, sur le dossier du siège, le commandant saute sur la route, une balle le couche contre le capot, la jeep saute, explose, brûle, flambe, crépite, souffle, siffle, les soldats, derrière, le feu les saisit des pieds jusqu'à la tête, ils hurlent, ils se roulent, debout contre le rocher; le feu prend aux touffes de genêts au-dessus du roc, ces touffes, enflammées, roulent, s'effondrent sur la tête des soldats;

trois rebelles sautent sur la route, l'un d'eux tire le corps à moitié carbonisé du commandant, lui perce la gorge, souille son uniforme, prend l'arme, les deux autres tirent sur les soldats qui tressautent contre le roc ; Xaintrailles court dans le poste, il rassemble tous les soldats, les armes volent au-dessus des têtes ; les soldats, torse nu, le casque roulant sur la nuque, courent à travers le village endormi, se couchent derrière un petit chantier à la sortie du village, mettent en joue les rebelles, tirent ; les rebelles, illuminés par la lueur du feu mourant, alanguis par la chaleur du brasier, enivrés par l'odeur de poudre, serrent leurs armes dans leurs poings affaiblis, les balles les fauchent, ils s'écroulent dans la poussière ; les soldats tirent sur le talus, plus haut, jusqu'aux vignes éclairées par le feu, des ombres courent entre les pampres ; les soldats tirent, les ombres sautent, la poussière des feuilles secouées retombe sur les corps écroulés au creux desquels le sang avance comme les mouches.

Les soldats sortent du chantier, marchent sur la route ; les soldats, derrière la jeep aux tôles incandescentes, couchés sur le roc, jettent leurs bras carbonisés vers l'air libre ; Xaintrailles s'approche il touche une de ces mains, elle s'effondre, la cendre coule sur le pied ensanglanté du soldat ; puis, peu à peu, à l'air délivré, au vent vif de la nuit, les corps se détendent, glissent contre le roc et s'écroulent sur la route, soulevant la cendre ; leurs lèvres, leurs mains ensanglantées sous la cendre qui les recouvre, se tordent, tremblent ; ainsi meurent-ils, les artères, les yeux, les muscles brûlés, sous le regard des soldats revenus des pampres, les hanches couvertes de poussière et de grains écrasés ; dans la ferraille tordue, incandescente, un tas de cendres que la force du feu soulève, une jambe habillée de lambeaux carbonisés, et repliée sur le dossier du siège ; et sur le genou, la chaîne et la plaque d'immatriculation, intactes ; Xaintrailles se penche, le commandant, tiré par le rebelle au milieu de la route, son ventre découvert est rôti, les cloques y ressemblent à des mouches accrochées sur une charogne purulente.

Xaintrailles laisse un sergent et trois sections au poste, il part dans la montagne avec quatre sections, il traque les rebelles sortis des vignes sous la menace des chiens et disparus dans la nuit, au travers du bouclage. À l'aube, il s'arrête sous la caverne des rebelles, le radio appelle Titov Veles, les avions décollent sur l'ordre de Xaintrailles, remontent le défilé, Xaintrailles et ses hommes rampent dans les genêts ; les avions repèrent les sections, Xaintrailles, par radio, commande aux pilotes de diriger et de protéger leur assaut ; les rebelles, cachés dans les pierres, couchés sur les crêtes, la gorge palpitante accrochant les genêts, arment leurs fusils ; l'ouverture de la caverne, ils l'ont bouchée avec des pierres, pendant la nuit, ils ont creusé des chemins de sortie tout autour de la caverne, arraché les touffes et les arbrisseaux pour ôter toute prise au feu.

Les avions foncent sur la caverne, Xaintrailles et ses hommes grimpent jusqu'au défilé, les avions mitraillent les rebelles, Xaintrailles, profitant du désordre, s'élance dans le défilé, il cherche l'ouverture de la caverne, les fusils des soldats heurtent les galets ; les rebelles fuient vers les chemins de secours, les avions les mitraillent ; Béja, sur le versant de la mer, fait décoller ses trois hélicoptères, ils piquent vers la mer, survolent l'autoroute, foncent sur Inaménas ; chaque hélicoptère déverse trente-cinq bombes sur le palais gouvernemental, sur l'état-major, sur le P. C, sur le port ; au-dessus de l'aéroport, ils sont mitraillés par des avions au sol qui s'élancent et les prennent en chasse ; deux hélicoptères sont abattus, celui de Béja revient à la montagne, Béja saute, les avions venus d'Inaménas se joignent à ceux qui mitraillent la caverne ; Xaintrailles, dans le fracas des pierres et des balles, scrute la muraille, le chaos de rocs ; les rebelles rampent sous les rochers ; le feu prend sur le mamelon de la caverne ; les rebelles échappés par les chemins de secours, contournent la montagne et prennent Xaintrailles à rebours ; les avions piquent dans le défilé, l'un d'eux, son aile ayant heurté un surplomb, s'enflamme et tombe en tournoyant ; la fumée aveugle Xaintrailles, un rebelle lui arrache son arme et la lui décharge dans le dos ; Xaintrailles frappe son ventre avec ses deux mains et il s'écroule, les soldats crient dans la fumée ; deux avions se brisent sur un éperon, leurs carcasses roulent, taillent les rocs et se fracassent sur le lit de galets ; des soldats pris sous ces tôles incandescentes, hurlent, leurs mains se recourbent, sur le bord des tôles et fondent aussitôt avec des sifflements ; Béja, sa main blessée par une balle reçue au-dessus d'Inaménas, saute dans le défilé, surgit au milieu des soldats, en tue net six, les rebelles les encerclent ; certains, cachés sur les surplombs, tirent à la mitrailleuse contre les avions, les soldats, désarmés, ramassent des galets et les lancent sur les rebelles accrochés aux mitrailleuses trépidantes, escaladent les parois, boutent les rebelles assommés hors des plates-formes, rechargent les mitrailleuses, s'y brûlent les mains et les bras.

Le corps de Xaintrailles, piétiné, brûlé, lapidé par les pierres lancées par les soldats, Virido, caché dans la fumée, se baisse, il écarte les galets, il dégage les pieds, il les tire, il traîne le cadavre sur un surplomb, un rebelle bondit, prend Virido à la taille, Virido sort son couteau et, le rebelle serrant toujours sa taille avec ses bras, il lui plonge son couteau par-dessus les bras, dans le bas du ventre ; les bras du rebelle se détachent, il s'écroule, sa tête coulant le long des fesses de Virido ; le soldat lui prend son arme et ses cartouchières ; Virido piétine la tête du rebelle, il pose son pied sur le ventre du rebelle, il pousse un cri de coq, secoue sa chevelure nue, plonge dans la bagarre, assomme, fusille, égorge, sa main, sa gorge, ses cuisses couvertes de poudre et de sang, l'écume aux lèvres, le front bleu de colère; ceux qu'il a blessés, il les pousse avec son poing; un rebelle le met en joue, il bondit, le tourne, le prend à la mâchoire et le jette contre le roc, un autre lui déchire son treillis, les lambeaux sont piétinés par les soldats, Virido, les jambes nues, s'élance sur le rebelle, le tue d'une balle au ventre et d'un coup de poignard dans la gorge, le rebelle s'écroule, Virido s'accroupit, tire le treillis du rebelle par les pieds, le lui arrache; puis, se cachant derrière un éperon, il enfile le treillis, le serre à la taille, un rebelle qui l'a vu, se rue sur le soldat, Virido lève son ceinturon, le fait tournoyer, le rebelle s'avance, le ceinturon le frappe au front, fouette son visage, aveugle ses yeux, Virido s'élance, le rebelle, ses mains en avant, recule, Virido lui fouette les yeux, les lèvres, le sang affleure, jaillit, Virido brandit son poignard, il le plonge dans la poitrine du rebelle, la lame déchire le poumon, le rebelle s'effondre, son sang éclabousse le devant du corps de Virido, lequel, crachant, reniflant, la poitrine soulevée de hoquets, le sperme et la pisse jaillissant de son sexe tendu, se jette au milieu du combat; Winnetou, Wildfrei, Dafni, combattent pied à pied sous un surplomb; Béja, l'épaule déchirée par une balle traçante tirée d'un avion en flammes, court dans le défilé, rassemble tous ses hommes, tous sortent des rochers, d'autres avions décollent d'Inaménas en feu, les rebelles encerclent les sections, jettent des grenades, les soldats sautent, leurs membres déchirés, heurtent les soldats intacts, les renversent sur les galets; Virido, sorti de la fumée, prend Béja à rebours, mais Béja entend le bruit de ses pas sur les galets, il fait volte-face, il décharge son P. M. dans le ventre de Virido, le soldat crie et s'écroule sur les galets, s'y casse les dents et le nez; Béja tire à bout portant dans le dos et les épaules du soldat, lequel tressaute, le sang jaillit de ses lèvres, éclabousse les galets blancs et lumineux; Winnetou, acculé au roc par trois rebelles qui s'avancent, leurs couteaux ouverts dans leurs mains ensanglantées, crie, crache, le chargeur de son P. M. brille sur les galets, il est vide, Winnetou le ramasse, il le jette sur un rebelle, puis, sortant son couteau, prenant son P. M. et le mettant devant sa poitrine, il se précipite sur les rebelles dont les armes, enrayées par la poussière et le sang, tintent à leurs pieds; Winnetou se jette sur les couteaux flamboyants, ils percent ses cuisses, son ventre, brûlent ses mains, Winnetou plonge son couteau dans la poussière soulevée au travers de laquelle les galets scintillent, le sang brûle sur sa gorge, glisse sur son épaule comme une caresse, ses yeux se mouillent, le sang se retire de ses joues, de ses genoux; tout autour, les corps ensanglantés, carbonisés, fument sous le soleil; un chant sort des bouches bondées de petits galets; les pourpres, les colombes, enfuis des trous, de leurs nids sous les racines, les alouettes, de leurs nids dans les galets jaillies, crient, au-dessus de la mêlée, attirés, enivrés par l'odeur de poudre et de sang.

Winnetou, ses mains transpercées, tombe la tête contre les galets, il respire encore, le treillis collé au dos par le sang, sa tête vibre, la mer entre dans sa bouche, vomissures violettes, fleurs et feuilles écœurantes, tempes éclatées, fiel, soleil bas.

Un rebelle plonge son couteau entre les épaules du soldat, retourne la lame dans le creux du dos; Winnetou, ses mains se recourbent, enserrent les petits galets, son râle roule sous le roulement des galets. Béja écarte ses hommes, il se jette sur Wildfrei, le transperce sur le roc, il met en joue Dafni qui s'échappe, la balle déchire le ventre de Dafni, le sang jaillit de la blessure, éclabousse sa poitrine et ses cheveux blonds; avec ses mains, il retient ses entrailles, roses sous le soleil, qui se déversent sur ses cuisses ; Dafni, penché en avant, s'échappe du combat, il vient s'asseoir sur un surplomb, ses yeux se voilent, sa tête roule sur sa poitrine ensanglantée ; au fond du défilé, entre les hautes parois, il voit les fumées que le sang chasse de la capitale, précédées par des essaims de guêpes brillantes.

Il voit des braises jaillir et s'éteindre au travers de ces fumées, ses lèvres s'ouvrent, le sang jaillit par hoquets, mouille, chauffe tout le devant de son treillis, claque entre les plis, sous la toile, sous le ceinturon ; sa tête, projetée en avant par les hoquets, heurte ses genoux, le flot de sang ruisselle sur les galets, rayés par les lames des couteaux ; Béja rejoint Dafni, il lui prend la tête, la renverse en arrière, le soldat gémit. Béja saisit la chevelure éclaboussée, jette la tête contre le roc et du pied frappe le ventre du blessé ; puis, il se baisse, il ramasse un galet, il couche le soldat sur la plate-forme, il jette le galet dans le ventre ouvert ; le galet glisse dans la plaie, la tête du soldat saute sur le roc ; ses yeux s'ouvrent tout grands ; Béja essuie ses mains à la paroi, il crie, il s'élance ; déjà, Wildfrei, contre la paroi, se tord ; les rebelles retournés se rejettent sur les autres soldats ; les avions dans l'air déchiré, incandescent, avancent par saccades, comme des libellules. Béjà s'approche de Wildfrei, le soldat, ses bras crucifiés sur la paroi, par le sang et la détonation, râle, la poitrine entrouverte, Béja brandit son couteau, il en caresse la gorge tendue de Wildfrei, puis le plonge jusqu'à la garde ; la tête du soldat roule sur son poignet ; Béja frissonne, son sang se glace, il s'appuie contre la paroi, il souffle, à ses côtés, le cadavre de Wildfrei s'écroule sur les galets, la langue du soldat sort de sa bouche, sous la poussée de regorgement ; les dents la coupent, dans la chute.

Béja détourne la tête ; il lève les yeux, voit le ciel bleu, libre ; réverbération du sang et des lames, et vibration des avions, il essuie la sueur de son front avec son poignet ensanglanté. Les soldats, encerclés, reculent ; un à un, ils sont massacrés, aux souliers des rebelles — avec lesquels ceux-ci achèvent les soldats — sont accrochés des lambeaux de chair, des touffes de cheveux et de poils.

Les avions mitraillent les rebelles cachés sous les surplombs, mitrailleuses dressées vers le ciel dans les cheminées de la paroi. Une escadrille survole Inaménas ; dans la capitale, soldats, domestiques, municipaux, jettent des seaux sur les petits brasiers ; les pompiers arrosent les ruines des palais : le gouverneur, sorti de sa chambre en flammes, court sur l'esplanade, ses bras brisés ballant sur les hanches : Serge et Émilienne, brûlés vifs dans leur barque, sous l'incendie du port, enlacés au fond de la barque noircie, râlent, sous la fumée ; un parfum de poissons grillés flotte sur la ville enfumée ; sur les murs des palais, des casernes et les chevauchant, des soldats, des serviteurs, des enfants, des prêtres carbonisés dans leur fuite ; d'un coup de gaule, les sauveteurs les renversent, la cendre soulevée se rabat sur les visages des sauveteurs ; dans le port, des bateaux brûlent, les flammes courent sur les vagues ; dans les ruines des entrepôts, des caisses de vivres, des sacs de blé éclatent, au pied des hautes portes, les jets d'eau lavent les cadavres carbonisés de mendiants et d'enfants saisis dans leur sommeil, dans leur fièvre, par le feu ; dans le haut de la ville les arbres brûlent ; des cerisiers, dont les branches ployées dans les vergers gardent leurs fruits intacts et couverts de rosée, et les branches ployées au-dessus de la rue s'effondrent en cendre sur l'asphalte.

Béja saute dans son hélicoptère, il fonce sur Inaménas où les rebelles, jaillissant des bas quartiers, assaillent les sauveteurs, contre les murs des palais ; Béja, ses trois hommes courbés dans la carlingue, survole le fleuve, l'estuaire, l'appareil se pose sur la rive ; Béja et ses trois hommes, courant sur le sable, rient, pleurent, tremblent ; un vol de pourpres passe au-dessus de leurs têtes avec un petit bruit d'ailes et de cris. Béja et ses hommes remontent par les dépôts d'ordures vers les bas quartiers ; Kment attend Béja devant les bordels ; Béja entre avec ses trois hommes, ils tuent tous les clients dans la salle commune et dans les chambres, jettent les corps par les fenêtres ; les recruteurs s'enfuient dans le jardin, descendent dans les caves, Kment, Draga, Pétrilion entraînent Béja dans la cabane, Béja et ses hommes soulèvent la trappe, ils courent dans les celliers, ils voient les recruteurs cachés derrière les tas de bouteilles vides, ils les tirent, les assomment, ils les traînent hors des celliers, Béja, son pied glisse, s'emmêle dans la toile de tente, il baisse les yeux, voit le sang frais, le sperme séché, les poils de chien, les boucles d'enfant, il frappe le recruteur, met le pied sur sa gorge ; les recruteurs sont remontés dans le jardin, laissés sous la garde de cinq rebelles, jeunes, échappés du bordel avant l'arrivée de Pétrilion.

Giauhare appuyée sur l'épaule de Kment, traverse le bordel, Draga surgit, elle baisse ses yeux ; Draga se penche, l'embrasse sur la nuque. Béja monte vers la haute ville : les soldats se mutinent, pillent l'archevêché, tuent le nouveau jeune homme noir qui s'est enfermé dans le dortoir, avec ses petits castrats. Ismène descend l'escalier du bordel, elle passe devant Kment, nue, le corps souillé de sperme, de vin, de crachats, Giauhare, plonge sa tête dans l'épaule de Kment, puis, tout à coup, prend Ismène dans ses bras, lui baise ses joues, lui lèche le front, les oreilles, les paupières. Béja croise des groupes de soldats, les bras chargés de caisses de munitions ; dans les jardinets, des soldats égorgent des poules, des lapins, cassent des fleurs, les mettent à leurs boutonnières ; Béja entre dans les ruines du palais gouvernemental ; le gouverneur marche dans les ruines, il prend le bras de Béja :

— Je vous connais, voilà le palais que je veux vous rendre, par justice, depuis que j'y suis venu. Prenez-le.

Il s'en va. Il traverse la cour noircie, passe sous l'arcade du portail et disparaît dans la fumée. Béja monte les escaliers encombrés de meubles calcinés, de corps déchiquetés, sa main glisse, tremble sur la rampe de marbre ; à l'étage, il regarde par la fenêtre, les fumées remontent vers les montagnes ; la Jetée, l'Amirauté brûlent encore en plein midi. Béja escalade le fronton du palais, arrache le drapeau d'Ecbatane, accroche à la hampe un maillot déchiré et souillé qu'il a ramassé dans le bordel ; puis il redescend, les soldats mutinés viennent à lui, le conduisent aux garages, aux armureries, aux caves de munitions, les rebelles rejoignent Béja ; dans le défilé, sous la mitraille, les rebelles sautent de surplomb en surplomb, les balles traçantes arrachent les touffes, brisent les pierres ; une balle transperce les pieds d'un rebelle qui bondissait, le rebelle tombe, la face contre terre, une autre balle lui troue la nuque ; le dos, les épaules, les reins sautent ; les avions avertis de la victoire de Béjà se rapprochent ; la moitié de l'escadrille repique sur Inaménas ; l'autre moitié survole le défilé, traque les rebelles ci-enfermés. Les avions contournent Inaménas, cherchent à se poser sur l'aéroport, mais celui-ci est aux mains des rebelles et des soldats mutinés : les officiers, sous-officiers, soldats restés fidèles sont enfermés à double tour dans les hangars ; au sol, les rebelles dressent les mitrailleuses, tirent, des avions sont abattus, ils tombent dans les marécages qui bordent la piste ; l'herbe prend feu, un réservoir d'essence s'enflamme avec un bruit sourd ; les avions intacts remontent haut dans le ciel, ils se rapprochent, par radio décident de traverser la mer.

— Fuyons en Ecbatane et revenons ici en force.

— Le gouvernement dédaignera de reconquérir une ville ruinée. Restons ici et mourons du moins en héros.

Trois avions se détachent du groupe, ils foncent vers l'aérodrome, le mitraillent, mais les tirs violents et réguliers des rebelles cachés au sol trouent les carlingues ; les deux avions s'enflamment et tombent droit dans les marécages, les tôles rebondissent sur les tôles, un aviateur, à demi carbonisé, jaillit de la ferraille, glisse sur une aile, l'aileron relevé le décapite. Le troisième avion touché, la queue enflammée, s'enfuit à l'horizontale en tournoyant sur lui-même, il fauche les cimes d'un petit bois d'eucalyptus au bord du fleuve et plonge en sifflant dans l'eau morte qui se referme aussitôt sur la carcasse incandescente...

Au sol, les rebelles s'étreignent, crient, mordent leurs bras ; les soldats apportent des paniers de brioches pillés au mess. Les rebelles se répandent dans la ville, ils massacrent les politiques libéraux dans leurs prisons : ceux-ci, les bras levés, gémissent, protestent de leurs convictions révolutionnaires, se jettent dans les bras des rebelles pour les embrasser.

Mais Béja a ordonné de tuer tous les colons, excepté le gouverneur qui se donnerait lui-même sa mort. Béja, Illiten tué pour tiédeur, ne veut gouverner que des misérables ; la foule, seule, l'intéresse. Il fera détruire toutes les villes d'Inaménas, arrachera leurs enfants aux mères, abolira les principes de la famille, de l'affection et de la propriété. Sa meute, aux fronts d'enfants, il la jettera sur les barricades de Titov Veles.

Il s'assoit dans le bureau du gouverneur ; de la main il nettoie la table de ses cendres, il lance son pied sur la table, deux rebelles, debout à la porte, le fusil à la main, se hissent sur leurs talons, regardent à travers la fenêtre du palier.

Les adolescents d'Inaménas, entraînés par Saint-Gall, s'enfuient dans le Royal Inaménas ; Saint-Gall, d'un coup de semelle, tue la vieille gardienne, enfonce son cadavre sous les décombres : tous se rassemblent dans les caves, comptent leurs armes, leurs grenades ; Saint-Gall réunit dans un petit cellier un conseil restreint, lui impose le massacre des plus faibles, le conseil sort, Saint-Gall désigne les victimes, ses lieutenants les maîtrisent, les poussent dans le couloir central, contre les échelles, ils les mettent en joue, ils tirent, les garçons s'écroulent, coulent sur les barreaux des échelles, des filles se jettent sur eux, gémissent.

Saint-Gall ordonne le retrait sous l'aile centrale, il prend les filles par les poignets, il les entraîne ; des rats, au moment où les garçons referment les portes du couloir, sortent des trous, des amas de toile, de sommiers, de matelas crevés, sautent sur les corps, mordent la gorge des mourants : un rat pose sa patte sur une douille brûlante, il crie, tourne en rond, sa patte relevée, secouée de tremblements. Saint-Gall dispose ses garçons aux fenêtres, aux soupiraux, Fabienne, sa main autour de la taille du garçon, de l'autre lui caresse les cheveux ; Saint-Gall, entre deux ordres, enserre la fille dans ses bras :

— Ce soir je sors du palace, je vais à la pointe de Ryswick, seul.

— Les fels ont certainement tué ta parente. Leurs enfants ensanglantés se baignent déjà sur nos plages ; tout le long de la côte de Ryswick à Loutrakion, le sable est rougi de leur sang.

— Pierzinski, prends le commandement. Je serai de retour avant l'aube.

Saint-Gall, à la tombée de la nuit se glisse hors du Palace, il court vers la mer ; le haut de la plage est couvert de corps accouplés, dont les bras et les jambes, enduits de sperme et de sang scintillent sous la lune ; au milieu de la nuit il s'élance dans le jardin de la villa ; dans le hall, son pied glisse dans une flaque de sang, il monte l'escalier de marbre ; une ombre court sur le premier palier, Saint-Gall tire, l'ombre s'écroule, Saint-Gall s'avance, son pied heurte un petit corps palpitant, il se penche, un filet de sang chaud coule sur son pied, il retourne la tête, puis le corps tout entier, celui d'un enfant qui serre dans sa main un chandelier d'argent, Saint-Gall le frappe à la tête avec la crosse de son pistolet, fait rouler le corps dans l'escalier ; il se précipite dans le vestibule, il pousse la porte de la première chambre, il entre, l'interrupteur est arraché, Saint-Gall approche du lit, écarte les rideaux : la sœur de son père, que les adolescents d'Inaménas appellent la Parente, est couchée sur le lit dévasté, sa main coincée dans les tendeurs du baldaquin ; Saint-Gall tire cette main, le corps retombe sur les draps ensanglantés, Saint-Gall relève la robe, le sexe mis à nu est meurtri, rayé de coups d'ongles et de dents. Saint-Gall va à la fenêtre : en contrebas, le port désert brille sous la lune, les petites vagues secouent les anneaux du quai : riche et désœuvrée, la Parente avait fait bâtir un port, des entrepôts, des bassins, toute une ville autour, étagée sur les collines côtières ; mais ses intendants, ses esclaves avaient en vain battu les villages, les déserts de l'île ; en vain, elle-même avait-elle écrit aux marchands et armateurs de l'île et de l'étranger pour que ceux-ci arrêtent leurs bateaux dans son port ; une seule famille, tirée du désert de Guildo, sous Thilissi, accepta de venir habiter Ryswick. On l'installa dans la plus belle maison de la ville, chaque matin des esclaves lui apportaient des fruits, des mets tout préparés, des vins, les enfants montaient jouer avec les chiens, les singes et les oiseaux de la Parente. Puis, un matin, la famille, pressée par l'ennui, disparut. La Parente s'enferma à tout jamais dans les hauts murs de sa villa ; le maire d'Inaménas — cinq ans avant le début de la rébellion — lui ayant, un jour d'hiver, envoyé deux petits joueurs de flûte, elle les écouta puis leur fit, aussitôt après, briser les jambes, pour se venger de la capitale et du rayonnement de son port. Elle avait cependant pris son neveu Saint-Gall en affection, le faisait venir souvent à Ryswick, s'amusait de lui pendant la journée, et le renvoyait le soir à Inaménas, tout gonflé de caresses et de sucre ; un soir, elle vit qu'il devenait garçon, le feu lui monta aux joues, elle garda l'enfant à dîner et dans la nuit, lui prit son pucelage. Le garçon ne revint plus mais il envoyait des petits billets, des dessins, des poèmes, des statuettes d'argile.

Saint-Gall s'assoit devant le secrétaire, dont le battant brille dans le clair de lune, il ouvre les tiroirs, il déroule un papier noué d'une cordelette dorée, lit jusqu'au bas de la page, se lève, place le papier dans un rayon, appuie son coude au rebord de la fenêtre : « ... à mes esclaves, le fouet. À mon neveu, pour salaire de son pucelage que je pris, à son corps défendant, les orangeries que je possède à Loutrakion, afin qu'il promène dans leur parfum son corps en sueur et frémissant... à mes intendants, ils se coucheront eux-mêmes sur le testament... »

Saint-Gall plie le papier, il l'enfonce dans sa poche, il sort de la chambre ; dans l'escalier, le corps, qu'il a oublié, le fait tomber, son menton porte sur la marche de marbre, ses dents brisées, il les crache avec le sang, il descend dans les jardins, il caresse le haut des buis, se penche sur une grande fleur : « un lys » et boit la rosée sur les pétales frissonnants. À l'aube, il court, entre les ronces du Palace, il monte dans l'aile centrale ; tous les garçons et toutes les filles sont égorgés à l'endroit de leur défense ; Saint-Gall suffoque, il marche sur la pointe des pieds entre les corps renversés, agenouillés, face tournée sur l'aurore et la rosée, sur leurs fronts, sur leurs vêtements intacts se mêlant au sang. Saint-Gall n'ose toucher ces têtes immobiles, ces paupières ouvertes sur des yeux encore frais, ces lèvres blêmies, ces chevelures seules touchées et tordues par la main des égorgeurs ; Saint-Gall redescend, monte sur sa moto, retourne dans Inaménas, la moto avance sur des monceaux de corps nus, déchirés ; les chiens, qui les soulèvent, grondent, s'élancent sur les jambes nues de Saint-Gall, ses épaules sont glacées, le sang colle ses tétons à sa chemise trempée de rosée et de sueur; des singes, descendus de la montagne, comme au temps des épidémies, marchent par groupes dans les ruelles, le poil mouillé et doré par l'aurore; aux mains, des rubans, des touffes de cheveux de femmes, ils s'écartent devant la moto, avancent les bras, leurs griffes effleurent les épaules de Saint-Gall; ils secouent la tête, le soleil fond sur Saint-Gall, la selle et le réservoir brûlent ses cuisses et son sexe écrasé sous le short léger; Saint-Gall arrête sa moto, caresse la tête des singes roucouleurs, puis, il lance sa moto, la roue écrase la patte d'un singe, lequel, lève le poing, prend sa patte dans ses mains, écarte les doigts, frotte la phalange, repose la patte sur le sol, crie, agite ses mains contre ses joues, reprend sa patte, s'assoit le dos au mur, lèche le dessous de sa patte; Saint-Gall arrête sa moto devant la demeure; dans le jardin, les fleurs, les bosquets sont brûlés; sur le perron, le corps nu de son père, la gorge tranchée, la tête repliée sous les épaules, les jambes prises dans les rosiers de la balustrade, le sexe rabattu sur le bas-ventre; Saint-Gall lâche la moto, il se penche, il soulève les épaules, prend la tête, traîne le cadavre au pied du perron, dépose la tête dans le salon dévasté, sur le battant du secrétaire, il se couche sur la fourrure d'ours blanc, il roule sur le côté, replie sa tête sous son bras, s'endort.

Béja, couché sur le lit de Serge, gardé par dix rebelles, se réveille, il se lève, se déshabille, prend une douche, se rase avec le rasoir de Serge, se coiffe avec son peigne; il fait le tour de la chambre, sa main sur le rebord de la fenêtre, caresse la vigne vierge; sur la bibliothèque, renverse tous les livres, tous les disques, l'électrophone est allumé, Béja remue le bras, le tord, l'arrache, le jette sous son soulier et l'écrase. Puis, il descend dans le jardin, va s'asseoir sur un banc de marbre qui domine la ville et le port, ses gardes le suivent. Il voit les rues, les avenues désertes, ouvrant sur la mer, quelques enfants seulement se baignent dans l'eau bleue puis, le maillot mouillé, s'accroupissent dans les rochers sous la jetée, tirent des crabes, se prennent la main, dans les fentes.

Béja tourne la tête, son regard tombe sur les bas quartiers ; les ruelles inondées de soleil et de rosée, se remplissent d'ombres de singes et d'hommes ; mais, pas une seule voix dans tout ce tumulte de pas, de sauts, d'accouplements ; un rebelle se penche sur Béja :

— Un savant dit que cette nuit il a vu les eaux se soulever dans l'île de Lannilis, en face du port, et la terre a tremblé sous Elö.

Béja écarte le rebelle.

Dans le défilé, les rebelles, peu à peu, se dégagent, ils ont abattu dix avions ; le défilé devenant impraticable à cause de l'encombrement des carcasses et des cadavres, les rebelles s'élancent au-dehors, les avions piquent, trois rebelles tombent, morts, vingt se jettent, sains et saufs dans le village de Thilissi ; ils saisissent des femmes, des enfants, les poussent devant eux comme boucliers jusqu'à l'entrée du poste ; les soldats n'osent pas tirer ; les rebelles, poussant toujours devant eux leurs otages, se ruent dans la cour du poste ; les soldats attendaient les renforts et les ordres de Titov Veles ; ils se réfugient, se barricadent dans le grenier ; les rebelles mettent le feu partout ; Pino se redresse dans les chiottes, il boucle son ceinturon, il sort, il court vers la cuisine, une balle troue son soulier, il se mord les lèvres ; il saute dans la cuisine ; il voit deux rebelles jeter des papiers enflammés dans les chiottes, il prend les couteaux à boucherie, sur la table ; les aides, enfermés dans le grenier, flambent avec les soldats, il se cache derrière les piles de marmites, ses couteaux serrés dans ses mains ; les rebelles l'ont vu, l'un d'eux enflamme un journal, l'autre le lui arrache, ils s'avancent vers la cuisine ; des rats courent sur le fumier, l'altitude les affaiblit,

ils ne peuvent creuser des trous, les rebelles tuent les rats, les brandissent à la pointe de leurs poignards ;
— Nous t'avons vu, nous t'égorgerons, vilain rat.
Pino retient son souffle, sa gorge bat contre le fond graisseux d'une norvégienne ; les rebelles entrent dans la cuisine, la ferment, avancent, du pied renversent la marmite ; Pino, découvert recule vers le mur, sa tête heurte l'étagère où sont le sel, le poivre et le sucre ; un rebelle avance son poignard en riant, Pino serre ses couteaux, sa gorge palpite, couverte de sel, de poivre et de sucre lesquels glissent sous sa chemise jusqu'à son sexe ; il croise ses couteaux, devant sa poitrine et son ventre, le rebelle les frappe avec son poignard ; l'autre rebelle saute sur le côté, plonge son poignard dans la hanche de Pino qui pousse un long gémissement, et, toujours serrant ses couteaux dans ses mains, s'affaisse le long du mur, sur le côté, le sang ruisselle sur sa jambe, il jaillit au coin de ses lèvres ; le rebelle, en face de Pino, fait tournoyer son poignard dans sa main, il le lance dans le genou du soldat, Pino crie, sanglots aigus, le sang claque dans sa bouche, mais il reste debout, ses coudes écorchés au salpêtre du mur, lèche le sucre sur ses lèvres ; les rebelles le désarment, lui plongent leurs poignards dans le ventre.

Dehors, les soldats, pris par le feu, sautent des fenêtres du grenier ; en bas, sont dressés les poignards des rebelles, ils s'y empalent, entraînant les rebelles dans leur chute ; ceux qui, assommés seulement, vivent encore, les rebelles, se baissant à peine, leur poignardent le dos ou le cœur ; la cour résonne de mille cris, soupirs, appels, gémissements, râles ; les pourpres, descendus du défilé avec les rebelles, se roulent dans le sang, piaillent ; des coups de couteau, parfois, les coupent en deux ; dans la cuisine, Pino, désarmé, déchiré de part en part, râle sous les pieds des deux rebelles, ses jambes où sont collés des lambeaux de treillis, par le sang, reposent sur le tas de marmites écroulées, le manche d'une grande poêle lui sort d'entre les cuisses; les cendres, les braises jaillissent du grenier, retombent sur les corps, sur les épaules et la chevelure des rebelles; dans l'appentis de la cuisine, les quartiers de viande s'effondrent, le sang arrête le feu; les rebelles piquent leurs couteaux dans la viande, rôtie, arrachent des morceaux et les dévorent, à la pointe de leurs couteaux, puis, se retournant, plongent ces mêmes lames fumantes dans le corps frémissant de Pino, les lames déchirent les os, crissent sur les muscles de la gorge; un rebelle accroupi, la tête de Pino serrée entre ses cuisses, tire la tête du soldat; Pino hurle, râle, le rebelle tire, crache, puis, se relevant, il prend appui de son pied sur l'épaule de Pino, soulève la tête et d'un coup, l'arrache; laquelle, il prend par les oreilles, et dansant, les fesses roulées, le dos ondulant, baise sur la bouche et repose sur son épaule.

Les rebelles, les dents serrant des os ensanglantés, à peine rôtis, essuient leurs mains à cette tête, rient, rotent, les lèvres effleurant la chevelure arrachée par touffes, puis, le rebelle lance la tête en l'air, tous la poussent du pied, jusque dans la cour où ils en jouent, dans le sang et la cendre, avec des cris et des rires rauques; les femmes et les enfants qu'ils ont poussés devant eux comme boucliers, s'échappent, mais des balles les renversent sur la barrière; un enfant, la tête prise dans le levier, crie; un rebelle vient, soulève la barrière, la tête broyée, crisse; les jambes de l'enfant sursautent, retombent sur le sol, blêmes, muscles contractés; le rebelle lâche la barrière, l'enfant, sa tête délivrée, coule le long du levier jusqu'au sol, où il palpite puis se détend, se raidit: le rebelle s'avance, se penche, touche le genou de l'enfant, une femme se traîne, une main appuyée à terre, l'autre couvrant son front, elle se laisse rouler, au-delà de la barrière vers le chemin du village, le rebelle se jette sur elle, il met le pied sur la robe de la femme, il la tord, il renverse la tête contre sa cuisse, il s'accroupit et se déboutonnant, et retroussant la robe de la femme, dans le même temps qu'il la viole, il lui plonge son poignard dans la gorge; une autre femme s'est jetée sur l'enfant, elle le couvre de tout son corps, lèche, mordille la tête broyée, la serre contre sa bouche, la baigne de ses larmes et de sa salive; un rebelle la prend par l'épaule, il la renverse sous la barrière, il s'accroupit, la femme se relève, repousse le fusil du rebelle, et ses mains qui lui retroussent sa robe; le rebelle appuie le canon du fusil contre la jambe de la femme, il tire, la balle brise le genou, le sang jaillit, éclabousse la poitrine du rebelle; la femme se tord, le rebelle palpe le ventre de la femme, le lui découpe, arrache le bas-ventre, en sort le bébé enveloppé dans les entrailles; il déchire les entrailles, lesquelles s'enroulent à son poignet, il crache, il jette son poignet, les entrailles fouettent la poussière, le rebelle plonge ses deux mains, rassemble les membres encore mous du bébé, les soulève dans ses deux mains, la femme geint, ses pieds frottent la poussière, ses doigts griffent doucement les avant-bras du rebelle. Celui-ci dépose le bébé sur la poitrine à demi découverte de sa mère, ouvre avec ses deux mains la bouche de celle-ci, le bébé glisse dans la poussière, le rebelle, d'une main le prend par la tête, qu'il enfonce dans la bouche ouverte de la mère, puis, il se lève, il piétine le petit corps que la femme déglutit, piétine la bouche gluante de la femme; les autres rebelles dévorent la viande rôtie.

Quelques maisons qu'ils ont enflammées au bas du village brûlent, s'effondrent au bord des champs; les villageois s'enfuient dans les forêts, les rebelles s'égaillent dans les maisons, incendient les ateliers, se serrent dans les robes des femmes, renversent les jarres d'huile, brisent les métiers à tisser, enroulent les fils à leurs têtes, mordent les fruits, les jettent, à peine entamés, dans les brasiers, déchirent la viande et le pain dans les garde-manger, se couchent sur les paillasses, se relèvent, les crèvent avec la pointe de leurs couteaux. Les renforts de Titov Veles sont rassemblés sur la place, Niké se glisse entre les camions, tend les bras aux soldats qui les tirent, la fille monte sur le pneu, les soldats lui caressent les cheveux, les épaules, les seins ; les soldats de l'autre camion la saisissent par la taille par l'arrière du short et l'attirent à eux, elle se débat ; un soldat descend du camion, plonge sa tête sous les fesses cambrées de la fille, enfonce sa tête entre les cuisses, baise le nombril découvert, il dégage la fille, la porte sur ses épaules, jusqu'à l'autre camion, la fille lui tenant les cheveux et lui léchant le sexe écrasé contre son menton, les jambes de la fille croisées dans le dos du soldat ; elle sent le rire et la langue du soldat trembler contre son sexe, sa salive mouiller le short ; le soldat l'emporte derrière le camion, il la renverse sous lui, dans la poussière, il la prend sur le pavé brûlant, elle pleure sous le choc, elle boit les larmes, ses lèvres courent sur la poitrine de la fille, mordillent la chemise déboutonnée, tout entière rabattue, froissée sous les aisselles ; sur les seins qu'il prend dans sa bouche, tète avec un battement de paupières obstiné ; la chevelure de la fille, dénouée, se déroule dans la poussière :

— Tu me fais mal, mon bébé.

Mais le soldat dont les cils battent sur la gorge de la fille, rêve...

— ... Cendre, mon chiot... Tu m'as fait si mal au ventre, je voulais te tuer, ton père couvrait mon ventre, ton pied soulevait mon nombril, la nuit je tapais dessus avec mon soulier ; le jour avec les couteaux, les petites casseroles ; je pressais mon ventre pour t'étrangler et je te sentais vivre, j'écoutais, la nuit, le crachouillement de ta bouche, contre mes reins. Mais, aujourd'hui je te hais moins, tu as payé mes sorties avec Aurelio, la rançon, le lit tout neuf. Je commence à t'aimer aux endroits de ton corps qui sécrètent de l'or... petit foutre, c'est toi qui m'as jetée dans ces latrines.

Aurélio ne veut pas travailler, ma pension de veuve de guerre ne suffit pas, tu manges, j'arrache la nourriture de ta bouche, l'écharpe de ta gorge, tu ne meurs pas, les Ainous et les Tcherkesses te nourrissent de coquillages et de saindoux ; la nuit, quand tu te déshabilles devant ton lit, je te renverse d'un coup de pied, je crache sur la photo mortuaire de ton père, soldat.

Quand Aurelio me prend, à l'aube, sous le drap, la photo se froisse, je la frotte au sexe gluant d'Aurelio ; dans l'obscurité, tu nous regardes nous entrelacer, la lueur de l'aube monte sur les fesses et le dos d'Aurelio arc-bouté sur moi ; le vent pousse la fenêtre, glace nos corps entremêlés :

— Qu'il ferme la fenêtre ton petit balai.

Il se levait, il se jetait sur toi, te traînait hors du lit, son grand corps nu frémissant dans la lueur de lait, il serrait ta tête ébouriffée, entre ses cuisses, contre son sexe, ta bouche écrasée contre les boucles noires de son sexe ; silence, chocs de poitrails mouillés, alouette sous milan ; se lève, son sexe dormant, touffu entre ses cuisses, araignée dodue et velue, se jette sur toi, te traîne hors du lit, les échardes du plancher rentrant dans la chair de tes genoux, frappe ton petit corps nu, amaigri :

— ... Laisse-le maintenant, j'ai une autre idée, je vais le nourrir, l'engraisser, Aurelio, son petit corps te plaît-il un peu ?

Essaye, touche, vois si tu peux l'aimer...

Il t'enlace, il te presse contre lui, il tire ton sexe, il le retrousse, il l'écrase contre sa cuisse, il le frotte ; il prend ta main, il la promène sur ses cuisses, sur son sexe, dessous, dans la fente du cul, il te retourne, entoure ta poitrine, avec ses bras, appuie son sexe tendu contre la fente de ton cul, l'enfonce entre tes fesses ; tu te débats ; Aurelio croise ses mains sur ton sexe, et le branle, tu pleures, tu renifles, tes mains repoussent les hanches d'Aurelio, mais il te pénètre, son sexe, gonflé, annelé, creuse ton ventre :

— Ça ne rentre pas encore tout à fait ; mais, avec un peu d'habitude... et puis il est trop maigre encore.

Ses cuisses frottent tes fesses, il retire son sexe de ton cul, élargi, meurtri ; il te renverse d'un coup de pied sur ton lit, puis il remonte sur le mien, s'arc-boute et enfonce entre mes lèvres inquiètes son sexe encore chaud, où je reconnais ton parfum de bébé ; tu te tords sur ton lit, gémissant, ton poing enfoncé entre tes fesses, les fermant sur ton cul enflammé...

Réveillé, la sueur colle mon corps au cuir, ils boivent du champagne, ils caressent des filles Ainous, ils les tirent dans des cabines aux portières d'acajou, elles crient, le sang coule sous la portière ; il verse le champagne sur ma poitrine, ils se lancent les lambeaux de mon short et de ma chemise : un garde sort d'une cabine, son treillis maculé de sang, et de sperme, sur les cuisses, la fille Ainou tremble sur le divan, sous le néon ; nue, la casquette du garde posée sur sa tête rase. La botte d'un garde vautré dans le fauteuil écrase mon sexe sur ma cuisse ; un prêtre passe sur le balcon, récite à voix basse son bréviaire, le sang du ciel rougit son poignet ; l'aube glace mon corps nu, le prêtre, me voyant, soulève sa soutane, et, riant aux éclats, secoue son sexe long et maigre ; l'odeur pique mes narines ; dans le port, les bateaux qui apportent du blé et du sucre sont mitraillés par les gardes, ils s'enflamment, ils flambent dans le jour voilé, le parfum du blé grillé et du sucre fondu monte jusqu'au balcon ; une main noire saisit le bréviaire du prêtre, entraîne le prêtre par-dessus le balcon, le prêtre s'écrase sur le parvis mouillé de la basilique, sa soutane retroussée sur ses cuisses blêmes et striées de flagellations.

Je me relève, ma tête heurte le rebord de la cheminée de marbre violet ; dans le feu brûle la tête d'un prêtre ; sur la tonsure, coule la chair rôtie ; les papillons de nuit sont collés aux fenêtres dans la grise lumière de l'aube ; un garde se lève, il va à la fenêtre, il caresse la vitre.

— Ainsi commence le nouveau monde. Encore un peu de temps, et vous ne verrez que l'ombre, et le feu. Encore un peu de temps et vous verrez l'eau et la lumière.

Un aigle aux ailes d'or, frôle la vitre ; au loin, sur la basilique, une cloche d'or tinte ; l'aigle s'accroche à la vitre, le plumage mouillé de son ventre appuyé contre la vitre à l'endroit où le garde a posé sa main. La porte est ouverte, je descends l'escalier, je suis nu ; dehors, ceux qui creusent la neige ne voient pas que je suis nu, je cours ; Aurelio et ma mère, entremêlés ; ma main dans l'eau grise de l'aube ; je prends la jatte de lait, je bois le lait glacé ; l'aiguille vibre dans ma main, j'avance vers le lit, j'élève ma main, l'aiguille étincelle, je la plonge dans le dos d'Aurelio, elle traverse son cœur, s'enfonce dans la poitrine de ma mère, traverse son cœur et les cloue tous les deux au drap ; la boule de l'aiguille fait une petite tache brillante dans le dos d'Aurelio ; je n'ai pas de sang sur la main ; je prends la photo de mon père au mur, je la presse contre ma poitrine ; le lait glacé coule dans ma poitrine...

La fille soulève le corps de Cendre. Un soldat, descendu du camion, s'avance vers la fille, la cigarette tombe dans le réservoir ouvert ; le feu prend comme une vague dans une fente de rocher ; les camions explosent ; fusils, soldats jaillissent dans l'air doré, des tronçons ensanglantés retombent dans la poussière, des fusils éclatent haut dans la fumée ; Titov Veles flambe : les esclaves se laissent prendre et dévorer par le feu ; les adolescents, enfermés dans les gymnases, crient, les verrières s'effondrent ; la fumée étouffe les prêtres dans les temples ; le feu prend aux guérites d'accouplement, remonte jusqu'au rocher des esclaves, noircit la pierre sacrée.

Saint-Gall court dans la montagne, il entre dans la forêt, son poignard bat sur sa hanche ; la rosée des cèdres coule sur son front, sur ses lèvres ; à ses genoux s'accrochent des toiles d'araignées, des salives, des mousses ; des tiges durcies, tendues, gonflées de lait, vibrent comme des sexes dans la lumière éclatante. Une clairière régulière comme une allée de parc ; une herbe inviolée, des oiseaux et des insectes stridents ; au-dessus des cèdres, scintillements d'élytres sur les câbles de haute tension

Saint-Gall s'étend sur l'argile du talus ; un petit hélicoptère gronde ; il traverse la clairière, il revient, il tourne au-dessus des arbres, il descend, il se pose sur les herbes qui se couchent ; un jeune homme en chandail bleu descend ; les herbes, détendues, entrent dans la cabine ; il ouvre l'autre portière, aide à descendre une jeune fille en manteau de drap sombre ; ils courent dans l'herbe haute ; les pourpres et les aiglons courent le long du talus ; la jeune fille, d'une main, tient celle, dure, du garçon, de l'autre relève sa chevelure que la course secoue ; elle voit les oiseaux, elle rit, elle les poursuit ; les pourpres s'enfuient dans les sous-bois ; les aiglons sautillent sur le bout de leurs ailes ; la jeune fille se penche, elle touche un aiglon, il s'ouvre, il se dresse, il chancelle ; la jeune fille lui caresse le bec, il lui mordille le doigt ; ils s'assoient au milieu de la clairière, sortent des boissons et des fruits ; des cormorans survolent les cimes des cèdres.

Saint-Gall sort du bois, il va vers le couple étendu ; son short sur la hanche est brûlé par la poudre du pistolet ; la jeune fille lève les yeux, les baisse aussitôt, Saint-Gall avance dans le soleil, il s'assoit entre le garçon et la jeune fille.

— Prends, si tu as soif ou faim.

Saint-Gall prend une banane, il la porte à ses lèvres, il regarde la jeune fille, ses yeux brillent, rêveurs ; la jeune fille prend la main du garçon, ses doigts tremblent ; dans la vallée, vers la mer, bruits d'explosion :

— Nous sommes en voyage de noces.
— Vous n'avez pas vu la ville brûler ?
— Nous habitons Ecbatane.

— Ici, les mères dévorent leurs enfants, s'accouplent avec les chiens. Avant ce soir, cette forêt brûlera. Partez, dites à Ecbatane que l'enfer est en marche vers elle.

Il se lève, il attrape un aiglon, il lui tord le cou, il en découvre un autre dans l'argile, il l'égorge avec son poignard, il jette les petits cadavres aux pieds du couple, il se jette sur la jeune fille, et le poignard ouvert, le pistolet chargé dans la main, il l'étreint, debout ; le garçon s'élance ; Saint-Gall retire son sexe brûlant, il court dans la forêt ; la jeune fille s'effondre dans les bras du garçon :

— C'était du sang, du feu. Verse de l'eau, de l'eau, je meurs.

La fumée remonte de Titov Veles ; le garçon emporte la jeune fille dans ses bras, il la couche dans l'hélicoptère ; la fumée couche et voile les herbes comme le brouillard, l'hélicoptère décolle, plonge sur la mer. Saint-Gall, accroupi dans la forêt enfumée, le cul nu, près d'une source, suffoque, il se relève, prend ses excréments dans ses deux mains, enduit son visage, son corps, ses vêtements, se jette dans la source, le pistolet contre la tempe ; au moment où son visage touche l'eau, le coup part, le sang jaillit, rougit l'eau scintillante sous la fumée, la tête roule sur les pierres cuivrées ; les cerfs, les sangliers, les singes, les aigles chassés par le feu, passent en criant au-dessus du corps noyé ; les écrevisses reculent sous les aisselles ; au-delà de la clairière, sur le versant de la mer, le feu saisit les aigles en plein vol, les jette en sifflant contre le sol, poursuit les singes et les cerfs entre les genêts dans les chaos granitiques, les prend aux pattes et les couche, naseaux dans la braise ; la montagne tout entière brûle, les pierres éclatent, les carcasses d'avions, dans le défilé, soulevées par le souffle du feu, frappent les parois et les surplombs. Le feu monte jusqu'à Elö où les rebelles, ivres, massacrent les garçons du Petit Bagne ; certains ont reconnu Audry, fils du préfet de police, assassiné par eux au printemps; ils le poursuivent dans l'école dévastée, le garçon saute au-dessus des corps égorgés, il s'enferme dans le poulailler, les rebelles grimpent sur le grillage; ils lui jettent des couteaux pris au réfectoire; Audry se blottit dans une cage à lapins, son cœur bat contre leur pelage palpitant, il se couche au fond de la cage, il ramène les lapins sur son corps, les rebelles arrachent la porte, ils soulèvent la cage, ils la vident, les lapins glissent, se sauvent entre les jambes des rebelles; Audry reste accroché au fond de laçage, les rebelles le tirent par les pieds, ils le traînent sur la terre souillée d'excréments; un rebelle saisit un coq par le cou, les autres rebelles maintiennent Audry jambes et bras écartés; le rebelle approche la tête du coq du cou d'Audry, le coq se débat, ses ailes fouettent le poignet du rebelle et le visage d'Audry; le rebelle plonge le bec du coq dans la gorge d'Audry; le sang jaillit, aveugle le coq; au-dessus, dans l'air enfumé, crient les aigles et les mouettes; le coq crie, son bec ensanglanté creuse la plaie; Audry, les bras en croix, râle; l'écume de ses lèvres coule sur le soulier du rebelle, un aigle plonge, accroche ses serres à la tête du rebelle, les enfonce dans le front mouillé de sueur, ses ailes battent; le rebelle s'écroule; le coq s'échappe; l'aigle s'élance, se pose sur le cadavre d'Audry, couvre son visage et la plaie avec ses ailes, sa tête dressée; les rebelles s'écartent, s'enfuient; partout dans les bâtiments du Petit Bagne, des cadavres défigurés, bouillis dans les lessiveuses de la buanderie, mutilés, découpés en morceaux sur l'étal de la boucherie, violés sur la terre noire de la cave, bouteilles ébréchées sortant d'entre les fesses découvertes et striées de flagellations, yeux crevés, mains clouées sur les pupitres par couteaux et plumes trempés dans l'encre, corps décapités sur les billots du bûcher, haches sanglantes jetées dans la poussière de copeaux; corps carbonisés à demi enfouis dans les chaudières; malades ébouillantés dans leurs lits, infirmières mourantes, la bouche enflammée par le vitriol, enfants cloués aux crucifix des deux chapelles, prêtres enfouis, étouffés dans les harmoniums, les dents brisées à coups de ciboire, le sexe enfoncé dans les burettes; la bouche remplie de grains d'encens ardents, les yeux crevés et arrachés à coups de chapelets scouts.

À Inaménas, le pillage dure six jours; la ville basse est désertée; les pillards dorment là où ils ont pillé et tué. Le cardinal, enfermé dans sa chambre, est gardé par dix rebelles. Béja tue une femme qui se jetait sur le cardinal et voulait le violer. Le cardinal est nourri, soigné.

— Épargnons-le, il fut dans la confidence de tous les grands de la capitale, il sait où ils cachaient leurs trésors. Qu'il parle, sous la torture. Enfin, quand nous aurons assez d'or, nous le tuerons.

Le cardinal se tait, un rebelle lui tord les poignets. Le cardinal pousse un petit cri, des larmes jaillissent au coin de ses paupières; « Mon Dieu, que ta volonté soit faite, mais s'il se peut, éloigne ce calice de ma bouche. Pour un temps. Martyr, Seigneur, mais pas tout de suite... »

« Sous la cabine numéro deux, de la piscine des Talbot. » Lait chaud, fruits sauvés du feu. Le cardinal se jette, son nez trempe dans la jatte, le jus des fruits coule sur sa gorge.

« Et encore, où est l'or ? parle. » Béja, Béja, quand il parle, des excréments sortent de sa bouche. « Tu ne veux pas parler ? » La porte s'ouvre, un rebelle pousse vers les pieds du cardinal un amas de cadavres lavés, nus :

— Vois tes petites sœurs. Nous les avons délivrées de leurs vœux.

Vois leur sourire, leurs lèvres gonflées, leurs seins joyeux, leur toison noircie par la sueur...

Dans la poche du rebelle, un scalpel volé dans le pillage de l'hôpital :

— Tu parles ou je te saigne.

Il s'accroupit, plonge le scalpel dans la gorge blanche de la plus jeune sœur, une écume rose jaillit sur le poignet du rebelle ; le cardinal tressaille, il regarde par la fenêtre ouverte, le ciel bleu voilé de fumées roses, les cimes des cèdres recouvertes de cendres violettes, un soupir sort de sa bouche et frôle le poignet du rebelle qui lui tient la gorge. Deux gardes le traînent jusque dans sa chapelle privée, ils le soulèvent, ils l'assoient sur l'autel, ils s'agenouillent, ils baisent ses sandales :

— Salut, roi des Blancs.

Les cadavres des petites sœurs sont assis dans les confessionnaux. Un rebelle arrache le cierge pascal au chandelier, il le pose entre les cuisses du cardinal, il l'allume, la cire coule le long du cierge, comme le sperme le long d'un sexe tendu, un rebelle ouvre le tabernacle, prend le ciboire, le pose à l'envers sur la tête du cardinal, un autre lui crache au visage. Le cardinal, d'un revers de surplis, essuie sa joue ; ses jambes traînent sur le plancher verni, les hosties coulent le long de ses tempes, s'accrochent à ses oreilles ; d'une main tremblante, il les secoue, prend les hosties dans ses mains jointes ; un rebelle, assis sur le plancher, croque une grande hostie. Depuis le matin, le cardinal serre les cuisses, il a une envie : « Seigneur, prends-moi vite dans ton paradis, ainsi pourrai-je, plus vite m'y soulager. »

Les larmes jaillissent sur ses joues, et s'y mêlent aux crachats. Un rebelle s'est assis à l'harmonium, il appuie ses poings sur le clavier, il tire, il arrache les boutons, il les mordille dans sa bouche. Les corneilles, effrayées par le bruit de l'harmonium, jaillissent des gargouilles, plongent ensommeillées vers la basse ville.

Béja marche dans les cloîtres de l'archevêché, il écarte du pied les cadavres des prêtres, des diacres et des sœurs ;

les portes des réfectoires sont ouvertes, maculées de sang, des rebelles dorment sur les bancs, un corps se soulève sur l'estrade, Béja marche vers le corps : celui d'une petite sœur dont la robe est retroussée ; la cornette baigne dans le sang, Béja se penche, il prend la main de la petite sœur, il la met debout, elle cache son visage avec sa main, un crucifix s'effondre contre le mur, un rebelle se réveille, il se redresse, il se recouche, sa tête appuyée sur son poignard, lequel est ensanglanté, un morceau de cœur y est embroché ; Béja entraîne la petite sœur dans les couloirs, elle roule sa tête sur l'épaule du rebelle, il entre dans un parloir obscur, les rayons du matin filtrent à travers les volets ; illuminent le parquet ciré ; Béja serre la petite sœur dans ses bras, contre la tapisserie rouge ; le bruit des explosions fait pétiller la vitre de la porte-fenêtre, Béjà lui prend la bouche, la taille, la petite sœur l'étreint, Béja lui arrache sa cornette, la lance sur le parquet, la piétine ; la petite sœur rit contre la gorge du rebelle.

— J'ai vu l'autre vie, c'est tout noir. Monseigneur et son dieu mentaient. Des épis brûlent entre les cuisses. Un soldat se penchait sur moi, son sexe à demi circoncis pénétrait dans ma bouche secrète, mais je voulais un soldat courageux. Un prêtre s'est offert pour me faire jouir, puis un diacre, mais ils avaient le prépuce recouvert. Le Christ alors est venu, il tournait autour de moi, il baissait les yeux, montrait son cœur à nu : « Ton cœur ne me suffit pas, les fiançailles s'éternisent, cherche une autre fiancée. »

Béja renverse la fille sur le parquet ensoleillé, il lui mord les lèvres, il lui crache la chair déchirée dans la bouche ; la fille lui tient le sexe et le serre entre ses cuisses :

— Durcis, petite charrue, ouvre, déchire, ensemence.

La pluie fouette tout à coup les volets du petit parloir ; Béja se relève de la fille morte, son rêve achevé ; il court dans le cloître, il entend les cris du cardinal ; la pluie cesse au début de l'après-midi. Béja caresse le front et les cheveux mouillés par la sueur, le cardinal tressaille comme si un lynx le caressait :

— Tu peux faire ton sacrifice, nous allons te ressusciter un diacre. Vous, cherchez dans les couloirs, dans les cellules, dans les chiottes. Combien en veux-tu, évêque ? Combien pour retrousser ta chasuble ?

— Un seul suffirait, ou l'un de vous, pour le salut de son âme.

Les rebelles fouillent les tas de cadavres, ils découvrent un jeune diacre tonsuré dont les yeux seuls sont crevés, ils le tirent de sous les corps, ils le poussent vers le cardinal :

— Mon fils, prépare l'office divin, je m'habillerai seul.

Il se retire dans la sacristie, il se penche à la fenêtre : le mur est trop haut, il se briserait les jambes ; il s'agenouille devant le buffet d'or, il vêt son corps souillé ; il tient les mains du diacre :

— Bienheureux es-tu qui ne peux voir tous ces satans.

Au moment de l'élévation, deux rebelles saisissent le diacre qui prend les burettes derrière l'autel, ils l'égorgent, ils lui arrachent son cœur, un rebelle se tient devant l'autel, les mains chargées de pistolets, un autre, les mains nues, à la droite du cardinal ; celui-ci prie, la tête sur la nappe, le rebelle qui a les mains nues, prend le cœur et le met dans le calice, sous la patène ; un rebelle, derrière l'autel, enfile la défroque du diacre, il remplit de sang une burette il vient à la droite du cardinal, la tête baissée. Le cardinal découvre le calice, l'approche de la burette, le rebelle verse le sang ; le cardinal avance ses doigts, l'odeur du sang monte, le cardinal regarde le fond du calice. Alors, ils se jettent sur lui, ouvrent sa bouche, versent le sang du diacre, enfoncent le cœur ensanglanté dans sa gorge. Suffoquant, la chasuble éclaboussée, il tombe à la renverse, ses dents mordent le cœur, sa

bouche crache, Béja s'accroupit, lui prend la tête sur son genou :
— Nous t'avons offert un vrai sacrifice, et voici que tu te mets en colère contre ton dieu.
Vers le soir, couvert de crachats, de sang, d'urine, le cardinal se redresse. Au rebelle qui lui crache au front :
— Assez. Je suis nègre. Je n'ai pas d'or. Assez de cette peau blanche, je suis nègre. Je le fus, avec vous. Je me rends.
— Il veut être roi. Tuons-le, Béja.
— Je suis nègre. Je suis nègre. Je suis libre. Nègre.
— Eh bien, voyons si tu dis vrai.
Et, se jetant sur lui, ils l'écorchent.
La nuit, le pillage se fait à la lueur des torches. Les centrales électriques ont explosé dans le bombardement ; le feu prend aux tentures, aux tapis. Dans la cathédrale, les pillards, grimpés sur des escabeaux, ont rallumé l'éclairage de secours, le gaz explose au visage des rebelles, les femmes s'enroulent dans les chasubles, se poursuivent entre les piliers, crachent sur le tabernacle. Des couples s'étreignent sur l'autel ; d'autres, sur le clavier aigu de l'orgue. Des groupes d'enfants, accroupis autour des ciboires, dévorent des hosties. Déjà, les vivres s'épuisent ; des nouveau-nés, abandonnés dans les maisons de la basse ville par leurs mères montées au pillage, meurent, sous le regard perçant des rats. Un enfant fait rouler sur les dalles une grande hostie, comme un cerceau ; un autre, accroupi sur un ciboire d'apparat, y lâche ses excréments. Un homme enlace une statue de vierge en bois, il fend la statue avec son poignard à l'endroit du sexe, il se jette, ses dents mordillent les joues et les lèvres décolorées, il sort son sexe, le branle et l'enfonce à moitié dans la fente. Un musicien de rue, assis dans la chaire, rythme les accouplements avec son tambour. Déjà, quelques rats, attirés par l'odeur du sperme et de la chair mal nourrie, du vin répandu et des grains collés par le sang aux haillons des

pillards, trottent entre les corps accouplés, lèchent le sperme qui s'écoule de corps en corps et se mélange, mordillent des mains ouvertes sous le coup du spasme, des genoux qui se détendent ; attaquent les enfants ensommeillés ou plongés dans le rêve et la terreur. Des femmes rendues folles par l'ivresse et la vue de l'or, attirent contre elles leurs enfants, écartent leurs cuisses et, ces enfants les ayant pénétrées par force, elles les assomment ou les égorgent avant qu'ils ne se soient redressés. Une femme, enceinte de huit mois est accroupie dans la lumière d'un vitrail, ses jupes relevées par-dessus ses excréments, un long serpent noir se glisse de sous un confessionnal, jusqu'au tas d'excréments, redresse la tête, et la plonge entre les fesses de la femme ; elle crie, elle tombe le front contre la dalle ; le serpent creuse, siffle, il pénètre jusqu'aux intestins, il les déchire, il injecte son venin dans le fœtus, sa tête vrille dans les chairs ; la femme hurle, la sueur de son front se mêle, sur la dalle, à l'écume qui tombe de ses lèvres ; le serpent retire sa tête souillée, il s'enfuit par la porte entrouverte du cloître, rampe vers le bassin d'eau rougie, plonge, nage un moment entre les nappes de sang ; remonte sur la pierre, se chauffe, s'enfuit de nouveau vers la barrière du jardinet où il s'arrête et se love entre les souliers d'un homme vivant, entré, inconnu, dans Inaménas avant le commencement du pillage, alors que s'évanouissait l'écho de la dernière explosion.

Des rebelles, hosties embrochées à leur sexe, poursuivent les femmes, les statues heurtées vibrent. Des hommes nus fouillent les armoires de la sacristie ; habillés par des femmes qui, dans le même temps, les caressent, les branlent, ils montent à l'autel, se transpercent le poignet avec le poignard, aspirent le sang, cependant que les femmes retroussent leurs chasubles et les encensent entre les jambes. Un jeune rebelle, la chasuble d'or collant à ses seins ensanglantés, immobile dans un rayon jailli du vitrail, rêve, l'encens répandu fumant le long de ses cuisses, il regarde l'image du dieu crucifié, il étend ses bras, joint ses pieds, roule sa tête sur son épaule. Il danse. Les palmes, un moment soulevées par le halètement des corps accouplés sur l'autel, voilent l'image du dieu. Le jeune rebelle danse, caparaçonné d'or et de lin, les clous de ses souliers tintent dans les rayons acérés. À chaque volte-face, il regarde le dieu, lui sourit, étend ses bras, renverse sa tête sur l'épaule; l'image du dieu voilée d'ombres et de lueurs s'anime, le jeune rebelle monte vers l'autel, toujours dansant, il tend ses bras mais l'homme vivant s'élance hors du jardinet et lui prend la gorge et le renverse sur les marches de l'autel, et, tirant une fille de sous un homme arc-bouté, il la traîne sous le jeune rebelle; puis, saisissant l'image du dieu, il la déchire, il la jette dans un brasier qui s'enflamme à ses pieds. Il marche à grands pas entre les corps accouplés, il se penche, sa main effleure les corps; ceux-ci, sous la caresse, se contractent, le sang bouillonne dans leurs veines. L'homme revient au jardinet, s'accroupit, parle au serpent lové à ses pieds; le serpent s'élance sur les cailloux brûlants, rampe entre les massifs; sur son passage, les fleurs couvertes de rosée, les insectes se dessèchent, les cailloux perdent leur éclat; le serpent se glisse de nouveau dans la cathédrale, poussant devant lui une touffe d'herbe fleurie.

Un flot court le long de l'île de Lannilis, il se soulève dans les criques, il noie les blés sur les basses pointes, il éclabousse, il recouvre les promontoires; il se rassemble; survolé d'une écume attiédie, il roule vers le port d'Inaménas; il rompt la digue, brise les épaves calcinées, noircit, pousse les barques sur la jetée.

Kment, dans la cathédrale, cherche Giauhare; des femmes étendues s'agrippent à ses genoux; lui tirent le sexe ; un rayon bleu baigne son front, une femme lui arrache le pagne en lambeaux qui lui ceint les cuisses, il enjambe les corps à la porte de la sacristie ; un rebelle étreint Giauhare contre le buffet ; elle crie ; lui, le rebelle, ceint de linges liturgiques, les muscles de la jambe frémissant, la main gauche appuyée à la tapisserie souillée de cire fondue, grogne, la main droite tenant son sexe et retroussant la robe mouillée de Giauhare ; Kment le frappe dans le dos avec son poing, le rebelle nu s'écroule à ses pieds, l'étole d'or lui couvrant le sexe ; il n'a plus de lèvres ; Kment lève ses yeux vers Giauhare, un rat sort de sa bouche :

— Ne m'embrasse pas, le rat vient de sortir. Ô Kment, l'eau monte dans la ville. Sauvons-nous. Les rues se remplissent de serpents affamés, ils chassent les rats, celui-ci se réfugiait dans ma bouche, il a mordu les lèvres de cet homme. Écoute le sifflet des serpents au bas des murs. Leurs yeux voient le ventre des femmes, ils mangent le ventre des femmes enceintes. Ne te retourne pas.

Elle se penche, elle prend le rat dans sa main, elle le caresse :

— Rat, ne tremble plus, suis nos pas, saute par-dessus le sang, mon petit ; crache les lambeaux de chair d'enfant accrochés à tes dents, crache, petit, crache...

Kment prend Giauhare à la taille ; la fille lui caresse son sexe durci, ils traversent les nefs dévastées, les serpents se jettent sur les jambes de Kment ; le garçon, Giauhare renversée dans ses bras, saute dans les herbes sèches. La mer déborde ; la pluie sur les montagnes brûlées, déchirées, napalmées, gonfle les sources, emporte les familles des villages empuantis, roule dans les rues les cadavres d'enfants que leurs mères nourrissaient avec du crottin, roule et lave les cadavres mutilés des enfants d'Elö, éclabousse, comme le feu, sur la forge des galets, crépite sur les tôles noircies ; sur les plages, creuse le sable, roule les écorces, les os, les cordes, crible la mer, s'enflamme au ressac.

Kment court dans la haute ville, ses pieds nus s'enfoncent dans la boue sanglante qui sort des villas pillées, des jardins éventrés, il serre Giauhare dans ses bras, la main de la fille couvre son front; une porte bat sous le dôme de la cathédrale, Kment y plonge: un jeune diacre échappé au massacre, prie, la tête entre ses mains, agenouillé sur un petit banc; Kment traverse la crypte, il monte jusqu'à l'autel, le jeune diacre lève les yeux, Kment ouvre le tabernacle d'une main, l'autre retenant Giauhare renversée, les seins découverts et la robe enfoncée, ruisselante, entre les cuisses; Kment, les reins cambrés, serre le ciboire dans son poing, il l'ouvre, il prend deux grandes hosties, il en mange une, l'autre, il l'enfonce entre les lèvres de Giauhare; le jeune diacre recule vers le fond de la crypte; Kment prend deux autres hosties, en met une dans la poche de sa chemise, l'autre, sous la robe de Giauhare, entre les cuisses; puis, il redescend, Giauhare, réveillée, mâche l'hostie; Kment sort, court sous la pluie, il avale l'hostie, il court jusqu'à Titov Veles, s'écroule au pied de la roche des esclaves, couche Giauhare sur l'herbe ruisselante et glacée, se couche sur elle, souffle sur son visage, Giauhare caresse les tempes de Kment :

— Un enfant bouge en moi depuis ce matin: Touche. C'est le dernier-né du monde, et c'est un rat qui l'a fait.

SEPTIÈME CHANT

Les eaux recouvrent l'archipel ; le sommet des montagnes émerge seul dans un tourbillon de boue, de pierres, de branches, d'outils, d'essieux, de chargeurs, de pneus, de carlingues, de couteaux. Un éclatant soleil martèle les eaux. Le rocher des esclaves surgit d'un tourbillon rouge où s'entrechoquent deux half-tracks remplis de soldats nus aux plaies lavées. Des charges, mines, grenades, bombes, explosent encore au fond de l'eau, la soulèvent, la déchirent. Puis, dans le temps d'un jour et de deux nuits, les eaux se retirent jusqu'aux ruines de Titov Veles. Au matin, des eaux claires, parcourues de courants maritimes, entourent le rocher couvert d'une boue épaisse et légère ; puis, vers midi, se retirent de nouveau jusqu'aux ruines de Titov Veles, lavant l'espace ainsi découvert ; la nuit, des plages se forment aux limites des eaux retirées. Jusqu'aux premières lueurs de l'aube, une île prend forme, limitée par ce qui fut autrefois le faubourg puant de Titov Veles et le village de Thilissi.

Les arbres ployés contre le sol par le poids de boue, se détendent, jaillissent dans l'air délivré ; les sources, étouffées par les cadavres d'hommes et d'enfants assoiffés par le feu, giclent dans l'obscurité, cherchent leur ancien lit sous les herbes recourbées ; puis, l'ayant trouvé, s'élancent, se brisent avec des cris de joie, aux cascades, se mélangent, se perdent, se fuient, avec des rires.

Aux premières lueurs, des essaims d'abeilles, des vols criards d'oiseaux, s'abattent sur l'île, secouent les fleurs alourdies, les feuillages, les cimes froissées, se jettent dans la poussière, survolent les vals encore obscurcis; le ciel éclaboussé d'oiseaux déchaînés, d'abeilles enflammées, se dévoile, tourne vers le soleil dont la plaie sèche et se rétrécit. Les sources s'enroulent aux ruines, creusent leur nouveau lit dans ce qui fut la nef d'un temple ou l'égout d'une prison d'esclaves.

Sur le rocher, sommet de l'île nouvelle, la boue se soulève; Kment, appuyé sur le coude, se redresse, nu, les plaies du front et des genoux lavées, les cheveux gonflés et luisants de boue, les lèvres rouges, la bouche remplie de vase; debout, les reins cambrés, les mains appuyées aux hanches, il ouvre les yeux et regarde; puis, s'accroupissant, il fouille la boue avec les mains, libère, relève le corps de Giauhare qu'il serre contre lui et baise sur les lèvres, aux épaules et aux seins. Giauhare s'éveille, le limon coule hors de ses paupières closes, dans les replis de ses oreilles; ses joues gonflées de vase, Kment les baise et prenant les lèvres de Giauhare entre les siennes, il aspire ce limon; ainsi mêlent-ils la vase de leurs bouches, leur semence originelle; ainsi, nus, glacés, se donnent-ils l'un à l'autre la vie et le soleil les enflamme et les place dans son orbite, comme deux planètes nouvelles. Ils s'élancent, ils plongent dans le fouillis de fleurs, de feuillages, d'oiseaux et de sources. La main de Kment sur le ventre de Giauhare, et la main de celle-ci sur la poitrine du garçon; le soleil mousse dans leurs chevelures.

Un tambour bat au loin, en contrebas, dans une clairière de sapins. Kment et Giauhare s'étreignent contre un arbre ruisselant de sève, leur salive, leur semence se mêlent à la sève; à leurs pieds, à demi enfoncés dans un trou, deux pourpres s'accouplent à grands coups d'ailes; dans le haut des arbres, des aigles accrochés aux branches, graissent leur bec avec la résine. Kment et Giauhare s'élancent, tout alanguis et ruisselants de sueur, de rosée, de semence et de sève, ils plongent dans les rais de soleil, entre les branchages touffus et gluants de bave et de fiente.

Un troupeau de cerfs, couché dans le soleil, en contrebas du rocher, brame et s'endort. Kment et Giauhare, le cœur battant, courent vers la mer, ils se jettent contre le sable, leurs doigts s'y enfoncent, découvrent des cailles prises par le mouvement de la nuit, les délivrent, roulent sur le sable jusqu'au ressac ; au-dessus de la berge, la tête hors des feuillages de la lisière, de jeunes veaux les regardent, puis des faons, des aiglons, des loups ; Kment lève la main ; les jeunes bêtes bondissent, viennent se rouler dans l'eau bleue ; un aiglon se pose, s'ouvre et se couche sur Giauhare, le pelage tiède de son ventre palpite sur les seins ; une biche s'étend aux côtés de Kment ; le garçon l'étreint, enserre les reins de la bête entre ses jambes, deux jeunes taureaux se heurtent le front, enfoncés dans l'eau à mi-corps, un petit loup lèche le front de Giauhare, un autre, au bord de l'eau, hésite, puis entre, des poissons brillants sautent sur sa gueule ; avec sa patte, il les chasse ; puis tous s'entremêlent et, de ce tas de pelages, de plumages, de griffes, de serres, de petites cornes et de petits crocs sortent un bruit de langue et de muscles, des piaulements, des plaintes, des halètements, le rire de Kment ; des mouettes venues de la haute mer plongent vers la plage, se posent sur le dos des louveteaux, des faons ; Kment se relève, il rit, l'écume aux lèvres et sur sa gorge, une mouette blottie contre sa joue, un veau poussant ses reins, il soulève Giauhare, il l'emporte dans ses bras au fond de la forêt, il la couche dans le lit d'une source tiède, il se couche sur elle, au-dessus de son dos et de ses reins, les herbes se referment ; les oiseaux les recherchent, ils fouillent les buissons ; juchés sur le dos des faons, ils crient, le bec emmêlé aux toiles d'araignées, aux cocons.

Les mouettes s'élancent dans le ciel mouillé, les hautes palmes, libérées, jaillissent dans le brouillard rose, dévient les essaims et les vols trépidants; un pourpre à l'œil bleu, volette au-dessus de la source, il se pose sur un jonc, il piaille, Kment relève la tête, ses poings tournent au fond de l'eau sur le sabre cuivré, il jette sa tête en avant, aboie, ses dents découvertes et les rayons éclairant ses gencives rouges et ruisselantes comme l'intérieur de son sexe; le pourpre prend peur, il secoue ses ailes, il s'éloigne, Kment l'éclabousse avec son pied; Giauhare soupire, les oreilles noyées, le sang affluant à ses tempes, le sexe entrouvert surgissant de l'eau ensoleillée; la main de Kment soulève les reins de Giauhare et sa bouche prend le sexe et sa langue y pénètre, aspire la semence parfumée, ses narines écrasées contre les bourrelets du bas-ventre; Giauhare tremble, ses jambes remontent le long des fesses et des hanches de Kment, se croisent sur son dos; les mains de Kment sont appuyées aux cuisses de Giauhare, ses lèvres touchées par le soleil sont collées aux lèvres du sexe, la toison chatouillant le creux de ses joues; Kment gonfle ses joues, souffle dans le sexe de Giauhare son haleine chaude et sucrée; les mains de Giauhare, enfoncées dans les cheveux de Kment, les tirent, les nouent autour des oreilles, les ramènent sur le front du garçon dont le sexe pend, trempe dans l'eau, au travers des petits essaims, doré, annelé, secoué de tremblements, marbré de taches violettes; les petits essaims s'enroulent aux cuisses du garçon qui piaffe, secouant ses boules sécrétives et le disque de ses genoux; les bêtes averties par le chant du pourpre, se couchent le long de la source, le sexe dressé, les lèvres ruisselantes, gémissent, mordillent le cresson, lèchent leur pelage, leur plumage; une biche, couchée sur le flanc s'abandonne, la tête enfouie sous un amas de racines rouges et la gueule ouverte, à un jeune loup dont les gencives saignent.

D'autres louveteaux, la langue ruisselante, se roulent dans l'herbe, guettent les regards de Giauhare, haletante, l'œil perçant noyé dans le pelage duveté. Giauhare, les mains de Kment remontées le long de son ventre et couvrant ses seins, voit les petits loups, sourit, Kment baise ce sourire et son genou écrase le sexe de Giauhare.

Mais la nuit venue, Giauhare se lève aux côtés de Kment, marche vers les petits loups endormis en tas dans une souche creuse d'eucalyptus, un seul veille, Giauhare le prend dans ses bras, l'emporte au sommet de la montagne, le dépose sur les lianes rampantes baignées de lune et, se couchant sous lui, le caresse et l'étreint.

Kment, à l'aube, se lève d'un bond, il ramasse un caillou, il court sur la plage, dans les allées perdues de la forêt, le soleil levant coup de poing sur son front ; ses genoux, à mesure que le soleil monte et se répand, baignent dans une vapeur de sang ; tout le jour, il fouille l'île, des fruits glacés tombent et s'écrasent sur ses épaules ; un singe femelle, qu'il n'a pas vu, lui prend le sexe à travers une haie d'épines bleutées ; Kment brandit la pierre, il la lance, la femelle, frappée en plein front, s'écroule de l'autre côté de la haie, sur ses petits assoupis.

Kment revient au bas de l'île, s'étend près de la source, il ne peut s'endormir, il se jette dans la mer, ses genoux frôlés dans l'eau obscure par des poissons lumineux, ses pieds heurtent des cailloux vivants et des nacres ; son sexe fume sous la frange d'écume qui mousse autour de ses reins, il le prend, il le plonge dans la mer, il le serre entre ses cuisses, il gratte le sable et, jetant sa chevelure en arrière, il crie, il avance dans l'eau, le ventre secoué, ses lèvres claquent, ses narines palpitent, ses mains caressent, étreignent sa poitrine, son ventre, ses cuisses, il crie, des larmes ruissellent sur sa gorge ; la respiration de la mer, semblable à celle de l'amour, lui rend la parole et son cri s'achève en plainte formée de mots anciens, mutilés, adoucis; il retourne à la source, il se couche sur le ventre, ses cuisses, son ventre, sa poitrine frottent le cresson et l'argile glacés, son sexe s'écorche aux petits cailloux, aux épines, creuse un trou, s'y love; aussitôt Kment s'apaise, il ramène autour de son sexe la terre remuée et retenant son sexe enfoui, il se soulève sur un coude, raidit ses jambes et, la sueur collant la poussière à son front, à son ventre, il saille la terre obscure et muette.

Aussitôt après le premier ensemencement, les oiseaux endormis sur les branches, jaillissent en désordre, s'élancent dans la nuit, se tuent contre les troncs, s'étranglent dans les boucles des lianes; les bêtes réveillées, se jettent l'une contre l'autre et se déchirent; un couple de cerfs, endormis dans le milieu d'une clairière, bondit et se heurte, les bois cassés s'accrochent dans l'air lourd et retombent, desséchés; le dos de Kment se couvre de sang, de plumes, de poils, de griffes, de becs arrachés; seuls, au sommet de la montagne, au-dessus du tumulte, mouillés de lune, ivres, transparents, furieux, Giauhare et le loup enlacés, l'œil triste, s'aiment, Giauhare gonflée de rêve et le loup retenant son feu et ses muscles.

Kment, deux jours, chasse; il tue à coups de pierres, il étrangle, il pousse les bêtes dans les ravins, se jette avec des cris sur leurs dépouilles, soulève leurs membres brisés, coupe leur langue et les attache contre sa nuque; il arrache les dents et les suspend en collier autour de son cou; il enfonce son pied dans les plaies, le sang bu noie son angoisse, étrangle le cri de sa solitude.

La nuit, quand il voit un œil briller, il bondit, il le crève avec un bambou pointu, la bête lui mord le bras, Kment plonge son javelot dans le pelage, et le maintient plongé jusqu'à ce que la bête s'écroule et desserre la mâchoire, alors il se penche, il reconnaît la bête, il baigne sa chevelure dans le sang, ses pieds se recourbent sur les sabots de la bête, son bras cherche le sexe; mais il ne tue que des mâles et son sexe s'amollit, reflue en son ventre. Kment, debout devant la mer violacée, raidit son corps :

— Ô toi, lumière et nuit, mâle et femelle, donne-moi le double sexe et que l'étreinte éternellement se fasse à mon seul désir au cœur de mes seules entrailles.

Mais Kment, redescendu dans la forêt, vainement couché sur les bêtes fumantes, touche son ventre silencieux ; il s'élance vers le sommet de la montagne, surprend au milieu de la nuit Giauhare couchée, haletante, sous le jeune loup ; il ramasse un galet, il le lance à la tête du loup qu'il tue net, il se penche, il découvre Giauhare, il jette la dépouille dans les arbres, les oiseaux jaillissent, Kment prend la tête de Giauhare dans ses mains, il la mord, il la baigne d'écume et de pleurs, toute la nuit il jappe, il lui souffle dans la bouche, lui presse la langue, mais Giauhare reste muette, elle baise les lèvres du garçon, elle jette des petits cris de loup ; ses seins, que Kment mordille, son ventre où il appuie son poing, ont durci, bruni comme la peau des louves ; le duvet du sexe et des aisselles étrangle la gorge de Kment, comme des touffes d'herbes sèches, il les recrache, ses doigts courent sur la peau plissée, trouée, enduite d'une odeur fade et puissante, recouverte de croûtes, égratignée ; quand il enfonce son sexe, les lèvres du sexe de Giauhare se referment sur lui, coupantes ; leur semence le noie, le durcit, le tend, le déchire, il saigne, Kment veut le retirer, mais Giauhare resserre ses cuisses ; la semence change, elle amollit le sexe de Kment, elle le dévore ; Kment se redresse et s'enfuit dans la forêt, criant, sa main couvrant la plaie. Giauhare s'endort, avec le double sexe.

Kment bondit, enjambe les petits vals, les bêtes rient, dans l'ombre ; quand il s'assoit ou se couche pour se reposer et rêver, elles pincent ses pieds, lâchent leurs excréments sur ses épaules, piquent sa poitrine. Il va, accompagné d'oursons, de lionceaux, de pumas criards et ronronnants, ses pieds ensanglantés, ses jambes enduites d'argile blanche, des touffes de duvet collées derrière ses oreilles ; un matin il attache entre ses cuisses une baguette de bambou éclaboussée de sève et de lait ; chaque nuit, il s'approche de la clairière où est couchée Giauhare ; il la regarde dormir et jouir toute seule, il branle le bambou en la regardant, ses lèvres remuent ; un soir, il saute sur elle, il la couvre et quand il retourne sur les bords de la source, il touche la plaie entre ses cuisses : le sexe repousse, il s'assoit, il frotte sa main à la lymphe d'une plante surgie de l'eau, il courbe le dos, la nuque, ses yeux regardent le bourgeon entre ses cuisses, il l'enduit de lymphe, le caresse, le cajole :

— Grandis, grandis, et moi je te donnerai quelque chose à manger.

À mesure que Kment vient lui reprendre son sexe, Giauhare sent remonter le désir, et chaque fois son étreinte est plus forte. Désormais, ils ne vivent plus que liés ensemble, couchés au sommet de l'île, nourris de leur propre semence ; sous eux, la terre se creuse, des pourpres nichent entre leurs cuisses, sous leurs aisselles, au creux de leurs mains ; la pluie, la bave, la fiente ruissellent sur le dos de Kment. Tout autour, les arbrisseaux se dessèchent ; les fleurs se fanent et pourrissent sur la terre ; les insectes meurent, les oiseaux qui survolent, si leur ombre touche la terre, tombent, se débattent sur leur ombre, leur bec se détache, leur plumage et leur œil ternissent ; la semence jaillie d'entre les corps de Giauhare et de Kment fait mourir la terre ; autour, dans les lianes, dans les joncs, les bêtes gémissent ; Kment, une nuit, se lève, il va dans la forêt, coupe les lianes fraîches, il les tresse, il étend la natte sur la terre, il prend Giauhare dans ses bras, il la dépose sur la natte et se couche sur elle ; au matin, bêtes et végétaux se relèvent, s'entrelacent, crissent jusqu'au soir où l'ombre se redressant, la peur saisit bêtes et fleurs ouvertes ; toute la nuit, un rayon jailli du ciel sans lune éclaire la pierre sacrée, sur la roche des esclaves ; Kment et Giauhare montent, regardent la déesse sculptée jadis sur le modèle d'une esclave, le jour qu'on lui rendait sa liberté. Ils s'agenouillent, ils caressent la pierre marbrée ; au-dessous d'eux, la mer nocturne, étale, scintille au travers des haies violettes ; la main de Giauhare serre le sexe de Kment ; agenouillés, la peau des cuisses durcie.

Le tambour bat dans la clairière au-dessous ; à travers les racines projetées, ils voient les bêtes couchées entremêlées ; un cri jaillit du fond du ciel, le rayon brûle, le cri descend, Kment et Giauhare se cachent dans une haie, s'endorment ; au milieu de la nuit, un grand bruit d'ailes fait trembler la haie ; cri et rayon se sont éteints ; à l'horizon, une voile claire, gonflée par un vent turbulent où se mêlent tous les souffles secrets de la terre et de la mer...

Kment et Giauhare, réveillés, marchent, les genoux et les poings dans les épines, écartent la haie ; un homme courbé sur la pierre, saille la déesse ; une crinière sort de sa nuque et de son dos ; sur sa tête une colombe et une couronne d'épines ; ses jambes nues vibrent, incandescentes ; au loin, sur la mer, la voile cingle vers l'île et les poissons jaillissent, étincellent sur la forge, heurtent les flancs de la barque, jouent dans la profondeur sous l'ombre de la coque ; la barque est vide mais un rayon, le premier de l'aurore, regarde et veille, sur la voile. Kment s'agenouille en face de Giauhare, et Giauhare en face de Kment. Poings à terre, ils se baisent aux genoux, au sexe, au front.

PREMIER CHANT	13
DEUXIÈME CHANT	71
TROISIÈME CHANT	229
QUATRIÈME CHANT	371
CINQUIÈME CHANT	461
SIXIÈME CHANT	539
SEPTIÈME CHANT	599

DU MÊME AUTEUR

Aux Éditions Gallimard

TOMBEAU POUR CINQ CENT MILLE SOLDATS, Sept Chants, 1967 (L'Imaginaire n° 58).

ÉDEN, ÉDEN, ÉDEN. Préfaces de Michel Leiris, Roland Barthes et Philippe Sollers, 1970 (L'Imaginaire n° 147).

LITTÉRATURE INTERDITE, 1972, 2001.

PROSTITUTION, 1975. Nouvelle édition augmentée d'un appendice en 1987 (L'Imaginaire n° 554).

LE LIVRE, 1984.

VIVRE, coll. « L'infini », 1984 (Folio n° 3917, édition revue par l'auteur).

PROGÉNITURES 1 ET 2, 2000. Contient un CD audio, lu par l'auteur.

FORMATION, 2007 (Folio n° 4888).

ARRIÈRE-FOND, 2010.

Au Mercure de France

COMA, coll. « Traits et portraits », 2006. Prix Décembre (Folio n° 4606).

Aux Éditions du Seuil

SUR UN CHEVAL, 1961.

ASHBY, 1964.

ASHBY suivi de SUR UN CHEVAL, coll. « Fiction & Cie », 2005 (Folio n° 4718).

Aux Éditions Lapis Press (Los Angeles)

En collaboration avec Sam Francis : WANTED FEMALE, 1995.

Aux Éditions Léo Scheer

EXPLICATIONS, 2000.

MUSIQUES, 2003 (coédition France-Culture).
LEÇONS SUR LA LANGUE FRANÇAISE, 2011.
CARNETS DE BORD I : 1962-1969, 2005.

*Cet ouvrage a été composé par IGS-CP
à L'Isle-d'Espagnac (16)
Impression CPI Firmin Didot
à Mesnil-sur-l'Estrée, le 10 mai 2012
Dépôt légal : mai 2012
Numéro d'imprimeur : 111641
ISBN 978-2-07-020722-0*

241792